Für meine wunderbaren Eltern – und dieser Roman
ist auch für die Familie.

PROLOG

Manchmal muss man um das bitten, was man sich wünscht.

Die alte Frau stand zur Zeit der tiefsten Nachtwache von ihrem Bett auf. Diese Formulierung hatte ihr immer gefallen – die Zeit der Nachtwache –, weil sie nahelegte, dass jemand wachte. Sie gab ihr das Gefühl, als würde irgendwo jemand die verstreichenden Stunden und Minuten ihres Lebens bezeugen und Anteil daran nehmen. Mühsam schlüpfte sie in ihren Morgenmantel. Er war gelb und flauschig und sie fühlte sich darin wie ein frisch geschlüpftes Küken, obwohl sie sich doch am ganz anderen Ende des Lebensbogens befand. Pantoffeln waren unwichtig. Sie konnte nicht schlafen und der Zeitpunkt war gekommen.

Sie schnippte ihr Haar aus dem Kragen und zog es mit einer Handbewegung, die ihr seit vielen Jahren eigen war, über ihre linke Schulter. Dann holte sie tief Luft und drückte sich die Hände an die Wangen. Diese waren weich wie Papiertaschentücher und hatten ihre pralle Elastizität schon lange eingebüßt. Umso mehr ein Grund, ihre Forderung vorzubringen. Die Vorstellung, etwas *einzufordern*, gefiel ihr nicht, aber eine Bitte war zu schwach und hier ging es um etwas Wichtiges. Da es für sie ganz und gar ungewohnt war, etwas für sich selbst zu erbitten, war sie sich nicht sicher, wie es sich anfühlen, wie es ankommen würde. Aber ihr Entschluss stand fest. Sie lag jetzt schon zu viele Nächte lang wach. Nun denn.

Durch das indigoblaue Dunkel trat sie zum Fenster, zog die Vorhänge zurück und hatte den glitzernden Himmel vor sich. Trotz ihrer

Bangigkeit musste sie lächeln. Wie Brotkrumen lagen die Sterne über der Schwärze verstreut, und sie zu sehen war Balsam für ihre Seele. Dunkel und leer erstreckten sich die Felder in alle Richtungen. Jedenfalls *wirkten* sie leer, aber sie wusste, dass da draußen Füchse umherschlichen, Eulen jagten, Mäuse huschten.

Sie kniete nieder – das tat weh – und legte mit gefalteten Händen ihre Unterarme auf dem Fensterbrett ab. Auch die Stille war indigoblau.

»Lieber Gott«, begann sie und ihre Stimme war weich, zaghaft, ganz wie immer.

»Lieber Gott«, setzte sie erneut an mit einer Stimme, die nur ganz seltenen Anlässen vorbehalten war. Vor langer Zeit hatte sie sich ihrer bedient, wenn der Lehrer einem der Kinder zu Unrecht vorwarf, Unfug getrieben zu haben. Aber auch, als die Jungs ins Lausbubenalter kamen und es nötig wurde, ihnen ein entschiedenes »Nein« entgegenzuhalten. Und es war auch die Stimme, mit der sie mit dem Arzt sprach.

»Wie immer danke ich dir, Herr, für alle Segnungen, die ich erfahren habe. Du hast mir ein langes Leben mit viel Gutem darin vergönnt, und ich bin dafür dankbar gewesen, das weißt du. Aber Herr, ich ertrage diese Situation nicht länger, ich möchte, dass es ein Ende damit hat.«

Ihre Augen füllten sich mit Tränen, als sie in die unergründliche Nacht hinausblickte und sich dabei als schwaches Abbild im Fenster gespiegelt sah, eine gleichermaßen vertraute und fremde Überlagerung von älterer Frau und jungem Mädchen.

»Es schmerzt einfach zu sehr, Herr. Nie habe ich dich meinetwegen um etwas gebeten, immer nur für die Familie. Aber es gibt für alles ein erstes Mal, heißt es, und dieses Gebet ist für mich selbst. Das will ich gar nicht beschönigen. Es ist nur für mich. Ich will aufrichtig sein: Ich kann mir nicht vorstellen, warum du mich nicht erhören solltest. Wir wissen beide, dass ich nicht mehr sehr lange hier sein werde. Und so denke ich, du solltest es tun, und vertraue darauf, dass du es tun wirst, und ich … ich werde mich nicht mit weniger zufriedengeben, Gott. Genug jetzt. In deiner unendlichen Güte und Allmacht kannst du dies geschehen lassen. Irgendwie.«

Tracy Rees

Die Sonnenschwestern

Renate

Tracy Rees

Die Sonnenschwestern

Roman

Aus dem Englischen
von Elfriede Peschel

List

Besuchen Sie uns im Internet:
www.ullstein-buchverlage.de

MIX
Papier aus verantwortungsvollen Quellen
FSC® C083411

Das englische Original erschien 2017 unter dem Titel *The Hourglass* bei Quercus Ltd., London.

List ist ein Verlag
der Ullstein Buchverlage GmbH

ISBN: 978-3-471-35 169-7

Übersetzung: Elfriede Peschel
Innengestaltung: deblik Berlin
Gesetzt aus der Quadraat Pro powered by pepyrus.com
Druck und Bindearbeiten: CPI books GmbH, Leck
Printed in Germany

Sie zögerte. Aber manchmal muss man das aussprechen, was man sich wünscht.

»Bitte, lieber Gott, bring mir, bevor ich gehe, meine Mädchen nach Hause zurück. Das ist alles, was ich mir jetzt noch wünsche. Bring meine Mädchen nach Hause. Amen.«

Die Tränen liefen hemmungslos. Ihre Worte schwebten in die dunklen Ecken und setzten sich dort ab wie Staub und durchdrangen bebend die Scheiben und trieben über die tintenschwarzen Ebenen des Nachthimmels. Alles war still und reglos. Sollte Gott sie gehört haben, schickte er ihr kein Zeichen.

Doch als sie sich schwer auf der Fensterbank abstützte, um wieder auf die Füße zu kommen, tat sie dies in der Gewissheit, ihr Anliegen vorgebracht zu haben. Sie hatte das Gefühl, sich klar und deutlich ausgedrückt zu haben.

NORA

Dezember

Nachdem Nora eine Weile in Therapie gewesen war, zeichneten sich Veränderungen ab. Nur traten diese Veränderungen nicht in der erwarteten Weise ein. Vor ihrer ersten Sitzung an einem scheußlichen Abend im Juni hatte sie eine Liste mit all den Punkten erstellt, für die sie sich eine Verbesserung erhoffte. Da sie bisher noch nie therapeutische Hilfe in Anspruch genommen hatte, wollte sie nicht unvorbereitet sein.

Eine Weile lief das Leben in den alten Bahnen weiter, mit dem einzigen Unterschied, dass sie einmal in der Woche zum Belsize Park fuhr, um Jennifer zu treffen. Aber nach etwa drei Monaten wurden die Albträume immer hartnäckiger, ihre Angst verstärkte sich und die Beziehung zu ihrer Mutter wurde immer problematischer. Außerdem trennte sie sich von ihrem Lebensgefährten Simon, und das nur wenige Monate vor ihrem vierzigsten Geburtstag. Nichts davon hatte auf ihrer Liste gestanden.

Und jetzt, an einem frostigen Dezemberabend, stand sie in Jennifers cremefarbenem Wartezimmer am Fenster und starrte in die klare Dunkelheit einer ruhigen Straße in North London. Im Winterwind geisterten ein paar verblasste Blätter vorbei und schwebten durch den Lichtkegel einer Straßenlampe. Nora machte es nichts aus, warten zu müssen. Sie war viel zu sehr damit beschäftigt, sich zu überlegen, wie sie Jennifer ihren letzten Entschluss erklären sollte.

»Ich habe heute gekündigt!«, platzte es vierzig Minuten später aus ihr heraus. Jennifer hatte angemerkt, dass sie das häufig tat – etwas wirklich Wichtiges so lange für sich zu behalten, bis sie schon fast am Ende der Sitzung angelangt waren und keine Zeit mehr blieb, angemessen darüber zu sprechen. Für gewöhnlich erkannte Nora gar nicht, wie bedeutsam es war, bis Jennifer darauf ansprang wie eine Archäologin, die ein offenbar ganz normales Steinfragment untersuchte und es zur Pfeilspitze erklärte. Aber dass *dies* wichtig war, wusste selbst Nora.

Gern hätte sie diese Enthüllung noch eine weitere Woche zurückgehalten, aber wenn sie es schon Jennifer nicht sagen konnte, die darin geübt war, mit menschlichen Launen umzugehen, wie sollte sie es dann ihren Mitarbeitern im Büro erklären? Wie sollte sie es Simon erzählen (der noch immer Kontakt zu ihr hielt, obwohl sie mit ihm Schluss gemacht hatte) und – oh Gott – wie ihrer Mutter?

»Verstehe. Möchten Sie mir dazu vielleicht noch etwas mehr sagen?«, hakte Jennifer nach, ohne jegliches Anzeichen einer Beunruhigung, die sie, dessen war Nora sich sicher, gewiss empfand. Jennifer hatte einen kastanienbraunen Haarschopf und schöne sahnige Haut. Vermutlich war sie höchstens zehn Jahre älter als Nora, schien ihr aber um Äonen voraus zu sein. Weise? Mütterlich?

»Äh, na gut, ich habe es nach der Mittagspause gesagt«, erwiderte Nora und verzog dabei das Gesicht. Das war eindeutig nicht das, worauf Jennifer abzielte. »Olivia war völlig überrascht, reagierte aber sehr freundlich. Ich weiß auch nicht, warum ich es getan habe. Ähm ... ich habe einen Strand gesehen.«

»Einen Strand?«

Nora seufzte. Das zu erklären war unmöglich, ohne dabei den Eindruck zu erwecken, total übergeschnappt zu sein. Vermutlich war sie das ja. Man schmiss schließlich nicht einfach seine Arbeit hin, nur weil man zum Strand wollte! »Ja. Vor meinem geistigen Auge. Ich weiß, das hört sich verrückt an. Ich ... ich weiß nicht, warum ich es getan habe«, wiederholte sie. Wie sollte sie das jemals erklären? Es war doch sicherlich nur eine müßige Tagträumerei gewesen ... sie jedoch wollte unbedingt eine Vision darin erkennen. Es hatte sich beinahe atemberaubend bedeutsam angefühlt. Es kam so überraschend, war kristallklar und unwiderstehlich und versetzte sie in eine ihr fremde und heitere Stimmung. Hoffnung, vielleicht. Aber jetzt würde sie zu allem anderen auch noch bald ohne Arbeit dastehen. Jennifer hatte ihr erklärt, dass sich, wenn jemand eine Therapie begann, die Dinge manchmal erst verschlimmerten, bevor eine Besserung erkennbar wurde. Das war kein Scherz gewesen!

»Wir haben nur noch ein paar Minuten, Nora ...«, setzte Jennifer an. Aus unerfindlichen Gründen dauerte eine Therapiestunde fünfzig Minuten. Sie hatte nicht auf ihre Armbanduhr geschaut und die einzige Uhr im Raum befand sich über ihrem Kopf, doch Jennifer schien ein natürliches Zeitempfinden zu haben. »Ich bleibe aber gern noch etwas länger, wenn Sie dieser Entscheidung noch ein wenig mehr auf den Grund gehen möchten.«

»*Wirklich?*« Jennifer überzog nie. Vielleicht war ihr Schock größer, als sie es sich anmerken ließ. »Danke.«

»Warum erzählen Sie mir nicht ganz genau, was heute vorgefallen ist, so, als würde es jetzt in diesem Moment passieren?«

Nora nickte. Sie schloss die Augen, wie Jennifer es ihr beigebracht hatte, und versetzte sich zurück in das, was sie von diesem Tag noch erinnerte. Als wäre sie wieder in der Arbeit: Mittagspause. Der Rest ihrer Abteilung war hinausgegangen, sie aß wie gewöhnlich an ihrem

Schreibtisch. Aus dem Augenwinkel konnte sie den grau-metallischen Glanz des Aktenschranks, den weißen Schimmer des Computermonitors und den schwarzen Hefter erkennen, der ordentlich hinter der Tastatur stand.

»Es ist Mittagszeit«, begann sie. »Ich bin im Büro. Ich sage mir, dass ich mich glücklich schätzen kann, weil es zwei Fenster hat. Allerdings sehe ich durch das eine Fenster nur den Flur. Das andere geht auf den überdachten Innenhof. Was bitte bringt ein *Indoor*-Innenhof? Aber wenigstens gibt es dort was Grünes – ein paar Farne, die über irgendwelche Steine wachsen ... Erinnern Sie sich noch, dass Sie letzte Woche sagten -«

»Konzentrieren Sie sich, Nora«, murmelte Jennifer. »Sie sind im Büro ...«

»Oh ja. Ich beschließe also, mir unten in dem Innenhof die Beine zu vertreten. Ich gehe zu den Farnen und berühre sie und ... sie sind aus Plastik. Ich fühle mich betrogen. Also hole ich mir einen Kit-Kat-Riegel aus dem Automaten und kehre in mein Büro zurück. Ich denke mir, kein Wunder, dass ich nie vom Schreibtisch aufblicke – ich mache am besten einfach mit meiner Arbeit weiter. Aber als ich wieder Platz nehme, sehe ich nur noch diesen *Strand* vor mir ...«

Und sie konnte ihn noch immer sehen. Er hatte sie den Rest des Tages nie wirklich losgelassen. Ein kühler Streifen Strand, goldener Sand, der im blassen, klaren Licht die Farbe von Austern annahm – kilometerweites Wandern unter einem silbrigen Himmel ...

»Ich meine, ich kann ihn sehen, so deutlich, als wäre es das, was ich sehe, wenn ich aus meinem Fenster blicke! Und er ist wunderschön ... Es ist Winter, aber der Himmel strahlt, es weht ein Lüftchen ... und ich bin von dieser Sehnsucht erfüllt ... Es geht nicht nur um die Schönheit, es geht um das Gefühl, das sie in mir auslöst. Ein Gefühl von Freiheit und von etwas ... Realem. Ich wünsche mir nichts sehnlicher, als dort zu sein. Und nicht einfach, weil ich irgendwo sein möchte, wo es schön ist, obwohl auch das zutrifft. Es fühlt sich an ...« Nora stieß wieder einen Seufzer aus und schüttelte den Kopf. »Es fühlt sich an, als wäre es mir *bestimmt*, dort zu sein, als würde mich der Strand rufen. Mich sogar *herbeizitieren*. Als läge dort der Schlüssel zu einem großen Geheimnis – obwohl ich nicht mal wusste, dass es ein Geheimnis gab! Dann kommt Nick vom Mittagessen zurück. Er ist mein Assistent«, ergänzte Nora und öffnete ein Auge, für den Fall, dass Jennifer es vergessen hatte. Aber das hatte sie natürlich nicht und gab Nora einfach ein Zeichen fortzufahren.

»Er platzt durch die Tür – die Bürotüren sind übrigens hässlich, sie haben so einen grässlichen Grünton ... Ich meine, wer hat diese Lackfarbe gesehen und sich gesagt: ›Genau, die nehmen wir‹? Jedenfalls platzt Nick herein und ich sehe ihn an, ich meine, ich sehe ihn *wirklich* an. Seine Haare sind zerzaust, was mich darauf schließen lässt, dass es draußen windig sein muss, was ich sonst gar nicht gewusst hätte, da ich mich ja in diesem hermetisch abgeschlossenen Gebäude befinde. Ich bin nie im Freien. Ich bin entweder im Büro oder im Fitnessstudio oder in der U-Bahn oder in der Wohnung ... Er hat seine abgewetzte alte Umhängetasche dabei. Die ist immer vollgestopft mit diesen schwarzen Moleskine-Notizbüchern, weil er sich an einem großen britischen Roman versucht. Und da wird mir klar, dass in meiner Tasche absolut nichts ist, woran meine Leidenschaft hängt. Nur meine Geldbörse sowie Telefon und Make-up – Unverzichtbares. Dann macht Nick sich wieder an die Arbeit, aber ich sehe noch immer den Strand, der lautstark nach mir verlangt. Also gehe ich den Flur entlang und klopfe an Olivias abscheuliche grüne Tür und sage ihr, dass ich kündige. Oh, natürlich halte ich die einmonatige Kündigungsfrist ein, ich will sie ja nicht hängen lassen. Aber danach ...«

Nora öffnete die Augen. Jennifer nickte bedächtig. »Ihr Wunsch nach einem selbstbestimmten Leben macht sich jetzt sehr deutlich bemerkbar«, meinte sie schließlich. »Wie es scheint, können Sie nun nicht mehr davor davonlaufen.«

»Kein Weglaufen, kein Verstecken mehr.« Nora lachte nervös. »Ich habe Simon verlassen und ich habe meinen Job aufgegeben und weiß nicht, was ich jetzt tun werde.« Und nur Gott wusste, was ihre Mutter dazu sagen würde – aus vielen Gründen. Aber Nora konnte sich des

Gefühls nicht erwehren, dass Jasmine der Dreh- und Angelpunkt all dessen war, auch wenn diese Vermutung überhaupt keinen Sinn ergab. Fest stand jedenfalls, dass ihre Mutter ihr niemals zu dieser Vorgehensweise geraten hätte und dieser Strand der letzte Ort wäre, dem ihre Sehnsucht galt, doch das Gefühl hielt sich hartnäckig, so irrational und beunruhigend es auch war.

Jennifer sah sie noch immer nachdenklich an. »Und wie fühlen Sie sich, seit Sie gekündigt haben?«

Sie tauschten ein schiefes Lächeln. Seit jenem ersten Tag im Juni teilten sie einen kleinen Scherz über das Klischee, dass Therapeuten immer fragen: »Und welches Gefühl löst das in Ihnen aus?« Jennifer war mit ihr einer Meinung, dass dies eine fürchterliche Frage war – manchmal jedoch unvermeidlich nützlich.

»Fassungslos! Ich meine, ich ohne meinen Job ... was ist das? Außerdem fühle ich mich wie ein kleines Kind, das die Schule schwänzt. Ich habe Angst, jemand findet es heraus und schreit mich zusammen.«

»Jemand?«

»Ein Verantwortlicher. Ein Lehrer oder so.«

»Aber da sind keine Lehrer, Nora. Sie sind kein Kind und Ihre Entscheidungen gehören Ihnen. Die einzige Person, der Sie in dieser Situation Rechenschaft schuldig sind, ist Ihre Chefin Olivia, und der haben Sie es bereits gesagt.«

»Also gut, dann meine Mutter.«

»Und welche Reaktion erwarten Sie von ihr?«

Und sofort verschlug es Nora die Sprache. Irgendwelche Vorhersagen ihre Mutter betreffend waren in letzter Zeit unmöglich geworden. Im Laufe der vergangenen zwölf Monate hatten sie sich immer weiter entfremdet. Niemals hätte Nora eine solche Entwicklung für möglich gehalten, so nah, wie sie sich immer gestanden hatten, aber sie wusste noch sehr genau, dass es ihr letztes Jahr an Weihnachten zum ersten Mal aufgefallen war. Bereits mehrmals hatte sie ihre Mutter gefragt, was los war, aber Jasmine hatte den Spieß immer umgedreht und ihr vorgehalten, übersensibel zu sein. Und zur selben Zeit hatten auch Noras eigene Probleme begonnen.

Dann warf Jennifer einen Blick auf ihre Uhr. »Wir müssen jetzt aufhören, Nora, aber vielleicht ist das etwas, worüber Sie bis zum nächsten Mal nachdenken können. Doch noch eine kurze Zwischenfrage: Haben Sie den Strand erkannt? Existiert er nur in Ihrer Einbildung oder kennen Sie ihn?«

Nora lachte freudlos. »Oh, ich kenne ihn. Danke, Jennifer.«

Sie nahm ihre Sachen und brach auf, kehrte zurück auf die dunkle Straße, die, wie alle Straßen, zu Starbucks führte. Jetzt brauchte sie wirklich einen Latte macchiato. Oh ja, sie wusste genau, wo dieser Strand lag. Aber *davon* ihrer Mutter zu erzählen, widerstrebte ihr noch mehr als alles andere.

CHLOE

Juli 1953

»Freude hat eine Farbe! Und die ist hellblau, wie dieser Sommerhimmel!«, rief Chloe und drehte sich im Kreis, das Gesicht der Sonne zugewandt, die Handflächen ausgestreckt.

Ihr neuer Faltenrock – mintgrün und grau kariert – hob sich von ihren Beinen und drehte sich mit ihr. Er war nicht wirklich neu, es war der abgelegte von Margaret Matthews (die jetzt siebzehn und nach Swansea gegangen war), aber für *sie* war er neu und so ziemlich das erwachsenste Kleidungsstück, das sie besaß. Ihre Mutter meinte, sie solle ihn für gute Gelegenheiten aufheben, aber Chloe konnte sich keinen besseren Anlass als diesen vorstellen, den Anfang ihres jährlichen Sommerurlaubs in Tenby.

Tenby! Schon der Name erfüllte sie mit einem Hochgefühl. Er schmeckte nach Abenteuer, endlosen sonnigen Tagen an den Stränden, nach Romantik und verborgenen Schätzen ... Sie würde ihre glamouröse Tante Susan wiedersehen und ihren Onkel Harry – wie sie ihn jetzt nannten. Würde ihre Cousins Megan und Richard treffen, die sechzehn und achtzehn waren. Allein deren Alter hatte eine Strahlkraft, in deren Glanz sich Chloe noch sonnte, wenn sie schon wieder auf dem Nachhauseweg war. Sie würde Mr Walters in der Eisdiele besuchen und Mrs Isaacs im Zeitungsladen. Sie würde ins Fountains Café und ins Kino gehen und die Höhlen und den Musikpavillon aufsuchen. Und vor allem, oh ja!, vor allem würde sie Llew wiedersehen.

»Chloe Samuels! Hör sofort mit diesem Herumgewirbel auf!« Die einschüchternde Stimme von Tante Bran beendete abrupt ihre Pirouetten. »Da wird ja selbst der Katze ganz schwindelig! Komm her und setzt dich jetzt brav hin. Was würde deine Mama sagen?«

Chloe verkniff sich die Bemerkung, dass es gar keine Katze *gab*, denn sie warteten an der Bushaltestelle von Carmarthen. Aber die bloße Erwähnung ihrer Mutter reichte, um ihre Freude in Heimweh zu verwandeln. Und das noch bevor sie das County verlassen hatte! Ihre Eltern hatten sie in Nant-Aur in den Bus gesetzt, um dreißig Kilometer weiter von Tante Branwen abgeholt zu werden, die dafür Sorge trug, dass sie in den Bus nach Tenby stieg. *Oh Mam, Dad*, fragte sie sich, *wie soll ich es ohne euch drei ganze Wochen lang aushalten?*

Chloe und Tante Bran versanken nebeneinander in Schweigen. Tante Bran war befriedigt, dass sie, indem sie Chloes Mutter ins Spiel brachte, ihrer dreizehnjährigen Nichte wirkungsvoll den Wind aus den Segeln genommen hatte. In Wahrheit jedoch teilte Gwennan die Aufregung wegen Chloes Urlaub. Wäre sie hier gewesen, hätte sie auch Pirouetten gedreht. Sie hatte den Koffer ihrer Tochter gepackt und so sorgfältig Seidenpapier zwischen die abgetragenen Pullover, Röcke und Blusen gelegt, als wären sie aus feinster Pariser Seide. Es gab nichts, was Gwennan nicht für das Glück ihres erstgeborenen Kindes und ihrer einzigen Tochter tun würde, aber sie und ihr Ehemann Daf hatten nur wenig zu geben. Also mussten sie sich damit arrangieren, sich jeden Sommer für drei Wochen von Chloe zu trennen, damit sie sich in Tenby herrlich amüsieren konnte.

Der rote Bus nach Tenby kam in einer Staubwolke und mit knirschenden Rädern zum Stehen. Chloes Tante schwang den abgewetzten braunen Koffer (wieder etwas von Margaret Matthews Abgelegtes) über die Stufen und gab Chloe einen knappen, spitzen Kuss auf die Wange. Sie trat zurück, als der Bus sich in Bewegung setzte, und trottete dann davon, ohne zu winken oder ihm hinterherzuschauen.

Die drei Schwestern könnten unterschiedlicher nicht sein, überlegte Chloe, als sie ihrer davonstapfenden Tante nachblickte. Branwen, die Älteste, hatte nie geheiratet und lebte allein in ihrem kleinen Cottage in der Blue Street. Diese Situation hätte zu jeder Menge Spaß und Abenteuer führen können, wäre Tante Bran nicht eine Person gewesen, die mit einem steifen Besen jede Art von Spaß und Abenteuer verjagte. Die blasse und unschöne Tante Bran mit Augenbrauen, die überall dort sprossen, wo sie gar nicht hingehörten, war, wie sich mit Gewissheit sagen ließ, nicht die Lieblingstante von Chloe.

Dann kam Susan, das »mittlere Kind«, eine Bezeichnung, die alles Mögliche andeuten sollte, wenn Chloe die Nachbarn darüber tuscheln hörte. Sie war groß, ziemlich glamourös und hätte fast die Universität besucht! Tatsächlich hatte Chloe bis vor vier Jahren nicht mal gewusst, dass sie eine Tante Susan hatte – während des Kriegs, als Chloe noch klein war, hatte es einen Familienzwist gegeben. Aber 1950 hatte Tante Susan die »Unstimmigkeiten ausgebügelt«. Sie schrieb an Gwennan, die weichherzigere ihrer Schwestern, dass eine neue Dekade angebrochen sei und sie die Vergangenheit ruhen lassen sollten. Sie schrieb, dass sie sich nun in Tenby niedergelassen habe, und falls Gwennan Chloe auf Besuch schicken möchte, würde man sich ihrer sehr gern annehmen.

Gwennan, die jüngste der Schwestern, war Chloes Mutter ... Ach, nicht schon wieder. Chloe liebte ihre Mutter so sehr, außerdem hatte ihr Urlaub gerade erst begonnen, sodass sie nicht an sie denken konnte, ohne gleich zu weinen. Am schlimmsten wäre es, wie sie wusste, am heutigen Abend, wenn sie ihre erste Nacht auf dem Feldbett zu Füßen von Cousine Megans Bett verbrachte. Da würde sie sich an den besorgten Ausdruck ihrer Mutter erinnern, als diese immer und immer wieder überprüft hatte, ob Chloe auch alles dabeihatte, was sie benötigte. So viel Liebe ... Eine Trennung, und sei es auch nur für einen Urlaub, machte eine derartige Liebe zu einem doppelschneidigen Schwert.

Aber morgen würde sie vom Gekreisch der Möwen und mit dem Versprechen auf lange, sonnige Tage voller Freiheit aufwachen. Die Zeit würde verstreichen und Chloe würde glücklich sein und Fortsetzungsbriefe nach Hause schreiben, die sie einmal in der Woche zur Post brachte, und das Heimweh, das *hiraeth*, würde nachlassen. Das Muster, dem ihre Tage folgten, kannte sie inzwischen gut, denn dies waren ihre vierten Sommerferien beim anderen Zweig der Familie, dem »vornehmen« Zweig.

Und dies würden ihre bisher *besten* Ferien werden, denn nun war sie dreizehn! Und *das* bedeutete – ihr Magen flatterte ganz aufgeregt beim Gedanken daran -, dass sie, Chloe Samuels, in diesem Jahr zum allerersten Mal am Teenager-Sommerball von Tenby teilnehmen durfte! Wie ließ sich so viel Aufregung aushalten und *überleben*?

Sie zwang sich, still zu sitzen, und kramte in ihrer Manteltasche nach einem Bonbon.

Genieß es, cariad! *Genieße jede Minute*! Die Erinnerung an Gwennans freundliche, liebe Stimme ließ Chloe ihre Mutter noch heftiger vermissen, weshalb sie stattdessen an Llew dachte.

Chloe hatte Llew in ihrem ersten Tenby-Sommer vor langen drei Jahren kennengelernt, und er war ihr bester Freund auf der ganzen Welt. Natürlich erzählte sie das nicht Bethan Hill, die ihre beste Freundin in Nant-Aur war. Sie wollte niemandes Gefühle verletzen. ABER ...

Llew war etwas Besonderes. Er war zwei Jahre jünger als Chloe, genauso alt wie ihr Bruder Clark. Wäre er jemand anderes gewesen, hätte Chloe ihn als Kind bezeichnet. Aber er hatte eine »alte Seele«, wie Tante Susan meinte, was nicht unbedingt als Kompliment gedacht war. Doch Chloe gab ihr recht, sie konnte es in seinen grün-braun-gelben Augen sehen, und wenn er sprach, hatte sie das Gefühl, mit jemandem zusammen zu sein, der älter und nicht jünger war als sie. Außerdem war er genauso groß wie sie und jeder wusste, dass Jungs langsamer wuchsen als Mädchen. Aber Chloe wiederum war nie groß gewesen – darin kam sie nach ihrer Mutter. Und sie war in ständiger Sorge, am Ende auch genauso untersetzt zu sein wie sie. Doch noch gab es dafür keine Anzeichen. Chloe war so schlank wie ein Gänseblümchenstängel.

Llew machte sich viele Gedanken und las Gedichte. Chloe neckte ihn deswegen, aber insgeheim war sie beeindruckt. Er würde später als Erwachsener einmal ein bekannter Fotograf werden und Fotos von sämtlichen Berühmtheiten machen – Schauspielern und Schauspielerinnen, Schriftstellern und Tänzern und Erfindern. Nie sah man ihn ohne seine Box Brownie um seinen dünnen Hals. Ohne jede Scheu quatschte er Fischer, Urlauber, Seenotretter oder Platzanweiserinnen im Kino an und bat sie, dies oder das oder jenes zu tun, alles, wovon er sich ein interessantes Foto versprach. Selbst als Red Sam, der Hummerfischer, ihn anbrüllte und davonjagte, blieb Llew unverdrossen. Red Sam machte Chloe Angst mit seinen Händen und Füßen, die so groß waren wie Ambosse, und der Gesichtsfarbe eines Trinkers, der er seinen Namen verdankte, und dem Bart so dicht wie ein Brombeergestrüpp, aber Llew tänzelte über die Felsen davon und lachte ihn aus.

Red Sam war jedoch eine dramatische Ausnahme. Weitaus öfter schienen sich die Leute geschmeichelt zu fühlen oder sich wenigstens zu amüsieren, und Llew bekam sein Foto. Gelegentlich verfluchten sie ihn und meinten, er werde als Erwachsener ein Nichtsnutz werden wie sein alter Herr. Chloe hätte es niemals ertragen, derart zurückgewiesen zu werden, aber Llew zuckte nur die Schultern.

»Eines Tages wird es ihnen leidtun«, lautete seine lakonische Antwort darauf. »Sie werden mich anflehen, ein Foto von ihnen zu machen, aber sie werden es sich nicht leisten können.«

Eines Tages würde Llew auch Chloe fotografieren, versprach er ihr, denn sie würde schön sein. Das kam ihm ganz nüchtern über die Lippen und klang nicht anders als die Feststellung, dass ein Marienkäfer Punkte oder ein Schmetterling Flügel hat, aber Chloe freute sich unbändig. Denn außer ihrer Mutter war er der Erste, der dies sagte, und sie wollte unbedingt schön sein, denn dann würden die Männer sich in sie verlieben, wenn sie erwachsen war, und sie würde ein märchenhaftes Leben führen ... Chloe war fest entschlossen, ein märchenhaftes Leben zu haben.

In Nant-Aur konnte man sich allerdings nur schwer vorstellen, wie dies Wirklichkeit werden sollte. Nicht, dass Chloe ihr Zuhause nicht geliebt hätte, das tat sie. Sie verehrte ihre Eltern, ertrug ihre Brüder besser, als sie sich anmerken ließ (dass sie die beiden liebte, würde sie allerdings niemals zugeben) und konnte sich nicht vorstellen, sich jemals daran zu gewöhnen, beim Aufwachen nicht die um den Hügel wabernden Nebel zu sehen.

Aber Nant-Aur war ein Dorf. Sie kannte jeden Einzelnen, und sollte etwas Großes in ihr schlummern, so würde es dort keiner wahrnehmen, abgesehen vielleicht von ihrer Mam. Für alle anderen war sie einfach »das Samuels-Mädchen«, viel zu flatterhaft, aber dennoch ein hübsches Ding, sofern sie noch etwas fülliger wurde.

Was die Männer betraf ... Abgesehen von ihren Brüdern gab es im Dorf gerade mal zwölf Jungs etwa in ihrem Alter. Selbst wenn sie ihnen zubilligte, dass sich ihr Aussehen und ihre Manieren beim Heranwachsen verbesserten, konnte Chloe sich nicht vorstellen, sich auch nur in einen Einzigen von ihnen zu verlieben. Sie waren allesamt Einfaltspinsel, dumm wie Brot. Wohingegen Chloe sich wünschte ... nun, in Wahrheit wusste sie nicht, *was* sie sich wünschte, und das lag mit an Nant-Aur. Abgesehen von der Klavierlehrerin und der Küsterin, die beide alte Jungfern waren (ein Wort, bei dem es Chloe schauderte), waren alle Frauen Mütter und Ehefrauen. Sie besorgten den Haushalt, wuschen die Wäsche. Sie standen nicht für ein breites Spektrum an Möglichkeiten, aus denen Chloe hätte wählen können.

Die Kinder im Bus stimmten begeistert ein Lied an und rissen sie damit aus ihren Grübeleien.

»Oneby, Twoby, Threeby, Fourby, Fiveby, Sixby, Sevenby, Eightby, Nineby, TENBY!«, brüllten sie und wurden mit jedem Zählen lauter, bevor sie in schallendes Gelächter ausbrachen und sich nicht mehr einkriegten.

Ein paar der Alten quittierten dies mit missbilligenden Lauten, andere lächelten nachsichtig. Chloe zog ihre Brauen hoch, wie Megan das vielleicht getan hätte. In früheren Jahren hatte sie immer mitgemacht, aber jetzt war sie ein Tenby-Teenager! Jetzt brauchte sie nicht mehr kindisch zu sein wie die Kleinen.

Es war ja nicht so, dass sie nicht heiraten und Kinder kriegen *wollte*, es sollte nur nicht so sein, wie das in Nant-Aur üblich war. Sie wollte sich nicht an sechs Tagen in der Woche in eine alte Schürze wickeln und an den Sonntagen im geflickten Kleid in die Kirche gehen, und danach nach Hause eilen, um einen großen Braten mit sämtlichen Beilagen zuzubereiten, während der Rest der Familie vor dem Kamin schnarchte. Sie wollte ... auch noch etwas anderes.

Nur in Tenby blitzten alternative Wege auf, wie man sich das Leben einrichten konnte. Tante Susan zum Beispiel hatte einen Ehemann und Kinder, aber sie trug schöne Kleider aus ihrer Zeit in London. Sie traf sich häufig mit Freundinnen zum Mittagessen und brachte viel Zeit damit zu, aufs Meer hinaus zu schauen, sich mit der Zigarettenspitze an die Zähne zu klopfen und ihre Nägel in einem umwerfenden Rot wie dem der Stechpalmenbeere zu lackieren. Chloe glaubte, auch sie könnte glücklich sein, wenn sie Nagellack und hübsche Dinge zum Anziehen hätte und Zeit, um sich mit Freundinnen zu amüsieren. Nichts davon besaß ihre eigene Mutter, aber Gwennan war immer glücklich, allerdings konnte Chloe sich nicht erklären, warum. Der einzige Mensch, mit dem sie über solche Dinge sprechen konnte, war Llew, und er meinte, dass es so viele verschiedene Wege gäbe, glücklich zu sein, wie es Menschen auf der Welt oder Kieselsteine am Strand gab.

»Woher willst *du* das wissen?«, hatte sie ihn gefragt und dabei herausfordernd angesehen. »Du bist gerade mal zehn!«

Aber ob er nun richtig- oder falschlag, Chloe gefiel der Gedanke, ihren eigenen Weg zum Glücklichsein zu finden. Sie wollte nicht so sein wie ihre Mutter und auch nicht ganz so wie Tante Susan und ganz gewiss nicht wie Tante Bran! Also würde sie sich einen neuen Weg bahnen müssen. Nur eins wusste sie mit Sicherheit: Sollte irgendwo in dem kleinen, gewöhnlichen Leben von Chloe Samuels etwas Märchenhaftes zu finden sein, dann wäre Tenby der richtige Ort dafür.

NORA

Die Angst war so schlimm wie eh und je. Zum Glück war Samstag und sie brauchte nicht zur Arbeit. Bis jetzt bestand die große Leistung des heutigen Tages für Nora darin, dass sie aus dem Bett aufgestanden war und sich eine Tasse Tee gekocht und in einen Sessel vor ihrem Schlafzimmerfenster gesetzt hatte. Sich anzuziehen hatte sie noch nicht geschafft, aber dank der voll aufgedrehten Heizung, einer Fleecedecke und einem Paar violetter Bettsocken war ihr warm. Und dennoch zitterte sie. Jennifer hatte ihr für solche Fälle den Rat gegeben, »es auszusitzen«, »in es hinein zu atmen« und »es mit Neugier und Mitgefühl zu betrachten«. Achtsamkeit. Nora versuchte es. Nicht so sehr, weil sie daran glaubte, sondern weil sie sich so elend fühlte – so überaus elend -, dass sie jede Technik, jede Perspektive ausprobieren wollte, die eines Tages diese kalte graue Lähmung verscheuchen würde. Wenn ihre Arbeitskollegen sie jetzt sehen könnten, würden sie es nicht glauben.

Nora war – jedenfalls für weitere vier Wochen – die Büroleiterin der Historischen Fakultät an der School of Humanities der University of Greater London. Sie leitete ein Team von neun Administratoren (kleiner Scherz der Fakultät: Warum eine Person für einen Job einstellen, wenn drei es halb so gut schaffen?) und sorgte dafür, dass der Arbeitsalltag der von ihr unterstützten acht Akademiker wie am Schnürchen lief. Den Sumpf der Arbeitsabläufe an der Universität mit all dem Papierkram und den Protokollen hatte sie immer als Dschungel gesehen und sich selbst darin als mächtige Forscherin, die sich mit der Machete ihren Weg bahnte. Wegen der Unerschrockenheit, mit der sie ihre Aufgabenlisten abarbeitete, an denen schwächere Sterbliche verzagt wären, pflegte Simon sie das Erfolg-o-Meter zu nennen. Von einem Mann nicht gerade ein sexy Kompliment.

Aber es stimmte schon, Nora war eine unübertreffliche Fachkraft. Alles an ihr saß immer perfekt. Was den Kopf einziehen bedeutete, wusste sie gar nicht. Aber seit etwa einem Jahr plagten sie verschwommene, unspezifische Ängste. Plötzlich wachte sie nachts weinend aus Albträumen auf, ohne sich später daran erinnern zu können, manchmal auch aus erotischen Träumen, so klar und aufdringlich und so sehr im Widerspruch zu ihrem Leben im Wachzustand, dass sie diese sogar noch beunruhigender fand.

Die Aussicht, die ihre Zweizimmerwohnung auf die Hofseite bot, bestand aus einem Gewirr von Dächern und Häuserkanten, ein paar Abflussrohren und einer rissigen Regenrinne, aus der wie aus einem dekonstruktivistischen Hängekorb üppig das Unkraut spross. Nora saß da und stierte vor sich hin, während zwischen ihren Händen der Becher kalt wurde.

Wie sollte sie es den anderen am Montag in der Arbeit beibringen? *Neun Jahre* hatte sie dort zugebracht; sie »gehörte zum Inventar«, wie Dr. Menna Brantham (Gender und Narrativität 1765–1857) oft betonte. (Sie meinte es als Kompliment.) Sie war nicht ansatzweise darauf vorbereitet, auf die mit Sicherheit folgenden Fragen Antworten zu geben. Wie etwa: *Warum?*

Vielleicht hatte Simon recht. Vielleicht tickte sie wirklich aus. Sie hatte einem momentanen Impuls nachgegeben, hervorgerufen durch den Kontrast jenes Strandbildes und dieser grün angestrichenen Türen und des verdammten Plastikfarns. Eine spontane vehemente Ablehnung all dessen, was für ihr Leben stand. Aber *das* konnte sie doch wohl kaum ihren Kollegen erzählen.

Ihr Kopf sagte ihr immer wieder, dass sie einen katastrophalen Fehler gemacht hatte, schließlich könnte ihr Job wirklich schlimmer sein. Aber ein rebellischer, uneingestandener Teil von Nora flüsterte ihr ein: *Er könnte aber auch sehr viel besser sein.*

Was würde sie tun, wenn sie aufhörte? Jeden Tag genauso wie diesen verbringen, sich vor einem unsichtbaren Raubtier totstellen, vor dem Leben zurückweichen? Würde sie tatsächlich verrückt werden? Diese

Möglichkeit hatte Nora bisher nie auf dem Schirm gehabt. Sie war klug. Pragmatisch. Engagiert. »Eine sehr patente junge Frau«, hatte Dr. Wendham Windsor (Politik und Soziologie des 20. Jahrhunderts) sie einmal gelobt.

Ihr Becher war jetzt eiskalt. Nora stellte ihn auf dem Fensterbrett ab und die Dachlandschaft vor ihren Augen verwandelte sich in den Strand. Langgezogen und makellos, mit einem Funkeln wie Champagner, gesäumt von Schaum und ins Flutlicht der Wintersonne getaucht. Nora stöhnte. Musste sie nun auch noch Halluzinationen auf die Liste ihrer Probleme setzen? Es war nur ein Ort in Wales, den sie als Kind ein einziges Mal besucht hatte.

Nora und Jasmine hatten bei Grandma gewohnt, die vorgeschlagen hatte, einen Ausflug nach Tenby zu machen. Jasmine wollte natürlich nicht mitkommen, also fuhr Gran allein mit Nora. Nora hatte an diesen Tag seit sicher zwanzig Jahren nicht mehr gedacht – bis gestern im Büro der Strand aus dem Nichts vor ihrem geistigen Auge aufgeblitzt war.

Und warum genau dieser Strand? Tenby verfügte über zwei oder drei wunderbare Strände, wenn Nora das noch richtig in Erinnerung hatte. Erst gegen Ende des Tages hatten sie einen kurzen Abstecher zum South Beach unternommen. Als Gran sie fragte, ob sie hinuntergehen und einen Spaziergang machen wolle, hatte Nora den Kopf geschüttelt – sie war müde. Also kehrten sie zum Auto zurück. Es war ein hübscher Ort gewesen, eine glücklichere Zeit, aber es hatte sich dort nichts Bemerkenswertes ereignet. Er hatte für sie keine besondere Bedeutung. Es war lächerlich. Man konnte doch nicht von einem Strand heimgesucht werden. Aber das Seltsamste daran war, dass ihre Angst jedes Mal nachließ, wenn sie diesen Strand sah.

Das Schlimmste an einem Nervenzusammenbruch, oder was immer das war, worunter sie litt, war das Gefühl, von allem entrückt zu sein. Gestern Abend hatte sie auf ihrem Nachhauseweg Glen, den Obdachlosen, vor der U-Bahnstation getroffen. Er hielt eine Leine, an der jedoch kein Hund befestigt war. Als er Nora sah, packte er sie am Arm.

»Haben Sie ihn gesehen?«, fragte er mit großen forschenden Augen.

»Wen gesehen?«, hakte Nora nach. »Ihren Hund?«

Er sah sie fragend an. »Nein, ich habe keinen Hund. Mich *selbst*. Ich kann mich selbst nicht finden. Haben Sie ihn gesehen?«

Nora hatte ihm im nahegelegenen Café einen Kaffee und ein Stück Kuchen gekauft und sich eine Weile zu ihm gesetzt. Sie fühlte sich genauso, als würden all die Dinge, die einmal »Nora« ausgemacht hatten, aus den Fugen geraten und davonschweben. Das war beängstigend und machte einsam.

In letzter Zeit konnte schon die kleinste Kleinigkeit sie erschüttern. Wie etwa die Aussicht auf den heutigen Abend: Sie musste zum Abendessen zu ihrer Mutter. Nun, sie *musste* natürlich nicht – Jennifer zog sie ständig wegen einer Wortwahl wie dieser auf. Ihre Mutter hatte schlicht eine Einladung ausgesprochen und Nora stand es frei, sie anzunehmen oder abzulehnen, wie Jennifer betonte. Also hatte Nora sich dafür *entschieden*, die – eindringlich vorgebrachte – Einladung anzunehmen, in der Hoffnung, dass es diesmal so sein würde, wie es früher einmal war.

Es kostete sie Kraft, sich aufzuraffen und zu duschen, anzuziehen und die Haare zu föhnen. Aber ihre Mutter bekäme einen Anfall, wenn Nora bei ihr auftauchen würde, als wäre sie gerade erst aus dem Bett gekrochen. Also musste es getan werden.

»Okay, okay«, führte Nora ihren imaginären Dialog mit Jennifer fort. Es *musste* nicht getan werden. Sondern sie *entschied* sich dafür, sich präsentabel herzurichten, um sich selbst Kummer zu ersparen. Vermutlich hatte es auch sein Gutes: Ungewaschen den ganzen Tag in einem Sessel zu sitzen, war nicht gerade aufbauend.

Als sie ihre Wohnung verließ, sah Nora zwar blass, aber sonst beinahe normal aus in schwarzer Jeans, violetter Bluse und flachen Schuhen. Sie wählte Kristallohrringe und ein Armband. Glänzend rahmte das braune Haar im Rachel-Schnitt, wie er in den Neunzigern populär war, ihr herzförmiges Gesicht. Nora war immer ein Fan von *Friends* gewesen. Mit etwas Mascara betonte sie ihre großen grauen Augen und besprühte sich mit *La Vie Est Belle*. Sie stellte die Parfümflasche zurück neben das alte Stundenglas ihrer Mutter mit seinem Mahagonigestell und dem Sand in Entenei-Blau. Als Kind hatte sie gern mit diesem hübschen Gegenstand gespielt. Jetzt stand er vernachlässigt zwischen dem Krimskrams, das Glas trüb von einer Staubschicht. Schuldbewusst wischte Nora es rasch mit ihrem Ärmel ab.

Als sie rosa Rosen kaufte – die Lieblingsblumen ihrer Mutter –, fühlte sie sich gleich besser. Im Bus überfiel sie dann allerdings der Drang, bis zur Endstation in Richmond sitzen zu bleiben, aber das hatte wohl nichts zu bedeuten, oder? Schließlich konnte man nicht immer in der Stimmung sein, seine Mutter zu besuchen. Nur dass Nora sich früher stets darauf gefreut hatte.

Ihr Dad Steve hatte sich aus dem Staub gemacht, als sie noch klein war – an Noras erstem Geburtstag, um genau zu sein. Jasmine hatte nie wieder geheiratet. Sie blieben in selbst gewählter Zweisamkeit unter sich. *Zwischen uns passt kein Blatt Papier*, wie Jasmine immer betonte, wenn man sie dafür bewunderte, dass sie so gut zurechtkam.

»Zwischen uns passt kein Blatt Papier«, meinte sie dann lächelnd und schüttelte den Kopf. »Uns geht's wunderbar, nicht wahr, Nora?« Und das stimmte auch. Selbst als Nora zur Universität ging und dann mit ihrem ersten Freund zusammenzog, blieben sie weiterhin beste Freundinnen. Bis letztes Jahr war die eine der anderen die liebste Gesellschaft und sie waren sich so nah, wie man sich nur sein konnte.

Warum sich das geändert hatte, wusste Nora nicht. Es war nichts Dramatisches passiert. Lag es an Nora? Lag es an Jasmine? Oder war es völlig natürlich und unvermeidlich? Vielleicht konnte niemand auf Dauer seiner Mutter so nah sein. Es war noch immer okay zwischen ihnen, sie redeten noch miteinander und so, *aber* ... Zwischen ihnen lag permanente Anspannung, Verärgerung. Die banalsten Gespräche bargen Landminen des Missverständnisses. Vielleicht waren sie einander *zu* nah.

Auf dem Oberdeck des Busses nach Petersham redete sie sich gut zu. Diese Affirmationen beruhten nicht auf einer Empfehlung von Jennifer; Nora war in einem der Selbsthilferatgeber darauf gestoßen, die sie im Lauf der letzten Monate angehäuft hatte. Sie beruhigten sie ein wenig.

Alle meine Beziehungen sind harmonisch und befriedigend. Ich bin eine zuversichtliche, kompetente Erwachsene. Ich bin frei, eigene Entscheidungen zu treffen.

Jasmines Haus war ein winziges Cottage aus dem achtzehnten Jahrhundert am Ende einer Straße, die nun zu einer modernen Wohnsiedlung führte. Nora zögerte unweigerlich an der Türschwelle. Natürlich würde sie ihrer Mutter die Neuigkeiten erzählen. So hatten Nora und Jasmine das immer gehalten. Wenn Nora aus der Schule kam, erzählte sie ihrer Mutter jedes Mal in allen Einzelheiten bei heißer Schokolade und Jacobs Crackers, wie ihr Tag verlaufen war. Wenn Jasmine von der Arbeit nach Hause kam, erzählte sie Nora bei einem Glas Wein, wie ihr Tag in der Arbeit ausgesehen hatte. Nora wünschte sich, dass es zwischen ihnen wieder genauso wurde. Sie hatte aus keinem erkennbaren Grund gekündigt und nun erst mal keinen Job. Es sollte doch wohl noch immer möglich sein, das ihrer Mutter mitzuteilen, oder?

Alle meine Beziehungen sind aufrichtig und ehrlich. Ich bin eine starke, unabhängige Erwachsene.

Die Tür flog auf und Nora fuhr zusammen. »Willst du den ganzen Abend hier stehen bleiben und Selbstgespräche führen?«, fragte ihre Mutter. »Ich habe dich vom oberen Fenster aus beobachtet. Man könnte meinen, du willst gar nicht reinkommen!«

»Natürlich will ich reinkommen!« Nora errötete und drückte ihrer Mutter, deren Augen vor Freude strahlten, die Blumen in die Hand.

Jasmine hatte lange dunkle Haare, und das schon immer, so weit Nora zurückdenken konnte. Natürlich half Jasmine, die in den Siebzigern war, jetzt bei der Farbe nach, die ihr zu ihren auffallend blauen Augen und dem elfenhaften Körperbau noch immer gut stand und außerdem gut gemacht war. Ihre Haut war seidig und sie hatte eine zierliche Figur – was Nora ärgerte, die üppig gebaut und fast einen Meter achtzig groß war und sich neben ihr riesig fühlte. Offensichtlich kam sie nach ihrem Vater.

»Dank dir, meine Liebe, die sind wunderschön. Du bist ein Schatz. Jetzt komm aber rein. Was hast du denn mit deiner Bluse angestellt?« Sie strich nicht gerade sanft über Noras Ärmel.

Nora blickte auf den Staubstreifen, den das Stundenglas zurückgelassen hatte. »Das ist nur Staub.«

»Ganz ehrlich, meine Liebe, es würde nicht schaden, wenn du dir hin und wieder mal eine Putzfrau leisten würdest. Oh! Ich glaube, die Suppe kocht. Die darf aber nicht kochen!«

Sie humpelte davon und Nora folgte ihrer Mutter in die Küche. Diese war klein und wirkte warm, mit Eichenschränken und Terracottafliesen auf dem Boden. Der süße Duft von Pastinaken waberte wie eine Wolke durch den Raum. An den Türrahmen gelehnt verfolgte Nora, wie Jasmine die Flamme am Kochfeld kleiner drehte und die Suppe umrührte. Sie war wie immer elegant angezogen, schwarze Seidenhose und cremefarbene Chiffonbluse. Jasmine gab nichts auf Schürzen. Einen kurzen Moment lang sah sie aus wie immer. Nur wenn sie umherlief, sah man ihr das Alter an – die steifen Gelenke und seltsamen Bewegungen beim Bücken und Strecken. Nora gab sich der Illusion hin, sie sei noch ein Kind und ihre Mutter in den Vierzigern und sie könnten einander bei Pastinakensuppe das Herz ausschütten.

»Sandy wird mit uns zu Abend essen«, verkündete Jasmine, während Nora einen Krug mit Wasser füllte und die Rosenstängel beschnitt.

Das war ein Dämpfer für Nora. Es war schon in den besten Zeiten schwer genug geworden, mit Jasmine ins Gespräch zu kommen. Wenn sie zudem Gesellschaft hatte, dürfte es unmöglich sein. »Oh.«

»Was ist denn? Du magst Sandy doch.«

Nora mochte sie. Auch sie war eine ständig umherziehende Siebzigjährige, die jedes Mal, wenn Jasmine auf einem ihrer immer häufiger werdenden Ausflüge nach Thailand oder Kanada oder Malawi außer

Landes war, auf das Cottage aufpasste. Bedeutete dies etwa, dass ihre Mutter schon wieder wegfuhr?

»Wirst du Weihnachten denn hier sein, Mum?«, platzte es aus ihr heraus. Sie würde doch wohl nicht über Weihnachten verschwinden, jetzt, da Nora Simon verlassen hatte?

Jasmine drehte sich am Herd zu ihr um und sah sie mit gerunzelter Stirn an. »Natürlich werde ich da sein!«, erklärte sie in einem höchst ungeduldigen Ton. »Nun werde bloß nicht albern, Nora.«

»Ich habe doch nur *gefragt*!«

»Derart sinnlose Fragen kannst du dir sparen! Oh, da kommt Sandy. Lass sie doch bitte rein.« Jasmine bückte sich mühsam, um die Tür des Backofens zu öffnen, dem der appetitanregende Duft von Knoblauchbrot entwich. Mit ihren riesigen Topfhandschuhen sah sie aus wie ein Kind in den Schuhen des Vaters. Hin- und hergerissen zwischen Liebe und Enttäuschung biss Nora sich auf die Lippe und ging dann zur Tür, als sie Sandys Gehstock auf dem Kies knirschen hörte.

Je weiter der Abend voranschritt, umso entspannter wurde Nora. Vielleicht war es sogar gut, dass Sandy hier war. Sie brauchte ihrer Mutter ja die letzten Entwicklungen nicht unbedingt *heute* zu erzählen. Das konnte warten.

»Nora geht noch immer zu dieser Therapeutin«, bemerkte Jasmine bei der Zitronenbaisertorte. »Mir lässt das keine Ruhe. Dieses ständige Graben in der Vergangenheit und die Geldverschwendung. Das haben wir damals nicht gemacht, stimmt's?«

»Du darfst nicht vergessen, Jasmine«, wandte Sandy ein, »die Zeiten haben sich geändert. Heutzutage stehen junge Leute unter großem Druck. Entschuldige, Nora, ich möchte nicht besserwisserisch klingen. Ich weiß, dass du ziemlich erwachsen bist. Allerdings kommen mir in letzter Zeit alle, die unter sechzig sind, jung vor.«

Nora lachte. Sandy war drahtig und zäh. Ihr dichtes graues Haar war zum Pferdeschwanz zusammengebunden und sie trug wie üblich Jeans und ein Poloshirt. Sie war lebhaft und an Menschen interessiert. Sie war eine gute Reklame für die Siebzig-plus.

»Das sagen alle«, erwiderte Jasmine mit finsterer Miene. »Man braucht ja nur das Frühstücksfernsehen einzuschalten. Da wird über Lärmbelästigung und Zeitdruck und Schikane in den sozialen Medien gestöhnt ... Alles muss richtig aufgeblasen werden ...«

Anstatt vor Sandy einen Streit vom Zaun zu brechen, entschuldigte Nora sich und ging nach oben. Jasmine hatte sich immer damit gebrüstet, unvoreingenommen und aufgeschlossen zu sein. Wieso, verdammt, hatte sie sich derart verändert? Im Badezimmer flackerten Teelichte auf dem Fensterbrett und der Boiler summte. Das weckte bei Nora nostalgische Gefühle. Sie vermisste das Leben hier, als sie jung und voller Optimismus war und am Fluss entlanglief, um den Schulbus zu erwischen. Und Herrgott noch mal, sie vermisste ihre *Mutter*! Und doch begriff sie nicht, wie man jemanden vermissen konnte, der in diesem Moment unten saß. Vor allem nicht, nachdem derjenige sie während der vergangenen zwei Stunden so wütend gemacht hatte. Sie vermisste die Mutter, die sie einmal *gewesen* war. Und das, was ihre Beziehung ausgemacht hatte.

Auf dem Treppenabsatz sah sie, dass die Dachbodenleiter heruntergezogen war – Jasmine hatte erwähnt, dass die jährliche Exhumierung der Weihnachtsdekoration anstand. Plötzlich packte Nora das Verlangen, die alten Fotoalben ihrer Mutter durchzublättern. Als Nora klein und ihrer schönen, abenteuerlustigen Mutter in Ehrfurcht ergeben war, hatte sie Stunden damit zugebracht, sie sich anzusehen. An vielen Winterabenden hatte Jasmine sich mit Nora hingesetzt und die Seiten umgeblättert und dabei die Geschichten zu den Bildern erzählt.

Nora hatte verzaubert zugehört und war sich dabei sicher gewesen, dass jede Frau so sein wollte wie ihre Mutter. Jetzt aber, nachdem ihre Mutter sich so verändert hatte, fragte Nora sich, wie das Leben für Jasmine tatsächlich ausgesehen hatte – hinter den strahlenden Bildern.

»Mum«, rief sie, »ich komme gleich wieder, ich muss nur meine alten Bücher durchsehen.«

»Okay!«, rief ihre Mutter zurück. »Soll ich dir für später noch ein Stück Torte abschneiden?«

»Ja, bitte.«

»Wirklich? Ich dachte, du wolltest abnehmen?«

»Warum hast du es mir dann angeboten?«, brummelte Nora, verdrehte die Augen und verweigerte die Antwort.

Rasch erklomm sie die Leiter zum Dachboden und schaltete das Licht an. In der Mitte stapelten sich Schachteln mit Weihnachtsdekoration, aus denen Lametta hing. Nora griff nach der Taschenlampe, die neben der Dachbodenluke ihren Platz hatte, und strahlte die verschiedenen Objekte an: Noras Schulzeugnisse und -projekte, Koffer, die Gitarre, auf der niemand spielen konnte ...

Sie entdeckte die verzierte Truhe mit den Fotoalben und öffnete sie. Es gab kein Geheimnis zu lüften, sie wusste, dass sie keinen geheimen Brief oder eine bisher nicht entdeckte Aufschrift auf der Rückseite eines der Fotos entdecken würde, weil sie diese Alben von vorn bis hinten in- und auswendig kannte. Sie wollte einfach nur wieder mal einen Blick darauf werfen. Sie zog das oberste Album heraus und schlug es aufs Geratewohl auf. Nora musste lächeln. Diese Fotos hatte sie seit Jahren nicht mehr angeschaut ... Als Erstes war da Jasmines Phase als Go-go-Girl. In den Sechzigerjahren hatte sie in London als Model gearbeitet und die Fotos zeigten sie mit dramatisch schwarz umrandeten Augen, Miniröcken und klobigen kniehohen Stiefeln, das lange dunkle Haar hochtoupiert.

Darauf folgte die Hippiezeit in den Siebzigern: fließende gebatikte Röcke und gehäkelte Ponchos, das Haar offen und länger denn je. Das war die Phase, die Nora hervorgebracht hatte.

Danach kam das, was für Nora immer die Melanie-Griffith-Phase ihrer Mutter in den Achtzigern gewesen war, nachdem Steve sie verlassen hatte. Rechnungen mussten bezahlt und ein Kind versorgt werden, und so machte Jasmine eine Ausbildung als Rechtsassistentin und wurde Anwältin und war als alleinerziehende Mutter erfolgreich in einem harten Umfeld, in dem Frauen damals noch eine Minderheit darstellten. Aber sollte sie diese weitere, ihr aufgedrängte Veränderung ihres Lebensstils bedauert haben, so ließ sie sich das nie anmerken. Die Fotos aus dieser Zeit zeigten sie mit Frisuren wie aus dem Denver-Clan, mit blauem Lidschatten und dem Goldschmuck einer Powerfrau.

Go-go-Jasmine hatte Nora nie gekannt und von Hippie-Jasmine waren ihr nur vage Erinnerungen wie aus einer anderen Welt geblieben: die Berührung weicher Stoffe, der Duft von Räucherstäbchen. Es war die »berufstätige Mutter« Jasmine, an die Nora sich erinnerte und von der sie geprägt worden war.

Aber bei Jasmine war eine Karrierefrau sexy, faszinierend und dynamisch, und Nora kam nicht umhin, einen Vergleich mit ihr im entsprechenden Alter anzustellen. Eine sehr patente junge Frau. Das Erfolg-o-Meter. Teil des Inventars. Das waren keine Komplimente, die ein Mädchen zum Strahlen brachten. Nora hatte Jennifer einmal beschrieben, dass sie das Leben ihrer Mutter als eine Anhäufung großer, bunter Bauklötze empfand, wohingegen für Nora nur die engen, staubigen Räume dazwischen übrig blieben. Sie fühlte sich wie das Negativ einer Fotografie, wie die farblosen, verschmierten Flecken, die Jasmine Banquists bemerkenswertes Leben übrig ließ.

Sie blätterte noch eine Weile, klappte dann die Alben zu und stellte alles zurück. Sie wappnete sich für die Rückkehr an den Esstisch. Und verdammt noch mal, sie würde noch ein Stück Torte verspeisen.

CHLOE

Als der Bus am Lager der Fahrenden nahe Kilgetty vorbeifuhr, wusste Chloe, dass sie sich tatsächlich ihrem Ziel näherte. Das war ihre spezielle Landmarke. Eine Ansammlung von Roma-Wohnwagen stand auf einem Flecken Gemeindeland. Offene Feuer flackerten, darüber hingen Kessel und Töpfe. Pferde bewegten sich und Hunde streiften durch die kleine Gemeinschaft, Frauen hängten Wäsche auf die Leinen und das kreischende Lachen der spielenden Kinder übertönte den Motorenlärm des Busses und gelangte an Chloes Ohr. Jeden Sommer winkte Chloe ihnen fasziniert zu. Sie wurde gar nicht wahrgenommen. Aber von diesem Punkt an versprachen die gewundenen Straßen und hohen Hecken nur noch eins: Tenby.

Als das Lager hinter ihnen verschwand, setzten die Kinder wieder zu ihrem Gesang an: »Oneby, Twoby …«

Chloe hörte zu und fühlte sich überlegen, bis die Begeisterung sie übermannte. »Eightby, Nineby, TENBY!«, brüllte sie. Sie waren fast *dort*!

Nachdem die Straße zu einer letzten Biegung nach rechts ausgeholt hatte und man kurz das türkisfarbene Meer aufblitzen sah, ging es endlich abwärts, vorbei an der grauen Eisenbahnbrücke. Dann zockelte der Bus mühsam zu den Five Arches hoch, wo die zauberhafte Fahrt ein Ende fand. Aber da hüpfte Chloe schon vor Ungeduld auf ihrem Sitz.

»Zappelsuse«, brummelte eine alte Frau, die neben ihr saß, und bedachte sie mit einem finsteren Blick.

Und dort, neben dem Zaun, stand Tante Susan wie ein Farbfoto aus einem ihrer Modemagazine. Chloe winkte aufgeregt und traf dabei den Hut des Herrn vor ihr, sodass dieser ihm über die Augen rutschte.

»Oh, tut mir leid! *Mae'n ddrwg gen i*«, stieß sie hervor, ohne auf die missbilligenden Laute der alten Dame zu achten. Als sie sich aus ihrem Sitz schob, warf sie einen besorgten Blick auf den Schorf auf ihren Knien – sie war letzte Woche beim Himmel-und-Hölle-Spiel hingefallen. Dabei wollte sie für Tenby immer elegant sein, aber Schorf auf den Knien war nicht gerade das angesagteste Sommeraccessoire.

Sie drängelte sich aus dem Bus, hinaus an die salzige Seeluft, die so rein wie Glockenklang war. Möwen kreischten, ein warmes Lüftchen wehte und Chloe war wieder einmal verzaubert.

»Ich bin hier«, schrie sie, ließ den Koffer fallen und öffnete weit die Arme.

Tante Susan lächelte und kam vorsichtig auf ihren hochhackigen Schuhen auf sie zu. Sie trug ein hellblaues Kleid mit rundem Kragen und eng sitzendem Bleistiftrock, dessen schmaler weißer Gürtel die schlanke Taille ihrer femininen Figur betonte. In Nant-Aur würde keine

Frau ihre Formen derart zur Schau stellen. Das Schönste jedoch waren die Schuhe und der dazu passende kleine Hut, der auf ihrem perfekt gewellten braunen Haar thronte. Beide waren weiß mit dunkelrosa Streublümchen. Sofort war Chloes Sehnsucht geweckt, auch solche Schuhe zu haben. (Sie trug ihre braunen Schultreter, die zwar nicht hübsch, aber von ihrem Vater auf Hochglanz poliert worden waren.)

»Chloe, Liebes, herzlich willkommen«, sagte Tante Susan und bückte sich, um ihrer Nichte einen Kuss auf den Scheitel zu hauchen. »Was für ein hübscher Rock.«

In eine Parfümwolke gehüllt, musste Chloe erst mal Luft holen, bevor sie antworten konnte. »Danke! Der ist neu. Neu für mich, meine ich, nicht neu gekauft. Du hast fantastische Schuhe! Ich würde alles geben für solche Schuhe.«

»Wenn du älter bist, werden Absätze bei dir Wunder bewirken. Du brauchst die Höhe. Aber du bist so ein hübsches Mädchen. Und wie geht es deiner Mutter?«

»Mam geht es sehr gut, danke, Tante Susan, und sie lässt liebe Grüße an dich und Onkel Heinrich ausrichten.«

»Oh, er heißt jetzt Harry, du erinnerst dich doch, meine Liebe? Und wie geht es Branwen?«

Chloe zögerte. Das war kniffelig, denn Branwen weigerte sich, anzuerkennen, dass die Feindseligkeiten mit Susan beigelegt waren. Der Krieg war vorbei, aber Branwen hegte und pflegte ihren Groll. »Hm, es geht ihr gut. Sie ist ... wie sie ist«, schloss sie und bediente sich dabei einer Phrase, die oft von den Nachbarn gebraucht wurde. Dazu nickte sie weise, wie sie das die Erwachsenen hatte tun sehen. »Und wie geht es Megan und Richard?«

»Megan ist ganz junge Dame. Die wird schnell erwachsen. Sie ist mit ihren Freundinnen ausgegangen, aber du wirst sie zum Tee sehen. Richard ist mit Lernen beschäftigt. Buchhaltung, weißt du. Er hofft, in einem der Hotels Arbeit zu finden.«

Chloe verzog das Gesicht bei dem Gedanken, den Sommer in Tenby mit Buchhaltung zuzubringen. Und sie fand es gemein von Megan, nicht auf sie gewartet zu haben, sie musste doch gewusst haben, wie gern Chloe mitgekommen wäre. Megans Freundinnen waren lustig und spritzig wie Brause.

Als sie aufbrachen, reckte Chloe ihren Hals, weil sie sich am Anblick der Five Arches nicht sattsehen konnte. Dieser Rest der alten Stadtmauer hob sich burgartig und massig vor dem hellen Blau des Himmels ab, aus den Mauerfugen quollen rosa Blüten. Jedes Mal hatte sie das Gefühl, in einem Märchenbuch gelandet zu sein: Prinzessin Chloe von Goldstrom ... Offenbar war sie dem noch immer nicht entwachsen.

Das Meer konnte man von hier nicht sehen, aber sie konnte es riechen und auch hören in den Schreien der Möwen, die auf silberweißen Schwingen wie Propellerflügel vorbeisegelten. Ihre kreischend vorgetragenen Geschichten von Plünderungen und aufregenden Abenteuern auf den Wellen amüsierten sie – Llew nannte sie Piraten der Lüfte.

Sie kamen am Bowlingfeld vorbei und liefen durch Wohnstraßen, bis sie Kite Hill Nummer zwölf erreichten. Es war ein hübsches mittelgroßes Haus mit einer Spitzbogenveranda, umrandet von filigranem Holz.

Mochte Megan sie auch vergessen haben, Llew erwartete sie. Er saß auf der Türschwelle. Also würde es heute Nachmittag doch Abenteuer geben!

Chloe hatte Llew während ihres ersten Ferienaufenthalts bei Tante Susan kennengelernt – weshalb Llew und Tenby für sie immer untrennbar verbunden waren. Eines Abends war sie ganz wörtlich über ihn gestolpert. Sie hatte die Teenager von Tenby beim Sommerball ausspioniert, Megan war natürlich dort, zusammen mit Alma und Evie und Christine. Chloe hoffte, von ihnen hineingeschmuggelt zu werden, aber sie hatten es nicht angeboten.

Gerade mal drei Jahre zu jung dafür – frustriert hatte sie gegen die Mauer des Fountains Café getreten. Megan und ihre Freundinnen hatten nur noch von diesem Ball gesprochen, bis Chloe das Gefühl hatte, dass das Leben für jeden, der nicht daran teilnehmen durfte, absolut sinnlos und trist war. Sie hatte die Ankunft der Jungs mit ihren glatt nach hinten gekämmten Haaren und der Mädchen in ihren neuen Kleidern mit den weiten Röcken beobachtet, in sämtlichen Regenbogenfarben waren sie über den Weg von der Esplanade herbeigeströmt. Als alle drinnen und nur noch Chloe draußen war, trottete sie davon und steuerte die Dünen an, begleitet von den Klängen Nat King Coles und der Andrews Sisters. Und dabei stolperte sie über etwas, das sie für einen Ast hielt, sich aber als ausgestreckter Knöchel entpuppte. Und landete mit dem Gesicht voran der Länge nach im Sand.

»Pass auf!«, murmelte eine verträumte Stimme.

»Du hast mir ein Bein gestellt!«,, entrüstete sie sich, setzte sich auf und spuckte Sand.

Wie sich herausstellte, gehörte der Knöchel zu einem sehr schmalen Jungen, der auf dem Bauch lag und etwas in Händen hielt, was sie anfangs für ein Fernglas hielt.

»Ach, jetzt ist sie weg«, sagte er. »Egal. Ist mit dir alles in Ordnung?« Er setzte sich auf, drehte sich um und sah sie an. »Oh, du bist hübsch«, ergänzte er. »Hast du was dagegen, wenn ich ein Foto von dir mache?«

Da erkannte Chloe, dass es eine Kamera und kein Fernglas war, womit er auf sie zeigte.

»Aber doch nicht *so*!«, sagte sie verärgert und fing an, sich den Sand aus dem Gesicht zu wischen und ihre Haare zu ordnen.

»Nein, nicht! Ich will dich genau so – das wird ein großartiges Foto, vertrau mir!« Und schon klickte der Auslöser.

»Jetzt reicht es, ich sehe sicherlich schrecklich aus!«, wehrte sich Chloe. »Was hast du überhaupt gemacht? Wer ist weg?«

Der Junge trug Shorts und ein blau-weiß gestreiftes Hemd. Die Hemdsärmel waren ausgefranst und er hätte eine gründliche Waschung vertragen können, wie Chloe feststellte. Sie war nicht umsonst die Tochter ihrer Mutter. Er hatte ziemlich lange hellbraune Haare und bemerkenswerte Augen irgendwo zwischen Sepia und Grün, wie zu Hause die Felder im Februar.

»Wer weg ist?«

»Ja. Eben sagtest du: ›Sie ist weg.‹«

»Ah! Auf diesem Stück Treibholz saß eine Möwe.«

Chloe war nicht sonderlich beeindruckt. »Hier sind doch überall Möwen! Das ist kein besonders interessantes Motiv.«

»Doch, das war es. Komm her und sieh selbst.« Er streckte eine Hand aus und zog sie neben sich. Flach auf dem Bauch liegend, erkannte Chloe es auf Anhieb. Ein paar hohe Gräser rahmten einen tief stehenden Horizont und ein prächtiges, vom Wasser glatt geschliffenes Stück Treibholz. So etwas sah man nicht alle Tage. Es war hübsch.

»Und genau da saß eine riesige Möwe«, erklärte der Junge. »Und füllte das Bild aus. Sah aus wie ein Riesenvogel. Es war ein toller Blickwinkel.«

Chloe konnte es sich gut vorstellen. Trotzdem. »Tut mir leid, dass ich sie verscheucht habe, indem ich einfach hingefallen bin. Wie unbedacht von mir.«

Er grinste sie an. »Ist schon okay. Tut mir leid, dass ich dich zum Stolpern gebracht habe. Ich bin übrigens Leonard Jones.«

»Chloe Samuels. Oh! Warte mal! Rühr dich nicht vom Fleck!«

»Du gehst?«

»Bin gleich wieder da!«

Chloe hatte eine halb gegessene Packung Kartoffelchips in ihrer Strickjacke. Ihren Cousin Richard schienen Mahlzeiten und Snacks immer zu langweilen, wenn er die Hälfte davon verzehrt hatte, und er gab sie dann an Chloe weiter, die stets hungrig war.

Sie rannte zu dem Stück Treibholz und streute ein paar Chips darauf, dann eilte sie zurück. Sie nahm neben Leonard den Platz mit dem Scharfschützenblick auf das Holzstück ein.

»Kartoffelchips?« Sie hielt ihm die Tüte hin.

Während Leonard darin herumwühlte, kamen zwei gierige Möwen angeflogen und fielen über das Festmahl her.

»Ah, wie schlau von dir!« Er drückte ihr die Tüte mit den Chips in die Hand und griff nach seiner Kamera. »Bewegt euch, ihr Mistkerle«, murmelte er, und Chloe war gleichermaßen entsetzt und fasziniert von seiner Wortwahl. »Nun dreht euch schon! Nein, es war besser, als nur eine dort war. Verzieh dich, du dürres Ding ...«

Chloe kam sich vor wie eine Naturforscherin auf Safari, während sie Chips knabbernd im Sand lag und Leonard beobachtete, der angestrengt mit seiner Kamera hantierte. Mit halb geschlossenen Lidern sah sie die Stängel des Strandhafers als langes Dschungelgras und wartete darauf, dass ein Löwe an der Kamera vorbeistolzierte ...

Ein Löwe. Genau daran erinnerte Leonard sie mit seiner Mähne gelbbrauner Haare und den eindringlichen Augen mit ihrem goldenen Funkeln. So wie die Rippen seines Brustkorbs sich unter seinem Hemd abzeichneten, erinnerte er an einen Löwen, der schon längere Zeit kein Zebra mehr gerissen hatte. Sie lächelte. Bedeutete der Name Leonard nicht ebenfalls Löwe? Wie Llewelyn im Walisischen.

»Ich werde dich Llew nennen«, sagte sie. »Das passt besser zu dir.«

Die kleinere Möwe flog davon, während sich die andere ihnen direkt zuwandte und sie anstarrte.

»Erwischt!«, rief er befriedigt und wandte sich lächelnd an Chloe. »Danke, Chloe Samuels, ich denke, das wird gut werden. Was hast du gerade gesagt?«

»Ich werde dich Llew nennen. Das ist besser als Leonard. Und du siehst auch aus wie ein Löwe.«

»Llew«, wiederholte er. »Das gefällt mir. Weißt du, du hast dafür gesorgt, dass die Möwe zurückkommt, also schulde ich dir was. Du darfst mich nennen, wie du möchtest!«

Chloe kicherte. »Darf ich dich Klogesicht nennen?«

»Nein.«

»Darf ich dich Schweinskopf nennen?«

»Nein!«

»Darf ich dich ...?« Und sie machten so weiter, bis beide sich vor Lachen schüttelten und Chloe Bauchweh davon hatte.

Anschließend streiften sie umher, bis es dunkel war. Als die Flut hereinkam, wechselten sie vom Strand in die Stadt und Leonard zeigte

Chloe alle möglichen interessanten Winkel, in die sie mit Megan noch nie gekommen war.

Er führte sie um die Stadtmauer und zeigte ihr die Nischen, in denen früher Statuen standen, sowie die Pfeilschlitze und Schießscharten.

»Durch sie hat man Kanonen abgefeuert!«, erklärte Llew und dabei leuchteten seine Augen. »Kannst du dir das vorstellen? Bumm!«

Dann führte er sie zum alten Badehaus am Castle Square und zeigte ihr die merkwürdige Inschrift über der Tür. »Was ist das denn für ein Gekrakel?«, staunte Chloe.

»Altgriechisch, sagt mein Dad. Aber frag mich nicht, was es bedeutet, ich habe es vergessen.«

Als sie an einem der edlen Hotels am The Croft vorbeikamen, fragte er: »Warum wolltest du eigentlich zum Ball gehen?« Hinter den durchscheinenden Vorhängen konnten sie tanzende Schatten sehen. »Tanzen ist doof!«

»Ist es *nicht*!« Entrüstet blieb Chloe wie angewurzelt stehen. Vielleicht wurde das ja doch nichts mit ihrer Freundschaft! »Tanzen ist das Wunderbarste auf der ganzen Welt, und wenn ich erwachsen bin, werde ich eine berühmte Tänzerin.«

»Tatsächlich?« Llew wirkte interessiert. Er spottete nicht oder sagte, *Ja, und ich bin der König von England* oder *Na ja, das hättest du wohl gern, Chloe Samuels!*, wie die Leute zu Hause das alle sagten. Und so verzieh Chloe ihm sofort wieder. »Und was für eine? Eine dieser herumhüpfenden Balletteusen?«

Chloe setzte sich auf die Mauer mit Blick zum North Beach. Der Wind wehte ihr die Haare ins Gesicht. »Um Ballerina zu werden, muss man jahrelang trainieren, aber wir können uns keinen Unterricht leisten. In Nant-Aur gibt es nicht mal eine Ballettschule, wo ich mir was abgucken könnte.« Traurigkeit befiel sie, trotz des Mondlichts auf dem Wasser und der wispernden Palmen. »Aber ich habe mir überlegt, dass es möglich sein müsste, als Tänzerin mit einer Band oder so aufzutreten. Aber nichts Ordinäres weißt du, nichts, was nicht damenhaft wäre.«

»Musst du dafür nicht auch trainieren?«

»Vermutlich schon. Aber nicht so viel wie fürs Ballett. Weißt du, ich bin zehn, also ist es dafür schon zu spät. Aber für das andere ist es vielleicht noch nicht zu spät. Allerdings kenne ich niemanden, der mir das sagen könnte.«

Leonard schaute auf seine Füße hinunter und trat mit dem bereits auseinanderfallenden Schuh gegen die Mauer. »Ich bin acht«, sagte er.

»Wirklich?« Chloe war überrascht. »Ich hätte dich älter geschätzt.«

»Das sagen alle. Liegt wohl daran, dass ich so viel allein bin. Und mein Dad spricht mit mir wie mit einem Erwachsenen. Ich denke, dass er dadurch besser mit mir zurechtkommt. Weißt du, meine Mum ist nicht mehr da.«

Chloe nahm seine Hand. »Oh Llew! Das tut mir so leid! Wann ist sie gestorben?«

»Sie ist nicht tot. Sie ist abgehauen. Meine Eltern sind geschieden.«

»Geschieden?« Dieses Wort hatte sie noch nie gehört.

»Ja. Es bedeutet, dass sie nicht mehr verheiratet sind.«

Sie zog die Stirn kraus. »Aber ich dachte, eine Ehe sei für immer?«

»Ja, schon. Sie sollte es sein. Aber meine Mum hat es sich anders überlegt. Als ich fünf war. Jetzt lebt sie in London.«

»Oh! Aber ... aber ... siehst du sie denn manchmal?«

»Einmal im Jahr, manchmal. Ein wenig, ja.«

»Aber ... warum hat sie es sich anders überlegt?«

Llew blickte sie aus Augen voller Verwirrung und Leid an. »Ich weiß es nicht. Ich frage mich immer ... ob ich was falsch gemacht habe.«

»Nein.« Chloe war sehr nachdrücklich, sehr entschieden. »Das kann nicht sein. Du warst das nicht. Das versichere ich dir.«

Er sah sie mit hochgezogener Braue an. Sollten ihm die auf der Hand liegenden Antworten darauf durch den Kopf gegangen sein – dass sie seine Mutter nie kennengelernt hatte, ihn nicht wirklich kannte –, sprach er sie nicht aus. Er nickte nur knapp und schaute aufs Meer hinaus.

»Du hättest beim Ball zusehen können, weißt du das?«, meinte er nach einer Weile. »Zwischen dem Ballsaal und dem Café gibt es eine Art Spalier, damit die Leute dort sitzen und zusehen können.«

»Oh, das wusste ich nicht. Dahin hat Megan mich nie mitgenommen. Ich hätte beim Zuschauen ein paar Schritte lernen können. Aber hätte ich das getan, hätte ich dich nicht kennengelernt!«

»Das stimmt«, sagte er lächelnd und starrte wieder aufs Meer hinaus, wobei der Wind seine Löwenmähne zerzauste und sein fadenscheiniges Hemd bauschte. Chloe gefiel sein Schweigen. Ihre Brüder brabbelten unentwegt und konnten auch nicht für eine Minute ihren Mund halten.

Als die Rathausuhr zehn geschlagen hatte, fiel Chloe plötzlich ein, dass sie versprochen hatte, um neun Uhr zurück zu sein. Sie wollte Tante Susan nicht verärgern und riskieren, womöglich nie wieder nach Tenby eingeladen zu werden. Also flüchtete sie, wie Aschenputtel das getan hatte. Aber das war nicht ihre letzte Begegnung mit Llew.

Am folgenden Morgen besuchte er sie und sah dabei mit seinen spindeldürren Beinen und den braunen zerzausten Haaren eher wie ein Spatz als wie ein Löwe aus.

Tante Susan bat ihn herein, wie ihre einwandfreien Manieren es verlangten, und rief dann Chloe, die eigentlich mit Megan und Megans Freundin Alma spielen sollte. Tatsächlich jedoch saß sie auf dem Treppenabsatz und las Megans *Fünf-Freunde*-Bücher. Die anderen beiden drehten sich gegenseitig die Haare auf Lockenwickler und unterhielten sich über Dinge, die ältere Mädchen interessierten. Chloe fände keinen Gefallen daran, erklärten sie ihr und machten ihr die Tür vor der Nase zu.

Sie rannte nach unten und sah, dass Onkel Heinrich und Tante Susan ihren Besucher mit einer Mischung aus Ablehnung, Neugier und Mitleid betrachteten. Llew stand breitbeinig da, die Hände in den Hosentaschen, die Haare verstrubbelt, und reckte das Kinn vor. Chloe fand, dass er recht famos aussah. Als sie sich nach der nachdrücklichen Aufforderung, Chloe solle um drei Uhr wieder zurück sein, davonmachten, meinte Llew, er wolle ihr was zeigen.

»Wunderbar!«, strahlte Chloe.

»Dann willst du also immer noch mit mir befreundet sein?« Er sah sie von der Seite an.

»Natürlich! Warum nicht?«

»Wegen der Sache, die ich dir gestern Abend erzählt habe.«

Sie wusste auf Anhieb, was er meinte. Die Scheidungsgeschichte. Bedeutete das, andere Leute wollten aus diesem Grund nicht mit ihm befreundet sein? Wenn sie wieder zu Hause war, musste sie ihre Mam fragen, was es mit einer Scheidung auf sich hatte. Denn richtig verstehen konnte sie es nicht. Sie wusste nur, dass sie Llew nur zu gern nach Nant-Aur mitnehmen würde, wenn sie dorthin zurückfuhr. Ihre Mutter würde ihn mit Küssen und Essen überschütten. Sie würde ihn so gründlich schrubben, dass fast nichts mehr von ihm übrig blieb. Sie würde einen Wirbel um ihn machen und ihm Geschichten vorlesen, bis er wie Chloe mit dem Kopf auf ihrem Bein einschlief. Da seine Mutter ihn verlassen hatte, konnte sie nur eine böse Frau sein. Sofern sein Vater kein abscheulicher Mann war. Aber dann hätte sie Llew doch wohl nicht bei ihm gelassen?

Er nahm sie mit zu seinem Zuhause, das in der Nähe der Eisenbahnbrücke lag. Sie liefen durch eine schmale, von Häusern gesäumte Straße, in der ihre Schritte hallten, und traten dann durch ein abblätterndes Seitentor ein. In einem lang gestreckten, zugewachsenen Garten stand ein schäbiger alter Schuppen neben einem verfallenen Gewächshaus, in dem das Unkraut wucherte. Die Sonneneinstrahlung setzte den strengen Geruch unreifer Tomaten frei.

»Das ist meine Dunkelkammer«, erklärte Llew, als er das Vorhängeschloss der Schuppentür mit einem Schlüssel aufschloss, den er unter seinem Hemd an einem Stück Bindfaden trug. »Ich habe die Fotos entwickelt, die wir gestern Abend gemacht haben.«

Sie gingen hinein und der Schuppen wankte ein wenig. Chloe rümpfte die Nase angesichts der Spinnen und Spinnweben und wegen des süßlichen Gestanks der Chemikalien, die den muffigen Geruch überdeckten. Auf der einen Seite standen rechteckige weiße Wannen und an Nägeln, die im Holz steckten, war eine Leine gespannt. Daran waren mit Wäscheklammern Papierquadrate befestigt. Llew bedeutete ihr, näherzutreten, und Chloe grinste begeistert, denn dort auf der Leine hing der ganze gestrige Abend.

Da war das Meer, das endlos auf sie zu wogte, und dort das küssende Paar, das sie vor dem Ballsaal entdeckt hatten. Hier ein umgekipptes Rettungsboot und dort die Möwe auf dem Treibholz, ein stolzer Möwenkönig auf einem Sockel, gerahmt von langen Gräsern.

»Das ist ein wunderbares Bild!«, staunte Chloe. »Ich weiß nicht, woran es liegt – es ist ja nur eine Möwe! –, aber ich könnte es endlos ansehen!«

Er ließ kaum ein Lächeln zu, aber sie merkte es ihm an, dass es ihn freute. »Das ist das Beste«, sagte er und reichte ihr das letzte Foto, indem er es ganz vorsichtig an den Rändern hielt.

Chloe hielt es auf dieselbe Weise und betrachte ihr Abbild. Sie saß mit zerwühltem Rock und von Sand bedeckt in den Sanddünen. Sandkristalle glitzerten auf ihrem Gesicht, und auch in ihren langen Haaren, die sich nach allen Seiten ringelten und selbst die Farbe des trockenen, hellen Sands hatten, der den Strand überzog, hatten sich Sandkörner verfangen. Ihre Augen blickten klar und hell. Er hatte recht, das Foto war viel beeindruckender, als wenn sie sich zurechtgemacht und für die Kamera gelächelt hätte, wie die Mädchen in den Magazinen, die Tante Susan las.

Ihr fiel wieder ein, dass er erst acht war. Unglaublich. In Nant-Aur gab es keinen einzigen Jungen, egal welchen Alters, der so war wie er. Selbst Bethan war nicht halb so interessant, und die hatte beim Eisteddfod-Festival einen Preis für Rezitation gewonnen. »Hast du das alles selbst gemacht?«, fragte sie und deutete auf die Plastikwannen, die alten Verdunkelungsvorhänge am Fenster, das wackelige Regal.

Er nickte. »Mein Dad hat mir geholfen. Er hat das Regal aufgebaut. Er hat mir auch die Kamera geschenkt, letztes Jahr zum Geburtstag.«

Chloe vernahm die Wärme, mit der er von seinem Vater sprach.

»Das war nett von ihm«, sagte sie, weil sie nicht wusste, wie sie die

Fragen stellen sollte, die sie wirklich interessierten: *Was für ein Mann ist er? Könnte es sein Fehler gewesen sein, dass deine Mutter davongelaufen ist?*

Das war natürlich eine Ewigkeit her, Chloe war damals zehn. Nun, da sie älter war und Llew besser als jeden anderen kannte, konnten sie über alles reden. Sie wusste, dass sein Vater ein freundlicher, sehr gebildeter Mann war, der seinen Sohn liebte und seine Frau vermisste. Er hatte sich nie richtig davon erholt, sie verloren zu haben, und war zudem bald darauf arbeitslos geworden. Llew meinte, er könne nicht davon ablassen, ständig an sie zu denken, und habe angefangen, viele Fehler zu machen. Ihr Haushalt war von Kummer überschattet und deshalb war Llew auch wie ein kleiner Erwachsener. Seine Mutter sei kein schlechter Mensch, versicherte Llew Chloe, habe aber kein Interesse daran, in einer abgelegenen Stadt am Meer mit einem schwachen, schwermütigen Akademiker und einem kleinen schmutzigen Jungen zu leben.

»Man muss sein eigenes Glück finden.« Das war das erste Mal, dass sie ihn das sagen hörte. »Sie ist glücklich in London. Ich wünschte nur, *ich* hätte sie glücklich machen können«, ergänzte er mit einem leichten Achselzucken, als hätte ihn ein Windstoß erfasst.

Und jetzt war Llew wieder da. Wie immer hatte er die Kamera um seinen Hals hängen und auf seinem Gesicht ein breites Löwengrinsen, sobald er Chloe sah.

»Was denkst du dir dabei, Leonard Jones, meine Türschwelle zu belagern wie ein Landstreicher?«, herrschte Tante Susan ihn an. »Du bist wirklich ein höchst seltsamer Junge.«

»Verzeihung, Mrs Schultz. Ich wartete auf Chloe.«

»Kannst du denn nicht anklopfen und dann drinnen warten, wie jeder normale Mensch? Richard ist zu Hause. Er hätte dich reingelassen!«

»Ich bin nicht gern drinnen, Mrs Schultz«, rechtfertigte sich Llew.

Er war jetzt elf Jahre alt, länger und dünner denn je. Seit ihrer ersten Begegnung hatte sich sein äußeres Erscheinungsbild ein wenig verbessert, ließ aber noch immer zu wünschen übrig, und mit Krawatte hatte sie ihn noch nie gesehen! Chloe schielte zu ihrer Tante, die nur die Augen verdrehte. Llew hatte etwas an sich, das jedes Mal diese Reaktion bei ihr auslöste. Chloe grinste ihn an und ließ ihren Koffer fallen. Sie umarmten sich kurz und herzlich, dann sah Chloe ihre Tante erwartungsvoll an.

»Na schön«, sagte Tante Susan. »Ich nehme an, dass auch du lieber draußen sein möchtest. Vermutlich möchtest du keine Sandwiches mit gekochtem Ei und auch nicht den Schokoladenkuchen, denn ich fürs Mittagessen vorbereitet habe ...«

Chloe zögerte, biss sich auf die Lippe. Sie liebte Eiersandwiches und Schokoladenkuchen. Es war eine Frage der Loyalität. Llew oder Essen? Llew oder Essen ...?

Aber Tante Susan lachte. »Also gut, ich werde für euch beide ein Picknick einpacken. Du siehst halb verhungert aus, Leonard. Gibt dein Vater dir denn nicht genug zu essen?«

Llew blickte finster drein. »Er tut sein Bestes. Aber Kochen ist nicht seine Stärke, und meine auch nicht«, gab er zu.

Ihr Gesicht wurde weich. »Natürlich, es dürfte nicht einfach für ihn sein, so allein als Mann. Nun, kannst du es aushalten, solange in der Küche zu sitzen, bis ich die Sandwiches eingepackt habe?«

Das konnte Llew nicht, also nahm er auf der Bank an der Ecke Platz, um auf Chloe zu warten, und vergnügte sich damit, Schnappschüsse von den Passanten zu machen. Als Chloe ins Haus Nummer zwölf eintrat, wurde sie von frischen rosa Rosen auf dem Dielentischchen und Kuchenduft begrüßt.

»Es ist so schön, wieder hier zu sein«, seufzte sie. »Danke, dass ich wiederkommen durfte, Tante Susan.«

»Du bist immer willkommen, Chloe, wir freuen uns, dich hier zu haben. Und jetzt möchte ich, dass du spätestens um fünf Uhr wieder zurück bist. Megan bringt Alma zum Tee mit und Richard hat auch einen Freund eingeladen, deshalb wäre es mir lieb, wenn wir uns alle zu einem vernünftigen Zeitpunkt zusammensetzen könnten.«

Das dämpfte Chloes Stimmung etwas. Ausgerechnet Alma, die niederträchtigste von Megans Freundinnen.

Nachdem Chloe sich Shorts und eine alte Bluse angezogen hatte, sagte sie Richard Hallo, der sie nur zerstreut anblinzelte, stürmte dann die Treppe hinunter und nahm den Ranzen, den ihre Tante ihr überreichte. Er war prall gefüllt mit Sandwiches und Kuchen, alles gut und sicher in Fettpapier eingewickelt. Es schien genug zu sein, um zehn Kinder satt zu bekommen. Ungeachtet der Differenzen zwischen den drei Schwestern hatten sie eins gemeinsam: Man konnte ihnen nicht vorwerfen, ihren Gästen nicht genug vorzusetzen.

»Oh *danke*, Tante Susan!« In ihrer Begeisterung, wieder hier zu sein, schlang sie ihre Arme um ihre elegante Tante. Susan tätschelte Chloe den Rücken und entzog sich ihr, indem sie sich über ihre perfekt sitzenden Haare strich. Das war etwas, worin Susan und Gwennan unterschiedlicher nicht sein könnten: Knuddeln und Küssen war das Markenzeichen im Haushalt der Samuels, in Tenby hingegen pflegte man einen förmlicheren Umgang. Mochte Tante Susan auch perfekt aussehen mit ihren schönen Kleidern und den lackierten Nägeln, so fühlte Gwennan sich an, wie eine Mutter sich anfühlen sollte, und nichts konnte das ändern.

»Dann bist du jetzt also endlich ein Tenby-Teenager!«, zog Llew sie auf, als sie wieder ins Freie trat. Er lud sich den Picknickranzen auf die Schultern, und ohne sich verständigen zu müssen, brachen sie Richtung South Beach auf. Das war die Stelle, an der sie jedes Jahr die Ferien begannen. Das Fountains Café lag dort mitten im Sand, und als sie daran vorbeikamen, machte Chloes Magen einen kleinen Purzelbaum. Schon bald würde sie dort tanzen gehen mit Megan und Alma, Evie und Christine und Pam … Obwohl sie, wenn sie ehrlich war, zugeben musste, dass sie dieser Clique genauso wenig angehörte wie in ihren ersten Ferien.

»Das bin ich. Und warte du nur, bis du mich tanzen siehst, Llew Jones! Du wirst vom bloßen Zusehen müde werden. Ich werde jedes

Stück mittanzen. Ich werde mit allen tanzen, die mich auffordern, auch wenn sie fett und verschwitzt sind, nur um Übung zu bekommen.«

»Und wenn dich keiner auffordert?«, fragte er und richtete bohrend seine grün-bernsteinfarbenen Augen auf sie.

»Pah.« Chloe schüttelte ihre silberblonden Haare über ihre Schulter nach hinten. »Natürlich wird man mich auffordern. Und wenn nicht, werde ich allein tanzen, und sie werden sich alle wünschen, sie hätten es getan.«

»*Duw*, eitel bist du wohl gar nicht, Chloe Samuels«, frotzelte er mit zittriger Altfrauenstimme.

Sie rempelte ihn an und warf sich in den Sand. »Ach verdammt, jetzt habe ich meine Sonnencreme vergessen!« Weil sie es so eilig gehabt hatte, hierher an diesen Platz zu gelangen, von dem sie während der anderen neunundvierzig Wochen im Jahr träumte, hatte sie ihre Creme im Koffer zurückgelassen. »Ich darf keinen Sonnenbrand bekommen, nicht vor dem Ball!«

»Oh ja, dein Teint – eine Frage von Leben und Tod«, erwiderte Llew. Er knöpfte sein Hemd auf und warf es ihr über den Kopf. »So, nun wirst du nicht verbrennen.«

»Puh, du stinkst, Llew Jones. Nimm dein ekeliges Jungshemd weg von mir!«, kreischte Chloe, schüttelte es ab und warf es ihm zu. »Ich habe mich getäuscht, du bist nicht besser als meine Brüder. Gib mir den Kuchen!«

Natürlich war es schon weit nach fünf Uhr, als Chloe an die Zeit dachte. Aber inzwischen wusste Tante Susan, wie es lief, wenn Chloe mit Llew unterwegs war. Chloe trennte sich nur zögernd vom Strand, aber es war ein fröhliches Zögern, weil sie wusste, sie würde morgen zurückkommen und den Tag danach und den Tag danach … Darin lag der Zauber der Ferien: nur drei kurze Wochen, doch sie fühlten sich jedes Mal an, als würden sie nie zu Ende gehen.

NORA

Januar

Da war es: das Ende einer Ära, ein gravierender Einschnitt, die Tür zum großen Unbekannten. Noras Abschiedsparty.

Das war es also, was einem neun Jahre Dienst einbrachten: Würstchen in Blätterteig und Falafel, Käse und Ananas auf Spießchen und billige Plörre in einem Sitzungszimmer mit Blick auf einen Betonplatz mit ein paar Betonbänken darauf. Außerdem noch Schokoladenkuchen aus dem Campus-Minimarkt und Reden von diversen Akademikern, die sich darin abwechselten, sich zu erheben und ihr »Anerkennung zu zollen« (dabei aber eigentlich nur ihrer liebsten Beschäftigung nachkamen – nämlich, sich selbst reden zu hören).

Es war so überwältigend, dass Nora nicht recht wusste, ob es tatsächlich geschah. Vielleicht hatte sie sich nur eingebildet, diesem Ort neun Jahre ihres Lebens gegeben zu haben und ihn jetzt für immer zu verlassen. Vielleicht war alles nur ein ziemlich seltsamer, uninteressanter Traum gewesen.

Dr. Elsie Fletcher von der School of Economics am Ende des Korridors kam, angelockt von den Gratis-Snacks, vorbei.

»Hallo Nora.« Sie nickte und stopfte sich ein ganzes Blätterteig-Würstchen auf einmal in den Mund. »Hat jemand Geburtstag?« Teigflöckchen regneten auf ihre Crimplene-Bluse.

»Es ist eine Abschiedsparty.«

»Oh!« Ihr blieb der Mund offen stehen, das Würstchen noch auf der Zunge. Nora fühlte sich an Würgeschlangen erinnert, die ihre Kiefer aushängen konnten, um große Tiere zu verschlingen. »Ich wusste gar nicht, dass jemand geht. Wer denn?«

»Nun, das bin ich.«

Ihre Augen wurden groß, dann schluckte sie das Blätterteig-Würstchen hinunter und lachte. »Sie! Ha ha. Sehr gut Nora, sehr gut. Sie und gehen. Da lach ich doch!« Sie zog kichernd weiter.

Die vier Wochen Kündigungszeit waren ohne viel Tamtam über die Bühne gegangen. Und natürlich hatte Weihnachten einen Teil davon aufgefressen. Jetzt begann sie ein neues Jahr – und ein neues Leben. Und hatte keine Ahnung, was das eine oder das andere für sie in petto hatte.

Weihnachten. Nora seufzte. Angefangen hatte es ganz gut. Es war ein so gutes Gefühl, Urlaub vom Büro zu haben, dass Nora kurz die Hoffnung hegte, ihre Kündigung wäre womöglich doch kein Akt der Selbstzerstörung. Und dennoch hatte sie es nicht über sich gebracht, Jasmine von ihrem Schritt zu berichten.

Das Weihnachtsessen nahmen sie zusammen mit Sandy ein, anschließend kam die Nachbarschaft in unterschiedlichen Zusammenstellungen auf einen Drink bei ihnen vorbei. Alles war festlich und schön. An den Vormittagen waren sie wieder unter sich, werkelten herum und wanderten über die Felder und schmückten anschließend das Haus mit ganzen Armladungen voll Stechpalmen und Efeu. An den Abenden sahen sie sich Filme an. Und unter dem Weihnachtsbaum mit dem im Lauf der Jahre zusammengetragenen Schmuck sowie beim Duft von Weinpunsch und Mince Pies fühlte es sich an wie früher.

Bis Nora schließlich ihrer Mutter erzählte, dass sie gekündigt hatte. Und Jasmine Nora darüber informierte, sie werde für sechs Monate nach Italien gehen ... Ab da lief es dann nicht mehr so gut.

Jasmine hatte ihr vorgeworfen, sie sei dumm und verantwortungslos, womit sie Noras schlimmste Ängste in Worte fasste. Dazu noch kursiv. »Bei *dieser* Wirtschaftslage!«, rief sie. »Was hast du dir dabei *gedacht*? *Warum*? Diese Midlifecrisis oder was immer dich da gepackt haben mag, ist überhaupt nicht lustig, Nora. Du musst dich zusammenreißen!« Für Nora fühlte es sich an wie ein Tritt in den Magen.

»Lustig war es nie, Mum!«, konterte Nora. »Jedenfalls nicht für mich. Ich bin froh, dass ich dir ein wenig Amüsement verschafft habe, aber ich bin durch die Hölle gegangen und habe dabei von dir kein großes Mitgefühl erfahren!«

»Wieso denn *Mitgefühl*?«, wollte Jasmine wissen und starrte ihre

Tochter mit unverhohlenem Unverständnis an. »Es ist doch gar nichts passiert! Oh, ich weiß, ich weiß, du hast Albträume, schreckliche Angst. Das liegt doch nur an dem ganzen Rummel heutzutage, zu einem Therapeuten zu gehen und in Selbstmitleid zu baden. Aber zu meiner Zeit mussten wir einfach damit zurechtkommen und weitermachen. Zu meiner Zeit hatten wir *echte* Probleme.«

Nora blieb fassungslos der Mund offen stehen. Eine derartige Gefühllosigkeit war ihr in ihrem ganzen Leben noch nicht untergekommen. Noch dazu von ihrer eigenen Mutter! Natürlich gab es unsensible Menschen auf der Welt, die ruhig so denken konnten. Nur dass Jasmine nie dazugehört hatte. Während Noras gesamten Lebens war sie eine beständige Quelle der Unterstützung und des Trostes gewesen. Vielleicht war ihr Vorrat einfach versiegt?

Nora war aus dem Haus gestürmt und über die gefrorenen Felder gelaufen, bis ihr so kalt war, dass sie ihr Gesicht nicht mehr spürte. Dann kehrte sie misstrauisch ins Haus zurück, fast schon entschlossen, ihre Tasche zu packen und nach Kingston zurückzukehren. Aber Jasmine erwartete sie mit zwei Gin Tonics auf einem Silbertablett. Akkurat verschlungene Limettenscheiben schmückten die Ränder und auf ihrem hübschen Gesicht zitterte ein entschlossenes Lächeln.

Doch Nora sehnte sich nach Verständnis und bedingungsloser Unterstützung und nicht nach Gin. »Du kannst Probleme nicht mit einem Cocktail und einem breiten Lächeln lösen, Mum. Wir sind nicht mehr in den verdammten Fünfzigern!« Das *hätte* Nora ihr gern gesagt. Aber sie erkannte ein Friedensangebot, wenn ihr eins dargebracht wurde. Also sagte sie: »Danke, Mum, das ist reizend …« Immerhin war *ihr* bewusst, dass harsche Worte Menschen verletzen konnten!

Dann jedoch hatte Jasmine ihr mitgeteilt, sie werde im Februar nach Italien aufbrechen. Für sechs Monate. Offenbar hatte sie dort unten eine alte Freundin.

»Das wird ganz phantastisch werden, mein Schatz«, kündigte sie freudig an. »Faith hat eine Villa in der Toskana. Wunderbar abgelegen

– und sicherlich auch luxuriös, denn Faith hat sich die edleren Genüsse des Lebens nie versagt, wie du weißt.«

Aber Nora wusste es *nicht*. »Bin ich Faith überhaupt jemals begegnet?«, hatte sie geblafft und sich gleich darauf dafür gehasst, als sie sah, wie das Gesicht ihrer Mutter zusammenfiel.

»Da bin ich mir sicher, meine Liebe. Nun, vielleicht auch nicht, ich kann mich nicht mehr erinnern. Wie auch immer, ihr Ehemann ist gestorben und sie ist einsam und möchte noch nicht zurück nach England, um sich ihrer Familie als Babysitter anzubieten. Und ich habe wirklich das Gefühl, dass es mir guttun würde, mal wegzukommen von ... alldem. Also wird es für uns beide großartig werden.«

»Aber *Mum*! Ich werde im März vierzig! Du wirst an meinem vierzigsten Geburtstag außer Landes sein!«

»Ich dachte mir, du könntest mich begleiten und für eine Weile Urlaub machen! Aber danach musst du dich wirklich um einen neuen Job kümmern. Faith würde dich sicherlich mit Freuden aufnehmen. Du könntest deinen Vierzigsten in *Italien* feiern! Stell dir das mal vor! Und du klingst, als würde dir eine Auszeit guttun.«

Vermutlich würde es Nora guttun. Zu jedem anderen Zeitpunkt ihres Lebens hätte sie sich freudig auf das Angebot ihrer Mutter eingelassen. Aber wenn sie die Augen schloss und sich einen Zufluchtsort vorstellte, sah sie dabei nicht die orangen und violetten Felder unter einer toskanischen Sonne ...

»Ich hatte gehofft, wir könnten ein paar Tage nach Tenby fahren«, warf sie ein.

Jasmine sah sie mit einem seltsam leeren Gesichtsausdruck an, als hätte sie noch nie von einem solchen Ort gehört. »Tenby?«, wiederholte sie schleppend und runzelte dabei die Stirn.

»Ja, Tenby!« Noras Stimme war wieder ungeduldig. »Du weißt schon, in der Nähe von Oma. West Wales!«

»Ich weiß, wo Tenby ist, Nora!«, blaffte Jasmine und Nora verdrehte die Augen. So war es in letzter Zeit immer: merkwürdige, unzusammenhängende Gespräche, die nicht in Gang kamen. Es folgte eine Pause.

»Und?«, provozierte sie.

»Was?«

»*Tenby*! Möchtest du mit mir dorthin? Und warum siehst du mich so entsetzt an?«

»Na ja, ich hatte einfach nicht damit gerechnet. Wieso um Himmels willen hast du dir das in den Kopf gesetzt?«

»Ich weiß nicht.«

»Aber *Italien*, Nora! Warum Wales, wenn du doch in Italien sein könntest? Warum Schafe und Regen wählen, wenn du prächtigen Sonnenschein und Oper haben kannst? Warum Bier und Chips anstatt köstlichem, gesunden Salat und einem Glas ausgezeichneten Wein? Warum sich mit kleinen, dicken älteren Männern umgeben, wenn man einen *Italiener* kennenlernen könnte? Oh nein, Tenby ist überhaupt nicht nach meinem Geschmack!«

»Mum! Oh Gott! Bei dir jagt ein Stereotyp das andere. Es gibt auch in Großbritannien guten Wein, und das weißt du. *Und* Männer, die überdurchschnittlich groß sind, soweit ich das beurteilen kann. Könnten wir nicht beides machen? Ein paar Tage Tenby und dann fahren wir noch eine Weile zusammen nach Italien?«

»Nein.«

»Warum?«

»Du kennst meine Gefühle für Wales, Nora. Ich bin nicht mit neunzehn von dort weggegangen, weil es so wunderschön ist. Ich *mag* Tenby einfach nicht.«

»Aber würdest du es nicht mir zuliebe tun?«

»Du verlangst zu viel, Nora. Ich *möchte* das nicht.«

Meine Mutter. Fünfundsiebzig und benimmt sich wie eine Siebenjährige, sagte sich Nora. Enttäuscht waren sie im neuen Jahr auseinandergegangen.

Dann läuft es also am Ende darauf hinaus, überlegte Nora erneut, als sie ihre Gedanken von ihrer Mutter und der kleinen Gruppe im Sitzungszimmer löste und auf den zubetonierten Platz unter ihr richtete. *All die langen Abende im Büro, all die aufgehäufte Gleitzeit, die ich nie abgefeiert, all die Arbeit, die ich mit nach Hause genommen habe …* Eine zweistündige Auszeit im Sitzungszimmer mit Snacks aus Tüten und dazu jede Menge heiße Luft. Natürlich war sie durch den Job auch abgesichert gewesen, aber plötzlich kam ihr dieser Lebensstil merkwürdig fremd vor und wenig erhaltens- und schützenswert.

»Nun!«, dröhnte eine Stimme an ihrem Ohr und ließ sie zusammenfahren. »Noch immer keine Idee, was Sie von nun an machen werden, Nora?«

Das war Dr. Barry Brannigan (Keltische Geschichte und Mythen, Britannien und Bretagne). Er hatte – seiner Meinung nach – eine höchst amüsante Rede gehalten und Nora mit einem Schwan auf dem See von Closeburn Castle verglichen. »Keiner in den alten Zeiten konnte sagen, woher sie kamen und wohin sie verschwanden. Wann immer einer dieser geheimnisvollen Schwäne auftauchte, pflegte einer aus der Familie im Schloss zu sterben!« Wohlmeinendes akademisches Glucksen waberte um den Tisch.

»Nun, woher sie kommt, wissen wir – Kingston«, scherzte er. »Also wollen wir hoffen, dass uns dies vor dem Fluch rettet! Denn ihr Weggang ist zutiefst geheimnisvoll, ohne Zweck, ohne Ziel und womöglich sogar ohne Verstand!« Das Glucksen hielt an. Was war Barry doch für ein Kindskopf!

»Ihre Recherche ist allerdings fehlerhaft, Barry«, sagte Nora jetzt und wandte sich vom Fenster ab. »Sie sollten Ihre Quellen überprüfen. Ich habe nämlich ein Ziel.«

»Davon weiß ich nichts. Sie haben also einen neuen Job? Einen Verwaltungsposten zu finden sollte wohl ein Leichtes sein.«

Nora ignorierte diese unbeabsichtigte Brüskierung. »Nein, ich werde für eine Weile weggehen und an einem eigenen kleinen Projekt arbeiten. In Tenby.«

»Tenby, wie?«

Sie wusste selbst nicht, warum sie das gesagt hatte. Fast hatte sie das Gefühl, als wäre sie nur das Sprachrohr für etwas.

Sobald ihr die Worte herausgerutscht waren, wappnete sie sich für ein Zitat, denn Barry brüstete sich damit, für jedes Gespräch eine historische Referenz parat zu haben. Es war eine nutzlose, doch zugleich ärgerlich beeindruckende Fähigkeit.

»›Sollte Tenby nicht die Königin der walisischen Badeorte sein, *muss* sie zur Kaiserin gekrönt werden‹!«, zitierte Barry augenzwinkernd und mit kräftiger Stimme. »Ascot R. Hope. Hervorhebung von mir.«

»Tatsächlich?« Nora lächelte matt. »Ich fasse es nicht, dass Sie sogar für Tenby ein Zitat kennen, Barry.«

»›Eine unglaubliche Vielfalt an Anziehungspunkten für den Liebhaber altertümlicher Gemeinschaften und verwitterter Architektur.‹ Henry Thornhill Timmins.« Barry knuffte sie ziemlich heftig in die Rippen und blinzelte ihr zu.

»Exzellent, sehr beeindruckend.«

»›Die ansprechendste Stadt der ganzen walisischen Südküste – abgesehen von Pembroke.‹ Daniel Defoe, wenn ich mich recht erinnere. Sehen Sie, Nora, Sie sollten stattdessen nach Pembroke gehen!«

»Vielleicht sollte ich das«, stimmte Nora ihm halbherzig bei. Als er loszog, um sich einen Käse-Ananas-Spieß zu holen, sackte Nora vor Erleichterung zusammen. Wie lange musste man auf seiner eigenen Abschiedsparty bleiben?

CHLOE

Chloe konnte den Zug der Muskeln in ihren Beinen spüren, als sie zum Kite Hill Nummer zwölf hinaufstieg. Sandkörner scheuerten unter den Shorts an der Haut, und natürlich breitete sich nach und nach die Hitze eines Sonnenbrandes aus.

Sie verweilte in der kühlen Diele, um den Rosenduft einzuatmen. Ein Seufzer entfuhr ihr. Zu Hause neckten die Jungs sie immer, dass sie so prinzessinnenhaft und eine Zicke sei, indem sie ihr das Haar zerzausten und ihre sauberen Kleider mit Sachen bewarfen. Hier jedoch waren alle so makellos, dass sie sich im Vergleich dazu wie ein Schmuddelkind vorkam. Aber sie sah keinen Sinn darin, sich den ganzen Tag Gedanken wegen ihres Aussehens zu machen, wo sie doch Ferien hatte und außerdem gar keine Lockenwickler und weder Lippenstift noch Parfüm besaß.

»Da ist sie ja!«, schrie Megan, sobald sie ihre Nase ins Wohnzimmer steckte, als wäre Chloe eine Katze, die ein paar Tage verschwunden gewesen war. »Nun komm schon rein, Chloe, es ist so *schön*, dich zu sehen!« Sie kam mit wirbelnden Röcken in Dunkelorange auf sie zu, eine Farbe, die in sehr schönem Kontrast zu ihren dunklen Haaren stand. Megans Umarmung fiel freundlicher aus, als Chloe erwartet hatte, dann jedoch senkte sie konsterniert ihren Blick und klopfte Sand aus ihrem hübschen Kleid.

»Hallo Megan.« Chloe war immer ein wenig eingeschüchtert, wenn sie ihre Cousine traf. Megan war groß und üppig gebaut und hatte schulterlanges, mahagonifarbenes Haar. Chloe fand, dass sie wie eine brünette Marilyn Monroe aussah. Sie trug immer Lippenstift, Lidstrich und umwerfende Kleider.

Alma begrüßte Chloe als Nächste und stellte dabei vor Mr und Mrs Schultz gutes Benehmen zur Schau, allerdings hatte Chloe nie vergessen, von ihr einmal »ein zerlumptes kleines Mädchen vom Land, ein langweiliges kleines Kind!« genannt worden zu sein. Auch Alma war sehr hübsch (alle Freundinnen Megans waren hübsch) mit ihren kupferfarbenen Haaren, grauen Augen und reiner, blasser Haut. Heute war ihr Haar zu einem hoch angesetzten Pferdeschwanz zusammengefasst, der ins Schwingen geriet, als sie Chloe küsste, und sie trug ein graues Kleid mit weißen Punkten, kühle, frische Farben zu ihrem leuchtenden Haar. Alma rümpfte Chloe gegenüber die Nase und verzog angewidert das Gesicht, was aber sonst keiner mitbekam. Chloe war sich ihrer Shorts, an denen Sand klebte, und ihrer salzigen Haare bewusst und wünschte sich, sie hätte sich vorher waschen können.

»Noch mal hallo, Cousine«, rief ihr Richard vom Fensterplatz aus zu und hob dabei träge den Arm, dann kam Onkel Heinrich – Harry – und schüttelte ihr die Hand. Er war unheimlich groß, hatte eine Brille und einen gewellten grauen Schnurrbart. Chloe mochte ihn. Er besaß gute Manieren und sprach mit ihr manchmal über Filmstars.

»Und *das* ist Richards Freund Iestyn aus Cardiff«, sprudelte es aus Megan heraus. »Sag hallo. Iestyn, das ist unsere kleine Cousine Chloe aus Nant-Aur.«

Megan zog einen schlanken jungen Mann mit fuchsroten Haaren nach vorn, die fast der Farbe ihres Kleids entsprachen. Chloe fragte sich, ob sie es womöglich deshalb gewählt hatte. Er hatte ein hübsches Gesicht, braune Augen und ein ungezwungenes Lächeln.

»Hallo, kleine Cousine aus Nant-Aur.«

»So klein bin ich jetzt gar nicht mehr«, sagte sie, als sie ihm die Hand schüttelte. »Ich bin dreizehn und werde nächste Woche zum Ball der Tenby-Teenager gehen.«

»Ihr erster Ball!«, gurrte Megan, die Hand noch immer auf seinem Arm. »Das ist so süß. So aufregend, wenn man in diesem Alter ist, nicht wahr? Du musst Nachsicht mit ihrem Aufzug haben, Iestyn. Sie war am Strand. Sie liebt den Strand. Den ganzen Sommer lang treibt sie sich dort mit ihrem Freund Leonard Jones herum, einem kleinen Jungen von hier. So schrecklich, seine Eltern sind geschieden, die Mutter hat die Familie verlassen ... Der arme Kleine.«

»Llew ist kein kleiner Junge!«, empörte sich Chloe. »Er ist ... elf!« Sie beruhigte sich wieder. Elf klang nicht gerade alt. Vermutlich *war* Llew ein kleiner Junge, nur dass sie das immer vergaß. Ganz kurz ärgerte sie sich über Llew, dass er nicht älter und damit beeindruckender war.

»Elf, oho!« Iestyn lachte leutselig. »Der ist bestimmt ein großartiger Kerl. Vielleicht lerne ich ihn ja mal kennen, solange ich hier in der Stadt bin.«

»Das wirst du zweifellos, Iestyn, mit Sicherheit«, warf Megan ein. »Der kommt *jeden* Tag hierher, um Chloe abzuholen. Manchmal habe ich das Gefühl, *zwei* Brüder zu haben. Aber weißt du, einer reicht mir. Seit Richard mit Buchhaltung angefangen hat, ist er ziemlich miesepetrig. Aber dann sage ich mir immer -«

»Chloe, geh und zieh dich um«, befahl Tante Susan. »Wir essen jetzt.«

»Ja, Tante Susan.«

Chloe war erleichtert, von dem gut aussehenden Iestyn wegzukommen, den sie unmöglich beeindruckt haben konnte mit ihrem schmuddeligen Strandaufzug, und auch von der brabbelnden Megan, die es darauf anlegte, für sie zu sprechen, und sie wie ein Kind behandelte. Beim Blick in den Badezimmerspiegel stöhnte sie. Es war schlimmer, als sie befürchtet hatte. Ihre Haare hingen als krause Rattenschwänze herab und ihr Gesicht war feuerrot. Ihre Augenbrauen waren sandig und der Mundwinkel war verschmiert mit Schokoladenguss. Warum hatte Llew sie nicht darauf aufmerksam gemacht? Nicht, dass ihn so etwas kümmern würde. Vermutlich *bemerkte* er es nicht einmal!

»Nun, du bist ein trauriger Anblick, Chloe Samuels, so viel steht fest«, murmelte sie mit der Stimme ihrer Mutter, während sie sich das Gesicht wusch und mit einer Bürste durch ihr vom Wind und den Wellen verfilztes Haar fuhr. Schuldbewusst stahl sie sich ins Schlafzimmer und nahm Megans Mason-Pearson-Bürste, die viel weicher war als ihre eigene.

Niemals hätte ihre Mutter ihr erlaubt, ihre besten Kleider anzuziehen, ohne vorher zu baden, nachdem sie vom Strand kam. Aber bestimmt hatte sie einen ganz schlechten Eindruck hinterlassen ... Deshalb zog sie ihren neuen karierten Rock und die cremefarbene Bluse mit dem Peter-Pan-Kragen an. Warum gab sie sich solche Mühe? Iestyn würde sie doch gar nicht bemerken, solange Megan und Alma ihn wie hübsche Täubchen umschwirrten. Aber er sah gut aus und war so nett und hatte in ihr eine Art Sehnsucht ausgelöst. Manchmal glaubte sie, dass es für *sie* niemals einen reizenden jungen Mann wie ihn geben würde. Sie wünschte sich nichts sehnlicher, als erwachsen und schön zu sein. Aber Megan würde sie nie als ebenbürtig ansehen, und in ihrer Nähe würde Chloe sich immer wie ein Kind fühlen.

NORA

Endlich begriff Nora, warum sie mit dem strapaziösen Tempo und den überzogenen Anforderungen ihres Jobs klargekommen war: Ohne diesen wusste sie kaum, wer sie war. Selbst als sie mit Zeitarbeit-Jobs anfing, hatte sie das Gefühl zu schwimmen. Sie war es nicht gewohnt, ganze Abende für sich allein zu haben, hatte das Konzept von Freizeit völlig aus ihrem Bewusstsein verbannt. Und so kam es, dass sie, als Simon anrief, um zu fragen, ob er sie zum Abendessen in ihre Lieblingspizzeria einladen dürfe, zusagte, obwohl sie wusste, dass es keine gute Idee war.

Simon bestellte für sie beide, trank rasch hintereinander zwei Gläser Wein und kam, als Pizza, Parmesan, schwarzer Pfeffer, Pizzabrötchen und Rosmarinbutter auf dem Tisch standen, endlich zur Sache.

»Ich mache mir Sorgen um dich, Nora«, sagte er, rückte erst seine Brille zurecht und griff dann über den Tisch, um ihre Hand in seine zu nehmen. »Du verhältst dich jetzt seit Monaten seltsam. Und nur weil wir uns getrennt haben, heißt das nicht, dass ich mir keine Sorgen mehr um dich mache. Ich denke, du solltest wirklich in Erwägung ziehen, dir Hilfe zu holen. Du weißt schon, von einem Therapeuten.«

»Das tue ich ja.«

»Oh! Aber doch nicht die Therapeutin, bei der du warst, als du mir den Laufpass gegeben hast?«

»Doch, die.«

»Oh Gott, also die taugt ganz bestimmt nichts, sonst hätte sie dir das nicht eingeredet.«

Nora hätte sich fast an ihrem Pizzabrötchen verschluckt. Das war seit einer Ewigkeit das erste Mal, dass sie spontan loslachen wollte! Nach vier Monaten hatte sie vergessen, wie sehr Simon … eben Simon war. »Ich glaube nicht, dass es ihre Aufgabe ist, mir etwas ein- oder auszureden«, erwiderte sie taktvoll. »Das macht kein Therapeut.«

»Das *weiß* ich. Aber wenn jemand anfängt, derart schlechte Entscheidungen zu treffen, die so eindeutig nicht im besten Interesse desjenigen sind, haben sie da nicht eine Fürsorgepflicht oder so was in der Art, um jemanden aufzuhalten, der zu entgleisen droht?«

Sie schnaubte. »Bedeutet es etwa, dass ich entgleise, nur weil ich mich dafür entschieden habe, nicht mehr deine Freundin zu sein?«

»Du gibst erst deinen Partner, dann deinen Job auf und fängst dann an, dieselbe Arbeit für das halbe Geld zu machen.«

Nora vertiefte sich in ihren Tomatensalat. Dieses Argument war gerechtfertigt. Aber ... »Woher weißt *du* denn, welche Arbeit ich mache?«, fragte sie fordernd und entzog ihm ihre Hand.

»Darum geht es doch gar nicht, Nora. Sondern darum, dass ich besorgt bin. Mir liegt was an dir.«

»Nein, genau *darum* geht es. Kontrollierst du mich? Vier Monate, nachdem wir uns getrennt haben? Ich finde das ein wenig unheimlich, Simon!«

»So ist das nicht. Ich habe nur letzte Woche mit deiner Mutter telefoniert. Nicht, dass ich täglich überprüft hätte, was du so machst.«

»Oh, da fühle ich mich ja schon gleich viel besser! Warum zum Teufel hast du meine Mutter angerufen?«

»Weil ich wissen wollte, wie es dir geht, und dir nicht traue, dass du mir die Wahrheit sagst.«

»Und dabei kam dir nicht in den Sinn, das könnte daran liegen, dass es mir womöglich lieber wäre, wenn du über meine Angelegenheiten nicht Bescheid wissen würdest?«

»Doch, sicher. Deshalb habe ich ja Jasmine angerufen.«

Unfassbar. »Und sie hat es dir erzählt? Ich kann es nicht glauben, dass sie das getan hat. Oder doch, eigentlich schon.«

»Sie macht sich ebenfalls Sorgen um dich, Nora! Ich weiß, ihr hattet Differenzen in letzter Zeit, aber sie ist eine reizende Frau, die nur das Beste im Sinn hat.«

Nora verdrehte die Augen. »In anderen Worten, du stehst unter ihrem Bann, wie alle anderen Männer auch.«

Wenn Jasmine wollte, konnte sie unglaublich charmant sein, und in Verbindung mit ihrer zerbrechlichen Schönheit und ihrer aufrichtig warmherzigen Art führte dies dazu, dass die Männer ihr von allen Seiten zufielen. Überall – ihr zu Füßen fallende Männer. Nicht, dass sich die Männer in ihrem Leben ständig die Klinke in die Hand gaben. Da hatte es eine Weile Raymond gegeben, dann ein paar Monate lang Oliver, ein kurzes Intermezzo mit Tony und dann noch eins mit Jonathan, der »Jonath« genannt werden wollte. Ihn ernst zu nehmen war beiden schwergefallen. Vier Partner in vierzig Jahren. Das waren nicht viele für eine so schöne Frau wie Jasmine.

Jasmine hatte jedoch nie großen Wert auf romantische Liebe gelegt und Nora bedrängt, ihrem Beispiel zu folgen.

»Du darfst nie auf die Liebe bauen, Nora. Egal, wie verlockend dir diese Idee erscheinen mag, es ist nur eine *Idee*, nicht die Realität. Egal, wie wohlmeinend eine Person auch sein mag, egal, *wie* sehr sie dich lieben, sie können dich jederzeit enttäuschen.« Diese Botschaften hatte Nora ihr ganzes Leben lang vernommen. Romantische Vorstellungen jeder Art, die sie als Teenager gehegt haben mochte, hatte man ihr ausgetrieben. Und der Todesstoß wurde ihnen verpasst, als Seth, ihr Partner seit dem Studium, sie nach zehn Jahren verließ.

»Wir waren uns einig darin, dass du dich in letzter Zeit zu einer tickenden Zeitbombe entwickelt hast«, fuhr Simon fort. »Derart exzentrisch zu sein, das bist doch gar nicht *du*, Nora. Außerdem bist du fast *vierzig!*«

Nora seufzte. »Ich glaube nicht, dass vierzig mich dafür qualifiziert, an Alzheimer zu leiden.«

»Natürlich nicht, aber –«

»Wenn du jetzt Midlifecrisis sagst, Simon, werde ich dir den Balsamico-Essig über deinen grauen Kaschmirpullover kippen, das schwöre ich. Und über deinen Kopf.«

Simon wirkte nervös. »Siehst du, genau das meine ich.« Er rückte die Balsamico-Flasche weg von Nora. »Ich sage doch nur, dass ich Verständnis dafür habe, wenn Frauen solche Veränderungen zeigen. Du bist da nicht die Einzige. Angus in der Arbeit hat mir erst neulich erzählt, dass Claire völlig plemplem geworden ist, als die Menopause kam. Sie ist natürlich ein paar Jahre älter als du, aber die Sache ist doch, dass das Leben für Frauen hart sein kann, wenn sie ihr gutes Aussehen verlieren und –«

»Stopp!« Nora schob ein wenig zu heftig ihren Teller von sich. Er glitt über den Tisch, stieß dort gegen den von Simon, der wiederum auf ihn zukam, bis der Rand auf der Wölbung seines Bauches ruhte, der schon mal fester gewesen war – *so viel also zum Verlust des Aussehens!* Er schob ihn dorthin zurück, wo er hingehörte, bemerkte dabei allerdings nicht den Strich aus roter Tomatenpaste, den er vorne auf seinem makellosen Pullover zurückgelassen hatte. Nora lächelte.

»Indem du mir sagst, dass meine Hormone verrücktspielen und ich mein Aussehen verliere, wirst du mich wohl kaum zurückgewinnen«, sagte sie und fixierte ihn mit dem Gesichtsausdruck, der sonst Gesprächen mit der Vorstandsetage vorenthalten war. »Außerdem schätze ich es ganz und gar nicht, wenn meine Mutter und mein Ex-Freund sich über mich austauschen«, ergänzte sie ein wenig leiser. »Wie du richtig feststellst, bin ich fast vierzig und demzufolge erwachsen. Meine Mutter sollte mir gegenüber mehr Respekt zeigen, als mich als Problemkind hinzustellen. Und was dich betrifft, bist du mein *Ex*. Mein Leben hat dich nicht mehr zu interessieren. Schließlich habe ich nicht mit dir Schluss gemacht, damit du dich weiterhin darüber auslassen kannst, was gut für mich ist, was ich falsch mache und warum du das Beste bist, was mir je begegnet ist! Denn das bist du nicht!«

Sie atmete tief durch. Simon blickte sie entsetzt an. Einen kurzen Moment lang sah er trotz Designerbrille, Geheimratsecken und Kaschmir wie ein beleidigter kleiner Junge aus. »Entschuldige, Simon«, murmelte sie. »Das war gemein. Ich weiß, dass du es gut meinst. Aber es geht dich einfach nichts mehr an.«

Er zögerte und bemerkte endlich den Fleck auf seinem Pullover. Er tauchte seine Serviette ins Wasserglas und tupfte ihn pingelig ab. Die Leute am Nebentisch beobachten sie beide interessiert.

Schließlich blickte Simon auf. »Vermutlich meine ich genau das«, erwiderte er. »Obwohl du mit mir Schluss gemacht hast, sehe ich, dass dich offensichtlich noch was beschäftigt. Ich nehme das nicht persönlich. Obwohl du im Moment nicht sehr nett zu mir bist, *könnte* es mich wieder etwas angehen. Ich bin bereit, dich wieder aufzunehmen, Nora.«

»Mich aufnehmen?« *Was war sie denn, ein lahmes Rennpferd?*

»Du weißt schon. Dich zurücknehmen. Es noch mal versuchen. Ich liebe dich, Nora, und du machst jetzt einen so unglücklichen Eindruck. Es ist ja nicht so, dass du mich verlassen hast und daraufhin glücklicher wurdest. Ich bin wirklich der Ansicht, dass es gut für dich wäre, wenn wir es noch mal zusammen versuchen würden. Und für mich natürlich auch. Was meinst du dazu?«

»Nein danke.«

»Nun sag das doch nicht einfach so! Denk wenigstens darüber nach!«

»Darüber muss ich nicht nachdenken, Simon! Ich habe meine Entscheidung vor Monaten getroffen, und ich stehe nach wie vor dazu. Du hast recht, ich bin im Moment nicht besonders glücklich und wünsche mir, dass sich etwas ändert, aber daran denke ich dabei nicht.«

Er brummelte etwas, als er sich Salz über seinen Salat mahlte.

»Was war das?«

»Ich sagte«, setzte er an, »dass du auch nicht jünger wirst! Was erwartest du denn da draußen zu finden, das so viel besser ist als ich?«

Nora rieb sich mit den Händen übers Gesicht. Dann aß sie noch ein Pizzabrötchen. Und plötzlich fühlte sie sich so glücklich wie seit Wochen nicht. Ihre Trennung von Simon hatte damals nach einer Spontanhandlung ausgesehen. Doch jetzt erkannte sie glasklar, dass es die richtige Entscheidung gewesen war. Diese Rechtfertigung war wie ein Sonnenstrahl. Vielleicht würde sie ja in einiger Zeit das Verlassen der Universität in ähnlichem Licht sehen. Vielleicht sollte sie doch ihren Impulsen vertrauen. Und wenn das stimmte ... warum sollte sie dann nicht dem plötzlichen Auftauchen des Strandes vor ihrem geistigen Auge vertrauen? Sollte sie nicht dorthin fahren und mit eigenen Augen sehen, warum er sie auf so geheimnisvolle Weise anzog? Ihren momentanen über eine Zeitarbeitsagentur vermittelten Job würde sie natürlich zu Ende führen müssen – sie wollte niemandem im Stich lassen. Aber sobald der erledigt war, würde sie – und als dieser Entschluss für sie feststand, strahlte sie den verdutzten Simon an –, *würde* sie nach Tenby aufbrechen.

CHLOE

Chloe wurde mit diesem wunderbaren Erster-Ferientag-Gefühl wach. Bei Seeluft schlief sie immer tief und fest. Sie setzte sich im Bett auf und schlang beide Arme um ihre Knie – sie liebte diese ersten Augenblicke, wenn sie ganz allein war und alles Mögliche passieren konnte. Megan schlummerte noch, ihr prächtiges volles, dunkles Haar lag wie ein Fächer auf ihrem Kopfkissen ausgebreitet, der pralle Rosenknospenmund war leicht geöffnet.

Chloe zog sich einen Pullover über ihr Nachthemd und trat ans Fenster. Vom Fenster aus konnte sie den kleinen Hinterhof sehen, in dem Susan Kräuter in Töpfen zog und ihre Wäsche auf die Leine hängte, die den ganzen Hof überspannte. An der hinteren Wand lehnten Stöcke für Stangenbohnen und in einer Ecke stand ein Strauch mit roten Johannisbeeren. Ein gestrichenes Holztor führte auf eine gepflasterte schmale Gasse, an der sich die Tore und Hinterhöfe und Rückseiten der anderen Häuser entlang der Nachbarstraßen befanden. Es gab gewiss schönere Anblicke in Tenby, aber es war interessant, wie Chloe jedes Jahr wieder ihrer Mam versicherte. In Nant-Aur gab es keine anderen Häuser in Sichtweite. Wenn die Samuels aus ihren Fenstern schauten, hätten sie auch allein auf der Welt sein können – die letzten Menschen.

Die grau-weiße Katze von nebenan sprang auf die Mauer und balancierte dann vorsichtig darauf entlang. Plötzlich erstarrte sie und richtete den Blick ihrer grünen Augen auf die Stangenbohnen. Hübsch, aber todbringend – sie erinnerte Chloe an Alma. Ihre Augen wurden schmal und der gestreifte Schwanz zuckte. Fast in Trance griff sie mit einer anmutigen Pfote ins Blattwerk und zog sie wieder zurück. Dann drückte sie ihren Körper zur Seite, während alle vier Pfoten an Ort und Stelle verharrten. Ein Jungkaninchen kroch aus dem Bohnenbeet, ohne sich der tödlichen Gefahr bewusst zu sein, die über seinem weichen braunen Kopf lauerte.

»Wag es ja nicht!«, wisperte Chloe fast lautlos.

Die Katze streckte sich und kauerte sich zusammen. Das Kaninchen hoppelte mit mümmelnder Nase in den Sonnenschein.

Die Katze machte einen Satz.

»Wag es ja nicht!«, schrie Chloe und klopfte an die Fensterscheibe. Zu Tode erschrocken hoppelte das Kaninchen zurück unter die Blätter. Die Katze landete im Hinterhof und schielte mürrisch nach oben. Sie steckte Kopf und Schultern in die Blätter, drückte den ganzen Körper platt und bereitete sich darauf vor, wie eine Schlange ins Dickicht zu kriechen.

»Nein!«, schrie Chloe und klopfte wieder. »Lass sie in Ruhe! Raus da! Raus!«

Die Katze zog den Kopf zurück und blickte wieder nach oben, wobei sie dieses Mal Chloe mit echter Wut anstarrte. *Das wirst du mir büßen, Chloe Samuels*, sagten ihre Augen höchst beredt.

»Das wirst du mir büßen, Chloe Samuels«, quengelte es hinter ihr. Megan versuchte mit schlaftrunkenen Augen den Kopf aus den Kissen zu heben, fiel aber erschöpft wieder zurück. »Wieso um Himmels willen musst du an einem Ferienmorgen um acht Uhr herumschreien und klopfen?«

»Oh, das tut mir leid, Megan. Ich wollte dich nicht aufwecken, entschuldige. Die Nachbarkatze hat ein Kaninchenbaby gejagt.«

Megan stöhnte theatralisch. »Geh aus meinem Zimmer oder SEI RUHIG!«, grummelte sie und zog sich das Kissen über den Kopf.

Na gut. Chloe stand auf einem Bein und kratzte sich mit dem anderen Fuß ihre sonnenverbrannte Wade. Sollte sie sich wieder ins Bett legen und ihren Eltern schreiben? Oder sich anziehen und nachsehen, ob es Frühstück gab? Nein. Sie wusste, was sie tun wollte.

Sie watschelte aus Megans Zimmer, schloss geräuschlos die Tür hinter sich und stieg dann über die zweite Treppe hinauf zum Dachboden. Der Dachboden von Kite Hill hatte es Chloe angetan. Oder, genauer gesagt, das Bücherregal auf dem Treppenabsatz davor hatte es ihr angetan. Die frühe Morgensonne ergoss sich über die Holzdielen und das Bücherregal mit seinen bunten Rücken der Bücher von Richard und Megan. Für die Dauer ihres Aufenthalts durfte Chloe sich ausleihen, was sie wollte, vorausgesetzt, sie nahm sie nicht mit an den Strand. Aber dies war ohnehin ihr Lieblingsort fürs Lesen. Chloe ließ sich in den goldenen Tümpel fallen. Staubmotten umschwebten sie in ziellosen Kreisen. Himmlischer Friede. Etwas, das Chloe bei sich zu Hause nie fand, nicht mit zwei kleinen Brüdern.

»Stille«, flüsterte sie entzückt und strich mit ihren Fingern durch die Luft, als wäre Stille eine greifbare Substanz wie Honig. Dann wandte sie sich dem Bücherregal zu. Ja! Ein neues *Fünf-Freunde*-Buch! Letztes Jahr waren es elf gewesen, jetzt waren es zwölf Bände. Oh, Ferien waren zauberhaft – zauberhaft! Sie zog das Buch aus dem Regal. *Fünf Freunde verfolgen die Strandräuber.* Chloe lehnte sich an die Wand und begann zu lesen.

Wenige Minuten später flog die Dachbodentür auf und riss die in die Ankunft der fünf Freunde auf der Tremannon Farm vertiefte Chloe unsanft aus ihrer Lektüre. Mit einem leisen Schrei sprang sie auf und warf dabei das Buch zu Boden. Es war Iestyn.

Er erholte sich schneller als sie. »Es tut mir leid«, sagte er. »Ich habe dich erschreckt. Ist alles in Ordnung mit dir?«

»Mir geht es gut«, erwiderte Chloe und legte eine Hand auf ihr wild pochendes Herz. »Und es tut mir auch leid. Ich wusste nicht, dass du da drin bist. Sonst hätte ich mich nicht hier hingesetzt.« Jetzt, wo sie ihren Schrecken überwunden hatte, wurde sie verlegen. Wie schrecklich, als Mädchen vor seiner Tür herumzuhängen! Ihre Verlegenheit wuchs, als sie bemerkte, dass er nur seine Schlafanzughose anhatte. Natürlich sah sie Clark und Colin ständig so, aber das waren Jungs. Iestyn war ein Mann. Chloe wandte sich errötend ab.

»Das macht doch nichts. Lass dich nicht stören.«

»Ich habe gelesen.« Chloe hob das Buch auf und untersuchte es auf

Beschädigungen. Glücklicherweise war es in Ordnung. »Das ist so ein hübscher Platz, weißt du, in der Sonne und mit all den Büchern.«

»Ja, der ist prima«, bestätigte Iestyn. »Lass dich durch mich nicht stören.«

Er ging nach unten und Chloe sah ihm unsicher hinterher. Gleich darauf hörte sie die Toilettenspülung und seine zurückkommenden Schritte. Hastig setzte sie sich wieder hin, weil sie nicht den Eindruck erwecken wollte, als würde sie sich durch seine Anwesenheit irritiert fühlen.

»Schönen Tag noch«, murmelte er. »Viel Spaß beim Lesen.«

»Ich wusste zwar, dass du hierbleibst«, sprudelte es aus Chloe heraus, während sich die Dachbodentür schloss. Er steckte höflich noch mal den Kopf heraus. »Ich wusste nur nicht, dass du *hier* wohnst. Hier im Haus. Ich habe es so verstanden, dass du irgendwo in Tenby wohnst.«

»Ich bin für eine Woche hier«, bestätigte er nickend. »Freue mich, alles zu erkunden. Aber erst brauche ich noch ein wenig Schlaf.« Er gähnte, lächelte und schloss erneut die Tür. Chloe starrte darauf. Eine ganze *Woche*! Das war ein Drittel ihrer Ferien. Und sie könnte sich morgens nicht hierhin zurückziehen und an ihrem Lieblingsplatz lesen. Denn er würde denken, sie würde ihm nachlaufen. Wie peinlich! Gestern hatte er sie bedeckt von Sand und Salz gesehen und jetzt in ihrem Nachthemd und dem alten Pullover. Chloe seufzte. Ihr war klar, dass sie mit Megan und ihren Freundinnen nicht konkurrieren konnte, aber sie wollte nicht, dass dieser angenehme und gut aussehende junge Mann sie für ein Schreckgespenst hielt. Sie war dreizehn, in Gottes Namen. Eine junge Dame!

Chloes Vorsatz, sauber und ordentlich zu sein, um Iestyn zu beeindrucken, hielt genau zwei Tage. An jenem ersten Morgen trug sie zum Frühstück ihr bestes Kleid. Dieses kam den reizenden Sachen, die Megan oder Alma anhatten, noch am nächsten, und sie hatte es für den Ball mitgebracht. Aber sie war dreizehn! Sie konnte nicht den ganzen Tag in Shorts und alten Tops herumlaufen. Sie bürstete ihr Haar, bis es in einem silbrig-blonden Wasserfall über ihren Rücken fiel, und wählte ein zu ihrem Kleid passendes Haarband. Als Megan nicht hersah, trug sie sogar ein wenig von deren rosa Lippenstift auf. Dann ging sie zum Frühstück nach unten und die Jungs waren weg.

»Weg?«, fragte Chloe.

»Ja, sie sind nach Pembroke losgedüst, um einen Freund zu besuchen«, erklärte Onkel Harry, mühsam auf korrekte Aussprache bedacht, was allerdings nicht immer klappte. »Zum Abendessen werden sie natürlich zurück sein. Zum Abendessen kommen Jungs immer wieder zurück. Ich war genauso. Meine Brüder auch.« Er gluckste.

Chloe kochte. Sie war davon ausgegangen, dass Iestyns »ich brauche noch ein wenig Schlaf« länger dauern würde als ihr Schönheitsprogramm. Sie hatte gehofft, er würde, wenn er zum Frühstück herunterkam, von Chloes Anblick in ihrem blauen Kleid geblendet sein, in dem sie, wie sie sich gern einredete, ein wenig wie Alice im Wunderland aussah. Jetzt würde sie den ganzen Tag zusehen müssen, wie sie sauber blieb. Und das bedeutete kein Schwimmen. Fast war sie versucht, die Operation »Beindrucke Iestyn« ganz fallen zu lassen, aber zum Abendessen trug sie wieder ihr blaues Kleid, fast ohne ihr eigenes Zutun. Sie nahm sogar all ihren Mut zusammen und bat Megan, sie ihren Lippenstift benutzen zu lassen.

»Nein«, befand Megan. »Du bist zu jung.«

Also ging Chloe ohne zum Abendessen, aber sie war dennoch aufgeregt und fragte sich, ob Iestyn eine Bemerkung zu ihrem Kleid machen würde. Er tat es nicht.

Am nächsten Tag weigerte sie sich zu Llews Verdruss erneut, schwimmen zu gehen. Sie bestimmte, dass sie durch die Stadt liefen und in den Dränageschlitzen auf den Gehwegen nach verlorenen Münzen zu suchen. Das taten sie ohnehin oft, weshalb sie nicht verstand, warum er sich deswegen so aufführte. Es machte Spaß! Alle paar Meter lief eine Metallleiste quer über den Gehweg, mit einem schmalen Schlitz in der Mitte. In das Metall waren die Worte *David and Co, Saun-*

dersfoot eingraviert. Hier und da spross Unkraut heraus. Und gelegentlich entdeckten sie eine Münze, die jemand hatte fallen lassen. Dann bestand die Herausforderung darin, sie herauszuangeln. Einmal hatten sie fast zwanzig Minuten darauf verwendet, in der Nähe des Theaters einen besonders sperrigen Shilling in die Hände zu bekommen. Das Geld teilten sie jedes Mal gerecht untereinander auf.

Manchmal gingen sie damit zu den Spielautomaten, und wenn sie dort noch mehr Münzen gewannen (was bis jetzt erst einmal der Fall gewesen war), war es ein Guter Geldtag. Chloe und Llew lebten in der Hoffnung auf Gute Geldtage. Dabei malte Chloe sich insgeheim aus, dass sie sich, wenn sie genug Geld fänden, einen eigenen Lippenstift kaufen könnte.

Aber als sie zurückkam und feststellen musste, dass Richard und Iestyn an diesem Abend gar nicht in Kite Hill aßen, gab sie ihr Ansinnen offiziell angewidert auf. Megan hatte recht. Sie war zu jung, um die Aufmerksamkeit eines attraktiven älteren Jungen auf sich zu ziehen, und zu jung, um Interesse an dem zu wecken, was sie anhatte. Am nächsten Morgen gingen sie und Llew schwimmen.

NORA

So aussichtslos es auch begonnen hatte, erwies sich das Essen mit Simon für Nora letztendlich doch als Wendepunkt. Noch mehrere Nächte danach sann sie darüber nach: *Was erwartest du denn da draußen zu finden, das so viel besser ist als ich?*

Natürlich war sie wütend gewesen, als er es ausgesprochen hatte. Aber insgeheim führte sie sich vor Augen, dass es eine recht interessante Frage war. In letzter Zeit hatte sie einige große Veränderungen vorgenommen. Und jetzt sollte sie wohl auch dazu stehen. Andererseits hatte er recht: Sie hätte auch bei ihm bleiben, an der Universität bleiben können. Was erwartete sie sich Besseres zu finden als einen gut bezahlten, sicheren Bürojob und einen anständigen, verlässlichen, wenn auch ärgerlich selbstzufriedenen Partner? Was um alles in der Welt *wollte* sie?

Das war eine Frage, die sie noch beschäftigte, als sie zu ihrer letzten Sitzung bei Jennifer nach Belsize Park fuhr.

Jetzt gingen ihr so viele Dinge durch den Kopf, als würden Möwen darin kreisen. Noch blieb ihr der Sinn des Ganzen verborgen, aber sie kam nach und nach zu der Überzeugung, dass die anscheinend zufälligen, voneinander unabhängigen Themen der vergangenen Monate irgendwie zusammengehörten: Warum ihre Mutter sich verändert hatte; Tenby; wer ihre Mutter hinter all den bunten Fassaden in den Fotoalben wirklich war; warum Nora dazu übergegangen war, systematisch das Leben auseinanderzunehmen, das sie sich mit so harter Arbeit aufgebaut hatte; die Einstellung ihrer Mutter zur Liebe ...

Während Nora in Waterloo auf die Northern Line wartete, fiel ihr wieder ein, wie ihre Mutter auf die Trennung von ihr und Seth reagiert hatte. Sie hatten sich während des Studiums kennengelernt und Nora hatte keinen Moment daran gezweifelt, dass sie füreinander bestimmt waren. Als er sich dann Jahre später von ihr trennte, war für sie eine Welt zusammengebrochen.

Ihre Mutter war natürlich ganz wunderbar gewesen. Nora hatte bei ihr Zuflucht gesucht und Jasmine hatte ihr stundenlang zugehört, sie weinen lassen, mit ihr belanglose Schnulzen angesehen und sie mit Nudeln und Schokoladeneis verwöhnt. Und Nora hatte immer allen erzählt: »Mum war großartig.«

Und das war sie auch. Nur dass Jasmine nach den beiden ersten schrecklichen Wochen dazu übergegangen war, sie davor zu warnen, sich jemals wieder mit solcher Intensität zu verlieben. Während sich in Noras Kopf noch alles drehte, hatte Jasmine bereits damit begonnen, ihr Credo zu verkünden, dass die Liebe überschätzt wurde, es so etwas wie einen Seelenverwandten gar nicht gab und die Liebe einen immer, aber auch immer enttäuschen würde.

Ziemlich schonungslos, wie Nora jetzt fand, während sie ihren Latte to go trank. Dabei hatte sie von ihrer Mutter eigentlich nur hören wollen, dass alles gut werden und sie eines Tages jemand anderen finden würde.

Jahre später waren das dann Andy für sechs Monate, danach Marc für ein Jahr und dann Simon gewesen. Jeder für sich ein netter Mann, doch jede Beziehung unbefriedigender als die vorhergehende. Bis sie eines Tages neben Simon aus schlüpfrigen Träumen aufwachte, die sie nie mit ihm hätte teilen können, und voller Verlangen nach ... irgendwas zurückblieb. War es nur unbefriedigte Lust? Hormonelle Veränderungen? Es war ihr zu peinlich gewesen, mit jemandem darüber zu sprechen, nicht einmal Jennifer hatte sie es erzählt. Aber jetzt, als sie sich in die überfüllte U-Bahn zwängte, beschlich sie der Verdacht, es könnte schlimmer sein – dass nämlich das, wonach sie sich im Traum gesehnt hatte, Liebe war.

Was war Liebe überhaupt? Heutzutage gab es ein unendliches Spektrum an Möglichkeiten, Liebe zu erklären. Zeitschriften entwarfen Schritt-für-Schritt-Anleitungen zum perfekten Orgasmus, als ginge es beim Sex nicht viel anders zu als beim Aufbau eines Ikea-Regals. Therapeuten wiesen darauf hin, dass keine andere Person die eigenen Bedürfnisse voll und ganz befriedigen konnte, und warnten vor dem schmalen Grat zwischen gesunder Interaktion und Co-Abhängigkeit. Die Wissenschaft behauptete, es sei alles nur eine Frage der Chemie. Deprimierend, fand Nora und suchte Halt an einer Deckenschlaufe, als die Türen sich schlossen und der Zug losratterte.

Ihre Mutter schien immer gut ohne Partner zurechtgekommen zu sein. Aber warum war sie derart vehement gewesen, als es um die Liebe ging? Noras Vermutung nach hatte es was damit zu tun, dass Jasmine von Noras Vater verlassen worden war.

Wie mochte das für sie gewesen sein?, fragte sich Nora. Seth war wenigstens so anständig gewesen, ihr eine vollständige Erklärung und eine aufrichtige Entschuldigung zu liefern – er habe jemand anderen kennengelernt, habe im Traum nicht daran gedacht, dass dies passieren könne, finde es unerträglich, Nora wehzutun. Das milderte nicht die schmerzlichen Umstände, aber wenigstens kannte sie die Fakten.

Wohingegen Steve sich einfach eines Tages aus dem Staub gemacht hatte. Offenbar hatte er eine Nachricht hinterlassen, die besagte, dass ein Linsenauflauf im Kühlschrank stehe. Als Seth sich von Nora trennte, war damit das schmerzliche Gefühl der Unvermeidbarkeit verbunden.

Nora hatte ihren Vater nie kennengelernt. Nun, gebraucht hatte sie ihn nicht, so nah wie sie und Jasmine sich standen. Als Nora im Teenageralter war, begann ein kleiner Briefwechsel, wobei seine Briefe unterhaltsam waren, aber keinen Hinweis darauf lieferten, dass ihm etwas leidtat. Nora hätte sich durchaus eine herzliche Beziehung zu ihm vorstellen können, wäre ihre Mutter nicht Opfer dieses Freigeists gewesen.

Anhand der Fotoalben wusste Nora, dass Jasmine in den Siebzigern glücklich gewesen war. Sie lebten in einer Kommune, in einem Wohnwagen, den sie im Roma-Stil ausstaffierte. Den Namen Jasmine nahm sie an, weil Pflanzen den schönsten Spirit hatten, wie sie erklärte. Aus dem gleichen Grund lautete Noras zweiter Vorname Sage, Salbei. Nora hatte noch vage Erinnerungen an den Duft von Essen, das über dem offenen Feuer gekocht wurde, und den Gesang der Lerchen hoch in der Luft. Vielleicht war das der Grund, weshalb ihre Seele endlich gegen ihre vorgefertigte Welt aus gallegrünen Türen und Plastikfarnen und Beton aufbegehrt hatte.

Doch sie war sich sicher, nicht losziehen und in einem Wohnwagen oder einer Kommune leben zu wollen. Und sie hatte auch keine Vorstellung davon, wie die Liebe in diesem Zeitalter ausgesehen haben könnte. Aber als sie endlich Jennifers Praxis erreichte, war sie immerhin in der Lage, ein Gefühl in Worte zu fassen, das langsam, aber sicher in ihr Einzug gehalten hatte, seit sie gekündigt hatte. Und sie wartete damit nicht das Ende der Sitzung ab.

»Ich will das nicht mehr«, erklärte sie. »Ich möchte kein von der Uhr diktiertes Leben mehr führen, ein Leben, das Strumpfhosen und schicke, unbequeme Schuhe verlangt. Ich möchte nicht, egal, wohin ich blicke, etwas von Menschen Gemachtes sehen, und Wert soll sich nicht durch Drei-zum-Preis-von-einem-Angebote und Gehaltserhöhungen definieren. Es gibt also vieles, was ich *nicht* will. Wenn Sie mich fragen, *was* ich will, kann ich darauf ehrlich gesagt keine Antwort geben. Aber etwas sagt mir, dass ich nach Tenby fahren muss, um das herauszufinden.«

Am Ende der Sitzung überreichte sie Jennifer als Dankeschön eine weiße Orchidee. Sie war Woche für Woche hierhergekommen, und das seit ... inzwischen neun Monaten! Diese Zeitspanne lag wie ein trüber Schleier aus Angst, Unwohlsein und für sie untypischen Handlungen hinter ihr, in dessen Mitte die Sitzungen wie glatte Seerosenblätter trieben und ihr Raum boten, Platz zu nehmen und Luft zu holen. Diese waren nun zu Ende, aber auch der trübe Schleier war verschwunden. Was auch immer Tenby war oder auch nicht war, es war kein trübes Etwas. Es war klar, hell und verlockend.

CHLOE

Nachdem Chloe ihren Versuch aufgegeben hatte, Iestyn zu beeindrucken, wandten sie und Llew sich wieder all ihren üblichen Aktivitäten zu: erkunden, schwimmen, träumen, Milchshakes trinken am Morgen und warme Malzmilch am Abend. Die langen heißen Sommertage glitten dahin wie ein goldenes Band und alles kehrte zur Normalität zurück, mit einer kleinen Ausnahme: *Nun* war Iestyn plötzlich überall. Und sichtete sie in den lächerlichsten Situationen.

Für Chloe und Llew gab es zwei Aufgaben, denen sie in jedem Sommer nachgingen. Zum einen hatte Llew es sich in den Kopf gesetzt, ein anständiges Foto von Red Sam zu machen, der, wie er betonte, das interessanteste Gesicht von ganz Tenby hatte. Chloe hielt dagegen, dass man sein Gesicht gar nicht richtig sehen könne, da es ständig hinter einem dichten schwarzen Bart verborgen war, aber Llew ließ sich nicht davon abbringen. Und so kletterten sie Jahr für Jahr die Klippen neben der Rettungsstation hinunter, um zu Red Sams Platz zu gelangen, wo er den ganzen Tag mit seiner Angelleine und dem Hummertopf saß, obwohl er nie einen Fisch herauszog und auch keinen Hummer fing. Bei jedem Wetter trug er einen dicken, marineblauen Pullover, Shorts und schwere braune Stiefel. Und jedes Jahr stand Chloe nervös daneben, wenn Llew in sehr vernünftigem Ton fragte: »Darf ich ein Foto von Ihnen machen, Red Sam?«

»Nein!«

»Bitte«, beharrte Llew. »Ich bin Fotograf, wissen Sie? Wenn Sie es mir nicht erlauben, vereiteln Sie mein Projekt.«

»Dein Projekt kümmert mich einen Scheißdreck.«

»Aber Red Sam, ich werde es auch keinem zeigen. Und es dauert auch nur eine Minute. Ich wäre Ihnen so dankbar.«

»Hau ab, Junge, bevor ich dich ins Meer werfe.«

»Aber bitte, Red Sam! Lassen Sie mich doch einfach -«

»Du solltest wissen«, lautete eine der möglichen Reaktionen von Red Sam, wobei er auf die Wellen starrte, »dass die Gerüchte über mich stimmen.«

»Welche Gerüchte?« Llew konnte meist nicht widerstehen, seine Kamera zu heben.

»Dass ich Kinder fresse!«, pflegte er zu brüllen, und seine Geduld war am Ende. Dann kam er mit einem Satz auf sie zu und sie rannten vor ihm davon über die schartigen Felsen, glitschig von der Gischt. Seine großen behaarten Beine in ihren schweren Stiefeln holten immer schneller auf, bis Chloe nicht anders konnte als loszuschreien, denn für sie war es, wie sie Llew erklärte, als würde ein hungriger Troll sie jagen.

Natürlich erreichten sie an einem solchen Tag die Sicherheit von Castle Hill genau in dem Moment, als Iestyn und Richard dort ins Gespräch vertieft vorbeischlenderten. Chloe und Llew, rot und keuchend, sprangen herum wie Ziegen, Chloe kreischte wie ein *Mädchen*. Als sie Iestyns schönes erstauntes Gesicht sah, hätte die Demütigung nicht größer sein können, die sie mit der Wucht einer Brandungswelle traf. Warum nur traf er sie nie, wenn sie hübsch und vernünftig aussah?

Die zweite Mission, die sie immer mal wieder beschäftigte, war die Operation »Diana Castain«. Diana Castain war der lokalen Legende zufolge eine für ihre Schönheit bekannte Dame der Londoner Gesellschaft, die vor über hundert Jahren die Sommermonate in Tenby verbrachte. Llews Vater, der Historiker war, bevor er seinen Job verlor, besaß die Fotografie eines Porträts von ihr. Chloe war fasziniert von ihren dunklen Ringellocken und dem prächtigen weißen Kleid.

Allem Anschein nach hatte sie sich in einen Einheimischen verliebt, Owen Lloyd-Arthur, doch ihre Eltern hatten für sie in London eine prachtvolle Hochzeit arrangiert – mit einem Mann, den die arme Diana überhaupt nicht liebte! Aber wie die Legende es erzählt, hatten Owen und Diana einen geheimen Tunnel entdeckt, der von dem alten Haus, in dem die Castains residierten, zu einer Höhle in den Klippen führte. Dort trafen sie sich heimlich und benutzten den Tunnel, um sich auf schmalen Simsen im Gestein Nachrichten und Beweise ihrer Liebe zukommen zu lassen.

Eines Tages entdeckte Dianas Vater den Geheimgang und folgte ihr zu einem Stelldichein. Er traf seine Tochter in den Armen dieses beherzten Walisers an und riss sie in seiner Wut brüllend auseinander. Owen stolperte und es sah ganz danach aus, als würde er zu Tode stürzen, er konnte sich aber noch rechtzeitig fangen. Diana jedoch sprang ihrem Geliebten zu Hilfe, stürzte und fiel in die tintenschwarze Tiefe. Owen und ihr Vater mussten zusehen, wie ihr in Seide gehüllter Körper in den Wogen versank.

Owens Herz war gebrochen. Die Castains schworen, nie wieder nach Tenby zurückzukehren. Und die schöne, todgeweihte Diana blieb für immer verschwunden, doch es hieß, sie geistere durch den Tunnel, um nach einem letzten Pfand ihrer Liebe zu suchen.

Chloe liebte diese Geschichte. Und obwohl alle – vor allem Alma – ihr immer wieder sagten, sie sei nicht wahr, war Chloe davon überzeugt, dass sie eines Tages diesen Tunnel und den Schatz darin finden würde.

Also gingen Chloe und Llew auf die Suche nach Tunnels und klopften, wann immer sie ein altes Gebäude entdeckten, Wände mit Holzverschlägen ab und hielten entlang der Klippen Ausschau nach allem, was nach einer Höhle aussah. Es sollte auch noch einen anderen Geheimtunnel unter der Crackwell Street geben, und wie Chloe aus *Fünf Freunde* wusste, gehörte ein Geheimgang oftmals zu einem ganzen Tunnelsystem. Sie hoffte darauf, dass dieser Gang, sollten sie ihn finden, sie zu Dianas Tunnel führen würde. Und deshalb brachten sie jedes Jahr ein oder zwei Stunden damit zu, eifrig auf die Pflastersteine zu springen und auf verräterische Geräuschveränderungen zu lauschen. So traf Iestyn sie an, als er eines Morgens mit einem um die Schultern geschlungenen Handtuch und dunkel und nass am Kopf klebenden Haaren vom Schwimmen im Hafenbecken zurückkam.

»Was macht ihr da, Kinder?«, rief er und winkte freundlich.

Chloe erstarrte. Kinder! Er hatte sie Kinder genannt! Und das waren sie doch eigentlich auch, so närrisch, wie sie bei ihrer Schatzsuche herumsprangen. Während sie sich noch den Kopf nach einer Ausrede zerbrach, sprudelte aus Llew bereits die ganze Geschichte heraus. »Und deshalb glaubt Chloe daran, dass wir den Tunnel finden können«, schloss er.

Chloe sah ihn an. Versuchte er etwa, sie vor Iestyn bloßzustellen? Aber natürlich tat er das nicht. Er war einfach nur offen und ehrlich und *erst elf!*

»Ach, das ist einfach nur kindischer Blödsinn«, spottete sie. »Ich glaube nicht *wirklich* daran, aber es macht Spaß, danach zu suchen.«

»Das kann ich mir vorstellen!« Iestyn hob das Handtuch, um ein paar Tropfen aufzufangen, die ihm von den Haaren in den Nacken liefen. Er trug eine ärmellose Weste und hatte Achselhaare wie ihr Vater. Chloe brachte kein Wort mehr über die Lippen. »Na dann viel Glück, Kinder! Und lasst es mich wissen, wenn ihr was findet!« Pfeifend schlenderte er weiter und Chloe sackte gegen eine Mauer.

»Was ist los, Chlo? Möchtest du nicht mehr weitersuchen?«

»Nein, jetzt nicht. Ich denke, ich brauche eine heiße Schokolade.«

NORA

Am ersten März stieg Nora in ihren Wagen und fuhr nach Wales. Passenderweise war es der walisische Nationalfeiertag, St. David's Day. Sie hatte für sechs Tage ein Hotelzimmer mit Meerblick gebucht und würde dort ihren Geburtstag verbringen. Ihre Mutter hatte immer scherzhaft gemeint, sie habe sich alle Mühe gegeben, Nora am St. David's Day zur Welt zu bringen, doch diese habe ihre patriotischen Pläne vereitelt, indem sie zu spät kam. Was nicht hieß, dass ihre Mutter auch jetzt noch sehr patriotisch eingestellt war.

Jasmines Bestürzung angesichts Noras Idee, nach Tenby zu reisen, hatte sich nicht gelegt, obwohl Nora noch einmal versucht hatte, sie dazu zu bewegen, ihr wenigstens für ein paar Tage Gesellschaft zu leisten, bevor sie nach Italien aufbrach.

»Nun komm doch mit, Mum! Ich fände es so schön, wenn du mitkämst. Ich meine, es ist doch praktisch deine *Heimat*!«

»Heimat ist eine Idee, die maßlos überschätzt wird, meine Liebe.«

»Aber wir könnten Grandma besuchen. Willst du sie denn nicht sehen? Sie ist doch deine *Mutter*!«

»Ich spreche ständig mit ihr. Und auch Mütter werden sehr überschätzt. Das solltest du doch wissen, meine Liebe, du warst in Therapie.«

Sie blieb hartnäckig, enttäuschend, rätselhaft ... typisch Jasmine eben. Wenigstens stand ihr Abschied unter einem günstigeren Stern. Nora hatte sie nach Stansted gefahren und sie tranken zusammen noch einen Kaffee, bevor Jasmine durch die Sicherheitskontrolle verschwand – eine kleine Gestalt in Dunkeltürkis und umwerfenden Stöckelschuhen. Jasmine dachte im Traum nicht daran, sich auf Reisen bequem zu kleiden. Diese Schuhe waren für arthritische Knie höchst ungeeignet, wie Nora fand, der es schon beim Hinsehen wehtat. Aber sie konnte auch verstehen, dass ihre Mutter für ein Wiedersehen mit einer Freundin, die sie jahrelang nicht gesehen hatte, bestmöglich aussehen wollte.

Damit würde sie den Ton für glamouröse Urlaubstage mit Verabredungen zum Mittagessen, gutem Wein und Einkaufstouren angeben.

Seufzend verließ Nora den Flughafen. Vielleicht hätte sie *wirklich* mitkommen sollen. Vielleicht hatte Jasmine ja recht und Wales war tatsächlich ein trister Plan, so ganz allein und in dieser Jahreszeit. So lief es immer: Egal, was Nora in Angriff nahm, Jasmine machte etwas Größeres, Vielversprechenderes, Besseres.

Aber jetzt verbannte sie Jasmine aus ihren Gedanken. Sie freute sich trotz alledem auf ihre Reise. Diese mochte bescheiden sein, gehörte ihr aber ganz allein.

Sie konnte sich nicht erinnern, wann sie zuletzt allein an einen neuen (na ja, ziemlich neuen) Ort gereist war. Simon war ein Meister der Wochenendausflüge gewesen, etwas, das Nora an ihrer gemeinsamen Zeit mit ihm gefallen hatte. Er fuhr und Nora konnte sich genüsslich zurücklehnen und die Landschaft betrachten – ein schöner Kontrast zu ihren kräftezehrenden Wochen in der Arbeit, wo es ihr oblag, über *alles* die Kontrolle zu behalten. Doch jetzt, mit einem Coffee to go im Becherhalter und Musik aus dem CD-Spieler, fühlte sie sich seltsam ... entspannt. Das Navi gab ihr beruhigendes Feedback über ihre Fortschritte, und als sie ihr Mautgeld in den Münzeinwurf der Severn Bridge steckte, konnte sie sich ein Lächeln nicht verkneifen. Über ihr ragten die hohen Spitzen der Brücke auf und der breite Fluss markierte das Tor von Wales ... Derselbe graue Himmel, dasselbe Land wie in England ... und doch war da etwas, das sich aufregend und anders anfühlte, mochte Jasmine sagen, was sie wollte.

In der Nähe von Cardiff machte sie Pause bei einem Burger mit Cola. Die Ellbogen auf den cremefarbenen Plastiktisch gestützt, überprüfte sie ihr Telefon. Normalerweise hätte sie an einem Sonntag um die Mittagszeit etwa zwanzig Textnachrichten und sechzig E-Mails vorgefunden, die alle was mit ihrer Arbeit zu tun hatten.

Vor nicht allzu langer Zeit hätte Simon ihr gegenübergesessen und sich beklagt: »Bist du mit mir hier oder mit Olivia, Nora? Dir ist schon klar, dass du dich im Moment nicht im Büro befindest, ja? Du hast auch noch ein Leben, weißt du ...« Dann pflegte er sein eigenes Telefon hervorzuholen und Ant und Nate zu schreiben und seine Facebook-Seite aufzurufen und laut über lustige Bilder zu lachen, die sie nicht sehen konnte.

Heute gab es nur eine Textnachricht – von ihrer Freundin Stacie, die ihr eine gute Reise wünschte. Nora wusste nicht recht, was sie davon halten sollte, dass keiner sie antrieb und keine Probleme auf sie warteten. *Könnte Frieden bedeuten*, überlegte sie, *oder Schrecken. Schwer, den Unterschied zu erkennen.*

Sie musterte die Plüschtiere, knallbunten Süßigkeiten und Kühlmittel, die man dicht gedrängt im Laden gegenüber zur Schau stellte. Es roch nach Bratfett und Kaffee und einem Hauch Toilettendeo. Kinder im Zuckerrausch sausten wie Flipperkugeln vorbei. An der Theke bedienten junge Frauen und Männer, die Papphüte trugen und davon verständlicherweise genervt waren. Es war nur eine Tankstelle: laut, zweckmäßig und gewöhnlich. Aber es war weder ihre Wohnung noch das Cottage. Und schon gar nicht war es Zimmer 407 A in der Fakultät für Geschichte. Sie hatte es geschafft. Sie war frei.

Sie fuhr und fuhr, bis die Autobahn zu Ende war und sie auf Überlandstraßen durch Carmarthenshire geleitet wurde. Die Landschaft war weit und offen, und ganz automatisch ging sie ein wenig vom Gas und genoss die letzte Etappe ihrer Reise. Es schien hier viel geregnet zu haben, an manchen Stellen war der Fluss über die Ufer getreten und sein Wasser lag auf den Feldern wie gefaltete blaue Seide.

In einem Ort namens Kilgetty bog sie nach links ab und passierte einen verkümmerten Streifen Gemeindeland, auf dem zwei zottelige kastanienbraune Pferde grasten. Sie lächelte. Wann hatte sie zuletzt ein Pferd gesehen? Plötzlich kam es ihr absurd vor, seit Jahren kein Pferd mehr gesehen zu haben.

Als am Straßenrand die ersten Hinweisschilder nach Tenby auftauchten, schaltete sie die Musik aus. Selbst wenn sie nun sechs Tage lang nur in ihrem Hotelzimmer säße oder am Strand spazieren ginge, hätte sie dennoch so viel Spaß wie schon lange nicht mehr. Sie könnte sich einen Roman kaufen! Wann hatte sie zuletzt einen Roman gelesen? Wer hatte dazu Zeit? Niemals hätten Pferde und Bücher zu so ungewohnten Dingen werden dürfen.

Als sie am nächsten Morgen erwachte, war sie umhüllt von absoluter Dunkelheit und Wärme wie im Mutterleib. Das Bett war weich, die Decke bauschig und es herrschte völlige Stille. Einen Moment lang blieb sie ruhig liegen und genoss. Sie war in Sorge gewesen, ängstlich zu sein oder sich auch zu langweilen, wenn sie hierherkam – aber bis jetzt empfand sie nur Erleichterung, ein luxuriöses und unterschätztes Gefühl, wie sie fand. *Es ist Montagmorgen,* fiel ihr ein.

Sie setzte sich auf und fummelte nach der Nachttischlampe. Die Uhr zeigte 6:30. Kaum zu glauben! Um zehn Uhr war sie zu Bett gegangen. Achteinhalb Stunden – so lange hatte Nora schon seit Jahren nicht mehr geschlafen.

Ein hoher, dünner Schrei durchschnitt die Stille und verebbte dann in plätschernden Echos. Eine Möwe. Wenn sie ihre Vorhänge aufzog, würde sie das Meer sehen.

Nach etwa einer Stunde wohliger Trägheit stieg sie aus dem Bett auf den dicken, weichen Teppich und trat ans Fenster. Sie zog die dichten Vorhänge auf und hielt den Atem an. Die Flut war da. Die aufgehende Sonne brannte einen goldenen Pfad aufs Wasser, das glasklar und ruhig dalag. Palmen wedelten träge und an ihrem Fenster flog auf geräuschlosen Flügeln eine Möwe vorbei. Sie nahm die Einladung des gepolsterten Fenstersitzes an.

Nora fing an zu weinen.

Die Tatsache, nicht in der Pflicht zu stehen und irgendeine lächerliche Katastrophe abzuwenden, machte Nora anfangs kribbelig. Aber sie passte sich überraschend schnell an und wechselte in ihre neue Existenz wie eine sich häutende Schlange.

Es wurde ihr zur Angewohnheit, sich, sobald sie wach wurde, eine Fleecejacke überzuziehen und den kleinen Wasserkocher einzuschalten, der zum Zimmer gehörte. Getreu ihres Gelübdes war sie losgezogen und hatte sich gleich nach ihrer Ankunft einen guten, dicken Roman gekauft, mit dem sie sich nun jeden Morgen auf die Fensterbank setzte. Bei einer Tasse Tee genoss sie die Abenteuer ihrer Heldin im Paris der Dreißigerjahre. Dann duschte sie und freute sich, ihr Haar nicht mehr glattföhnen zu müssen.

Später brach sie zu einem Spaziergang entlang der weitläufigen, beeindruckenden Küste auf, die sie monatelang vor Augen gehabt hatte. Sie eilte den gewundenen Klippenpfad hinunter, vorbei an einem einladend aussehenden Restaurant, das rechter Hand am Strand lag, und stolperte dann über den trockenen, hellen Sand zur karamellfarbenen Küstenlinie, gespickt mit Muscheln und Kieselsteinen, wo sie zügig ausschreiten konnte.

Keine Sitzungen, keine Tagesordnungen, keine Berichte, keine Daten, keine Strategie, keine Politik und kein *Beton*. Nur das Geplätscher des Wassers, das Knirschen der Muscheln und die wolkige Landschaft in der Ferne.

Jeden Nachmittag erkundete sie Tenby, ein zauberhaftes Örtchen, wo jeder Schritt einen neuen Blick bereitzuhalten schien: eine schiefe Gasse zwischen hohen Häusern, der Hafen mit seinen alten Steinmauern und der Kapelle der Fischer, Eisengeländer mit skurrilen Törchen im Alice-im-Wunderland-Format, die zu Gärten auf den Klippen führten, Höhlen, ein Schloss, eine Kanone ...

Sie sollte wirklich ihre Großmutter besuchen, die keine vierzig Minuten von hier wohnte. Und sie *wollte* sie sehen. Es war nur schon so lange her, seit Nora Zeit hatte, die Tage in ihrem eigenen Rhythmus, auf ihre eigene Weise fließen zu lassen. Aber am Freitag würde sie Grandma bestimmt besuchen, das nahm sie sich fest vor. Sie würde sich schlecht fühlen, wenn sie nach Kingston zurückkehrte, ohne bei ihr vorbeigeschaut zu haben, nachdem sie doch so nah dran war.

CHLOE

Der Termin für den Teenagerball lag in der Mitte von Chloes letzter Woche in Tenby. Und so konnte sie ihrer ungezügelten Ungeduld nur nachgeben, indem sie sich auch das Ende ihrer Ferien herbeiwünschte.

»Ich kann *unmöglich* am Sonntag zurückfahren!«, jammerte sie Llew vor. »Wir haben Dianas Tunnel noch immer nicht gefunden und in diesem Jahr auch noch keinen Guten Geldtag gehabt.«

Llew sah sie bedrückt an. »Ich möchte auch nicht, dass du gehst«, sagte er. »Wenn du weg bist, kommt mir alles so trist vor. Aber noch ist es nicht so weit. Es sind immer noch viereinhalb Tage.«

»Und der Ball ist am Donnerstag!«, erinnerte ihn Chloe und war gleich fröhlicher gestimmt. »Du wirst doch kommen und zusehen, nicht wahr, Llew? Soll ich versuchen, dich reinzuschmuggeln? Du bist doch nur zwei Jahre zu jung.«

»Ich und tanzen!«, schnaubte Llew. »Wohl kaum! Nein, besten Dank, Chloe Samuels. Aber ich werde kommen und zuschauen, eine Weile jedenfalls. Und Fotos machen.«

Am Donnerstagmorgen ging Chloc zum Goscar Rock, um den Jungs zuzusehen, die dort heruntersprangen, doch um zwei Uhr kehrte sie zurück zum Kite Hill. Sie wollte jede Minute ihres ersten Balls auskosten – endlich sollte sie an dem begehrten Ritual, die Haare kunstvoll zu frisieren und Make-up aufzutragen, teilnehmen – und ihren Eintritt in diesen exklusiven Klub genießen. Außerdem wollte sie ihren Anspruch auf ein wenig Platz im Schlafzimmer anmelden.

Aber außer Megan und Chloe waren noch Evie und Christine da, und das waren auf jeden Fall die nettesten Freundinnen Megans. Auch Tante Susan war zu Hause und kam in regelmäßigen Abständen ins Zimmer, um die Fortschritte zu kontrollieren, weshalb Megan offenbar beschlossen hatte, Chloes Anwesenheit zu begrüßen und ihre Gönnerin zu werden. Sie lieh Chloe einen steifen, gestärkten Petticoat, der den Rock ihres Kleids abstehen ließ, ein Haarband und sogar einen Lippenstift.

»Dieser Petticoat geht gar nicht«, befand Evie und kniff die Augen zusammen gegen die Rauchwolke, die von der Zigarette aufstieg, die sie lässig zwischen zwei Fingern hielt. Sie lehnte sich aus dem Fenster und schnippte die Asche in den Hof hinunter.

»Woher hast die Bachelors überhaupt?«, wollte Christine mit Blick auf die braune Zigarettenschachtel wissen, die aus Evies Clutch herausschaute.

»Von meiner Mum geliehen.«

Megan schnaubte. »Mit ›geliehen‹ meinst du wohl ›geklaut‹. Und was hast du gegen den Petticoat?«

»Der ist zu ausladend für den Rock. Das Kleid ist nicht für so viel Weite geschnitten. Es ist doch wohl eher ein Tageskleid, nicht wahr, Chloe?«

Chloe schämte sich ihrer ewig mangelhaften Garderobe. »Ja, aber es ist auch mein bestes.«

»Ach, das ist gut so, sei unbesorgt. Es ist ein hübsches Kleid. Nur nicht mit diesem Ding darunter. Hast du nicht auch einen kleineren, Megan?«

Den hatte Megan. Die Petticoats wurden ausgetauscht und sie waren sich alle einig, dass Evie recht gehabt hatte.

»Viel besser«, bestätigte Christine, »aber was sollen wir mit ihren Haaren anstellen?«

Chloe kriegte sich kaum mehr ein vor Freude. Sie war der gehätschelte Liebling!

»Was *können* wir damit tun?«, konterte Megan angewidert. »Sie sind kerzengerade, glatt wie ein Aal und dann auch noch so *lang*! Es hat überhaupt keine Form, aber abschneiden willst du es wohl auch nicht, Chloe?«

»Nein!«, wehrte Chloe erschrocken ab. Denn nicht nur sie selbst hielt ihre Haare für die krönende Pracht, sondern ihrer Mutter bräche es das Herz, wenn sie es abschnitte, und ihr Vater würde sie dafür umbringen.

»Nein«, unterstützte Evie sie. »Tu das nicht. Deine Haare sind wunderbar, Chloe, du kannst dich glücklich schätzen. Ich finde die Farbe toll, und sie *glitzern*. Meine Haare glänzen, glitzern aber nicht.« Sie tätschelte ihre opulenten rabenschwarzen Wellen, so gelackt wie die von Elizabeth Taylor.

»Aber lang sind sie«, gab Christine zu bedenken und rümpfte die Nase. »Sie reichen ihr schon fast bis zum Hintern. Na gut, schön sind sie und so, aber *modisch* ist es nicht, oder? Hast du schon mal eine Dauerwelle gehabt, Chloe, um ein bisschen *Form* reinzubringen? Aber vermutlich würde sich die bei dieser Länge schnell rausziehen.«

Chloe konnte sich keine Heimdauerwelle und auch keine Wickler leisten. Zu Hause drehte ihre Mam zu besonderen Anlässen wie dem Eisteddfod am Vorabend die Haare mit Stofffetzen auf. Was jedes Mal eine schlaflose Nacht bedeutete, weil die Stofffetzen an der Kopfhaut zerrten und sich keine bequeme Position auf dem Kopfkissen finden ließ. Aber die weichen Wellen, die ihr Gesicht am nächsten Tag rahmten, gefielen Chloe.

»Mit Wicklern werden wir dasselbe Problem haben«, überlegte Megan.

»Brennschere, Megan!«, bestimmte Evie, die erneut zu ihrer Rettung kam. »Wir fassen es in einem Pferdeschwanz zusammen und locken es dann mit der Brennschere. Wird deine Mum sie für uns warmmachen?«

Sie tat es. Und eine Stunde vor dem Ball saß Chloe auf der Spielzeugkiste, die Haare am Oberkopf straff zum Pferdeschwanz zusammengebunden, während Megan mit einer dicken, leicht geschwärzten Brennschere hantierte. Unterdessen lackierte Evie Chloes Nägel in der Farbe Passionate Plum unter der kritischen Aufsicht von Christine, die sich an den Bachelors von Evies Mum bediente. Chloe wurde von dem Zigarettengestank langsam übel.

»Es tut weh!«, wimmerte Chloe. »Meine Haare. Die sind zu straff.«

»Wenn eine Frisur nicht ziept, taugt sie nichts«, gab Megan zurück.

Schließlich befanden sie, dass sie fertig war, und stellten sie vor

Megans Drehspiegel. Evie klatschte begeistert in die Hände und Megan nickte widerwillig.

»Die siehst älter aus, Chloe«, meinte Christine. »Mindestens wie vierzehn.«

»Nur schade wegen der Schuhe«, meinte Megan. »Aber da lässt sich nichts machen, unsere wären alle zu groß. Sie ist so *unterentwickelt*.«

»Egal«, sagte Evie, »es ist viel besser als zuvor.«

»Kann sein.«

Chloe hatte statt der schmuddeligen Turnschuhe, die sie sonst trug, ihre besten Schuhe an, schwarze Spangenschuhe aus Kunstleder. Aber es stimmte schon, verglichen mit den pastellfarbenen Stöckelschuhen der anderen Mädchen sahen sie langweilig und zweckmäßig aus.

»Wie kommt ihr voran, Mädels?« Tante Susan tauchte in der Tür auf und Christine ließ die Zigarette fallen und sprang hastig vom Fenster weg.

»Wir sind fertig, Mummy. Sieh dir an, was wir aus Chloe gemacht haben.«

»Sehr hübsch, Chloe, wirklich sehr hübsch. Du wirst sicher mal viele Männerherzen brechen, wenn du erwachsen bist.«

»Danke, Tante«, murmelte Chloe. Sie fühlte sich ein wenig unwohl dabei. Ja, sie wünschte sich, dass die Männer sich reihenweise in sie verliebten. Aber doch nur, weil sie auf den Schwingen der Liebe davonschweben und Abenteuer erleben wollte ... Sie wollte doch niemandem *wehtun*!

»Wenn wir schon davon sprechen«, ergänzte Tante Susan, »unten wartet dein kleiner Freund Leonard.«

»O *nein*!«, schäumte Megan. »Er kann nicht mitkommen! Er ist zu jung!«

»Er ist doch nur hier, um von euch allen ein Foto zu machen«, stoppte ihre Mutter sie. »Du musst nicht immer gleich eingeschnappt sein, Megan. Ich finde das sehr nett von ihm.«

Der unten wartende Llew wirkte zerlumpter denn je neben Richard und Iestyn, die beide schicke Anzüge trugen und deren Haare von Brillantine glänzten.

»Ist ja gut, ich bleibe nicht!«, sagte er, als sie ins Wohnzimmer klapperten. »Ich dachte nur, ihr hättet vielleicht gern ein Foto«, ergänzte er und winkte mit der Kamera wie mit einer weißen Fahne.

»Ja, in der Tat«, sagte Iestyn und schüttelte Llew die Hand. »Sehr aufmerksam von Ihnen, Sir.«

»Oh Mann, Chloe, du siehst toll aus! Wie eine echte Tänzerin.«

»Na, so weit würde ich nicht gehen«, warf Megan ein und wuselte auf Iestyn zu, um sich mit dem einen Arm bei ihm und mit dem anderen bei ihrem Bruder unterzuhaken, »aber wir haben für sie getan, was uns möglich war.«

Sie stellten sich vor dem Kaminsims auf. Während Llew geduldig wartete, hatten sie nach einigem Hin und Her endlich die Zusammenstellung gefunden, mit der Megan zufrieden war.

»Reizend«, sagte Tante Susan. »Besser könntet ihr gar nicht aussehen.«

»Sehr gut«, stimmte Llew ihr zu. »Und jetzt lächeln!«

Klick. Eine weitere Facette von Chloes Sommern in Tenby war für immer festgehalten.

»Danke, dass du an das Foto gedacht hast, Llew, das war so eine nette Idee«, lobte Chloe.

NORA

An ihrem Geburtstag wurde Nora von einem schaurigen Wimmern wach, das ihr Angst machte, bis ihr klar wurde, dass es der Wind war. Die Fensterläden rappelten und die Scheibe klapperte im Fensterrahmen.

»Dann wünsch ich mir mal alles Gute zum Geburtstag«, murmelte Nora, während sie sich aufrichtete und nach ihrem Fleece griff.

Ungeachtet des Wetters faszinierte sie der Ausblick von ihrer Fensterbank nach wie vor, vielleicht sogar noch mehr als sonst. Gebannt verfolgte sie, wie die quecksilbrigen Wellen vom Horizont heranrollten und die Sonne wie eine silberne Scheibe aus Eis emporstieg. Der Wind warf sein zotteliges graues Haupt in den Nacken und heulte. Kreischende Möwen kreisten und ließen sich herabfallen, wie um zu beweisen, dass nichts sie verscheuchen konnte. Nora vertiefte sich in ihr Buch und verschlang es, bis sie den Höhepunkt erreichte.

Es war ein einsames Frühstück ohne die Unterhaltung der fiktionalen Eskapaden von Clemence Aubadine de Vincent. Es war sogar ganz und gar einsam. Vielleicht nutzten die Neuartigkeit und das Treibenlassen der letzten paar Tage sich langsam ab. Noch nie zuvor war sie an ihrem Geburtstag allein gewesen. Und nun war sie vierzig. Sie spießte eine gebratene Tomate auf und betrachtete die schrumpelige Haut, bevor sie sie in den Mund schob. So würde sie irgendwann auch aussehen.

Von Jasmine waren Geburtstage immer angemessen gefeiert worden. Nie hatte Nora sich zum Geburtstagsfrühstück hingesetzt, ohne dass ein Stapel Karten und ein paar hübsch eingepackte Päckchen auf sie warteten. Immer gab es Blumen und Kuchen. Draußen ächzte und seufzte der Wind. Wäre Jasmine hier gewesen, hätten sie sich dem Wetter gebeugt und wären im Haus geblieben, hätten Monopoly gespielt, Cocktails mit Gin getrunken ... Aber sich allein in Feierstimmung zu bringen, war schwer.

Seit ihrer Ankunft hatte Nora keine Angstattacke mehr gehabt, aber sie würde nun auch kein Risiko eingehen und in Selbstmitleid baden. Sie rannte auf ihr Zimmer, um Mantel, Mütze und Handschuhe zu holen. Als sie ins Freie trat, traf der Wind sie mit aller Wucht. Er verschlug ihr den Atem. Einladend waren die Vierziger nicht gerade!

Sie ging in die gleiche Richtung wie immer, stemmte sich dem Wind entgegen und steuerte den Strand an. Der Wind blies die Schaumkronen der heranrollenden Wellen davon, sodass die Gischt sich wie Popcorn in alle Richtungen verteilte. Nach wenigen Sekunden tränten ihr die Augen und lief die Nase, und so gab sie auf und stapfte stattdessen in die Stadt. Im Buchladen genehmigte sie sich drei neue Bücher, eins davon die Fortsetzung des Clemence-Romans. Ihre Mutter rief an, um ihr zum Geburtstag zu gratulieren, und wegen des heulenden Windes und des schwankenden Empfangs musste Nora zugeben, dass sie in Tenby war. Ihre Mutter nahm es überraschend gelassen auf.

»Wie schön für dich, meine Liebe, du brauchst eine Auszeit. Doch warum du dir dafür ausgerechnet Wales um diese Jahreszeit aussuchst, kann ich noch immer nicht nachvollziehen! Na ja, vielleicht kannst du es ja jetzt seelisch verarbeiten. Mir gefällt nur die Vorstellung nicht, dass du an deinem Geburtstag ganz allein dort bist. Es tut mir leid, Nora, ich hätte mitkommen sollen. Oh, und ich habe dir ein Geschenk zu deiner Wohnung geschickt!«

Nora legte nach einigem Zögern auf. Dann würde sie eben ihren Geburtstag in der Hotellounge bei Tee und Lektüre verbringen müssen. Die Aussicht war nicht mehr ganz so verlockend wie noch vor Kurzem, die Einsamkeit machte sich nun wirklich breit. Sie bog um eine Ecke und wurde von einem silbernen Glanz geblendet, sodass sie, verzaubert von der Leuchtkraft der vom Meer gespiegelten Wintersonne, trotz des an ihr zerrenden Windes stehen blieb. Es war irgendwie tröstlich.

Eine Stunde später genoss sie ihre zweite Kanne Earl Grey und verlor sich in den fortgesetzten Abenteuern von Clemence, als eine junge Frau mit leuchtend roten Korkenzieherlocken die Hotellounge betrat. Sie nahm in höflichem Abstand Platz und lächelte.

»Toller Tag«, sagte Nora.

»Grausam«, bestätigte der neue Gast, blätterte die Zeitungen durch, ohne sich weiter dafür zu interessieren. Stattdessen zog die Frau ihr Telefon heraus und tippte drauflos, was Nora zum Anstoß nahm, ihres auf neue Nachrichten hin zu überprüfen. Früher hätten schon fünf Minuten ohne dieses Gerät gereicht, um ihr das Gefühl zu geben, von einer lebenswichtigen Arterie getrennt zu sein, aber nun waren ganze Tage vergangen, ohne dass sie es auch nur einmal angesehen hatte. Doch heute war ihr Geburtstag.

Sie hatte sieben E-Mails bekommen. Sieben! So wenige hätten früher bedeutet, dass die Universität einer Atomkatastrophe zum Opfer gefallen war. Und vermutlich hätte dann in allen gestanden, sie solle das in Ordnung bringen.

Sie überflog die Absender in ihrem Posteingang. Geburtstagswünsche von ihrer Mutter, Simon und ihren Freundinnen Stacie und Michelle. Eine Nachricht von Virgin, die ihr ein neues Tablet anboten. Eine von LinkedIn mit dem Hinweis, dass Thomas Astor ihre Antwort zu seiner Einladung erwarte. Thomas Astor hatte an der Universität gearbeitet und war seit einem Jahr tot. Und dann noch eine von Olivia. Na so was, dass ihre alte Chefin sich an ihren Geburtstag erinnerte ... Wie nett. Nora öffnete diese Mail zuerst.

Liebe Nora,

ich hoffe, Sie haben dort, wo Sie jetzt sind, Ihr Glück gefunden. Ihr Nachfolger Max hat die letzten beiden Tage erfolglos mit dem Versuch zugebracht, Zugang zur Starfire-Datenbank zu bekommen. Er hat sich der Notizen bedient, die Sie ihm hinterlegt haben, und meint, dass sich womöglich ins Passwort oder den Accountnamen ein Tippfehler eingeschlichen hat. Sollte dies der Fall sein, bitte ich Sie, ihm über den Universitätsserver eine E-Mail mit den korrekten Informationen zu schicken. Wenn nicht, muss ein anderes Problem vorliegen, weshalb ich Sie bitte, an einem der nächsten beiden Tage vorbeizukommen, um es zu lösen. Keiner hier verfügt über Erfahrung mit Starfire, aber wir sind darauf angewiesen, um Einsicht in die Unterkunftsbuchungen für die History-Now!-Konferenz zu erhalten, die am Samstag beginnt, wie Sie wissen. Wir kommen sonst nicht weiter.

Olivia Jeffries PhD FRHist (Fachbereichsleitung Geschichte)

Das Geräusch, das Nora entfuhr, konnte man nur als Krächzen bezeichnen. Das rothaarige Mädchen ihr gegenüber warf ihr einen neugierigen Blick zu.

»Entschuldigung«, sagte Nora.

Sie las den Text noch einmal. »Du *kannst* mich mal«, murmelte sie.

Das Mädchen grinste.

»Noch mal Entschuldigung. Das kam lauter raus, als ich dachte.«

»Kein Problem«, sagte das Mädchen lächelnd und widmete sich wieder seiner eigenen Korrespondenz.

Noras Herz fing zu rasen an. »Mist«, brummte sie und rutschte unruhig auf ihrem Sitz herum, während sie nach Dateien, Aufzeichnungen, Dokumenten suchte ... die natürlich nicht vorhanden waren. Olivias gebieterische Aufforderungen hatten sie jedes Mal nervös gemacht, während sie sich den Kopf zerbrach, welches kleine Detail sie möglicherweise übersehen hatte.

Sie tippte die Admin-Adresse ein, als wäre sie niemals weg gewesen, eine ganze Liste von Mailadressen der Universität war unauslöschlich in ihr Gedächtnis eingegraben.

Max, tippte sie, *hier ist Nora. Olivia teilt mir mit, Sie hätten Probleme, Starfire zu öffnen. Ich bin mir sicher, dass die von mir hinterlegten Informationen korrekt sind. Ich bin im Moment in Wales, könnte aber früher zurückkehren, vielleicht am Donnerstag ...*

Sie hielt inne. Sie hatte sich vorgenommen, am Freitag Grandma zu besuchen. Sie hatte sie seit fast zwei Jahren nicht gesehen. Gran war *alt*. Und sie hatte vorgehabt, dem wunderbaren Museum von Tenby einen zweiten, längeren Besuch abzustatten – sie wollte ihren schönen Urlaub nicht vorzeitig abbrechen. Oh Gott, aber HistoryNow! war eine große Sache, sechshundert Historiker, die aus dem ganzen Land anreisten, dazu noch die drei, die immer aus Deutschland kamen. Nicht auszudenken, wenn Zimmer doppelt gebucht wurden! Die Universität würde als Chaotenbetrieb dastehen! Nora rutschte das Buch vom Schoß, als sie in ihrer Tasche nach dem USB-Stick kramte. Es sei denn, sie hatte ihn zu Hause gelassen, weil ...

Sie hielt abrupt inne. Was *machte* sie denn da! Sie arbeitete nicht mehr dort! Ihr Herz klopfte noch immer wie wild und sie legte in unvermittelter Sympathie für dieses arme, so leicht zu erschütternde Organ ihre Hand darauf. Genau so hatte sie den größten Teil der vergangenen neun Jahre verbracht. Exakt in dieser Verfassung.

Sie hob ihr Buch auf, legte es auf den Tisch und strich die angestoßene Ecke glatt. Ihre Mail an Max löschte sie. Den USB-Stick brauchte sie gar nicht, wie ihr klar wurde, als sie sich wieder gefasst hatte. Sie hatte das Übergabedokument an Nick und Olivia gemailt, als sie ging. Jeder der beiden hätte es sich ansehen können. Aber zu ihrer eigenen Beruhigung ....

Ich bin ruhig und atme tief. Ich habe die Kontrolle über meine Zeit und mein Leben.

Ich bin ruhig. Ich bin ruhig. Oh Gott, ich bin ruhig ...

Sie loggte sich in ihren Arbeits-Mail-Account ein. Auch nach zwei Monaten hatte die IT-Abteilung den Zugang noch nicht blockiert. Ineffizient, aber hilfreich. Sie scrollte das Dokument bis zu den Zugangspasswörtern, dann weiter zu diversen Unterabteilungen. Eine Faustregel für jedes Universitätssystem war: Jede Abteilung kann unterteilt werden. Und jede Unterabteilung ebenso.

Sie fand die Information und alles war korrekt. Natürlich. Sie lehnte sich in ihren Sessel zurück. Draußen hatte der Wind nachgelassen, statt Apokalypse nur noch Chaos. Die See war noch immer aufgewühlt und silbern.

Das Mädchen mit den Korkenzieherlocken beobachtete sie interessiert. In dem Moment kam eine Kellnerin mit einer Kanne Kaffee und einem Panini, aus dem der warme Brie mit Cranberry herauslief.

»Das ist für dich, Kait«, sagte sie. »Greg hat es für dich hochgeschickt. Er sagt, es täte ihm leid, aber er könne nicht weg.«

»Oh, das macht nichts. Aber kostenloses Essen lehne ich nicht ab. Drück ihn für mich.«

Die Kellnerin sah sie erschrocken an. »Auf keinen Fall. Du weißt doch, Kaitlin, nett ist er nur zu dir, allen anderen jagt er Angst ein.«

»Dieser Knuddelbär«, spottete Kaitlin und ließ sich ihr Panini schmecken. »Danke, Jamila, wir sehen uns dann am Sonntag, oder?«

Sie schenkte sich Kaffee ein und roch genüsslich daran. »Möchten Sie auch etwas?«, fragte sie Nora. »Wenn ich den allein trinke, kann ich eine Woche lang nicht schlafen.«

Noras Tasse war leer. »Wenn Sie meinen, gern.«

Kaitlin schaffte es irgendwie, ihre Kanne, ihre Tasse, ihren Teller, ihr Telefon und ihre Tasche zusammenzuraffen und alles mit an Noras Tisch zu bringen, wo sie sich in den Sessel fallen ließ, der Nora gegenüberstand.

Sie schenkte ihr eine dampfende Tasse ein. »Was hat Sie denn so aus der Fassung gebracht, wenn ich mir die Frage erlauben darf? Als ich reinkam, wirkten Sie ganz friedlich und glücklich, dann haben Sie was in ihrem Telefon gelesen und sind durchgedreht. Geht es Ihnen gut?«

Nora lachte. »Das weiß ich nicht so genau. Ich bin fassungslos, da haben Sie recht. Ich habe eine E-Mail von meiner Chefin bekommen, die besagt, dass ich mich um diese Datenbank kümmern muss, weil ich angeblich nicht die richtigen Passwörter hinterlegt habe, aber das habe ich gerade überprüft und *natürlich* waren es die richtigen!«

Kaitlin riss die Augen auf. »Sie hat Ihnen eine Mail geschickt, obwohl Sie in Urlaub sind, und verlangt, Sie sollen sich darum kümmern?«

»Oh, es ist sogar noch schlimmer als das. Ich habe eigentlich keinen Urlaub, ich arbeite gar nicht mehr dort. Ich habe im Januar aufgehört. Das alles hat mit mir gar nichts mehr zu tun!«

»Warum regen Sie sich dann so auf? Klar, es ist ärgerlich, das schon, aber irgendwie auch lustig. Ich meine, so eine Dreistigkeit!«

Nora lächelte. »Weil ich das für einen Moment vergessen hatte. Unglaublich, nicht wahr? Ich bin es so sehr gewohnt, immer gleich zu springen, wenn etwas geregelt werden muss, dass ich es tatsächlich vergaß.«

»Wie ein Pawlowscher Hund.«

»Genau.«

Kaitlin pfiff durch die Zähne. »Dann ist es allerdings sehr gut, dass Sie von dort weggegangen sind. Was haben Sie gemacht? Ein halbes Panini vielleicht?«

Nora erzählte ihr von der Universität, während Kaitlin das Panini entzweischnitt und Nora die noch nicht angebissene Hälfte gab.

»Und was ist mit Ihnen?«, fragte Nora. »Ist Greg Ihr Freund?«

Kaitlin lachte. »Nein!«, erwiderte sie. »Er ist mein Dad. Er ist hier Küchenchef. Wir hatten eigentlich vor, zusammen das Geburtstagsgeschenk für meine Mum einzukaufen. Er ist ein großer, muskulöser Kerl mit Tattoos und elf Narben, aber wenn man ihn in einen Laden stellt, brabbelt er wie ein kleines Baby. Ich muss mitkommen und ihm helfen. Aber einer der Sous-chefs ist krank geworden oder so, und deshalb kann er in der nächsten Stunde noch nicht weg ... Mir macht es aber nichts aus, zu warten. War früher selbst mal Bedienung hier. Ist das nicht ein umwerfendes Hotel?«

»Wirklich himmlisch. Ich will eigentlich gar nicht mehr weg, wenn ich ehrlich sein soll. Aber ich bin nur für sechs Tage hier.«

»Mit Freunden? Ehemann? Eltern?«

»Nein, allein.«

»Oh. Wie ist das denn so? Ziemlich ruhig, könnte ich mir vorstellen. Verzeihung, ich bin neugierig. Sagen Sie es nur, wenn ich still sein soll. Meine Mum meint immer, ich sei unverbesserlich neugierig, aber eines Tages werde mir schon jemand sagen, dass ich mich zurückhalten soll. Ich mag einfach Menschen, das ist alles.«

»Nein, ist schon okay. Ich habe das Alleinsein hier wirklich genossen, aber heute ... nun, heute ist eigentlich mein Geburtstag. Mein Gott, mir ist noch gar nicht aufgefallen, wie oft ich *eigentlich* sage!«

»Ihr Geburtstag? Wie alt?«

Nora lächelte. Kaitlins Mutter hatte recht. »Vierzig.«

»Vierzig?«

»Ja.«

»*Vierzig?*«

»Ja! Was ist? Dachten Sie, dass es so hohe Zahlen gar nicht gibt?«

»Nein, das ist es nicht! Es ist nur – warum sind Sie an Ihrem Vierzigsten allein? Das ist ein runder Geburtstag! Den sollten Sie mit Freunden feiern … Oh, tut mir leid. Ich halte jetzt den Mund. Das geht mich nichts an.«

»Das macht nichts. Ich bin … na ja, ich befinde mich an einem Wendepunkt meines Lebens. Eine kleine Neuorientierung und so. Meine Mutter ist in Italien und mit meinem Freund habe ich vor ein paar Monaten Schluss gemacht. Meine beste Freundin ist Vollzeitmama, also ist es für sie nicht einfach, rauszukommen, und die anderen …« Sie seufzte. »Nun, ich bin mir nicht sicher, ob jemand wirklich versteht, was ich im Moment mache. Deshalb habe ich mir überlegt, mir ein paar luxuriöse Tage an einem schönen Ort zu gönnen und einfach zu tun, wonach mir der Sinn steht.«

Kaitlin wirkte beeindruckt. »Das ist cool.«

»Finden Sie?«

»Ich denke schon. Es ist schließlich das Einfachste, das zu tun, was man immer getan hat, den alten Trott. Aber einen Schritt zurückzutreten, alles zu durchdenken, eine wirkliche Wahl für das weitere Leben zu treffen … das gefällt mir.«

»Danke! Abgesehen von meiner Freundin Stacie halten mich alle für verrückt.«

Achselzuckend meinte sie: »Verrückt kann doch gut sein. In der richtigen Dosis. Wie sehen nun Ihre Pläne aus? Gehen Sie heute Abend essen?«

»Ich habe keine Pläne. Wahrscheinlich hole ich mir einfach einen Happen in der Bar. Danke übrigens für dieses halbe Panini, das ist richtig lecker.«

»Aber jetzt sagen Sie mal ganz ehrlich, wollen Sie heute Abend allein sein?«

»Nun nicht unbedingt vielleicht, nein. Aber ich komme damit klar und dieses Buch ist großartig. Und es hat Spaß gemacht, mit Ihnen zu plaudern, noch mal danke dafür.«

»Ich könnte später wiederkommen und mich mit Ihnen zum Abendessen treffen, wenn Sie möchten. Also, wir können natürlich auch woanders hingehen – es ist schließlich Ihr Geburtstag. Aber wenn ich herkomme, erspart Ihnen das, wieder in dieses«, sie deutete schaudernd mit der Hand auf die vom Sturm gebeutelten Palmen, »Mistwetter hinaus zu müssen. Außerdem bekommen wir hier Personalrabatt. Aber ich bin nicht beleidigt, wenn Sie absagen.«

»Ich kann mir ehrlich gesagt nichts Schöneres vorstellen, aber ich möchte nicht über Ihren Abend verfügen, nur weil Sie Mitleid mit mir haben. Ich weiß, dass ich ein wenig haltlos wirke, aber es geht mir wirklich gut.«

»Mitleid mit Ihnen? Sie scherzen wohl? Sie starten in ein Abenteuer! Wie inspirierend! Wir treffen uns hier um sieben.«

CHLOE

Der Ball war ganz so, wie Chloe es sich erhofft hatte. Es war ein wunderbarer Abend, wie er schöner nicht hätte sein können! Gleich sechs Jungs forderten sie nacheinander zum Tanzen auf und erklärten ihr, dass sie das hübscheste Mädchen im Saal sei. Die Musik war zauberhaft – Llew hätte sie nicht gefallen, er mochte nur diese schreckliche Skifflemusik, aber Chloe war begeistert. Al Martino, Perry Como, Jo Stafford, alle ihre Lieblingssänger. Sie verzückten sie mit Romantik und viel Gefühl und ließen sie in ihre Traumwelt eintauchen. Dort schien alles möglich zu sein und es hätte sie nicht verwundert, wenn Perry selbst hereingekommen und sie zum Tanz aufgefordert hätte. Oder auch ein Talentscout aus Hollywood, der sie entdeckte. Oder dass Iestyn ihr seine Liebe gestand ... Selbst die mürrisch dreinblickende Alma konnte ihr die Stimmung nicht verderben.

Sie hatten Alma und Pam vor dem Ballsaal getroffen, wo es zwischen Pam und Christine zu einem kleinen Eklat kam, weil beide Grün trugen. Alma trug Rot, was in Anbetracht ihrer roten Haare und der weißen Haut ziemlich gewagt war, aber Chloe musste zugeben, dass sie damit überzeugte. Die Knöpfe des Kleids waren schwarz, ebenso ihre Schuhe und Handschuhe, und ihre Haare ringelten sich auf den Schultern. Dank des schwarzen Eyeliners bekamen ihre grauen Augen einen dramatischen Ausdruck. Chloe verlor sich für einen kurzen Moment in Bewunderung. »Du bist *soo* hübsch, Alma!«, brach es unbedacht aus ihr heraus.

»Ich weiß«, erwiderte Alma. Es folgte eine kleine Pause, in der ihre Filmstaraugen über Chloe wanderten und sie »Du siehst auch reizend aus« hätte sagen können, aber bezeichnenderweise schwieg.

Doch im Verlauf des Abends sah sie Alma kaum, dafür suchte Evie ihre Gesellschaft und auch Pam brachte ihr viel Aufmerksamkeit entgegen und wollte von Chloe immer wieder wissen, an wem Grün besser aussah, an ihr oder an Christine.

»Aber es sind doch so unterschiedliche Schattierungen«, wich Chloe taktvoll aus. »Fast schon unterschiedliche Farben. Du siehst in diesem Dunkelgrün so mondän aus.« Und Pam war besänftigt.

Auch Megan und Richard behielten Chloe im Auge. Chloe nahm an, dass Tante Susan sich die beiden zur Brust genommen hatte. Richard ließ sich sogar auf einen Tanz mit ihr ein und sagte dann zu Iestyn: »Sie ist eine reizende kleine Tänzerin, Iest. Willst du nicht auch mal mit meiner Cousine tanzen?« Was Iestyn höflich tat. Natürlich war es nicht dasselbe, als wenn er sie aus freien Stücken aufgefordert hätte, aber dennoch war es zauberhaft, mit jemandem zu tanzen, der so groß war und so gut aussah. Chloe schloss die Augen und ließ sich fallen, während sie sich drehte, weil sie wusste, dass seine Arme sie halten würden. Und sie war im siebten Himmel.

Gefangen im Tanz fiel es nicht schwer, zu vergessen, dass sich auf der anderen Seite des Spaliers ein Café befand. Aber Chloe hielt regelmäßig inne, um Llew dahinter auszumachen, der vor einem Schokomilchshake saß und entschlossen schien, mit diesem einen Getränk den ganzen Abend zu bestreiten.

»Also, Samuels, bist zu zufrieden? Ist es so gut, wie du es dir erhofft hattest?«

»*Besser!*«, stieß Chloe hervor und unterstrich dies, indem sie die Arme ausstreckte und dabei fast ein vorbeitanzendes Paar berührt hätte. »Oh Llew, ich fühle mich schlecht, weil du nicht hier bei uns bist. Bist du sehr traurig?«

»Mir macht das gar nichts aus! Ich bin nur hier, um dich zu sehen. Ich werde bald aufbrechen, da ich nun weiß, dass es dir gut geht, und ich habe auch ein paar Fotos für dich gemacht.

»Danke, Llew.« Sie streckte ihre Hand durch das Gitter und drückte die seine. »Ach Llew, ich liebe das Tanzen. Es gibt mir das Gefühl ... innen drin zu wachsen, als könnte alles möglich werden ...« Wenn sie keinen Weg fand, Tänzerin zu werden, würde ihr das sicherlich das Herz brechen. Aber wegen des heutigen Abends brauchte sie sich keine Gedanken zu machen. Heute war sie einfach nur *hier*. Sie ließ seine Hand los, griff nach seinem Milchshake, zog ihn ans Gitter und trank einen Schluck mit dem Strohhalm, bevor er ihn ihr entriss.

»Du bist eine dreiste Kröte, Samuels! Nun geh schon und tanz und hör auf, mich zu beklauen!«

Als Chloe das nächste Mal vorbeitanzte, sah sie noch immer seine Gestalt im Fair-Isle-Pullover hinter dem Gitter und strahlte ihn mit ihrem schönsten Lächeln an, für den Fall, dass er sie fotografierte. Beim nächsten Mal war er verschwunden.

NORA

So wenig verheißungsvoll Noras vierzigster Geburtstag begonnen hatte, so erstaunlich endete er. Es war gut, einen Anlass zu haben, um sich herzurichten und am Abend etwas zu unternehmen. Nora hatte keine schicken Klamotten mitgebracht, aber sie trug ihre saubersten Jeans und eine schwarze Bluse, dazu die neue silberne Halskette, die sie sich erst gestern gekauft hatte. Und die neuen silbernen Ohrringe und das neue Silberarmband ... Das musste reichen.

Kaitlin hielt ihr Versprechen und traf Nora um sieben Uhr in der

Lounge zu einem Aperitif. Ihre neue Freundin hatte ihre widerspenstigen Locken rundum mit weißen seidenen Stiefmütterchen aufgesteckt und trug eine schwarze Siebenachtelhose im Vintage-Stil, dazu ein rosaweiß gestreiftes Oberteil. Allem Anschein nach waren für Kaitlin Geburtstage das Höchste.

»Ich liebe Geburtstage!«, erklärte sie und hob ihren Mojito. »Man muss die Meilensteine doch feiern, oder? Das Leben ist so kurz und kostbar. Zum Wohl.«

Kaitlin war zweiunddreißig, wie Nora erfuhr und deshalb ihre Worte über die Kürze des Lebens seltsam fand, obwohl sie damit natürlich absolut recht hatte. Im Restaurant, wo wie durch ein Wunder eine Flasche Champagner auf ihrem Tisch auf sie wartete, nahmen sie ein Drei-Gänge-Menü ein. Nora versuchte nicht daran denken, wie viel sie das alles kosten würde, jetzt, wo sie arbeitslos war. Stattdessen erinnerte sie sich an ihre Abschiedsparty und diese labberigen Sandwiches, die so gar nicht feierlich waren. Sie hatte sich das verdient.

Nach der Hälfte der Mahlzeit kam Kaitlins Dad, der zum zweiten Teil seiner Schicht antrat, zu ihnen an den Tisch. Er sah erwartungsgemäß furchteinflößend aus, aber er hieß Nora in Tenby willkommen und wünschte ihr alles Gute zum Geburtstag. Nora erkundigte sich, ob er Zeit gehabt habe, ein Geschenk für seine Frau zu finden, und da wurde sein zerfurchtes Gesicht ganz weich.

»Das habe ich, danke. Die Kleine hier hat mir dabei geholfen. Ich hab das Parfüm genommen, das Anna liebt, von diesem Marc Soundso …«

»Jacobs«, sprang Kaitlin ihm bei.

»… und einen Ring aus diesem Laden …«

»The Secret Garden.«

»Aye! Neben dem Sail and Sixpence.«

»Das klingt nach hübschen Geschenken.« Nora musste lächeln. Wenn er über Parfüm und Läden sprechen musste, schien er ins Schwimmen zu geraten, ein Pub jedoch gab ihm offensichtlich wieder festen Boden unter den Füßen. Lustig war es auch, dass er Kaitlin als

Kleine bezeichnete. Aber verglichen mit Greg war ja wirklich jeder klein. Während er sich zurück in die Küche trollte, fiel ihr sein Nacken auf, der den Umfang einer kleinen Eiche hatte.

Nora und Kaitlin nahmen den Faden wieder auf und tauschten Geschichten aus. Es kam heraus, dass es einen Freund gegeben hatte, Milo, der an Weihnachten mit Kaitlin Schluss gemacht hatte, nachdem sie fünf Jahre lang ein paar Kilometer außerhalb von Tenby zusammengelebt hatten.

»Also habe ich beschlossen, in die Stadt zu ziehen«, erklärte Kaitlin. »Ich bin erst zweiunddreißig. Noch ist es nicht zu spät für mich, das Leben ein bisschen zu genießen, weißt du, und mir die Tatsache zunutze zu machen, dass alle meine Freunde Kellner sind oder an der Bar arbeiten und mein Dad Koch ist … Es hat mir nie wirklich gefallen, da draußen festzusitzen, wo Shopping sich auf einen Gang zum Supermarkt beschränkte, aber es war billiger und wir waren ein Paar und hatten uns dort eingerichtet. Außerdem hatten wir es nicht weit nach Tenby und redeten uns ein, wir könnten ja herkommen, wann immer wir wollten, was wir dann aber doch nur selten taten …«

»Ja, man gerät so leicht in einen Trott. Ich habe mit Simon, meinem Ex, letztes Jahr Schluss gemacht. Wir haben nie die aufregenden Dinge getan, von denen wir gesprochen haben, als wir uns kennenlernten. Wir waren in der Tat kein besonders aufregendes Paar, Punkt. Was nicht heißen soll, dass das Leben immer aufregend sein muss. Ich denke nur, wenn es der Richtige ist, dann sollten auch langweilige Dinge noch Spaß machen, weil man sie teilt. Aber so war das nicht bei uns.«

»Du hast recht«, überlegte Kaitlin. »Daran sollte ich denken, wenn ich Milo vermisse.«

»Aber das ist ja alles noch ganz frisch bei dir. Hast du ihn geliebt?«

Sie zog die Nase kraus. »Ich dachte es. Allerdings wundert mich, dass es mich nicht heftiger mitgenommen hat. Fünf gemeinsame Jahre sind schließlich eine lange Zeit, oder? Eigentlich sollte ich völlig fertig sein. Er hat mich mit seiner Kollegin Jenna betrogen. Er meinte, es habe nichts zu bedeuten gehabt, und schien allen Ernstes eine zweite

Chance zu wollen. Also gab ich ihm die. Und zwei Monate später war es aus. Und jetzt habe ich nur einen Gedanken, nämlich einen Neustart zu machen, bevor es zu spät ist. Also kann ich ihn doch unmöglich wirklich geliebt haben, oder?«

»Womöglich nicht«, murmelte Nora und musste an die langen tränenreichen Wochen denken, nachdem Seth sie verlassen hatte. Nein, für Kaitlin war es noch nicht zu spät. Aber was war mit Nora mit vierzig?

»Ich freue mich so sehr darauf, wieder näher bei Mum zu sein, und ich habe am Hafen auch schon ein unglaublich tolles Haus zur Miete gefunden. Jetzt will ich erst mal nur eine Weile Spaß haben. Und einen Job in einer Bar oder so finden. Aufhören, mir ständig Sorgen machen zu müssen.«

Kaitlin und ständig Sorgen? Auf Nora wirkte sie so gar nicht danach. Doch wer wüsste besser als sie, dass sich hinter einer strahlenden Miene jede Menge Dämonen verbergen konnten.

»Das hört sich fantastisch an«, sagte sie und prostete Kaitlin zu. »Da beneide ich dich wirklich. Mir gefällt es hier. Ich wünschte, ich könnte auch ein neues Leben in Tenby beginnen.«

»Aber … das wäre doch möglich, oder nicht? Ich meine, was hält dich davon ab?«

»Na ja …« Nora öffnete den Mund, um die Gründe nacheinander aufzuzählen, aber sie starben wie die Fliegen. Beziehung – vorbei. Ihre Mutter – in Italien. Ihr Job – beendet. Ihre Freunde – verschwunden in die Diaspora der Londoner Außenbezirke, abhandengekommen an ein Leben als Paar und Familie. Natürlich sah man London im Allgemeinen als den besten Ort für gute Jobaussichten an, aber sie hatte schließlich gar keinen Plan … Oder war dies nur eine Fluchtfantasie, ausgelöst durch ihren vierzigsten Geburtstag und ein Übermaß an Alkohol?

»Ich weiß nicht«, sagte sie vage. »Es wäre ein großer Schritt. Ich kenne hier niemanden. Was sollte ich tun? Woher weiß ich, ob ich tatsächlich hier leben möchte, anstatt hier nur Urlaub zu machen?«

»Das kannst du nicht wissen«, stimmte Kaitlin ihr zu, »aber du wüsstest es, wenn du es *versuchen würdest*«, ergänzte sie grinsend.

»Warum bleibst du nicht für drei oder sechs Monate hier, um zu sehen, wie es läuft? Ein neues Umfeld sorgt vielleicht auch für einen klaren Kopf.«

Das Verrückte war, dass es sich absolut richtig anfühlte. Und plötzlich wollte Nora genau das tun. Diese Erkenntnis überkam sie so unvermittelt und umfassend wie ihr Entschluss, zu kündigen. Die E-Mail, die sie heute von Olivia erhalten hatte, und die darauffolgende Überlegung, tatsächlich von Wales zurückzueilen ... Der Gedanke an eine Rückkehr ließ sie erschaudern. Das war vorbei. Das war die Vergangenheit.

Sie trank noch einen Schluck Champagner. »Ich will das«, sagte sie. »Ich will das wirklich tun.«

»Echt? Ernsthaft? Das ist so aufregend! Tu es, Nora, tu es!«

»Aber könnte ich das auch? Ich meine, *geht* das?«

»Nichts leichter als das. Bei meiner Suche sind mir ein paar Wohnungen untergekommen, die kurzfristig vermietet werden. Ich kann dir auch ein paar Makler empfehlen, wenn dein Entschluss feststeht.«

»Ja, vielleicht. Aber es ist wirklich ein gewaltiger Schritt. Ich müsste meine Wohnung in Kingston vermieten, sonst bin ich ziemlich schnell bankrott ...«

»Darüber solltest du dir später Gedanken machen, nicht heute Abend. Es ist dein Geburtstag. Entschuldige, ich bin nicht nur neugierig, sondern auch besserwisserisch. Schrecklich besserwisserisch. Es ist dein Leben, also liegt die Entscheidung ganz allein bei dir. Du solltest vielleicht *morgen* noch mal darüber nachdenken.«

Nora grinste. »Ich bewundere deine Zurückhaltung! Weißt du, was ich allerdings tun werde? Mit dem Hotel sprechen und noch ein paar Tage bleiben. Dann hätte ich mehr Zeit, über alles nachzudenken, außerdem bin ich noch nicht dazu bereit, meinen Urlaub zu beenden.«

Das war sie wirklich nicht. Der emotionale Sog, der von diesem Ort ausging, überraschte sie jeden Tag aufs Neue. Da konnte es nicht schaden, noch zwei oder drei Tage dranzuhängen ...

»Gut«, sagte Kaitlin mit zufriedener Miene. »Gut.«

Wie sich herausstellte, ging der Champagner aufs Haus. Der Personalrabatt betrug fünfzig Prozent, und Kaitlin bestand darauf, die Hälfte zu bezahlen, sodass Nora am Ende die beste Mahlzeit, die sie seit Jahren genossen hatte, für weniger bekam als das, was sie und Simon üblicherweise in ihrer Stammpizzeria in Kingston ausgegeben hatten.

In vergnüglicher Stimmung hakten sie während einer weiteren Stunde sämtliche Themen von Männern, Freunden, früheren Abenteuern bis zu ihren Müttern ab und ließen sich dabei ihren Kaffee schmecken. Mochte Nora bisher nicht an die Liebe auf den ersten Blick geglaubt haben, so schien es ihr nach diesem Abend zumindest möglich, an Freundschaft auf den ersten Blick zu glauben. Schließlich kam Greg müde und erschöpft aus der Küche, um sie aus dem Restaurant zu werfen.

»Und sei leise, wenn du nach Hause kommst«, warnte er Kaitlin. »Wecke ja nicht deine Mutter auf, wenn du reingehst.«

Kaitlin verdrehte die Augen. »Das ist der Grund, weshalb ich froh bin, nächste Woche in mein Haus zu ziehen«, erklärte sie Nora und stand zögernd auf. »Versteh mich nicht falsch, ich habe meine Eltern wahnsinnig gern, aber in meinem Alter wieder mit ihnen zusammenzuleben ist anstrengend.«

»Kann ich mir vorstellen«, erwiderte Nora mitfühlend. »Nun, ich sollte jetzt lieber zu Bett gehen. Und ich werde noch ein paar Tage bleiben, Kaitlin, wenn du also Lust auf einen Kaffee oder so hast, weißt du, wo du mich findest.«

Kaitlin zögerte, biss sich auf die Lippe. Nora kannte sie inzwischen gut genug, um sich zu fragen, was ihr eigentlich über die Lippen wollte.

»Hör zu«, sagte Kaitlin, die den Kampf gegen sich selbst offenbar verloren hatte. Geistesabwesend fing sie an, die Teller und Tassen zusammenstellen. »Ich wollte dir das vorschlagen, seit ich dir heute Nachmittag begegnet bin. Aber Mum sagt, ich sei zu impulsiv und würde immer alles überstürzen.«

»Dann hast du jetzt also ganze neun Stunden gewartet.« Nora lächelte. »Sehr besonnen.«

»Ja, nun, ich habe mich bloß gefragt, solltest du *wirklich* überlegen, hierzubleiben, ich meine, solltest du den Entschluss fassen, hierher zu kommen, um eine Weile hier zu leben ... dann könntest du auch bei mir einziehen. Wenn du das möchtest.«

»Ist das dein Ernst?« Nora war perplex. Offenbar war Kaitlin Nora in deren eigenem Leben immer drei Schritte voraus! »Also, ich ...«

»Es gibt zwei große Schlafzimmer, eigentlich drei, aber eins ist abgeschlossen, und ich muss jemanden finden, der das andere Zimmer nimmt, obwohl es ein unglaubliches Schnäppchen ist. Es ist auch nur für sechs Monate und ich dachte mir, wenn sich herausstellt, dass ich es mir doch nicht leisten kann, steige ich einfach aus und ziehe wieder bei Mum und Dad ein. Nun komm schon, Nora, lass nicht zu, dass ich bei meinen Eltern wohnen muss. Oder zusammen mit einem Spinner.«

»Woher weißt du denn, dass ich kein Spinner bin?«

»Ich verfüge über eine hervorragende Menschenkenntnis.«

»Richtig. Also verlockend finde ich das schon. Ich meine, *sollte* ich mich tatsächlich dafür entscheiden, für eine Weile herzukommen ... Es würde auf jeden Fall Sinn machen. Aber du kennst mich wirklich kaum, Kait.«

»Ich weiß. Aber wenn ich eine Anzeige aufgebe und jemand kommt, um sich das Zimmer anzusehen, würde ich den ja auch nicht kennen, oder? Ich würde ihn herumführen, wir würden ein bisschen plaudern und ich würde eine Entscheidung treffen. Während ich dich stundenlang habe vorsprechen lassen, ohne dass du es bemerkt hast! Komm morgen einfach mit und schau es dir an!«

Es war schon weit nach Mitternacht, als Nora die Treppe hinaufschwebte und sich aufs Bett fallen ließ. Ihr Kopf fuhr Karussell, aber nicht vom Champagner. Das dicke neue Buch auf dem Nachttisch zog ihre Blicke an. Und die getöpferte Vase, die sie in The Secret Garden gekauft hatte und die nun auf dem Frisiertisch stand, als würde sie aus diesem Zimmer, das sie erst seit ein paar Tagen in Beschlag genommen hatte, ein Zuhause machen wollen. Bücher und Kunstgewerbeläden und ein Neuanfang ... all das könnte sie auch in London haben. Aber kein kleines Haus neben einem Hafen zusammen mit Kaitlin. Und keinen Strand.

Sie richtete sich auf und zog ihr Telefon aus der Tasche. Hier oben bekam sie kein Signal, also rannte sie wieder runter. In der Lounge stellte sie sich ans Fenster und tippte rasch eine Nachricht an Kaitlin.

> Ja. Ich möchte gern dein zweites Zimmer haben. Oder es mir wenigstens ansehen. Bist du dir sicher?

Die Antwort kam umgehend.

> Definitiv. Schauen wir uns das Haus morgen um elf Uhr an? Und treffen uns bei dir?

Nora schickte einen Smiley zurück und schaltete ihr Telefon aus. Dann ging sie wieder nach oben und versank in den tiefen, heilsamen Schlaf, der sie begleitete, seit sie nach Tenby gekommen war.

CHLOE

Wie immer kam die Abreise von Tenby viel zu früh. Beim Frühstück verabschiedete sich Chloe von allen und wurde dann von Tante Susan zum Bus gebracht.

Llew war nicht dabei. Sie hatten sich bereits am Abend davor verabschiedet. Über einem kleinen Feuer in den Dünen hatten sie aufgespießte Marshmallows geröstet und dann den durch die Luft wirbelnden Funken zugesehen, bis die Glut verglommen war. Llew hatte ihr drei Fotos zum Andenken geschenkt, zwei, die er auf dem Ball aufgenommen hatte und das eine, das er davor gemacht hatte, im Haus mit den anderen. Chloe schenkte Llew ein Freundschaftsband, das sie während des Winters aus Stickgarn und langen Wollfäden, die sie sich von ihrer Mutter gemopst hatte, gewebt hatte. Sie band es ihm ums Handgelenk und er sah dabei so zufrieden aus, wie das ein Junge nur sein konnte.

»Liebste Chloe«, sagte Tante Susan, als der Bus kam, »es war mir wie immer eine Freude, dass du bei uns warst. Bitte grüß mir deine Mutter und deinen Vater und sag ihnen, sie können stolz sein, ein Mädchen wie dich zu haben – so hübsch und natürlich und gutmütig. Ich werde dich vermissen.«

Chloe war ziemlich überwältigt. Die von ihr so sehr bewunderte Tante Susan würde sie vermissen. Und sie würde im nächsten Jahr wieder willkommen sein und auch im Jahr danach und ihre Tage in Tenby würde nie ein Ende finden. Selbst wenn sie erwachsen war und weit weg wohnte, vielleicht in London oder Hollywood, würde sie für den Sommerurlaub nach Tenby zurückkehren – aber dann könnte sie sich nicht nur heiße Malzmilch, sondern Austern und Champagner leisten.

Die Rückreise war nie besonders aufregend. Das grüne Landschaftsband neben der kurvenreichen Straße, die Fahrenden, das von Tante Branwen beaufsichtigte Umsteigen in Carmarthen erinnerten sie nur auf traurige Weise daran, dass bis zum nächsten Jahr alles vorbei war. Die meiste Zeit saß sie zusammengesunken auf ihrem Sitz und kostete jeden einzelnen von der Sonne bestrahlten Moment noch einmal aus.

Aber kurz bevor der Bus zu Hause ankam, schüttelte sich Chloe. Tenby zu verlassen war traurig. Aber Heimkommen war wunderbar! Und irgendwo entlang dieser nostalgischen, ernüchternden Reise, war das eine in das andere übergegangen. Als der Bus anhielt, standen alle bereit, sie zu begrüßen: Mam und Dad, Clark und Colin.

Ihr Vater, stämmig und dunkel, hatte schützend den Arm um seine Frau gelegt. Dafydd hatte nicht nur den Krieg überlebt, sondern gehörte zu den wenigen Glücklichen, die in Dünkirchen von den Fischern gerettet wurden und dem somit ein dauerhafter gesundheitlicher Schaden erspart geblieben war. Jetzt war er Wachmann bei der Eisenbahn. Er verlor nicht viele Worte darüber, aber er hatte erzählt, dass ihm, als er unter einem brennenden Himmel am Boden dieses Fischerboots lag und das Blut aus seiner Beinwunde quoll, der Gedanke an Gwennan und sein neugeborenes Baby Chloe, das er noch nie gesehen hatte, half, die Nerven zu behalten.

Mam, deren helle Haare denen Chloes so ähnlich waren, lächelte breit. Clark war mit seiner Stupsnase und den Sommersprossen seinem Namensvetter Clark Gable so unähnlich, wie man nur sein konnte – eine Enttäuschung für Mam, wie Chloe oft dachte. Colin, der dunkelhaarige Winzling, sprang an der väterlichen Hand auf und ab, als wäre er entschlossen, ihm den Arm auszureißen. Ihr Herz zog sich zusammen. Sie war zu Hause.

Sie ließ sich Zeit beim Aussteigen, zog polternd ihren Koffer über die Stufen, verabschiedete sich beim Fahrer und warf sich dann in eine Wolke aus Umarmungen und Küssen und An-den-Haaren-Ziehen. Dann marschierten sie zwischen den von Schafgarbe umwucherten Hecken die zehn Minuten entlang der Landstraße zurück zum Haus. Klein und weiß, proper und heimelig, duckte es sich in die Senke eines sanften Wiesenhangs, den dunkler Wald krönte, mit seinen zahllosen Geheimpfaden und Verstecken ein aufregender Tummelplatz für die Kinder.

Ein halbe Stunde später, nachdem Clark die Hühner gejagt hatte, was er für seine Selbstachtung offenbar dreimal am Tag machen musste, und Colin ihr die neuen Kätzchen gezeigt hatte, versammelte sich die Familie im Wohnzimmer zu heißem Tee und Bara-Brith-Brot, auf das Chloe sich stürzte, als hätte Tante Susan ihr in den drei Wochen nicht jeden Tag ein Festmahl bereitet. Es war dunkel und eng im Raum, aber auf heimelige Weise. Ein weißer Porzellankrug aus der Zeit Viktorias stand auf dem Kaminsims und eine alte Standuhr tickte traurig. Chloe saß im besten Stuhl am Kamin, obwohl dessen Rost jetzt im Juli kalt und leer war und Schürhaken und Zange unbenutzt in ihrem Gestell auf der Feuerstelle standen.

»Dann erzähl, wie war es, *cariad*«, forderte Gwennan sie auf.

»Haben die vornehmen Leute dort mein Mädel auch gut behandelt?«, wollte Dafydd wissen.

»Hast du Llew schon geküsst?«, erkundigte sich Clark.

»Oooh Llew!«, gurrte Colin mit so aufreibend alberner Stimme, wie nur er es hinbekam.

»Ich würde euch was an den Kopf werfen, wenn wir nicht im besten Zimmer säßen«, sagte Chloe. »Dumme Jungs. Was wisst ihr schon? Ja, Dad, sie waren ganz reizend zu mir. Und es war ganz wunderbar, Mam, wie immer. Ich wünschte, du kämst mal im Sommer mit, und sei es nur auf ein Wochenende. Tante Susan betont jedes Mal, wie gern sie dich sehen würde. Du könntest auch mitkommen, Dad. Ihr könnt euch gar nicht vorstellen, wie schön es dort ist.«

»Wir sind schon in Tenby gewesen, Kindchen!«, wandte Dafydd belustigt ein.

»Du weißt doch, dass ich die Jungs nicht allein lassen kann, Chloe. Dein Vater arbeitet sechs Tage die Woche, und Colin ist erst acht. Vielleicht können wir in ein paar Jahren ja mal alle mitkommen.«

Sich ihre Brüder in Tenby vorzustellen, trübte Chloes Bild. »Ach, lass sie doch bei einer Nachbarin! Lass sie im Hundezwinger! Dann könnten wir das zu zweit genießen, Mam. Wir könnten zum Strand gehen und im Café Milchshakes trinken und du würdest Llew kennenlernen.«

»Ooooh Llew!«, meldete Colin sich wieder.

Chloe warf ihm einen bösen Blick zu.

»Es würde dir gefallen, Mam. Ganz ehrlich. Es tut dir nicht gut, den ganzen Tag hier zu sein, mit keiner anderen Gesellschaft als den Tieren und den Jungs – also nur mit Tieren.« Immer wieder verlangte es Chloe nach mehr Zeit allein mit ihrer Mutter. Es tat ihr weh, ihre reizende, hübsche Mutter so unterdrückt zu sehen. Ärgerlicherweise schien Gwennan jedoch gar nicht wahrzunehmen, dass sie unterdrückt war.

»Aber ich bin glücklich hier, Kindchen«, lautete ihre Antwort jedes Mal. »Dieses kleine Haus, das Leben, das wir uns eingerichtet haben. Ich gehöre hierher, verstehst du?«

Es war frustrierend.

»Und wie war der Ball?«, fragte sie jetzt.

»Oh Mam! Er war ... zauberhaft. Aber wartet mal – nicht weggehen!« Sie polterte die Treppen hoch. Dafydd hatte ihren Koffer bereits hochgebracht. Sie durchwühlte ihn, bis sie die Fotos und das Geschenk fand, dass sie für ihre Eltern gekauft hatte, und kam dann polternd zurück.

»Kaum zu glauben, was so ein anmutiges kleines Ding für einen Lärm machen kann«, bemerkte ihr Vater.

»Das ist für euch!«, rief sie und überreichte beiden eine blau-weiß gestreifte Papiertüte. Am allerletzten Ferientag hatten sie und Llew einen Guten Geldtag gehabt. Sie war daraufhin direkt in den Souvenirladen marschiert und wusste genau, was sie wollte. Etwas, das sie seit ihrem ersten Sommer in Tenby hatte kaufen wollen.

Dafydd öffnete die Tüte und holte ein kleines Stundenglas aus Mahagoni, gefüllt mit pfirsichfarbenem Sand, heraus. »Sehr hübsch, meine Kleine, danke«, sagte er verwirrt und gab es seiner Frau.

»Oh Chloe! Du solltest doch dein Taschengeld nicht für uns ausgeben! Wir erwarten doch keine Geschenke von dir, *cariad*!«

»Ich weiß, Mam, aber wir hatten einen Guten Geldtag. Das wollte ich euch schon seit Jahren kaufen. Ist das nicht hübsch?«

»Sehr hübsch.«

»Es gibt sie in diesem Laden in allen Farben. Sie in einer Reihe zu sehen, ist wunderschön. Tante Susan hat eins mit grünem Sand. Sie benutzt es zum Eierkochen.«

»Dann werde ich es in die Küche stellen und wir halten es in Ehren, nicht wahr, Daf?«

»Oh ja.«

»Was hast du sonst noch, Chloe?«

»Sieh nur!« Sie warf ihrer Mutter die Fotos zu und zog sich auf ihren Stuhl zurück.

»Oh.« Gwennans Gesicht wurde ganz weich. »Ach Chloe, du siehst so hübsch und glücklich aus! Sieh nur, sieh dir an, wie erwachsen und schön Chloe ist.«

»Sie war schon immer schön«, grummelte ihr Vater. »Ist doch gar nicht nötig, sie so herauszuputzen. Schließlich ist sie erst dreizehn. Vergiss das nicht, Chloe. Ich möchte nicht, dass du es überstürzt, wie die leichten Mädchen.«

Chloe seufzte. Sie liebte ihren Vater, aber wie alle walisischen Männer schien er sich verpflichtet zu fühlen, auf alles Aufregende, Schöne oder Lustige mürrisch und grummelnd zu reagieren. Die walisischen Frauen konnten das auch – Tante Bran war ein gutes Beispiel dafür –, aber zum Glück gab es auch andere wie ihre Mutter und Tante Susan, die dafür sorgten, die Welt lebenswert erscheinen zu lassen.

»Lass es gut sein, Daf«, zischte Gwennan. »Chloe ist ein gutes Mädchen. Das war ihr ganz besonderer Abend.«

»Ja, na gut, ich mein ja nur.« Aber dann sammelte er sich und gab die Fotos zurück an Chloe. »Du bist wirklich ein sehr hübscher Anblick, Kindchen.«

Clark und Colin scharten sich um sie, weil sie ebenfalls die Fotos sehen wollten, Colin kletterte auf ihren Schoß, um sie zu umarmen, während Clark mit Würgelauten seinen Unmut über Partykleider und Bälle und die schnieken Leute von Tenby kundtat. Chloe schüttelte den Kopf. War es wirklich möglich, dass er und Llew im gleichen Alter waren?

NORA

Einschlafen war nicht schwer. Aber Aufwachen nach Gott weiß wie viel Champagner war etwas anderes. Nora kämpfte sich an die Oberfläche eines tiefen, dunklen Schlafs voll wirrer Träume und sah, als sie endlich ihre Augen aufschlug, dass es bereits zehn Uhr war. Stöhnend watschelte sie über den weichen Teppich, um die Welt in Augenschein zu nehmen. Der Wind hatte aufgehört und ließ die Welt in Stille und düsterer Stimmung zurück: Zinnfarbene Wellen kräuselten sich unter einem bleifarbenen Himmel, zur Ruhe gekommene Palmen verharrten wie beim Stopptanz-Spiel. Nora hatte nicht gewusst, dass Grau so intensiv und eindringlich sein konnte.

Und doch genoss sie verschlafen den Anblick. Aus irgendeinem Grund war sie wieder gut gelaunt. Und dann fiel es ihr ein.

»Mist!«, rief sie aus. Um elf Uhr traf sie sich mit Kaitlin. Sie sprang unter die Dusche, und als das heiße Wasser ihren Kopf wachtrommelte, hielten sich Freude und Schrecken die Waage.

Was *genau* hatte Kaitlin über dieses Haus gesagt? Belebt vom duftenden Seifenschaum, versuchte sie sich krampfhaft zu erinnern.

»Ein unglaublich tolles Haus am Hafen ...«, das klang verheißungsvoll. Aber hatte sie nicht auch gesagt, es sei zu schön, um wahr zu sein? Und ... hatte sie nicht auch ein abgeschlossenes Zimmer erwähnt? Oh Gott. Sicherlich lag im Keller eine Leiche oder im Esszimmer wurde Marihuana angebaut und die Polizei würde bei ihnen eine Razzia machen, und sie war jetzt *vierzig* und das war kein Alter, in dem man sich in heikle Situationen brachte. Sie musste das absagen.

Dann kam ihr in den Sinn, erst mal durchzuatmen. Am gestrigen Abend war sie so aus dem Häuschen gewesen. Endlich eine Perspektive, von der sie sich wirklich angesprochen fühlte. Jedenfalls so lange, bis die Logik sich zu Wort meldete. Aber wenn sie kein gutes Gefühl dabei hatte, konnte sie Kaitlin schließlich immer noch sagen, dass sie es sich anders überlegt hatte. Eine impulsive, spät in der Nacht abgeschickte Textnachricht war kein Vertrag. Sie warf ein paar Klamotten über und eilte nach draußen.

Kaitlin lehnte am schmiedeeisernen Zaun vor dem Hotel. Blaue hautenge Jeans, marineblauer Kapuzenpulli, marineblaue Mütze, unter der ihr Haar wie eine kupferfarbene Flamme hervorquoll und Farbe in das Grau in Grau brachte.

»Kopfschmerzen, du hast es dir anders überlegt, ein kleiner Kater?«, fragte sie, als Nora vor ihr stand.

»Haargenau. Noch mal danke übrigens für den gestrigen Abend. Der war ganz fantastisch. Genau das, was ich gebraucht habe.«

»Das freut mich. Ich habe ihn auch genossen. Bist du bereit, dein neues Zuhause zu sehen?«

»Hör zu, Kait, ich habe heute Morgen darüber nachgedacht –«

»Oh Gott, schalt jetzt bloß nicht deinen Verstand ein. Komm und sieh es dir wenigstens an. Ich garantiere dir, du wirst begeistert sein. *Garantiert!*«

Nora lächelte. »Das ist eine kühne Behauptung. Natürlich werde ich es mir ansehen. Ich möchte nur ... ich möchte nur nicht, dass du enttäuscht bist, wenn ich zum Schluss kommen sollte, dass es für mich im Moment nicht das Richtige ist. Ich sollte eigentlich Ordnung in mein Leben bringen und bin mir nicht sicher, ob ... ob es der richtige Weg ist, etwas dem Zufall zu überlassen.«

»Ich verstehe das, ich kann das nachempfinden. Wenn es sich nicht richtig anfühlt – tu es nicht. Aber das wird es. Sich richtig anfühlen, meine ich.«

»Okay, dann setz mich mal ins Bild. Wie sehen die Bedingungen aus, wie hast du es gefunden?«

Sie liefen los, passierten die Five Arches der alten Stadtmauer und bogen dann in eine Straße ein, die aus irgendeinem Grund The Paragon – das Paradebeispiel – hieß.

»Wart mal kurz«, sagte Kaitlin, reichte Nora ihr Telefon und posierte unter dem Straßenschild. »Foto bitte.« Nora drückte ab, als Kaitlin mit einem Gesichtsausdruck, der keinen Zweifel daran ließ, dass sie selbst das Paradebeispiel war, auf sich zeigte. »Danke. Das schicke ich Mum. Das ist bei uns ein Running Gag. Es wird sie bestimmt zum Lächeln bringen, und die Freude möchte ich ihr machen.«

Grinsend gab Nora ihr das Telefon zurück. »Das Haus?«, nannte sie das Stichwort.

»Ah ja, ich habe also in der Lokalzeitung eine Anzeige entdeckt, mit einer E-Mail-Adresse. Ich habe eine Mail geschickt und bekam den Zuschlag. Es lief alles ganz inoffiziell. Der Hausbesitzer heißt offenbar Jones. Kein Mr oder Dr. oder sonst was. Es ist eins der stattlichen großen Häuser oberhalb des Hafens, ich meine, es ist wirklich eine echte Schönheit. Aber er verlangt dafür nur etwa die Hälfte dessen, was er bekommen könnte. Unter normalen Umständen könnte ich es mir niemals leisten, dort zu wohnen. Ich kapier es einfach nicht. Aber ich werde einem geschenkten Gaul nicht ins Maul schauen.«

Nora wurde mulmig zumute. Das hörte sich ja immer zwielichtiger an. »Und was ist der Haken dabei?«

»Genau das habe ich mich auch gefragt. Aber ich kann keinen finden, Nora. Mal sehen, ob du einen entdeckst. Vier Augen sehen schließlich mehr als zwei.«

»Haben deine Eltern es gesehen? Oder eine Freundin?«

»Nein. Dad arbeitet immer zwei halbe Schichten, und meine Freunde sind fast alle in derselben Branche und haben nur zu den merkwürdigsten Stunden Zeit. Und Mum ... nun, sie war bis jetzt noch nicht in der Lage dazu.«

»Was macht sie?«

»Oh, im Moment arbeitet sie nicht. Aber sie ist einfach ... also, sie ist beschäftigt, weißt du? Egal, wir müssen noch einen Umweg machen. Ich hab noch keinen Schlüssel. Den hat er bei seiner Tochter gelassen, die da drüben wohnt. Sie ist ein bisschen ... Na ja, lass dich von ihr nicht abschrecken.«

Das mulmige Gefühl verstärkte sich.

Kaitlin klopfte beherzt an die Tür eines großen Reihenhauses. Die Tür flog auf und gab den Blick auf eine Frau frei, für die der Begriff »mittleren Alters« geprägt worden zu sein schien.

»Ah, Sie sind es«, blaffte sie Kaitlin an. »Was wollen Sie? Sie sagten doch, dass Sie am Mittwoch einziehen wollen. Sie können das doch nicht einfach nach Gutdünken ändern.«

Ihre dunklen Haare standen ab wie bei einer Toilettenbürste, dunkle Poren überzogen ihr blasses Gesicht, sie trug eine sorgfältig gebügelte Trainingshose und dazu ein Souvenir-T-Shirt vom Lake District in Übergröße, gleichermaßen frisch gebügelt. In der Hand hielt sie einen Staubwedel, der Flur war düster und staubfrei.

»Hallo Mrs Watkins!«, begrüßte Kaitlin sie lächelnd, als hätte man ihr das herzlichste Willkommen bereitet. »Schön, Sie wiederzusehen. Tut mir leid, Sie zu stören, aber ich wollte Sie fragen, ob Sie mir wohl noch mal den Schlüssel leihen könnten. Ich habe meine Freundin Nora mitgebracht und wir würden uns gern das Haus ansehen. Sie überlegt, das andere Zimmer zu nehmen. Ihr Dad meinte, er sei einverstanden damit, wenn ich noch jemanden finde.«

»Hallo, ich bin Nora.« Nora folgte Kaitlins Beispiel und streckte ihr mit einem breiten Lächeln die Hand entgegen. »Ich hoffe, wir kommen nicht ungelegen. Aber ich kehre bald nach London zurück, und dies ist meine einzige Chance, es mir anzusehen.«

»London, was?« Mrs Watkins kniff die Augen zusammen, übersah Noras ausgestreckte Hand und umklammerte ihren Staubwedel wie ein Schwert. »Wofür wollen Sie dann ein Haus hier? Wohl damit Sie einen Ort haben, wo Sie sich am Wochenende besaufen können?«

Nora war wie vor den Kopf gestoßen. »Äh nein, ich überlege eigentlich, ein paar Monate hier zu leben. Wenn das Haus passend ist.«

Mrs Watkins Gesicht verdunkelte sich. »Oh, *passend* wird es sein, machen Sie sich darüber mal keine Gedanken. Viel *mehr* als passend, wenn Sie mich fragen! Das Haus meines Vaters ist eins der besten Anwesen in Tenby! Ein Filetgrundstück sozusagen! Er sollte darin wohnen und nicht losziehen und irgendwelche verrückten Pläne verfolgen. Aber er hat seine fünf Sinne nicht beisammen. Nicht alle Tassen im Schrank. Tickt nicht mehr ganz richtig, mein Vater. Aber wenn er schon abhauen muss, dann könnte er mit Vermieten ein *Vermögen* machen. Könnte es *Führungskräften* überlassen. Stattdessen vermietet er es für einen Spottpreis. Einen Spott-preis!«, betonte sie und schleuderte ihnen die Ts entgegen wie ein über Kies fahrender Autoreifen die Steinchen. »Damit eine skrupellose Pennerin darin wohnt! Vermutlich, weil er Mitleid mit ihr hat. Gaga ist er, gaga. Weich in der Birne! Und ich kann mich um alles kümmern und hab den ganzen Ärger.«

In der darauffolgenden bedeutungsschweren Pause bebte sie sichtlich vor Entrüstung. Nora schielte auf Kaitlin. Hätte man Nora als Pennerin bezeichnet und mehr oder weniger beschuldigt, einen senilen alten Mann zu übervorteilen, dann hätte sie vermutlich einen Rückzieher gemacht. Hätte vermutlich ein paar wohlgesetzte Worte in ihrer Sitzungssaalstimme gesagt und wäre dann sehr aufgebracht losgestürmt. Kaitlin jedoch wirkte unbeeindruckt.

»Ach Gott«, sagte sie. »Es tut mir leid, Mrs Watkins, ich verstehe, dass Sie beschäftigt sind und Sie das stresst. Aber könnten Sie uns trotzdem den Schlüssel leihen? Dann sind wir gleich wieder weg und Sie haben Ihre Ruhe.« Dazu ein breites Lächeln.

Nora hätte schwören können, dass Mrs Watkins' Wangen zitterten. »Warten Sie hier«, sagte sie schließlich und verschwand im düsteren Inneren ihres Hauses.

Nora machte den Mund auf, aber Kaitlin schüttelte den Kopf. »Sie hört *alles!*«, flüsterte sie. Also warteten sie Seite an Seite an der Tür und wagten es nicht, einzutreten und sie zu schließen. Nachdem unangemessen viel Zeit verstrichen war, kam ihre Nemesis mit einem Schlüssel an einem Schlüsselanhänger aus Leder zurück, der sehr männlich aussah. Sie hielt ihn Kaitlin zögernd hin, die ihn sich mit einem gutmütigen »Besten Dank, Mrs Watkins, dann noch einen schönen Tag« schnappte.

»*Sie* haben doch wohl Arbeit?«, verlangte sie von Nora zu wissen, bevor sie entkommen konnten. »Ich möchte dort nicht zwei Arbeitslose wohnen haben, egal, was mein Vater meint.«

»Oh, Nora hat einen wunderbaren Job!«, erklärte Kaitlin strahlend, bevor Nora antworten konnte. »Sie ist Historikerin. Eine Forscherin an der University of Greater London. Deshalb kommt sie im Sommer auch nach Tenby, sie forscht über walisische Geschichte.«

Mrs Watkins schien das wenig zu beeindrucken. »Geschichte, aha«, sagte sie mit nach unten gezogenen Mundwinkeln.

»Ganz genau! Ihre Bücher haben Sie vermutlich in der Buchhandlung gesehen. Sie ist ziemlich bekannt.«

Das Entsetzen auf ihrem Gesicht schien sich zu vertiefen. »Bücher?«, sagte sie voller Abscheu. »Na ja.«

»Nochmals vielen Dank!«, rief Kaitlin und zog Nora mit sich. »Bis bald!« Hinter ihnen wurde die Tür zugeschlagen.

»Was für eine grässliche Frau!«, stöhnte Nora, als sie eilends die

Stadt durchquerten. »Hut ab, Kaitlin, du warst einfach ... *reizend*! Ich wäre ihr am liebsten an die Gurgel gegangen! Wie konntest du nur so freundlich bleiben?«

»Tja nun«, erwiderte Kaitlin, »du hast meine Großmutter noch nicht kennengelernt.«

»Da wären wir«, verkündete Kaitlin fünf Minuten später. »Trautes Heim.«

Nach der Begegnung mit Mrs Watkins war Nora sich ziemlich sicher, dass sie das Zimmer nicht nehmen würde, aber dessen ungeachtet war sie wahnsinnig neugierig.

Es war ein schmuckes, blau gestrichenes Stadthaus inmitten einer Reihe ähnlicher in Pastellfarben gestrichener Häuser und trug damit zu einem grandiosen Anblick bei, wie es in Tenby viele gab. Man hatte direkte Aussicht auf den Hafen. Neben der Haustür aus poliertem dunklen Holz mit einem Messingtürklopfer in Gestalt einer recht koketten Meerjungfrau hing eine bleiverglaste Laterne und darüber lockte ein riesiges Erkerfenster. Wie es schien, gehörte sogar eine Garage zum Haus.

»Wie viel zahlst du noch mal dafür?«

Kaitlin wiederholte geduldig den Mietpreis.

Nora zog die Stirn kraus. »Das ist lächerlich.«

Da Nora ein Faible dafür hatte, sich, wenn sie neu an einen Ort kam, die Schaufenster der Immobilienmakler anzusehen, hatte sie eine ziemlich genaue Vorstellung davon, was man für ein solches Haus verlangen konnte. Mrs Watkins hatte recht, ihr Vater vermietete es für einen Spottpreis. Bestimmt fiel es auseinander. Oder er.

Kaitlin schloss die Tür auf und sie traten ein. Und Nora war hin und weg. Auf der Stelle hin und weg.

Im langen Flur lag auf dem Steinboden ein roter Läufer und die weiß gestrichenen Wände schmückte ein großer Spiegel in einem gewellten Goldrahmen. Ein prächtiges Eichengeländer säumte die weiß gestrichenen Treppenstufen, ebenfalls mit rotem Teppich ausgelegt. Guter Geschmack, männlicher Geschmack. Der schwache Duft von Sandelholz. Es war kühl, weil alte Häuser schwer zu heizen waren, aber einladend. Nora kam sich vor wie ein aufgeregtes Kind, das am ersten Schultag von einer klugen, beruhigend wirkenden Lehrerin in Empfang genommen wird.

Hinter der Treppe lag die Küche, geräumig und weiß, mit Eichenschränken, einer riesigen Kochinsel aus Granit und Messingarmaturen. Ein rotes Rollo hing vor dem Fenster und auf dem Fensterbrett standen Kräuter, deren Grün sich vor dem Rot abhob. Sagte irgendwas mehr »Heim« als Kräuter im Topf?, überlegte Nora. Undeutlich zeichnete sich eine Kindheitserinnerung ab: Nora war noch klein, als Jasmine ihr mit Erde an ihren schmalen Händen im Garten die zarten grünen Pflanzen zeigte und sie benannte. Wie seltsam, dass sie hierherkommen musste, damit im Haus eines Fremden eine lang vergessene Erinnerung an ihre Mutter geweckt wurde.

»Das ist Rosmarin«, konnte sie die sanfte Stimme ihrer Mutter über die Jahre hinweg hören, »und das ist Thymian. Das Minze und das Basilikum.«

Ausnahmsweise sagten weder Nora noch Kaitlin viel. Kaitlin ging nach oben voran. Als Erstes traten sie in das große Wohnzimmer mit Blick auf den Hafen ein, das mit einer Fensterbank und zwei großen Sesseln im Erker prunkte. Den Rest des Raums füllten ein Sofa von der Größe eines Kreuzfahrtschiffs, ein riesiger Kamin, mehrere Bücherregale und ein Klavier. Die Wände waren in einem weichen Salbeigrün gestrichen. Eine Stuckleiste umschloss die Decke wie Zuckerguss einen Hochzeitskuchen, und an den Wänden hingen fünf Gemälde, alle in altmodischen, schweren Goldrahmen. Zwei Seestücke, das abstrakte Gemälde von zwei sich Küssenden, ein nach New Age aussehendes Himmelsbild mit Sternenkonstellationen und Kometenschweifen und zuletzt das Porträt eines Hundes, eines schwarz-rotbraunen Bernhardiners mit eindrucksvollen Hängebacken und weißem Kragenfell.

Nora entfuhr ein Ruf des Erstaunens.

»Ich weiß! Unglaublich, nicht wahr?«, meinte Kaitlin und grinste.

»Ich komme mir vor, als würde ich in ein herrschaftliches Anwesen oder so einziehen.«

Sie zeigte Nora das Badezimmer – makellos und elegant – und die Schlafzimmer, drei Türen entlang eines Treppenabsatzes, der selbst an diesem grauesten aller Tage von natürlichem Licht durchflutet war.

»Dieses Licht hier drin!«, entfuhr es Nora begeistert. Es war hell, doch friedvoll. Vor ihren Augen tauchte plötzlich ihre winzige, vollgestopfte Wohnung in Kingston auf. Das hier war elegantes Wohnen im besten Sinne, fand sie.

Jedes der beiden Schlafzimmer hatte Meerblick. Die Tür des dritten Zimmers war verschlossen.

»Drogen«, kommentierte Nora.

»Was?«

»Er muss Dealer oder so was sein. Vermutlich ist dieser Raum voller Drogen. Oder es liegt eine Leiche drin. Irgendwo *muss* es hier doch ein Haar in der Suppe geben.«

»Es könnte aber auch der Raum sein, in den er alle seine persönlichen Dinge gestellt hat oder von denen er glaubt, sie wären uns im Weg. Du weißt schon, Kleider und so.«

Nora gab zu, dass dies möglich wäre. »Was ist da oben?« Sie zeigte auf eine zweite Treppe.

»Noch mehr Leichen. Nun, ein Dachboden. Aber der ist auch abgeschlossen.«

»Gut.« Nora hatte Mühe zu akzeptieren, dass etwas derart Wunderbares völlig unkompliziert war. »Dieses Haus, Kaitlin, ist *umwerfend*! Es ist riesig! Wie kann er es zu diesem Preis vermieten? Gibt es ein Problem mit der Feuchtigkeit oder bröckelnden Fundamenten? Wird es ins Meer stürzen? Gibt es einen *Geist*?«

»Ich habe mir diese Fragen auch gestellt, war jetzt aber schon drei Mal hier und kann nichts finden. Ich denke, es ist einfach nur perfekt – ein wirklicher Glücksgriff. Ich konnte es anfangs auch nicht fassen, aber er vermietet es privat, was ihm die Auseinandersetzung mit den Maklern erspart, und er meinte, er habe sehr kurzfristig weggemusst, wollte aber das Haus nicht leer stehen lassen. Vielleicht kommt es ihm genauso zupass wie uns. Und ich glaube, dass er einfach kein Mensch ist, dem es in erster Linie ums Geld geht. Schau dir seine E-Mails an.« Sie suchte sie auf ihrem Telefon und gab sie Nora zum Lesen.

Nora ließ sich zurück in das Wohnzimmer führen, wo sie in den beiden großen Sesseln im Erker Platz nahmen. Es war so leicht, sich lange Abende vorzustellen, an denen man hier saß und die Aussicht genoss, die sich bei jedem Wetter änderte.

Sie scrollte sich durch Kaitlins Korrespondenz mit ihrem geheimnisvollen Vermieter.

Lieber Jones (Mr? Mrs? Ms?), hatte ihre Anfrage begonnen. Sie hatte sich ihm ausführlich und auf einnehmende Weise vorgestellt und ein paar überschwängliche Referenzen angehängt. Auch den Mietpreis hatte sie hinterfragt. Er hatte ihr ausführlich geantwortet und mit *Jones (Mr, aber lassen Sie das ruhig weg. Das tun alle)* unterschrieben.

Senil hörte er sich ganz und gar nicht an. Im Gegenteil, er klang intelligent, großzügig und humorvoll. Er erklärte, er habe in einer persönlichen Angelegenheit überstürzt aufbrechen müssen. Er liebe sein Haus und wolle es nicht monatelang leer stehen lassen.

Das wäre nicht nur schlecht für das Haus, das sich nach liebevoller Pflege sehnt, sondern auch schade. Der Sommer kommt. Da sollte jemand Nutzen davon haben.

Sie nahmen immer wieder belustigt darauf Bezug, den gleichen Nachnamen zu haben.

Natürlich heißt hier in Wales fast jeder Jones, hatte Kaitlin geschrieben. *Aber ich versichere Ihnen, dass ich nicht Ihre verloren geglaubte Tochter oder so bin.*

Gott sei Dank! Die eine, die ich habe, reicht mir, lautete seine Antwort darauf. *Apropos, ich habe die Schlüssel bei ihr hinterlegt, sie ist Ihre Anlaufstelle in Tenby. Sie ist eine gute Frau, aber Spontaneität ist ihr fremd, weshalb wir nicht immer übereinstimmen. Aber was auch immer sie sagen mag, ich erfreue mich guter geistiger Verfassung, und Sie dürfen sich von ihr nicht die Freude an dem Haus verderben lassen.*

»Und?«, fragte Kaitlin, als Nora ihr das Telefon zurückgab.

Nora biss sich auf die Lippe und versuchte, ihr Grinsen zu unterdrücken. »Nun, ich denke, ich sollte ihm schreiben und ihn fragen, ob er damit einverstanden ist, wenn ich das zweite Zimmer nehme!«

Mit einem Aufschrei fiel Kaitlin Nora um den Hals. »Nicht nötig!«, rief sie. »Das habe ich bereits gestern Abend getan. Und er hat schon ja gesagt!«

CHLOE

Juli 1954

Der Sommer nach Chloes vierzehntem Geburtstag war der Sommer, den sie in der Gewissheit verbrachte, dass alle ihre Träume jetzt und für immer wahr werden würden. Eine Tanzlehrerin war nach Tenby gezogen!

Als Onkel Harry am ersten Tag ihren Koffer nach oben brachte, kam Megan aus ihrem Zimmer geschossen und hätte sie fast überrannt.

»Oh Chloe!«, rief sie. »Tut mir leid, dass ich ausgerechnet jetzt, wo du kommst, schon wieder wegmuss. Ich bin auf dem Weg zu meiner Tanzstunde!« Und sie rauschte mit einem Rascheln pfirsichfarbener Baumwolle an ihnen vorbei. Einen Moment lang war Chloe schwindelig, als sie ihr nachblickte. Tanzstunde?

Chloe hatte Megan immer für ein echtes Glückskind gehalten. Sie wusste nicht genau, ob Onkel Harry reich war, aber er schien sämtliche Launen seiner Stiefkinder mitzutragen. Und es *waren* Launen, denn sie hielten gerade mal von einem Jahr zum nächsten. In Chloes erstem Sommer in Tenby war Megan ganz wild aufs Malen gewesen. Im zweiten Jahr war es dann Reiten, im dritten Singen und im letzten Jahr hatte sich alles um Haare und Make-up gedreht. In Chloes eigener Familie machte man sich jedes Jahr erneut darüber lustig.

»Und was hat Megan sich in diesem Jahr in den Kopf gesetzt?«, pflegte Gwennan zu fragen. »Kochen? Klavier? Blumenbinden?«

»Schießen?«, kam Dafs trockener Kommentar hinter seiner Zeitung hervor.

»Fliegen! Seiltanzen! Rennauto fahren!«, brüllten die Jungs begeistert und ungebremst von jeglichem Realismus.

Und jetzt war es Tanzen, der Traum, den Chloe selbst hegte.

»Llew hat heute Morgen angerufen«, teilte Tante Susan Chloe mit, als sie zu ihr in Megans Zimmer kam. »Er hatte die Gelegenheit, seine Mutter zu besuchen, und ist nach London gefahren. Keine Sorge«, ergänzte sie nach Chloes bestürztem Aufschrei, »übermorgen ist er wieder zurück. Er wird nicht viel von deinen Ferien verpassen.«

»Oh.« Chloe sackte erleichtert zusammen. »Dann ist es gut. Ich freu mich für ihn. Er sieht sie nicht oft.«

»Ich denke, es dürfte ein Jahr her sein. Offenbar hatte sein Vater etwas in London zu erledigen und hat Llew mitgenommen und das Treffen mit der Mutter vereinbart.«

Tante Susan sagte immer »die Mutter« anstatt »seine Mutter«, als wollte sie Llew auf sichere Distanz von der Frau halten, die ihren Sohn verlassen hatte. »Deine Kinder sind deine Kinder!«, hatte Chloe sie einmal zu ihren Freundinnen sagen hören, die zustimmend mit ihren Zigarettenspitzen wedelten. »Man muss zu ihnen stehen, egal, was kommt.« Dabei hatte sie sehr entschlossen geklungen.

Noch zwei Tage, bis sie Llew sah. Wie frustrierend. Zwischen den Sommern hielten sie keinen Kontakt, denn sie waren beide keine großen Briefeschreiber. Für gewöhnlich schickte Chloe um die Weihnachtszeit eine kurze Mitteilung, die sie auf das beste Schreibpapier ihrer Mutter kritzelte, und bekam hin und wieder eine Postkarte, normalerweise mit einer Aufnahme vom Goscar Rock. Für einen Fotografen war sein Blick für Postkarten nicht sehr ausgeprägt. Hauptsächlich sparten sie sich alle Neuigkeiten auf, bis sie wieder zusammen waren.

Ohne Llew, der sie in den tristen verregneten Tag hätte locken können, packte Chloe ihre Sachen aus und setzte sich dann zu Tante Susan ins Wohnzimmer und wartete auf Megan. Dort stand ein Teller mit einem Stapel Welsh Cakes, frisch aus dem Ofen, bestreut mit glitzerndem Zucker.

»Bekommt Megan Tanzstunden, habe ich das richtig gehört?«, fragte sie und biss dabei in einen der dicken, runden Pfannkuchen. Sein Aroma breitete sich im Mund aus und der warme, klebrige Teig legte sich auf köstliche Weise um ihre Zähne.

»Ja. Eine Dame ist neu in unsere Stadt gezogen, Chloe, eine Miss Blossom Jenkins. Über ihren Hintergrund bin ich nicht so recht informiert – sie ist kürzlich aus Cardiff gekommen –, aber sie macht einen damenhaften Eindruck und scheint versiert zu sein. Alma ging als Erste zu ihr, dann Pam und du weißt ja, wie das ist bei diesen Mädchen – wo eine hingeht, folgt mit Sicherheit bald der Rest.«

»Blossom«, flüsterte Chloe. Was für ein romantischer Name. Hätte man sie doch Blossom oder Flower oder Petal genannt ... Damenhaft und versiert ... Sie wünschte sich, sie kennenzulernen.

Bald schon kam Megan zurück und sprudelte über vor lauter Sugarfoot und Lindy Steps, Letztere gleich in drei Variationen.

»Schau zu, Chloe, ich zeig dir die Schritte.« Megan legte so energiegeladen los, dass Chloe ein wenig erschrak. Das Gesicht der sonst so reservierten Megan war gerötet, ihr dunkles Haar fiel in sich zusammen und ihre beeindruckenden Brüste hüpften begeistert. Für Megans Busen hätte Chloe töten können.

Stattdessen konzentrierte sie sich auf Megans Füße, aber Megan hielt immer wieder inne und sagte: »Nein, das ist es nicht. Mist! Warte. So geht es. Nein. Ach verdammt.« Auf diese Weise war es schwer, das Muster zu erkennen.

Am Ende stand Tante Susan auf und begann mit Megan zu tanzen. Sie tanzte einen lebhaften, anmutigen Lindy, der beiden Mädchen die Sprache verschlug.

»Wo um alles in der Welt hast du das denn gelernt, Mutter?«, staunte Megan halb bewundernd, halb empört.

Tante Susan ließ sich lachend auf ihren Stuhl zurückfallen und strich sich eine Haarsträhne aus dem Gesicht. »Der Lindy ist kein neuer

Tanz, Liebling. Er kam während des Kriegs zu uns rüber. Vor einigen Jahren war er der letzte Schrei, als ich ... nun ... ich habe ihn immer mit deinem Vater getanzt, meine Liebe. Wir hatten so viel Spaß.«

Megan blickte erschrocken drein und Chloe wusste auch, warum. Susan sprach nie über ihren ersten Ehemann, sie war sehr verschlossen. Das jedenfalls sagte Gwennan: »Susan ist ein sehr verschlossener Mensch.«

Doch Gwennan hatte ihr Susans Geschichte erzählt. Sie war sehr jung nach Cardiff gegangen. »Siebzehn war sie und bildhübsch. Es brach meinem Vater das Herz.« Sie fand dort in einer Zeitungsredaktion eine Anstellung als Putzfrau, aber der Chef fand Gefallen an ihr und bildete sie zur Schreibkraft aus. Dann warf ein Reporter aus London, der auf Besuch vorbeikam, ein Auge auf sie, woraus bald eine stürmische Romanze wurde. Er nahm sie mit nach London, wo sie standesamtlich heirateten. Das sorgte für großen Wirbel in der Familie, weil Susan geheiratet hatte, ohne sich dafür die Erlaubnis ihres Vaters einzuholen, und ohne dass die Familie den Bräutigam kennengelernt hatte. Das Schlimmste aber war, dass sie nicht mehr zurückkam. Die Nachbarn fanden Susans Verhalten selbstherrlich und hochnäsig und meinten, Susan Williams »liebt nur sich selbst«. Branwen regte sich mehr darüber auf als alle anderen, und es fielen böse Worte, als Susan auf Besuch nach Hause kam und ihren Londoner Ehemann mitbrachte.

Ein einziges Mal fuhren die beiden Schwestern nach London, um Susan einen Besuch abzustatten, der jedoch nicht von Erfolg gekrönt war. Ihr Ehemann liebte sie, zeigte aber wenig Geduld mit den Schwestern aus der Provinz, vor allem nicht mit Branwen, die voller Ablehnung war und sich ständig auf den Schlips getreten fühlte. Wutschnaubend kehrte sie zurück und weigerte sich, jemals wieder dorthin zu fahren. Natürlich war es Gwennan nicht erlaubt, ihre Londoner Schwester allein zu besuchen, und so sahen sie Susan erst 1943 wieder, nachdem Roger gefallen war. Da kam Susan dann mit den beiden Kindern wieder nach Hause zurück. Gwennan nahm sie voller Liebe und Mitgefühl auf und kümmerte sich monatelang um sie.

Als Susan 1946 schrieb, sie habe einen Deutschen geheiratet, erstaunte dies niemanden mehr als Gwennan, die Zeugin der Tränen und bitteren Worte gegen die Nation war, die ihren Ehemann umgebracht hatte. Und keiner war mehr außer sich als Branwen. Sie weigerte sich, Susan und Heinrich zu sehen, und schrieb ihrer Schwester einen langen hasserfüllten Brief.

Du hast etwas ganz Schreckliches getan. Es widert mich an, schrieb sie.

Susan und Heinrich kamen zu Gwennan und Dafydd auf Besuch, der ein wenig traurig und seltsam ausfiel. Heinrichs Englisch reichte nicht aus, um sich ihren walisischen Akzent zu erschließen, und seine abgehackte deutsche Sprechweise klang fremd in ihren Ohren – fremd und befremdlich. Auch Daf hatte einen Bruder im Krieg verloren, und obwohl er bereitwillig zugab, dass man Heinrich dafür nicht verantwortlich machen konnte, war es doch zu früh, diesen Mann, der ihn an die schlimmsten Jahre seines Lebens erinnerte, in den eigenen vier Wänden willkommen zu heißen.

Warum Susan Heinrich geheiratet hatte, war für alle leicht zu verstehen: Er war ein Gentleman und intelligent. Für ihn, der nicht an Hitlers Politik geglaubt hatte, war der Krieg eine einzige Qual gewesen, und am Ende war er in London geblieben, weil es für ihn nichts mehr gab, wohin er hätte zurückkehren können, waren doch sein eigenes Zuhause und seine Familie vernichtet worden. Im Lauf der Zeit hätten die Familien sich sicherlich angefreundet, aber im Dorf gab es viele, die nicht so aufgeschlossen waren wie Gwennan und Dafydd. Wenn Susan einen Spaziergang machte, wurde sie zur Zielscheibe boshafter Anschuldigungen. Dann tauchte auch noch eines Abends Branwen auf, entschlossen, das in ihrem Brief Gesagte persönlich zu wiederholen.

Dafydd warf Branwen hinaus und verbot ihr, jemals wieder eine solche Szene in seinem Haus zu machen. Susan gelobte, am nächsten Tag aufzubrechen. Gwennan war in Tränen aufgelöst, aber Dafydd war einverstanden.

»Es wird das Beste sein, Susan«, hatte er nicht unfreundlich zu ihr gesagt. »Du weißt, ihre Einstellung ist nicht die unsere. Aber es ist schwer, und für deinen Ehemann ist es eine Zumutung, hier zu sein. Du weißt ja, wie die Leute sind. Wir sind hier nicht in London. Es ist einfach zu früh.«

»Wir haben damit gerechnet, meine Liebe, wir haben darüber gesprochen«, stimmte Heinrich ihm zu. »Dafydd hat ganz recht. Wir werden am Morgen abreisen und sie immer in guter Erinnerung behalten.«

Der Bruch mit Branwen war unheilbar. Dass die Kommunikation mit Gwennan abbrach, lag eher daran, dass beide sich gelassen dem Schicksal ergaben. Dann jedoch schrieb Susan an Weihnachten 1949 und schlug vor, für das neue Jahrzehnt Brücken zu bauen und Chloe im Sommer nach Tenby kommen zu lassen.

Und der Rest ist Geschichte, sagte sich Chloe jetzt und drückte Megans Hand nach der unerwarteten Bezugnahme auf ihren Vater. Megan wirkte einen Moment lang traurig und verloren.

NORA

Eine Woche, nachdem ihre Augen zum ersten Mal das blaue Haus gesehen hatten, kehrte Nora in einer stillen, dunklen Nacht nach Tenby zurück. Kaitlin hatte sie gewarnt, dass in der Stadt oft Junggesellen- und Junggesellinnenabschiede gefeiert wurden, aber an diesem Wochenende schien die Göttin der Ehe zu schlafen. Als sie in die schmale Straße einbog, die zum Hafen führte, bremste sie ab und fuhr nur noch Schritttempo. Die prächtigen pastellfarbenen Häuser lagen stumm im Schatten der Nacht. Sie parkte in der Garage und lehnte sich dann an die Mauer, von der aus man den Hafen überblickte.

»Ich bin wirklich hier«, murmelte sie und sog zufrieden in tiefen Atemzügen die Seeluft ein.

Sie hatte versucht, vernünftig zu sein, und war noch drei weitere Nächte im Hotel geblieben, um ihren Entschluss zu überdenken und sich – oder auch Kaitlin – Gelegenheit zu der Erkenntnis zu geben, dass alles impulsiver Wahnsinn gewesen war und sie einen Rückzieher machen musste. Stattdessen hatte sie von ihrer Wohnung geträumt: von einem Schlafzimmer, das vom grellen weißen Licht der Sicherheitsleuchte ihres Nachbarn durchflutet wurde; vom Motorenlärm draußen und den trappelnden Fußschritten drinnen; von ihrer Garderobentür, die immer offen stand, weil das Scharnier gebrochen war und sie nie Zeit gehabt hatte, es zu reparieren. Zuhause. Und sie hatte gar nicht realisiert, dass es das gar nicht war.

Also hatte sie aufgehört, gegen das Unvermeidbare anzukämpfen. Sie fuhr zurück nach Kingston und verbrachte dort drei Tage in einem Aktivitätsrausch. Sie bot ihre Wohnung zur Miete an, putzte sie, bis sie glänzte, und packte zwei Koffer für Tenby. Den Zeitarbeitsfirmen mailte sie, dass sie für die nächsten drei Monate nicht zur Verfügung stand.

Und dann brach sie auf. In allerletzter Minute rannte sie in ihr Schlafzimmer und schnappte sich das Stundenglas aus Mahagoni mit dem enteneiblauen Sand. Es war ein Andenken an ihre Kindheit und der einzige Schmuckgegenstand, den sie mit in ihre Zukunft nehmen wollte. Dann fuhr sie nach Petersham, wo sie sich von Sandy verabschiedete und Jasmines Fotoalben vom Dachboden holte. Auf diese Weise hatte sie ihre Mutter bei sich, dachte sie.

Sie lud den Wagen aus und kramte in ihrer Tasche nach dem Schlüssel, den Kaitlin ihr in der vergangenen Woche hatte nachmachen lassen. Doch als sie ihn ins Schloss steckte, flog die Tür auch schon auf.

»Ich habe Ausschau nach dir gehalten!«, rief Kaitlin und schloss sie stürmisch in die Arme. »Wir werden so viel Spaß haben! Hast du Hunger? Im Kühlschrank ist Wein und ich habe Pasta gekocht.« Sie schleppte einen von Noras Koffern über die Schwelle.

Nora grinste. Pasta und Wein: die universale Sprache des Willkommens.

Der Sandelholzgeruch im Flur wurde überdeckt vom warmen Essensduft. Kaitlin war gekleidet wie immer: hautenge Jeans, T-Shirt und ein grüner Kapuzenpulli. Sie trug das Haar offen und eine Brille. Sie tänzelte Nora voran in die Küche, lud zwei Teller voll, klemmte sich eine Flasche Wein unter den Arm, steckte sich einen Korkenzieher in die Tasche und reichte Nora die Weingläser und eine Schüssel mit frisch geriebenem Parmesan. Mit ihrem Kinn zeigte sie auf die Treppe.

»Lass uns hoch ins Wohnzimmer gehen. Ich habe Feuer gemacht und wir können uns ins Erkerfenster setzen.«

Im Schein des flackernden Feuers und mit dem Nachthimmel als Kulisse wirkte das Wohnzimmer sogar noch opulenter. Seltsamerweise hatte Nora das starke Gefühl, nach Hause zu kommen. Kaitlin hatte einen kleinen Tisch zwischen die beiden Sessel gerückt, auf dem Nora die Weingläser abstellte.

»Ich kann das noch immer nicht fassen«, sagte sie. »Tut mir leid, Kaitlin, wenn ich das wohl noch fünfhundert Mal am Tag werde sagen müssen. Aber ich meine –«

»Ich versteh das nur zu gut. Ich bin jetzt seit zwei Tagen hier und komme mir noch immer vor wie in einem Traum. Obwohl ich weiß, dass es nicht von Dauer ist. Aber lass es uns genießen, solange es so ist!«

»Darauf trinken wir.«

Sie aßen und tranken und redeten. Kaitlin war eine erstaunlich gute Köchin. Allerdings staunte Nora über *jeden*, der kochen konnte – es zählte nicht zu ihren Stärken. Sie schmiedeten Pläne für ihre Zeit hier im Haus am Hafen. Sie tranken auf Jones' Gesundheit. Sie unterhielten sich über Mütter: Nora fiel es leicht, über ihre Beziehung zu Jasmine zu reden, ihrer ältesten besten Freundin, und über die Schwierigkeiten in letzter Zeit. Dann erkundigte sie sich nach Kaitlins Mutter. »Dein Dad ist so reizend. Ich würde auch deine Mum gern mal kennenlernen.« Sie war neugierig zu erfahren, wie die Frau aussah, die durch die raue Schale hindurch den Rohdiamanten erkannt hatte, der Greg im Kern war.

Aber obwohl Kaitlin ihre Mutter ganz offensichtlich sehr schätzte, zeigte sie sich in dieser Hinsicht nicht sehr gesprächig, weshalb sich die Unterhaltung auf Männer verlagerte. Sie kamen noch mal auf Milo und Simon zu sprechen, dann vertraute Nora ihr die Geschichte mit Seth an und dass sie danach mehr oder weniger jede Hoffnung aufgegeben hatte, wahre Liebe zu finden.

»Und jetzt?«, fragte Kaitlin besorgt.

»Jetzt ...«, sagte Nora. »Ich weiß nicht. Ich erkenne jetzt, dass ich mich dem allen verschlossen habe – und weiß nicht, ob das wieder rückgängig gemacht werden kann. Ich bin vierzig. Vielleicht ist es zu spät.«

»Das ist doch nicht dein Ernst?! Es ist doch nie zu spät! Jeder Tag kann eine Überraschung bereithalten, oder?«

»Vielleicht. Aber ich denke, es ist schwer, in diesem Alter eine Beziehung anzufangen und sich wirklich zu öffnen. Jeder hat Verletzungen davongetragen, jeder ist zynisch geworden, und ich glaube nicht, dass ich als Einzige die Hoffnung aufgegeben habe. Und dann das Gepäck, das man mit sich herumschleppt. Wir haben uns alle so sehr daran gewöhnt, uns um uns selbst zu kümmern, das Leben selbst in die Hand zu nehmen, dass es den Bruch damit gar nicht wert zu sein scheint.«

Kaitlin warf ihr einen beredten Blick zu. »Ich liebe deine positive Einstellung, Nora. Also ich denke, dass das nur wieder Selbstschutz ist. Wenn du das nächste Mal versucht bist, auf Nummer sicher zu gehen, denk an die Universität – denk an Simon! – und wie gut das für dich ausgegangen ist.«

Nora lächelte. »Du bist sehr scharfsinnig, Jones, aber ich bin jetzt zu müde, um über das alles nachzudenken. Ich möchte es einfach genießen, hier zu sein.«

»Ganz recht, und das sollst du auch, keine Eile«, stimmte Kaitlin ihr zu und schob sich die letzte Gabel Pasta in den Mund. Sie nickte heftig, kaute und schluckte. »Aber weißt du, wenn du *bereit* bist ...«, ergänzte sie nach einer Pause.

Nora wollte sich nicht mehr aus diesem Sessel, von diesem Fenster wegbewegen. Sie wollte weiter in die Dunkelheit und auf die kleinen blinkenden Lichter starren, die gelegentlich draußen auf dem Meer auftauchten, wollte einen so vollkommenen ersten Abend nicht beenden – aber schließlich gewann die Müdigkeit die Oberhand.

»Ich möchte mich nicht mehr bewegen«, murmelte sie gähnend. »Aber ich muss. Bett … Ich muss noch das Bett machen.«

»Ich helfe dir«, versprach Kaitlin. »Oh, aber zuerst muss ich dir was zeigen. Es dauert nur eine Minute, komm mit.«

Zögernd kam Nora auf die Beine. Als sie ihre Tasche aufhob, war sie überrascht, wie schwer diese war, bis ihr das Stundenglas einfiel. Sie holte es heraus und stellte es auf den Kaminsims. Es fügte sich hervorragend ein zwischen die Kerzenhalter und schönen Ziergegenstände, und sah viel besser aus als auf dem vollgestellten Fensterbrett ihrer Wohnung.

»Das ist hübsch!«, rief Kaitlin.

»Es hat Mum gehört. Ich hab es bei meinem ersten Auszug mitgehen lassen. Verrückterweise kommt es aus Tenby. Soweit ich weiß, war Mum als Kind hier.« Als sie das sagte, gab es ihr einen kleinen Ruck. An diese Verbindung hatte sie in Kingston gar nicht gedacht, als sie es, einem Impuls folgend, eingesteckt hatte.

»Wie schön«, sagte Kaitlin. »Dann ist es jetzt zu Hause.« Sie sprang darauf zu und drehte es um. Der blaue Sand begann zu rinnen. »Eine neue Phase beginnt«, erklärte sie strahlend. »Komm mit.«

Sie führte Nora über die Treppe hinauf zum Dachboden. Da die Tür versperrt war, konnte Nora sich nicht vorstellen, was es dort zu sehen gab. Doch überraschenderweise öffnete Kaitlin die Tür.

»Bist du eingebrochen, während ich weg war?«

»Seine Tochter kam am Mittwoch vorbei, um was vom Dachboden zu holen. Später fiel mir auf, dass sie die Tür offen gelassen hat, also ging ich hoch, um sie zu schließen. Natürlich konnte ich nicht widerstehen, einen kurzen Blick …«

»Natürlich. Und was hast du gesehen?«

Kaitlin schob die Tür weit auf und schaltete das Licht an. Nora trat ein.

»Wow!« Sie nahm sich Zeit, alles zu betrachten.

Der Dachboden war ein Maleratelier. Es war groß und luftig und sie konnte sich nur ausmalen, wie licht und hell es bei Tage sein würde, erfüllt vom Sonnenlicht und dem Widerschein des Wassers vom Hafen. Es war kühl und friedvoll – ein guter Ort, das spürte sie auf Anhieb. Bemalte Leinwände lehnten ringsum an den Wänden. In der Mitte stand eine Staffelei, darauf ein halb fertiges Gemälde.

Nora war in Kunst nicht sehr bewandert, doch sie konnte sich vorstellen, dass viele Künstler eine halb fertige Arbeit eine Weile ruhen ließen. Was sie jedoch merkwürdig fand, war die Palette mit Farben, die auf dem Tisch neben der Staffelei zusammen mit farbverkrusteten Pinseln lag, daneben ein Glas mit schmutzigem Wasser. Sie sah Kaitlin fragend an.

Diese sagte achselzuckend: »Ist das nicht verrückt? Ich meine, er ist ganz offensichtlich ein richtiger Künstler. Man könnte doch denken, dass er seine Pinsel sauber macht! Sieht es nicht ganz danach aus, als wäre ihm plötzlich eingefallen, dass er noch Milch braucht, und ist daraufhin rasch in den Supermarkt gegangen? Aber anstatt Milch zu kaufen, hat er dann versehentlich sein Haus vermietet und die Stadt verlassen!«

Nora nickte bedächtig. »Du hast recht. Äußerst merkwürdig! Vielleicht liegt seine Tochter ja doch nicht ganz falsch und er ist ein bisschen ... verrückt. Ein Künstler – das erklärt auch dieses umwerfende Haus, den erlesenen Geschmack.«

»Und sieh nur!« Kaitlin winkte Nora vor die Leinwand auf der Staffelei. Darauf war nur der Hintergrund in groben Pinselstrichen erkennbar: lange grün-beige Gräser und Himmel. Aber ganz aus der Nähe betrachtet, konnte sie die mit Bleistift gezeichnete Skizze einer Gestalt im Vordergrund erkennen, eine weibliche Gestalt mit langen, unordentlichen Haaren und einer schlanken Figur, den schwungvollen Bleistiftstrichen nach zu urteilen. Als Nora sie betrachtete, erfasste sie ein merkwürdiger Schauder.

»Wer ist das?«, flüsterte sie. Es gab kein Foto, das als Anhaltspunkt hätte dienen können. Vielleicht hatte ihm jemand Modell gestanden, oder Jones hatte sie aus dem Gedächtnis gezeichnet. Erfahren würden sie es womöglich nie.

»Wir könnten Mrs Watkins fragen«, überlegte Kaitlin, »aber ich weiß nicht, ob ich zugeben möchte, hier drin gewesen zu sein. Nicht, dass ich was angefasst hätte, aber du weißt ja, wie sie ist.«

»Oh Gott, nein! Wir sollten ihr lieber aus dem Weg gehen. Vielleicht finden sich ja Hinweise im Haus, oder wir lernen Jones kennen, wenn er zurückkommt.«

»Möglich«, meinte Kaitlin frustriert.

CHLOE

Auch Iestyn verbrachte den Sommer wieder hier, aber diesmal war Chloe entschlossen, sich von ihm fernzuhalten. Das verlangte ihre Selbstachtung. Außerdem war sie mit etwas anderem beschäftigt – und das war viel aufregender als jeder Junge.

Chloe war davon überzeugt, dass Blossom Jenkins den entscheidenden Schlüssel dafür in Händen hielt, ihr Leben für immer zu ändern. Schon zwei Tage später hatte Megan die nächste Tanzstunde – ihre Leidenschaften waren immer genauso heftig wie kurzlebig – und Chloe bettelte und flehte, mitkommen und zuschauen zu dürfen. Megan war davon nicht gerade begeistert, aber vor ihrer Mutter konnte sie nicht Nein sagen.

Blossom war eine Frau in den Dreißigern und somit älter, als Chloe sie sich vorgestellt hatte. Sie trug nur Schwarz – Caprihose und Rollkragenpulli –, dazu ein elastisches Haarband, das ihr dunkles Haar aus dem Gesicht hielt. Anfangs war Chloe ein wenig enttäuscht: Ihr Bild von Blossom war ein sehr weibliches gewesen, wie aus dem Märchenbuch, in Chiffon und Glitzerschals. Aber sie korrigierte ihre Vorstellung sofort und befand, dass Blossom elegant und niveauvoll war. Außerdem zeigte sie sich mehr als erfreut über Chloes Anwesenheit.

»Du bist ja ein hübsches Ding!«, rief sie aus. »Möchtest du am Unterricht teilnehmen?«

»Das kann sie nicht«, antwortete Megan für sie, »sie kann Sie nicht bezahlen.«

»Nun, dieses eine Mal kann ich eine Ausnahme machen. Es wäre doch albern, wenn du hier nur herumsitzt, Chloe, es sei denn, das wäre dir lieber.«

Als nach der Stunde alle nach draußen drängten, hielt Blossom Chloe am Arm zurück.

»Du hast schon mal getanzt, Chloe«, sagte sie.

»Nein, nie!«, erwiderte Chloe erstaunt. »Ich meine, ich tanze zu Hause immer herum und war im letzten Jahr auf dem Teenagerball hier in Tenby, aber Unterricht hatte ich noch nie. Niemals. Dort, wo ich wohne, gibt es nichts dergleichen, und wir könnten uns das ohnehin nicht leisten. Deshalb noch mal vielen Dank, Miss Jenkins, der heutige Tag hat mir unendlich viel bedeutet.«

»Nun, das ist bemerkenswert«, meinte Blossom. Sie warf den anderen einen Blick hinterher, der nahelegte, dass sie schon verstanden hatte, wie die Dinge zwischen Megan und Chloe standen. Doch die Mädchen entfernten sich bereits langsam im Rudel und erzählten sich irgendeinen Skandal. »Es sieht bei dir sehr vielversprechend aus, und wenn du übst, könntest du eine gute Tänzerin werden.«

Gegen das Leuchten, das sich auf ihrem Gesicht ausbreitete, war Chloe machtlos. Genau das zu hören, davon hatte sie ihr Leben lang geträumt. »Oh Miss Jenkins, *danke*. Wie viel kostet denn der Unterricht bei Ihnen, Miss Jenkins? Ich habe Feriengeld, Sixpence. Wenn es auch nur für eine Stunde reicht, würde ich es dafür ausgeben und mir dann keinen einzigen Milchshake genehmigen.«

»Nenn mich bitte Blossom, Chloe, und ich werde deine Sixpence nicht nehmen. Du bist nur für drei Wochen hier. Du bist jederzeit willkommen und kannst teilnehmen, wann immer du möchtest.«

Als Chloe an diesem Abend der Familie Blossoms Angebot unterbreitete, war Megan alles andere als glücklich darüber. Chloe war kein berechnendes Mädchen, aber doch so vernünftig, dass sie es erst erzählte, als alle beim Tee zusammensaßen, und nicht nur Megan allein. Instinktiv wusste sie, dass sich in diesem Fall die Tanzstunden-Termine auf rätselhafte Weise geändert hätten, sodass Chloe sie verpasste.

»Ach Megan, was ist so schlimm daran?«, fragte Tante Susan ihre Tochter, als sie deren sauertöpfische Miene sah. »Ich finde, das ist sehr freundlich von Miss Jenkins. Chloe wird dir nicht in die Quere kommen.«

»Es geht dabei doch ums Prinzip!«, erwiderte Megan angewidert. »Es ist einfach ungerecht, dass für einige Ausnahmen gemacht werden, während der Rest von uns bezahlen muss, wie alle anderen auch.«

»Sei dankbar, dass du zahlen *kannst*«, entgegnete ihre Mutter scharf. »Ich glaube, du vergisst manchmal, wie privilegiert ihr seid, du und dein Bruder, Megan. Wenn es dir um so etwas wie ›Gerechtigkeit‹ geht, dann denk bitte dran, dass es nicht allen *möglich* ist, Tanzstunden, hübsche Kleider und Bücher zu bekommen. Ich bin nicht so aufgewachsen.«

Chloe rutschte auf ihrem Stuhl herum und wünschte sich, Blossom hätte ihr nie dieses Angebot gemacht. Megan wirkte hitziger denn je.

»Megan-Schatz«, sagte Onkel Harry, dessen Englisch jetzt ausgezeichnet und fast akzentfrei war. »Du hast doch Freude an deinen Tanzstunden, nicht?« Megan nickte, ohne ihn anzusehen. »Also, dann hab auch weiterhin Freude daran. Es ist im Leben immer das Beste, sich auf das zu konzentrieren, was *man selbst* tut, anstatt sich Gedanken darüber zu machen, was andere haben oder nicht haben. Nichts kann dir das Tanzen nehmen. Und wer weiß, vielleicht wird der Spaß daran ja sogar größer, wenn deine Cousine dabei ist.«

Megan lächelte zaghaft. »Vielleicht, Vater, danke.«

»Das ist mein gutes, liebes Mädchen.«

»Darf ich bitte aufstehen, Mutter? Ich habe Christine versprochen, sie heute Abend zu besuchen.«

»Du darfst.«

Als sie gegangen war, wandte Susan sich an Onkel Harry. »Sie wird immer verwöhnter, Heinrich, und recht aufsässig. Dieser Zug an ihr gefällt mir nicht.«

»Ach, meine Liebe.« Einen Moment lang legte er seine Hand auf ihre. »Wir werden sie weiterhin lenken, und vielleicht gibt sich das wieder. Es ist schließlich ein empfindliches Alter mit vielen Veränderungen. Lass uns weiterhin das Beste in ihr sehen, denn es gibt vieles, worauf wir stolz sein können.«

»Vielleicht sollte ich nicht hingehen …«, sagte Chloe besorgt. »Ich möchte Megan nicht verärgern.«

Tante Susan zuckte zusammen, als hätte sie vergessen, dass Chloe hier war. »Unsinn. Seit deiner Tanzstunde strahlst du die ganze Zeit, Chloe. Megan ist einfach bloß egoistisch. Geh du nur und genieße es; du hast nicht oft Gelegenheit dazu. Megan wird sich damit abfinden, und dein Onkel hat recht, sie wird sich freuen, dich dabei zu haben.«

Dessen war Chloe sich nicht so sicher, aber sie war froh, dass ihre Tante und ihr Onkel Verständnis für sie hatten. Sie entschuldigte sich ebenfalls. Inzwischen sollte Llew wieder zurück sein und sie wollte ihn sehen. Im Flur hörte sie, kurz bevor die Esszimmertür sich schloss, ihre Tante noch sagen: »Ich bin enttäuscht von Megan. Sehr enttäuscht.«

»Du weißt doch, was es ist, Ma«, erwiderte Richard auf seine lässige Art. »Sie ist neidisch.«

Chloe zog die Tür sanft ins Schloss. Lauschen war nicht recht. Doch als sie nach oben ging, um ihren Pullover zu holen, wünschte sie, sie hätte mehr gehört. Neidisch? Megan, die alles hatte? Worauf? Auf wen?

»Auf dich, Dummerchen!«, sagte Llew am folgenden Tag, als sie am Strand saßen, wie die Tradition das vorschrieb. Sie aßen sich pflichtschuldig durch mehrere Stücke Hähnchenpastete und Zitronenkuchen und Äpfel und dicke Scheiben Cheddarkäse und spülten alles mit Ingwerlimonade hinunter.

Chloe musste so heftig lachen, dass sie zu ersticken glaubte und Llew ihr auf den Rücken klopfen musste.

»Igitt«, stöhnte sie, als sie wieder Luft bekam. »Das war schrecklich.« Sie setzte sich auf und atmete tief durch, wobei sie merkte, dass ihr Speichel übers Kinn lief. Sie tupfte diesen geziert ab.

»Nun, die Alternative wäre gewesen, dich sterben zu lassen«, meinte Llew achselzuckend. »Die Entscheidung liegt natürlich bei dir. Was war übrigens so lustig?«

»Du! Megan und neidisch auf *mich*. Du bist ja bekloppt, Llew Jones. Sie hat doch *alles*! Sie ist hübsch, sie hat wunderbare Kleider, sie hat tausend Freundinnen, sie lebt in Tenby. Die Jungs mögen sie. Sie bekommt alles, was sie sich nur wünscht. Ich bin arm, ich bin zu jung, um Jungs aufzufallen, und ich kann mir nichts von den hübschen Sachen leisten, die sie hat. Erzähl mir also nicht, dass sie neidisch auf mich sei. Erzähl mir lieber von London.«

Llew zuckte wieder mit den Achseln. Er schien von Jahr zu Jahr rätselhafter zu werden. »Du liegst falsch und ich habe recht«, sagte er, »aber ich kann es dir nicht erklären, also wirst du einfach abwarten müssen. London war irre. Es fühlt sich an, als wäre dort alles möglich. Mein Vater hat mich mit in eine Fotoausstellung genommen. Eine ganze Galerie voller großformatiger hervorragender Fotografien. Kannst du dir das vorstellen, Chloe? Das ist der Ort, wo ich eines Tages sein muss, wenn ich möchte, dass mein Traum wahr wird. Und das werde ich auch. Das konnte ich mit jedem Atemzug und jedem Schritt über den Asphalt spüren.«

»Natürlich wirst du das. Ich kann das auch spüren und ich brauche keinen Asphalt unter meinen Füßen, um das zu wissen. Du wirst einmal der Beste sein.«

»Danke, Chlo.« Und sein Dank lag auch in seinem Lächeln, so warm, wie es nur selten war.

»Jetzt erzähl mir von deiner Mam. War es seltsam, sie zu sehen? War es nett?«

Llew flüchtete sich in sein gewohntes nachdenkliches Schweigen. »Es war vor allem äußerst seltsam, sie zusammen mit Dad zu sehen«, meinte er schließlich. »Ich meine, sie waren doch mal verheiratet. Und jetzt sind sie stattdessen nur noch ... zwei Leute. Sie waren sehr höflich zueinander, dann brach Dad zu seiner Sitzung auf und Mum ging mit mir in den Hyde Park. Wir wanderten um den See und setzten uns mit einem Eis auf eine Bank. Sie fragte mich über die Schule aus und darüber, was ich mag und was nicht. Und das machte mich nachdenklich.«

»Dich macht doch *alles* nachdenklich«, zog Chloe ihn liebevoll auf, um die Stimmung aufzuhellen.

Er lächelte zerstreut. »Ich weiß. Aber es gibt doch auch so *vieles*, worüber man nachdenken muss! Ich überlegte mir, was es heißt, Eltern zu sein. Dad müsste ich diese Dinge gar nicht erklären, weil er jeden Tag hier ist und sie kennt. Wenn ich zu ihm sage: ›Chloe und ich hatten heute einen Guten Geldtag‹, dann muss ich nicht erklären, was ich damit meine. Und das gab mir das Gefühl ...«

Er ließ den Satz unbeendet und Chloe wusste, es lag nicht an Llews nachdenklicher Stimmung. Er sah aus, als bedauerte er, bereits zu viel gesagt zu haben.

»Was ist denn?«, hakte sie flüsternd nach und ergriff seine Hand.

Verwirrung stand in seinen Augen. »Es gab mir das Gefühl, als wäre sie nicht mehr meine Mutter«, gab er zu. »Ich verstehe es nicht, Chloe. In meinen *Gedanken* war sie immer meine Mutter, denn das ist sie ja schließlich auch, nicht wahr? Aber eine wirkliche Mutter würde das alles *wissen*. Sie wüsste, wie sehr ich die Schule hasse und wie sehr mich die Kinder hänseln. Sie würde wissen, dass alles besser aussieht, wenn man es durch eine Linse betrachtet, weshalb ich losziehe und die Welt auf diese kleinen Quadrate banne, sodass ich mir jedes Bild einzeln ansehen kann. Auf diese Weise wird sie erträglich für mich. Sie würde wissen, dass meine beste Freundin draußen auf dem Land lebt und ich sie nur drei Wochen im Jahr zu Gesicht bekomme ... Mütter *wissen* solche Dinge.«

Chloe wusste nicht, was sie sagen sollte. Also nickte sie und umarmte ihn und die beiden saßen lange Zeit schweigend nebeneinander und schauten aufs Meer hinaus. Und während sie so dasaßen, kam sie zu dem Schluss, dass er recht hatte und Muttersein bedeutete, sein Kind jeden einzelnen Tag für den Rest des eigenen Lebens zu lieben und zu kennen. Und sie war sich plötzlich nicht mehr so sicher, ob es das war, was sie sich selbst wünschte. Angenommen, man hätte ein

Kind wie Llew – empfindsam und klug – und ließe es dann im Stich. Oder man hätte ein Kind wie Megan und hätte es dann am Hals! Familien konnten kompliziert sein mit ihren Rissen und Zwistigkeiten. Aber wenn sie eins mit Sicherheit wusste, dann, dass sie Llew nie, niemals verletzen würde.

NORA

An ihrem ersten Tag im blauen Haus wurde Nora von prasselndem Regen geweckt. Tenby! Sie sprang aus dem Bett und schaute aus dem Fenster. Der Hafen war grau, die Boote waren grau, Castle Hill, die Straße und die Autos – alles Grau in Grau. So viel also zu ihren Plänen, vor dem Frühstück einen Strandspaziergang zu machen …

Sie streifte eine Fleecejacke über und tapste barfuß nach unten. Das Auspacken hatte sich am gestrigen Abend auf das Suchen ihrer Zahnbürste beschränkt, die Pantoffeln waren noch nicht aufgetaucht. Auf der Kücheninsel fand sie eine Notiz von Kaitlin.

Mache eine Doppelschicht, bin aber um neun zu Hause. Bedien dich am Kühlschrank etc. Schönen Tag! Warnung: Engländer können sich im walisischen Regen auflösen. xx

Dabei bin ich ja zur Hälfte Waliserin!, dachte Nora lächelnd. Sie kramte herum und entdeckte, dass Kaitlin in nur drei Tagen einen bemerkenswerten Lebensmittelvorrat angelegt hatte. Vielleicht war es der Tatsache geschuldet, dass ihr Vater Koch war. Bei sich zu Hause hätte Nora den Kühlschrank schon mit einem halben Liter Milch, etwas Käse und ein paar Tomaten als gefüllt empfunden.

Abgesehen vom gnadenlos herunterprasselnden Regen war es ganz still im Haus.

Aber der Regen passte Nora gut an diesem Tag. Sie packte ihre Sachen aus und verteilte sie. Danach streifte sie durchs Haus, bis sie sich überall auskannte. Sie erstellte eine Liste all dessen, was sie einkaufen musste, und eine weitere für die anstehenden Aufgaben. Und als sie auf diese Weise ihre Freude an Listen wiederentdeckt hatte, legte sie noch eine dritte an: mit den Dingen, die sie tun *wollte*.

Handarbeit, notierte sie, weil sie sich daran erinnerte, dass sie in der Schule Freude daran gehabt hatte, dann kaute sie an ihrem Stift. Was machte man, wenn man keiner Arbeit nachging? Was machte man, wenn man das Leben in vollen Zügen genoss, sich mit Selbstfindung und so weiter beschäftigte?

Optionen ausloten. Das war schwer. Sollte sie nicht eigentlich vor lauter unerfüllten Träumen überquellen, die alle nur so nach Aufmerksamkeit schrien, jetzt, da sie endlich Zeit hatte für sie? Vielleicht war sie einfach keine besonders inspirierte Persönlichkeit.

Kajak fahren.

Nun, drei Punkte waren schon mal ein Anfang.

Als sie sich so weit wie möglich eingerichtet hatte, rief sie ihre Großmutter an. Wegen der sich überstürzenden Ereignisse war sie in der vergangenen Woche doch nicht auf Besuch bei ihr gewesen. Und obwohl sie sich von Kingston aus bei ihr für das Geburtstagsgeschenk, einen wunderschönen Pashmina-Schal in Noras sämtlichen Lieblingsfarben, am Telefon bedankt hatte, ließ sie Tenby dabei unerwähnt. Darüber wollte sie erst sprechen, wenn sie tatsächlich dort wohnte.

Die Stimme der alten Frau wurde munter vor Freude, als Nora sich meldete. Das war immer so.

»Oh Nora! Es ist schön, wieder von dir zu hören. Wie geht es dir, *cariad*?«

»Wirklich gut, danke, Gran. Und dir?«

»Ach, ich kann nicht klagen, weißt du, es könnte schlimmer sein. Aber ich bin froh, wenn dieser Regen endlich nachlässt und ich wieder in den Garten hinausgehen kann. Wenn es den bis dahin nicht weggewaschen hat!«

Von einem Besuch vor langer Zeit hatte Nora noch dunkel Lavendel und Stiefmütterchen vor Augen, die sich ums Haus zogen, und daneben altmodische Gemüsebeete.

»Ja, ist das nicht scheußlich?«, sagte sie. »Ich starre aus dem Fenster und kann gar nicht glauben, dass es jemals aufhören wird!«

»Dann ist es wohl in London genauso schlimm?«, meinte ihre Großmutter mitfühlend.

»Ich bin gar nicht in London, Gran. Ich habe ein paar Neuigkeiten zu berichten.«

»Oh! Und welche sind das, Kindchen?«

Kindchen. Selbst mit vierzig war sie noch immer Grans Kindchen. Das gefiel ihr. Ihre Großmutter klang aufgeweckt und interessiert, sie zeigte immer Interesse an Nora. Und Nora fühlte sich plötzlich elend, weil sie den Kontakt zu ihr nicht besser gepflegt hatte. Aber schließlich war in ihrem alten Leben dafür auch nicht wirklich Zeit gewesen. Und was hätte sie überhaupt sagen sollen? *Ich arbeite immer noch. Noch mehr als früher.* Nicht gerade ein erbaulicher Austausch.

»Ich bin in Tenby, Gran!«

Es folgte eine kleine Pause. »Tenby? Das gibt's doch nicht! Was hat dich denn dorthin verschlagen, Kindchen? Eine Konferenz? Oder ein Kurzurlaub? Wirst du mich besuchen, solange du dort bist? Aber nur, wenn du Zeit dafür hast. Ich weiß ja, wie beschäftigt du bist, und da ist Freizeit sehr kostbar.«

Nora zog die Stirn kraus. *Wie schrecklich*, dachte sie erschüttert. Ihre Großmutter war so bescheiden, so anspruchslos, sie bat nie um etwas. Und bekam demgemäß auch nur sehr wenig. Und Nora gelobte sich an Ort und Stelle, das zu ändern. »Nein, es ist weder eine Konferenz, noch bin ich im Urlaub. Ich wohne hier in Tenby, jedenfalls für die nächsten drei Monate.«

Eine längere Pause. Dann ein plötzlicher Ausbruch, den Nora nur als Freude beschreiben konnte. »Oh Nora! Das ist ja wunderbar! Du hast mir den Tag gerettet! Aber was hat dich dann hierhergeführt? Ich hätte nicht gedacht, dass es für eine Senkrechtstarterin wie dich hier einen Job gibt. Ah! Du hast einen netten Mann kennengelernt, ist es das?«

Nora lachte. »Nein, nichts dergleichen. Eigentlich ist es eher ein Zufall, aber ich würde dich gern besuchen und dir dann alles erzählen.«

»Ja, natürlich! Ich gehe nicht mehr oft aus dem Haus, also komm, wann immer du möchtest!«

Am Montag hörte der Regen endlich auf und Nora brach auf nach Nant-Aur. Die Landschaft glänzte, wie das nur nach einem heftigen Regenguss möglich war. Über die Straßen rann das Wasser, die Hecken funkelten und der Himmel war strahlend klar. Nora fuhr durch große blaue Pfützen, musste lachen, als ein tief hängender Ast übers Wagendach schrammte und sich ein Schauer über ihre Windschutzscheibe ergoss, und fing an, während der Fahrt zu singen. Es war lange her, seit Nora zuletzt gesungen hatte. Auf den Straßen war nichts los, und ohne sich besonders beeilt zu haben, traf sie gegen elf Uhr ein.

Bevor sie ausstieg, verweilte sie noch ein wenig und betrachtete das Postkartenidyll von einem Cottage. In jüngeren Jahren war sie mit ihrer Mutter ein paar Mal hergekommen, doch die Erinnerungen daran waren verschwommen. Ihre Großeltern hatten sie häufig in London besucht und Nora konnte sich nach ihrem vierzehnten Lebensjahr an keine Reise mehr nach Nant-Aur erinnern. Vor sieben Jahren hatte ihre Mutter einige Zeit hier verbracht, nachdem ihr eigener Vater gestorben war, aber da hatte Nora schon gearbeitet und sich lediglich für die Beerdigung freigenommen, an die sie sich nur undeutlich erinnern konnte. Nur daran, wie erschütternd es war, ihren ruppigen, immer hart arbeitenden Großvater zu verlieren.

Dies war der Ort, wo ihre Mutter aufgewachsen war. Kaum zu glauben, denn Jasmine ohne den Trubel von London in greifbarer Nähe, ohne Konzerte, Restaurants und Galerien war undenkbar – ganz zu schweigen von den diversen Flughäfen, die ihr jederzeit erlaubten, einfach irgendwohin zu fliegen.

Eine gestreifte Katze tigerte über den Hof und blieb, erzürnt über den Anblick einer Fremden, abrupt stehen. Sie war sehr hübsch und wusste das auch: grau, weiß und schwarz mit blaugrünen Augen und sehr weißen Barthaaren. Und plötzlich erfasste Nora ein Wohlgefühl.

Sie stieg aus und nahm die Geschenke, die sie für Grandma mitgebracht hatte, vom Rücksitz. Eine große Schachtel edle Pralinen, eine Flasche Baileys, Brot aus einer guten Bäckerei. Eine Vase aus ihrem Lieblingsladen – sehr hübsch mit einem zarten ineinanderfließenden Schmelz in Blau und Rosa. Abschließen konnte sie mit ihren vollen Händen nun nicht mehr, aber das war hier auch nicht nötig. Unvermittelt änderte sich die Einstellung der Katze ihr gegenüber und sie strich ihr um die Knöchel, ein geschmeidiger, anschmiegsamer Liebesbeweis.

Die Haustür flog auf. »Nora! Du bist da!« Ihre Großmutter war außer sich vor Freude, das verrieten ihre leuchtenden Augen und die fröhliche Stimme. »Ooh, sie wird dir gleich ein Bein stellen, sieh dich vor! Aus dem Weg, Rhiannon! Lass dir was abnehmen, Kindchen.«

Gwennan war klein und rundlich, ihr langes weißes Haar war zum Dutt aufgesteckt und ihre blauen Augen funkelten wie die von Jasmine. Ihre faltige Haut war weich und sie trug ein Kleid, Pantoffeln und dazu eine Schürze wie in den alten Zeiten. Der Duft von Gebackenem erfüllte die Luft. Es war wie eine Zeitreise in die Vergangenheit.

»Ooh, garstiger Wind, trotz Sonnenschein«, schimpfte Gwennan auf das Wetter und sperrte das Frühlingslüftchen aus. »Komm rein, *cariad*, komm rein.«

Zwanzig Minuten später saßen sie am Küchentisch vor Bechern mit heißem Tee und Schokoladenkuchen, frisch aus dem Ofen.

»Du hättest dir keinen besseren Zeitpunkt aussuchen können!«, freute sich Gran. »Ich dachte mir, back ihn heute, und wenn du dann morgen kommst, wäre er noch immer frisch. Aber warm aus dem Ofen schmeckt er doch am besten, nicht wahr, Kindchen?«

Mit vollem Mund und in Vorfreude auf das nächste Stück konnte Nora dem wohl kaum widersprechen. Jemandem Brot mitzubringen, der so gut backen konnte, war wie Eulen nach Athen zu tragen, überlegte sie, aber Gran schien sich über alle Geschenke zu freuen.

»Du verwöhnst mich, Kindchen, das sollst du doch nicht!«, rief sie.

»Vor allem jetzt nicht, ohne Arbeit, da zählt doch jeder Penny. Aber natürlich trink ich gern mal ein Schlückchen Baileys, vor allem im Kaffee, wenn Winnifred vorbeikommt.« Auch die Vase war ein voller Erfolg. Sie stellte sie gleich auf den Fenstersims in der Küche, wo sie das zaghafte Frühlingslicht einfing. »In einem Monat wachsen dort hinten die Blauglöckchen. Kannst du dir deren Farbe hier drin vorstellen?«

Nora konnte. Die Küche war luftig und sonnendurchflutet. Es gab einen altmodischen schwarzen Eisenherd und Holzregale, auf denen Kochbücher und Arbeitsgeräte und Gläser mit Grundnahrungsmitteln wie Reis und Nüssen in Reih und Glied standen. Sie entdeckte auch ein Stundenglas aus Mahagoni, das genauso aussah wie ihres, nur mit pfirsichfarbenem anstatt blauem Sand. Dieses Bindeglied verschiedener Zeiten entlockte ihr ein Lächeln.

Grandma sah, worauf ihr Blick gerichtet war. »Das hat Chloe uns aus Tenby mitgebracht. Sie hatte es aus einem Souvenirladen dort. Oh, für dich hört es sich vermutlich seltsam an, wenn ich sie so nenne. Aber ich kann mich nicht dazu überwinden, sie Jasmine zu nennen, nicht mal nach so langer Zeit. Sie liebte diese Stundengläser.«

»Das kann ich mir denken. Wir haben auch eins, mit blauem Sand. Du bist gern hier, Gran, nicht wahr?«, stellte Nora fest, denn sie sah eine Frau, die im Einklang mit dem Ort war, an dem sie lebte.

Doch zu ihrer Bestürzung machte sie ein langes Gesicht. »Das bin ich, Kindchen, das bin ich, aber ich weiß nicht, wie lange ich noch hier sein werde.«

»Was meinst du damit? Du bist doch nicht krank, Gran? Oder gibt es da etwas, das du mir nicht erzählt hast?«

»Nichts dergleichen, nein, aber ich frage mich, ob ich das hier noch länger bewirtschaften kann. Ich bin jetzt dreiundneunzig, weißt du. Ich habe Glück gehabt und eine bessere Gesundheit als die meisten, aber um ein altes Haus wie dieses muss man sich ständig kümmern, und die Jungs sagen mir immer, ich wäre mit einer kleinen Wohnung in Carmarthen besser bedient.«

»Eine kleine …? Nein, das wärst du *nicht*!«, entrüstete sich Nora. »Du wärst nicht glücklich! Tut mir leid, Gran, das ist ein wenig anmaßend. Ich habe dich eine Ewigkeit nicht gesehen und stelle Vermutungen an. Aber ... wärst du *gern* in einer Wohnung in der Stadt?«

»Nein, Kindchen, du hast ganz recht, das ist nichts für mich. Aber ich denke, die Zeit wird kommen. Auch wenn ich es mir anders wünsche. Ich hoffe, hier zu sterben. Oh, ich wollte nicht makaber sein«, beeilte sie sich hinzuzufügen, als sie Noras Gesichtsausdruck sah. »Wenn du mich für eine dieser Alten hieltest, die immer nur vom Tod sprechen, kämst du mich nicht mehr besuchen. Es ist nur so, dass man in einem gewissen Alter einfach daran denkt. Es macht mir auch nichts aus, denn ich hatte ein gutes Leben. Doch ich hoffe eben, dass ich hierbleiben kann, bis ich gehe. Mein ganzes Leben ist hier in diesem Haus.«

»Also mir gefällt es«, sagte Nora, »und ich denke, es passt zu dir. Und solltest du bei irgendwas Hilfe benötigen, solange ich hier in der Nähe bin, lass es mich wissen. Das ist mein Ernst.«

»Danke, du bist ein liebes Mädchen. Aber ich komme tatsächlich besser zurecht, als die Jungs denken. Alle vierzehn Tage kommt Rick Evans aus dem Dorf und kümmert sich um den Garten – ich bezahle ihn mit Crumpets! Ich kann es mir leisten, ihn richtig zu bezahlen, aber er sagt Nein. Er ist verrückt nach diesem Hefegebäck! Und Sally Farrell besucht mich einmal in der Woche und macht sauber. Winnifred bringt mir Eintöpfe und so und ich muss nicht mehr ständig kochen. Und so komme ich gut zurecht. Aber versuch mal, *denen* das klarzumachen.«

Nora nickte. Sie wusste, dass damit ihre Onkel gemeint waren, die sie kaum kannte. Der eine lebte in Swansea und der andere in Manchester. Sie wollte mehr Hilfe anbieten, versprechen, einmal in der Woche herzufahren und erledigen, was nötig war. Aber was würde sie in drei Monaten tun? Wo würde sie dann sein?

»Ich weiß auch nicht, was mich erwartet, Gran. Wenn ich meine Wohnung nicht vermiete, stehe ich in ein paar Monaten ohne Geld da.«

»Aber dafür hast du Zeit«, wandte ihre Großmutter ein. »Und das bedeutet mehr als alles andere, Nora, das wirst du merken, wenn du, so Gott will, in mein Alter kommst. Du hast so viele Jahre so hart gearbeitet. Oh ja, das ist der Lauf der Dinge, ich weiß, nun, war es wohl schon immer. Junge Leute müssen weggehen und ihren Weg in der Welt finden. Aber Zeit ist kostbar, Nora, also genieße sie, solange sie dir gehört.«

»Das habe ich auch vor!«, erklärte Nora und schnitt sich ein zweites Stück vom Kuchen ab.

»Ach, du bist wie deine Mutter! Sie war immer ganz versessen auf den Kuchen. Vergeblich hab ich mich bemüht, es ihr abzugewöhnen, damit sie stattdessen Brot isst. Aber sie war so ein dürres kleines Ding und brauchte sich nie Gedanken wegen ihres Gewichts zu machen, ganz anders als ich.«

»Oder ich. Wenn Mum mich jetzt sehen könnte, wäre sie außer sich. Aber weißt du, was seltsam ist? Ich habe in den letzten Wochen wie ein Pferd gegessen und trotzdem kein Gramm zugenommen. Ich denke, es liegt am vielen Wandern, und weil ich was Anständiges esse, anstatt eingeschweißte Sandwiches.«

»Nun, du hast eine reizende Figur, Kindchen, da würde ich mir keine Sorgen machen. Und auch ein hübsches Gesicht, aber dein Papa war ja auch ein gut aussehender Mann. Kannst du denn zum Mittagessen bleiben, *cariad*?«

Nora bot ihre Hilfe an, die aber schlankweg abgelehnt wurde. Also setzte sie sich an den Tisch, wie sie das schon als Kind getan hatte, und plauderte, während Grandma umherwuselte und ein Essen zauberte. Sie erzählte ihr von Kaitlin und dem fabelhaften Haus mit der lächerlichen Miete, ihrem rätselhaften abwesenden Vermieter und seiner missmutigen Stellvertreterin Mrs Watkins. Sie erzählte ihr von dem unfertigen Gemälde im Dachboden, an dem die Arbeit allem Anschein nach abrupt unterbrochen worden war. Schließlich kam sie auf ihre eigenen Pläne zu sprechen und gab zu, dass diese bis jetzt noch nicht existieren, es sei denn, man zählte Strandspaziergänge und Besuche im Café dazu. Gwennan schien keine Einwände zu haben.

Bei Salat mit gebratenem Hähnchen und neuen Kartoffeln erzählte sie Gran von London und ihren Panikattacken und Beklemmungen.

Auch dass sie mit Simon Schluss gemacht und ihren Job einem bloßen Impuls folgend aufgegeben hatte, weil sie vor ihrem geistigen Auge das Meer sehen konnte, beichtete sie ihr.

»Mein gesunder Menschenverstand sagt mir, dass ich ein Risiko eingegangen bin«, schloss sie, »aber ich kann nicht leugnen, dass ich mich besser fühle. Und nachdem es mir ein Jahr lang so elend ging, finde ich das so in Ordnung. Mum versteht es nicht. Ich weiß ja, dass das einen exzentrischen Eindruck machen muss –«

»Du bist ein sehr verantwortungsbewusstes Mädchen, Nora, das warst du schon immer. Ich weiß nicht, wie die Leute heutzutage mit diesem Tempo mithalten können. Wir dachten damals, wir hätten es schwer, als die Leute in den Minen und bei der Eisenbahn und auf den Bauernhöfen arbeiteten – das war wirklich Knochenarbeit –, aber jetzt ist es wohl genauso schlimm, nur dass der Druck auf der Seele lastet, anstatt auf dem Körper. Keiner kann sich seiner Anstellung mehr sicher sein, es gibt keine Gewissheit mehr. Diese ständige Hast ist nicht richtig, immer in Angst, die Lebensgrundlage zu verlieren, immer versuchen, das Unmögliche zu tun, um zu beweisen, dass man engagiert ist. Unmenschlich wird diese Welt.«

Gran sah etwas müde aus. »Lass mich abwaschen, Gran. Leg dich doch hin und mach ein Nickerchen.«

»Nein! Ich möchte keine einzige Minute mit dir verpassen. Schlafen kann ich auch, wenn du weg bist.« Aber sie wirkte blass und Nora sah ihr an, dass das Reden sie anstrengte.

»Ich kann bis zum Abend bleiben, Gran, ehrlich, ich habe keine Eile. Warum döst du nicht ein wenig, während ich abwasche, und später wecke ich dich dann mit einem Kaffee?«

»Wirklich? Ach, was für ein Tag. Na gut, dann mach nur. Ich habe es mir angewöhnt, nach dem Mittagessen ein kleines Schläfchen im Wohnzimmer zu halten. Als Daf noch lebte, war es immer unser gutes Zimmer, weißt du, aber jetzt fände ich es schade, wenn es nicht benutzt würde.«

Also wusch Nora das Mittagsgeschirr ab und ging dann nach draußen und schlenderte durch den Garten, um Gran eine längere Ruhepause zu gönnen. Allem Anschein nach war Rick Evans sein Gewicht in Crumpets wert. Die Gemüsebeete waren sauber unterteilt und Nora fand den Anblick der nackten dunklen Erde irgendwie aufregend. Was für ein Potenzial. Selbstversorger! Die Vorstellung, dass hier in ein paar Monaten Dinge wuchsen, die man tatsächlich essen konnte! Ohne die Zwischenhändler von Starbucks oder Pret a Manger. Es war eine Welt, die so anders war als die von Nora. Aus den blassgrünen Schösslingen, die sich um hohe Pfähle wanden, wurden Stangenbohnen, das wusste sie, und irgendwann im Jahr gab es auch Blumen. Als sie klein war, hatte Grandpa sie herumgeführt und ihr gezeigt, wo der Kohl wuchs und wo die Kartoffeln, aber so viele Jahre später konnte sie sich daran nicht mehr erinnern.

Die kleinen Blumenbeete rund ums Cottage prunkten bereits mit Farbe: dunkelblaue Glockenblumen, Anemonen in Hellrosa, Indigo und dunklem, samtenem Rot. Doch am besten gefiel Nora der sanfte Hang, der vom nahegelegenen Wald zum Cottage führte. Darauf wiegte sich ein leuchtend gelbes Feld von Narzissen im Lufthauch. Eine kleine Gartenbank aus Gusseisen, feucht und von Spinnweben überzogen, blickte in diese Richtung. Sie wischte oberflächlich mit dem Ärmel darüber und setzte sich dann trotz der Kälte nieder, nur um zu schauen und zu atmen und zu sein. Jennifer würde sie dafür loben!

Rhiannon kam angeschlichen, miaute leise und sprang auf Noras Schoß. Sie drehte sich ein paar Mal im Kreis, bevor sie sich wie ein huldvoller Buddha zusammenrollte. »Du Schöne«, murmelte Nora, »du meine hübsche Schöne ...«

Rhiannon fing wie ein kleiner Traktor zu schnurren an. Amseln trällerten drängend und fröhlich. Hinter ihr im Haus schlief ihre Großmutter. Nora biss sich auf die Lippe und beschwor Bilder von ihrer Wohnung herauf, von ihrem Blick auf Abflussrohre, ihrem vollgestopften Flur, der geschäftigen Straße draußen, und konnte nichts Verlockendes darin erkennen. Das machte ihr Angst. War es denn schon *immer* das Falsche für sie gewesen? Oder hatte es sich einfach im Lauf der Zeit dazu entwickelt? War es überhaupt falsch für sie oder ließ sie sich nur von einer neurotischen Laune mitreißen?

Oh Gott, die Vorstellung, ihrer Mutter zu erklären, dass sie einfach so nach Wales umgezogen war! Jasmine hatte über Wales nicht viel Gutes zu sagen. Ihren Äußerungen nach gab es dort nichts als Regen und engstirnige Menschen, die einem in den Rücken fielen. Nora wunderte sich. Warum musste ihre Mutter zu allem eine derart extreme Einstellung haben? Es war sogar ganz leicht, zu vergessen, dass Jasmine – oder Chloe, wie sie für ihre Familie hieß – überhaupt aus Wales stammte. Jede Spur eines Akzents war längst verschwunden, und für sie war London der Nabel der Welt. Dass ihre Mutter hier aufgewachsen war, wollte Nora nie in den Kopf, weil es so unpassend war: die urbane, Menschen liebende Jasmine hier, weit weg von allem.

Aber als sie jetzt hier in der jungen Märzsonne saß, umgeben von Vögeln und Blumen, fragte sie sich, wie Jasmine jemals hatte weggehen können.

CHLOE

Aus Gründen, die nur Blossom kannte – *unbegreiflichen* Gründen, urteilte Megan – fand sie Gefallen an Chloe. Nicht nur, dass sie ihr erlaubte, in den Tanzstunden hinter den Mädchen herumzuhüpfen, sie lud sie sogar zum Tee zu sich nach Hause ein!

Chloe war vernarrt in sie. Blossom war jenes seltene und wunderbare Geschöpf – eine Tänzerin! Und sie war eine erwachsene Frau, frei von der Last einer Familie. Kein mürrischer Ehemann, der bekocht werden musste, keine rotzfrechen Bengel wie Clark und Colin, um die man sich kümmern musste, keine verwöhnte Tochter wie Megan, die mit Samthandschuhen angefasst werden musste. Eine solche Person hatte Chloe noch nie getroffen. Daheim in Nant-Aur hätte man sie einen Blaustrumpf genannt und die Leute hätten hinter ihrem Rücken den

Kopf geschüttelt und in sorgenvollem Ton »armes Würstchen« gemurmelt. Aber Chloe fand, dass Blossom fabelhaft war.

In ihrer kleinen Wohnung in der Station Road herrschte fröhliches Chaos. Ballettschuhe und Teller mit halb gegessenen Mahlzeiten, Zeitschriften, Bücher und Porzellanfiguren belegten sämtliche Oberflächen. Einige wichtige Dinge fehlten hingegen, wie etwa ein anständiger Sessel, aber als Chloe nach einer Sitzgelegenheit Ausschau hielt, deutete Blossom auf die Matratze, die auf dem Boden lag. Darauf nahmen sie nebeneinander Platz, Teetassen und eine Keksschachtel standen zwischen ihnen auf dem Fußboden. Ihre Mutter wäre entsetzt gewesen.

Die Wände schmückten Bilder von Berühmtheiten, die, wie Chloe vermutete, Tänzer oder Filmstars sein mussten. Die Einzige, die sie erkannte, war Audrey Hepburn.

»Oh, Sie sehen aus wie sie!«, rief sie begeistert. »Nur sogar noch hübscher!«

»Das ist aber nett. Was für eine reizende Bemerkung!«

Blossom erzählte ihr Geschichten von ihren Auftritten vor Soldaten während des Krieges in Cabarets und von ihren verrückten Eskapaden in New York, als sie noch keine zwanzig war.

»Ich bin nicht lang dortgeblieben«, gestand sie. »Ich war gut, aber nicht gut genug, um es im Big Apple zu was zu bringen. Was für eine außergewöhnliche Stadt ... Um dort zu überleben, musst du die Beste sein.«

»Ich kann mir niemanden vorstellen, der besser tanzt als Sie!«, wandte Chloe ein.

Blossom lachte. »Gott segne dich, meine Süße, du bist sehr freundlich. Aber du kannst dir wirklich nicht vorstellen, wie *hart* das Leben dort ist. Doch bereut habe ich es nie. Bereue nie etwas, Chloe, mach einfach immer weiter. Ich habe Cyd Charisse getroffen, weißt du, in einer Cocktailbar in Manhattan. Ich habe sogar mit Cyd Charisse *getanzt!*«

»Wer ist das?«, wollte Chloe wissen, geblendet vom Gedanken an eine Cocktailbar. In Nant-Aur gab es gerade mal einen Pub, The Black

Lion. Frauen gingen nie dorthin. Er sah düster und abweisend aus, und wenn sie daran vorbeikam, wehten ihr Schwaden von Bier und Pfeifenrauch entgegen, was eine ähnlich abschreckende Wirkung hatte wie ein Bauer mit seinem Gewehr, der einen Eindringling verscheucht.

Wieder lachte Blossom. »Das ist kein *er*, Schätzchen, eine *sie*! Sie ist jetzt ein großer Hollywoodstar. Hast du nicht *Singin' in the Rain* gesehen?«

Chloe schüttelte den Kopf. Sie kam nur einmal im Jahr ins Kino, und zwar in Tenby. Fünf Filme hatte sie bisher in ihrem Leben gesehen.

»Nun, ich lernte sie kennen, als sie noch nicht entdeckt worden war, aber man konnte schon ahnen, dass sie einmal groß rauskommen würde. Es gibt Leute, die einfach über diese Qualität verfügen. Und weißt du, was so beflügelnd an Cyd war? Als kleines Kind war sie an Kinderlähmung erkrankt. Eigentlich nahm sie nur Tanzstunden, um danach wieder zu Kräften zu kommen. Sie hat also eine Schwäche in eine Stärke verwandelt! Denk immer daran, Chloe! wenn etwas Schlimmes passiert, kann dich dies in eine wunderbare neue Richtung lenken. Stell dir vor, sie hätte nie Polio gehabt, hätte nie diesen Unterricht bekommen, dann hätte keiner bemerkt, dass sie tanzen konnte!«

Das war eine Geschichte, die Chloe sich merkte, um sie Llew zu erzählen. So etwas liebte er. Die Teestunden mit Blossom fanden nun regelmäßig statt, aber Llew später davon berichten zu können, war fast das Beste daran. Megan erzählte sie jedoch nie etwas.

Ungeachtet der Tatsache, dass sie in diesem Jahr viel besser tanzen konnte, war Chloes Vorfreude auf den Teenager-Sommerball nur halb so groß. Als es Zeit war, sich dafür zurechtzumachen, erfuhr Chloe zu ihrer Bestürzung, dass sie Evie und Christine erst unmittelbar davor treffen würden. Die einzige Freundin Megans, die sich mit ihnen für den Tanz hübsch machte, war Alma.

Da Chloe darauf gebaut hatte, dass ihr dank Evies Gutmütigkeit mögliche Peinlichkeiten wegen ihres neuen Kleides erspart blieben, war der Schrecken besonders groß. Denn Megan würde es *mit Sicherheit* nicht gefallen.

Chloe war mit ihrem blauen Kleid nach Tenby gekommen, ihrem »Guten«, das sie wohl jeden Sommer ihres Lebens für Anlässe dieser Art anziehen würde. Und so hatte sie sich auf Spott oder Mitleid vorbereitet, wieder dieses alte Ding tragen zu müssen. Aber jetzt hatte sie ein Problem gänzlich anderer Art.

Sie zog den Kleidersack aus dem Versteck unter ihrem Feldbett hervor und öffnete zögernd den Reißverschluss, obwohl darin das schönste Kleid steckte, das sie je gesehen hatte. Es war ein Showkostüm aus dem Cabaret, in dem Blossom aufgetreten war und das sie seit jener Woche auf der Bühne nie mehr getragen hatte.

»Ich denke, du hast etwas ganz Besonderes verdient«, befand Blossom, als sie Chloe das Kleid in die Arme legte. »Und nicht nur für den Tanz, du kannst es behalten.«

Chloe traute ihren Augen kaum, als sie es zum ersten Mal sah, und auch jetzt nicht, als sie es aus dem Sack zog. Sie würde mit der Wahrheit nicht hinterm Berg halten können. Woher sonst hätte Chloe etwas derart Bezauberndes bekommen können?

Hinter ihr schwatzten Megan und Alma miteinander. Alma hatte eine Flasche Wein hereingeschmuggelt – worüber Tante Susan bestimmt nicht erfreut gewesen wäre. Ihre Stimmen wurden immer lauter, während sie sich über die Jungs austauschten, auf die sie ein Auge geworfen hatten. Chloe ignorierten sie. Sie drehte ihnen den Rücken zu, während sie sich bis auf ihren Schlüpfer auszog und das Kleid überstreifte. Sie griff nach hinten und kämpfte mit dem Reißverschluss. Vertieft in ihre Bemühungen, fiel ihr erst gar nicht auf, dass die beiden verstummt waren. Erst als sie sich geschlagen gab und sich umdrehte, um zu fragen, ob eine der beiden ihn ihr zumachen würde, sah sie, dass sie sie anstarrten.

Nun richteten sich Chloes Augen unaufhaltsam auf den wandhohen Spiegel in der Ecke und sie musste zugeben, dass sie ein faszinierender Anblick war. Das Kleid bestand aus glänzendem rosa Satin, blass wie eine Wolke bei Sonnenaufgang, und darüber lag mit einem Silberfaden durchwobene zarte weiße Spitze wie ein Spinnennetz. Es hatte einen herzförmigen Ausschnitt und kleine Flügelärmel. In Kombination mit ihrem weißblonden Haar und den blauen Augen rief das Kleid zu Vergleichen mit einer Wildrose, Aschenbrödel oder Türkischem Honig auf.

»Was«, wollte Alma in bedrohlichem Ton wissen, »ist *das?*«

»Das ist mein neues Kleid.«

»Woher hast du das?«, blaffte Megan.

Chloe atmete tief durch. »Das hat mir Blossom geschenkt. Äh, Miss Jenkins.«

»Sie hat dir ein Kleid *geschenkt?*«

»Ja.«

»Warum?«

Chloe zuckte mit den Schultern.

»Wann?«

»Am Dienstag.«

»Ja, aber *warum?* Warum sollte sie das tun?«, wollte Alma wissen und erhob dabei ihre Stimme zu einem Kreischen.

»Hab ich's dir nicht gesagt?!«, ereiferte sich Megan. »Ich hab's *geahnt*, dass sie sich dorthin davonschleicht. Letzte Woche habe ich Leonard Jones ganz allein am Strand gesehen, und gestern wieder. Sie hat sich irgendwie eingeschmeichelt und Miss Jenkins' Mitleid erschlichen und ihr jetzt auch noch ein *Kleid* abgeluchst. Widerlich nenne ich das! Schamlos.«

»*Schamlos!*«, wiederholte Alma wie ein frommer Kirchenältester, allerdings mit einem Weinglas lässig zwischen den Fingern und rot angemalten Lippen.

»*Widerlich!*«, betonte Megan noch einmal, weil ihr offenbar die Worte ausgingen.

»Ich habe ihr überhaupt nichts abgeluchst«, widersprach Chloe kleinlaut. »Sie hat es mir angeboten, weil wir Freundinnen sind.«

Etwas Schlimmeres hätte sie nicht sagen können.

»Oh! Freundinnen also?« Megans Stimme überschlug sich fast. »Na sieh mal einer an! Dann ist sie also mit der Lehrerin befreundet? Nun, da wird sie wohl zu erhaben sein, um mit *uns* zum Ball zu gehen, Alma!«

»Ganz genau!«, erwiderte Alma und schenkte noch mal Wein nach. »Sie braucht *uns* doch nicht, wenn die Tanzlehrerin ihre Busenfreundin ist, die ihr Kleider und wer weiß was sonst noch schenkt.«

»*Schuhe!*« Megan zeigte entsetzt darauf. Und es stimmte, Blossom hatte es nicht gutheißen können, dass ihr schönes Kleid zu schwarzen Spangenschuhen getragen wurde, egal, wie sehr diese auf Hochglanz poliert waren. Da ihre Füße größer als die von Chloe waren, hatte sie ihr ein Paar alte rosa Ballettschuhe gegeben. Diese waren kleiner geschnitten als normale Schuhe, somit war der Unterschied nicht so groß, und die Bänder würden für Halt sorgen, wie sie meinte.

»*Schuhe!*«, kam Almas Echo.

Wie ein Paar alter boshafter Frauen, die herumschimpften und glotzten und sich gegenseitig die Worte aus dem Mund nahmen, dachte Chloe aufgewühlt. Sie konnte ihre Tränen kaum noch zurückhalten. Nein, sie waren wie die Stiefschwester in Walt Disneys *Cinderella*. Das war einer der Filme, die Chloe tatsächlich gesehen hatte. Plötzlich erinnerte sie sich an die Szene, in der die gehässigen Stiefschwestern die Ärmel des hübschen rosa Kleids ausrissen, das Aschenbrödel mithilfe der Mäuse angefertigt hatte. Sie trat einen Schritt zurück.

»Ihre üblichen Kleider sind plötzlich nicht mehr gut genug für sie.« Megan ließ nicht locker.

»Sie versucht offenbar, alle in den Schatten zu stellen«, stimmte Alma ihr zu.

»Aber das funktioniert nicht, oder? Sie sieht lächerlich aus! Du siehst lächerlich aus, Chloe! Ballettschuhe? Was soll das denn? Das Kleid ist ja ganz hübsch, aber doch ein wenig halbseiden, wenn du mich fragst! Und leider hast du auch nicht die richtige Figur, um es auszufüllen.«

»Und du bist viel zu blass dafür«, ergänzte Alma. »An dir, Megan, sähe es ganz wunderbar aus bei deiner satten Hautfarbe. An dir würde es strahlen und nicht so ausgewaschen wirken wie an Chloe. Oh, sieh dir diese Bohnenstange an. Und den formlosen, farblosen *Fetzen*, der an ihr hängt!«

Chloe rannte heulend aus dem Zimmer. Sie ertrug es nicht mehr länger, sich das anzuhören. Sie wollte auch das Kleid nicht mehr tragen. Aber jetzt konnte sie nicht mehr zurück und das blaue Kleid anziehen, denn damit würde sie sich geschlagen geben. Am besten, sie ginge überhaupt nicht zum Ball. Sie würde sich auf dem Dachboden verstecken, bis sie weg waren.

»Chloe?« Sie blieb wie angewurzelt auf der Treppe stehen. Ihre Tante war unten in der Diele.

»Chloe, du siehst *bezaubernd* aus! Was für ein hübsches Kleid. Wohin willst du denn?«

Chloe kam langsam die Treppe herunter. Ihrer Tante konnte sie unmöglich erzählen, dass sie sich verstecken wollte. »Ich wollte mir ein Buch holen.«

»Vor dem Ball? Du bist mir ja eine. Oh, du löst dich auf. Lass mich dir helfen.«

Tante Susan zog den nur halb geschlossenen Reißverschluss zu, strich das Oberteil glatt und brachte einen Schritt Abstand zwischen sich und Chloe. »Du siehst umwerfend aus, Chloe«, sagte sie. »Ein neues Kleid?«

»Blossom hat es mir geschenkt. Sie hat es einmal bei einer Aufführung angehabt. Aber ich möchte es nicht tragen.«

»Was? Warum? Es passt und steht dir ausgezeichnet. Hast du *geweint?*«

Chloe wischte sich über die tränennassen Wangen. »Nein.«

»Doch, das sehe ich. Und ich habe auch eine Vermutung warum. Megan ist vermutlich neidisch?«

Chloe wollte ihre Cousine nicht verpetzen. »Alma meinte, es sei halbseiden und die Farbe sehe an mir zu blass aus. Ich dachte einfach, dass ich vielleicht ... nicht gehen werde. Ich fühle mich nicht gut.«

Tante Susans Gesicht verfinsterte sich. »Diese Mädchen kennen keine Grenzen. Warum sind sie so haltlos? Komm mit mir.«

Sie ließ ihre Nichte in ihr eigenes Schlafzimmer vorangehen und stellte sie dort vor den Spiegel. »Jetzt sieh dich mal genau an und sag mir, wie du dein Aussehen findest. Ganz ehrlich.«

Chloe starrte auf ihr bestürztes kleines Spiegelbild. Sie sah hübsch aus. Die Farbe stand ihr gut. Und das Kleid war nicht halbseiden. Es war einfach nur sehr, sehr schön. »Hübsch«, sagte sie.

»Jawohl, hübsch. Jetzt geh und wasch dir das Gesicht, und dann kommst du wieder zu mir und ich richte dir die Haare.«

Chloe gehorchte. Tante Susan bürstete ihr das Haar, bis es glänzte, und band es dann zu einem lockeren Knoten mit einem rosa Band zusammen, das sie in ihrem Nähzeug fand. Sie ließ Chloe ein wenig rosa Lippenstift und schwarze Wimperntusche auftragen.

»Mehr brauchst du nicht«, sagte sie. »Dieses wunderschöne Kleid und dein reizendes Gesicht sind völlig ausreichend. Du wirst die Ballkönigin sein, Chloe. Ich möchte, dass du diese Bemerkungen vergisst und dich amüsierst, hörst du?«

Chloe nickte. »Aber warum ...?«

»Warum sie das tun?« Einen kurzen Moment sah Tante Susan verärgert aus, aber dann lächelte sie. »Vielleicht brauchen sie nur ein wenig Zeit, um sich mit der Idee vertraut zu machen, dass die kleine Cousine gar nicht mehr so klein ist und langsam eine reizende junge Dame wird. Keine Sorge, sie werden sich daran gewöhnen.

»Mädels!«, rief sie, als sie Chloe aus dem Zimmer führte. »Seid ihr bereit? Ich möchte euch alle in euren Ballkleidern sehen!«

In Megans Zimmer hörte man es poltern und klirren – zweifellos versteckten sie den Wein. Dann kamen Megan und Alma heraus, Megan in leuchtendem Rot, Alma in Smaragdgrün. Megan trug ihre Haare wie üblich in prachtvollen Wellen, Alma hatte sie schulterlang schneiden und sich eine Dauerwelle machen lassen und betonte sie mit einem grünen Band. Zusammen sahen sie ein wenig nach Weihnachtsschmuck aus, überlegte Chloe, während sie hinter ihrer Tante in Deckung ging.

»Hübsch seht ihr beide aus«, sagte Tante Susan gelassen. »Mir gefällt deine Haarlänge, Alma. Diese Farbe steht dir prächtig, Megan. Ihr seid beide so hübsche Mädchen. Und was sagt ihr zu Chloe? Ist sie nicht schnell groß geworden?« Sie gab Chloe einen kleinen Schubs. »Und war das nicht nett von Miss Jenkins? Ich wette, ihr beiden könnt euch besser als jeder andere in Chloe hineinversetzen, denn ihr habt so hübsche Kleider schon seit Jahren. Erinnerst du dich noch an dein gelbes Kleid vom letzten Jahr, Megan? Und an das in Marineblau und Lila vom Jahr davor?«

»Mmm«, brummte Megan.

»Also, ich denke, ihr seid fertig.« Tante Susan scheuchte sie die Treppe hinunter und aus der Tür. »Und jetzt ab mit euch und amüsiert euch. Und wenn ihr zurückkommt, möchte ich hören, dass ihr *alle* einen wunderbaren Abend hattet, jede Einzelne von euch. Ich möchte *alles* erfahren.« Das war ihre Art, sie zu warnen, dass sie keine Launen und Gemeinheiten duldete.

Nichtsdestotrotz war die Stimmung unbehaglich. Schweigend gingen sie zum Ball, und nicht einmal der Zauber des Strandes vermochte Chloe den Stich zu lindern, sich derart unerwünscht zu fühlen.

Aber Llew stand an der Tür mit einer rosa Rose in der Hand. »Dad meinte, Mädchen brauchen so etwas für einen Ball«, sagte er und drückte sie Chloe in die Hand, als wär's ein altes Taschentuch. Chloe steckte sie sich in ihr Haarband. »Danke«, sagte sie leise.

»Was ist denn los?«

»Nichts ist los. Ich … ich wünschte nur, ich könnte diesen Abend mit dir verbringen, anstatt auf dem Ball. Lass uns einfach irgendwohin gehen, Llew.«

»Du willst derart aufgebrezelt durch Tenby streichen? Es liegt an ihnen, nicht wahr?« Llew zeigte mit einem Kopfnicken auf die anderen. »Sie haben dich wieder in die Mangel genommen. Es ist das Kleid, stimmt's? Ich wusste, dass das passieren würde.«

»Ich ertrag das nicht, Llew!«, platzte es aus ihr heraus. »Ich wollte doch immer nur, dass Megan und ihre Freundinnen mich mögen. Aber sie haben schreckliche Dinge zu mir gesagt. Tante Susan meinte, ich sähe hübsch aus … Aber es fühlt sich jetzt nicht mehr so an. Bin ich dumm? Dass ich mir gewünscht habe –«

»Dass du dir gewünscht hast, sie würden dich mögen? Ja.«

Chloe schrammte mit ihrem Ballettschuh gegen die Treppenstufe.

»Entschuldigen Sie mich, junge Dame.« Ein korpulenter Mann mit einem Schnauzbart wie ein Walross zwängte sich schnaufend an ihnen vorbei und Llew zog sie zur Seite. Sie kicherten.

»Er ist *kein* Tenby-Teenager!«, wisperte Chloe.

»Definitiv nicht! Hör zu, Chlo, ich weiß nicht, warum du diesen Mädchen so eine Bedeutung beimisst. Du hast Freundinnen zu Hause, du hast mich und Miss Jenkins. Ich weiß, dass keiner von uns heute Abend bei dir sein kann, aber nächstes Jahr bin ich auch ein Teenager, und dann pass auf! Jetzt solltest du besser reingehen und zu üben anfangen, damit du dann mit mir mithalten kannst!«

»Oh ja, Llew Jones! Ein echter Fred Astaire!« Llew tanzte immer nur, um Chloe zum Lachen zu bringen. Er sah aus wie eine Stabheuschrecke, die von einem einhändigen Puppenspieler hin und hergeworfen wurde.

»Ja, na gut, aber trotzdem, Chloe. Du hast all die Tanzstunden gehabt, du trägst ein ganz besonderes Kleid. Das hast du dir doch während der ganzen Ferien gewünscht. Lass dir das von *ihnen* nicht verderben!

Aber sie war Megan so lange nachgelaufen, und Gewohnheiten, vor allem schlechte, lassen sich nur schwer ablegen. »Ich hätte nur gern ... dass sie mich mögen. Megan ist so *schön* ...«

»Megan ist nicht schön!«

»Ach, du bist nur ein kleiner Junge, du bist zwölf, du weißt doch gar nichts über Mädchen.«

»Doch, das tue ich. Du bist schön und sie ist neidisch, und auch mit noch so viel Make-up und schicken Kleidern kann sie nichts daran ändern. Ihre Augen sind zu klein und ihr Mund ist zu schmal.«

»Llew! Du schockierst mich! Sie sieht aus wie Marilyn Monroe!«

»Da bist du allerdings die Einzige, die das so sieht.«

»Ich denke es, weil es *stimmt*!«

»Chlo. Es ist dumm, sich darüber zu streiten. Gehst du jetzt rein oder nicht? Was meinst du, soll ich mich wieder ins Café setzen? Ich wollte mir diese Qual in diesem Jahr eigentlich ersparen – ich wollte dir nur die Rose geben, ein Foto von dir machen und gehen. Aber wenn du möchtest, werde ich einen Milchshake trinken und so lange warten, bis du dich amüsierst.«

Chloe sah ihn traurig an. »Würdest du das tun, Llew? Ja, wirklich?«

Er rollte mit den Augen und nahm ihre Hand. »Nun komm schon.«

NORA

Nachdenklich – und sehr verwirrt – fuhr Nora nach ihrem Besuch in Nant-Aur zurück. Sie verzichtete auf jede Ablenkung durch das Autoradio, denn endlich hatte sie wieder das Gefühl, ihren eigenen Gedanken zuhören zu können. Das banale Schnurren des Motors lieferte dazu den beruhigenden Grundton.

Als sie nach Hause kam, war Kaitlin im Kochrausch. Ein raffinierter Gemüseeintopf mit über siebzehn Zutaten köchelte auf dem Herd, und auf der Arbeitstheke türmte sich neben einem Berg von Schalen noch eine Unmenge frischer Koriander. Ein ganzer Komposthaufen, dachte Nora und ließ ihre Tasche in die Ecke fallen.

»Erwarten wir eine Großfamilie zum Abendessen, oder willst du das eine Woche lang essen?«, staunte sie. Da sie bis vor Kurzem nur vorgefertigt Eingepacktes gekannt hatte, machten richtig hausgemachte Gerichte sie ehrfürchtig, schüchterten sie aber zugleich ein wenig ein. Die wenigen Mahlzeiten, die sie seit ihrer Ankunft in Tenby zubereitet hatte, waren bescheiden: Toast mit Käse, Toast mit zerdrückter Banane, Toast mit Avocado.

Kaitlin drehte sie mit ihrem gewohnten Grinsen um. Sollte die Trennung von Milo ihr zusetzen, so zeigte sie es nicht. »Wir werden das eine Woche lang essen. Du kommst gerade rechtzeitig. Oder hast du schon gegessen?«

»Nur zu Mittag. Und jede Menge Kuchen. Aber Kaitlin, du kannst mich doch nicht immer versorgen, ich kann mir doch auch selbst was –«

»Bohnen auf Toast? Sei nicht albern. Ich koche mit Begeisterung und es ist schön, jemanden zu haben, mit dem ich das teilen kann. Milo interessierte sich nicht wirklich für Essen – der hätte genauso gern jeden Tag Tiefkühlpizza gehabt – und daheim darf niemand anderer als Dad an den Herd. Man könnte doch meinen, dass er in der Arbeit schon lang genug dort steht! Das hier ist mein liebster Schlechtwettereintopf. Jede Menge Chili. Wein? Am Fenster? Bericht?«

Nora konnte nicht widerstehen.

Sie nahmen ihre Stammplätze ein, die sich schon nach kurzer Zeit herauskristallisiert hatten: Kaitlins war mehr zum North Beach hin ausgerichtet, der von Nora Richtung Castle Hill. Sie tauschten sich darüber aus, was jede den Tag über erlebt hatte: Kaitlins Schicht war in Anbetracht dessen, dass keine Saison war, sehr hektisch gewesen, aber sie liebte die Frühschicht, weil ihr dann noch ein wenig Zeit vom Tag für sich blieb, wie sie erklärte. Um vier Uhr hatte sie Schluss gemacht, danach ihre Mutter besucht, mit Freunden was getrunken und war dann nach Hause gekommen, um zu kochen.

»Ich liebe es, Eintöpfe zuzubereiten, das hat so was Tröstliches.«

Nora wunderte sich, warum sie Trost brauchte. Vielleicht wühlte die Trennung von Milo sie doch mehr auf, als es den Anschein hatte. Sie suchte noch nach einem taktvollen Einstieg, dieses Thema anzuschneiden, aber da erkundigte Kaitlin sich schon, wie ihre Fahrt nach Nant-Aur gewesen war. Und nachdem Nora erst einmal losgelegt hatte, konnte sie nicht mehr aufhören, bis sie den ganzen Tag mit all den Rätseln, die er aufgeworfen hatte, wiedergegeben hatte.

Nachdem sie im Garten gesessen hatte, bis sie von der Kälte fast steif gefroren war, war sie ins Haus zurückgekehrt und hatte dort ein Tablett für eine richtig altmodische Teestunde beladen. Sie bereitete Tee in einer Teekanne zu, stellte Tassen und Untertassen und einen Krug mit Milch dazu. Dann schnitt sie noch mal zwei Stücke Kuchen ab – als wären die noch vonnöten – und suchte in einer Schublade nach Servietten. Mit dem so gefüllten Tablett ging sie dann ins Wohnzimmer, das sie ihrer Erinnerung nach noch nie betreten hatte. Wie Gran schon sagte, solange Grandpa lebte, war es besonderen Anlässen vorbehalten.

Drinnen war es mehr als warm, zumal nach der frischen Brise im Freien, aber ihre Großmutter lag zugedeckt mit einer rosa Häkeldecke auf dem kleinen Sofa und machte im Schlaf einen sehr zufriedenen Eindruck. Als Nora das Tablett absetzte, wurde sie mit einem Lächeln wach.

»Es war schön, Zeit mit ihr zu verbringen«, berichtete Nora Kaitlin. »Und es stimmt mich traurig, dass sie so allein ist, wo sie doch ganz offensichtlich gern jemanden verwöhnt. In meiner Tasche ist übrigens ein großes Stück Schokokuchen für dich.«

»Sie scheint ja ein richtiger Schatz zu sein. Aber du wirkst so nachdenklich. Machst du dir Sorgen um sie?«

»Nur ein bisschen. Im Moment geht es ihr eigentlich ganz gut. Ich mache mir Gedanken wegen meiner Mum. Aber ich möchte dich nicht schon wieder mit ihr langweilen.«

»Das darfst du aber, wenn du magst. Vielleicht erzähl ich dir irgendwann auch von meiner.«

»Ich dachte, du und deine Mutter, ihr steht euch sehr nahe?«

»Tun wir auch. Ich dachte, du deiner auch?«

Nora lachte. »Stimmt! Aber vermutlich steckt doch noch mehr in dieser Geschichte.«

Kaitlin rollte mit den Augen. »Wenn es um Mütter geht, steckt immer mehr dahinter!«

Das war ein tröstlicher Gedanke. Vielleicht war das Verhältnis von Müttern und Töchtern immer mit irgendwas belastet. Laut Jennifer war es eine komplexe und sehr tiefgehende Beziehung. Wie konnte die unkompliziert sein?

»Dass ich heute an dem Ort war, an dem Mum aufgewachsen ist, war einfach total seltsam. Außerdem habe ich was rausgefunden. Vielleicht habe ich es auch schon immer gewusst, aber wenn ja, dann habe ich es vergessen. Solange ich mich erinnern kann, hatte meine Mutter dunkle Haare. Wirklich wunderschöne, lange pechschwarze Haare. Ich weiß noch, wie ich einmal vom College für ein Wochenende nach Hause kam und sie beim Färben überraschte – aber damals war sie bereits in den Fünfzigern und ich habe mir keine Gedanken darüber gemacht. Und sie meinte – so hat sie es ausgedrückt –, sie helfe nur der Natur etwas nach. Was meinen Eindruck verstärkte, dass sie gegen graue Haare anfärbte.«

»Aha, und?«

»Nun, sie war eigentlich blond! Und ich bin mir nicht sicher, ob ich das je gewusst habe! Ich meine, das muss ich doch gewusst haben? Oder vielleicht auch nicht! Als ich klein war, waren wir ein paar Mal zu Besuch bei meinen Großeltern, aber damals wurde das Wohnzimmer nicht benutzt und ich weiß nicht, ob ich es jemals betreten habe. Heute Nachmittag saßen wir dort zum Tee. Es ist ein richtig altmodisches Wohnzimmer mit einem Kaminsims voller gerahmter Fotos, darunter auch eins von Mum als Mädchen. Und sie war blond! Ich war völlig von den Socken! Als ich Gran darauf ansprach, meinte sie: ›Aber ja, das wusstest du doch sicher, mein Kindchen?‹, als läge das auf der Hand, und so sagte ich: ›Ja, natürlich‹, und das war's dann.«

»Dein walisischer Akzent klingt übrigens schrecklich«, wandte Kaitlin ein. »Wirklich schlimm. Aber gut, deine Mutter war also eine Blondine, die dann dunkel wurde. Ist das wirklich so seltsam? Dass man sich die Haare färbt, ist doch nichts Außergewöhnliches. Meine Tante Bea wird mit jedem Jahrzehnt blonder.«

»Ich weiß. Aber weil sie ja außerdem noch ihren Namen geändert hat …«

»Moment, wie bitte? Sie hat ihren Namen geändert?«

»Ach weißt du, das fand ich nicht merkwürdig. Das habe ich immer gewusst. Sie heißt eigentlich Chloe. Meine Gran liebte diesen Namen. Und meine Onkel heißen Clark – nach Clark Gable – und Colin.«

»Chloe, Clark und Colin«, murmelte Kaitlin. »Hübsch, meine älteren Verwandten heißen alle Phyllis und Doris und so. Warum um Himmels willen gefiel ihr *Chloe* nicht mehr? Das ist so ein schöner Name.«

»Na ja, in den Siebzigern war sie ein Hippie. Aber nicht im Sinne von ›so ein bisschen Flowerpower‹, nur weil man eine gefilzte Handtasche hat und Edelsteine mag. Sie war wirklich ein absolutes Blumenkind. Mit einem Wohnwagen in einer Kommune, Wäsche waschen am Fluss, Glöckchen an den Röcken, mit allem Drum und Dran. Damals änderten sehr viele ihren Namen, weißt du, um ihre neue Identität zu unterstreichen, eine Abkehr von alledem, was sie davor waren, eine Absage an die Gesellschaft und all das. Meine Mutter führte ein wahnsinnig interessantes Leben, machte ganz unterschiedliche Dinge. Ihre beste Freundin Bethan wurde Beryll, wie der Edelstein, denn ihr Ding waren Kristalle, und meine Mutter wurde Jasmine. Sie war ganz verrückt auf Blumen und Pflanzen. Mein zweiter Vorname ist Sage.«

»Wow! Das ist ja cool! Und verrückt! Ich meine, ich begreife schon, warum sie es getan hat, aber stell dir doch mal vor, du würdest dich morgen dafür entscheiden, Liz genannt werden zu wollen. Es wäre so schwer, sich daran zu gewöhnen, und jetzt kenne ich dich erst ein paar Wochen. Was hat denn deine Großmutter dazu gesagt?«

»Keine Ahnung! Das war eins der Dinge, die mir heute seltsam vorkamen. Sollte ich nicht eigentlich wissen, wie Gran auf die Namensänderung ihrer einzigen Tochter reagiert hat? Aber wenn Mum es mir je erzählt hat, habe ich es vergessen. Von den Geschichten, die sie mir immer und immer wieder erzählt hat und die ich auswendig kenne, hatte keine was mit ihrer Familie oder ihrer Kindheit zu tun. Mum benutzt ihren Geburtsnamen nicht, gut, daran bin ich gewöhnt. Aber als mir heute klar wurde, dass sie nicht mal so *aussieht* wie früher ... Ich meine, das tut sie natürlich, sie ist unverwechselbar in ihrer Schönheit, aber trotzdem, die Haarfarbe von ganz hell zu ganz dunkel zu verändern, ist doch ziemlich radikal, oder? Und das seit inzwischen mehr als fünfzig Jahren.«

»Du hast recht, das kann man nicht mehr als Phase abtun.« Kaitlin überlegte. »Ich würde deine Mum gern kennenlernen. Wie stehen die Chancen, dass sie dich in Tenby besucht, wenn sie aus Italien zurück ist?«

»Genau das hat Gran mich auch gefragt. Ich weiß doch nicht mal, ob ich noch hier bin, wenn sie zurückkommt. Sie ist für sechs Monate dort unten. Ich bin nur drei Monate lang hier – wie es im Moment aussieht.«

»Aha.« Kaitlin lächelte und schaute aus dem Fenster.

»Was soll das jetzt heißen?«

»Nichts.«

»Nun sag schon.«

»Also mein Gefühl sagt mir, dass du sehr viel länger hierbleibst, auf die ein oder andere Weise.«

Beängstigend daran war, dass Noras Herz bei diesen Worten einen Freudensprung tat. Und das bedeutete, dass sie sich Hoffnungen machte, es möge sich bewahrheiten, aber sie wollte sich keine Hoffnungen machen, für den Fall, dass es am Ende doch nicht eintrat. Sie wollte weder Kaitlin oder ihrer Großmutter noch sich selbst gegenüber eingestehen, wie sehr sie sich zunehmend wünschte, sich hier in Tenby ein komplett neues Leben einzurichten.

Praktikabel war das eher nicht, wie sie sich streng ermahnte. Sehr viel realistischer war da schon eine Rückkehr nach London zu allem, was sie kannte.

»Was ist?«, sagte Kaitlin herausfordernd. »Komm, gib's doch zu, du weißt, dass du hierbleiben wirst.«

»Nein, das weiß ich *nicht*«, erwiderte Nora. »Wie auch? Die Gehälter sind hier niedriger und ich kann nicht ewig in einer Luxusbehausung mit Meerblick zum Schnäppchenpreis wohnen. Es ist weitaus vernünftiger, dies als eine dreimonatige Auszeit anzusehen, mit dem Ziel, einen klaren Kopf zu bekommen, und mich dann wieder der Realität zuzuwenden.«

»Mmm. Du verschließt also die Augen vor der Wahrheit«, meinte Kaitlin.

»Du klingst wie Jennifer!«

»Hast du sie in letzter Zeit gesprochen?«

»Habe ich tatsächlich, ja. Wir hatten heute Morgen einen Telefontermin, bevor ich aufbrach.«

»Und was sagt sie zu deinen neuesten Abenteuern?«

Nora grinste. Kaitlin ließ einfach nicht locker. »Dass ich wirklich fröhlich klinge. Dass es mir offenbar guttut, hier zu sein.«

CHLOE

Bis Chloe wieder nach Nant-Aur zurückkam, hatte sie alle schlechten Erinnerungen an die Ferien absichtlich vergessen.

Für Megan endete der Ball mit einem Triumph – und das bedeutete, dass sie für den Rest der Woche sehr viel freundlicher zu allen war. Megans Triumph bestand darin, mit dem achtzehnjährigen Michael Everley getanzt und geflirtet und schließlich einen Kuss von ihm bekommen zu haben.

Sämtliche Mädchen an Megans Schule nannten ihn Heavenly Everley, den gut aussehenden Teddy-Boy mit der modischen Haartolle und den dunklen verträumten Augen. Auch Chloe fand, dass er wie ein Rock'n'Roll-Sänger aussah, widerstand aber jeglicher Träumerei. Den ganzen Sommer herrschte Konsens darüber, dass er selbst für Megan eine Nummer zu groß war. Aber dann erfüllten sich Megans wildeste Träume.

Chloe hatte zusammen mit Evie, Christine und sogar Alma beobachtet, wie Megan und Michael – sie *klangen* sogar gut zusammen – sich eng umschlungen im Takt von *Blue Moon* wiegten. Chloe fühlte sich bestätigt. Sie hatte recht und Llew lag falsch. Megan *war* schön und dies war der Beweis dafür.

Jetzt suchte Megan sogar das Gespräch mit Chloe. Endlich schien sie die Cousine zu sein, die Chloe sich immer gewünscht hatte. Aber Chloe war es leid, Spielball von Megans Stimmungen zu sein. So verbrachte sie ihre wenigen letzten Tage mit Llew, genoss mit ihm all das, womit sie sich schon immer die Zeit vertrieben hatten, und sonnte sich wieder im sorglosen Feriengefühl, das erst abends, in Megans Zimmer, verblasste. Dennoch war das Leben mit einer glücklichen Megan einfacher.

Als sie dann wie üblich im Schoß ihrer Familie willkommen geheißen wurde, erinnerte sie sich nur noch an die guten Dinge. Sie kostete es aus, ihren Eltern das Kleid und die Ballettschuhe zu zeigen und das Haarband, das Tante Susan ihr überlassen hatte.

»Glauben denn alle, dass unser Mädchen Almosen benötigt?«, polterte Daf auf seine brummige Art. »Was ist denn falsch an den Kleidern, die sie von uns bekommen hat, kann mir das mal einer sagen?«

Aber Gwennan unterbrach ihn mit einem leisen, aber scharfen: »Sei still, *cariad!*« Beim Anblick des glänzenden, prachtvollen Kleides begann ihr Gesicht zu strahlen.

»*Duw*, das ist mal ein Kleid!«, murmelte sie und strich über den Stoff. »Bestimmt hast du darin wie ein Engel ausgesehen, meine kleine Chloe. Zieh es später mal für mich an, damit ich dich darin sehen kann.«

Selbst die beiden Dösköppe Clark und Colin waren ziemlich beeindruckt.

Die erste Woche nach ihrer Heimkehr liebte Chloe ganz besonders. Sie war sogar noch besser als die letzte Woche vor der Abreise. Vorfreude war aufregend, aber je näher der Abschied rückte, umso wehmütiger wurden Gwennan und Chloe, Dafydd wurde schweigsam und Colin und Clark liefen umher und stießen jubelndes Kriegsgeheul aus und riefen »Und tschüss, Chloe Samuels, bald sind wir dich los!« zur Melodie von *It's a Long Way to Tipperary*. Wenn Chloe dann abreiste, war ihr Gefühlsradar gründlich durcheinandergewirbelt. Wohingegen die Rückerinnerung und das Erzählen des Erlebten die reinste Freude war.

Sie genoss das Gefühl der Weltläufigkeit, das sie durch ihre Reisen nach Tenby gewann. Was jedoch nicht hieß, dass sie sich, wenn sie in Tenby war, tatsächlich weltgewandt gefühlt hätte. Doch nach ihrer Heimkehr hoben die Dinge, die sie gesehen und getan, und die Menschen, die sie getroffen hatte, sie von den anderen ab. Es war ein Erfahrungsfeld, das nur ihr allein gehörte. Da lauschte dann selbst Chloes Vater interessiert, der sonst entschieden desinteressiert an allem war, was sich außerhalb von Nant-Aur, außerhalb der Eisenbahn und der Gewerkschaft und dem Dorf abspielte.

Wenn sie auf Dinge wie New York und Fotografie und Filmstars, die an Polio erkrankt gewesen waren, zu sprechen kam, schüttelte er verwundert den Kopf. Und Chloe mochte es, in seinen Augen wichtig zu sein. Dafydd war ein Mann, der sich am wohlsten unter Männern fühlte, und gemäß seiner Natur fiel es ihm leichter, eine Beziehung zu seinen Söhnen aufzubauen. Deshalb fühlte Chloe sich die meiste Zeit des Jahres in seiner Beachtung zurückgesetzt. In einer Familie wie der ihren war es frustrierend, das erste Kind und die einzige Tochter zu sein. Und deshalb achtete sie immer ganz besonders darauf, ihre Sommer am Meer so verlockend wie möglich zu schildern. Das war auch einer der Gründe, weshalb sie gern alles vergaß, was daran nicht perfekt gewesen war.

Als Chloe ein Jahr später abends von ihrer Zeitschrift aufblickte, bemerkte sie allerdings, dass ihre Mutter sie mit fragendem Blick betrachtete.

»Was ist, Mam?«

»Du fährst nächste Woche nach Tenby, Chloe.«

»Ich weiß.«

»Freust du dich denn gar nicht darauf?«

»Doch, natürlich. Warum?«

»Weil du normalerweise in diesem Stadium der Vorbereitungen wie ein Grashüpfer herumspringst. Du sprichst über nichts anderes als Llew dies und Megan das und dazu noch der Teenager-Ball. Stattdessen sitzt du hier und liest in deiner *School Friend* wie eine lammfromme junge Dame, die du weiß Gott nicht bist! Liegt es etwa daran, dass der Reiz des Neuen sich abgenutzt hat?«

»Nein! Ich *liebe* Tenby!«

»Aber irgendwas quält dich doch, Kindchen, das sehe ich dir an.«

»Nein, Mam.«

»Ist es Llew? Habt ihr beiden euch irgendwie entzweit?«

Chloe schnaubte. Allein der Gedanke war schon völlig abwegig. »Natürlich nicht, Mam! Es ist nicht Llew!«

»Also ist *doch* irgendwas!«, trumpfte Gwennan auf. »Wusste ich es doch. Wenn nicht Llew, wer dann?«

Chloe seufzte. Ihre Mutter war scharfsinniger, als gut für sie war. Sie klappte ihre *School Friend* ordentlich um, sodass die Seite mit der Geschichte, die sie gerade las, oben war.

»Es ist wegen Megan«, gab sie schließlich zu. »Ich glaube, sie mag mich nicht besonders. Beim letzten Mal hat sie ein paar unfreundliche Sachen gesagt. Bevor ich dann wegfuhr, haben wir uns wieder vertragen, aber jetzt kommt das alles wieder hoch.«

»Oh Kindchen, das tut mir leid. Ich verstehe, dass dich das aufwühlt. Aber wie kann *dich* jemand nicht mögen? Du bist so lieb und reizend und lebhaft. Wenn du weg bist, ist es, als läge eine Wolke auf diesem Cottage.«

Chloe runzelte die Stirn. Sie hatte häufiger darüber nachgedacht, als sie zugeben wollte, und dabei ein paar Ideen entwickelt, auch wenn diese ungeordnet und wirr waren.

»Ich habe sie immer so sehr bewundert, Mam, mir immer gewünscht, von ihr gemocht zu werden. Und ich habe mir gesagt, dass das schon passieren würde, wenn ich nur immer nett genug zu ihr wäre. Aber es wurde nur von Mal zu Mal schlimmer. Llew meint, sie sei neidisch. Ich sage ihm darauf immer, dass das nicht sein kann. Ich meine, sie sieht aus wie Marilyn Monroe, nur in Dunkel. Llew ist anderer Meinung. Aber egal ... Ich weiß nicht, aber vielleicht ärgert es sie, dass ich hübsch und nett und all das bin. Oder irgendwas.«

»Megan ist ein gut aussehendes Mädchen, ja. Aber das ist nicht alles, nicht wahr, Kindchen? Du bist etwas Besonderes. Dich umgibt ein Licht, das viele andere Mädchen nicht haben. Und das scheint Megan zu erkennen und sie wünscht sich womöglich, sie hätte es auch. Weiß Susan davon?«

»Ja. Ich glaube, sie ist sauer auf Megan. Sie meinte, Megan sei verwöhnt und aufsässig.«

»Das hat Susan zu dir gesagt?«

»Na ja, nicht zu mir, sondern zu Onkel Harry. Dann habe ich mitbekommen, wie Richard sagte, sie sei eifersüchtig. Das sind schon mal zwei Leute«, stellte sie fest. Vielleicht war ja doch was Wahres dran.

»Nun, versuch bitte, dir deswegen keine Sorgen zu machen, Chloe. Ich weiß, das ist leichter gesagt als getan, und ich bin sauer auf Megan, dass sie mein Mädchen derart durcheinanderbringt. Aber ich bin mir auch sicher, dass Susan sie sich zur Brust nehmen und alles wieder so sein wird, wie es einmal war. Vielleicht nicht perfekt, aber doch einigermaßen erträglich, weißt du? Einfach normal.«

»Ja, Mam, hoffentlich hast du recht. Danke.«

Chloe kletterte vom Sofa und umarmte ihre Mutter. Gwennan drückte sie fest an sich und Chloe konnte den Duft nach Gebackenem in ihren Haaren und die frische Luft an ihren Kleidern riechen – sie hatte gerade die Wäsche hereingebracht – und dazu den undefinierbaren Mam-Duft, der dem allen zugrunde lag. Die weichen Formen ihrer Mutter pressten sich an sie und im Vergleich dazu fühlte sie sich ein wenig steif. In der mütterlichen Umarmung lag so viel Liebe, dass sich alles wieder gut anfühlte, alles in der Welt.

»Mam«, murmelte sie.

»Ja, Kindchen?«

»Findest *du* denn, dass Megan wie Marilyn Monroe aussieht?«

»Nicht wirklich, Kindchen.«

NORA

Nora saß im Schneidersitz auf dem Sofa und starrte finster auf den Laptop. Sie versuchte, eine E-Mail an Jasmine zu verfassen. Ungeachtet aller Unstimmigkeiten vermisste sie ihre zauberhafte, sie in den Wahnsinn treibende Mutter und wünschte sich, ihre wunderbaren Erfahrungen mit ihr teilen zu können. Aber sie hatte beschlossen, genau das nicht zu tun, noch nicht. Es war frustrierend und ärgerlich dazu, dass sich ihre Beziehung in diese Richtung entwickelt hatte. Sie hatte die Adresse ihrer Mutter in Italien und wollte ihr kleine Geschenke und Postkarten mit grandiosen Ansichten schicken. Aber im Augenblick beschränkte sie sich auf E-Mails.

Lügen zu müssen, gefiel Nora gar nicht. Bis jetzt war das auch nie nötig gewesen. Sie hatte immer daran festgehalten, die Wahrheit zu sagen, und wenn das anderen nicht passte, dann war das eben so. Aber hier lag die Sache anders. Sie wollte sich nicht das aufkeimende Glück durch Ablehnung und bizarre Reaktionen ihrer Mutter verderben lassen. Es war jung und zart wie ein Sämling und sollte nicht vom Zorn ihrer Mutter plattgemacht werden. Nicht, dass Jasmine sich sofort in ein Flugzeug setzen, nach Tenby fahren und Nora gewaltsam aus diesem Landstrich zurückholen würde, wo es nur kleine Männer, Regen und Elend gab. *Wahrscheinlich* nicht. Aber die Angst wäre da. Unruhe und Angst. Und es kämen E-Mails, Anrufe, SMS.

Bist du dir auch sicher, das Richtige zu tun, Liebling?

Deine Geistesverfassung ist offensichtlich schlechter, als ich dachte!

Wie soll das finanziell weitergehen?

Zu meiner Zeit sind wir nicht einfach vor Problemen davongerannt, wir haben uns ihnen gestellt.

All das konnte Nora im Moment wirklich nicht gebrauchen. Sie fand ihren Weg schon selbst. Dann las sie noch mal die letzte E-Mail ihrer Mutter.

Meine Liebe,

hatte Jasmine geschrieben,

das Wetter hier ist einfach himmlisch. Ungewöhnlich gut selbst für Italien, meint Faith. Fast habe ich ein schlechtes Gewissen, mit Blick über die Hügel in der Sonne zu schmachten und dabei an Dich in Deiner kleinen vollgestopften Wohnung in Kingston zu denken. Hast Du nicht Lust herzukommen? Gestern waren wir auf einem ganz fabelhaften kleinen Markt. Ich habe mir DREI Paar mit Strasssteinen besetzte Sandalen gekauft, in unterschiedlichen Farben. Übertrieben, ja – aber sie sind so bequem und du weißt ja, dass bequeme Sandalen so selten sind wie kostenlose Parkplätze in London! Ich werde an diese Nachricht ein paar Fotos anhängen, sofern ich herausfinde, wie das mit diesem Büroklammersymbol funktioniert.

Wie sieht es bei Dir aus, meine Liebe? Ich hoffe doch sehr, dass Du vorangekommen bist. Mir ist bewusst, dass ich womöglich nicht ganz die richtigen Worte gefunden habe, aber ich hoffe, Du weißt, dass ich Dich liebe und mir der Gedanke, dass Du Dich abquälst, nicht gefällt. Faith erzählt, ihre Enkelin habe in Deinem Alter eine ähnliche Phase durchgemacht, jetzt gehe es ihr aber wieder gut. Also bist Du nicht die Einzige und es besteht Hoffnung.

Erzähl mir, was es Neues gibt bei Dir! Ich will alles wissen!

Hab Dich lieb,
Mum xxxx

Es waren keine Fotos angehängt.

Nora saß lange da, die Finger in der Startposition auf der Tastatur. Sie musste daran denken, wie sie vor langer Zeit Maschineschreiben gelernt hatte, entschlossen, eine große Karriere zu machen, wie ihre Mutter. Irgendwann fing sie sogar an, Jura zu studieren, gab das aber nach anderthalb Semestern wieder auf. Diese Folianten voller Fälle und Fakten, Schadensersatz-, Familien- und Körperschaftsrecht hatten eine seltsame Wirkung auf sie: Ihr Schlafbedürfnis war niemals größer gewesen als während dieser Monate. Selbst Jasmine, die der Gedanke, Nora könnte in ihre Fußstapfen treten, zwar durchaus begeisterte, gab zu, dass nicht jeder dafür geeignet war. Also wechselte Nora in die Wirtschaftswissenschaft und machte nach der Uni noch einen Sekretärinnen-Kurs. Damals war Tippen ihr etwas Fremdartiges gewesen. Darauf gefasst, gleich jede Menge Fehler zu machen, pflegte sie in derselben Position dazusitzen wie jetzt und ließ ihre Finger über asdf und ölkj schweben. Schon seit Jahren bewegte sich ihre Schreibgeschwindigkeit um die hundert Wörter pro Minute. Es war eine Basisfunktion wie Atmen. Was ihr jetzt allerdings nicht weiterhalf.

> Hallo Mum,
>
> es freut mich sehr zu hören, dass Du eine schöne Zeit hast, und hab bitte keine Schuldgefühle. Mir geht es wirklich gut. Ich kann nicht erklären, wie oder warum, aber ich komme zurecht. Fotos waren keine dabei. Versuch es noch mal, ich würde wirklich gern Deine Sandalen sehen. Ich hänge das Foto einer hübschen Vase an, die ich neulich gekauft habe.

Dann fiel ihr ein, dass sie das Foto von der Vase auf ihrem Platz im Bücheregal in der Ecke des Raums, wo sie das Licht vom Fenster darüber einfing, gar nicht schicken konnte, weil ihre Mutter sofort sähe, dass dies nicht ihre Wohnung war. Jasmine verfügte über die ausgeprägte Beobachtungsgabe einer Mutter. Sollte sie die Vase auf den Boden stellen? Nein, denn dann sähe Jasmine glänzende Eichendielen und/oder eine fantastische indische Brücke in hellem und dunklem Blau mit Gold anstatt des guten alten grauen Gebrauchsteppichs. Fast hätte sie den Satz mit dem Foto wieder gelöscht. Dann seufzte sie entschlossen. Unter diesen Umständen gäbe es sonst nicht mehr viel zu berichten. Sie sprang vom Sofa, stellte die Vase auf die Decke – es war ihr eigenes Bettzeug – und machte ein Foto.

> Ich habe eine neue Freundin namens Kaitlin. Sie ist fröhlich und positiv und ich fühle mich wohl in ihrer Gesellschaft und wir hängen oft miteinander ab. Du würdest sie mögen. Ich hoffe, Du lernst sie kennen, wenn Du zurückkommst.

Das stimmte. Aber *wo* sollten sie sich begegnen?

Ich habe Grandma in letzter Zeit öfter gesprochen.

Stimmte ebenfalls.

Es scheint ihr gut zu gehen und es war schön, mit ihr zu reden. Zu meinem Geburtstag hat sie mir einen hübschen Pashmina geschickt.

Das schrieb sie, damit ihre Mutter sich nicht wunderte, warum sie so viel von ihrer Großmutter erzählte. Und weil der Text dadurch länger wurde.

Ich habe mich zwar schon bei Dir bedankt, Mum, aber noch mal danke für die Geschenke, sie gefallen mir sehr.

Wiederholte Dankesbezeugungen gehörten nun mal zu den beschränkten Möglichkeiten, ihre E-Mail aufzublähen, und das wollte sie ausnutzen, solange es ging.

Dass Gran schon über neunzig ist, kann man kaum glauben. Sie sieht so gut aus –

Nein, das besser löschen. Woher sollte Nora wissen, wie Gran aussah, wenn sie doch noch immer in Kingston war? Darum musste sie einen großen Bogen machen.

Ich bin viel rausgegangen und habe mich bewegt.

Sie hielt wieder inne. Die Seeluft oder das kristallklare Licht oder die vom Wind gebeutelten Palmen durfte sie nicht erwähnen. Es war ein Albtraum!

> Ich denke, Bewegung tut mir gut und bringt mich auch auf bessere Gedanken.
>
> Danke für dein wiederholtes Angebot, Dich zu besuchen. Es bedeutet mir viel. Vielleicht tue ich das auch in ein paar Monaten (in etwa dreien). Melde dich wieder, Mum, und viel Spaß weiterhin!!!
>
> Hab Dich lieb,
> Nora xxxx

Senden. Puh, geschafft! Nora lehnte sich zurück und stieß einen tiefen Seufzer der Erleichterung aus. Sie fand es schrecklich, dass sie sich in der Wahl dessen, was sie ihrer Mutter schreiben konnte, so zurückhalten musste.

Ihr Leben wurde zunehmend reicher. Einer Eingebung folgend hatte sie sich in einem Laden, der indische Produkte führte, ein luxuriöses Notizbuch gekauft: aus dickem handgeschöpftem Papier, mit cremefarbenem Seideneinband, auf den mit Silberfaden kleine Federn wie Streublümchen gestickt waren. Darin brachte sie alle ihre Listen unter. Sie fand nämlich, dass dieses Büchlein für ihr wachsendes Gefühl dafür, was sie vom Leben wollte, ein weitaus angemessenerer Aufbewahrungsort war als ihr abgegriffenes Notizbuch für neunundneunzig Pence vom Schreibwarenhändler. Außerdem wurde die Liste mit den Dingen, die Nora tun wollte, immer länger, je sorgfältiger sie sich damit befasste. Sie klapperte die Schwarzen Bretter der Gemeinde ab und meldete sich zu diversen Kursen an: Yoga, Zumba, Backen ... Die Zubereitung einigermaßen nahrhafter Gerichte fiel noch immer Kaitlin zu, aber Nora liebte es, im Teig zu matschen und Cupcakes und Blaubeerkuchen zu backen ... Das Beste aber waren die Welsh Cakes, deren Zubereitung sie bei ihrer Großmutter lernte. Es war ein streng gehütetes Familienrezept, das von einer Generation zur nächsten weitergegeben wurde.

»Hier in dieser Küche habe ich deiner Mutter gezeigt, wie sie gemacht werden«, erklärte Gran, während sie den köstlichen Teig auf dem Brett ausbreitete und dann Nora die Schüssel zum Auskratzen gab. Das Gefühl von Tradition und Überlieferung berauschte Nora. In gewisser Weise fühlte sie sich ihrer Mutter so nah wie schon lange nicht mehr. Dem Teil ihrer Mutter nämlich, den sie nie wirklich gekannt hatte: Chloe. Es war, als würde sie gleichzeitig zurück und nach vorn blicken – ihre Zukunft gestalten und etwas über die Vergangenheit ihrer Mutter erfahren. Es hatte was Magisches – doch sie würde ihrer Mutter gegenüber kein Wort darüber verlieren.

Gran brachte ihr auch die Gartenarbeit nahe. Rick war für drei Wochen nach Thailand geflogen, und während er weg war, wollte sie den Garten in Schuss halten.

»Ich werde dir helfen, wenn du mir jeden Handgriff erklärst«, willigte Nora ein. »Und ich meine das ernst. Ich weiß nichts über Pflanzen und kenne sie eigentlich nur geschnitten und in Plastik verpackt. Richtig peinlich.«

»Das braucht dir nicht peinlich zu sein«, sagte Gwennan. »Du hast einfach nur ein anderes Leben geführt, das ist alles. Wäre ich heutzutage in London, könnte ich mir ohne deine Hilfe nicht mal eine Oyster Card für die U-Bahn kaufen, weil ich nicht mit Computern umgehen kann, nicht wahr?«

»Wohl eher nicht.« Nora lächelte und gab Gran einen Kuss. Gemocht hatte sie diese reizende, unkomplizierte Frau schon immer. Aber jetzt wurde ihr bewusst, wie sehr sie sie liebte. Anfangs hatte sie Nora wie königlichen Besuch behandelt und mit Essen und kleinen Geschenken überhäuft, ihr stundenlang am geschrubbten Küchentisch gegenübergesessen und sich durch nichts ablenken lassen, während sie Versäumtes mehrerer Jahrzehnte nachholten. Doch inzwischen waren sie einfach nur zusammen und taten, was getan werden musste. Es war, als hätte Gwennan nun keine Angst mehr, Noras Anwesenheit könnte nur ein kurzes, helles Strohfeuer sein. Und Nora verhielt sich gern so, als wäre dem auch so.

Auch die Fahrt über die gewundene Straße von Tenby nach Nant-Aur bereitete ihr nun jedes Mal Freude. Die Schlüsselblumen am Straßenrand hinter Kidwelly welkten dahin und ließen nur noch Gras zurück, aber aus dem Wald an der letzten Biegung vor Nant-Aur, der im letzten Monat noch grün-schwarz gewesen war, schimmerte bereits ein Schleier von Glockenblumen. In London waren Fahrten nichts weiter als Gelegenheiten gewesen, ihre E-Mails zu checken. Jetzt fand sie, dass ihr zum ersten Mal die Fahrt selbst wichtig wurde.

Als ihr Laptop mit einem Ping eine neue E-Mail ankündigte, fuhr sie zusammen. Ihre Mutter würde ihr doch nicht jetzt schon antworten? Aber nein, sie war von Sarah vom Maklerbüro. Neugierig öffnete Nora sie und rechnete mit dem üblichen wöchentlichen Update.

»O mein Gott!«, entfuhr es Nora. Sie las sie noch einmal. Bildete sie sich das nur ein? Ihre Wohnung war vermietet. Das Paar (ein Paar? Auf so kleinem Raum?) würde am Freitag einziehen. Und es zahlte anstandslos in voller Höhe. Sarah informierte sie noch einmal über ihre Vermittlungsgebühr und hielt fest, was Nora jeden Monat bekommen würde. Aber das wusste Nora bereits. Bevor sie die Wohnung angeboten hatte, war sie jede nur denkbare Variante durchgegangen. Das waren umwerfende Neuigkeiten. Das war besser, als sie gehofft hatte! Das bedeutete, dass sie quasi mietfrei wohnte. Und das wiederum hieß, dass sie ihre Ersparnisse weitaus langsamer aufbrauchen würde als befürchtet. Und somit blieb ihr ein viel größerer Freiraum. Mehr Zeit, um herauszufinden, was sie wollte. Mehr *Zeit*.

»Oh!«, flüsterte sie und wagte kaum, es zu glauben. *Und* es bedeutete, dass sie erst in sechs Monaten wieder zurück in ihre Wohnung konnte. Natürlich gab es auch andere Möglichkeiten, wo sie unterkommen konnte: Jasmines Cottage oder Stacies. Aber sie wusste bereits, dass sie hierbleiben würde. Sie schickte Kaitlin eine Nachricht.

Wohnung vermietet! Wie's aussieht, bleibe ich bis zum September hier! X

Die Antwort erfolgte prompt. Wie konnte sie gleichzeitig schreiben und bedienen?

Wunderbar! Ich sag jetzt nicht, hab ich's dir nicht gesagt oder so, aber vielleicht bin ich doch Hellseherin? X

Nora lächelte in sich hinein. September. Aber das bedeutete, wenn Jasmine aus Italien zurückkam ... wäre Nora noch immer hier. Irgendwann zwischen jetzt und dann sollte sie ihrer Mutter gegenüber wohl doch erwähnen, dass sie umgezogen war.

CHLOE

Juli 1955

Chloes Freude an der Busfahrt nach Tenby war genauso groß wie in jedem Sommer. All die Orientierungspunkte: das Lager der Fahrenden mit den gescheckten Pferden, der erste Blick aufs Meer, selbst das Umsteigen in Carmarthen und Tante Brans griesgrämige Brauen – von allem ging Ruhe und ein Zauber aus. Erst als die Eisenbahnbrücke ins Blickfeld rückte, wurde ihr ein wenig mulmig zumute. Tenby, Llew, Blossom, drei Wochen Freiheit, ja, das alles wollte sie. Aber was Megan und Megans Launen betraf, darauf konnte sie gern verzichten.

Als sie Tante Susan entdeckte, wuchs ihre Anspannung. Sie wartete wie üblich an der Bushaltestelle auf sie und war wie immer elegant gekleidet mit einem braunen Kostüm und weißer Bluse mit Rüschenkragen und goldenen Punkten darauf. Aber ihr Gesicht war verhärmt und sie spähte nicht durch die Busfenster, um wie sonst nach Chloe Ausschau zu halten. Als der Bus mit quietschenden Bremsen und einer

Abgaswolke zum Stehen kam, zuckte sie ein wenig zusammen, als hätte sie ganz vergessen, wo sie war.

Chloe verlor allen Mut. Hatte sie die Gastfreundschaft überstrapaziert? Hatte Tante Susan beschlossen, dass es zu viel Mühe machte, sie zu beherbergen? Schließlich war Megan ihre Tochter, und wenn diese unter der Anwesenheit Chloes litt, dann musste das sehr schwierig sein.

Aber Tante Susans Miene erhellte sich, als sie Chloe erblickte. »Chloe!«, rief sie. »Wie schön, dich wiederzusehen, meine Liebe. O mein Gott, wie bist du gewachsen. Schöner Mantel, gefällt mir. Willkommen zurück.«

Chloe sackte vor Erleichterung zusammen. Wenn etwas nicht stimmte, dann hatte es ganz gewiss nichts mit ihr zu tun. »Hallo Tante Susan«, sagte sie und umarmte ihre Tante, bevor ihr einfiel, dass sie eher nicht der Typ für Umarmungen war. »Es ist so schön, wieder hier zu sein. Der Mantel ist wieder ein Erbstück, aber ich denke, er passt gut zu meinen Augen.«

»Margaret Matthews oder Patsy Jones?«

Von Chloe fiel alle Anspannung ab. »Margaret. Sie kam vergangenen Monat für ein Wochenende aus Swansea nach Hause. Sie ist jetzt verlobt, weißt du? Es ist nett von ihr, dass sie an mich denkt.«

»Sehr nett, meine Liebe. Llew ist schon mal da gewesen, er hatte den Busfahrplan nicht richtig im Kopf.«

Chloe grinste. Ihr fahriger, wunderbarer, zuverlässiger Freund.

Sie ging im Gleichschritt neben ihrer Tante. Auf deren lange Beine war sie noch immer neidisch, aber Tante Susans eleganter Rock war so eng, dass sie nur Trippelschritte machen konnte, und so kamen die beiden bequem miteinander voran. Möwen fegten im Sturzflug über sie hinweg, als sie an den alten Steinbögen vorbeigingen. Vom Bowlingfeld drang das Klacken der Kugeln herüber und lenkte Chloes Blick auf die weiß gekleideten Spieler, die wie Figuren in einem Gemälde aussahen.

»Es ist wunderbar, hier zu sein«, seufzte sie.

»Das freut mich, aber ich habe leider zwei schlechte Nachrichten für dich, Chloe.«

Chloe verspannte sich. »Hat es was mit Llew zu tun?«, fragte sie sofort. »Geht es ihm gut?«

»Gott behüte, nein, es geht ihm gut, allen geht es gut, es ist nichts dergleichen. Aber ich weiß doch, dass du dich immer freust, Zeit mit Megan und ihren Freundinnen zu verbringen, doch Megan ist nicht da.«

»Heute?«

»Nein, meine Liebe, sie wird während deines ganzen Aufenthalts nicht hier sein. Sie ist zu ihrer Freundin Charlotte nach Frankreich gefahren – die Familie hat Megan freundlicherweise eingeladen, dort den Sommer zu verbringen. Das ist eine wunderbare Gelegenheit. Sie wird ihr Französisch aufbessern können, und natürlich hofft sie darauf, ein paar reizende junge Franzosen kennenzulernen. Also wirst du sie dieses Jahr nicht sehen, sie lässt dich aber grüßen.«

Chloe spürte, wie ihr Magen sich zusammenzog. Sie hatte Gewissensbisse, als wäre sie mit ihren Wünschen dafür verantwortlich. Hasste Megan sie wirklich so sehr, dass sie ihr lieber ganz aus dem Weg ging?

»Liegt das an mir, Tante Susan?« Die Frage kam ihr ganz unbewusst über die Lippen. »Ist sie noch immer sauer wegen des Balls und des Kleids? Das täte mir sehr leid.«

Tante Susans Stirn furchte sich so unvermittelt, als würde etwas sie zutiefst verstören. Dann blieb sie stehen und sah Chloe in die Augen. »Damit hat das nichts zu tun, meine Liebe, das versichere ich dir. Das hat sie alles längst vergessen. Nein, sie ist für fast vier Monate weg! Du wirst verstehen, warum sie sich diese Chance nicht entgehen ließ. Harry ist sehr großzügig, aber so etwas hätten wir uns sonst nicht leisten können.«

»Oh, dann ist es gut, das ist schön für sie. Vielleicht könnte ich ihr einen Brief oder eine Postkarte schicken.«

»Das würde ihr gefallen. Nun, die gute Nachricht ist, dass du das Zimmer ganz für dich allein haben wirst! Du kannst in Megans Bett schlafen anstatt auf dem alten Feldbett. Meine Güte, als ich das nach deinem letzten Besuch wegräumte, ist mir aufgefallen, dass eine der

Federn kaputt war. Du armes Ding, du hättest nicht auf so etwas schlafen sollen!«

»Das war nicht schlimm, Tante Susan, ich hab's gar nicht bemerkt.« Das stimmte zwar nicht ganz, aber so war es höflicher. Langsam kam die Information bei ihr an. Keine Megan! Drei Wochen nicht nur Tenby, sondern sogar ein Zimmer ganz für sie allein, und sie konnte in diesem großen weichen Bett mit der Rosenknospendecke schlafen ... Chloe versuchte sich zu bremsen, damit sie nicht allzu glücklich aussah.

Erst als Chloe auspackte, erinnerte sie sich, dass Tante Susan von zwei schlechten Nachrichten gesprochen hatte. »Was wolltest du mir sonst noch sagen Tante?«, fragte sie.

»Ach ja, fast hätte ich's vergessen. Du wirst in diesem Jahr deinen Tanzunterricht leider nicht fortsetzen können. Miss Jenkins ist abgereist.«

»Was?« Chloe ließ sich aufs Bett fallen.

»Ich habe gehört, sie sei zurück nach Cardiff, aber Muriel Dennis schwört, es sei Birmingham, und Sheila Shear ist davon überzeugt, dass es Aberdeen sei. Wie auch immer, ich wollte dir eigentlich schreiben und es dich wissen lassen, aber dann war da das Problem mit Megan – die ganze Packerei meine ich. Es war einfach so viel los, dass ich nicht mehr daran gedacht habe.«

Sie sah in der Tat sehr müde aus und Chloe konnte nur hoffen, dass sie nicht krank war.

»Bist du sehr enttäuscht, meine Liebe? Ich habe befürchtet, es könnte dir ohne Megan und Miss Jenkins hier bei uns vielleicht zu ruhig sein. Richard wohnt jetzt im Hotel, und so dachte ich, dass dir vielleicht langweilig wird, wenn wir im Haus nur noch zu dritt sind.«

»Kein bisschen. Ich werde es genießen, dich und Onkel Harry ganz für mich zu haben, und außerdem habe ich doch Llew! Das werden wunderbare Ferien werden, Tante.«

Dem war so, aber die Sache mit Blossom setzte Chloe doch sehr zu. Sie holte ihr rosa Kleid aus dem Koffer und hängte es auf. Das ganze Jahr über hatte sie davon geträumt, dass Blossom ihr neue Schritte beibrachte, sie inspirierte und ermutigte. Sie hatte während der Wintermonate sogar Stricken gelernt und für Blossom einen Schal als Dankeschön-Geschenk angefertigt. Sie hätte wissen müssen, dass das nicht von Dauer sein konnte.

Am nächsten Tag erkundigten Chloe und Llew sich überall, doch Tante Susan hatte recht: Es gab tatsächlich keine Übereinstimmung, wohin Blossom gegangen sein mochte, aber natürlich grassierten Gerüchte! Schließlich hatte Llew die geniale Idee, sich im Postamt zu erkundigen, ob Blossom eine Nachsendeadresse angegeben hatte. Hatte sie aber nicht. Chloe schrieb in ihrer schönsten Handschrift eine Nachricht für Blossom und steckte diese durch den Briefschlitz in der Tür von Blossoms altem Haus in der Station Street, nur für den Fall, dass der nächste Bewohner womöglich wusste, wo sie war. Ihr war klar, wie nutzlos dieses Unterfangen war, aber sie musste alle Möglichkeiten ausschöpfen, die ihr einfielen. Es war ihre erste Erfahrung mit dem Verlust von jemandem, der ihr Leben erhellt hatte.

»Warum hat sie mir keine Nachricht hinterlassen?«, wunderte sie sich verzweifelt. »*Wollte* sie den Kontakt nicht halten?«

»Ich denke nicht, dass das ihrem Typ entsprochen hätte«, meinte Llew. »Sie gehörte zu den rastlosen Menschen, Chlo, denen Wurzeln und Bande nicht allzu wichtig sind. Weißt du, ich hatte nie das Gefühl, dass sie sich hier sehr lange niederlassen wird. Was aber nicht heißt, dass du ihr nichts bedeutet hättest. Dem war so, das war ganz offensichtlich. Es ist einfach ihr Naturell.« Das half ihr ein wenig.

Trotz dieser schmerzhaften Enttäuschung waren es wunderbare Ferien. Chloe und Llew waren jeden Tag am Strand, bis auf die drei Tage in der Mitte, als es aus Kübeln schüttete. Da verbrachten sie die Zeit in Llews Dunkelkammer mit dem Entwickeln von Filmen und lesend auf dem Dachboden in Kite Hill. Einmal gingen sie ins Kino und sahen sich *High Noon* an. Llew begeisterte sich dafür, weil es ein Western war, und Chloe fand sich damit ab, weil Grace Kelly mitspielte. Tante Susan gab ihnen eine Tüte Karamellbonbons mit, die sie noch vor dem Hauptfilm verputzt hatten. Außer sich vor Begeisterung kamen sie aus der Vorführung.

Nachdem sie sich wieder ans Tageslicht gewöhnt hatten, spielten sie eine Schießerei nach, prallten gegeneinander und fingen sich mehr als eine Verwarnung ein. Dann rempelte Llew jemanden an, der ihn am Arm packte und gegen die Mauer drückte.

Anfangs dachte Chloe, es sei ein Mann, da er so viel größer und breiter war als Llew, aber beim zweiten Hinsehen erkannte sie einen Jungen etwa ihres Alters in einem modischen marineblauen Cardigan mit cremefarbenen Aufschlägen, spitzen braunen Schuhen und angeklatschten Haaren. Nichts davon vermochte jedoch darüber hinwegtäuschen, dass er fleischig und pickelig war und eine Nase wie ein Klumpen Kaugummi hatte.

»Entschuldige, Will, ich hab dich nicht gesehen. Hoffentlich hab ich dir nicht wehgetan.« Llew sprach ihn freundlich an, als wäre dies der übliche Gesprächston, wenn einem jemand die Gurgel zudrückte. Er klang so gelassen, dass Chloe für einen Moment dachte, es sei ein Freund von ihm, der nur spielte.

»Du könntest mir nicht wehtun, selbst wenn du es versuchen würdest, du dürrer kleiner Zwerg. Aber ich könnte dir wehtun. Erinnerst du dich noch, was im März passiert ist?«

»Natürlich erinnere ich mich«, erwiderte Llew im selben sachlichen Ton, aber Wills Gesicht war eine Maske, sein Ton bösartig. »Na, wenn nichts passiert ist, kannst du mich ja wieder loslassen«, ergänzte Llew. »Schließlich befinden wir uns hier mitten in der Stadt bei hellem Tageslicht.«

Will sah sich um, hielt Llew aber nach wie vor am Hals fest. Die Kinobesucher hatten sich rasch zerstreut, hatten es eilig im Regen. Wo *waren* sie alle?, fragte sich Chloe und bekam es mit der Angst.

»Das stimmt«, sagte Will, »aber so wird es nicht immer sein, nicht wahr, Jones? Wirrkopf. Spinner. Kein Wunder bei deinem Vater. Mein Vater sagt, er hat den Kopf in den Wolken und du bist ein Außenseiter, der keine Chance hat. Hörst du, Jones, du hast nicht die geringste Chance.«

Er boxte Llew in den Bauch und Llew klappte zusammen. Da ging Chloe dazwischen. »Llew! Llew! Ist alles in Ordnung mit dir? Und du, Strickjacke! Du lässt ihn in Ruhe, du widerliches, hässliches Ungeheuer. Da, nimm das!« Sie trat ihn hart gegen das Schienbein und er hielt die Luft an.

»Du kleine Kuh! Wer ist das denn, Jones? Deine Freundin? Primitiver geht's wohl nicht. Aus welchem Loch hast du die gezogen? Einem Schweinestall? Sieh zu, dass du nach Hause kommst, Schweinestallmädchen. Das hier ist Männersache.«

»Männer!«, höhnte Chloe. »Du bist kein *Mann*. Du bist einfach nur *fett*! Such dir jemanden in deiner Größe. Du *Idiot*!«

Llew richtete sich auf, die Hand auf seinem Bauch, das Gesicht bleich und regennass. »Sprich nicht so mit ihr, Will Slocombe.«

»Wer will mich davon abhalten? Du vielleicht?«, höhnte Will.

»Ist hier alles in Ordnung?« Ein vornehm aussehender Mann mit Brille, ausladendem Regenschirm und altmodischem Hut blieb stehen und sah sie an.

»Alles bestens, Sir«, sagte Will und gab das Unschuldslamm.

»Nein!«, widersprach Chloe. »Dieser Junge hat gerade meinen Freund angegriffen und ihm einen Faustschlag in den Magen verpasst. Er ist ein Raufbold.«

Will lachte. »Sie scherzt, Sir! Niemals würde ich so etwas tun. Ich und Leonard, wir sind Schulfreunde und treiben immer unsere Scherze miteinander, nicht wahr, Len?«

»Das sieht für mich aber ganz und gar nicht danach aus, junger Mann«, widersprach der Mann. »Ich denke, du solltest dich jetzt besser auf den Heimweg machen und dich fernhalten von diesen beiden. Und jetzt ab mit dir.«

Zu Chloes Erleichterung gab Will Fersengeld.

»Geht es dir gut, Junge?«, erkundigte sich der Mann.

Llew zuckte zusammen und nickte. »Ja, Sir, besten Dank auch. Ich bin Ihnen sehr dankbar.«

Er nickte und ließ sie allein, murmelte etwas von »so was gab's früher nicht« und: »Was ist nur los mit der Jugend von heute?«

Chloe wandte sich Llew zu. »Wie geht es dir, Llew? Brauchst du einen Arzt? Kann ich etwas tun?«

Er schüttelte den Kopf, aber zu ihrem Entsetzen sah sie Tränen in seinen Augen. »Alles gut, Chloe, mach dir keine Sorgen.«

»Bist du verrückt? Er hat richtig hart zugeschlagen! Er hätte dich verletzen können.«

»Ich sagte doch, es ist alles *gut*.« Das sprach er in dem Ton, der ihn so viel älter als sie, so viel weiser klingen ließ. »Ich hab schon Schlimmeres einstecken müssen. Mist, immer wieder vergesse ich, wie schnell er zuschlagen kann. Für einen schwerfälligen Trampel bewegt er sich verdammt schnell.«

»Wie oft kommt das vor? Wer ist das überhaupt?«

»Er ist in meiner Klasse.«

»Er ist *dreizehn*? Ist das dein Ernst?«

»Er ist schon vierzehn. Er hinkt ein Jahr hinterher, weil er richtig dumm ist. Komm, Chlo, lass uns gehen. Lass es uns bei den Spielautomaten versuchen, ich habe ein paar Pennys dabei und das Gefühl, eine Glückssträhne zu haben.«

»O ja, ich sehe schon, heute ist dein Glückstag«, schnaubte sie. »Nein, nicht in die Spielhalle. Dort wird es voll und laut sein und ich möchte mich mit dir unterhalten, junger Mann. Lass uns ins Seashell gehen. Ich spendiere eine heiße Malzmilch«, ergänzte sie leichtsinnig.

»Junger Mann«, wiederholte Llew angewidert, folgte ihr aber humpelnd.

Als sie sich am Fenster niedergelassen hatten und zwei Becher zwischen ihnen dampften, begann Chloe mit ihrer Befragung. Llew ließ sich mit den Antworten lange Zeit, aber das war sie gewöhnt. Sie starrten hinaus in den Regen, der über die Scheiben lief, auf den durchweichten Sand, so dunkel wie Bienenwachs, und die zinngraue See.

»Er war schon immer da«, sagte Llew endlich. »Er war auf meiner alten Schule und jetzt ist er auf dem Gymnasium – keine Ahnung, wie er da hingekommen ist. Er ist ein Rabauke. Seine Eltern trinken. Er ist unglücklich.«

»Nun, das ist sehr traurig, aber das heißt noch lange nicht, dass er dich schikanieren darf!«, empörte sich Chloe und fühlte sich dabei wie eine Löwin, die ihr Junges beschützt. »Du bist etwas Besonderes und hast das nicht verdient. Also, keiner verdient das, aber du weißt, was ich meine. Ganz besonders du verdienst es nicht. Der hat doch bestimmt keine Freunde!«

»Er hat jede Menge Freunde, Chloe. Ich bin derjenige, der keine hat.«

»Aber *warum?*«

»Weil sie auf der richtigen Seite stehen wollen. Sie wollen schließlich nicht, dass er *sie* in den Bauch boxt, oder? Er ist groß und reich.« Er zuckte beredt mit den Achseln. »Und mich halten sie für verrückt, aufgrund meiner Art zu sprechen und wegen der Fotografie, und außerdem bin ich arm und Mum ist abgehauen und Dad ist nicht so wie die anderen Väter ... Es ist einfach so, Chloe. Aber du brauchst dir keine Sorgen zu machen, ich habe das im Griff.«

»Sah mir aber ganz und gar nicht danach aus«, murmelte Chloe. »Und was war im März? Er sagte was vom März.«

»Da haben sie mich das letzte Mal vermöbelt, Will und seine Kumpane. Es ist also schon eine Weile her, es lief in diesem Jahr recht gut für mich.«

»Ach Llew! Das hast du mir noch nie gesagt.«

»Hör zu, Chloe, manche Dinge sind privat. Es ist beängstigend, natürlich, aber das ist nicht mein echtes Leben, es ist nur eine dumme Situation, in der ich mich befinde, weil ich ein Kind bin. Aber ich warte ab, Chloe. Ich werde älter, ich werde größer, ich werde die Schule verlassen. Ich bin klüger, als sie es sind, und ich verfolge größere Träume als irgendeiner von ihnen. Eines Tages werde ich reich und berühmt sein – und groß. Dann werden sie sich wünschen, mit mir befreundet zu sein.

Aber ich werde mich zurückerinnern. Ich werde keine Rache üben oder etwas in der Art, aber ich werde wissen, was sie sind. Ich werde sie alle hinter mir lassen und ein besseres Leben haben als sie.«

»Aber bis dahin vergehen noch *Jahre*«, warf Chloe kleinlaut ein. »Jahre um Jahre, bevor du die Schule verlassen und alles ändern kannst.«

Jetzt verstand sie, warum der Blick seiner gelbbraunen Löwenaugen oft so versonnen war. Er wartete auf einen Tag in weiter Ferne. Auch Chloe hatte Träume, aber eigentlich wusste sie, dass sie niemals Tänzerin sein und vermutlich niemals Unmengen glamouröser Kleider haben und ihr auch keine Männer zu Füßen liegen würden. Vielleicht würde sie eines Tages jemand lieben, aber es lag nicht in ihrer Hand, dies zu bewirken. Wohingegen Llew genau wusste, was er wollte und das auch umsetzen würde. Sie kratzte mit dem Löffel über den Becherboden und löffelte die dicken, zuckersüßen Klumpen heraus.

»Danke, dass du für mich eingetreten bist«, erklärte Llew und grinste unvermittelt.

»Gern geschehen.«

»Du hast ihn einen Idioten genannt. Und ...«, seine Lippen zuckten, »Strickjacke!«

Chloe lächelte. »Strickjacke«, wiederholte sie. Plötzlich gab es für sie in der ganzen Geschichte der Schimpfwörter nichts Lustigeres. Die beiden lachten, bis sie nach Luft schnappten und Llew sich seinen empfindlichen Bauch hielt. Chloe ergriff seine Hand.

»Freunde für immer«, sagte sie.

»Freunde für immer.«

Dann schlenderten sie durch den Regen. Es war warm und jeder Schritt spritzte und die Stimmung war fröhlich. Die Sonne lugte hinter den Wolken hervor und über dem Hafen hing ein Regenbogen, der die Farben der Häuser widerspiegelte. Und da mussten sie natürlich nach dem Goldtopf suchen – wenn *das* kein Guter Geldtag wäre! Der Regenbogen verschwand hinter den Assembly Rooms und ließ nur noch Pfützen zurück.

»Das war früher mal ein Fotostudio, weißt du«, sagte Llew. »Im vorigen Jahrhundert. Mein Dad hat es mir erzählt.«

Chloe betrachtete ihn von der Seite und sah ihm an, dass er, obwohl er von der Vergangenheit sprach, an die Zukunft dachte.

»Du wirst eins haben«, sagte sie, »ein Studio ganz für dich allein. Du hast vermutlich wieder vergessen, was das bedeutet, oder?« Sie zeigte auf die Inschrift in Altgriechisch über der Tür des Bath House.

»Ja, tut mir leid.« In Gedanken war er wohl immer noch bei der Fotografie.

Chloe zuckte die Achseln. »Jedes Jahr nehme ich mir vor, Tante Susan zu fragen, und jedes Jahr vergesse ich es.«

NORA

Der April kündigte sich mit Blauglöckchen an, die explosionsartig an den unmöglichsten Stellen – an Mauern und in versteckten Winkeln, in den Gärten der Pubs – erblühten. Diesmal behielt das alte Sprichwort »Der März soll kommen wie ein Wolf und gehen wie ein Lamm« recht. Vorbei waren die wütenden, zerstörerischen Winde, die eisengrauen Himmel und sintflutartigen Regengüsse. Dafür gab es jetzt laue Abenddämmerungen, warme Nachmittage und Vogelsang, der hinter jeder Ecke perlte wie Champagner.

Nora stellte fest, dass sie atmen konnte, zum ersten Mal seit über einem Jahr richtig durchatmen. Durch die Vermietung ihrer Wohnung war eine schwere Last von ihr genommen und die Not gebannt. Sie schlenderte durch Tenby und sog die frische Luft ein wie ein Lebenselixier. Offenbar dachte sie in Klischees, aber was rechtfertigte Klischees, wenn nicht die Tatsache, dass in ihnen ein Kern Wahrheit steckte? Endlich befreite sie sich von der Sorge, der kapriziöse Jones könnte es sich mit seiner Großzügigkeit anders überlegen und ihre Miete erhöhen oder sie und Kaitlin auf die Straße setzen. Und sie akzeptierte auch, dass es keine Leichen im Keller gab und die gefürchtete Mrs Watkins sie nicht mit einem Fluch belegte. Nun war die Luft endlich rein, ihr lag die Welt zu Füßen und sie würde einem geschenkten Gaul bestimmt nicht ins Maul schauen.

Sie hatte beschlossen, sich drei Monate Zeit zu geben, ohne sich Gedanken wegen einer Arbeit zu machen. Die Kontaktdaten diverser lokaler Zeitarbeitsfirmen hatte sie sich besorgt und war somit gerüstet. Aber im Moment bestand keine unmittelbare finanzielle Notwendigkeit dazu. Sie wollte es als Sabbatical verstanden wissen.

Bestimmte das mit Seide bezogene Notizbuch mit seinen Listen ihr Leben, so gab der Führer zur Geschichte Tenbys, den sie im Buchladen gekauft hatte, die Erklärung dazu. Es war eine Wiederentdeckung ihrer Geschichtsbegeisterung. Sie fand es wunderbar, gleich vor ihrer Haustür einen mittelalterlichen Hafen zu betreten, sich durch Gassen zu schlängeln, durch die sich schon Kupferstecher und Kaufleute der Tudorzeit bewegt hatten. Es war fantastisch, so nah an der einzigen Fischerkapelle von Wales zu wohnen, die auf Sand gebaut war, berauschend, an so vielen Gebäuden eine blaue Hinweistafel anzutreffen.

Als sie an einem strahlenden Tag mit frischer Brise am Bath House vorbeikam, blieb sie stehen und sah sich die Inschrift in Altgriechisch an. Ein Paar in Anoraks stand neben ihr.

»Wissen Sie, was das bedeutet?«, sprach Nora sie an.

»Nein, tut mir leid«, erwiderte der Mann in breitem Yorkshire-Akzent. »Wir können kein Walisisch.«

Nora schickte ihnen ein zweifelndes Lächeln hinterher. Könnte ihre Bibel ihr da womöglich weiterhelfen? Sie zog den historischen Stadtführer aus der Tasche und schlug es nach. Ja, da stand es. Euripides.

Das Meer wäscht alles Übel vom Menschen ab.

Das war aufregend, denn auf sie traf das mit Sicherheit zu. Seit sie hier angekommen war – eigentlich schon, seit sie zu Hause das Meer halluziniert hatte –, hatte es genau diese Wirkung gehabt.

Sie hatte es sich angewöhnt, mindestens einmal in der Woche das

Museum von Tenby aufzusuchen. Sie liebte diesen in die Burgmauern eingebauten friedlichen Ort, vollgestopft mit Kunst, Fossilien, Kleidern und Videos von Tenby, wie es zur Zeit ihrer Mutter ausgesehen hatte. Sie fühlte sich jenem schwer fassbaren Bindeglied zwischen Vergangenheit und Gegenwart verpflichtet und erinnerte sich, dass der Arbeitsplatz an der historischen Fakultät einer der Gründe war, weshalb sie den Job an der Universität angenommen hatte. Damals hatte sie vorgehabt, die historischen Zeitschriften zu lesen und einige der Vorlesungen zu besuchen. Aber dazu war nie Zeit.

Sie fing an, abends auszugehen, begleitete Kaitlin nach der Arbeit in die örtlichen Pubs, lernte ihre Freunde kennen und amüsierte sich. Kaitlins beste Freunde waren Danny, ein Jamaikaner, der im Alter von zehn Jahren nach London gekommen und dann mit zwanzig nach Tenby gezogen war, seine Schwester Lilian, Portia, die Kaitlin von der Uni kannte und jetzt ein Café in Pembroke unterhielt, aber alle Abende mit den anderen in Tenby zu verbringen schien. Danny arbeitete tagsüber als Buchhalter, was bei Lilian jedes Mal, wenn er es erwähnte, eine Lachsalve auslöste, weil dieser Beruf so gar nicht zu seiner extravaganten Persönlichkeit passte. Samstags legte er als DJ in einem Klub auf, und das waren die besten, nettesten und lustigsten Partys, die Nora je besucht war. *Kubanischer Salsa,* fügte sie ihrer Liste hinzu.

Lilian war Modedesignerin und düste alle paar Wochen geschäftlich nach London, in der übrigen Zeit lebte und arbeitete sie in einem Tumult aus Farben und Stoffen und schien gutes Geld zu machen, obwohl Kaitlin ihr ständig kostenlose Probestücke abluchste.

»Wozu?«, wollte Lilian jedes Mal wissen. »Du trägst doch nichts anderes außer Jeans und Kapuzenpullover! Das ist doch völlig verschwendet an dir.«

»Schönheit braucht keine Rechtfertigung«, pflegte Danny zu widersprechen und lag damit gut im Rennen um den Preis als charmantester Mann.

»Kannst du mir was für meine Party zum fünften Jahrestag entwerfen?«, bat Portia. »Geschäftlich, nicht ehelich«, klärte sie Nora auf.

»Nur, wenn du diesen Hund davon abhältst, sich darauf zu stürzen. Ich habe taupefarbene Rohseide, die dir ausgezeichnet stehen würde, aber ich möchte keine Pfotenabdrücke auf meinen Kreationen.«

Nora fand in dieser angenehmen, engen kleinen Gemeinschaft rasch warmherzigen Anschluss. Anfangs achtete sie darauf, Kaitlin nicht zur Last zu fallen, und schlug einige ihrer Einladungen aus, denn sie hatte nicht vor, sich einfach in Kaitlins Leben einzunisten, sondern wollte sich ihr eigenes erschaffen. Aber Kaitlin band die Menschen einfach in ihr Leben ein. Die langen Schichten, die sie arbeitete, und Noras wachsende Aktivitäten führten dazu, dass sie ohnehin nicht mehr aufeinander hockten, und so gab Nora ihre Vorbehalte auf. Als sie sich entschlossen hatte, mit Kaitlin zusammenzuleben, hatte sie ernsthaft auf ein harmonisches Miteinander als Hausgenossinnen gehofft. Erinnerungen an weniger erfreuliche Erfahrungen mit Mitbewohnern in ihren Zwanzigern hatten sie zwar nicht das Schlimmste befürchten, es aber doch als eine Möglichkeit in Betracht ziehen lassen. Aber sie waren mehr als Hausgenossinnen. Sie waren Freundinnen.

Eines Abends, als dichter Nieselregen den Blick auf den Hafen versperrte, bat Kaitlin Nora, ihr Jasmines Fotoalben zu zeigen. »Nur, wenn es dir nichts ausmacht! Du kannst es mir ruhig sagen, wenn ich wieder zu neugierig bin oder du nicht in der Stimmung dazu bist.« Aber Nora freute sich darauf, sie wieder einmal durchzusehen. Gab es eine bessere Möglichkeit, ihre zauberhafte, sie in den Wahnsinn treibende Mutter zu erklären? Wie sollte sie sonst einen Einstieg finden?

Also brachte Nora die Alben ins Wohnzimmer. Sie machte es sich neben Kaitlin auf dem Sofa bequem und bereitete sich auf ein Wiedersehen mit der Geschichte von Jasmine Banquist, geborene Chloe Samuels vor.

»Soll ich eine willkürliche Auswahl treffen oder mit dem Anfang beginnen?«, fragte sie.

»Mit dem Anfang«, sagte Kaitlin sofort wie ein aufgeregtes Kind.

»Sehr gut, dann wollen wir mal anfangen.« Sie griff nach dem marineblauen Album, auf dessen Umschlag sentimental *Erinnerungen* in Goldfolie prangte. Der Rücken knackte, als sie es aufschlug und zur ersten Seite blätterte.

»Wow!«, entfuhr es Kaitlin sofort. »Sie ist umwerfend! Deine Mutter war wirklich eine Schönheit, Nora.«

»Nicht wahr? Als ich klein war, wünschte ich mir immer, genauso auszusehen wie sie. Und ich litt schrecklich darunter, dass ich so groß und unförmig war, wo ich doch auch so eine feenhafte Tinkerbell wie sie sein wollte. Inzwischen macht mir das nicht mehr so viel aus.«

Kaitlin warf ihr einen entnervten Blick zu. »Weißt du, Nora, es gibt mehr als eine Art von Schönheit, und du bist eine umwerfende Erscheinung. Oh Gott, ich wünschte, ich hätte deine Wangenknochen! Und diese großen Augen! Vergeude keine Zeit damit, zu denken, du seist gewöhnlich. Das Leben ist zu kurz und du musst dankbar sein für das, was du hast.«

»Wie alt bist du?«, fragte Nora amüsiert. »Neunzig?«

»Zieh du als hinfällige Vierzigjährige nicht über Worte der Weisheit aus dem Mund einer jungen Frau im heiratsfähigen Alter her«, meinte Kaitlin milde. »Ich weiß, was ich sage, Nora Sage Banquist. Und jetzt will ich weiter meine Geschichte hören.«

»Das sind also die Londoner Tage meiner Mum, gleich, nachdem sie ihr Zuhause verlassen hatte. Da ist sie neunzehn.«

»Ich kann mir gar nicht vorstellen, wie viel Mut sie aufgebracht haben muss, um Nant-Aur zu verlassen und in die Großstadt zu ziehen, und dann noch ganz allein«, sann Kaitlin. »Überleg mal, was das für ein Kulturschock war!«

»Ich weiß. Aber sie hatte immer vom Scheinwerferlicht geträumt. Und als sich ihr die Chance bot, sich als Model zu versuchen, ergriff sie diese.«

Nora blätterte weiter und lächelte angesichts eines ihrer Lieblingsfotos: Jasmine im hellroten Minikleid mit ihrem damaligen Freund Marco, einem dekadent gut aussehenden Italiener mit langen welligen Haaren und einer Vespa.

»Das ist ja wie eine Szene aus einem Audrey-Hepburn-Film!«, staunte Kaitlin. »Ich kann gar nicht glauben, dass ihr Leben in echt so ausgesehen hat!«

Es folgten weitere Bilder von Marco und noch mehr von Jasmine, die sie in einer Auswahl sündhaft kurzer Röcke, schicker Stiefel, breiter Haarbänder und süßer kleiner Pillboxhüte zeigten.

»Für diese Garderobe würde ich alles geben«, seufzte Kaitlin. »Sie hat die Klamotten nicht aufgehoben, oder?«

»Leider nicht. Wenn Mum voranschreitet, blickt sie nicht zurück. Du wirst es sehen.«

Auf einer weiteren Seite war Jasmine in einem bodenlangen silbernen Abendkleid abgebildet, die Haare hochtoupiert und mit einem Diadem geschmückt. Sie trug Ohrgehänge wie Eiszapfen und lange Satinhandschuhe, die über die Ellbogen reichten.

»Ich werd verrückt!«, rief Kaitlin. »Was kommt als Nächstes? Hat sie einen Prinzen geheiratet, oder was?«

»Nein, das war für ein Modeshooting. Obwohl sie eine Weile tatsächlich mit einem Lord Soundso ging, ganz zu schweigen von einigen vielversprechenden Schauspielern und ein oder zwei männlichen Models.«

»Und Marco?«

»Ist zurück nach Rom. Jetzt kommen ein paar Abzüge von ihren Shootings.« Nora wollte rasch ein paar Seiten überblättern, aber Kaitlin stoppte sie und blätterte zurück, um sie sich genau anzusehen.

»Aus ihrem Privatleben gibt es wohl nicht viele Fotos?«

Nora schüttelte den Kopf. »Sie meinte, ihre Arbeit als Model sei eine Zeit lang auch ihr Leben gewesen, ein einziger Strudel, wo sie zwischen den Aufnahmen und den Partys alles andere vergaß.«

»Aber ja!«, rief Kaitlin begeistert. »Sie ist in London und macht in einer der aufregendsten Perioden der Geschichte eine coole Karriere. Sie ist jung und wahrscheinlich ein bisschen naiv und eitel – das wäre ich sicherlich auch gewesen mit ihrem Aussehen! Es wundert mich nicht, dass sie alles andere vergessen hat.«

Kaitlins Begeisterung, mit der sie die Seiten umblätterte, entlockte Nora ein Lächeln. Jasmine in knalligem Pink. Jasmine in psychedelischen LSD-Farben. Jasmine in Weiß mit Gänseblümchen. Jasmine mit einem jungen Lou Reed. Jasmine in einer Bar mit David Bowie im Hintergrund. Jasmine grinsend mit Jean Shrimpton, die Arme jeweils um die Schultern der anderen gelegt.

»Ist das ... Und ist das ...?«, staunte Kaitlin atemlos.

»Ja. Und jawohl.«

Kaitlin hatte recht. Das Leben, das Jasmine in ihren Zwanzigern führte, war das coolste Leben, das man sich vorstellen konnte. Solche Erfahrungen wünschte sich jeder. Nant-Aur gehörte auf jeden Fall zu den Orten, die man verließ, wenn man jung war, und an die man zurückkehrte, wenn man ein wenig vorangekommen war und die Stadt einen entmutigt hatte, sagte sie sich ein wenig belustigt. Nur dass Jasmine nie zurückgekehrt war.

»Oh Mannomann, das ist einfach irre«, sagte Kaitlin, als sie am Ende angekommen waren. »Und jetzt bitte sofort die Fortsetzung!«

Nora kam ihrem Wunsch nach. »Das ist ein Mädchen namens Melody – dass das ihr richtiger Name war, bezweifele ich -, das Mum mit *diesem* Mann hier zusammenbrachte, der 1968 die Kommune in Devon ins Leben rief. Ein Jahr später schloss Mum sich ihm an. Inzwischen hatte sie ihre alte Freundin von zu Hause wiedergetroffen, Bethan Hill. Siehst du, das ist Bethan.«

Sie zeigte auf ein dunkelhaariges Mädchen mit breiten Hüften und einem eckigen Kinn, dessen ernster Gesichtsausdruck durch ein humorvolles Funkeln in seinen dunklen Augen abgemildert wurde. »Sie sind sich in Soho über den Weg gelaufen, nachdem sie jahrelang keinen Kontakt mehr gehabt hatten. Bethan jedenfalls kam mit ihr mit, und jetzt sehen wir die zweite Inkarnation von Jasmine. Das Blumenkind mit seinem Blumennamen und schließlich seinem Baby.«

»*Du!*«, hauchte Kaitlin. »Also wenn du mich nun noch durch die Siebzigerjahre führst, hole ich uns beiden ein Bier.«

»Ausgezeichnet!«

Nora seufzte zufrieden, als Kaitlin davonflitzte. Sie trank gern vor Ort gebrautes Bier, liebte frisch gefangenen Fisch, Gemüse vom Biobauernhof, der gerade mal fünf Kilometer entfernt war, und Kräuter aus den Töpfen in der Küche. Abends zog sie los, um sich lokale Bands anzuhören. Zufriedenheit wurde beinahe zu einer konstanten Erfahrung.

Kaitlin kam mit dem Bier und einem Teller voller Welsh Cakes zurück, die Nora vorhin gebacken hatte und die noch immer warm waren und köstlich schwer im Magen lagen. »Ich war so frei«, sagte sie.

»Gedankenleserin.« Nora konnte es noch immer nicht fassen, wie gut etwas schmeckte, wenn man es selbst zubereitet und die eigene Mutter und auch die Großmutter es lange vor einem auf exakt dieselbe Weise gemacht hatten. Der süße buttrige Geschmack mit den wunderbar matschigen Rosinen erfüllte ihren Mund und der Teig blieb an den Zähnen hängen.

»Die sind wirklich gut«, murmelte Kaitlin. »Jetzt zeig mir das nächste Album.«

Das dritte Album war braun mit rotem Rücken. Es war größer als die anderen, eher wie ein Sammelalbum, und neben den Fotos fanden sich darin auch Schnipsel von Bändern, Rezepte für Holunderblütenwein und gepresste Blumen aller Art. Jasmine war verwandelt. Sie hatte noch immer langes, glattes Haar, aber die dunkel getuschten Wimpern und die hellen schimmernden Lippenstifte waren zusammen mit den schicken Kleidern verschwunden. Mit dreißig hatte sie ein frisches, natürliches Gesicht, trug Blütenkronen im Haar, Blüten zwischen ihren Zehen und lange Röcke mit Glöckchen, die durch den Schmutz schleiften. Sie war schöner denn je.

Es gab jede Menge Fotos von Jasmine mit Bethan – die zu Beryl wurde. Beryls Haare wuchsen mit jeder Seite, wie Nora belustigt feststellte. Fotos von der Gitarre spielenden Jasmine, von Jasmine am Lagerfeuer in den Armen diverser langhaariger junger Männer.

»Waren sie …?«, fragte Kaitlin vorsichtig.

»Ich denke schon. Freie Liebe und all das …«

»Ich frage mich, ob es jemanden gab, der ihr mehr bedeutete«, sinnierte Kaitlin. »Jemand, der wirklich an ihr Herz rührte?«

Nora zuckte mit den Schultern. »Mein Dad vermutlich? Aber Mum war immer komisch, was Männer betraf. Sie *liebt* es, bewundert zu werden, aber sie lässt nicht wirklich jemanden nah an sich heran. Sie hat mir immer erklärt, dass es mit der romantischen Liebe nicht weit her sei, man nicht auf sie bauen könne und die Menschen einen immer enttäuschten. Als Teenager war ich so was von romantisch, aber sie trieb mir das regelrecht aus. Doch darauf kommt es jetzt wohl auch nicht mehr an.«

»Würdest du *bitte* damit aufhören, Nora?«

Nora erschrak. »Womit?«

»Mit deinem Gerede, als wärst du irgendeine abgewrackte Alte, die ihre Zeit schon längst hinter sich hat. Das ist doch lächerlich. Du bist eine hinreißende Frau, du bist erst vierzig. Warum sollte es für dich mit der Romantik vorbei sein?«

»Na ja, so einfach ist das nicht. Ich meine, es ist schon was anderes, als sich für ein neues Paar Schuhe zu entscheiden. Man kann nicht einfach losziehen und sie anprobieren und mit nach Hause nehmen. Gut, vermutlich *kann* man das, aber das bedeutet nicht, dass man dann auch die findet, die man braucht, welche, die man wirklich, wirklich ... tragen möchte. Manche Schuhe sind einfach ... *falsch* für einen. Apropos falsch, das hier ist übrigens mein Vater, das erste Foto von ihm. Das ist der Abend, an dem sie sich kennengelernt haben.«

Als Foto war es nichts Besonderes. Nur ein weiterer körniger Schnappschuss von Hippies, die um ein Lagerfeuer saßen. Für Nora jedoch war es der Anfang ihrer eigenen Geschichte. Da war sie, ein Zwinkern im Auge ihres Vaters.

Er lehnte an einem Baum mit einer Bierflasche in der Hand. Er war groß, wie Nora, und hatte seinen Blick auf Jasmine am anderen Ende eines Felds voller Leute gerichtet. Sollte sie sich seiner bewusst gewesen sein, bemerkte man es nicht. Aber auf den folgenden Seiten tauchten immer mehr Fotos von Jasmine und Steve gemeinsam auf.

Und dann ein brauner Zigeunerwagen, den man am Rand des Felds abgestellt hatte. Fotos von Jasmine auf einer Leiter, die Haare unter einem Kopftuch, als sie ihn anmalte. Irgendwann im Lauf der Jahre hatten schmutzig wirkende Polaroids mit zufälligen Lichtreflexen, die an Weihnachtsschmuck erinnerten, die Fotos abgelöst. Doch trotz der schlechten Qualität war nicht zu übersehen, wie heiter und idyllisch der Wagen geworden war, vor allem als ganze Gruppen von Töpfen mit Blumen und Kräutern vor seinen Rädern standen.

»Da drin haben Mum und Dad gemeinsam gelebt. Und hier ist die Hochzeit.«

Noras Eltern und ihre Freunde wirkten im konventionellen Ambiente der Kirche zerlumpt und farbenprächtig, wenngleich Jasmine natürlich äußerst elegant aussah in ihrem apfelgrünen Kleid und mit einer Krone aus weißem Jasmin im dunklen Haar.

»Und hier ist Mum schwanger. Sieht sie nicht stolz aus? Dad macht jedoch einen etwas verängstigten Eindruck!«

»Du kommst nach ihm, Nora. Hast seine Größe, seine Hautfarbe, seinen Körperbau. Er war auch ein Hingucker, nicht wahr?«

Sie waren ein schönes Paar, aber Nora fand immer, dass sie irgendwie nicht zusammenpassten, nicht einmal an ihrem Hochzeitstag. Vielleicht lag es auch nur daran, dass sie wusste, wie die Geschichte ausging, und sie die beiden durch den Filter der drohenden Trennung betrachtete.

»Er sieht nett aus«, befand Kaitlin.

»Das war er wohl auch. Siehst du, eine ganze Weile keine Fotos. Fast, als langweile es sie, das alles zu dokumentieren. Egal, machen wir weiter ... mit *dem* hier!«

Nora griff nach einem grünen Album und schlug es schwungvoll auf.

»Babyfotos!«, freute sich Kaitlin. »Oh mein Gott, bist du das? Tatsächlich? Wie komisch!«

»Danke! Ich dachte, ich sei hinreißend.«

»*Jetzt*! Damals eher nicht. Kahl, sabbernd … Ich hab's nicht so mit Babys. Warum warst du so rot?«

»Ich denke, ich sah ganz normal aus, danke. Aber Mum hier schafft es, sogar als erschöpfte Mutter eines Neugeborenen gut auszusehen.«

Es stimmte. Jasmine war blass mit wirren Haaren, aber ihr Blick uneingeschränkter Liebe ließ sie leuchten. Sie sah Nora mit verzückter Hingabe an, und die Profilaufnahme zeigte sie mit leicht geöffneten Lippen, als könne sie das Wunder nicht begreifen.

»Sie liebt dich«, sagte Kaitlin.

»Ich weiß.«

Es folgten Fotos der kahlen roten Nora, erkennbar nur an ihren riesigen grauen Augen, die immer unverwandt ihre Mutter ansahen. »Siehst du, dass sie das Zentrum meines Universums ist?«

»Und umgekehrt. Oh guck mal, hier bist du ein bisschen älter. Wie süß, die kleine Latzhose! Ach Gott sei Dank, jetzt hast du endlich Haare.«

Geduldig ertrug Nora von einem Foto zum nächsten die Analyse ihrer Niedlichkeitsquote, bis sie am Ende des grünen Albums angelangt waren und beschlossen, dass es Zeit für eine Essenspause war.

»Ich würde deine Mutter so gern kennenlernen«, sagte Kaitlin, als sie nach unten gingen. »Du *musst* sie überreden, herzukommen, wenn sie zurück ist.«

»Ich werd's versuchen. Und deine würde ich auch gern treffen! Jetzt bin ich schon seit Wochen hier. Jedes Mal, wenn ich zum Hotel komme und deinen Dad sehe, spricht er von Anna – unfassbar, dass wir uns bis jetzt noch nicht kennengelernt haben. Ich fand es sehr schade, dass sie letzte Woche nicht mit ins Kino kommen konnte. Ist ihre Erkältung besser geworden?«

»Du wirst sie kennenlernen. Und es geht ihr wieder gut, danke. Wir machen bald was aus.« Kaitlin fing an, Halloumikäse zu schneiden, hielt dann aber inne. »Weißt du, all das, was deine Mutter dir gesagt hat, von wegen nicht an die große Liebe glauben … Ich denke nicht, dass dein Vater schuld daran ist.«

Nach einigen Runden durch die Küche ließ Nora sich auf einen Barhocker an der Kochinsel fallen. Sie stützte ihr Kinn auf.

»Wie kommst du darauf?«

»Nun, auf den Fotos ist es offensichtlich, dass sie nicht seelenverwandt waren. Ich glaube, sie passten womöglich in ihren Vorstellungen davon, wie Liebe aussehen sollte, zusammen, die Realität konnte es dann aber nicht erfüllen.«

»Da stimme ich dir zu. Er sah gut aus, sie war schön, aber es braucht gewiss mehr als das.«

»Und dass dann schlagartig die Fotos wegbleiben. Ich meine, sie hat alles andere im Bild festgehalten. Da gab es die Zeit, als sie zusammenkamen ... Gut, das ist die Phase, die allen gefällt. Die Hochzeit natürlich. Und auch noch die Zeit, als sie sich ein Zuhause schufen und dich erwarteten. Aber vom gemeinsamen Alltagsleben: nichts. Dann wurdest du geboren und es gibt wieder Fotos, jede Menge. Offenbar war sie begeistert von dir. Ich denke nicht, dass er ihr das Herz gebrochen hat, oder? Ihrem Ego einen Dämpfer verpasst, das ja, aber nicht mehr.«

»Ich weiß, was du meinst«, gab Nora zu. »Ich glaube, du hast recht. Und doch werde ich das Gefühl nicht los, dass da noch irgendwas anderes ist. Irgendetwas ist passiert. Du hast gesehen, wie sie mit mir am Anfang umging. Nun, daran hat sich all die Jahre hindurch nichts geändert. Wir vergötterten einander. Das tun wir wohl noch immer, aber es ist nicht mehr so *unbeschwert*.«

»Sollte es das denn sein? Sie ist schließlich deine Mutter.«

Nora lachte. »Das sagen alle! Aber das war sie früher auch. Wir waren wie die verdammten Gilmore Girls! Aber gut, die Antworten werden sich nicht auf den Seiten eines Fotoalbums finden lassen, oder?«

»Wohl eher nicht«, bestätigte Kaitlin, während sie Zucchini hackte. »Abgesehen vom Offensichtlichen natürlich.«

»Und was ist das Offensichtliche?«

»Nun, du weißt schon, die ins Auge springende Nichtberücksichtigung!«

»Was meinst du? Meinen Vater?«

»*Nein*! Ist dir das wirklich nie aufgefallen?«

»*Was denn*?«

»Na ja, der Anfang.«

»Der Anfang?« Nora zerbrach sich den Kopf nach Anhaltspunkten in den glamourösen Londoner Tagen. Ihr war diese Zeit immer als sehr geradlinig vorgekommen. »Was ist damit?«

»Der *fehlt* doch, oder? Was ist mit ihrer Kindheit, ihren Teenagerjahren, ihren Besuchen in Tenby? Warum gibt es davon keine Fotos?«

CHLOE

Nach dem *High-Noon*-Vorfall, wie sie ihn zu nennen pflegten, verliefen die Ferien ohne weitere Missgeschicke. Aus verheißungsvoll schimmernden Vormittagen wurden lange, sengend heiße Tage. Die Gewissheit, mit der Llew von der Zukunft sprach, führte Chloe vor Augen, dass sie von der Schwelle zum Erwachsensein nicht mehr allzu weit entfernt waren. Diese Sommertage, in denen alles in gewohnten Bahnen lief, waren etwas Kostbares. Also kostete sie sie bis zum Letzten aus: Nie zuvor hatte sie so viel gelacht, und wenn sie nach einem mit Wandern, Schwimmen und Klettern verbrachten Tag erschöpft nach Hause kam, erfreute sie sich eines tiefen, erfrischenden Schlafs. Sie genoss es, ein ganzes Zimmer und ein großes Doppelbett für sich allein zu haben.

Doch nicht nur Megans Zimmer war leer, sondern auch das von Richard, weil dieser im Sea Breezes, einem Hotel auf der anderen Seite von Tenby, eine Stelle mit Logis als stellvertretener Leiter angenommen hatte. Und auch das Dachbodenzimmer blieb leer, weil die Freunde Richards, die zu Besuch kamen, im Hotel wohnen konnten: Es gab also keinen gut aussehenden Iestyn mehr, der Chloe in Versuchung führen und enttäuschen konnte; trotzdem dachte sie manchmal an ihn. Chloes Beziehung zu Richard war immer herzlich, aber distanziert gewesen – doch jetzt lud er voller Überschwang Chloe und Llew zum Nachmittagstee ins Hotel ein.

Das Hotel war nicht gerade reizvoll. Die Toiletten stanken ein wenig und die anderen Gäste waren überwiegend sehr alt. Das Essen schmeckte nicht halb so gut wie das von Tante Susan. Aber in ein Hotel – egal welches – zu gehen, war neu und gab ihnen das Gefühl, erwachsen zu sein. Chloe achtete immer darauf, ordentlich auszusehen, nur für den Fall, dass sie einen Blick auf Iestyn erhaschte – was aber nie passierte.

Richard machte auf Chloe einen so lebhaften Eindruck, dass sie ihn kaum wiedererkannte. Hotelier zu sein kam seinem Naturell offenbar entgegen. Na gut, jedem das seine, wie ihre Mutter sagen würde. Chloe freute sich schon darauf, zu Hause einer neidischen Zuhörerschaft in der Schule Bericht zu erstatten.

»Dann haben wir jetzt also Hotels für uns entdeckt, Chloe Samuels?«, würde Bethan sagen. »Dann wirst du jetzt wohl für solche wie uns zu *erhaben* sein.« Und Chloe würde darauf erwidern, dass sie albern sei, dabei allerdings ihr Haar ein wenig schütteln und vor Überlegenheit strotzen.

Der abschließende Höhepunkt des Sommers 1955 war natürlich der Ball. Und dieser war aus zwei Gründen bedeutsam: Erstens war es Llews erstes Jahr als Tenby-Teenager und ... Chloe bekam ihren ersten Kuss!

Llew im Anzug, das widerspenstige Haar platt am Kopf, war der lustigste Anblick, den Chloe je gesehen hatte. Sie verkniff es sich aber, ihn damit aufzuziehen, denn schließlich war es ihr nur unter Einsatz sämtlicher Überredungskünste gelungen, ihn zum Hingehen zu bewegen.

»Ich sehe nicht ein, warum ich das tun soll«, hatte er während der ersten zweieinhalb Wochen gestöhnt. »Du bist bisher auch ohne mich dort ganz ausgezeichnet zurechtgekommen! Außerdem mag ich nicht tanzen! Ich denke, du solltest *froh* sein, wenn ich nicht dabei bin!«

»Jetzt sei nicht albern, Llew Jones!«, schalt Chloe ihn und hatte dabei eine unheimliche Ähnlichkeit mit ihrer Mutter. »Jetzt bist du endlich ein Teenager, also kannst du auch zum Teenagerball gehen!«

»Nur weil ich etwas tun *kann*, heißt das noch lange nicht, dass ich es auch tun *muss*«, brummelte Llew.

Aber jetzt war er hier, schüchtern und mit gebändigter glänzender Löwenmähne. Er vertraute seine kostbare Box Brownie sogar Onkel Heinrich an, damit dieser ein Foto von ihnen beiden vor dem Kaminsims machen konnte. Vor zwei Jahren war er der kleine Junge auf der anderen Seite des Suchers gewesen, jetzt wurde auch er erwachsen. *Wie die Zeit vergeht*, dachte Chloe mit einem Anflug von Angst.

Sie liefen an der Esplanade entlang, wo das wellige Ebenbild des Vollmonds silbern auf den Wogen der indigoblauen See schaukelte. Es war so warm, dass Chloe ihren Schal in der Hand trug und ihre Röcke in frostigem Rosa an ihren nackten Beinen raschelten. Bei allem Hang zur Eleganz war es ihr lästig, sich mit Strümpfen herumschlagen zu müssen, wo doch ihre eigenen Beine so schön glatt und braun waren.

Es war der schönste Ball aller Zeiten. Keine Megan, die an ihrem Selbstvertrauen kratzte. Llew teilte ihr auf seine sachliche Art mit, dass sie schön war, und sie beschloss einfach, ihm zu glauben. Und mit Ausnahme von Alma schienen sich alle Mädchen zu freuen, sie zu sehen.

»Wir waren uns nicht sicher, ob du kommen würdest, nachdem Megan weg ist. Wir hätten mal zum Kite Hill gehen und nachsehen sollen«, meinte Pamela bedrückt. »Hattest du denn genug Abwechslung?«

»Natürlich! Llew und ich sind unserem üblichen Zeitvertreib nachgegangen. Komm her, Llew, ich stell dir Megans Freundinnen vor.«

»Leonard Jones«, sagte Alma. »Vergiss es.«

Chloe hasste sie mehr denn je. *Du weißt gar nicht, wie tapfer und klug er ist*, schickte sie Almas sich entfernendem Rücken wütend in Gedanken hinterher. Alma hatte sich die Haare wieder wachsen lassen und sie schlängelten sich in einem leuchtenden kupferfarbenen Pferdeschwanz über ihren Rücken.

»Vergiss *sie*«, sagte Evie. »Sie ist in diesem Sommer wie ein Bär mit einem Brummschädel. Sie weiß nichts mit sich anzufangen, seit Megan weg ist.«

»Ihre Komplizin«, warf Christine ein und rollte mit den Augen. »Schön, dich endlich mal richtig kennenzulernen, Leonard. Los, setz dich zu uns und erzähl uns was über Chloe.«

Mit raschelnden Röcken scheuchten sie ihn in eine Nische und bestachen ihn mit Limonade, um Klatschgeschichten zu hören. Chloe musste lachen. Noch nie hatte Llew im Zentrum derart geballter weiblicher Aufmerksamkeit gestanden! Und er machte ganz den Eindruck, als käme er besser damit zurecht, als sie je erwartet hatte.

»Nun komm schon, Chloe, du auch«, rief Pam ihr zu. »Wir möchten wissen, wie es ist, ohne Megan bei ihr zu wohnen. Ist es friedlich? Hast du irgendwelche Liebesbriefe unter ihren Kissen gefunden? Ein Skelett in ihrem Schrank?«

Chloe fühlte sich dieser Gruppe viel zugehöriger als in den Zeiten mit Megan. Und sie ertappte sich bei dem Wunsch, Megan möge jedes Jahr nach Frankreich gehen – um gleich darauf deswegen Schuldgefühle zu haben.

Llew brachte mit seinen Tanzversuchen alle zum Lachen. Abwechselnd probierten sie, ihm ein paar Schritte beizubringen, doch er erinnerte dabei weniger an einen Löwen als an ein gerupftes Huhn, das auf und ab hüpfte. Aber Llew war kein Spielverderber und nahm achselzuckend Platz, wenn er außer Atem zurückkam.

»Es macht mehr Spaß, als ich dachte«, gab er zu.

Almas Bruder Graham forderte Chloe zum Tanz auf und war der Erste von vielen. Chloe war fünfzehn, und ihre zarte, ätherische Schönheit versprach schon jetzt, dass sie zu etwas noch viel Faszinierenderem erblühen würde. Mit den weißblonden Haaren und dem Tänzerinnenkleid aus Rosenknospen und Spinngewebe war sie, wie Llew festgestellt hatte, eine wahre Schönheit. Und ohne Megans repressive Präsenz lockerte sich auch ihre gewohnte Zurückhaltung, sie wurde freier und öffnete sich. Es war, als würde sich ein hübscher, furchtsamer Windhund als exotischer Barsoi entpuppen.

»Du siehst aus wie ... eine Zuckerstange!«, sagte Dan Watkins und presste beim Tanzen seinen Mund an ihr Ohr.

»Du siehst aus wie eine Muschel, ganz in Rosa und glänzend«, meinte Albie Myers schon etwas poetischer.

Aber Ron Lewis, siebzehn und attraktiv, mit maisgelben Haaren, sagte überhaupt nichts. Er richtete einfach seine klaren braunen Augen auf ihr Gesicht und hielt sie fest, während sie sich langsam zu Al Martinos *Here in My Heart*, Chloes erklärtem Lieblingssong, wiegten.

Noch nie hatte Chloe mit einem so gut aussehenden Jungen getanzt. Er erinnerte sie ein wenig an Tab Hunter. Von den Jungs, die Chloe kannte, hatte keiner Ähnlichkeit mit Filmstars – abgesehen von Michael Everley, und den kannte sie kaum. Als Ron, noch immer wortlos, ihre Hand drückte, nickte Chloe, ohne recht zu wissen, wozu sie ihr Einverständnis gab. Aber er hatte so schmelzende, ausdrucksvolle Augen. Und er war siebzehn! Sie konnte es kaum erwarten, bis sie Bethan und den anderen davon erzählte!

Ron führte sie nach draußen. Die salzige Seeluft, das Meeresrauschen, der helle Mondschein, der die Dünen in ein silbriges Licht tauchte, das alles war unglaublich romantisch. Chloe fröstelte und Ron legte seinen Arm um sie. Ron setzte sich in den Sand und sie setzte sich neben ihn. Dann fixierte er sie erneut mit seinem durchdringenden Blick. Er roch nach Karamell. Er hielt sie eine Weile, dann küsste er sie.

Der Kuss dauerte bestimmt eine Minute. Er war warm und angenehm, und als er mit einem Finger über ihren Wangenknochen strich, erschauderte sie. Die Nacht knisterte vor Spannung.

Als Ron sich von ihr löste, lächelte er Chloe an. Aber er sagte noch immer kein Wort und sie fühlte sich langsam unwohl. War das normal? War er stumm? Aber nein, er hatte sie zum Tanz aufgefordert. War es Aufgabe des Mädchens, Konversation zu machen? Vielleicht war er einfach nur schüchtern.

»Es ist eine wunderbare Nacht«, sagte sie schließlich.

»Ja«, bestätigte Ron.

»Die siehst sehr gut aus«, ergänzte sie mutiger. »Du hast Ähnlichkeit mit Tab Hunter.«

Er lächelte wieder, wenn auch ein wenig skeptisch.

»Du kannst auch was erwidern, wenn du magst.«

Er sah sie an.

»Weißt du, etwa, ob du mich hübsch findest.«

Er zog die Stirn kraus und wurde rot. »Hübsch?« Einen Moment lang dachte Chloe, er würde Nein sagen! Dann ergänzte er: »Du siehst aus wie eine ...«

Zuckerstange? Muschel? Meerjungfrau? Bitte sag jetzt nicht Zuckerwatte.

»Wie eine *Göttin*«, beendete er inbrünstig den Satz. »Weißt du das nicht? Du siehst aus wie eine Göttin. Du siehst aus, als könntest du auf dem Mond leben!« Er zeigte nach oben und ließ Chloe nicht im Zweifel darüber, welchen Mond sie bewohnen sollte.

»Donnerwetter!«, erwiderte Chloe. »Danke!«

Wieder verfielen sie in Schweigen und hielten Händchen, während sich andere Paare um sie herum küssten und stöhnten. Chloe sah Pamela mit jemandem ins Freie treten, den sie nicht kannte. Pam winkte ihr zu und zeigte ihr rasch ihren erhobenen Daumen, bevor sie sich wieder ihrem Begleiter zuwandte.

Ron stierte angestrengt in den Sand und Chloe wurde klar, dass er nervös war. Und zwar ihretwegen. Er hielt sie für eine Göttin, konnte sein Glück nicht fassen, hier mit ihr zu sitzen. Und plötzlich begriff Chloe, dass sie seine Gefühle lenken konnte. So fühlte es sich also an, Macht über jemanden zu haben. Sie hatte sich immer gewünscht, sich wie eine Sirene, wie die Filmschönheiten zu fühlen. Aber jetzt war sie sich nicht mehr sicher, ob es ihr wirklich gefiel. Es war eine große Verantwortung.

»Möchtest du vielleicht wieder hineingehen?«, erkundigte sich Ron.

Chloe nickte erleichtert und sprang auf. Ron folgte ihr wie ein Schatten. Er fixierte sie wieder mit seinen großen Augen, und diesmal wurde Chloe ein wenig bang dabei. Nicht *vor* ihm, sondern *wegen* ihm und wegen dieser ganzen Chose von Jungs und Mädels und Herzen und Küssen. Sie strich den Sand von den Röcken und sie gingen wieder hinein.

Die Mädchen tanzten alle eng umschlungen. Llew saß allein und sah sich um.

Chloe wandte sich lächelnd an Ron. »Besten Dank, Ron«, sagte sie höflich, als hätte er ihr Sandwiches zum Tee gemacht. Dann ging sie zu Llew.

»Amüsierst du dich?«, fragte er.

»Ron Lewis ist furchtbar schüchtern. Er hat kaum ein Wort gesagt.«

»Er ist nicht der Klügste. Aber er ist recht nett.«

Chloe war ein wenig verlegen. Sie wusste nicht, wie sie mit Llew darüber sprechen sollte. Zum ersten Mal hatte eine Liebelei Einzug in ihre Freundschaft gehalten.

»Es macht dir doch nichts aus, Llew, oder? Es ist nur, ich bin schließlich fünfzehn. Und wir werden erwachsen.« Seine langsame Reaktion machte sie diesmal wahnsinnig, und ihre Besorgnis wuchs.

»Wir werden *tatsächlich* erwachsen«, erwiderte er schließlich, »und wie immer stürmst du mir voraus. Aber es macht mir nichts aus. Geh nur nicht so schnell, dass ich nicht mehr folgen kann.«

Gleich darauf kamen Evie und Christine zu ihnen an den Tisch, überschäumend vor Ausgelassenheit. »Wo ist Pam?«, wollten sie wissen.

»Draußen mit einem Jungen«, sagte Chloe.

»Paul Preece!«, brach es aus Christine heraus. »Wir müssen los und sie sofort finden, sonst frisst er sie bei lebendigem Leib. Du kennst ja Paul Preece!«

Evie kannte ihn offenbar, denn beide bekamen einen Lachanfall.

»Was ist mit dir, Christine?«, fragte Llew. »Du machst einen fröhlichen Eindruck.«

»Ich habe *fünf* Tänze mit Andrew Thomas getanzt und wisst ihr, was er jetzt zum Schluss zu mir gesagt hat?«

Alle drei Köpfe rückten näher. Chloe hoffte, dass es nichts Unanständiges war, das wäre ihr im Beisein von Llew peinlich.

»Er sagte: ›Wir sehen uns am Montag!‹«, ergänzte Christine flüsternd.

Llew und Chloe sahen einander belustigt an.

»Begreift ihr nicht?« Christine war ungehalten. »Das sagt er *nie*. Immer heißt es ›Wir sehen uns, Chris!‹ Noch nie zuvor hat er einen *Tag* genannt. Er möchte mich wiedersehen!«

Llew zog eine Braue hoch. »Dann braucht es wohl nicht viel, um euch Mädchen glücklich zu machen, was?«

Christine gab ihm einen Klaps auf den Arm. »Du kennst dich damit doch überhaupt nicht aus! Du bist nur ein kleiner Junge! Es hat was zu bedeuten, ich sag's euch!«

»Das ist wunderbar, Chris«, erwiderte Evie, klang aber wenig überzeugt.

Als die Mädchen loszogen, um Pam zurückzuholen, sahen Llew und Chloe einander an.

»Was für eine Nacht!«, sagte Llew. »Ich hätte nie gedacht, dass du mich überreden könntest, Chloe Samuels, aber ich bin froh, dass du es getan hast.«

Chloe strahlte. »Ich bin auch froh!«

Als es Zeit war aufzubrechen, fiel Chloes Blick durch die Tür auf den Strand, und plötzlich zögerte sie, dort hinauszugehen, ins Ende eines weiteren Sommerballs, in die Zukunft. Dann ergriff Llew ihre Hand. »Hey, Chlo!«, sagte er eindringlich.

»Was ist?«

Er sah sie schmachtend an. »Wir sehen uns *am Montag*!«

Sie prusteten los und konnten vor lauter Lachen kaum laufen.

NORA

Während der folgenden Tage ging Nora das Gespräch, das sie mit Kaitlin geführt hatte, nicht mehr aus dem Kopf. Sie hatte recht! Wieder mal. Nora war immer davon ausgegangen, dass Wales deshalb in keinem Album vorkam, weil das Leben so trist gewesen war. Aber nun, da sie Zeit mit Gran verbracht hatte, wurde ihr klar, dass dem nicht so war. Mochte Nant-Aur auch nicht über die hellen Lichter von London verfügen, so war das Leben doch reich und warmherzig gewesen. Und jemand wie ihre Mutter? Unvorstellbar, dass während ihrer fast *zwanzig* dort verbrachten Jahre nichts Aufregendes passiert war. Die Frage war nur, was? Warum wollte sie sich nicht daran erinnern? Und könnte dies womöglich die Ursache dessen sein, was so viele Jahre später nun ihre Beziehung zu Nora trübte?

Warum um Himmels willen hatte sie sich diese Fragen vorher nie gestellt? Aber mal ernsthaft, überlegte Nora, wie viele Gedanken machte sich ein Kind über das Leben seiner Eltern, sofern es sich nicht um Dinge handelte, die es selbst betrafen? Jasmine hatte behauptet, dies sei ihre Lebensgeschichte, und Nora hatte es so hingenommen und nicht darüber nachgedacht, dass zwei Jahrzehnte fehlten. Es war die Geschichte ihres *gemeinsamen* Lebens, die Nora mit all der selbstbezogenen Faszination eines Kindes am liebsten mochte. Auch als Nora erwachsen wurde, hatte sie es nie merkwürdig gefunden, dass es keine Fotos aus der Kindheit ihrer Mutter gab. Sie war davon ausgegangen, dass die Familie entweder keine Kamera besaß oder Jasmine, falls Fotos existierten, kein Interesse daran hatte.

Die elegante, weltgewandte Jasmine Banquist mit den pechschwarzen Haaren war ihre Mutter – aber ebenso die weißblonde Waliserin Chloe Samuels. Es fiel Nora schwer, die beiden als ein und dieselbe Person in Einklang zu bringen.

Ein Hämmern gegen die Tür riss sie aus ihren Gedanken.

Draußen stand Mrs Watkins. Über ihrem reizlosen Gesicht erlaubte sich ein Windstoß einen Scherz mit ihren Haaren und ließ sie aufrecht stehen wie bei einem Irokesen.

»Tut mir leid, Sie zu stören«, sprach Mrs Watkins sie mürrisch an. Übersetzung: *Tut mir leid, dass Sie hier sind und mir in die Quere kommen.*

»Kein Problem«, erwiderte Nora. »Was kann ich für Sie tun?«

»Ich brauche etwas, das mein Vater, dieser Trottel, in der Kammer eingeschlossen hat. Würde es Ihnen was ausmachen, wenn ich reingehe und es mir hole?«

»Das macht mir nichts aus. Kommen Sie rein. Schöner Tag, nicht wahr?«, ergänzte Nora, als sie hinter ihnen die Tür schloss.

»Für diejenigen, die Muße haben, herumzusitzen und übers Wetter nachzudenken, wird das wohl zutreffen.« Sie sah sich um. Kaitlins rosa

Kapuzenpullover hing über dem Treppengeländer. Am Fuß der Treppe stand Noras farbenfrohe indische Handtasche. Am Ende des Korridors konnte man durch die Küchentür einen Haufen schmutziges Geschirr sehen. »Es fühlt sich falsch an, verstehen Sie«, verkündete Mrs Watkins, »ins Haus meines Vaters zu kommen und Sie hier anzutreffen, Fremde, die sich häuslich niederlassen.«

»Nun, dafür zahlen wir schließlich Miete«, wandte Nora nachsichtig ein, biss sich dann aber auf die Zunge. Warum hatte sie die Miete erwähnt?

»*Das* ist keine Miete. Das ist eine Farce. Aber meine Meinung dazu kennen Sie ja. Ich habe meinem Vater erneut geschrieben und ihn angefleht, Vernunft anzunehmen, aber zeigt er Einsicht? Nein. Tut er nicht.«

Im Stillen klatschte Nora dem exzentrischen Jones Beifall und schnaubte, weil Mrs Watkins sich ständig einmischte und alles mies machte. »Nun, es ist ja nur für kurze Zeit«, sagte sie. »Er wird sicher bald wieder zurückkommen. Wissen Sie denn, wo er ist? Ich hoffe doch, es geht ihm gut.«

»Ja, das wüssten Sie wohl gern«, murmelte Mrs Watkins undeutlich. »Jetzt sollte ich nach meinen Sachen sehen. Ich gehe mal nach oben.« Sie zog einen Schlüssel aus ihrer Tasche und stapfte die Treppe hinauf.

»Möchten Sie vielleicht eine Tasse Tee?«, rief Nora ihr hinterher.

»Nein danke«, kam die Antwort.

Nora konnte nicht widerstehen und folgte Mrs Watkins. Auf dem Treppenabsatz wartete sie, denn sie traute ihr durchaus zu, dass sie ihre Nase auch in die anderen Räume steckte. Mrs Watkins reagierte darauf mit einem Blick voller Verachtung, bevor sie die Kammer betrat und hinter sich die Tür zudrückte. Aber sie rastete nicht ein und sprang leise wieder einen Spalt weit auf. Nora konnte ihr breites Hinterteil sehen, das in die Luft ragte, als sie sich bückte und in ein paar Kisten wühlte. Die Kammer war, wie Kaitlin schon vermutet hatte, voll persönlicher Dinge, die Jones nicht hatte herumstehen lassen wollen. Sie sah einen über einen Stuhl geworfenen Haufen Männerkleidung, jede Menge Kisten und Akten, Angelzeug, Gummistiefel und an der hinteren Wand noch weitere gestapelte Leinwände.

»Was schleichen Sie da herum?« Mrs Watkins rotes Gesicht schob sich in den Spalt. »Haben Sie alles gesehen, was Sie nichts angeht? Nun, ich habe, weswegen ich gekommen bin, und ich schließe wieder ab, keine Sorge.«

»Ich habe mich nur gefragt, ob Sie vielleicht Hilfe benötigen.« Nora und Kaitlin hatten sich vorgenommen, Mrs Watkins bei der nächsten Begegnung darüber zu informieren, dass die Dachbodentür nicht verschlossen war. Jetzt entschied Nora, dies nicht zu tun. »Aber Sie haben ja offensichtlich gefunden, was Sie wollten, also erübrigt sich das. Ein ... Teddybär!«, schloss sie überrascht.

»Ja, mein Sohn ist da mit meiner Enkelin. Und der *Frau* natürlich«, ergänzte sie, als wollte sie die Existenz einer solchen Person nur ungern eingestehen. »Die Kleine schläft nachts immer so unruhig. Ich dachte, Wendy könnte sie vielleicht beruhigen.«

»Wendy ist der Bär«, erriet Nora und lächelte.

»Ja. Sie gehörte mir, als ich klein war. Mein Vater pflegte zu sagen, sie sei eine besondere Bärin.«

»Das ist reizend«, warf Nora ein. Vielleicht gab es ja doch eine andere Seite von Mrs Watkins.

»Oh, mein Vater ist so doof wie der Tag lang ist, redet immer solchen Blödsinn. Aber dem Kind könnte es helfen.« Vielleicht auch nicht.

Mrs Watkins zog die Tür fest hinter sich zu und sperrte sie mit unnötigem Klappern ab, als gelte es, ein Statement abzugeben. Aber Nora war es vorher noch gelungen, einen kurzen Blick auf ein an der Wand hängendes Bild zu erhaschen. Angestrengt reckte sie ihren Hals, aber gleich darauf war es nicht mehr zu sehen.

»So!«, sagte Mrs Watkins, als hätte sie einen Sieg davongetragen.

»Wollen Sie nicht vielleicht doch eine Tasse Tee?«, erkundigte Nora sich zuckersüß, aber Mrs Watkins ging mit dem Teddybären in der Hand ihres Wegs, sodass Nora nur noch das unter dem festgezurrten Anorak schwankende Hinterteil sah, ehe sie kopfschüttelnd die Tür schloss.

Im Flur hielt sie inne. Auf dem Gemälde in der Kammer war ein Mädchen zu sehen, so viel hatte sie mitbekommen. Daran war nichts Ungewöhnliches. Aber irgendwas an der Neigung des Kopfes und der Art, wie die langen hellen Haare fielen, war ihr vertraut vorgekommen. Es erinnerte sie an die Fotos ihrer Mutter, die in Grans Wohnzimmer standen. Nora schüttelte sich. Künstler auf der ganzen Welt hatten immer wieder schöne Blondinen gemalt. Sie sah einfach Geheimnisse, wo es gar keine gab, was wohl damit zu tun hatte, dass sie ständig an ihre Mutter dachte. Und jetzt war nicht die Zeit, darüber zu sinnieren, denn in einer halben Stunde begann ihre erste Patchworkstunde, die nächste Aktivität auf ihrer Wunschliste.

Als sie später mit sieben anderen Frauen, die alle vor sich hin nähten, in dem kleinen Gemeindesaal saß, musste Nora amüsiert lächeln. Es war wie eine Szene aus einem Jane-Austen-Roman. Die anderen Frauen waren überwiegend älter, um die sechzig. Margaret Lloyd-Wynn war zweiundsiebzig. Und Grace Wells, die fünfundvierzig war, hatte ihre jüngste Tochter, die siebzehnjährige Anwen dabei. Die Kursleiterin Molly Davies war etwa in Noras Alter und ausgesprochen hübsch mit ihren glatten dunklen Haaren und erzählte ständig von ihrem Ehemann und den beiden Kindern. *Das ist eine Frau, die ihr Leben liebt*, sagte sich Nora.

Als Nora sich bei ihr telefonisch informiert hatte, teilte Molly ihr mit, dass sie Patchwork auf die traditionelle Weise unterrichte – indem runde Schablonen gezeichnet wurden, nach denen man die Stoffflicken zuschnitt und dann per Hand aufnähte. »Ich denke, ich sollte Ihnen das sagen, falls sie einen hypermodernen Ansatz mit Schneidrädchen und Rastertafel und solchen Hilfsmitteln erwarten«, erklärte sie. »Sind Sie eine versierte Patchworkerin?«

»Ganz und gar nicht. Ich habe seit der Schulzeit keine Nadel mehr in der Hand gehabt. Aber ich habe mir immer gewünscht, es mal zu versuchen.«

»In dem Fall eignet sich dieser Ansatz für Sie wahrscheinlich ganz gut. Sie brauchen nämlich nicht erst große Anschaffungen zu tätigen, bevor Sie anfangen, und wenn Sie feststellen sollten, dass es nichts für Sie ist, haben Sie kein Geld aus dem Fenster geworfen. Außerdem nehmen wir uns eher kleine Projekte vor, sodass Sie hoffentlich bald ein Erfolgserlebnis haben. Das sind die praktischen Gründe, die für meine Herangehensweise sprechen. Der andere Grund ist der, dass sich der Unterricht angenehmer gestaltet. Wir sitzen dicht zusammen, können leichter plaudern, und dazu kommt noch der traditionelle Aspekt. Im Grunde arbeiten wir genau so, wie unsere Mütter und Großmütter das getan haben.«

»Das klingt sehr gut«, meinte Nora. »Wann kann ich anfangen?«

Und jetzt saß sie da und versuchte sich an einem zylindrischen Handarbeitskorb. Die meisten Damen hatten alte Kleider zum Zusammenschneiden mitgebracht, und die über den Tisch verstreute Mode aus verschiedenen Jahrzehnten gab Anlass zu belustigten oder bewundernden Kommentaren. Margaret hatte ein Kleid aus den Fünfzigerjahren in Butterblumengelb dabei. Rachel Beyons Bluse aus den Achtzigern, stark tailliert und mit Schulterpolstern in der Größe von Sofas, löste brüllendes Gelächter aus.

»Meine Tochter meint, sollte ich mir jemals einfallen lassen, sie wieder anzuziehen, wird sie mich entmündigen«, bemerkte Rachel traurig.

»Das war der Schnitt für die Powerfrau!«, fiel Nora dazu ein. »Meine Mutter ist ein ganzes Jahrzehnt so herumgelaufen.«

Nora wünschte sich, auch so ein Erbstück zerschneiden und in ein neues Leben einarbeiten zu können. Stattdessen hatte sie auf Mollys Anraten hin den Kurzwarenladen in Haverford West aufgesucht und dort anderthalb Meter Stoff mit einem hellen und die gleiche Menge mit einem dunklen Muster und noch mal so viel einfarbig gekauft. Für das nächste Projekt wollte sie Grandma fragen, ob diese vielleicht etwas für sie hatte.

Die Stimmung im Saal mit seinen Resopaltischen, den großen Teemaschinen in der Ecke und dem Sonnenlicht, das in breiten Streifen durch die Fenster fiel, war friedlich. Als ihr Nacken anfing steif zu werden, warf Nora einen Blick in die Runde, auf die konzentrierten Mienen der Frauen, die im Sonnenschein tanzenden Staubflusen, und war zufrieden.

Während Molly ihnen demonstrierte, wie man den Stoff für einen Suffolk Puff bauschte, flog die Tür zum Saal krachend auf und schlug gegen die Wand, sodass alle erschraken. Ein Mann schwankte mit einer Armladung Schachteln hindurch, hinter denen sein Gesicht verschwand.

Margaret legte eine Hand auf ihre Brust. »Oh Gott, mein Herzschrittmacher!«, stöhnte sie.

»Tut mir leid!«, sagte eine Stimme hinter den Schachteln. »Mein Ellbogen ist abgerutscht.«

Da er hinter den Schachteln nichts sah, torkelte er auf sie zu.

»Warte, Logan! Einen Moment«, rief Molly und legte ihren Bausch ab (wobei sie es versäumte, die Nadel sicher in den Stoff zu stecken, wie ihre Anweisung gelautet hatte). Sie griff nach oben und nahm die oberste Schachtel vom Stapel. »Die sind aber schwer!«, rief sie.

»Es ist das Geschirr für das Teekränzchen. Danke, Mol, jetzt kann ich was sehen.«

Er trug den Stapel in den hinteren Teil des Saals und stellte ihn dort vorsichtig ab. Nora kam nicht umhin zu bemerken, dass sein dunkelblaues T-Shirt an einem sehr muskulösen Rücken klebte und seine Jeans ziemlich straff saß, als er sich bückte. Inzwischen konnte Molly mit nur einer Schachtel kaum das Gleichgewicht halten, und so befreite er sie rasch davon.

»Entschuldigen Sie die Unterbrechung, Ladys«, sagte er und fasste die Gruppe ins Auge. Nora spürte, wie sich etwas in ihrem Magen zusammenzog. Er hatte kurz geschnittene dunkle Haare und blaue Augen, war groß und sah zweifellos gut aus. Er sprach mit Akzent, australisch oder neuseeländisch. Für diesen Akzent hatte sie schon immer eine Schwäche gehabt. Sie nähte hastig weiter, stach sich in den Finger und blickte wieder auf. Schließlich bekam man nicht jeden Tag so eine Augenweide zu Gesicht.

»Danke, dass Sie uns das Porzellan gebracht haben, Logan«, sagte Anne Lewis. »Haben Sie schon was von den Gläsern gehört?«

»Noch nichts.«

»Wenn Delphine Carter etwas in die Hand nimmt, dann ist das, als würde man versuchen ... einen feierlichen Empfang in einer Brauerei zu organisieren, wenn ihr versteht, was ich meine. Alles immer nur halb«, ereiferte sich Anne. »Egal. Ist nicht Ihre Schuld, Logan.«

»Oh mein Gott, Sie haben aber Kraft, Kindchen«, sagte Margaret und starrte Logan an.

Nora musste grinsen. Das *Kindchen* war bestimmt eins neunzig groß. Er bekam es mit und erwiderte ihr Lächeln. »Wir sind uns noch nicht begegnet«, sagte er und ging auf sie zu, um ihr die Hand schütteln. »Logan.«

»Nora«, sagte sie und fühlte sich unwohl bei dieser Sonderbehandlung. Bestimmt war sie rot angelaufen. Wie vorhersehbar. Wie peinlich.

»Anfängerin? Oder nur neu in der Gruppe?«

»Beides. Sieht man das?« Lachend hielt sie das Ergebnis dieses Vormittags hoch, das ziemlich schief geraten war und bei dem ein Flicken an einem langen Faden baumelte.

»Sieht hübsch aus. Äh, was immer es ist. So, ich geh dann mal lieber. Schön, Sie kennengelernt zu haben, Nora, schön, euch zu sehen, Ladys, und noch mal Verzeihung für die Herzanfälle.«

Und einfach so geschah das Unmögliche. Nora hatte es schließlich immer für unmöglich gehalten, aber das war es eindeutig nicht. Sie hatte sich irgendwie in Logan verguckt. Ob es Liebe oder Lust oder brennendes Interesse an ihm war, hätte sie nicht sagen können, aber da war etwas und sie geriet ins Schwimmen. Weil es so neu für sie war, fühlte es sich gleich heftiger an, niemals hätte sie gedacht, dass es sie so unvermittelt heimsuchen würde. Wow. Was für ein *toller* Typ.

Logan ging auf Molly zu, zog sie mit einem Arm herzlich an sich und drückte ihr einen Kuss auf die Wange. »Tschüss, Mol, wir sehen uns zu Hause.«

»Tschüss, Prachtkerl, bis später.«

Nora versenkte sich wieder in ihre Näharbeit. Natürlich. Logan dürfte Mollys Ehemann sein. Es versetzte ihr einen Stich ins Herz. Sie erinnerte sich an das, was Kaitlin ihr letzte Woche gesagt hatte: »Sämtliche Männer in Wales sind entweder verheiratet, über sechzig, unter zwanzig oder im Gefängnis.« Zugegeben, da hatte sie schon ein paar Schoppen Cider getrunken und verfiel ein wenig in Selbstmitleid wegen Milo, aber natürlich wäre ein Mann wie dieser nicht Single. Er und Molly gaben ein prächtiges Paar ab. Nora vermied es, ihm hinterherzuschauen, als er ging. Es brachte nichts, sich diesen so unerwartet aufgeblühten Gefühlen hinzugeben. Er war nicht verfügbar. Das Leben war gut. Sie hatte gar nicht nach einem Mann gesucht und war völlig überrascht über ihre Reaktion gewesen. Jetzt musste sie das einfach wieder vergessen.

Doch es erstaunte sie, wie groß die Enttäuschung war. Irgendwie war ihr kalt, als bräuchte sie eine Strickjacke, wo ihr doch gerade noch richtig warm gewesen war.

CHLOE

Juli 1956

Endlich kam der Sommer, in dem Chloe süße sechzehn war. Im vergangenen Jahr war sie geküsst und zum Tee in ein Hotel eingeladen worden. Was würde sie diesmal zu erzählen haben, wenn sie nach Hause kam?

Am Ende ließ es sich in nur einem Wort festhalten: Windpocken.

Mehr denn je hatte sie sich auf Tenby gefreut, nachdem Tante Susan ihr versprochen hatte, sie könne die Dachbodenkammer ganz für sich allein haben.

> Du und Megan, ihr seid jetzt beide junge Frauen, hatte sie geschrieben. Seitdem Richard im Hotel ist, müssen wir kein Zimmer mehr für seine

vielen Freunde bereithalten, es ist also dein Zimmer, wann immer du hier bist.

Es waren köstliche Aussichten, diesen reizenden, von Sonne durchfluteten Dachboden mit den vielen Bücherregalen ganz für sich zu haben.

Bevor sie losfuhr, hatte sie sich ein wenig unwohl gefühlt, aber das hatten alle auf die Vorfreude und das ungewöhnlich heiße Wetter geschoben. Da sie zudem ihre Regelblutung hatte und sich ganz allgemein schlecht fühlte, bestand keine Notwendigkeit, nach einer weiteren Erklärung zu suchen.

Sie war erst einen Tag in Tenby, als sie schwankend vom Esstisch aufstand, weil ihr glühend heiß und schwindelig war. Tante Susan tippte zuerst auf einen Hitzschlag und bestand darauf, sie ins Bett zu schicken, entdeckte dann aber, als sie Chloe ein leichtes Nachthemd gab, dass deren schmaler Körper von einem schlimmen Ausschlag überzogen war. Der Arzt wurde gerufen, die Diagnose genannt.

»Aber ... wie lange wird das dauern?«, rief Chloe schluchzend. »Wie viel von meinen Ferien werde ich verpassen? Doch nicht etwa ... eine ganze *Woche*?«

»Windpocken können zwei Wochen dauern, manchmal aber auch länger, bis sie abgeheilt sind, mein Kind«, sagte der Arzt und sah sie über den Rand seiner Brille hinweg an.

»Aber das wären dann ja meine ganzen Ferien!«

»Also da brauchst du *mich* nicht so anzusehen! *Ich* habe dich nicht damit angesteckt.«

»Aber der Ball!«, erwiderte Chloe flehend und griff nach Tante Susans Hand. »Bis dahin wird es mir doch wohl wieder besser gehen, nicht wahr?«

»Nach den Windpocken wird dir womöglich nicht gerade nach einem Ball zumute sein«, erwiderte Tante Susan ausweichend.

Als Megan später kam, um Chloe gute Nacht zu wünschen, äußerte sie sich direkter. »Du wirst voller Schorf sein, und wenn der abfällt, bleiben Narben zurück, hässliche Narben. Es ist eine Krankheit, die einen ganz fürchterlich entstellt.« Chloe wünschte sich, ihre Cousine wäre noch immer in Frankreich.

»Aber *du* hast keine Narben. Tante Susan sagte, du darfst mich besuchen, weil du sie schon gehabt hast und dich deshalb nicht bei mir anstecken kannst. *Dich* hat sie nicht entstellt!«

»Nicht im Gesicht«, räumte Megan ein. »Ich hatte Glück, meine Narben sind alle da, wo man sie nicht sieht. Aber du hast womöglich nicht so viel Glück. Sieh nur, du hast bereits einen hässlichen Schorf an deinem Kinn. Ich wette, da wird eine Narbe zurückbleiben. Und sicherlich auch auf deiner Nase.«

In ihrem ganzen Leben hatte nichts Chloe derart erschreckt. Als Megan ging, weinte sie in ihr Kissen und ihr armer juckender Körper wurde von Schluchzern geschüttelt. Sie würde entstellt sein! Erst seit Kurzem konnte sie akzeptieren, dass ihre Mutter und Llew nicht voreingenommen waren, wenn sie behaupteten, sie sei wirklich schön, und daran glauben, dass ihre Träume von der Liebe und einem bemerkenswerten Leben sich erfüllen könnten. Jetzt war Schluss damit, ausgelöscht, bevor sie überhaupt begonnen hatten, genauso wie damals, als sie anfing zu tanzen und Blossom dann wegging. Sie war sich jeder einzelnen Wunde ihres heißen, geschundenen Leibs nur allzu bewusst. Es waren *Hunderte*! Sie würde wie die Leprakranken in der Bibel aussehen. Kleine Kinder würden schreien, wenn sie sich ihnen näherte. Es wäre vorbei mit der Schönheit. Sie sähe nicht mal mehr normal aus. Sie wäre *hässlich*.

Am nächsten Morgen hörte sie polternde Schritte auf der Dachbodentreppe und zuckte zusammen, weil sie nicht gesehen werden wollte. Gott sei Dank wohnte Iestyn nicht hier, sodass wenigstens keine Gefahr bestand, *er* könnte sie in diesem Zustand sehen! Aber es war nur Llew. Wie eine aufgescheuchte Ente kam er an ihre Seite.

»Oh Chloe, deine Tante hat es mir erzählt. Fühlst du dich sehr elend?«

»Ja«, schniefte Chloe und ihre Augen füllten sich mit Tränen. »Man darf nicht kratzen, aber sie jucken wie ... wie die Hölle ... und mir ist so heiß und unbehaglich. Ich kann nicht schlafen und mir ist langweilig. Das verdirbt mir die ganzen Ferien. Wir hatten doch nur einen Tag! Und ... und ...« Als nun alles wieder über sie hereinbrach, fing sie richtig zu weinen an. Es gab keine Garantie dafür, dass sie jemals wieder unter Leute gehen konnte.

»Und was?«, hakte Llew nach, nachdem er geduldig abgewartet hatte.

»Das kann ich dir nicht sagen.« Chloe wandte ihr Gesicht ab, während Panik in ihr hochkochte. »Es ist zu schrecklich!«

»Also wozu ist ein Freund da, wenn du ihm nicht auch schreckliche Dinge erzählen kannst? Das wäre ein ebenso nutzloser Freund wie einer, mit dem du keinen Spaß haben kannst. Erzähl es mir, Chlo. Dann sieht es gleich nicht mehr so schlimm aus, das verspreche ich dir.«

Sie sah ihn wieder an und schnappte schluchzend nach Luft. »Ich werde voller Narben sein, Llew. Windpocken hinterlassen Narben! Ich bin froh, dass du all die Fotos gemacht hast, um dich an mich zu erinnern. Ich werde *entstellt* sein!« Dann heulte sie hemmungslos und kriegte sich nicht mehr ein.

Llew sah sie fassungslos an, schloss sie in die Arme und hielt sie fest, bis das Weinen nachließ. Dann legte er sie wieder sanft auf ihrem Kissen ab. Und zu Chloes großem Erstaunen fing er zu kichern an.

»Was gibt es da zu lachen?«

Llew gluckste.

Chloe begriff gar nichts mehr. Er war so zärtlich, so mitfühlend gewesen. »*Hör auf* damit, Llew! Es ist nicht lustig, so hässlich zu sein, dass die Kinder davonlaufen, wenn sie dich sehen!«

Llew brachte vor lauter Lachen kein Wort über die Lippen. Endlich riss er sich mühsam zusammen. »Das ist doch nicht wahr, Chloe! Du wirst nicht entstellt sein. Du wirst nicht hässlich sein. Was redest du da?«

»Es ist wahr. Megan hat es mir gesagt!«

»Ach, Megan! Und du glaubst alles, was sie sagt? Weil sie niemals bestrebt ist, dich zu verunsichern? Es sind *Windpocken*, Chlo! Die hat jeder schon mal irgendwann gehabt. Und wie viele grässlich vernarbte Menschen siehst du herumlaufen? Keine! Weil es *nicht* wahr ist!«

Ein Hoffnungsschimmer keimte in Chloes Herz. Was er sagte, ergab Sinn, wie immer. Aber würde Megan ihr tatsächlich eine derart grausame Lüge auftischen? Was hatte sie außerdem tatsächlich gesagt, und was hatte Chloe in ihre Worte hineininterpretiert? Daran konnte sie sich jetzt gar nicht mehr richtig erinnern.

»Wirklich?«, fragte sie kleinlaut. »Stimmt das wirklich, Llew? Oh! Heißt das, ich kann doch kratzen?« Sie hob eine Hand an ihr Gesicht.

»Nein! Da hat Megan recht, es kann Narben geben, wenn du daran kratzt. Also darfst du das nicht tun. Aber selbst wenn, dann blieben nur winzige Narben zurück, von derselben Farbe wie deine Haut, die keinem auffallen würden. Das wäre das absolut Schlimmste, was zurückbleiben könnte. Aber dazu wird es nicht kommen, denn du wirst nicht kratzen.«

Chloe ließ ihre Hand fallen. »Aber du *versprichst* mir, dass ich nicht hässlich sein werde?«

»Großes Indianerehrenwort!«

»*Wirklich?*«

»Ich schwör's bei meiner Box Brownie.«

»Oh!« Da wusste Chloe, dass er die Wahrheit sagte. »Also dann ist es nicht so schlimm. Ich kann alles ertragen, solange am Ende wieder Normalität einkehrt. Aber Llew! Unsere schönen Ferien. Die sind uns jetzt vermiest. Es tut mir leid.«

»Das ist doch nicht dein Fehler, Dummerchen. Und sie werden uns auch nicht *völlig* vermiest, nur ein bisschen. Ich werde dich jeden Tag besuchen und wir werden Spaß haben, wirst schon sehen. Na gut, freiwillig würden wir nicht drei Wochen auf dem Dachboden zubringen, aber wir werden zusammen sein, das ist die Hauptsache.«

»Aber Llew, du kannst es doch nicht ausstehen, in geschlossenen Räumen zu sein. Nur weil mir der Sommer verhunzt ist, muss er das doch nicht auch für dich sein.«

»Ich komme schon klar. Ich kann noch lang genug draußen sein, wenn du wieder weg bist. Ohne dich wäre es nicht richtig. Nichts ist richtig ohne dich.«

Chloe war gerührt und schon liefen wieder Tränen. Offenbar machten Windpocken rührselig. »Ohne dich ist auch nichts richtig«, flüsterte sie.

Wieder Schritte auf der Treppe und gleich darauf kam Tante Susan mit der Zinksalbe ins Zimmer. »Würdest du bitte rausgehen, Llew, und kurz auf der Treppe warten? Ich muss Chloe das Nachthemd ausziehen und das auf alle Pusteln auftragen. Das hilft gegen das Jucken, Liebes«, erklärte sie Chloe.

Chloe zuckte zusammen, als sie ihr das Nachthemd über den Kopf zog und dabei ihre Haut berührte. Sie ertrug den Anblick ihres eigenen Körpers nicht und schauderte, als Tante Susan sie hier und dort mit der kühlen Salbe betupfte.

»Vielen Dank«, murmelte Chloe. »Es tut mir so leid, dass ich so viele Umstände mache. Vielleicht solltest du mich lieber nach Hause schicken.«

»Unsinn. Du wärst gar nicht in der Lage zu reisen, und es macht keine Umstände. Auch Megan und Richard hatten sie und ich kenne mich noch bestens damit aus.«

»Und Llew? Hat er sie auch gehabt?«, stieß Chloe keuchend hervor.

»Das war das Erste, was ich ihn fragte, als er ankam und gleich zu dir wollte. Noch nie habe ich ihn so versessen darauf erlebt, ins Haus zu gehen! Er hatte sie, als er sieben war.«

»Ach, das ist gut. Er meint, er werde mich jeden Tag besuchen kommen und mir vorlesen. Ist er nicht ein wunderbarer Freund, Tante Susan?«

Tante Susan sah sie einen Moment an und nickte dann. »Das ist er. Ein sehr guter Freund.«

NORA

Zu ihrem nächsten Besuch in Nant-Aur nahm Nora ihren inzwischen fast fertigen Handarbeitskorb mit, um ihn Grandma zu zeigen. Gwennan war an allem interessiert, was Noras Leben betraf. Nora war schon mit neuen Büchern und Behältern mit Kaitlins exotischen Gerichten zu ihr gekommen, und natürlich verbrachten sie jede Menge Zeit damit, sich Fotos anzuschauen. Es waren überwiegend Fotos aus ihrem Leben in Tenby, aber sie zeigte ihr auch Stacie mit ihren Jungs, Simon (»Hmm, nichts Besonderes«, lautete Gwennans Urteil) und natürlich Nora und Jasmine zu verschiedenen Anlässen.

Nora hatte sich vorgenommen, sie nach Stoff für ihren Patchworkkurs zu fragen. »Ich werde einen Quilt machen«, kündigte sie an. »Keinen großen, nur eine Sofadecke. Wenn ich das ganze Material kaufe, wird das ein bisschen unpersönlich. Ich würde gern was mit ein wenig Geschichte dafür hernehmen.«

»Lustig, dass du fragst. Ich wollte dich auch um einen Gefallen bitten. Ich habe noch altes Geschirr auf dem Dachboden. Mair Hughes ist scharf darauf, sie möchte es für die Teestube haben, die sie aufmachen will. Wie nennt man das heute? Wenn alles so aussieht wie vor siebzig Jahren?«

»Vintage?«

»Genau, das ist es. Sie macht ein Vintage-Café auf. Offenbar mit Geschirr, das ein einziger Mischmasch ist – also so was hätten wir uns früher *niemals* einfallen lassen, aber was soll's. Ich wollte dich fragen, ob du vielleicht für mich da hochgehen und es runterbringen würdest.«

Unwillkürlich dachte Nora an Logans Muskeln, die sich unter dem Gewicht seines Kistenstapels anspannten. *Nein!*

»Natürlich, Gran. Soll ich das gleich heute erledigen?«

»Ich glaube nicht, dass es bei Mair eilt, aber dort oben ist auch ein Sack mit alten Kleidern, jede Menge von deiner Mutter und zweifellos auch ein paar von mir. Sieh sie dir an, möglicherweise ist für deinen Quilt ja was dabei.«

Als das ganze Porzellan und ein großer Sack mit Kleidung auf dem Treppenabsatz standen, hatte Nora eine Idee. »Du hast nicht auch noch irgendwelche alten Fotos von Mum?«, rief sie vom Rand der Dachbodenluke, wo sie mit baumelnden Beinen saß, nach unten. »Ich würde mir gern welche aus ihrer Kindheit ansehen.«

»Gütiger Gott, Nora, Fotos von deiner Mutter? Ich habe Dutzende! Aber nicht dort oben. Komm runter, dann zeig ich sie dir.«

Also schloss Nora die Dachbodenluke und folgte Gwennan in ihr Zimmer, wo ein altmodischer rosa Überwurf auf dem großen Messingdoppelbett lag, das sie sechzig Jahre lang mit Dafydd geteilt hatte. Außerdem befanden sich darin ein altmodischer Drehspiegel mit Frisierkommode, komplett mit Haarbürste, Handspiegel und Kämmen und zahlreichen Glasfiguren auf Häkeldeckchen. Nora legte unwillkürlich die Hand aufs Herz. Der Gedanke, so viele Jahre mit jemandem zusammenzuleben und dann allein weitermachen zu müssen ... Wie hielt man das aus? Vielleicht war sie da als Single besser dran. Dann war sie wenigstens daran gewöhnt.

Ihre Großmutter öffnete einen Kleiderschrank mit wenigen ordentlich aufgehängten Kleidern darin und deutete auf einen Schuhkarton auf dem Schrankboden. »Holst du den bitte für mich raus, *cariad*? Dann muss ich mich nicht bücken.«

Sie humpelte nach unten, um den Wasserkessel aufzusetzen, während Nora auf und ab rannte, um alles ins Wohnzimmer zu schaffen. Und dann gingen sie bei Tee und Kuchen alles gemeinsam durch.

Insgesamt gab es fünf verschiedene Service und Grandma fragte Nora, ob sie eins davon haben wollte.

»Mir ist bewusst, dass die jungen Leute heute nicht viel damit anfangen können«, sagte sie. »Es ist weder spülmaschinenfest noch für die Mikrowelle geeignet oder so. Wenn du keins möchtest, werde ich nicht beleidigt sein –«

Sie kam nicht weiter, denn Nora fiel ihr begeistert ins Wort. »Ich hätte *gern* eins! Bist du dir auch sicher? O danke, Gran, die sind wunderschön. Ich will keine modernen Sachen mehr, ich möchte schöne, aussagekräftige Dinge ... Ach, welches soll ich nur nehmen?« Schließlich entschied sie sich für ein bonbonrosa Service mit Goldrand und seitlich aufgemalten kleinen blauen Vögeln.

»Das war ein Geschenk von meiner Schwester Susan zu meinem zehnten Hochzeitstag. Susan hatte immer einen ganz ausgezeichneten Geschmack. Dann bleiben noch vier Sets für Mair Hughes«, meinte Gran. »Sie wird damit zufrieden sein.«

Sie machten mit den Kleidern weiter. Gwennan breitete ein Kleidungsstück nach dem anderen aus und strich sanft darüber, als würde sie alle Erinnerungen wiederbeleben, die ihm anhafteten. Ein paar ihrer alten Kleider waren darunter, aber hauptsächlich Sachen von Chloe. Süße kleine Kinderkleidchen, ein Trägerkleid für sonntags, ein paar alte Kilts und schlichte Blusen mit Peter-Pan-Kragen. Ein blaues Kleid, von dem Gwennan sagte, Chloe habe es fünf Jahre lang zu allen wichtigen Anlässen getragen. »Nicht, dass es davon viele gegeben hätte! Nur hin und wieder eine Hochzeit im Dorf und das Eisteddfod. Und natürlich die Teenagerbälle in Tenby, auf die sie ganz wild war.«

»Teenagerbälle in Tenby?«, lachte Nora.

»Ja. Als Chloe dreizehn wurde, sprach sie monatelang von nichts anderem! Monate davor und Monate danach.«

Ja, dachte Nora lächelnd, ihre Mutter konnte sich sehr für etwas begeistern. Sie strich über den blauen Stoff, der so weich war wie Schmetterlingsflügel. Es war ein süßes Kleid, ein unschuldiges Kleid.

»Ah! Das hier ist der Grund, weshalb sie das Blaue nicht mehr anzog.«

Nora verfolgte gebannt, wie sie das Kleid in Puderrosa mit den weiten Röcken, der Spitze mit dem Silberfaden und dem gebogten Ausschnitt ausbreitete. »Wow! Das ist ja ein Kleid für einen Filmstar.«

»Es gab in Tenby eine Tanzlehrerin, die aber nur ein Jahr blieb. Als sie noch aufgetreten ist, war das eins ihrer Bühnenkleider. Sie hat es Chloe geschenkt, was sehr nett war. Ihr Vater behauptete immer, da habe ihre Begeisterung für Glamour und Mode begonnen, aber ich sagte ihm, dass sie all das schon lange vorher haben wollte. Das hatte sie sich immer gewünscht. Und dies war einfach die erste Gelegenheit, sich auch entsprechend zu kleiden.«

»In London hatte Mum doch ein wirklich glamouröses Leben, oder?«

Gwennan seufzte. »Ja, das hatte sie.«

»Du hast doch sicherlich Fotos aus dieser Zeit? Denn ich habe jede Menge davon und bin immer davon ausgegangen, dass sie auch dir welche geschickt hat.«

»Ja, das hat sie. Aber das sind nicht die Fotos von ihr, die ich liebe, so stolz ich natürlich auch bin. Nur, sie hatte uns verlassen, verstehst du. Nicht, dass ich was dagegen gehabt hätte – ich wusste schon immer, dass Nant-Aur zu klein war für Chloe –, aber es war so *radikal*. Gerade noch war sie hier und half mir im Haus, erzählte mir von ihren Träumen, umarmte mich alle fünf Minuten, und gleich darauf war sie weg und wir bekamen sie kaum mehr zu Gesicht. Und natürlich war die Chloe, die in London als Model arbeitete, dunkelhaarig, was ihr auch gut stand. Aber sie sah nicht mehr aus wie mein Mädchen.«

Nora runzelte die Stirn. Das Mädchen, das dieses süße blaue Kleid getragen und ganz wild auf den Sommerball gewesen war und seine Mutter bewunderte, hatte keine Ähnlichkeit mit dem Mädchen, das den Staub seines kleinen Dorfs abgeschüttelt und nie mehr zurückgeblickt hatte.

»Warum ist sie ... nicht öfter zu Besuch gekommen?«, fragte sie, ohne auf schwieriges Terrain abschweifen zu wollen. »Natürlich verlässt jeder irgendwann sein Zuhause und geht seinen eigenen Weg ... aber warum hat sie nicht mehr Kontakt gehalten? Und auch später? Jetzt?«

»Das weiß ich nicht, Kindchen. Du kannst mir glauben, ich habe mir oft gewünscht, es könnte anders sein. Hier in der Gegend bleiben viele junge Leute in der Nähe, nah bei der Familie. Aber andere auch wiederum nicht. Der Sohn von Mair Hughes lebt in Australien und ihre Tochter in Frankreich. Sie sehen sich über ... Spyke oder so, aber das ist nicht dasselbe. Ich bin also nicht die Einzige. Nur dass Chloe immer so ... Nun, wir standen uns sehr nah.«

Nora war erstaunt, in Grans Worten das Echo dessen zu hören, was sie selbst so oft über sich und Jasmine gesagt hatte. Sie wusste nicht recht, wie sie es anstellen sollte, Gran zu fragen, ob damals irgendetwas vorgefallen war.

Gwennan hob den Deckel des Schuhkartons mit den Fotos. »Das ist *meine* Chloe«, sagte sie. »So habe ich sie in Erinnerung. So war sie, als sie glücklich war.« Sie reichte Nora ein Bündel Fotos.

Nora fiel die Kinnlade herunter. So viele! Sie war davon ausgegangen, dass Fotos in den Fünfzigerjahren für viele Arbeiterfamilien Luxus waren. Aber da stand Chloe in ihrem blauen Kleid in einer Gruppe anderer fein in der Mode der Fünfziger hergerichteter junger Leute, die alle steif vor einem Kamin posierten. Da sah man sie auf dem Ball. Hier war sie am Strand und der Wind wickelte ihr das lange Haar ums Gesicht, während sie sich ein riesiges Sandwich in den Mund stopfte. Nora musste schmunzeln, denn schmeichelhaft war das Foto ganz und gar nicht und sie konnte fast das Vergnügen dessen spüren, der es aufgenommen hatte.

Keine Fotos von Gwennan oder Dafydd oder den Jungs. Abgesehen von ein paar formellen Gruppenfotos zeigten sie alle Chloe und nur Chloe. Und sie war dabei nicht in Nant-Aur. »Die wurden alle in Tenby aufgenommen?«

Gran nickte.

»Wer hat sie gemacht?«

»Das war Llew. Er gab ihr jedes Mal welche für zu Hause mit, der Gute.«

»Und wer war Llew?«

Ihre Gran sah sie ungläubig an. »Wer *Llew* war? Du willst mir doch nicht erzählen, dass deine Mutter mit dir nie über Llew gesprochen hat?« Ihr Erstaunen war so groß, dass Nora sich kurz fragte, ob sie das nicht einfach vergessen hatte. Aber nein, an so einen Namen würde sie sich erinnern. Sie schüttelte den Kopf.

»Wer war das? Irgendein Fotograf aus Tenby, der ihr den Weg geebnet hat, Model zu werden?«

Die Verwirrung auf dem Gesicht ihrer Großmutter hätte nicht größer sein können. »Nicht doch, Kindchen! Llew war Chloes bester Freund!«

Jetzt war es an Nora, verwirrt zu sein. »Bethan war ihre beste Freundin.«

»Das war sie, bis deine Mutter zum ersten Mal nach Tenby kam. In diesem ersten Sommer traf sie Llew und das war es! Sie wurden rasch Freunde. Sie pflegte mir zu sagen: ›Bethan ist noch immer meine beste Freundin hier in Nant-Aur, Mam, aber Llew ist mein bester Freund auf der ganzen Welt!‹ Oh ja, in diesen drei Wochen im Jahr waren die beiden unzertrennlich. Chloe liebte Tenby, das auf jeden Fall, aber Llew stand dabei zweifellos für sie im Mittelpunkt.«

»Und ich habe nie von ihm gehört«, murmelte Nora gedankenverloren. Könnte dies das Geheimnis sein, das Kaitlin vermutet hatte?

»Ein reizender Junge war das. Nun, jedenfalls nach allem, was deine Mum uns erzählte. Wir haben ihn leider nie kennengelernt. Seine Mutter hatte seinen Vater verlassen – was damals eine große Schande war. Aber er ließ sich davon nicht irremachen. Er arbeitete hart für die Schule, ein heller Kopf. In dem Jahr mit den Windpocken dachte ich schon, ich würde ihm vielleicht begegnen, aber am Ende erholte sich deine Mutter so gut, dass sie wie üblich mit dem Bus nach Hause fahren konnte, während ich mich um die Jungs kümmerte.«

Windpocken? Langsam dämmerte Nora, dass Gran eine regelrechte Schatztruhe für die nicht erzählten Geschichten ihrer Mutter war.

»Dann fuhr sie also *jedes* Jahr nach Tenby? Und es gefiel ihr dort?«

»Aber ja, Kindchen!« Ihre durch nichts aus der Fassung zu bringende Großmutter klang nun leicht genervt, als würde Nora sich mit Absicht begriffsstutzig anstellen oder *twp*, wie man hier sagte. »Diese Ferien waren für sie der Höhepunkt des Jahres. Sie wohnte bei meiner Schwester Susan. Das erste Mal war sie dort, als sie zehn war, und dann jeden Sommer, bis sie nach London ging. Das Leben verschluckte sie, nahm mir meine Chloe. Oh, das sollte ich nicht sagen, die jungen Leute müssen selbst bestimmen, wie sie ihr Leben führen wollen. Aber wie kann ein gutherziges Mädchen, das das Meer und seine Familie und seinen besten Freund liebt, das Träume hatte, das schon, aber dennoch mit beiden Füßen fest auf der Erde stand, sich einfach so in diese … *andere Person* verwandeln?«

Jetzt hatte Gwennan Tränen in den Augen. Nora legte die Fotos beiseite und schloss sie in ihre Arme. »Tut mir leid, Gran, ich wollte dich nicht traurig machen. Es ist nur … ich hatte keine Ahnung …«

»Es liegt nicht an dir, Kindchen. Ich vermisse sie, das ist alles. Man glaubt, sich mit etwas abzufinden, glaubt es zu akzeptieren, aber wenn ich ehrlich bin, vermisse ich sie schon sehr lang. Sie ist ein gutes Mädchen. Sie ruft mich zweimal in der Woche an und ich kann mich auch nicht beschweren, sie im Lauf der Jahre nicht gesehen zu haben, sie freute sich immer, wenn Daf und ich euch beide in London besuchten. Das habe ich jedes Mal genossen. Anders als Daf habe ich nie erwartet, dass sie in Nant-Aur bleibt. Er dachte immer, sie würde einen Jungen aus dem Dorf heiraten, im Dorf leben und jeden Tag vorbeikommen. Er dachte es natürlich, weil er es sich wünschte: So sieht die Welt für Männer aus. Aber ich wusste, dass Chloe weggehen würde. Ich rechnete nur nicht damit, dass es so *absolut* sein würde.«

Mehr denn je war Nora sich nun sicher, dass etwas passiert sein musste. Aber sie konnte Grandma nicht fragen. Jedenfalls nicht heute, wo sie so aufgewühlt war. Sie war sehr alt. Ihre Söhne machten sich bereits Sorgen um sie. Nora wollte nicht schuld an einem Herzanfall sein.

»Ach Gran. Mum liebt dich so sehr. Und das hat sie mir immer und immer wieder erzählt. Das Leben ist … Manchmal reißt es einen fort. Wie bei mir und meinem Job. Ist das nicht immer wieder seltsam?«, schloss sie halbherzig.

Aber Gwennan schien es zu trösten. »Ja Kindchen, das ist es. Also, dass mich das so aufwühlt! Weinen sieht mir gar nicht ähnlich.«

»Weinen reinigt«, sagte Nora und wiederholte damit Jennifers Worte von vor einigen Monaten. »Soll ich frischen Tee kochen, Gran? Der hier ist kalt geworden.«

Erst auf der Heimfahrt fiel ihr ein, was Gran gesagt hatte, als sie Nora die Fotos gab: »*So war sie, als sie glücklich war.*«

Hatte sie damit angedeutet, dass diese strahlende, umwerfende junge Frau, die auf all den Fotos posierte, in London, in den Sechzigerjahren, *nicht* glücklich gewesen war? Obwohl, wer konnte schon wissen, was sie gedacht oder tief drinnen gefühlt hatte? In gewisser Weise waren es alles professionelle Aufnahmen, sie musste sich so geben. Hatte sie hinter dieser Fassade die Wälder und Felder von zu Hause vermisst? Die hellen Strände von Tenby? Ihren mutterlosen besten Freund? *War* sie glücklich gewesen?

CHLOE

In der ersten Woche mit Windpocken hielt Llew Wort und las Chloe jeden Tag aus den *Fünf-Freunde*-Büchern vor. Weil Chloe viel Schlaf brauchte, zog er in den frühen Morgenstunden mit seiner Kamera los, bevor er dann um zehn Uhr zu ihr kam. Tante Susan brachte ihm Mittagessen, das er am Bett von Chloe verzehrte. Er aß dabei genug für beide, während sie im Hähnchensalat stocherte oder an der Suppe nippte, bevor sie wieder einschlief. Dann brach Llew auf und beschäftigte sich mit seinen Dingen, bevor er um vier Uhr zurückkehrte und noch einmal ein paar Stunden bei ihr weilte. Zum Abendessen ging er heim zu seinem Vater und entwickelte dann abends die Fotos, die er tagsüber gemacht hatte, um sie Chloe am nächsten Vormittag zu zeigen. Auf diese Weise bekam sie Tenby dennoch zu sehen, obwohl sie das Bett hüten musste.

Am zweiten Dienstag wachte sie auf und fühlte sich ein wenig besser. Ihr Kopf war klarer und sie war überzeugt davon, dass die Pustel unter ihrem linken Ellbogen kleiner wurde. Sie konnte es nicht erwarten, Llew damit zu überraschen, aber er kam nicht.

Auch am nächsten Tag kam er nicht. Tante Susan war besorgt, Chloe war außer sich und malte sich die schrecklichsten Dinge aus: Will Slocombe hatte ihn vermöbelt; Llew war auf den Felsen ausgerutscht und ins Meer gestürzt; Red Sam hatte ihn schließlich doch gefressen. Onkel Heinrich hatte eine Vermutung und machte sich auf den Weg in die Morris Street, um nachzufragen. Ein gequält wirkender Mr Jones öffnete die Tür. Llew hatte Windpocken.

»Aber ich dachte, man kann sie nicht zweimal bekommen!«, wunderte Chloe sich überrascht. »Ich hätte doch nie zugelassen, dass er mich besucht, wenn ich gewusst hätte, dass das passieren kann.«

»Mir hat er erzählt, er habe sie mit sieben Jahren gehabt«, meinte Tante Susan nicht weniger erstaunt. »Ist Mr Jones sich auch sicher, Harry? Ich weiß, er ist ein hingebungsvoller Vater, aber nicht gerade ein besonders praktisch veranlagter Mann ...«

Onkel Heinrich setzte sich ans Fußende von Chloes Bett und seine blauen Augen hinter der Brille schmunzelten. »Ich war dort, um den Jungen selbst in Augenschein zu nehmen. Es sind Windpocken. Ich fürchte, dass Leonard dir eine Notlüge aufgetischt hat, damit er kommen und Chloe besuchen durfte.«

»Ich habe ihm doch *gesagt*, dass es hoch ansteckend ist! Daran habe ich keinen Zweifel gelassen!«

»Sicher hast du das, meine Liebe. Aber er war fest entschlossen, nicht wahr? Es mag vielleicht dumm von ihm gewesen sein, aber es war sehr galant. Kein Mann entschlossenen Herzens kann vom Objekt seiner Zuneigung ferngehalten werden.«

»Ach je«, seufzte Tante Susan. »Der arme Junge. Dieser dumme, dummc Jungc.«

Die folgenden Tage ohne Llew waren unsagbar langweilig. Abgesehen von ihrer Tante und ihrem Onkel und Megan war Evie die einzige Besucherin. Sie kam zwei Mal vorbei und brachte Chloe Limonade, eine Zeitschrift und gute Wünsche von Pamela und Christine. Chloe war gerührt.

Bei Megan wusste sie nicht, woran sie war. Einmal holte sie Chloe Blumen frisch aus dem Garten und stellte sie in einem Glas dorthin, wo Chloe sie sehen konnte. Aber als Chloe sich dann bei ihr bedankte, zuckte sie verächtlich mit den Schultern und erwiderte: »Das war Mums Idee.«

Sie sah auch anders aus. Anfangs war es Chloe nicht aufgefallen, weil sie im Windpockennebel war, aber als dieser sich lichtete, stellte sie fest, dass Megan abgenommen hatte. Sie hatte immer eine üppige Figur gehabt, war jetzt aber richtig schlank, was nicht gut zu ihr passte. Ihr Gesicht war abgespannt und glanzlos. Chloe versuchte, sie darauf anzusprechen, aber Megan verdrehte nur die Augen und meinte: »Tolles Kompliment, Chloe, danke! Ich sehe jedenfalls besser aus als du«, und stolzierte aus dem Dachbodenzimmer. Chloe fragte sich, ob womöglich Michael Everley der Grund dafür war. Er hatte sie sitzen lassen, und vielleicht vermisste sie ihn. Vielleicht hatte er ihr das Herz gebrochen – aber sie hatte ihre Lektion gelernt und fragte nicht nach. Megan war so stolz. Keiner sollte denken, dass sie nicht jeden Jungen kriegen konnte, den sie wollte.

Am Ende der Woche war Chloe wieder gesund. Der Arzt war begeistert von ihren Fortschritten und sagte, sie sei eine Ausnahmepatientin. Die kleinen Pusteln, die sie noch immer hier und da hatte, würden bald verschwinden, meinte er. Keine der anderen hatte eine Narbe hinterlassen. Er gab ihr grünes Licht zum Rausgehen und sie sollte den Rest ihrer Ferien genießen, wie es ihr gefiel.

Es blieb ihr fast noch eine ganze Woche. Das war mehr, als Chloe sich anfangs erhofft hatte. Aber jetzt war Llew krank und so gab es für sie nur eins. Als Erstes suchte sie den Papierladen auf, wo Mrs Isaacs sie auf Schäden untersuchte und dabei Chloes Gesicht zwischen ihre Wurstfinger nahm und es hierhin und dorthin drehte.

»Makellos«, lautete ihr Urteil. »Meiner Sheila musste ich Handschuhe anziehen, um sie am Kratzen zu hindern, und selbst dann rieb sie noch mit der Wolle darüber. Aber du hast das sehr gut gemacht.«

Dann gab Chloe ihr Urlaubsgeld für Llews Lieblingscomics aus und machte sich auf den Weg in die Morris Street. Sie würde Llew jeden Tag vorlesen, wie er das auch für sie getan hatte. Das Meer funkelte und vom Strand drang fröhliches Kreischen zu ihr herauf. Die sommerliche Brise war berauschend, nachdem sie zwei Wochen lang eingesperrt gewesen war, aber Chloes Entschluss stand fest. Auch wenn sie nie mehr das Tageslicht sah, würde sie Llew doch jeden Tag besuchen, bis es ihm besser ging.

NORA

»Was machst du für ein Gesicht?«, wollte Kaitlin wissen, als sie mit einem Schwall Frischluft im Gefolge in die Küche kam.

Nora saß angesichts der neuesten E-Mail ihrer Mutter mit gefurchter Stirn am Küchentisch. Sie blickte von ihrem Laptop auf.

»Was für ein Gesicht? Wie ist das Wetter?«

»Wunderschön. Wie geschaffen für deine Zwecke. Dein Gesicht wie von einem in die Ecke gedrängten Stinktier.«

»Ah, *dieses* Gesicht. Ich lese gerade eine E-Mail von Mum.«

Kaitlin grinste. »Wie geht es ihr?«

»Gut, es geht ihr gut ... aber sie stellt *Fragen*! So viele Fragen, und sie lassen sich immer schwerer beantworten. Etwa die, ob ich mal bei Sandy vorbeischaue, oder wann ich wieder einen Job habe und wo ich all die Wanderungen unternehme und warum meine hübsche Vase auf dem Foto, das ich ihr geschickt habe, auf dem Bett liegt und nicht auf dem Tisch steht und ob ich nicht noch eins davon machen könnte, damit sie nicht vom Muster der Bettdecke abgelenkt wird ...« Nora raufte sich die Haare. Ein polizeiliches Kreuzverhör wäre *nichts* gegen ihre Mutter.

»Bisher habe ich immer versucht, nicht zu lügen, aber jetzt muss ich mich entscheiden. Entweder, ich fange an zu lügen, oder ich erzähle ihr, wo ich bin.«

»Aber vermutlich willst du weder das eine noch das andere tun.«

»Nicht wirklich ... Ich habe das Gefühl, dass ich kurz davor bin, etwas herauszufinden. Ich weiß nur noch nicht, was es ist.«

»Wieso sollte es dich daran hindern, das herauszufinden, wenn du es ihr erzählst?«

»Vermutlich hätte es keinen Einfluss darauf. Ich bin einfach abergläubisch. Sie hat *nie* den Eindruck vermittelt, Tenby sei wichtig für sie. Immer hat sie so getan, als würde sie es gar nicht mögen! Aber Gran hat erzählt, sie sei für ihr Leben gern hier gewesen. Ach, ich weiß nicht, was ich tun soll.« Mit einem Knall klappte sie ihren Laptop zu. »Ich werde unterwegs darüber nachdenken.«

Heute war der Tag, an dem Nora die Tenby Ramblers, den örtlichen Wanderverein, ausprobieren wollte. Ihre Liste gedieh. Jedes Mal, wenn sie einen der Punkte abhakte, dachte sie schon an neue Dinge, die sie hinzufügen konnte. Jetzt füllten diese eine ganze A4-Seite – gar nicht zu vergleichen mit den drei Ideen, die sie vor drei Wochen ihrem müden Gehirn abgerungen hatte.

Letzte Woche hatte sie bei den Ramblers angerufen und heute sollte sie sich am Treffpunkt vor der Kirche (bei Regen drinnen) einfinden, wo die Wanderer dann auf die Autos verteilt wurden. Sie wollten den Pembrokeshire-Küstenweg vier Kilometer in der einen Richtung und dann wieder zurücklaufen. Nora hatte sich bewusst für eine kürzere Wanderung entschieden, für den Fall, dass ihr die Gesellschaft nicht behagte. Bisher hatte sie niemals Lust verspürt, sich einer größeren Gruppe von Anorak tragenden, Stöcke schwingenden Wanderern anzuschließen, die einer nach dem anderen einem Klippenweg folgten und sich über Hämorrhoiden austauschten, aber ihr Verlangen, sich die Küste anzusehen, war größer, und Kaitlin interessierte sich nicht dafür.

Als sie eine Stunde später in Angle mit drei anderen Frauen, alle sehr freundlich und ohne Hämorrhoiden, aus dem Auto stieg, wagte sie zu hoffen. Im zweiten Auto saßen drei weißhaarige, sehr herzlich wirkende Männer. Während alle die Schnürsenkel festzogen und die Taschen nach Taschentüchern und Powerriegeln abklopften, kam ein blauer Fiesta auf den Parkplatz gerauscht. Kies spritzte, als er in einer Staubwolke neben ihnen zum Stehen kam.

»Ach herrje!«, meinte Elizabeth Fellows und wedelte verärgert mit der Hand.

»Verzeihung wegen des Staubs!«, rief Logan und sprang aus dem

Wagen. »Mir ist gar nicht aufgefallen, wie schnell ich unterwegs war, aber ich wollte euch nicht verpassen. Die Tenby Ramblers? Oh, hallo Nora, wie geht's?«

Nora war so überrascht, ihn zu sehen, dass sie als Antwort nur »Äh, ja, gut« herausbrachte. Was zum Teufel machte *Logan* hier? Sein zweiter dramatischer Auftritt bei genauso vielen Begegnungen. Es war ihr recht gut gelungen, während der letzten paar Tage nicht an ihn zu denken, und jetzt wollte sie sich die Wanderung eigentlich nicht durch seine lästige Anziehungskraft verderben lassen.

»Ich war zu spät bei der Kirche«, ergänzte Logan. »Die Kinder waren heute Morgen ein einziger Albtraum. Sarah meinte, ich hätte euch nur knapp verpasst, und da dachte ich, vielleicht hole ich euch noch ein und schließe mich euch dann an. Ist das okay?«

»Natürlich!«, sagte Alex, der für die Wanderung verantwortlich war. »Je mehr, desto besser. Alex Chambers. Schön, dich kennenzulernen. Heute machen wir nur eine leichtere Tour, ist das in Ordnung für dich?«

»Guten Tag, Alex. Logan. Klingt ideal. Ich möchte einfach die Küste ein wenig besser kennenlernen.«

»Ausgezeichnet. Die ist atemberaubend, Logan, du wirst es nicht bereuen. Dann sind heute also zwei neue Wanderer dabei, Leute! Lasst uns dafür sorgen, dass sie wieder mitkommen wollen. Geh mit mir, Logan, erzähl mir von dir.«

Logan bedachte Nora mit einem warmen Lächeln und ging mit Alex voran, gefolgt von Sid und Arthur, dahinter Fliss und Bev, dann Nora und Elizabeth.

Während der nächsten zehn Minuten konnte Nora sich auf kein Wort dessen, was Elizabeth ihr erzählte, konzentrieren, denn Logans Anwesenheit machte sie ganz wuschig. Sie war mit ihrer Rolle als Schlusslicht sehr zufrieden, nur weit genug weg von ihm. Natürlich hatte er absolut das Recht, hier zu sein, schließlich hatte sie kein Monopol auf die Tenby Ramblers. Was störte, waren nur sein überaus attraktives Aussehen und dass er vergeben war und dass sie ihre alte, wenig schmeichelhafte Wanderhose mit einem Riss am rechten Bein anhatte.

Über ihrem Top trug sie eine blaue Thermoweste, die nicht nur über ihrem Bauch spannte, sondern deren Füllung hervorquoll, sodass sie an einen mit Wolken getupften Himmel erinnerte. Kein Make-up, die Haare irgendwie aufgesteckt, damit sie ihr nicht in den Nacken hingen … Nicht, dass es darauf ankäme, schließlich war er *verheiratet*.

Nach und nach wurde sie ruhiger. Wie von Alex versprochen, war die Landschaft atemberaubend. Es war etwas völlig anderes, sie im Vorbeifahren aus dem Auto wahrzunehmen, oder das Auge in aller Ruhe an diesem nicht endenden türkisen Glitzern zu weiden, auf dem goldene Pfeile funkelten, mit einer frischen Meeresbrise, die einem ins Gesicht blies, umgeben von jungen Kaninchen, die herumsprangen, rosa Strandnelken, die sich im Wind wiegten, und Seevögeln, die sich im Sturzflug ihre Beute sicherten.

Sie gingen langsamer, als sie das allein getan hätte, aber der sanfte Rhythmus, der sich einstellte, als sie mit leichtem Schritt von einer Kurve und Biegung zur nächsten wanderten, stetig und hypnotisierend, hatte etwas Beruhigendes. Da der Weg ziemlich schmal war, liefen sie fast die ganze Zeit paarweise hintereinander, sodass Logan kein Thema war. Außerdem, sagte sich Nora mit einer durch Ozon und Sonnenlicht geläuterten Perspektive, war die Welt voller gut aussehender verheirateter Männer. Kein Grund, sich verrückt zu machen. Er schien ein freundlicher, interessanter Mann zu sein. Schön, dass er hier war. Es war großartig.

Während des Wanderns überlegte sie sich die Antwort an ihre Mutter. Die E-Mail formulierte sich wie von selbst: *Stell dir vor Mum! Ich bin wieder mal kurz in Tenby … Hänge Fotos an! Das Wetter ist wunderbar und es tut gut, mal eine Weile aus London rauszukommen.* Ja, das war es: sich der Wahrheit anzunähern, ohne schon alles preiszugeben. Natürlich würden weitere Fragen folgen – *Wie lang ist eine Weile? Wie kannst du dir das leisten?* -, aber damit würde sie sich später befassen.

Ehe sie sich's versah, war eine Stunde vergangen und sie saßen auf einer begrünten Felskuppe und öffneten Thermoskannen mit Kaffee und heißer Schokolade.

»Kommst du gut mit, Nora?«, erkundigte sich Alex.

»Bestens, danke. Dieser Küstenabschnitt ist umwerfend. Ich kann jetzt verstehen, dass die Leute süchtig danach werden.«

»Genau so ist es! Wir sind es! Ich hoffe, du kommst wieder mit. Nächste Woche gehen wir von Amroth aus los, falls dich das interessieren sollte. Du machst hier Urlaub, sagtest du? Oder bist du länger bei uns?«

»Es ist eine Art Sabbatical, ich werde also noch eine Weile hier sein.«

»Hervorragend«, meinte Alex und ging dann weiter, um sich um die anderen Wanderer zu kümmern.

»Wie lang ist eine Weile?«, wollte Logan wissen, der sich neben sie ins Gras setzte. Er machte so einen handfesten Eindruck.

»Du hörst dich an wie meine Mutter!«, sagte Nora, ohne nachzudenken, einfach, weil Jasmine immer so präsent war.

Er verzog das Gesicht. »Ich urteile nicht, ich frage nur.«

Nora lächelte. »Die Antwort ist, ich weiß es nicht. Mindestens drei Monate. Vielleicht sechs Monate. Sechs Monate ist der Plan. Obwohl, ich bin ja schon einen Monat hier!«

»Dann also fünf Monate«, frotzelte Logan. »Bist du dir sicher, dass es fünf sind? Denn ich muss das wissen.«

»Hör auf.«

»Nein, ernsthaft, ich bin froh, dass es noch eine Weile ist.«

»Danke!« Nora fühlte sich durch sein Interesse gewärmt. »Um ehrlich zu sein, mir gefällt es hier und ich bin mir nicht sicher, ob ich wieder zurück möchte. Aber mir wird wohl nichts anderes übrigbleiben. Du weißt schon, Arbeit, das wahre Leben, Vernunft und all das«, ergänzte sie, als er ihr einen fragenden Blick zuwarf.

»Ja, das wahre Leben«, seufzte er und wirkte einen Moment lang sehr nachdenklich. Und fügte dann nach einer Pause hinzu: »Aber es ist wirklich ganz fantastisch hier. Wir haben natürlich auch zu Hause eine Landschaft, die zum Sterben schön ist, aber die hier … die hat was Magisches. Erinnert mich an meine Kindheit, obwohl ich damals nie hier war.«

Seine Worte brachten bei Nora eine Saite zum Schwingen. Genau so empfand sie es auch. Sie war davon ausgegangen, dass es was mit der Rückkehr zu ihren Wurzeln, ihrer Großmutter und ihrer – wenn auch unvollkommenen – Mutter zu tun hatte.

»Ich weiß genau, was du meinst. Meine Mitbewohnerin sagt immer, bleib doch einfach. Aber ich schaffe es nicht, daran zu glauben, dass das möglich sein könnte. Ich befürchte, es könnte sich einfach in Nichts auflösen wie eine Fata Morgana, wenn ich versuchen sollte, etwas Festes und Dauerhaftes daraus zu machen.«

Er sah sie eindringlich an. »Auf die Gefahr hin, wie ein Papagei zu klingen: Ich weiß genau, was *du* meinst. Manchmal passiert es einem, dass man bei all den fantastischen Orten, die es auf der Welt gibt, für den einen brennt, wo es sich einfach *richtig* anfühlt. Als könnte dieser Ort dir alles geben, was wirklich wichtig ist für dich. Und man denkt, es sei zu schön, um wahr zu sein.«

»Empfindest du das so in Tenby?« Sie fragte sich, ob es der Ort oder Molly oder beides war, was ihn so weit weg von zu Hause hier glücklich machte.

»Ich nähere mich dem an. Schnell.«

Nora nickte. Ihr wurde klar, dass sie Tenby so wahrnahm. Zwischen ihr und diesem Ort stimmte es einfach, er vermittelte ihr ein Heimatgefühl, das ihre Suche als beendet erscheinen ließ. Er bot ihr alles, was wichtig war für sie. Aber bot er ihr auch alles, was sie *brauchte*? Wie etwa einen guten Job, ein ausreichendes Einkommen? Sie seufzte. Sich hier, wo sie überglücklich in das unergründliche Blau des Ozeans blickte und am liebsten eins damit werden würde – nicht im wörtlichen Sinn natürlich -, mit derartigen Gedanken zu quälen, war schrill und unerträglich.

»Das war kein guter Seufzer«, bemerkte Logan.

»Hab nur an die Arbeit gedacht. Ich hab im Moment keine.«

»Ah! Du sagst Sabbatical, meinst aber eigentlich, dass du eine Pennerin bist!«

Nora grinste. »Das bin ich, Logan, das bin ich. Aber obwohl das offensichtlich ein höchst erstrebenswerter Zustand ist, kann er nicht ewig andauern.«

»Was hast du vorher gemacht?«

»Ich war Büroleiterin an einer Universität. Verwaltung auf höchster Ebene. Ich habe dafür gesorgt, dass sich die Erde weiterdreht, verstehst du?«

»Aha, solche Kleinigkeiten also. Und was meinst du, möchtest du das wieder tun?«

»Ich will das wirklich auf keinen Fall wieder tun. Aber das habe ich nun mal gelernt, darin habe ich Erfahrung. Ich fühle mich hier so pudelwohl, probiere so viele Dinge aus, die mir gefallen, bin mir dabei aber sicher, dass ich meinen Lebensunterhalt nicht mit Wandern und Patchwork und Kuchenessen bestreiten kann.«

»Na los doch«, forderte er sie lachend heraus. »Schau mal über den Tellerrand! Es muss doch eine Möglichkeit geben! Ich werde dir helfen, ein Geschäftsmodell zu erstellen, wenn du magst.«

»Was ist denn mit dir? Ähm, ich stelle diese Frage nicht gern, aber ... woher kommst du? Ich weiß, dass Aussies und Kiwis es hassen, wenn man sie falsch zuordnet, aber ich kann es wirklich nicht sagen ...«

»In Neuseeland geboren und aufgewachsen, aber mein Dad war Waliser. Er starb, als ich noch Kind war, Gott sei seiner Seele gnädig. Als ich in meinem Leben an einen ... Scheideweg kam, brach ich hierher auf, um zu sehen, wo er aufwuchs, und um meine Wurzeln zu entdecken.«

Und um Molly zu begegnen, sagte sich Nora. *Ich wünschte, ich hätte ihn damals getroffen*. Sie schob den Gedanken beiseite. Dabei konnte nichts Gutes rauskommen.

»Komisch«, warf sie ein, »in gewisser Hinsicht entdecke auch ich meine Wurzeln – meine Mutter ist hier in der Nähe aufgewachsen, aber ich habe nie viel Zeit hier verbracht.«

»Lebt deine Mum noch?«

»O ja, sie ist sogar quicklebendig. Im Moment ist sie in Italien und verbringt dort ein halbes Jahr bei einer Freundin und lässt es sich gut gehen. Und wie viele Kinder hast du? Zwei, richtig?«

Er sah sie verdutzt an. »Ja! Woher weißt du das? Ah, vermutlich hat Mol es dir erzählt. Ja, zwei, Sylvie ist zwölf, Brendan sechzehn. Es sind ganz tolle Kinder, und alle Mühe und jeden Ärger wert. Hast du Kinder?«

»Nein.«

»Verheiratet?«

»Nein.«

Diese eine Silbe hing schwer und unbeholfen in der salzigen Luft. Warum haftete ihr immer so ein Nachhall an? So viele Menschen waren absolut glücklich als Single. Und Nora hatte das jahrelang nicht infrage gestellt – die Arbeit hatte sie abgelenkt und ihr geholfen, die Augen zu verschließen. Nachdem sie mit jemandem wie Simon zusammen gewesen war, der zwar reizend, aber für sie einfach der Falsche war, empfand sie das Singledasein als Erleichterung! Doch auch jetzt, wo sie langsam anfing, sich der Vorstellung zu öffnen, dass sie vielleicht doch noch nicht mit all dem ... Liebesgedöns ... abgeschlossen hatte, dürfte es doch kaum eine Tragödie sein? Manche Menschen lebten als Paar, andere nicht. Es war immerhin das 21. Jahrhundert! Weshalb also diese ständige Erwartung, sich zu blamieren oder bemitleidet zu werden? Das Schlimmste dabei war, dass es nicht nur ihr so ging. Sie hätte schwören können, dass es auch ihm ein wenig unangenehm war.

Als Alex sie zum Aufbruch rief, blickte Nora sehnsüchtig auf den Weg, der weiterführte. Nachdem sie auf den Geschmack gekommen war, wollte sie gern immer weitergehen und alles entdecken, was es an dieser zauberhaften Küste zu sehen gab. Ja, diese Landschaft strahlte eine besondere Magie aus, das hatte Logan gut getroffen.

Er fing ihren Blick auf. »Das wäre schön, nicht wahr?«

»*Wirklich* schön. Ich werde auf jeden Fall noch mehr Wanderungen unternehmen, solange ich hier bin.«

»Sehr gut! Hey, wir sollten mal zusammen wandern gehen. Ohne die

Gruppe meine ich. In unserem eigenen Tempo, so weit, wie wir wollen. Was hältst du davon?«

Das überraschte Nora. Lust darauf hätte sie. Wieso auch nicht? Aber war es klug in Anbetracht dessen, dass sie sich in ihn verguckt hatte? Sie war verknallt. Sie wollte dieser Verfassung mit keinem gewichtigeren Wort Würde verleihen. Aber er war wiederum nicht der einzige attraktive verheiratete Mann auf der Welt. Sie konnte nicht allen aus dem Weg gehen und sich nur mit Frauen oder hässlichen Männern anfreunden. Oder?

»Aber nur, wenn du möchtest«, sagte Logan, der ihr Zögern offenbar missinterpretierte. »Wenn nicht, ist es auch nicht schlimm. Typischer Kiwi-Irrtum, wir halten immer jeden sofort für unseren besten Freund. Vielleicht könnte auch Molly mitkommen, was meinst du? Ich möchte dich nicht drängen. Wenn du irgendwann Lust dazu hast, sag mir Bescheid. Ansonsten lasse ich dich in Ruhe.«

»Nicht doch, ich komme gern mit. Es ist eine großartige Idee. Und auch Molly, sehr gern! Sie ist so nett.«

»Ja«, grinste er. »Ich bin ein wenig parteiisch, was sie betrifft. Die größte Wanderin ist sie nicht, da muss ich dich warnen, und womöglich schaffe ich es auch nicht, sie dazu zu überreden. Aber ich werde mein Bestes tun.«

»Okay, wie auch immer. Ich freue mich darauf.« Nora war froh, entschlossen gehandelt zu haben. Er hatte eine so ungezwungene und direkte Art, die man keineswegs als Anmache verstehen konnte. Außerdem hatte er es bestimmt nicht auf sie in ihrer zu engen Weste und den uralten Wanderklamotten abgesehen, war er doch mit der hinreißenden, grazilen Molly verheiratet, die aussah, als käme sie direkt aus der Fernsehserie *Ruf des Lebens*. Er war einfach nur nett. Und das war schön. Natürlich war es das.

CHLOE

Juli 1957

Wie himmlisch war es doch, wieder hier zu sein, nach einer faktischen Pause von zwei Jahren, denn was hatte sie im letzten Jahr schon gesehen von Tenby? Mit Blick auf den Strand von der Farbe eines Labradors und das funkelnde türkisblaue Meer schlürfte Chloe ihren Erdbeer-Milchshake mit dem Strohhalm. Endlich war sie eingeladen worden, die Mädchen auf einem Ausflug zu begleiten. Tatsächlich *eingeladen*. Sie brauchte weder zu fragen noch zu bitten oder hinterherzutrotten. Es hatte nur sieben Jahre gedauert.

Zugegeben, nicht Megan war es, die sie eingeladen hatte, sondern Pam und Evie, aber immerhin. Chloe saß eingezwängt in einer Nische mit Christine, Pam, Megan, Evie, Alma und Iris, einer Freundin von Christine. Sie war von Sandersfoot zu Besuch gekommen und quetschte sich nun neben Christine und musste aufpassen, nicht herunterzurutschen. Chloe fühlte sich beengt und unwohl, ihre nackten Beine klebten am roten Kunststoffbezug der Bank. Und ihr war ein wenig langweilig.

Alma war verlobt. Ihre Hand mit dem winzigen Diamantsplitter war in ständiger Bewegung und sie erzählte unaufhörlich von ihrem Verlobten. Das waren ihre Worte, »mein Verlobter«, als hätte er keinen Namen. Chloe wusste, dass er James Jones hieß – nicht verwandt mit Llew – und »vielversprechende Aussichten« hatte. Alma war wie eine sehr hübsche rote Katze, die sich zufrieden das Maul leckte, nachdem sie die Sahne bis auf den letzten Tropfen ausgekostet hatte. Da war kein Platz für Evie, um von *ihrem* Verlobten zu erzählen, und das, obwohl sie schon zwei Monate länger verlobt war als Alma. So viel hatte sich verändert, seit Chloe zuletzt hier war.

Natürlich waren sie alle älter als Chloe, zwanzig und einundzwanzig. Chloe hatte immer gedacht, Megan würde sich als Erste ihrer Clique verloben. In Chloes Augen war sie noch immer die Hübscheste von allen. Außerdem hatte sie es immer behauptet. Aber soweit Chloe informiert war, hatte es seit Michael Everley keinen Verehrer mehr gegeben, und sie war noch immer die schmaler gewordene, kleinlaute Megan, wie Chloe sie aus dem Windpockensommer in Erinnerung hatte.

Chloe fiel es schwer, sich zu konzentrieren, weil Alma unentwegt quasselte. Dabei hatte ihr Vater ihr kurz vor der Abreise noch etwas zum Nachdenken mit auf den Weg gegeben.

»Wenn du zurückkommst, Kindchen, dann sprechen wir über deine Zukunft«, meinte er unbeholfen. Vertrauliche Gespräche gehörten nicht zu seinen Stärken. »Im nächsten Jahr wirst du achtzehn. Meinetwegen musst du uns nicht so bald verlassen, aber deine Mutter meint, wir leben in einer modernen Welt, wo auch Mädchen weggehen und ihr Leben selbst in die Hand nehmen ... Vermutlich hat sie recht, doch erst muss ich wissen, wie deine Pläne aussehen. Ich bin schließlich dein Vater.«

»Ich habe noch keine Pläne, Dad, aber ich werde mir etwas einfallen lassen, um dich zu schockieren«, hatte sie lachend erwidert und ihn auf die Wange geküsst.

»Du bist mir eine«, erwiderte er.

Als Chloe seinen verwirrten Ausdruck sah, mit dem er sie immer betrachtete, musste sie lächeln. Aber sie liebte ihn, oh ja, das tat sie, und er hatte recht, sie wollte weggehen und ihr Leben selbst in die Hand nehmen. Oder sie würde es gern, wenn sie nur wüsste, was sie tun sollte. Denn sie hatte akzeptiert, dass aus ihr keine Tänzerin werden würde.

Mit Sicherheit würde es ihr schwerfallen, ihr Zuhause zu verlassen. Das war schon hart genug für die drei Wochen im Sommer, auch jetzt noch mit ihren siebzehn Jahren. Jedes Mal, wenn sie in diesen Bus stieg, spürte sie ein Ziehen an der emotionalen Nabelschnur, die sie mit ihrer Familie verband. Wie sollte sie das schaffen, wenn sie einer Arbeit nachging? Dann wären ihre freien Tage festgelegt und sie könnte nicht einfach zwischendrin nach Hause fahren, egal wie groß ihr Heimweh war. Doch sie hatte immer von London geträumt oder wenigstens von Cardiff. Jetzt kam ihr selbst die Entfernung nach Swansea zu groß vor. Vielleicht sollte sie Carmarthen ins Auge fassen ... Aber würde Bethan sie dann nicht verspotten?

Nun, darüber musste sie nicht jetzt nachdenken. Sollte es auch nicht jetzt tun, sie hatte schließlich Ferien. Aber egal was geschah, sie würde jeden Sommer nach Tenby zurückkehren, so viel stand fest. Selbst wenn es nur für zwei Wochen wäre oder auch eine, nichts könnte sie davon abhalten.

Dann fing Iris zu kichern an und sagte: »Also der ist doch wohl richtig süß! Wer ist das denn, Mädels?«

Ihr Tonfall machte Chloe neugierig und sie blickte auf. Sie sah niemanden, der ihr ins Auge sprang.

Dann ergänzte Iris: »Er kommt zu uns! Kennst du ihn, Chris? Stellst du mich ihm vor?«

Und in dem Moment entdeckte Chloe Llew. Aber es war nicht Llew, wie sie ihn kannte. Zum einen schien er an die fünfundzwanzig Zentimeter gewachsen zu sein. Außerdem trug er ein Hemd und lange Hosen. Und zudem war die Kamera, die ihm um den Hals hing, nicht seine ramponierte alte Box Brownie, sondern etwas viel Größeres und offenbar auch Komplizierteres.

Einen kurzen Moment war sie ein wenig befangen. Sie erkannte, was Iris sah: einen großen jungen Mann mit lohfarbenen Haaren, der selbstsicher, aber ein wenig reserviert auftrat und sich in schlaksiger Anmut bewegte und mit seinen bernsteinfarbenen Augen die Mädchengruppe fixierte, auf die er zukam.

Für einen Augenblick war es, als hätte es all die Sommer, in denen sie und Llew schmuddelige und arme Außenseiter waren, nie gegeben. Er war nicht mehr der kleine Junge im Alter ihres Bruders – obwohl Clark inzwischen mit ihrem Vater zur Arbeit ging, so weit war er schon! Nein, Llew war ein junger Mann und Chloe ein beliebtes Mädchen, und sie hatte das merkwürdige Gefühl, sich in einer anderen Dimension zu befinden. Aber dann trat er an ihren Tisch, grinste und sagte: »Chlo! Willkommen zurück!« Seine Stimme war die des alten Llew, und ihr Herz schmolz vor Erleichterung.

»Llew Jones! Was bist du nur für eine Bohnenstange geworden! Was ist passiert, hat dein Dad dich den Winter über in Dünger gesteckt?«

»Es würde mich nicht überraschen«, murmelte Alma und hob geziert ihre Nase, um zu schnüffeln, aber Llew hörte es nicht und Chloe kümmerte es nicht. Sie wollte nur noch weg von hier, hinaus in den Sonnenschein, wo Chloe und Llew wieder allein wären.

Llew strahlte Chloe an, doch dann fielen ihm die anderen Mädchen wieder ein und er begrüßte sie alle, eine nach der anderen. Alma war ruppig, Megan auf steife Weise höflich, Pam und Evie äußerten sich in mütterlicher Begeisterung zu seiner Größe und seiner Kleidung. Christine stellte ihm Iris vor und Llew schüttelte ihr mit ausgezeichneten Manieren die Hand.

»Leonard Jones, es freut mich, dich kennenzulernen. Bleibst du länger hier?«

Wie immer klang er älter, als er war, und strahlte altmodischen Charme aus; viel von der Art seines Vaters hatte auf ihn abgefärbt. Auch wenn Clark jetzt arbeitete, war ein Furz für ihn noch immer das Lustigste, das einem passieren konnte, und seine Vorstellung von der angemessenen Begrüßung eines Mädchens bestand in: »Alles klar, Süße? Wie läuft's?« Seine Avancen machte er mit tiefer Stimme und imitierte damit die Männer aus dem Dorf. Zum Rauchen jedoch schlich er sich hinter den Pub, damit keine von Mamas Freundinnen ihn sehen und verpetzen konnte.

Iris richtete ihren Blick unverwandt auf Llew und erkundigte sich, ob er Fotograf sei. *Was soll er denn sonst sein, mit dieser großen tollen Kamera um den Hals? Wie kommst du darauf?*

Lächelnd erklärte er, er mache ein Sommerpraktikum bei der *Tenby Times*, was neu war für Chloe. Das war eine große Sache!

»Wenn ihr mich entschuldigen wollt, Iris, meine Damen«, sagte Llew jetzt so lässig-elegant wie ein Filmstar aus den Dreißigerjahren, »aber ich würde euch Chloe gern entführen. Ich muss heute Abend zurück in die Redaktion und habe nur ein paar Stunden Zeit.«

Die Redaktion? Ein paar Stunden? Sollte das jetzt die ganze Zeit so gehen?

Chloe erhob sich, aber Iris und Christine und diverse Strickjacken und Taschen waren im Weg. Vor allem Iris schien sich besonders viel Zeit zu lassen, bis sie Platz machte. Am Ende griff Llew, die neue Bohnenstange, über den Tisch und nahm Chloes Hand, um sie hoch auf den Tisch zu ziehen. Dann legte er ihr den Arm um die Taille, hob sie schwungvoll herunter und weg waren sie. Einen Moment lang – nur einen kurzen Moment – kam Chloe sich vor wie im Film, entführt vom Hauptdarsteller, während die anderen Mädchen ihr hinterherschauten. Aber natürlich war es nur Llew.

Als sie das Café verlassen hatten, nahmen sie sich wie üblich in die Arme und drückten sich. »Du siehst so anders aus!«, rief Chloe. »Wie kommt es, dass du so groß geworden bist?« Doch sie erinnerte sich, dass sie sich im letzten Jahr nur in der Horizontalen und von Pusteln übersät gesehen hatten.

»Im guten Sinne anders?«, fragte Llew.

Chloe überlegte. Iris hielt ihn womöglich für einen Adonis und Traummann und sie gestand sich ein, dass er sicherlich auch auf sie umwerfend gewirkt hätte, wäre sie nicht so sehr an ihn gewöhnt. Denn für sie war er noch immer derselbe alte Llew, und das war schließlich die Hauptsache.

»Im guten Sinne anders«, bestätigte sie und er lächelte. »Aber was ist mit diesem Sommerpraktikum? Raus mit den Neuigkeiten, kleiner Llew! Hast wohl vergessen, dass es auch so was wie Briefmarken gibt?«

»Nein. Ich wollte dich absichtlich erst damit überraschen, wenn du hier bist. Ach Chloe, es gibt so viel zu erzählen und ich habe mir das alles aufgespart. Im Mai ist mir Mr Aspell von der *Tenby Times* auf der Straße entgegengekommen. Er sagte, er habe mich immer wieder Fotos machen und andere belästigen sehen. Und dann fragte er mich, ob ich mich dazu in der Lage sähe, mich dieser Belästigung anderer auf regelmäßiger Basis zu widmen, und ich entgegnete, dass ich damit bis jetzt keinerlei Probleme gehabt hätte. Er stellte Fragen zu meiner

Kamera und meinem Fotografieren, worauf ich ihm erklärte, dass ich eines Tages ein berühmter Fotograf sein würde. Er quittierte das mit einem Lächeln, wie Erwachsene das so tun, und meinte dann: ›Ist das so?‹, und ich sagte: ›Ja, das ist so.‹ Dann wollte er wissen, ob er Proben meiner Arbeit sehen könne. Also ging ich am nächsten Tag zu ihm. Ich schleppte jede Menge Bilder mit, Chlo, alle in einer Mappe, die mein Dad mir gegeben hat. Und da fragte Mr Aspell mich dann, ob ich Interesse hätte, praktische Erfahrungen zu sammeln. Unbezahlt, aber ich würde Aufträge bekommen und meine Arbeiten würden in der Zeitung abgedruckt, wenn sie gut genug seien. Und natürlich bedeutet das eine Chance auf eine Anstellung, wenn ich älter bin. Und eine Referenz. Es ist wirklich eine großartige Gelegenheit, Chloe!«

»Das ist es! Oh ja, Llew! Ich freu mich so für dich! Macht es dir Spaß? Lernst du was dabei? Und wie kommst du zu den neuen Kleidern und der neuen Kamera, wenn er dich nicht bezahlt?«

»Die Kamera ist eine Leihgabe. Aber er bezahlt mir meine Ausgaben! Jedenfalls nennt er es so. Er hat mir Geld für Hosen und zwei Hemden gegeben, und ich kann mir jeden Tag ein Sandwich und eine Brause und eine Fahrkarte für den Bus kaufen. Natürlich steige ich nicht in den Bus, ich gehe zu Fuß, aber er meint, das sei die Standardvereinbarung. Also bleiben mir jeden Tag ein paar Pence übrig. Und ja, ich habe Spaß daran. Ich bin ... gefestigter, denn ich habe immer behauptet, ich sei Fotograf, und jetzt bin ich einer. Die Leute lachen auch nicht mehr so oft über mich. Sie lachen noch, aber nicht mehr so viel. Ich habe das Gefühl, als würden sich das, was ich immer schon gewusst habe, und die Realität immer weiter annähern. Gut, ich würde mir nicht alle der Aufträge, die er mir erteilt, selbst aussuchen, aber darum geht es doch: mal etwas anderes zu machen, sich einer Situation stellen, wie er es nennt. Einmal hat er mich mit Dai, dem Fotografen der Zeitung, losgeschickt, damit ich mir genau ansehe, was er tut. Beschatten nennen sie das. Er ist ein ziemlicher Hohlkopf und hatte wahrscheinliche keine große Lust darauf, mit einem Jugendlichen herumzuziehen, aber ich lerne dabei! Ich bin auf dem Weg, Chloe!«

Chloe nahm ihn noch einmal in die Arme. Das war gigantisch! Ja, das fühlte sich wieder nach Tenby an, sie und Llew, die miteinander herumliefen und sich gegenseitig das Herz ausschütteten und keiner sonst weit und breit …

»Hallo? Chloe! Leonard!« Sie drehten sich um, als sie die Stimme hörten. Es war Iris, die ihnen im Sonnenschein nachstellte. Sie hatte welliges, schulterlanges blondes Haar, nicht das kühle Blond von Chloe, sondern eine goldene Pracht. Chloe gefiel diese Farbe. Sie hatte ebenfalls blaue Augen, die allerdings enger zusammenstanden, und ihre Zähne waren ziemlich groß. Hübsche Figur. All das registrierte Chloe in nur zwei Sekunden, obwohl es ihr zuvor nicht aufgefallen war. Was war über sie gekommen?

»Chloe, du hast das im Café vergessen.«

Iris zückte Chloes kleine Handtasche mit dem langen Goldriemen. Darin hatte sie ein paar Münzen und einen Kamm.

»Danke, Iris.« Sie schlang sie sich um Hals und Schulter. »Das ist nett von dir. Einen schönen Nachmittag.«

»Oh. Ich habe mich gefragt … Wohin geht ihr beide denn?«

Chloe und Llew sahen einander an. Auf ihren Wanderungen hatte sich ihnen bisher nie jemand angeschlossen. Aber Iris war schließlich nicht von hier. Sie wusste nicht, wie das zwischen ihnen war.

»Das wissen wir noch nicht«, sagte Llew.

»Das ist doch albern! Woher willst du dann wissen, wann du dort bist?«, bohrte Iris nach, ohne Chloe anzusehen.

Llew runzelte die Stirn. »Das machen wir immer so.«

»Kann ich denn mitkommen? Sofern ihr keine besonderen Pläne habt? Ich würde auch gern ein bisschen in der Stadt herumlaufen.«

Keine besonderen Pläne! Das war ihr erster gemeinsamer Nachmittag seit einem ganzen Jahr! Und das letzte Jahr zählte kaum. Aber wie sollten sie nein zu jemandem sagen, der sie gefragt hatte und sie jetzt mit großen Regentropfenaugen und einem Gesicht wie ein erwartungsvoller Hamster ansah.

Llew blickte Chloe an. Die zuckte verärgert die Achseln. Wenn es um

Begrüßungen und Verabschiedungen ging, mochte Llew ja gute Manieren an den Tag legen, aber er war fünfzehn und wenn er es mit Frauen zu tun bekam, die sich nur zu gern auf unerwünschte Weise dazwischendrängen wollten, wie jedes männliche Wesen auf diesem Planeten: nutzlos.

»Na gut«, sagte er wenig begeistert. »Wenn du denkst, dass du dich nicht langweilst.« Chloe musste fast lachen. Den Wink mit dem Zaunpfahl würde Iris doch sicherlich mitkriegen.

»Ich doch nicht! Ich langweile mich nie. Mutter meint, ich sei sehr einfallsreich!«, verkündete Iris und hakte sich bei Llew und Chloe unter, sodass sie zwischen ihnen lief.

Darauf wette ich, dachte sich Chloe.

»Meine beiden neuen Freunde«, gurrte Iris. »Ich liebe es, neue Freundschaften zu schließen. Jetzt müsst ihr mir aber alles über euch erzählen. Erzähl mir mehr von der Zeitung, Leonard!« Und los ging es. Sie lehnte sich an ihn, während er den Kopf einzog, um es ihr zu erläutern. Chloe wurde wie ein zauderndes Kind mitgeschleift.

Nachdem sie etwa eine Stunde lang herumgelaufen waren, ohne dass Iris Anzeichen von Ermüdung erkennen ließ und nur irgendein Interesse an Chloe gezeigt hätte, musste Llew wieder zurück in die Redaktion. Er löste seinen Arm aus dem von Iris und sah Chloe flehend an.

»Sehe ich dich danach noch?«, fragte er besorgt.

»Natürlich.«

»Oh! Was macht ihr später? Wohin geht ihr? Um wie viel Uhr?«

Aber diesmal war Chloe vorbereitet. »Wir besuchen Leonards alte Tante, die sehr, sehr krank ist. Einfach schrecklich. Es ist die Lunge. Die Arme hustet ständig und ihr Schleim fliegt überall herum, aber sie ist so lieb und wir mögen sie sehr. Möchtest du mitkommen?«

Llew war sein Erstaunen anzusehen. Er hatte keine Tante, ob krank oder gesund, aber wenn Chloe das sagte, dann wollte er nicht widersprechen. »Grüner Schleim«, ergänzte er.

Iris stand da wie ein begossener Pudel. »Oh nein, danke. Ich habe auch versprochen, mit Christine was zu unternehmen. Aber ich hoffe, wir sehen uns morgen!«

»Tschüss, Chlo.« Llew ging gebückt davon und war plötzlich kein schneidiger Zeitungsmann mehr, sondern wieder ein Junge, der keine Ahnung hatte, wie dieses Wiedersehen mit Chloe, auf das er sich so sehr gefreut hatte, von Kräften hatte sabotiert werden können, über die er keine Kontrolle hatte.

Die beiden Mädchen standen da und blickten ihm nach.

»Es ist wirklich lieb von dir, dass du auf ihn wartest, wo er doch offensichtlich keine Zeit für dich hat, weil er so beschäftigt ist, und dann noch Verwandte mit ihm besuchst, wo du doch Spaß haben könntest«, sagte Iris. »Aber schließlich bist du mit ihm zusammen und dann ist es vermutlich gut so.«

»Ich bin nicht mit ihm zusammen«, sagte Chloe automatisch und hätte sich am liebsten selbst in den Hintern getreten.

»Oh, bist du nicht? Dann würde es dir also nichts ausmachen, wenn er mit mir ausginge? Ich mag ihn nämlich.«

»Was du nicht sagst. Aber es könnte natürlich davon abhängen, was er möchte.«

»Ach Männer, die wissen doch gar nicht, was sie wollen. Es liegt an uns, es ihnen zu sagen! Keine Angst, Chloe, ich werde Leonard Jones in Nullkommanichts um den Finger wickeln.« Und schon wuselte sie davon.

NORA

An einem Abend im Pub – Danny und Lil waren schon nach Hause gegangen – kamen Kaitlin und Nora wieder auf den verschlossenen Raum in ihrem Haus zu sprechen. Na gut, in Jones' Haus. Nora war besessen von dem immer stärker werdenden Verlangen, jenes Gemälde an der Wand genauer zu betrachten, und wenn es um Neugier ging, stand Kaitlin ihr in nichts nach.

»Warum sind wir so neugierig?«, fragte sich Kaitlin. »Also, ich weiß, warum ich es bin: weil ich meine Nase einfach immer in alles stecken muss. Und wie lautet deine Entschuldigung?«

Nora hatte keine Ahnung. In letzter Zeit gab es so viele Dinge, die sie beschäftigten. Ihre Mutter, ihre Beziehung zu ihr, Jones' Gemälde, Logan …

»Ich habe das Gefühl, es könnte irgendwie wichtig sein … Vielleicht bin ich aber auch auf dem Holzweg«, meinte sie. »Das wäre auch gut möglich.«

»Da trinken wir drauf.« Kaitlin stieß mit ihrem Autumn-Gold-Glas gegen Noras Corona-Flasche.

»Pass auf, Kait«, mischte Darren sich ein, der Mitte zwanzig und ein Stammgast im Hope and Anchor war, »wenn du willst, komme ich mal vorbei und knacke das Schloss.«

Darren hatte als Teenager einige Zeit wegen Einbrüchen abgesessen und war außerdem »ein wenig gewalttätig« gewesen, »aber keine *schlimme* Gewalt«, wie er es formulierte. Inzwischen hatte er seine Fehler eingesehen und ein »neues Leben« begonnen. Sein neues Leben schien sich hauptsächlich in den Kneipen von Tenby abzuspielen, wo er mehr oder weniger Tag und Nacht trank. Aber wenigstens ohne Verbrechen zu begehen. »Ich mach das nicht mehr«, sagte er eindringlich, »aber man verlernt schließlich nichts. Ich bin nicht stolz darauf, aber ihr seid immer nett zu mir gewesen, also wenn es euch hilft, mach ich es.«

Kaitlin hatte Nora berichtet, dass die Leute Darren verständlicherweise mit Skepsis begegneten. »Der nimmt nur Platz weg«, lautete einer der netteren Kommentare, die er regelmäßig zu hören bekam. »Verdammter krimineller Scheißkerl«, hörte man oft, wenn die anderen jungen Männer zu viel Bier getrunken hatten und sich unbesiegbar fühlten. »Ich sage nicht, dass er ein leuchtendes Vorbild ist«, hatte Kaitlin gemeint, »aber er hat sich immerhin gebessert, und das kann man nicht von jedem sagen. Außerdem kostet es nichts, freundlich zu sein.«

»Das ist nett von dir, Darren«, erwiderte Kaitlin, »aber das ist nicht nötig, danke. Ich denke nicht, dass es der richtige Weg ist. Weißt du, wir haben einen großzügigen Vermieter, der uns zu einem lächerlichen Preis sein fantastisches Heim überlässt ... Und das wollen wir ihm nicht damit vergelten, dass wir in seine Privatsphäre einbrechen.«

Darren dachte stirnrunzelnd über ihr Argument nach und nickte dann. »Ja, ist nur fair«, stimmte er ihr schließlich zu und zog los, um Flipper zu spielen.

Kaitlin grinste Nora an. »Aber ich muss zugeben, verlockend wäre es schon.«

»Geht mir genauso. Ich nehme nicht an, dass er in der Lage wäre, danach wieder abzuschließen, was meinst du?«

»Ich denke, die Fähigkeiten eines Diebs liegen nicht darin, etwas sicher zu verriegeln«, überlegte Kaitlin.

»Sag mal, Kait, kennst du zufällig einen Mann namens Logan Davies?«

Kaitlin schüttelte den Kopf. »Nein, warum?«

»Ich dachte nur, dass du ihn vielleicht kennst. Er ist Mollys Ehemann.«

»Deine Patchworklehrerin? Die kenne ich auch nicht. Warum?«, hakte sie mit einem boshaften Augenzwinkern nach. »Ist er sexy?«

»Ja, das ist er tatsächlich. Absolut umwerfend sogar. Aber er ist verheiratet und da geh ich nicht dran, also was soll's.«

»Sind wir nicht Ausbünde der Tugend? Wir machen keine verheirateten Männer an und wir brechen nicht in Privaträume ein.«

Nora seufzte. »Unsere Heiligenscheine müssen eine unglaubliche Strahlkraft haben. Wahrscheinlich enden wir noch als Heilige.«

»Mit einem Denkmal im Kloster auf der Insel Caldey. Saint Kait ... Ooh! Aber weißt du, was wir tun *können*?«

»Was denn?«

»Wir könnten doch noch mal einen Blick in den Dachboden werfen! Ich meine, wenn unser Leben schon so traurig und langweilig ist, dass wir unsere Nasen in das von jemand anderem stecken müssen? Schließlich ist er unverschlossen. Wir waren schon mal drin ...«

»Es wäre weder Neugier noch Herumschnüffeln«, stimmte Nora ihr begeistert zu. »Wir tun dies im Geiste respektvollen Interesses.«

»Respektvolles Interesse«, wiederholte Kaitlin und trank ihr Glas leer. »Lass uns gehen.«

Sie rannten durch die kalte, salzige Nacht, stürmten hinauf in den Dachboden und schalteten das Licht an. Nora steuerte sofort die große Leinwand auf der Staffelei an und untersuchte die schwachen Bleistiftumrisse. Sie blieben vage, fließende Haare, eine Andeutung nackter Beine vielleicht. Ach, es war hoffnungslos. Wie konnte Jones das einfach so zurücklassen? Hätte sie künstlerisches Talent gehabt, hätte sie sich bestimmt nicht so einfach von ihren Werken losreißen können, solange sie noch nicht fertig waren. Aber woher wollte sie das eigentlich wissen? Das war wieder etwas für ihre Liste.

Inzwischen hatte Kaitlin vorsichtig fünf Leinwände nacheinander umgedreht und stieß einen leisen Pfiff aus. »Komm mal her und sieh dir das an, Nora.«

Zwei waren Seestücke, in denen das Licht durch die Wellen strömte, darüber aufsteigende Möwen und ganz verschwommen weit entfernte Horizonte. Von den drei Porträts, die fast unheimlich anmuteten, zeigte eins einen Hummerfischer im marineblauen Pullover mit Zopfmuster und in Gummistiefeln. Das rote Gesicht, das ein gewaltiger Bart rahmte, hatte einen wilden, bedrohlichen Ausdruck. Er erinnerte an einen alten keltischen Krieger, den es in eine andere Zeit und an einen anderen Ort verschlagen hatte. Obwohl es kein schönes Gemälde im traditionellen Sinn war, war ihm diese Tenby-Qualität eigen – magisch, wie Nora fand. Wieder dieses Wort. Man glaubte, die ganze tragische Lebensgeschichte dieses Mannes in seinen brennenden Augen und der vom Wind gepeitschten Kleidung sehen und fühlen zu können.

Auf einem weiteren Porträt war eine schlanke dunkelhaarige Frau in schwarzer Hose und Pullover abgebildet, ganz Audrey Hepburn, die Knöchel übereinandergeschlagen, eine Teetasse, die an ihren Fingern baumelte. Dann noch eins von zwei jungen Frauen auf einer Bank am Castle Hill. Ihre Gesichter waren verborgen, weil sie die Köpfe zusammensteckten, als wären sie in köstlichen Klatsch vertieft. Eine hatte kräftige dunkle Haare mit Marilyn-Welle, die andere einen glatten roten Pferdeschwanz, der ihr übers halb zur Seite gedrehte Gesicht fiel.

»Die sind *unglaublich*!«, hauchte Nora.

»Oh Gott, Nor, der ist ja wirklich talentiert. Da haben wir die ganze Zeit Spekulationen angestellt und hätten doch bloß mal im Internet nachschauen müssen! Bestimmt ist er berühmt!«

»Weißt du was? Du hast recht. Sieh nur, Kait, da sind Schilder auf den Rahmen! Die waren in einer Ausstellung!«

Sie setzten sich auf den staubigen Fußboden und lasen die winzigen Beschriftungen, schwarz auf Zinn. Die Seestücke hießen *Meerestraum* und *Meerestraum 2*. *Red Sam* stand unter dem Hummerfischer. Die Audrey-Hepburn-Doppelgängerin war *Blossom*. Und das dritte Porträt trug den Titel *Die Katzen*.

»Er hat recht«, kicherte Kaitlin. »Schau dir die beiden an! Die ziehen so richtig über jeden her! Lass uns auch die anderen ansehen!«

Sie sprang auf und Nora folgte ihr, nachdem sie sich den Staub abgebürstet hatte. Sie wandten sich drei weiteren Gemälden zu. Es waren verschiedene Ansichten von Tenby – der Hafen, der North Beach, unverkennbar mit Goscar Rock, und das von Castle Beach aus zur Insel Caldey in See stechende Fährboot. Dies waren zeitgenössische Motive, aber auch sie hatten diese Magie – Tenby als eine Bilderbuchstadt, die irgendwo irgendwie überdauert und den Schimmer der Vergangenheit bewahrt hatte.

»Das ist ja eine ganze Welt hier oben auf dem Dachboden!«, murmelte Nora.

»Das ist Quälerei«, stöhnte Kaitlin. »Ich muss das wissen.« Sie rannte nach unten und kam eine Minute später mit ihrem iPad zurück. Sie hockte sich aufs Fensterbrett, wo hinter ihr ein Mond mit freundlichem Gesicht sein silbriges Licht über dem Hafen ausgoss. *Jones, Künstler, Tenby* tippte sie in die Suchmaschine und bekam jede Menge Einträge. Nora hockte sich neben sie und sie lasen begierig.

Sein Name war Leo Jones. Es gab mehrere veraltete Seiten über frühere Ausstellungen und einen Blog für künstlerische Anfänger. Eine ganze Website widmete sich seiner Landschaftsfotografie – offenbar war er ein Multitalent – und es gab diverse Besprechungen und Artikel zu seinen Arbeiten. Die biografischen Daten konzentrierten sich jedoch auf sein Werk und gaben wenig persönliche Information preis. Nichts vermittelte ein Gefühl für ihn als Menschen – nichts, was zwischen diesem vollendeten Künstler und dem »dummen Trottel«, als den ihn Mrs Watkins bezeichnet hatte, oder ihrem erstaunlich großzügigen und zweifellos exzentrischen Vermieter eine Verbindung hergestellt hätte.

»Da wird nicht mal erwähnt, dass die Böse Hexe des Westens seine Tochter ist, oder überhaupt irgendwas!«, wunderte sich Kaitlin.

Aber eine aufregende Information entdeckten sie schließlich doch. Ende Juni stellte eine Galerie in London bisher noch nie gezeigte Werke aus. Die Eröffnung war am achtundzwanzigsten, und die Ausstellung ging über fünf Wochen. Kaitlin und Nora schauten einander an.

»Ja«, sagten sie einstimmig.

CHLOE

Kurz nach neun Uhr endete Llews Dienst in der Zeitungsredaktion. Chloe erwartete ihn bereits.

»Bist du schon lange hier?«, fragte er, als er auf sie zu eilte. In seinen anständigen Klamotten und mit der Reporterkamera um den Hals sah er sehr wichtig aus. »Ich dachte, wir treffen uns am Strand.«

»So war es auch abgemacht, aber dann hat Iris Evans mir erzählt, sie wolle dich um ihren kleinen Finger wickeln. Da hielt ich es für besser, hier auf dich zu warten und dich zu warnen. Ich traue ihr durchaus zu, dass sie dir irgendwo auflauert.«

Er grinste. »Du meinst, so wie du das machst? Autsch! Reg dich nicht auf. Lass uns gehen. Was ist das denn mit Iris? *Was* will sie mich?«

Zwanzig Minuten später saßen sie, vor der abendlichen Kühle durch dicke Pullover geschützt, in den Sanddünen.

»Oh Mann, ist das ein Wind diese Woche!«, bemerkte Llew und trank einen Schluck Ingwerlimonade aus der Flasche. Chloe hatte all das Geld, das sie während des Windpockensommers nicht ausgegeben hatte, gespart und konnte sich dafür in diesem Jahr besonders luxuriöse Ferien leisten. Sie hatte Chips und Ingwerlimonade für sie beide mitgebracht.

Fasziniert verfolgte sie, wie sein Adamsapfel sich beim Schlucken auf und ab bewegte, und sah, dass sich bereits ein zarter Bartflaum auf seinem Kinn abzuzeichnen begann. Llew wurde erwachsen, sieh mal einer an! Aber was war daran so besonders? Jungs, die erwachsen wurden, waren ihr schließlich nicht fremd. Stimmen, die tief wurden und dann wieder quiekten, sprießende Haare und dazu noch mehr Dummheiten in den Köpfen. Sie hatte schließlich zwei Brüder. Aber Llew! Nun stand der Freund ihrer Kindheit, der ihr liebste Mensch, kurz davor, diese Schwelle zu überschreiten und ein Mann zu werden. Wie seltsam.

Sie erzählte ihm von Iris' Plänen, ihm klarzumachen, was er wollte. »Als wüsstest du das nicht selbst!«, schnaubte sie. »Als wärst du nicht zehnmal klüger als sie. Als wärst du nicht der klügste Mensch in Tenby.«

Er lachte nur und meinte: »Das ist eigentlich ziemlich schmeichel haft.«

»Schmeichelhaft! Oh, und gleich wirst du mir erzählen, dass dein Interesse geweckt ist, oder? Dass du dich darauf freust, um den Finger gewickelt zu werden, von irgend so einem Ränke schmiedenden kleinen –«

»Ich bin natürlich nicht interessiert, sei nicht blöd. Sie sieht aus wie ein Eichhörnchen, und diese Stimme würde mir schon nach fünf Minuten auf die Nerven gehen. Und selbst wenn ich interessiert wäre, würde ich mich doch nicht mit jemandem verabreden, solange du hier bist.«

»Würdest du nicht? Warum?«

»Weil du nur drei Wochen hier bist, Dummerchen, und ich so viel wie möglich von meiner besten Freundin haben möchte!« Der Ton, in dem er das sagte, vermittelte, dass das doch wohl auf der Hand lag.

»Ich weiß«, sagte Chloe, aber plötzlich bekam sie Angst. Ja, sie war seine beste Freundin – die Person, die er am liebsten mochte. Aber war das nicht das Entscheidende, wenn man mit jemandem fest zusammen war, dass man *denjenigen* dann am liebsten mochte? Hätte Llew jemanden, käme sie bei ihm nicht mehr an erster Stelle. Auch wenn er Iris nicht mochte, andere Mädchen würden ihn auf dieselbe Weise ansehen. Er war zwar noch immer erst fünfzehn, wurde aber schließlich älter und nicht jünger. Verdammt, es wäre schon sehr unangenehm, wenn ihr bester Freund sich zum Mädchenschwarm entwickelte. Wie fänden sie dann noch eine Minute Frieden?

»Llew«, tastete sie sich vor.

»Chlo.«

»Es verändert sich alles, nicht wahr?«

»Es verändert sich immer alles, Chlo, so ist das im Leben.«

»Ich weiß. Aber ... manchmal *sieht* man nicht, dass es sich verändert, und man kann deshalb so tun, als wäre es nicht so. Wie in all den Sommern, die wir hatten. Aber jetzt ... Du hast gewissermaßen einen Job, und mein Dad möchte, dass ich meine Zukunft plane. Nächstes Jahr werde ich achtzehn. Wir können uns natürlich kein Studium leisten. Ich werde mir eine Arbeit suchen müssen. Was ist ... was ist, wenn das nun mein letzter Sommer in Tenby ist?«

»Was? Nein, das kann nicht sein. Du wirst doch nicht aufhören, herzukommen, nur weil du erwachsen wirst? Du wirst trotzdem nach Tenby kommen.« Und nun klang er zum ersten Mal, seit sie ihn kannte, wie ein Kind, wie ihre Brüder.

»Das möchte ich auch. Aber was ist, wenn ich arbeite? Ich glaube nicht, dass ich jeden Sommer drei Wochen frei habe. Und was ist, wenn ...?« Chloe konnte den Satz nicht beenden.

Was war, wenn sie mit jemandem zusammen war? Sich verlobte? Heiratete? Plötzlich schienen all die Dinge, von denen sie so lange geträumt hatte, in greifbarer Nähe zu sein, aber sie würden ihre Welt verändern. Wie könnte sie dann noch ihre Sommer mit Llew verbringen? Iris hatte sie für ein Paar gehalten. Vermutlich würden das immer mehr Leute denken, wenn sie beide älter wurden, und das würde keinem Verlobten gefallen. Aber ansprechen konnte sie das irgendwie nicht. Sie wollte ihre kostbare gemeinsame Zeit nicht ruinieren. Und diese war kostbarer denn je, sollte sie tatsächlich zu Ende gehen.

»Natürlich wirst du weiterhin kommen«, erwiderte Llew, zog unter seinem dicken Pullover die Schultern hoch und hielt stirnrunzelnd sein Gesicht in den Wind. Chloe wartete ab, wohl wissend, dass bei Llew das Ergebnis seines Nachdenkens in einer Minute oder auch erst in ein paar Tagen zum Vorschein träte. Der lästige Wind wickelte Chloes Haare immer wieder wie Seetang um ihr Gesicht und zauste Llews Mähne, sodass sie mit ihren Spitzen und Gratern aussah wie die Baisers, die Mam machte.

»Ist dir kalt?«, fragte er.

»Ein bisschen.«

Er streckte einen Arm aus, damit sie sich an ihn kuscheln konnte, und das tat sie auch. Sein Arm umschloss ihre Schultern und sie wärmten sich gegenseitig, obwohl es *so* kalt gar nicht war. Keiner würde erfrieren. Aber es fühlte sich an, als würden sie sich nicht zusammenkuscheln, um dem Wind zu trotzen, sondern der Zukunft mit all ihren unbekannten Bedrohungen und Versprechen.

Das ist mein Leben, überlegte Chloe. *Strände in Tenby und Felder in Nant-Aur. Sommer und Winter, Ingwerlimonade und Chips. Schule und Bücher und Schwimmen und Tanzen und Träume … Werden irgendwelche dieser Träume in Erfüllung gehen? Taugen welche dazu?*

Sie schloss die Augen und legte ihren Kopf an Llews Schulter. Spürte die verlässliche Wärme seiner Schulter, die raue Wolle seines Pullovers unter ihrem Gesicht. Spürte kühl den Sand unter ihren Füßen und hörte das Flüstern der Wellen und Gräser. Sie entspannte sich. Sie war hier in den Dünen, da, wo sie hingehörte.

Unvermittelt zog Llew sie hoch. »Jetzt komm, damit du richtig warm wirst.«

»Wie meinst du das?«

»Lass uns schwimmen. Es gibt nichts Besseres als ein paar belebende Züge durchs Wasser, um den Kreislauf in Schwung zu bringen.«

»Aber ich habe meinen Badeanzug nicht dabei!«, protestierte sie.

»Das hat uns früher auch nie davon abgehalten!«

Da hatte er recht. Llew riss sich Pullover, Hemd und die neue lange Hose vom Leib und stand zitternd im Mondlicht. »Nun komm schon, Mädchen! Ich erfriere hier! Du wirst dich doch vor mir nicht plötzlich genieren? Oder dich in eine dieser Tussis verwandeln, die immer nur sagen: ›Oh meine Haare! Oh mein Lippenstift!‹ Du bist doch wohl kein Feigling?«

»*Nein!*« Hitzig widersprach Chloe dieser beschämenden Anklage und zog sich den Pullover über den Kopf. Dann öffnete sie ihr Kleid. Sie stieg heraus und stand, das Kinn trotzig vorgereckt, in BH und Höschen neben ihm.

»Also gut. Ich bin kein Feigling. Aber du bist einer, wenn ich schneller als du im Meer bin!«

Und sie rannte mit Karacho los über den Sand, die Haare flatterten wie ein silbernes Band hinter ihr her. Doch da bohrte sich ihr eine Muschel oder eine Krabbe in den Fuß und sie lief hoppelnd weiter, was Llew hinter ihr mit brüllendem Gelächter kommentierte. Dennoch kam sie um Haaresbreite vor ihm an. Der filigrane Schaum umspülte ihre Knöchel und sie tauchte weiter ein. Oh verdammt, war das kalt! Kalt wie ein Vorschlaghammer. Aber sie war kein Feigling, sollte Llew Jones doch sagen, was er wollte.

Später lag Chloe dann im Bett und starrte durch das Dachbodenfenster hoch zum Mond. Ständig kreisten ihre Gedanken um die Zukunft. Ihr war klar, dass am Erwachsenwerden kein Weg vorbeiführte, aber sie wollte nicht, dass sich etwas änderte. Trotz der kleinen Unannehmlichkeiten, arm zu sein und nicht tanzen lernen zu können, sowie sich mit Megan und Alma herumschlagen zu müssen: Wer hatte schon ein glücklicheres Leben als sie?

Vielleicht könnte sie mit ihrem Ehemann in Tenby wohnen. Wäre das nicht traumhaft? Auch Llew könnte heiraten und sie könnten sich zu viert gegenseitig besuchen und Dinnerpartys ausrichten und gemeinsame Wochenendausflüge machen. Sie und Llews Frau könnten beste Freundinnen sein und einander darin unterstützen, sich an ihre Aufgaben als Ehefrauen zu gewöhnen, und Spaß miteinander haben. Die Männer hätten ihre Jobs und kämen an den Abenden nach Hause, und sie würden sich alle vier darüber unterhalten, wie ihr Tag ausgesehen hatte. Nun ja, wahrscheinlich würden sie nicht *jeden* Abend zusammen essen. Manchmal wollten sie sicherlich auch als Paar Zeit für sich allein haben und Händchen haltend einen romantischen Abend vor dem Kamin verbringen, vielleicht mit einem Whiskey für ihn und einem Gin Tonic für sie.

Sie malte sich aus, wie sie in ein paar Jahren auf die Uhr schauen und ausrufen würde: »Ach du liebe Zeit, schon so spät?«, bevor sie losrannte, um sich hübsch anzuziehen, ihre Haare zu bürsten und etwas Make-up aufzulegen. Überall im Haus stünden Vasen mit frischen Blumen und sie hätte etwas gebacken. Und wenn Llew dann nach Hause käme, würde er sich umsehen und sagen ...

Moment mal. *Wer*? Llew?

Sei nicht blöd, Chloe, er ist mit der anderen verheiratet, wies sie sich zurecht. Sie war ja gar nicht ganz bei sich. Also, Chloes Ehemann, nennen wir ihn mal Tab, wie Tab Hunter – *das* war wirklich ein Mädchenschwarm –, würde sich umsehen und sagen ... Aber so sehr sie sich auch anstrengte, sie konnte sich nicht wirklich vorstellen, wie Tab aussähe oder was er sagen würde.

NORA

»Hilf mir doch bei der Entscheidung!«, stöhnte Nora. »Das schaff ich nicht!«

Kaitlin betrachtete interessiert die Szenerie. Nora saß mitten auf dem Boden des Wohnzimmers, um sie herum überall Kleider.

»Ist das eine neue Art von Schrank?«, erkundigte sich Kaitlin und stieg über ein paar Röcke, um im Schneidersitz auf dem Sofa Platz zu nehmen. »Ein Schrank, der sehr einem Fußboden ähnelt?«

Nora sah sich verzagt um. »Ich muss mich entscheiden, was davon ich für meinen Quilt verwende! Die sind alle so fantastisch und außerdem voller großartiger Geschichten. Aber Molly sagt, es dürfen nicht mehr als fünf sein.«

»Molly mit dem umwerfenden Ehemann?«

»Molly mit dem umwerfenden Ehemann. Er hat mir übrigens heute Morgen eine Nachricht geschickt. Hat sich von Molly meine Handynummer geben lassen. Er möchte, dass ich nächste Woche mit ihm wandern gehe.«

Kaitlin zog eine Braue hoch.

»Lass das! Er ist einfach nur nett. Er ist ein Kiwi!«

»Trotzdem. Ich würde mir diesen Logan gern mal selbst ansehen. Und seine sexy Ehefrau, die so geschickt in Handarbeit ist. Irgendwas ist schräg an diesem Szenario, aber nur aufgrund deiner Informationen komme ich nicht dahinter, was es ist.«

»Das denke ich auch«, seufzte Nora. »Aber ich *will* nichts Schräges, weil ich nicht nur ihn mag, sondern auch Molly! Ich glaube, wir könnten sogar Freundinnen sein – aber nicht, wenn sich zwischen mir und ihrem Ehemann eine merkwürdige Dynamik entwickelt.«

»Wann hast du wieder Patchworkkurs?«

»Heute Nachmittag um drei. Wie soll ich bis dahin fünf Stoffe herausgepickt haben?«

»Meine Liebe, ich habe keine Ahnung von Patchwork und es ist mir auch egal. Aber ich werde dich vom Kurs abholen, die Sirene einer Überprüfung unterziehen und nur zwanzig Minuten zu spät zur Arbeit kommen.«

»Lass dich bloß nicht feuern, nur weil du deine Nase in mein Leben steckst, hörst du?«

»Es gäbe keinen besseren Grund.«

Nora war so früh dran, dass sie, wie erhofft, Molly allein antraf, die gerade dabei war, die Stühle bereitzustellen.

»Ich helfe dir«, sagte Nora und nahm einen vom Stapel.

»Danke!« Molly strahlte sie an. »Es freut mich, dass dir der Kurs so viel Spaß macht, Nora. Du musst mal zum Abendessen vorbeikommen. Das heißt, wenn du Lust dazu hast. Mir ist schon klar, dass zwei kreischende Kinder nicht gerade für ein traumhaftes Ambiente sorgen.«

»Meine beste Freundin zu Hause hat drei. Ich bin schon abgehärtet.«

»Wunderbar. Ich würde sonst einen Kinobesuch vorschlagen – ich liebe Filme -, aber ausgehen ist wegen der Kinder nicht leicht. Ich werde mal im Kalender nachsehen und gebe dir dann Bescheid.«

»Es würde mich freuen.«

Das entsprach nur zum Teil der Wahrheit. Wäre die Lage eine andere gewesen, hätte Nora sich gern mit Molly angefreundet. Doch diese Sache mit Logan quälte sie mehr und mehr. Sie holte tief Luft und hoffte, dass sie nicht aus einer Mücke einen Elefanten machte.

»Darf ich dich was fragen, Molly?«

»Sicher.« Molly fing an, Nadeln und Garn aus ihrem Nähkorb auszupacken. Sie legte auch das Sandpapier aus, das sie für die Schablonen verwendeten, weil der Stoff darauf nicht verrutschte.

»Logan hat da eine Klippenwanderung nächste Woche erwähnt ...«

»Hat er das? Das freut mich.«

»Wirklich? Das ist gut. Nun, ich wollte da nur sichergehen, weil er meinte, du seist nicht so fürs Wandern zu begeistern und ... Also ich wollte dich nicht außen vor lassen. Ich meine, es muss auch nicht nächste Woche sein.«

»Wartet nicht auf mich. Wenn ich Zeit hätte, würde ich viel lieber ins Kino gehen. Wandern ist eher Logans Ding. Und deins offenbar auch.«

»Ja.«

»Ausgezeichnet! Dann solltet ihr das auf jeden Fall machen.«

Nora begann ebenfalls ihre Sachen auszupacken. Jetzt hatte sie keinen Grund mehr, nein zu sagen, und außerdem würde sie noch zum Abendessen eingeladen werden. Oh Gott! Sollte da ein flotter Dreier angeleiert werden? Sie warf einen argwöhnischen Blick auf Molly, aber die wirkte so mustergültig und glücklich mit ihrem Blümchenhaarband und den baumelnden blauen Ohrringen, dass dies kaum wahrscheinlich schien. Da sah Nora eindeutig Gespenster. Sie war es eher gewohnt zu arbeiten, als geselligen Umgang zu pflegen. Es waren einfach nur normale, freundliche Menschen. Verbunden durch eine tragfähige Ehe, in der weder Eifersucht noch Argwohn Platz hatten. Das war gut.

Wie versprochen stand Kaitlin um halb fünf vor dem Gemeindesaal. Nora kam als Letzte heraus, zusammen mit Molly, die ihr von Johnny Depp vorschwärmte. Sie stellte ihre beiden Freundinnen einander vor und sie plauderten eine Weile, wobei Kaitlin und Molly binnen fünf Minuten drei gemeinsame Verbindungen feststellten. Das war typisch für Wales, wie Nora erfahren hatte.

Als Kaitlin sich schließlich daran erinnerte, dass sie einer Arbeit nachzugehen hatte, begleitete Nora sie dorthin. Kaitlin zuckte mit den Schultern. »Ich begreif es nicht, was anderes kann ich nicht sagen. Sie ist reizend. Mir ist klar, warum du sie magst, und ich verstehe auch, warum sie mit einem hinreißenden Mann verheiratet ist. Vielleicht hast du ja recht. Vielleicht liegt es daran, dass er Kiwi ist. Vielleicht ist er einfach nur nett.«

Nora runzelte die Stirn. »Moment, sag das noch mal! Hast du gerade gesagt, dass ich *vielleicht recht habe*? Da muss ich mich wohl verhört haben.«

»Ach sei still. Manchmal geht es eben nicht anders.«

CHLOE

»Wie war das, als du Ron geküsst hast, Chlo?«

Chloe blickte erstaunt auf. Sie und Llew lagen beide auf dem Bauch im Sand. Sie las einen *Girls'-Crystal*-Comic, neben sich eine Tube Sonnencreme. Das Picknick lag zwischen ihnen und lockte verführerisch, aber sie hatten sich gegenseitig versprochen, wenigstens bis halb eins zu warten. Normalerweise fielen sie viel zu früh darüber her und hatten dann am Nachmittag bereits wieder Hunger.

Llew hatte gelesen. Jetzt verfolgte er offenbar einen seiner merkwürdigen Gedankengänge, die wer weiß wo anfingen und zu noch seltsameren Zielen führten.

»Wie um alles in der Welt kommst du jetzt darauf? Ich habe Ron in den letzten beiden Jahren kaum gesehen. Solltest du vorhaben, es auszuprobieren, glaube ich nicht, dass du Rons Typ bist.«

»Ha, ha. Nein, ich habe mich nur gefragt ... ob es einen Unterschied macht, wen man küsst.«

»Wieso fragst du dich das? Du bist viel zu jung, um darüber nachzudenken.«

»Ich bin fünfzehn. Du warst fünfzehn, als du Ron geküsst hast.«

»Bei Mädchen ist das was anderes, wir reifen schneller.«

»Stimmt das?«

»*Ja*, es stimmt! Wieso? Du hast doch nicht jemanden geküsst, oder?«

»Doch. Sandra Sharples letzte Weihnachten.«

»Ich glaub's nicht! Also du bist wirklich ein Schnellstarter! Und was wurde aus Sandra Sharples?«

»Oh, nichts. Sie war nur für eine Woche hier. Sie fuhr wieder nach Hause. Nach Llandeilo oder Llandovery oder so. Hübsches Mädchen.«

»Oh! Und vermisst du sie?«

»Nein. Hast du denn außer Ron noch jemanden geküsst?«

»Nein, habe ich nicht. Warum beschäftigt dich das denn so, Llew?«

Llew zuckte mit den Achseln. Chloe hatte sich in den vergangenen zwei Wochen an seine neue Körpergröße und sein reifes Auftreten gewöhnt. Zu dünn war er immer noch, wie Chloe fand, als sie ihn mit mütterlichem Blick begutachtete, aber er war jetzt ein gut aussehender Junge, tatsächlich sehr hübsch.

»Gestern Abend kam Iris vorbei. Sie wollte einen Kuss von mir. Ich sagte Nein. Das brachte mich ins Grübeln.«

»Iris ...? Woher wusste sie denn, wo du wohnst?«

»Chris wird es ihr erzählt haben. Es ist kein Geheimnis.«

»Und dann hat sie einfach an deiner Tür geklopft und gesagt: ›Leonard Jones, ich möchte, dass du mich küsst‹?«

Er grinste. »Nein, nicht so. Dad hat ihr die Tür aufgemacht und sie sagte: ›Guten Abend, Mr Jones, ich bin Iris Evans. Ich wollte Leonard fragen, ob er vielleicht Lust auf einen Spaziergang hat.‹«

»Das gibt's doch nicht! Diese Tussi, der kann's wohl nicht schnell genug gehen.«

»Ich sagte Nein. Sagte, ich müsse Fotos entwickeln. Sie fragte, ob sie zusehen dürfe, und ich sagte wieder Nein, und dass ich niemanden in meine Dunkelkammer lasse – was ja auch stimmt, abgesehen von dir natürlich –, aber dann bot Dad ihr eine Tasse Tee an! Also musste ich bleiben. Dann ging er raus, um was zu erledigen, und sie lehnte sich mit Strahleaugen über den Tisch und sagte: ›Willst du mich küssen, Leonard?‹ Also sagte ich wieder Nein.«

»Einfach nein?«

»Ja.«

»Nicht etwa: ›Tut mir leid, Iris, ich fühle mich sehr geschmeichelt, aber ich halte das für keine gute Idee‹?«

»Einfach nein. Dann sagte sie: ›Aber *ich* würde *dich* gern küssen. Du wirst doch Gentleman genug sein, um mir das nicht abzuschlagen, oder?‹«

»Wie gerissen! Was hast du darauf gesagt?«

»Ich sagte, es wäre unfein, sie zu küssen, da ich sie nicht als meine Freundin haben wollte. Daraufhin sah sie mich überrascht an, dann kam mein Dad zurück und ich verzog mich in die Dunkelkammer.«

Chloe rollte sich auf den Rücken und lachte aus vollem Hals. »Ach Llew, du bist wirklich lustig. Ich wünschte, ich hätte ihr Gesicht sehen können. Nicht, dass ich ihr etwas Böses wünsche, aber du bist so was von geradeheraus!«

»Ist das denn nichts Gutes?«

»Doch! Aber für Iris *fühlt* es sich womöglich nicht gut *an*. Ich wette, das ist ihr jetzt sehr peinlich. Die Arme.«

»Das glaube ich nicht, sieh doch.«

Chloe drehte sich um und sah die unverkennbaren rosa Schuhe von Iris, die sich über den Sand auf sie zu bewegten. Sie stöhnte. »Oh nein. Die wird doch nicht etwa zum Lunch bleiben wollen ...«

»Versteck den Kuchen«, sagte Llew und kramte in der Tasche. »Beeil dich, schieb ihn unter dein Handtuch.«

»Ist das alles, woran du denken kannst? Die vermiest uns hier unseren schönen Nachmittag, und alles, was dir dazu einfällt, ist ›versteck den Kuchen‹?«

»Grab ein Loch unter deinem Handtuch. Leg den Kuchen rein. Deck ihn zu!«

»Sei nicht albern, Llew! Hör auf, lass das!« Er schob ihr den in Fettpapier eingewickelten Kuchen zu, aber sie hatte keine Zeit, ein Loch zu graben. Sie warf das Handtuch darüber und stellte ihre angezogenen Beine über den Hubbel.

»Hallo, ihr Strandhäschen!«, begrüßte Iris sie mit schriller Stimme. »Was für ein wunderbarer Tag! Habt ihr was dagegen, wenn ich mich kurz dazusetze? Ich habe grässlich viel Sand in meinen Schuhen.«

»Das hier ist ja auch ein Strand«, bemerkte Llew.

»Warum ziehst du deine Schuhe nicht aus, Iris?«, erkundigte Chloe sich höflich. »Das wäre sicher bequemer.«

»Aber das ist doch doof, Chloe! Dann hätte ich doch überall Sand an meinen Füßen!«

»Den kannst du danach doch einfach abstreifen.«

»Also, ich habe leider nicht so viel Glück wie du. Ich habe keinen großen, starken Jungen, der mir die Handtücher und so trägt. Oh! Macht ihr ein Picknick? Ihr Glückspilze! Ich bin am Verhungern und habe keinen Penny mehr über, nachdem ich gestern Abend mit Christine im Kino war.«

»Wo ist Chris denn?«, fragte Chloe in der Hoffnung, sie abzulenken.

»Die hilft ihrer Mutter bei irgendwas und kommt in ein, zwei Stunden vorbei. Was für ein Glück, dass ich euch über den Weg gelaufen bin! Ich hasse es, allein zu sein, ihr nicht? Obwohl ich keine Ahnung habe, warum ihr beiden immer am Strand abhängt. Ich persönlich gehe lieber schön shoppen. Was habt ihr denn für Sandwiches? Ach, sagt doch bitte Schinken! Die mag ich am liebsten.«

»Ei«, erwiderte Chloe, »aber wir haben wirklich nicht viel, deshalb –«

»Ach Unsinn! Sieh nur, wie groß der Beutel ist! Sollen wir nicht loslegen? Es ist zwanzig nach zwölf.«

Iris ließ sich zwischen die beiden plumpsen und fing an, Sandwiches auszuwickeln. Chloe sah Llew an und Llew Chloe.

Beeil dich, Chris, wünschte sich Chloe, und grub verstohlen mit einer Hand hinter ihrem Rücken ein Loch. Dann ließ sie den Kuchen in das Loch fallen und deckte es mit ihrem Handtuch zu. Llew zwinkerte ihr anerkennend zu.

NORA

Am folgenden Montag, an dem Noras Wanderung mit Logan stattfinden sollte, regnete es. Als sie die Vorhänge aufzog und die grauen Wassermassen sah, die sich ins Meer ergossen, wusste sie nicht, ob sie erleichtert oder enttäuscht sein sollte. Die Wanderung wäre sicherlich schön gewesen. Was das Wiedersehen mit Logan anging ... nun, das war natürlich kompliziert. Aber sie war dafür gerüstet und wollte es hinter sich bringen. Sie wünschte sich einfach Gewissheit, dass seine Absichten absolut ehrenhaft waren, und wollte, dass der Reiz, den er auf sie ausübte, verschwand. Wobei eins von beiden höchst unwahrscheinlich war.

Ihr Telefon summte. Vermutlich Logan, der absagte. Ja, es war Logan.

> Hey Nora, haben wir uns nicht tolles Wetter ausgesucht? Ich bin zwar kein Schönwetterwanderer oder so, aber lass uns die Wanderung doch lieber verschieben! Darf

ich dich stattdessen zum Mittagessen einladen, dann
kann ich dich dennoch sehen, bleibe aber trocken? x

Um Himmels willen! Das war doch irre! Eine Wanderung war eine Sache. Zwei Leute mit einem echten gemeinsamen Interesse. Aber Mittagessen? Nur, um sie zu sehen? Das nannte man doch wohl ein Date, oder? Dazu hatte er sich noch die Mühe gemacht, aus dem großen X, das nach einem Fragezeichen automatisch kam, ein kleines zu machen, damit es nicht allzu ... allzu sehr nach *Kuss* aussah.

Wäre er Single, würde sie jetzt auf Wolke sieben schweben! Aber das war er nicht. Er war verheiratet. Mit ihrer neuen Freundin, einer reizenden Person. Und plötzlich war Nora sauer. Das war nicht fair, weder ihr noch Molly gegenüber. Mit jeder Menge wütender Antworten im Kopf griff sie nach dem Telefon. Dann hielt sie inne. Beschloss, sich erst mal eine Tasse Kaffee zu machen, bevor sie antwortete. Sie wollte ihre Worte später nicht bereuen müssen.

Während sie wartete, dass das Kaffeewasser kochte, starrte sie aus dem Fenster. Der Duft von Koriander und Basilikum umwehte sie, die Fliesen unter ihren nackten Füßen waren kalt. Das war einfach nur lächerlich. Sie war vierzig, keine fünfzehn. Aber genau das war das Problem: Wenn man das Spiel der Partnersuche schon so lange nicht mehr mitgespielt hatte, vergaß man, wie man sich in Situationen wie dieser verhielt.

Ich bin jeder Situation gewachsen. Ich gehe die Dinge
immer richtig an.

Nora glaubte fest daran, dass Aufrichtigkeit die beste Strategie war, in der Liebe wie in allen anderen Dingen. Nicht, dass es sich hier um *Liebe* handelte ...

Sie konnte keine weitere Woche mehr mit dieser Ungewissheit leben. Also marschierte sie nach oben, bevor ihre Entschlusskraft sie verließ, und schob ihre Wut beiseite. Fakten, keine Gefühle. Genau so hatte sie all die Jahre in ihrem Job agiert.

> Hi Logan. Weiß nicht recht, ob das mit dem Mittagessen eine gute Idee ist. Klingt zu sehr nach Verabredung und du bist verheiratet. Ich hoffe, du verstehst das.

Auf halber Treppe wurde ihr beim nächsten Summen flau im Magen. Das ging aber schnell! Hatte sie es noch schlimmer gemacht? Sie rannte wieder zurück.

> Mir war nicht klar, dass du es weißt! Ich würde es dir gern erklären. Treffen wir uns wenigstens kurz auf einen Kaffee, um reinen Tisch zu machen?

Ihm war nicht klar, dass sie es wusste? Nahm er etwa an, sie würde sich besser fühlen, wenn sie hinters Licht geführt worden wäre? Was für ein Mistkerl! Wie lange hatte er denn gehofft, die Täuschung aufrechterhalten zu können, in einer so kleinen Stadt? Und was *könnte* er ihr erklären? Sie hatte doch mit eigenen Augen die Zuneigung zwischen ihnen gesehen, wie er sie bei ihren Projekten unterstützte, ihr mit den Kindern half …

Nora hatte sich allerdings gewundert, wie üblich erst nach dem Ereignis, warum Molly von ihren »kreischenden« Kindern gesprochen hatte. Hatte Logan nicht erzählt, sie seien zwölf und sechzehn? Warum konnte Molly sie in diesem Alter nicht allein lassen, um ins Kino zu gehen? Aber vielleicht hatten die Kinder Verhaltensprobleme. Vielleicht waren sie ein wenig autistisch. Oder vielleicht einfach nur verzogen. Vielleicht sorgte das für Spannungen. Was allerdings keine Entschuldigung wäre.

Dennoch, ein Kaffee auf die Schnelle, um reinen Tisch zu machen … Es wäre nicht schlecht – wenn auch nervenaufreibend –, seine Geschichte zu hören, und sie könnte ihre eigene Position darlegen.

Dann hätte sie ein reines Gewissen. Sie wollte sich nicht vor ihm verstecken.

Gute Idee. Elf Uhr, wie geplant? Wo?

»Gut gemacht, Nora, gut gemacht«, murmelte sie auf dem Weg nach unten. Sie hörte, dass eine neue Textnachricht eingetroffen war, trank aber ihren Kaffee und wusch die Tasse ab, bevor sie sich wieder dem Telefon widmete.

Zu ihrer Erleichterung lag das Café zentral, war gut besucht und ein wenig muffig, was den Ausdünstungen eines großen, feuchten Labradors geschuldet war. Dennoch machte ihr Herz einen Sprung in ihrer Brust, als sie eintrat und ihn sah. In Jeans und marineblauem Pullover machte er eine gute Figur. Er trug eine Brille und war in sein Telefon vertieft, wirkte dabei ernst, beinahe nervös. Das hatte an einem so großen Kerl wie ihm was Einnehmendes. Und mit Brille sah er, sofern das überhaupt möglich war, sogar noch anziehender aus ...

Aber darum ging es nicht! Sie war hergekommen, um die Dinge ins rechte Licht zu rücken. Bei aller Attraktivität: Wenn er sich an die Freundinnen seiner Ehefrau heranmachte, sprach das für Arroganz und Gefühlskälte, und das waren *keine* anziehenden Eigenschaften.

Dennoch zögerte sie an der Schwelle. Sie beobachtete, wie die Bedienung ihm anbot, nachzuschenken. Obwohl sie sicherlich erst achtzehn war, erkannte Nora an ihrem Blick, dass auch sie ihn attraktiv fand. Es lag eine Art scheue Bewunderung darin, verunsichert durch die Tatsache, dass er alt genug war, ihr Vater zu sein. Und Logan lächelte sie freundlich an, als er ihr Angebot abwehrte.

Alle meine Beziehungen sind offen und glücklich. Ich weiß immer, was ich sagen möchte. Ich bin jeder Situation gewachsen.

Sie atmete tief durch und drückte ihre Schultern durch. Jetzt oder nie.

»Hi«, sagte sie, als sie sich seinem Tisch näherte, ärgerte sich aber sogleich, weil ihre Stimme so belegt klang. Das waren natürlich die Nerven, aber sie hörte sich an wie ein Schulmädchen.

»Hi«, sagte er mit einem knappen, verlegenen Lächeln. »Danke, dass du gekommen bist. Ich hoffe, dass wir keinen schlechten Start hatten, denn ich hatte wirklich keine bösen Absichten.«

Nora setzte sich. Sie hatte sich vorgenommen, nicht sofort mit Anschuldigungen loszulegen, aber es fiel ihr schwer.

»In Ordnung«, sagte sie skeptisch. »Ich möchte auch nicht aus einer Mücke einen Elefanten machen. Ich möchte nur ... klare Verhältnisse. Ich möchte nicht den voreiligen Schluss ziehen, dass du ... dass du ...« Es kam ihr unglaublich eitel vor, zu sagen: *dass du auf mich stehst*.

»Ich ging davon aus, dass du mit mir befreundet sein möchtest«, versuchte sie es in einem neuen Anlauf, »du, ich und Molly. Und das fand ich ...« *Seltsam, kompliziert, schwierig.* »... nett. Aber dann bekam ich heute deine Nachricht und mir schien, als wolltest du ein wenig mehr als Freundschaft.«

»Du aber offensichtlich nicht.«

»Nun, *nein! Gott behüte*! Natürlich nicht!«

Er wich ein wenig zurück. »Jesus! Also gut! Du nimmst wohl kein Blatt vor den Mund?«

»Nein! Aber ich dachte, es wäre besser als ein Missverständnis. Wie sollen wir nun weitermachen?«

»Wieder auf den Punkt! Ich weiß es nicht. Es muss doch keine große Sache sein, oder? Ich meine, ich bin erwachsen, ich komme damit klar.«

Nora runzelte die Stirn. Das war doch bizarr. Fast, als hätte er jedes Recht, sich mit ihr zu verabreden!

»Darf ich dir aber dennoch eine Frage stellen?«, fuhr er fort und klopfte dabei mit seinen Fingern auf den Tisch. »Ist es *nur*, weil ich verheiratet bin?«

»Natürlich, weil du verheiratet bist! Nicht *nur*, weil du verheiratet bist! Das ist schließlich keine Kleinigkeit, findest du nicht?«

Er zuckte die Achseln. »Nun, ja und nein.«

»In meiner Welt ja und *ja*. Oder führt ihr eine offene Ehe? Aber selbst in diesem Fall wäre ich übrigens nicht interessiert, auch wenn du das altmodisch findest.«

»Das tue ich auch! Ich bin da auch altmodisch. Ich meine, es hat nichts mehr zu bedeuten. Es ist eigentlich nur noch eine Ehe auf dem Papier.«

»Ach, dieser alte Witz. Vermutlich sagst du jetzt gleich: ›Meine Frau versteht mich nicht mehr.‹«

»Also, das wollte ich nicht sagen. Aber sie tut es tatsächlich nicht. Und ich verstehe sie ebenso wenig. Das war ja auch das Traurige in den letzten Jahren. Aber solche Dinge passieren und wir bleiben Freunde wegen der Kinder. Es ist nicht leicht gewesen, aber ich wüsste nicht, wie wir das unter diesen Umständen hätten besser hinkriegen sollen.«

»Na ja, sich nach einer Affäre umzusehen, ist da vermutlich nicht sehr hilfreich.«

Er sah sie ungläubig an. »Eine Affäre? Das scheint mir doch wohl kaum das richtige Wort zu sein.«

»Na gut, ich weiß, dass es nur ein Mittagessen war, aber dennoch. Und was ist mit *mir*? Ist dir eigentlich nie in den Sinn gekommen, dass *ich* das womöglich als Allerletztes gebrauchen kann? Aber du weißt natürlich gar nichts über mich!«

Er spreizte in einer flehentlichen Geste die Hände. »Du hast recht. Ich weiß nichts. Aber ... verzeih mir ... das war gewissermaßen die Absicht, die hinter meiner Einladung zum Mittagessen steckte. Damit wir einander kennenlernen können.«

Nora fuhr sich mit beiden Händen durch ihre Haare und fühlte sich wie eine Fliege, die gegen eine Fensterscheibe knallte. Wieso gab er ihr das Gefühl, als wäre sie diejenige, die irrational handelte?

»Ich weiß nicht, was ich sagen soll, Logan«, brachte sie schließlich hervor und wünschte sich zugleich, er sähe nicht so verdammt gut aus. Und wäre nicht so *einnehmend*. »Wir werden uns da offensichtlich nicht einig. Können wir es bitte dabei belassen? Vollständig.«

Er umschloss die Brille mit seinen Fingern und steckte sie in die

Manteltasche. »Sicher. Wenn es das ist, was du möchtest. Keine Ursache.«

»Gut.«

»Gut.«

»Na dann. Ich gehe wohl besser.«

»Ja. Ich nehme an, dass Molly es dir gesagt hat?«

Nora schnaubte. »Ich nehme doch an, dass sie jedes Recht hat, das zu erwähnen.« Obwohl Molly es ihr eigentlich *nicht* gesagt hatte, wie ihr jetzt klar wurde.

»Es wundert mich nur, weil sie sich normalerweise nur um ihre eigenen Angelegenheiten kümmert und nicht in die anderer einmischt. Ich wünschte mir, ich hätte es dir selbst erklären können.«

»Nicht in die Angelegenheiten anderer einmischt? Soll das ein Scherz sein? Du bist wirklich abscheulich, Logan Davies. Warum sollte sie ihrem Ehemann auch noch den Weg dafür ebnen, andere Leute anzubaggern?!«

»Was hat denn Andy damit zu tun? Er würde niemals ... Oh!«

Nora sah ihm an, dass ihm ein Licht aufging. Sie war nur einen Schritt langsamer. *Oh.*

»Wer ist Andy?«, fragte sie kleinlaut.

Logan lachte. »Oh Nora, in fünf Sekunden wird dir das alles sehr peinlich sein. Du tust mir wirklich leid. Andy ist Mollys Ehemann.«

»Ich dachte, *du* seist Mollys Ehemann!«

»Äh, nein. Ich bin ihr Schwager. Andy ist mein Bruder. Stiefbruder eigentlich, aber wir stehen uns sehr nah. Ich heiße auch nicht Logan Davies. Ich heiße Logan Parry.«

»Oh mein Gott.« Nora vergrub ihr Gesicht in den Händen. Er hatte recht. Wie peinlich! Sie hatte gerade zu ihm gesagt, dass ... sie hatte ihn im Grunde genommen beschuldigt ... Aber Moment, er *war* verheiratet. Das hatte er gesagt!

»Und wer ist deine Frau?«

»Okay, jetzt sind wir wieder bei dem Gespräch, das ich beim Essen mit dir führen wollte. Meine Frau heißt Naomi. Sie ist in Neuseeland bei unseren Kindern. Die Scheidung ist halb durch und wir rechnen damit, in ein paar Wochen die Papiere zu bekommen. Es ist alles sehr einvernehmlich, aber traurig, wie ich schon sagte. Wir leben seit anderthalb Jahren getrennt und ich bin vor einem Monat nach Wales gekommen, wohl etwa um dieselbe Zeit wie du. Vor ein paar Monaten hat sie jemanden kennengelernt. In meinem Leben hat es seit unserer Trennung niemanden gegeben. Das war meine erste Verabredung seit langer Zeit. Wäre es gewesen.«

»Oh!« Nora stieg die Schamesröte ins Gesicht. »Ich sehe sicherlich wie eine Tomate aus?«

»Ja. Es ist ziemlich lustig.«

»Oh Gott. Ich hatte gedacht, dass du Molly betrügen willst, oder ihr eine offene Ehe führt oder du ein Soziopath bist. Allerdings habe ich mich gewundert, warum Molly erzählte, sie habe kreischende Kinder, während du sagtest, sie seien zwölf und sechzehn.«

»Das sind meine auch. Mollys hingegen sind sechs und drei.«

»Das ist mir unglaublich peinlich. So peinlich. Ich *schäme* mich so. Tut mir leid, Logan. Du wirst jetzt sicherlich kein Wort mehr mit mir sprechen wollen, weil ich ganz eindeutig verrückt bin. Ich gehe jetzt, damit du deinen Tag – und dein Leben – in Frieden verbringen kannst. Tut mir übrigens leid wegen der Scheidung und es freut mich, dass du klarkommst, und äh, ich wünsche dir alles Gute. Wirklich. Okay, tschüss dann.«

Während ihrer Rede war Nora aufgestanden, hatte sich den Mantel angezogen und in ihren Taschen nach Kleingeld gekramt, bevor sie merkte, dass sie in ihrer angespannten Verfassung überhaupt kein Geld eingesteckt hatte.

»Äh, ich habe keine Tasche dabei. Könntest dir mir vielleicht ... Nur, bis ich es dir zurückzahle? Ich werde es Molly mitgeben! Du musst mich gar nicht mehr sehen!«

Logan brach in Gelächter aus. »Warte!«, japste er und griff nach ihrer Hand. »Warte, bis ich wieder Luft bekomme! Du möchtest also, dass ich deinen Kaffee zahle?«

»Ja. Aber sie nehmen mir vielleicht auch ab, dass ich zurückkommen werde. Ich war schon ein paar Mal hier.«

»Nein, das ist schon gut, ich springe gern ein für ...«, er warf einen Blick auf die Speisekarte, »zwei vierzig. Aber findest du nicht, dass das dann ein wenig nach einem *Date* aussieht?«

»Nein!«, schäumte Nora. »Das war kein Date!«

»Das hast du mehr als deutlich gemacht.«

»Ich meine, das ist nicht das, was ich unter einem Date verstehe!«

»Ich bin erleichtert, das zu hören! Um sämtlicher Männer willen.«

Sie sank zurück in ihren Stuhl, weil ihr klar wurde, dass sie eigentlich gar nicht gehen wollte. Aber Logan hatte seine Arme auf den Tisch gelegt und das Gesicht in den Händen vergraben und seine Schultern zuckten. So breite Schultern. So breite *Single*schultern. Und sie hatte ihn einfach einen Soziopathen genannt.

»Hör auf!«, sagte sie. »Hör auf zu lachen, Logan!«

»Ich ... ich ...«, drang es zwischen seinen Armen hindurch.

»Du weinst? Oh nicht doch! Logan, sieh mich an. Was ist los?« Oh Gott, vielleicht hatte er eine Persönlichkeitsstörung.

»Ich wollte sagen, dass ich es versuche, du Witzbold! Du bist ein bisschen schreckhaft, was?«

»Was erwartest du? Ich komme aus London!«

Da holte er tief Luft und grinste sie an. »Nora?«

»Was?«

»Darf ich dich bitte zum Mittagessen einladen?«

CHLOE

»Willst du mit mir zum Ball gehen, Chloe?«

Sie waren auf Krabbenfang an den Felsen am vorderen Ende vom South Beach. Chloe hatte sich vorgebeugt, das Hinterteil in der Luft, die Stirn konzentriert gerunzelt. Ihr Gesicht war rot und sie hatte das Netz über einem klaren bernsteinfarbenen Tümpel positioniert. Und sie sah Bewegung darin, eindeutige Wellenbewegungen in den Schatten.

»Warte, gleich«, sagte sie. Da kam sie ... da war sie ... und schwupp! Ihr kleines rotes Netz ging nach unten und die Krabbe war gefangen.

»Sieh nur, Llew, hier! Das ist eine große. Ach, schau nur, ihre Augen! Sieht sie nicht wütend aus?«

»Ich bin mir nicht sicher, ob Krustentiere Gefühle haben.«

»Sieh doch, wie ihre kleinen Scheren sich bewegen! Ach, ich ertrag es nicht, ich werde sie zurücksetzen. Warte.«

»Ich warte.«

»So. Wieder im Wasser. Schön, Sie kennengelernt zu haben, Frau Krabbe!«

»Bist du dir sicher, Chloe, dass du im nächsten Jahr achtzehn wirst?«

»Nun, ich seh sie mir einfach gern an. Sie sind doch auch interessant, oder? Was hast du gerade gesagt?«

»Ob du mit mir zum Ball gehst.«

»Aber ja doch! Ich meine, ich werde dort sein, du wirst dort sein, also sind wir zusammen dort.«

»Ich meine, wie bei einer Verabredung.«

»Einer Verabredung?«

Chloe setzte sich auf die Felsen und blickte verwirrt zu ihm hoch. Da er zwischen ihr und der Sonne stand, sah sie nur eine langbeinige Silhouette. »Was meinst du damit? Wir sind Freunde. Da kann es doch keine Verabredung sein.«

Er setzte sich neben sie. »Iris hat mich gefragt, und ich habe ihr gesagt, ich sei bereits verabredet. Also muss ich mir jemanden suchen, denn sonst hätte ich sie ja angelogen. Aber es gibt niemanden sonst, mit dem ich dort hingehen möchte. Können wir es nicht wenigstens eine Verabredung *nennen*?«

»Na gut, wenn du magst und es dich vor Iris rettet.«

»Danke, Chloe.«

Chloe freute sich in diesem Jahr mehr denn je auf den Ball. Ganz anders als im letzten Jahr, als sie ihn verpasst hatte, weil sie mit Pusteln überzogen und geschwächt war, fühlte sie sich gebräunt und kräftig und voller Leben. Sie hoffte nur, dass niemand einen falschen Eindruck bekam, weil sie mit Llew zum Ball ging. In der Praxis würde das nichts ändern. Er würde sie nach wie vor am Kite Hill abholen. Sie würden den Weg dorthin wie immer mit Megan und welchen Freundinnen von ihr auch immer zurücklegen.

Richard wäre dieses Jahr nicht dabei, denn er war kein Tenby-Teenager mehr. Er war vom Trainee Manager zum Assistant Deputy Manager aufgestiegen und plötzlich ein gefragter Mann in der Stadt. Jedes Mal, wenn Llew und Chloe ihm über den Weg liefen, was angesichts seines Vollzeitjobs überraschend häufig der Fall war, gab er ihnen eine Münze. »Kauft euch ein Eis«, sagte er dann in Parodie eines netten Onkels.

»Schichtarbeit!«, erwiderte er, als Chloe ihn dreist fragte, ob er eigentlich auch mal im Hotel sei. »Es hat was, zur Arbeit zu gehen, wenn die anderen auf dem Heimweg sind, und auszugehen, wenn die anderen gerade mit der Arbeit anfangen. Wie ein Fisch gegen den Strom.«

Chloe und Megan machten sich in diesem Jahr allein fertig. Als Chloe sich bei Megan nach den anderen Mädchen erkundigte, zuckte sie mit den Achseln. »Ich war nicht in der Stimmung«, sagte sie. »Die sind so kindisch, das ödet mich an. Ich treffe sie dort.«

Chloe war ein wenig besorgt. Was hatte dazu geführt, dass Megan, früher die Königin ihrer kleinen Welt, sich nun lieber allein für den Ball herrichtete? Vielleicht empfand sie Tenby nach ihrem Frankreich-Aufenthalt als Abstieg. Aber wenigstens *ging* Megan noch zum Ball, sagte sich Chloe, und zog ihr rosa Kleid an.

»Wieder dasselbe alte Ding«, kommentierte Megan.

Als Llew dann um Viertel vor sieben an der Tür klopfte, stand er vor zwei Damen, die er begleiten musste. Sollte es ihn irritiert haben, ließ er es sich nicht anmerken.

Er reichte Chloe einen Blumenstrauß: eine köstlich duftende Komposition aus Buddleia und Oleander mit ausgefransten Stielen, dazu sogar zwei oder drei Rosen in einem ganz speziellen Rosaton, den sie sofort mit Mr Dodds Garten in Verbindung brachte – wobei die Kratzer an Llews Händen die schändliche Aneignung der Blumen bezeugten.

»Oh Llew, vielen Dank, die sind wunderschön«, sagte sie und vergrub ihr Gesicht darin und sog den Duft ein.

»Entschuldige bitte, Megan«, sagte Llew. »Wenn ich gewusst hätte, dass ich das Vergnügen habe, dich ebenfalls zu begleiten, dann hätte ich dir auch welche mitgebracht, aber ich bin davon ausgegangen, dass du mit deinen Freundinnen zusammen bist.«

»Das werde ich auch gleich sein, und du bist nicht meine Begleitung«, erwiderte sie, ergänzte dann jedoch: »Aber danke für die Aufmerksamkeit.«

Das Foto, das Onkel Harry an diesem Abend machte, zeigte eine strahlende Chloe, die ihre Blumen fest umklammerte, eine mürrische Megan und Llew zwischen den beiden mit einer einzelnen Locke, die aus dem glatt gekämmten Haar nach Freiheit strebte.

Auf dem Weg zum Ball brachte Llew seine altmodischen Manieren zum Einsatz, die er extra für diesen Zweck auf Hochglanz poliert hatte. Er war aufmerksam zu beiden Mädchen und Chloe verfolgte gerührt, welche Mühe er sich mit ihrer Cousine gab, die er nie wirklich gemocht hatte.

Vor dem Fountains trafen sie die ganze Meute an, die bereits in ihren Regenbogenkleidern auf sie wartete. Nur Alma war bereits im Saal und klebte an ihrem Verlobten, damit nur ja keinem entging, dass sie einen hatte.

Als Iris sie sah, sprach sie Chloe leise an: »Dann seid ihr also doch ein Paar, du und Leonard?«

Und um Llews willen sagte Chloe: »Das sind wir wohl, ja«, und strich dabei besitzergreifend – und ziemlich wagemutig, wie sie fand – mit ihrer Hand über seinen Arm! Vielleicht steckte ja doch eine Femme fatale in ihr. Llew lächelte zu ihr herab und sie fand, dass sie als Paar einen sehr guten Eindruck machten.

Vielleicht zu gut. Denn etwa eine Stunde vor Ende des Balls stellte Chloe fest, dass sie zwar mit fast allen Jungs hier getanzt, sie aber keiner gefragt hatte, ob sie sich mal treffen wollten, und auch keiner sie gebeten hatte, mit nach draußen zu kommen. Wie befürchtet, hatten alle einen falschen Eindruck bekommen.

Dann jedoch überlegte sie, mit wem sie sich überhaupt würde verabreden *wollen*? Ron hatte sie bereits geküsst und das war auch ganz in Ordnung gewesen – mehr oder weniger –, verlangte jedoch nicht nach einer Wiederholung. Er war ein netter Junge, aber ein Leben lang schweigsame Abendessen? Nein danke. Graham stand außer Frage, weil er Almas Bruder war. Selbst wenn er der tollste Fang von ganz Wales wäre, würde sie niemals Alma als Schwägerin haben wollen. Michael Everley sah gut aus wie immer, aber Chloe hatte sich in der Nähe dieses älteren Jungen nie richtig wohlgefühlt und wollte sich Megans Reaktion lieber gar nicht erst vorstellen, sollte sie entsprechende Ambitionen haben! Megan allerdings würdigte ihn keines Blickes mehr. Brian Walters war zu klein. Chloe war selbst auch klein, aber das bedeutete nicht, dass sie einen Ehemann wollte, der sich anstrengen musste, um mit seinen Freunden Schritt zu halten. Owain Hughes war süß, aber dumm. Er glaubte noch immer, Bristol liege in Wales, und ließ sich davon auch nicht abbringen. Chloe wollte in ihrer Ehe schließlich nicht die ganze Denkarbeit übernehmen – die Hälfte würde reichen. Wer hätte gedacht, dass die Auswahl in Tenby so armselig war?

Dann gab es da noch Rhys Jenkins, der sich mit seinen Freunden amüsierte. Chloe beobachtete ihn kritisch. Llew zufolge war er gut in der Schule, sah zudem ganz anständig aus und wirkte immer gut gelaunt. Einen Griesgram wollte sie nicht. Dann also Rhys … Aber war *er* wirklich ihre erste Wahl?

Sie könnte gleich jetzt zu ihm rübergehen und sagen: »Was ist denn so lustig, Rhys Jenkins?« Er würde sie noch mal zum Tanzen auffordern … und was dann? Wollte sie Rhys Jenkins küssen? Nein, wollte sie nicht. Wollte sie Rhys Jenkins *heiraten*? Sie seufzte. Die Liebe ließ sich mit einer derart begeisterungsarmen Einschätzung sicherlich nicht gewinnen. (Wenn sie sich allerdings Alma ansah, würde es sie nicht überraschen, wenn es doch der Fall wäre.)

Es war hoffnungslos. Sie würde niemals einen Ehemann finden, solange Llew der einzige Junge war, den sie um sich haben wollte. Und ganz ehrlich, es dachten doch alle, dass sie ...

Der Gedanke traf sie wie ein Blitz. Sie musste schlucken. Wenn Liebe etwas war, was sich nicht bemessen ließ wie die Zutaten für eine Torte, und weder kontrolliert noch ausgewählt werden konnte ... Wenn sie immer nur mit Llew und dieser immer nur mit ihr zusammen sein wollte ... Was sagte das dann aus?

Ein seltsames Gefühl überkam sie, halb Angst, halb Entzücken. Er hatte heute Abend so stolz ausgesehen, als er gekommen war, um sie als seine Tanzpartnerin abzuholen. Und es war ihr ganz leichtgefallen, sich ihm gegenüber vor Iris kokett zu geben. Es war, als wäre er ... als wären sie ... Aber das war doch unmöglich! Er war wie ein kleiner Bruder für sie. Nur, dass er das nicht war. In all den Jahren ihrer Freundschaft hatte sie sich immer wieder gesagt, dass er so gar nicht ihren Brüdern glich. Für diese fiel der Vergleich mit Llew immer ungünstig aus. Verglichen mit Llew schnitten *alle* schlecht ab. Aber das bedeutete doch nicht, dass ... Es war nicht dasselbe wie ...

Chloe wurde es gleichzeitig heiß und kalt. Das war nicht gut! Sie konnte Llew nicht heiraten! Er war fünfzehn! Und selbst wenn sie wartete, *jahrelang*, bis er erwachsen war, was dann? Eine Romanze? Und wenn die schiefging? Wenn sie ihre Freundschaft kaputt machte? Wenn das passierte, wäre es das Ende der Welt. Sie *durfte* sich nicht in Llew verlieben, denn ein Leben ohne ihn wäre unerträglich, nicht auszuhalten.

NORA

Sie gingen in das Restaurant am South Beach, das passenderweise South Beach Grill Bar hieß. Nora war oft daran vorbeigelaufen, aber nie eingekehrt. Es hatte Panoramascheiben und geschrubbte Holzböden und war von Sand und Meer umgeben. Immer wenn sie vorbeikam, hatte sie sich gedacht, dass dies ein Lokal für besondere Anlässe sei.

Im strömenden Regen war es sehr romantisch. Sie saßen am Fenster und blickten hinaus auf den Sand, der die Farbe von Bienenwachs angenommen hatte, und einen Ozean, dessen Wellen aussahen wie ein Haufen matter Schwerter.

»Hast du später noch was vor? Ich auch nicht. Gut«, sagte Logan.

Beim Aperitif verlor Nora ein wenig von ihrer Befangenheit wegen der Verwechslung, und Logan erzählte ihr, warum er nach Wales gekommen war.

»Naomi und ich haben uns lange Zeit alle Mühe gegeben, so zu tun, als sei alles in Ordnung. Als der Druck, sich ständig was einreden zu müssen, uns schließlich einholte, wurden wir zu Monstern. Und das ist ernst gemeint. Wir entdeckten all die kleinen Quälereien, die zwei Menschen sich antun können, wenn sie unter einem Dach leben, sich aber nicht mehr lieben. Als wir uns endlich dazu durchrangen, das Handtuch zu werfen, brauchten wir noch ein weiteres Jahr, bis wir wirklich hinter unserer Entscheidung stehen konnten, weil wir es den Kindern nicht sagen wollten. Das taten wir dann letztes Jahr. Brendan war fünfzehn, Sylv erst elf ...« Ihn schauderte. »Das war das Schlimmste, was ich in meinem Leben habe tun müssen. Aber wenigstens waren Naomi und ich uns zu diesem Zeitpunkt einig darin, dass es nötig war, einen Schlussstrich zu ziehen. Und deshalb war es uns wohl auch möglich, eine ganz gute Erklärung zu liefern. All die hässlichen Dinge, die wir uns sagten, gab es nur zwischen uns, die Kinder bekamen nichts davon mit.«

Er trank einen Schluck und fuhr dann fort: »Ich zog aus und lebte während der letzten achtzehn Monate in einem Apartment in Wellington Harbour – eine gute Lage für meine Arbeit, ich habe dort eine Segelschule. Naomi und die Kinder sind noch immer in Porirua, aber das ist nur eine halbe Stunde weit entfernt und ich fahre fast jeden Tag dorthin, um sie zu sehen. Es lief eigentlich ganz okay, aber ich brauchte eine Auszeit. Abgesehen von den Kämpfen und der Scheidung, hatte ich zehn Jahre lang hart gearbeitet, um mein Geschäft aufzubauen. Kurz gesagt, ich war ausgebrannt. Also besprach ich es mit den Kindern und sie gaben mir die Erlaubnis, Urlaub zu machen!« Er grinste.

»Ich bin für ein paar Monate hier rübergekommen, um meinen Bruder und Mol zu besuchen. Es ist großartig. Andy arbeitet auf den Ölbohrinseln und ist tagelang weg. Ich kann Molly mit den Kindern helfen, und wenn er da ist, kosten wir die Familienzeit voll aus. Sonst wandere ich einfach umher und ... baggere Frauen an. Na ja, dich.« Er lächelte. »Diese Reise ist das Beste, was ich je gemacht habe, Nora. Es wurde immer schwerer, mich daran zu erinnern, wer ich unter dieser Glocke aus Papa-Sein, Arbeit und Scheidung eigentlich war. Zusammensein mit Andy, wandern an der Küste – das ist besser als ein Jahr Therapie. Warum lächelst du? Du denkst, ich bin ein Wrack, nicht wahr? Du wirst nicht zum Essen bleiben. Du wirst diesen Mojito trinken und das Weite suchen, stimmt's?«

»Nein, ich werde diesen Mojito trinken und noch einen bestellen. Ich lächele, weil ich das alles genauso sagen könnte. Nicht, dass ich Kinder hätte oder eine Scheidung durchmachen musste. Aber auch ich bin hierhergekommen, um mich von meinem Alltagsleben zu erholen. Ich habe mich unter einem so hohen Stapel Papierkram vergraben.« Nora hob ihre Hand so hoch es ging über ihren Kopf. »Das war mein Job! Dann bekam ich alle möglichen Angstzustände und begann eine Therapie, die zwar geholfen hat, aber nur bedingt ... Dann kam ich hierher und ... Na ja, es war einfach weg. Ich hätte nie gedacht, dass es so einfach sein kann, aber manchmal ist es das vielleicht!«

Er überlegte. »Ja. Vielleicht sind wir es einfach nicht gewohnt, darauf zu achten, was wir wirklich wollen, und werden dann überrascht, wenn wir es tun und es funktioniert. Aber warum Tenby? Ah, weil deine Mum von hier kommt, richtig?«

»Aus der Nähe, ja, aber der wahre Grund, der ist wirklich ein wenig seltsam ...« Doch Logan hörte ihr zu und er war so aufrichtig gewesen, dass sie ihm von dem Tag erzählte, als sie kündigte, und von der spontanen Vision eines Strandes, der auftauchte und so lange lockte, bis sie ihm ihre Aufmerksamkeit schenkte. »Es war tatsächlich *dieser* Strand«, schloss sie und blickte hinaus. »Und jetzt bin ich hier und trinke Cocktails. Das Leben kann schon sehr rätselhaft sein, nicht wahr?«

»Ja, schon. Das Leben erlaubt sich seinen Spaß mit uns.«

Als der Kellner zu ihnen kam, bestellte Nora Seehecht, Logan Risotto und eine Flasche Sauvignon Blanc. »Normalerweise trinke ich nicht so viel«, erklärte er, »aber du machst mich ein wenig nervös.«

»Das überrascht mich nicht wirklich nach dem heutigen Vormittag«, murmelte Nora, die von den ungewohnten Cocktails am helllichten Tag selbst auch ein wenig benommen war.

»Aber nicht deshalb, sondern weil ich dich mag. Es tut gut, wieder mit einer schönen Frau zusammen zu sein, selbst wenn es kein Date ist«, zog er sie auf. »Zum Wohl.«

Schön? Sie? Aber dann entdeckte sie ihr Spiegelbild in der Scheibe. Ihr Haar war nass und klebte am Kopf und betonte ihr herzförmiges Gesicht, die Augen waren groß und strahlten. Warum nicht?

»Wenn du willst, kann es auch ein Date sein«, erwiderte sie spontan und stieß mit ihm an. »Nachdem ich jetzt weiß, dass du nicht mit Molly verheiratet bist.«

Er grinste. »Also wenn ich gewusst hätte, dass es ein Date ist, dann hätte ich dir die schmutzigen Details gar nicht erzählt, sondern versucht, dich mit Geschichten von meinen Segeltörns um Wellington Harbour zu beeindrucken und von all den coolen Leuten, die ich kenne, damit du siehst, was für ein toller Hecht ich bin!«

Nora lächelte. »Stimmt, und keiner von uns hätte von Therapie gesprochen ...«

»Genau! Obwohl es ehrlich gesagt etwas ist, worauf ich ziemlich stolz bin. Jeder stößt irgendwann mal an seine Grenzen. Aber es kommt darauf an, was du tust, wenn du dort bist, findest du nicht?«

»Das sehe ich genauso. Also, Logan, erzähl mir von deinem Boot, erzähl mir von deiner Firma ...«

Zwei Stunden lang redeten sie. Nora brachte ihn mit Geschichten von ihrem Job zum Lachen, die sich beim Erzählen als weitaus unterhaltsamer erwiesen, als sie damals gewesen waren. Dann berichtete sie ihm von ihrem unglaublichen Glück, Kaitlin kennengelernt zu haben, und ihrem Einzug in das wunderschöne Haus von Jones. Und vom Patchwork- und Yogakurs und den Gemälden auf dem Dachboden und ihrer Gran. Nach dem Mittagessen teilten sie sich eine Schoko-Haselnuss-Tarte und eine Kanne Tee. Die Hälfte des Weins blieb in der Flasche.

»War wohl ein wenig zu ehrgeizig für unser Alter«, sagte Logan. »Möchtest du ihn mitnehmen für deine Mitbewohnerin?«

»Keine schlechte Idee, das mache ich.«

Nora schaute aus dem Fenster. Der Regen ließ schrumpelige Würmer auf der Scheibe zurück und wehte bauschige Wolken über den Strand. Ein schwarzer Hund rannte bellend über den Sand, im Gefolgte sein Besitzer im roten Anorak. Es war herrlich hier. Es war herrlich, mit Logan hier zu sein. Am liebsten wäre sie im Restaurant geblieben, aber es wohl an der Zeit aufzubrechen.

»Also, Nora, mir ist klar, dass diese Verabredung noch nicht beendet ist, aber wie stehen meine Chancen für eine weitere? Hast du Lust zu dieser Wanderung, wenn es aufklart?«

Gut gelaunt antwortete sie: »Das wäre schön.«

»Fein.« Mit zufriedener Miene bezahlte er die Rechnung. Ohne ihre Tasche hatte Nora keine andere Wahl, als die Einladung anzunehmen.

Der heftige Regen hatte nachgelassen und sie traten hinaus in ein gespinstartiges Nieseln. Und ohne sich abzusprechen, begannen sie, am Strand entlangzulaufen.

Er ist nur für wenige Monate hier, sagte sich Nora. *Er lebt auf der anderen Seite der Erde. Er hat dort Kinder und einen wichtigen Job und ein Leben.* Und dennoch. Für sie würde das immer der romantischste Ort der Welt bleiben. Sie konnte sich nicht erinnern, sich jemals bei einem Mann wohler gefühlt zu haben und gleichzeitig derart für ihn entflammt gewesen zu sein …

Aber natürlich brachte es gar nichts, ihn mit Seth zu vergleichen, denn als sie den kennenlernte, war sie noch sehr jung und ein anderer Mensch gewesen. In jenem Alter glaubte man ein Recht auf die Liebe zu haben, überlegte sie, und erwartete, dass sie einem in den Schoß fiel. Aber wenn einen mit vierzig ein solches Gefühl überkam, nach Jahren voller Enttäuschungen, Liebeskummer und Zynismus, wenn man sich plötzlich wieder lebendig fühlte … dann lag darin eine besondere Kraft. All die Jahre, in denen sie nicht mehr an die Existenz der Liebe geglaubt oder sie als unwichtig empfunden hatte und Männer für Mistkerle hielt, auf die Frauen gut und gern verzichten konnten, genauso wie auf Spielchen, Erklärungsversuche und Gefühlspanzer … All das wurde vom Regen weggeschwemmt und machte neuem Licht Platz.

Er hakte sich bei ihr unter und sie wanderten ziellos und meist schweigsam umher, hielten Ausschau nach Muscheln und Treibholz, beobachteten raufende Vögel, blickten auf den Horizont und die Umrisse der Insel Caldey, die im feuchten Dunst kaum auszumachen waren.

»Warst du schon mal drüben?«, fragte er sie.

»Noch nicht.« Als Nora nach Tenby kam, war noch keine Saison, die Fähre fuhr nur von April bis September. Jetzt war plötzlich Mai. Die Zeit verstrich schneller, als ihr lieb war.

»Möchtest du mal hin? Andy meint, es lohnt sich.«

Sie nickte. »Kaitlin sagte, sie sei etwas ganz Besonderes. Ja, lass uns hinfahren.«

Sie fühlte sich wohl, ihn groß und kräftig neben sich zu spüren. Genoss den festen Tritt seiner Schritte neben ihr und den Halt seiner Umarmung. Wenn der Wind richtig stand, konnte sie den Duft seiner Haut atmen, und jeder seiner strahlenden Blicke, mit denen er sie immer wieder bedachte, ließ ihr Herz höherschlagen. Sie mochte diesen Logan Parry wirklich sehr.

Als die Flut einsetzte, wanderten sie ohne Eile zurück, doch kaum hatten sie die Klippen erreicht, war der Strand nur noch ein schmales Band in der Farbe von Buttermilch zwischen den Dünen und der aufgewühlten weiß-grauen See. Logan blieb stehen. Noras Hand rutschte aus seinem Arm. Er ergriff ihre Hände und lächelte sie an.

Sie erwiderte es zaghaft. Der weiche Regen sprühte silberne Tropfen in sein dunkles Haar. Sein Blick war beredt. Es war *Der Blick*. Sie hatte ihn schon lange nicht mehr gesehen, wusste aber, was er bedeutete. Dieser große, umwerfende Mann, dessen Anziehungskraft sie von der ersten Minute an gebannt hatte, würde sie küssen.

Ihre Lippen trafen sich kühl und regenfeucht, waren darunter jedoch weich und warm. Wie von selbst hoben sich Noras Arme und legten sich um seine breiten Schultern, und er drückte sie an sich. Wie lange dauerte dieser Kuss? Es fühlte sich an, als wären sie aus der Zeit herausgetreten. Schließlich kehrte er wieder in diese zurück und sagte: »Wow.«

»Wow«, bestätigte Nora, weil sie sich nicht traute, mehr zu sagen.

Er nahm ihre Hand und sie wanderten in die Stadt zurück. Nora empfand es als Erleichterung, als er auf die Läden und Bars zeigte, die ihm gefielen, normale Dinge, die ihre Füße wieder sanft auf Boden zurückbrachten. Dann kamen sie wieder zu dem Café, auf dessen Schwelle sie heute Morgen gestanden und ihn beobachtet und sich von ganzem Herzen gewünscht hatte, die Umstände wären andere. Und jetzt waren sie es.

Die Kirchturmuhr schlug vier Mal. Für eine erste Verabredung war das doch wohl lang genug? Nur dass es sich nicht lang genug anfühlte.

»Möchtest du vielleicht …?«, fragte Nora im selben Moment, in dem er sagte: »Ich weiß nicht, magst du vielleicht …?«

»Du zuerst«, lachte er.

»Ich wollte dich fragen, ob du noch auf einen Kaffee oder so vorbeikommen möchtest. Ich wohne keine zwei Minuten von hier. Aber du hast sicher viel zu tun.«

»Ich habe nichts zu tun. Ich wollte dir vorschlagen, hier noch einen Kaffee zu trinken, und sei es auch nur, um die Erinnerung an den letzten auszulöschen …« Nora schnitt eine Grimasse. »Aber deine Idee, den bei dir zu trinken, ist viel besser.«

Das Wunderbare war, dass er keinen Plan zu haben schien. Nora erinnerte sich an viele Verabredungen mit Männern, die kaum, dass sie ihr

Zuhause gestürmt hatten, schon ein tiefschürfendes Gespräch über so etwas Dröges wie Versicherungen begannen oder sich wie Bauherren in ihrer Wohnung umsahen, als planten sie bereits Veränderungen. Wirklich denkwürdig war das eine Mal, als ihr Date sofort mit ernsthaftem Knutschen loslegte, bevor sie überhaupt den Wasserkessel aufsetzen konnte. Das hatte dann zum raschen einhändigen Ausziehen ihres BHs geführt, eine Fertigkeit, auf die der fragliche Mann sichtlich stolz war und die er so oft wie möglich zur Anwendung bringen wollte. (Wie Jasmine immer sagte: Nur weil man etwas *kann*, bedeutete das nicht, dass man es auch tun *soll*.)

Mit Logan war das nicht so. Sie standen einfach eine Minute lang in der Diele und sahen sich um, während zwischen ihnen das ganze Spektrum der Möglichkeiten vibrierte. *Hier sind wir*, schien es zu sagen, *diese Zeit gehört uns – wie wunderbar*. Wunderbar, ungeachtet dessen, was sie taten oder tranken oder worüber sie redeten.

»Das hat schon was«, sagte er schließlich.

Sie nickte. »Komm rein und sieh dir den Rest an. Tee? Kaffee? Saft? Wein wohl eher nicht«, meinte sie und stellte die halb volle Flasche mit einem Lächeln auf den Küchentisch.

»Ein Saft wäre gut. Was immer du da hast.«

Nora machte ein Tablett zurecht, wie sie das auch für Gran tat, mit Servietten und Keksen auf einem Teller, einem Glaskrug mit Apfelsaft und zwei Gläsern. Logan schmunzelte, als er ihr dabei zusah, und berührte sie am Arm. »Wie hübsch. Danke.«

Er trug es nach oben und hätte es beinahe fallen lassen, als er das Wohnzimmer sah. »Heiliger Bimbam! Das nenn ich wirklich Glück. Was gäbe ich darum, die Geschichte dieses Mannes zu kennen!«

»Ich auch.« Nora setzte sich auf ihren angestammten Fensterplatz, dem Ort so vieler Mädchengespräche. Logans männliche Gestalt anstatt Kaitlins schlanke Figur mit den unbändigen roten Locken vor sich zu haben, war seltsam. Nach einer Weile zogen sie aufs Sofa um, wo sie sich wieder küssten und dabei immer tiefer rutschten, bis sie fast auf ihm lag. So hatte Nora nicht mehr geknutscht, seit sie ein Teenager war!

Sie wurden unterbrochen, als die Eingangstür aufging und Kaitlins Stimme erklang.

»Hallo? Nora? Jemand zu Hause?«

Nora richtete sich keuchend auf und strich sich die Haare aus dem Gesicht. »Hier oben, Kait!«

»Ich komme hoch. Muss nur noch diese ... Stiefel ... äh ... ausziehen! Weißt du was?«, quasselte sie weiter. Kaitlin hatte nie ein Problem damit, ein Gespräch über mehrere Räume hinweg zu führen. »Ich bin in der Stadt Molly über den Weg gelaufen, und jetzt *rate mal*!«

Nora und Logan tauschten ein Lächeln. »Was denn?«, rief Nora schelmisch.

»Sie war mit einem Typen unterwegs, und der war nicht ihr Ehemann. Ich meine, er sah überhaupt nicht so aus wie der Mann, den du mir beschrieben hast. Er hatte hellbraune wirre Haare und war nicht besonders groß. Sie hielten Händchen und schmiegten sich aneinander. Ja, sie schmusten miteinander!« Kaitlin klang atemlos, als sie die Treppe heraufgerannt kam und dann ins Wohnzimmer platzte.

»Was sagst du dazu? Oh! Hallo. Wer ist das? *Oh!*« Als sie die zerrauften Haare und die geröteten Gesichter der beiden sah, klingelte es bei ihr. »Sie sind bestimmt –«

»Logan«, stellte Logan sich vor, stand auf und reichte ihr die Hand. »Mollys Schwager.«

Kaitlin sah Nora an.

»Ja«, bestätigte Nora. »Offenbar habe ich da was durcheinandergebracht.«

»Der Typ mit den wirren Haaren, der Schmuser, das ist Andy, mein Bruder.«

Kaitlin hielt sich die Hände vors Gesicht. »Das ist mir so peinlich!«

Logan grinste Nora an. »Ein Déjà-vu«, sagte er. »Kaitlin, es freut mich, dich kennenzulernen. Ich habe schon viel von dir gehört und hoffe, dass es weitgehend stimmt.«

Kaitlin nickte. »Ich kann verstehen, warum sie dich mag. Ist der Wein in der Küche für mich?«

CHLOE

Juli 1958

Die Schulzeit war für immer zu Ende. Sie hatte sämtliche Prüfungen abgelegt. Sie war achtzehn Jahre alt. Jede dieser Tatsachen war kaum zu fassen. Es war 1958. Sie war alt genug, sich zu verloben, ins Arbeitsleben einzusteigen. Als ihre Mutter in diesem Alter war, hatte sie Chloe zur Welt gebracht!

Noch immer wusste Chloe nicht, was sie mit ihrem Leben anfangen wollte. Aber wenigstens war für den Sommer gesorgt. Sie würde nach Tenby fahren – und dies nicht zum letzten Mal, wie sie aus ganzem Herzen hoffte. Wenn sie wieder zu Hause war, würde sie im August in einem Laden in Carmarthen arbeiten. Der Laden gehörte einem Mr Adams, einem Freund des Chefs ihres Vaters. Durch den Austausch von Nachrichten – manche würden es Klatsch nennen -, dem Lebenselixier dieser Region, hatte er erfahren, dass Daf Samuels Tochter zu einer präsentablen und vernünftigen Person herangewachsen war, die nun auf der Suche nach einem Lebensinhalt war. Da ein Teil seines Personals im August gerne freinehmen wollte, könnte Chloe dafür einspringen. Gleichzeitig würde sie Erfahrungen sammeln – und ein wenig Geld verdienen. Mr Adams bevorzugte Lösungen, die allen Beteiligten nützten.

Chloe war froh um diesen kurzfristigen Plan, der ihr keine allzu große Veränderung ihres bisherigen Lebens abverlangte. Sie könnte zu Hause wohnen und jeden Tag mit dem Bus zur Arbeit fahren.

Du Baby, schalt sie sich. *Wo bleibt dein Abenteurergeist, den du in all den Jahren zu haben glaubtest, als du von London und Hollywood träumtest? Jetzt stellt sich heraus, dass du Angst hast, von zu Hause wegzugehen!*

Die Welt war groß, das wusste Chloe, und voller Wunder und Verlockungen. Es fiel ihr einfach schwer, sich vorzustellen, es könnte ihr auch woanders als in Tenby und Nant-Aur gefallen. Aber es war gut, sich einzugestehen, dass sie es glücklich getroffen hatte mit ihrem Leben, dass sie es nicht einfach so hinter sich lassen konnte. Ja, sie hatte Glück und wurde geliebt.

Geliebt. Unweigerlich richteten sich ihre Gedanken auf Llew. Er liebte sie, das wusste sie, und sie liebte ihn. Sie wusste nur nicht genau *wie*. Der Ball im letzten Jahr war recht normal zu Ende gegangen: Llew hatte Chloe und Megan nach Hause begleitet und ihnen vor der Tür höflich eine gute Nacht gewünscht. Auch die Ferien endeten wie üblich und Chloe kehrte nach Nant-Aur zurück, nachdem sie sich wie stets umarmt und Llew ihr zum Abschied ein Muschelarmband geschenkt hatte, damit sie ihn nicht vergaß.

Dennoch hatte sie während der langen Trennungsmonate häufig an den vergangenen Sommer gedacht. Während sie ihrer Mutter im Haus und ihrem Vater im Garten half, dann wieder in die Schule zurückkehrte, mit Bethan tratschte und für ihre Prüfungen büffelte, hatte der Gedanke, zwischen ihnen könnte mehr sein als bloße Freundschaft, sie beschäftigt und nicht mehr losgelassen.

Könnte sein. Zu mehr Zugeständnissen war sie nicht bereit. Aber die Bezeichnung »Sandkastenliebe« kannte sie. Es musste einen Grund dafür geben. Sie stolperte jedoch noch immer über die Tatsache, dass er jünger war als sie. Aber schließlich waren es nur zwei Jahre. Was sich jetzt komisch anfühlen mochte, wäre, wenn sie zwanzig und zweiundzwanzig oder achtundzwanzig und dreißig Jahre alt – also uralt! – wären, nicht mehr von Belang. Chloe schüttelte ungläubig den Kopf. Dass sie das überhaupt in Erwägung zog! Einerseits machte es ihr Angst. Andererseits war die Vorstellung, den Rest ihres Lebens mit Llew zu verbringen, die glücklichste Aussicht, die sie heraufbeschwören konnte – glücklicher sogar als die, als Tänzerin an einem Fred-Astaire-Film mitzuwirken.

Nun, in diesem Jahr würde nichts passieren. Llew war noch immer ein Junge und sie war erst achtzehn. Ja, es gab Mädchen ihres Alters, die sich verlobten, aber auch genügend andere, die das nicht taten. Sie würde einfach nicht alle Hoffnungen daraufsetzen, einen anderen kennenzulernen, mehr nicht. Was sein soll, wird sein, wie ihre Mam zu sagen pflegte.

Tante Bran setzte sie wie immer in Carmarthen in den Bus nach Tenby. Chloe wäre jetzt alt genug gewesen, um das Umsteigen auch allein zu bewältigen, aber sie genoss dennoch die Tradition. Und dann war sie wieder weg, ganz junge Dame von Welt.

Mit dem üblichen Ächzen der Bremsen machte der Bus in Tenby Halt, bevor sich die Türen ruckartig öffneten und Möwenschreie und Seeluft hereinließen. Chloe war voll und ganz zufrieden. In Tenby war immer Sommer, davon war sie überzeugt.

Doch ihr strahlendes Lächeln fiel zusammen, als sie Tante Susan sah.

»Was ist los?«, rief Chloe, bevor sie sich überhaupt begrüßt hatten. »Es ist was mit Llew, nicht wahr?«

»Ihm geht es gut, Chloe. Ach du liebe Zeit, offenbar habe ich nicht genug Make-up aufgelegt! Ich wollte dir doch ein schönes Willkommen bereiten.«

»Oh, du siehst sehr gut aus«, versicherte ihr Chloe. Und es stimmte. Sie trug ein elegantes marineblaues Kostüm, dazu eine türkise Bluse und cremefarbene Stöckelschuhe. »Du wirkst nur so … besorgt. Geht es dir gut?«

»Uns allen geht es gut, Liebes, du brauchst dir keine Gedanken zu machen. Es ist nur, wir hatten ein wenig … Ärger mit Richard. Er hatte Probleme in der Arbeit, aber das ist jetzt alles geregelt. Komm mit, meine Liebe. Heute ist so ein trüber Tag, da wartet zu Hause heiße Schokolade auf uns. Llew bat mich, dir auszurichten, dass er um sechs Uhr vorbeikommen wird. Er arbeitet heute bei der Zeitung.«

»Ich freue mich auf die heiße Schokolade, danke.« Chloe war verunsichert. So aufgewühlt hatte sie Tante Susan selbst damals nicht erlebt, als Megan Sperenzchen machte. Mutter zu sein, war bestimmt nicht einfach, obwohl Gwennan fast immer zufrieden und entspannt wirkte. Und sicherlich waren Megan und Richard ein Traum, verglichen mit Clark und Colin …

»Dieses Jahr wohnt ein Freund von Richard bei uns, Chloe, ich hoffe, es macht dir nichts aus. Er wird in Richards altem Zimmer schlafen und du bekommst natürlich den Dachboden. Richard hätte nämlich seine Freunde nicht im Hotel übernachten lassen dürfen, wie er das in den letzten beiden Jahren getan hat.«

»Hat er deshalb Schwierigkeiten bekommen?«

Tante Susan zögerte. »Auch deswegen, ja.«

Chloe musste an den durch Tenby gondelnden Richard denken, stets lässig und seine Freizeit mit Schichtdienst begründend. Sie hatte das immer seltsam gefunden. Vielleicht arbeitete er jetzt ein wenig härter.

»Jedenfalls«, fuhr Tante Susan fort, »haben Harry und ich ihn ordentlich zurechtgewiesen, aber jetzt scheint er zu spuren, und wir dachten, es könnte ihn aufmuntern, einen Freund hier zu haben.«

»Das ist nett von euch. Sicherlich wird es ihm guttun. Wie heißt der Freund denn?«

»Iestyn Morgan. Er war vor ein paar Jahren schon mal bei uns. War das, bevor du zum ersten Mal zu uns kamst?«

»Nein, ich erinnere mich an Iestyn. Wie ... nett.«

Eine Flut peinlicher Erinnerungen überschwemmte sie. Ihre erste Begegnung, bei der sie mit Sand und Schorf überzogen war, das Gesicht mit Schokolade verschmiert. Kreischend auf der Flucht vor Red Sam. Närrisch umherhüpfend auf der Suche nach Geheimtunneln. Beim Lesen vor seinem Schlafzimmer in einem alten Nachthemd ... Besser, sie beschloss, in diesem Jahr erst gar nicht zu versuchen, Eindruck zu schinden.

Kurz darauf saß sie im Wohnzimmer, in den Händen einen hübschen Porzellanbecher, und wurde von Tante Susan zu ihren Prüfungen und ihrem Job bei Mr Adams in Carmarthen befragt. Während sie plauderten, hörten sie die Haustür aufgehen und Stimmen im Flur.

»Das werden Megan und Iestyn sein«, meinte Tante Susan, den Becher halb erhoben. »Megan kümmert sich um ihn, während Richard in der Arbeit ist.«

Darauf wette ich, dachte Chloe mit einem Lächeln. Aber diesmal machte es ihr nichts aus. Megan war vermutlich ohnehin viel eher Iestyn Morgans Typ.

»Wir sind hier, ihr Lieben!«, rief Tante Susan.

Megan trat als Erste ein und sah noch abgehärmter aus als ihre Mutter. Selbst ihre Haare hingen matt herab und ihre Haut war blass. Aber sie begrüßte Chloe mit einer Umarmung und einem Kuss so warmherzig, wie sie das noch nie getan hatte. Chloe drückte ihr die Hand und hoffte, dass sich später Gelegenheit zu einem richtigen Gespräch ergab. Schließlich waren sie keine Mädchen mehr und konnten vielleicht endlich wirklich Freundinnen werden.

»Das ist Iestyn, Chloe«, stellte Megan sie vor. »Iestyn, ich glaube nicht, dass du dich erinnerst an meine –«

»Cousine, die kleine Chloe aus Nant-Aur!«, beendete Iestyn den Satz mit einem warmherzigen Grinsen und seiner lockeren Art. Er war reizend wie immer und sah sogar noch besser aus. Er hatte sich das rötliche Haar wachsen lassen, sodass es ihm nun in üppigen Wellen auf die Schultern fiel, und er trug eine Brille mit dunklem Gestell, die ihn, wie Chloe fand, atemberaubend intellektuell aussehen ließ. »Natürlich erinnere ich mich. Hallo Chloe, wie schön, dich wiederzusehen. Meine Güte, du bist ja richtig erwachsen geworden. Und so *hübsch*!«

NORA

Der Mai rauschte vorbei und schon war Juni. Nora lernte den Sommer in Tenby kennen, wie ihre Mutter ihn erlebt hatte. In den Gärten erblühten die Rosen. In der Stadt wimmelte es von Touristen, die Strände waren nicht mehr leer, sondern voll fröhlicher Menschen, die sich mit erleichtertem Stöhnen der Sonne und der Seeluft hingaben. Die Begeisterungsschreie der Kinder, die ins eiskalte Wasser platschten und die Höhlen erkundeten, schallten durch die Luft. Das dürfte in den Fünfzigern nicht anders gewesen sein, überlegte Nora.

Nora und Logan nahmen sich vor, einander nur jeden zweiten Tag zu treffen, damit sie dazwischen wieder Atem holen und sich daran erinnern konnten, dass dies, ungeachtet der Tatsache, dass sie beide in den Vierzigern waren, im Grunde genommen eine Sommerliebelei war. Sie machten beide eine Erfahrung, die sie sich vom Leben schon nicht mehr erhofft hatten und die selbst alte, begrabene Sehnsüchte übertraf. Das war berauschend und es wäre einfach gewesen, diese Zeit ganz der Leidenschaft zu widmen, wie sie beide zugaben. Aber sie mussten das wie reife, vernünftige Menschen angehen. Dieser Plan hatte allerdings nur einen halben Tag lang Bestand.

Es war herrlich, beglückend, beängstigend. Regelmäßige Nachbesprechungen mit Kaitlin wurden einberufen. Das Anfangsstadium einer Beziehung war bei aller Euphorie auch beängstigend, wenn man ein gebranntes Kind war, darüber waren sie sich einig. Es gab so viele Hoffnungen und Ängste, die sich zu einem schwer durchschaubaren Nebel vermischten. Dazu noch die Lust ...! Nun, die half nicht, einen kühlen Kopf zu bewahren.

»Jennifer meinte, es sei alles nur Projektion«, fiel Nora wieder ein. »Am Anfang sehen wir, was wir sehen wollen. Ich war da mal mit einem Typen zusammen, der wollte nur Sex. *Nichts* anderes. Als ich es beendete, sah er ehrlich enttäuscht aus und meinte, er habe sich nur auf mich eingelassen, weil ich ›heiß darauf‹ zu sein schien. Der Typ, der danach kam, machte Schluss, weil er mich eines Tages fluchen hörte. Er meinte, er hätte mich für sehr damenhaft gehalten, sich aber offenbar getäuscht! Zwei Typen, zwei Monate Abstand. Ich immer dieselbe. Ich fragte Jennifer, was sie sahen, und sie antwortete: ›Was sie sehen wollten.‹ Vermutlich geht es uns genauso. Ich sah Seth an und sah in ihm den Mann fürs Leben. Ich sah Simon an und sah ... Ehrlich gesagt, weiß ich nicht, *was* ich damals sah.«

»Stimmt«, bestätigte Kaitlin. »Ich hab da mal einen Typen kennengelernt und fühlte mich zu ihm hingezogen, weil er so anders war als ich. Weißt du, er trug Anzüge und machte einen sehr strukturierten Eindruck – niemals habe ich ihn betrunken gesehen wie die anderen

Jungs, die ich kannte. Vermutlich vermittelte er mir Stabilität. Aber dann wurde es ein wenig unheimlich. Er erwies sich als ein schrecklich unnachgiebiger, rigider Mensch, der jedes Mal einen Wutausbruch bekam, wenn er einen Makel an mir bemerkte. Als ich die Beziehung beendete, meinte er, er habe sich offensichtlich sehr in mir getäuscht – er habe sich zu mir hingezogen gefühlt, weil ich so *fügsam* wirkte. Das war sein Wort.«

»Kontrollfreak!«, kommentierte Nora entsetzt.

»Genau. Ich bin so froh, dass ich mich da so schnell verabschiedet habe. Aber *fügsam*! Ich! Würdest du sagen, ich wirke fügsam?«

»So fügsam wie ein Sturm mit Windstärke zehn. Siehst du, genau das meine ich. Was ist, wenn Logan denkt, ich sei fügsam? Oder perfekt und damenhaft? Oder nuttig? Woher weiß ich, was er denkt?«

»Das kannst du nicht wissen. Du musst dich einfach eine Weile blind vortasten und deinen Instinkten vertrauen. Aber sollte es dir ein Trost sein: Er macht auf mich einen sehr geordneten Eindruck. Ich halte ihn für einen netten Kerl.«

»Jaa«, seufzte Nora. »Das denke ich auch.«

Eines Tages, da waren sie bereits etwa zwei Wochen zusammen, nahmen Nora und Logan das Boot zur Insel Caldey. Hand in Hand schlenderten sie wie zwei verzauberte Kinder zwischen den Pfauen umher, vorbei am mit Türmen bewehrten Zisterzienserkloster, den alten Kirchen, dem wuchtigen weißen Leuchtturm. Den süßen Duftwolken vor der Schokoladenmanufaktur konnten sie nicht widerstehen und verließen diese mit weißen Papiertüten in den Taschen. Auf einer Wiese legten sie sich ins hohe Gras voller Marienkäfer und fütterten sich gegenseitig mit Schokolade.

Inmitten dieser Glückseligkeit – wie immer ein guter Ausgangspunkt dafür, alles zu hinterfragen -, erinnerte Nora sich an ihr Gespräch mit Kaitlin und gab ihren Bedenken nach. Das war doch wohl einfach zu schön, um wahr zu sein ...

»Logan?«, sprach sie ihn an, während sie sich aufsetzte und dabei gegen ihr verzweifeltes Bedürfnis ankämpfte, ihn zu fragen, ob er sie für fügsam hielt. Für das, was sie wissen wollte, musste es eine bessere Formulierung geben.

»Ja, Nora?« Mit einem Lächeln auf den Lippen streckte er seine Hand aus und entfernte sanft eine Spinne aus ihren Stirnfransen. *Oh, er sieht so gut aus. Lass ihn bitte kein Psycho sein.*

Es dauerte eine Weile, bis Nora die passenden Worte fand. »Was siehst du, wenn du mich betrachtest?«, fragte sie und ihre Stimme zitterte ein wenig.

Logan reagierte darauf weder mit Spott noch mit einer flapsigen Antwort. Er streckte sich im langen Gras aus, die Hände hinter dem Kopf verschränkt, und starrte in den Himmel. Irgendwo in der Ferne wieherte ein Pferd. Nora strich über die roten Wedel des Sauerampfers.

»Das ist eine gute Frage«, meinte er endlich und drehte sich auf die Seite, um sie anzusehen. »Sich zu jemandem hingezogen zu fühlen, den man eigentlich gar nicht kennt, ist schon seltsam. Wenn ich dich ansehe, Nora, sehe ich wohl als Erstes eine schöne Frau. Ich bin ein Mann, wie sollte es auch anders sein? Und ich sehe eine Person mit ihrer ganzen Geschichte von Errungenschaften und Freude und Leid, die sich mir erst nach und nach zu erschließen beginnt. Ich sehe ein Rätsel. Und ich sehe Integrität, Wärme und echte Lebensfreude. Und das ist es, was mich motiviert, dich noch besser kennenzulernen.«

Nora richtete ihren Blick hinaus aufs Meer, damit er die Tränen in ihren Augen nicht bemerkte. Was für eine wunderschöne Antwort. Er sah sie wirklich. Trotz des begrenzten Blickwinkels, den ihre kurze Bekanntschaft ihm erlaubte, sah er sie so deutlich, wie es ihm möglich war.

»Ist das okay?«, fragte er.

»Eine gute Antwort«, sagte sie mit gedämpfter Stimme, konnte ihn dabei aber nicht ansehen. Sie streckte ihre Hand aus. »Schokolade bitte.«

Im Lauf der Wochen lernten sie sich besser kennen. Es war Logan, der Nora darauf hinwies, dass sie sich im Hinblick auf einen zukünftigen Beruf auf ihre Leidenschaft für Geschichte besinnen sollte.

»Geschichte war für mich nie ein Thema, aber du schaffst es sogar, dass ich mich dafür begeistere«, erklärte er. »Überall, wo wir hinkommen, machst du mich auf Kleinigkeiten aufmerksam und erzählst mir was dazu und weckst damit mein Interesse. Du könntest Lehrerin oder Historikerin oder was in der Art sein.«

Und Nora erinnerte sich, dass sie sich damals an der Fakultät beworben hatte, weil ihr das Fach Geschichte so verlockend erschienen war. Sie dachte lächelnd an den zerlesenen Führer zur Lokalgeschichte, der auch jetzt schwer in ihrer Tasche lag.

Obwohl sie am liebsten jede Minute mit Logan verbracht hätte, sorgten ihre anderen Aktivitäten für Unterbrechungen. Nora vollendete ihren Nähkorb und begann mit ihrem Quilt. Yoga gab sie ganz auf, fing dafür aber einen Kurs in Aktzeichnen an, der ihr großen Spaß machte, obwohl sie erstaunlich schlecht darin war. Kaitlins Mutter Anna hatte sie noch immer nicht kennengelernt – immer wieder platzten die Termine -, aber Nora kam zu dem Schluss, dass sie womöglich genauso entspannt wie ihre Tochter war und sicherlich irgendwann der richtige Zeitpunkt für dieses Treffen käme. Danny wurde dreißig und feierte mit einer Gartenparty im Jamaika-Stil mit einem Barbecue, Ziegencurry und Tanz. Stacie kam aus London zu Besuch und konnte es gar nicht fassen, mal für drei Tage von ihrem Dasein als Mutter entbunden zu sein.

Zweimal fuhr Nora morgens nach Nant-Aur, um ihre Grandma nach Tenby zu holen, und brachte sie dann am frühen Abend wieder zurück. Bei Gwennans erstem Besuch kochte Kaitlin zu Hause für sie. Beim zweiten Mal aßen sie im Hotel zu Mittag und Greg schaute vorbei, um Hallo zu sagen. Beide Male gesellte Logan sich dazu, und nie hatte Nora ihre Großmutter so begeistert erlebt.

»Er ist ein wunderbarer Mensch, Nora, ein echter altmodischer Gentleman«, flüsterte sie ihr zu, als Logan auf die Toilette gegangen war.

Das gab für Nora den Ausschlag. Es fühlte sich falsch an, dass sowohl Stacie als auch ihre Großmutter den Mann kennengelernt hatten, der ihr so wichtig war, wohingegen ihre Mutter nicht einmal wusste, dass es ihn gab. Die letzten Monate und Jahre in London, ihre Ängste und ihre Wankelmütigkeit, ihre Albträume und die Spannungen mit Jasmine – das alles zählte nun nicht mehr. Sie wusste, dass es da gewesen war, wusste, was sie durchgemacht hatte, wollte sich davon aber nicht die Zukunft bestimmen lassen. *Jetzt ist es auch mal genug*, wie Logan sagen würde. Also setzte sie sich eines Nachmittags hin und schrieb ihrer Mutter endlich eine lange und ausführliche E-Mail.

Liebste Mum,

ich vermisse Dich sehr. Wir haben uns viel zu lang nicht gesehen.

Danke für Deine letzte Mail. Deine Berichte habe ich mit Freude gelesen und die Fotos sind wunderbar. Du hast das mit der Büroklammer großartig gemeistert! Grüß bitte Faith von mir. Ich bin ihr dankbar, dass sie Dir eine so schöne Zeit ermöglicht.

Nun, auch ich habe jede Menge zu erzählen, also warte mit dem Lesen auf eine stille Stunde auf der Terrazza – oh, und sieh zu, dass Du dabei bequem sitzt.

Ich bin in Tenby, Mum! Inzwischen schon eine ganze Weile. Als Du nach Italien abgereist warst, bin ich für ein paar Tage hergekommen. Nun, ich habe mich da mit Kaitlin angefreundet, von der ich Dir bereits erzählt habe. Sie würde Dir gefallen. Um es kurz zu machen: Wir teilen uns zusammen ein Haus. Meine Wohnung in Kingston habe ich für ein halbes Jahr vermietet. Dabei habe ich nicht aus den Augen verloren, dass ich irgendwann wieder einen Job brauchen werde. Also sieh es als eine Art Sabbatical.

Die Wohnung in Kingston deckt nicht nur die Miete hier, sondern auch meine sonstigen Unkosten. Ich brauche nicht viel. Wobei ich das Gefühl habe, mehr als je zuvor zu haben – nur Dich vermisse ich! Mein Lebensstil hat sich völlig verändert. Seeluft und Spaziergänge, Hobbys und Freunde und Zeit zum Nachdenken. Und natürlich sehe ich auch

Grandma häufig. Es ist wunderbar! Sie spricht viel von Dir und scheint glücklich zu sein, mich in der Nähe zu wissen. Wenn Du zurück bist, komm bitte her und besuche uns. Ich möchte Dir zeigen, wie ich hier lebe, auch wenn es nur vorübergehend ist, und ich wünsche mir, dass Du auch Gran siehst. Ich werde Dich abholen, solltest du nach Deinen Reisen zu erschöpft sein.

Ich habe mich so lange nicht getraut, Dir davon zu erzählen, Mum. Irgendwie habe ich immer gespürt, dass Du Tenby nicht besonders magst. Ich weiß nicht warum und vielleicht liege ich auch falsch, aber das glaube ich eher nicht. Ich wollte Dich nicht aufwühlen. Ehrlich gesagt wollte ich Dich vor allem nicht verärgern. Das schien in letzter Zeit jedoch oft der Fall gewesen zu sein, wegen meiner Therapie, der Kündigung, dem Wunsch, nach Tenby zu fahren. Aber ich bin froh, all dies getan zu haben.

Ich probiere alles Mögliche aus, Mum. Mache viele Wanderungen, wie ich Dir ja bereits erzählt habe. Yoga (ist nichts für mich), Patchwork, Aktzeichnen, Kochen (nicht gerade meine Stärke ...) und mehr.

Aber das ist noch nicht alles. Stell Dir vor: Ich habe einen Mann kennengelernt! Aber bevor Deine Begeisterung überhandnimmt, muss ich Dir sagen, dass es wohl kaum was Dauerhaftes werden kann. Er ist aus Neuseeland und wohnt bei Verwandten. Er hat Kinder (zwei) in Neuseeland und wird im September wieder zurückkehren. Mein Leben und die Menschen, die ich liebe, sind hier, deshalb fällt es mir schwer, an eine Zukunft zu glauben, aber da wir erst seit wenigen Wochen zusammen sind, ist das auch nicht der springende Punkt. Wichtig ist allerdings, dass er unglaublich liebenswert ist, Mum!

Wie es aussieht, bleibe ich noch bis September hier. Dann werde ich wohl nach London zurückkehren, mir einen Job suchen und dort anknüpfen, wo ich aufgehört habe. Dabei weiß ich jetzt schon, dass ich diesen Ort hier wahnsinnig vermissen werde – und Kait und Gran. Auch Logan natürlich, aber der wird dann auf der anderen Seite der Erde sein und damit basta!

Es gibt noch so viel mehr, was ich Dir erzählen könnte, über das fantastische Haus, in dem ich wohne, von Kaitlins hervorragenden Kochkünsten und so weiter, aber das wäre vielleicht zu viel auf einmal. Ich hoffe, Du bist nicht sauer auf mich, Mum. Ich wüsste auch nicht, warum. Aber ich habe immer das Gefühl gehabt, mich wie auf rohen Eiern zu bewegen, wenn es um Wales ging, und ich kann nur hoffen, dass Du Dich von mir nicht irgendwie hintergangen fühlst, weil ich hier so glücklich bin. Ich liebe Dich, Mum. Schreib mir und versprich mir, dass Du mich im September besuchen kommst, wenn Du wieder im Lande bist und bevor ich weggehe. Ich habe mir nichts sehnlicher gewünscht, als meine Eindrücke von diesem herrlichen Ort mit Dir zu teilen. Hier also wenigstens ein paar Fotos.

Alles Liebe,
Nora xxxxxx

CHLOE

Egal, wie sehr Chloe auch versuchte, für diesen einen letzten Sommer an der Kindheit festzuhalten, die magische Formel ließ sich einfach nicht einfangen. Sie kam sich vor wie ein Kleinkind, das ein glitschiges Stück Seife zu greifen versuchte. Je fester sie zupackte, umso eher sprang sie weg und schoss in unerwartete Richtungen davon.

Die schöne Megan war gar nicht mehr so schön. Die selbstsichere Tante Susan wirkte angespannt. Der ewig lächelnde Onkel Harry lächelte weniger und Richard tauchte überhaupt nicht mehr auf, obwohl sein Freund am Kite Hill wohnte. Zu Chloes großer Überraschung schien Megan sich zu freuen, dass sie hier war, und vertraute ihr die ganze Geschichte um Richard an. Er hatte immer wieder in der Arbeit gefehlt und dies einer Verwechslung im Dienstplan angelastet, den er jedoch selbst verändert hatte; zudem hatte er ohne Erlaubnis seine Freunde kostenlos im Hotel übernachten lassen; und schließlich war entdeckt worden, dass er sich mehr als einmal teuren Gin oder die besten Weine genehmigt hatte, wofür er unterm Tresen der Bar ein kleines Glas versteckt hatte. Er sei sogar, wie Megan ihr flüsternd mitteilte, wobei sie sehr unglücklich aussah, mit Geldern in Verbindung gebracht worden, die abhandengekommen seien, doch habe man dafür keinen Beweis gefunden.

»Deshalb hat er seinen Job auch noch«, gab sie zu. »Wenn sie ihm das hätten nachweisen können, wäre er geflogen. Aber er hat alles andere mit Unwissenheit oder Verwirrung erklärt und bei seinem Leben versprochen, von nun an korrekt zu handeln. Doch das ist jetzt seine letzte Chance, das wissen wir alle. Ich mache mir Sorgen um ihn. Und ich ertrage den Klatsch nicht. Du weißt ja, wie die Leute sind.«

Das sagte sie mit einem Schaudern, als hätte auch sie zu viele Erfahrungen mit unfreundlichem Klatsch sammeln müssen. Megan war immer so voller Elan und Tatkraft gewesen und hatte Chloe so oft vor den Kopf gestoßen, dass es Chloe schwerfiel, sie als jemand zu sehen, der auch Probleme und Gefühle hatte. Megan war immer nur ihre große Cousine gewesen: glamourös, beliebt, ein *Glückskind*. Doch ihre Augen funkelten nicht mehr wie früher und waren von dunklen Ringen umschattet, sodass Chloe es auf die Gefahr hin, sich wieder eine Zurückweisung einzuhandeln, wagte, Megan zu fragen, ob es ihr denn gut gehe – abgesehen natürlich von der Sache mit Richard. Einen kurzen Moment verdunkelte sich Megans Gesicht wie in alten Zeiten und Chloe wappnete sich bereits gegen beißenden Hohn, aber dann seufzte Megan.

»Mir geht es gut«, sagte sie, »ich bin nur wütend, weil Rich sich in dieses Schlamassel hineingeritten hat, ohne zu überlegen, wie sich das auf die Familie auswirkt. Auf Mum und Dad. Sie haben das nicht verdient.«

Sogar im Umgang mit Llew fühlte Chloe sich unbeholfen. Die Gedanken, die sie sich zu ihrer Beziehung gemacht hatte, sorgten zum ersten Mal dafür, dass sie in seiner Gegenwart befangen war. Von Jahr zu Jahr sah er weniger jungenhaft aus, und seine klugen Feststellungen und seine nachdenkliche Art standen nicht mehr länger im Widerspruch zu seinem Alter. Ihre »Verabredung« zum letztjährigen Ball ließ er unerwähnt und gab auch sonst durch nichts zu erkennen, dass sich zwischen ihnen etwas ändern könnte. Dies sorgte dafür, dass auch Chloe sich um Normalität bemühte, wenngleich normales Verhalten eigentlich nicht mit Anstrengung verbunden sein sollte.

Und dann war da Iestyn. Auch seine Gegenwart sorgte für eine andere Stimmung im Haus am Kite Hill. So sehr Chloe auch versuchte, es nicht zu tun, sie gab sich dennoch Mühe mit ihrem Aussehen. Flirten wollte sie nicht mit ihm, aber ihr Stolz gebot ihr, vor jemandem, der so attraktiv und anders war, ihr Bestes zu geben.

Iestyn und Chloe waren die Frühaufsteher im Haus, abgesehen von Onkel Harry, der schon zeitig zur Arbeit aufbrach. Sie unterhielten sich, während sie Tee und Kaffee machten oder Toast und Müsli aßen. Iestyn kleidete sich wie kein anderer junger Mann, den sie kannte. Seine langen Beine steckten immer in schwarzen Jeans und Stiefeletten – was ungewöhnlich im Hochsommer war, aber irgendwie zu ihm passte. Dazu trug er lose Hemden, für gewöhnlich cremefarben oder grau, immer in einem fast durchscheinenden Stoff, durch den Chloe die Konturen seiner Brust erkennen konnte, wenn sie sich Orangenmarmelade aufs Brot strich oder den Gasherd anzündete.

Es wurde ihnen zur Gewohnheit, sich gemeinsam hinzusetzen und den Tag mit einem Gespräch zu beginnen. Er erkundigte sich nach Chloes Leben – was rasch erzählt war, wie sie fand – und erzählte ihr von seinem. Im letzten Jahr war er in Amerika gewesen und hatte dort bei entfernten Verwandten gewohnt. Er sprach oft über die Beat Generation und Bewusstseinserweiterung. Jetzt war er in London auf der Hochschule und studierte Jura. Chloe konnte nicht anders, sie war beeindruckt: Wenn man überlegte, was er alles lernen musste! Und dass er zu einem Vertreter des Rechts wurde! Eines Morgens fragte er sie, ob er sie mal zu einem Milchshake einladen dürfe, wenn sie Zeit hatte.

Chloe war perplex. Sie hatte *immer* Zeit – immer oder nie, je nachdem, wie man es betrachtete. Darum ging es doch in den Ferien, um Freiheit, die Freiheit, einfach nur zu sein. Lange leere Tage, die sie mit

Llew füllte, wie es ihnen passte, von einem Moment zum nächsten. Selbst Llews Chef Mr Aspell passte sein Praktikum mehr oder weniger der Zeit an, die Chloe hier verbrachte. Aber wie sollte sie erklären, dass sie für drei ganze Wochen Llew versprochen war? Es klang albern, sobald es ihr in den Sinn kam. Dennoch versuchte sie es.

»Ich treffe mich oft mit Llew «, sagte sie. »Ich meine, dafür sind die Ferien eigentlich da. Sonst sehe ich kaum jemanden.«

»Ja, das hat Megan erwähnt«, erwiderte er nachdenklich. »Ich glaube, sie würde dich auch gern mehr sehen. Ich möchte deine Pläne nicht durcheinanderbringen, aber könntest du nicht mal *eine Stunde* erübrigen? An *einem* Tag? Ich würde dich gern einladen, Chloe. Keine große Sache, nur auf einen Milchshake. Du bist unwahrscheinlich hübsch, weißt du?«

Natürlich hatte Chloe sofort Schuldgefühle, weil sie für ihre Cousine nicht zur Verfügung stand, doch gleich darauf erinnerte sie sich ungehalten daran, wie oft sie sich danach gesehnt hatte, Zeit mit Megan zu verbringen, und abgeblitzt war. Woher sollte sie wissen, dass Megan ihre Einstellung geändert hatte? Dann ärgerte sie sich völlig aberwitzigerweise über Llew, der ihr in einer so banalen Sache im Weg stand. Es ging schließlich nur um einen Milchshake, *keine große Sache*, wie Iestyn es formuliert hatte. Warum fühlte sie sich derart schuldig?

Letztendlich gab sein Kompliment dann doch den Ausschlag. *Unwahrscheinlich hübsch*. Sie konnte die Bewunderung in seinen Augen lesen. Die Vorstellung, mit diesem umwerfenden jungen Mann gesehen zu werden, der ihr von einem Autor namens Kerouac erzählte und in London lebte und Anwalt werden wollte, blendete Chloe dann doch.

»Morgen könnte ich es vielleicht einrichten«, sagte sie. »Gegen drei Uhr?«

Später am Tag erzählte sie es Llew, ohne sich wegen einer Reaktion seinerseits große Gedanken zu machen. Wenn sie, was nur selten vorkam, von Megan oder Richard in etwas eingebunden worden war oder Tante Susan und Onkel Harry sie brauchten oder auch in jenem Sommer, als Blossom hier war, hatte Llew das immer ohne mit der Wimper zu zucken akzeptiert.

Und so rechnete sie, als sie jetzt erwähnte, am nächsten Tag mit Iestyn einen Milchshake trinken zu gehen, mit seinem üblichen fröhlichen: »Nur zu, Chlo.« Stattdessen erstarrte er und sah sie an, als hätte sie auf ihn geschossen. Sie waren von einem Laden zum nächsten geschlendert und hatten sich dabei mit einem erfreulichen Schatz an Zeitschriften, Dauerlutschern und Chips versorgt. Seit Llew seinen Job mit den großzügigen »Aufwandsvergütungen« hatte, konnten sie sich diesen Luxus gelegentlich leisten. Und direkt vor dem Zeitschriftenladen sah er sie nun mit einem Ausdruck an, bei dem sich alles in ihr sträubte.

»Du fängst doch wohl nicht wieder damit an?«, fragte er pikiert.

»Womit denn?«, hakte sie nach.

»Dass du Megan und dieser Meute hinterherläufst und versuchst, etwas zu sein, was du nicht bist.«

Chloe war erstaunt. »Was um Himmels willen meinst du damit? Das hat doch nichts mit Megan zu tun! Iestyn ist Richards Freund, und er hat mich zu einem Milchshake eingeladen. Was ist daran so schlimm? Es ist doch keine große Sache!«

»*Keine große Sache*? Jetzt sprichst du auch schon wie er. Vergeude doch nicht deine Zeit, Chlo, du bist viel zu gut für sie alle.«

»Du hast Nerven! Erzähl mir nicht, mit wem ich meine Zeit zu verbringen habe. Und ich versuche gar nichts zu sein. Er hat mich einfach gefragt und ich habe ja gesagt.«

»Dann bist du also nicht im Geringsten davon beeindruckt, dass er in London studiert und älter ist als du?«

»Und wenn ich es wäre? Man wird doch wohl Leute bewundern dürfen.«

»Er ist es nicht wert.«

»Du kennst ihn doch nicht einmal!«

»Ich weiß genug über ihn.«

»Und was? Erzähl's mir.«

»Darauf kommt es nicht an.« Llew wandte sich ab, seine Löwenaugen hatten sich getrübt.

»Es gibt also gar nichts, oder? Du bist einfach eifersüchtig.«

»Eifersüchtig? Auf *ihn*? Du hältst ihn für beeindruckender als mich, und deshalb soll ich eifersüchtig auf ihn sein? Warum? Weil er reicher ist? Vornehmer? Besser aussieht? Klüger ist als ich? Lustiger? Ist er ein besserer Mensch?«

Chloe war ratlos. »Ich weiß nicht, was in dich gefahren ist, Llew Jones«, sagte sie und hoffte, ihm damit ein Lächeln zu entlocken, wie das für gewöhnlich der Fall war, wenn sie ihn mit seinem vollen Namen ansprach. Nichts. »Du bist übrigens kein Mann, du bist ein Junge, und natürlich ist er kein besserer Mensch als du. Aber warum musst du dich überhaupt mit ihm vergleichen? Es ist doch nur ein Milchshake.«

»Das ist richtig«, spottete Llew. »Es ist keine große Sache.«

»*Llew!*« Chloe war den Tränen nah. Was hatte sie falsch gemacht? Wie konnte sie das wieder zurechtbiegen? Mehr als alles andere wünschte sie sich, dass die Freundschaft mit Llew wieder ins Lot kam, es war die Sache nicht wert, sie wegen eines Milchshakes mit Iestyn zu verlieren. Aber jetzt konnte sie das nicht mehr rückgängig machen. Keinesfalls würde sie ihre Pläne ändern, nur weil sie ihm nicht gefielen.

»Es tut mir leid, Chlo.« Llew war wieder sachlich. »Ich war unausstehlich, das wollte ich nicht. Natürlich sollst du tun, was du möchtest. Es ist nur ... Nun, ich möchte so viel wie möglich von dir haben, für den Fall, dass du im nächsten Sommer nicht kommen kannst. Und außerdem ... Du bist für mich einfach was Besonderes. Und es enttäuscht mich, wenn du dich an Leuten orientierst, die nur halb so gut sind wie du.«

Das konnte Chloe nicht nachvollziehen. Denn das versuchte sie doch gar nicht, oder?

»Und ich möchte auch nicht, dass du verletzt wirst«, fuhr er fort. »Ich habe in all den Jahren beobachtet, wie du Megan hinterherranntest, es immer und immer wieder versucht hast. Ich möchte nicht, dass du das Gleiche bei diesem Iestyn machst.«

»Aber *er* hat doch *mich* gefragt!«

»Ja, fürs Erste. Aber er ist nur kurz hier. Was dann? Er wird nach London zurückkehren und dich vergessen, und du wirst unsere Zeit mit ihm vergeudet haben. Aber es ist natürlich gar nicht unsere Zeit. Es ist deine, und du musst tun, was du für richtig hältst. Es tut mir leid.«

»Warum sollte er mich vergessen? Willst du damit sagen, dass ein Junge wie er nicht ernsthaft an einem Mädchen wie mir interessiert sein könnte? Dass du dir mich nicht in London vorstellen kannst, zusammen mit Studenten und gebildeten Leuten und so?«

»Also, nicht wirklich.«

Chloe starrte ihn an. Zorn wallte in ihr auf. *Wie konnte er es wagen?!* Sie hatten einander immer in ihren Träumen unterstützt. Immer! In Nant-Aur musste sie sich damit abfinden, dass ihre Brüder nur Spott für ihre Ideen übrighatten. Doch in Tenby gab es Llew, und sie glaubten aneinander. Und jetzt plötzlich nicht mehr?

»Nicht, weil du nicht gut genug wärst, Chlo«, ergänzte er. »Nur weil ... Das bist nicht du, Chlo. Du passt da nicht hin, weil du das nicht bist.«

Der Zorn brach aus ihr heraus. »Doch, das bin ich«, brüllte sie. »Ja doch, verdammt!«

Er sah sie mit großen Augen erschrocken an.

»Für dich werde ich immer das Kind mit den schorfigen Knien und Sand in den Haaren sein«, wütete Chloe, »aber das bin ich nicht! Ich bin jetzt erwachsen! Ich bin eine ... eine *Frau*! *Andere* Leute finden, dass ich es zu etwas bringen kann. *Andere* Leute halten mich für schön. Ich dachte, du tätest das auch, aber ich scheine mich geirrt zu haben.«

»Chlo!«, rief Llew, ein wenig wehmütig, wie ihr später einfiel. Aber es war zu spät. Chloe weinte und sie wollte nicht, dass er sie weinen sah, und sie verstand nicht einmal, *warum* sie weinte.

»Wir sehen uns später«, murmelte sie und stürmte davon, ohne zu bemerken, dass sie ihr *School-Friend*-Heft hatte fallen lassen. Sie wollte nur noch allein sein.

NORA

»Wo ist er? Wo ist der verdammte Koffer? Ah. Da ist er. Mist. Wo ist mein Telefon? Ach da. Und meine schwarze Strumpfhose? Oh, verdammt noch mal! Ist es zu viel verlangt, eine schwarze Strumpfhose zu finden? Und mein pinkfarbenes Kleid? Wo ist das? Wo ist es bloß?«

Die Geräusche der ihren Koffer packenden Kaitlin drangen über den Treppenabsatz. Ihr pinkfarbenes Kleid hatte sie über Nacht an die Badezimmertür gehängt, damit es wieder glatt wurde, und über den Kleiderbügel auch eine schwarze Strumpfhose drapiert. Nora brachte ihr beides mit einem Schmunzeln. Kaitlin stand mitten im Raum, das Gesicht so rot wie ihre Haare.

»Nora, hast du mein ... Wo waren die?«

»Badezimmertür.«

»Jetzt fällt's mir wieder ein! Danke.«

Die Art, wie Kaitlin das Kleid zusammenfaltete, ließ bei Nora Zweifel aufkommen, ob das Aushängen überhaupt Sinn gemacht hatte. Sie schloss ihren Koffer und sah Nora mit glänzenden Augen an.

»Ich bin bereit! Große Stadt, wir kommen!«

Die Fahrt verlief gut. Kein albtraumhafter Verkehr bis auf einen Stau gleich hinter Newport. Sie plauderten und schmetterten die Songs aus dem Radio mit und machten zweimal Pause, nicht weil es nötig gewesen wäre, sondern weil sie es sich erlauben konnten. Um halb drei erreichten sie Petersham und Nora folgte der Straße durch das Neubauviertel, hinter dem das Cottage ihrer Mum lag.

»Das sieht ja aus wie ein Knusperhäuschen!«, meinte Kaitlin entzückt.

Nora parkte auf dem Kies neben Sandys VW Käfer, und schon flog die Haustür auf.

»Nora!«, rief Sandy und eilte auf sie zu. »Wie schön, dich zu sehen, meine Liebe. Und Sie müssen Kaitlin sein! Meine Güte, sind Sie hübsch. Diese prächtigen Haare!«

»Danke, dass wir hier wohnen dürfen, Sandy«, sagte Kaitlin und ließ sich bereitwillig auf die Umarmung ein. »Wir freuen uns sehr.«

Sie holten ihre Sachen ins Haus, während Sandy Wasser aufsetzte.

»Es ist so ein herrlicher Tag, da dachte ich mir, wir gehen in den Garten«, schlug sie vor.

»Hervorragend«, meinte Nora. »Einen schöneren Anfang unseres Aufenthalts kann ich mir nicht vorstellen. Es ist gut, wieder hier zu sein!« Und das war es auch. All die Aufregung wegen ihrer Mutter, ihrer Arbeit, einfach *allem*, schien sich wie ein Nebel aufgelöst zu haben. Hier hatte sie ihre Kindheit und Jugend verbracht. Hier war sie glücklich gewesen.

Sie faulenzten den Nachmittag über im Garten und suchten immer wieder den Schatten der Magnolie auf. Es war ein strahlender Tag mit vollem Sonnenschein, jedoch wehte eine leichte Brise, die dafür sorgte, dass es nicht schwül wurde.

»Als ich ein Mädchen war, hatten wir nur solche Tage«, seufzte Sandy. »Und das sage ich nicht aus Nostalgie, die Jahreszeiten haben sich damals wirklich stärker voneinander unterschieden. Aber was soll's, an einem Tag wie diesem sollte man nicht jammern.«

Nora hielt ihr Gesicht in die Sonne. »Du hast Mum doch kennengelernt, Sandy, als ihr beide in den Vierzigern wart, oder?«

»Das ist richtig. Wir waren in derselben Kanzlei als Rechtsassistentinnen angestellt. Sogar die beiden einzigen weiblichen Rechtsassistenten dort. Ich war auf der Party zu deinem fünften Geburtstag, Nora.«

»Hat Mum, als du sie kennenlerntest, jemals von Wales erzählt? Von ihrer Kindheit?«

»Nicht, dass ich wüsste. Wir haben *viel* geredet, aber es gab so vieles in der Gegenwart, was wichtig war. Wir haben uns über den Sexismus empört, dem wir fast täglich ausgesetzt waren. Familie, Beruf – wir hatten jede Menge Gesprächsstoff. Ich wusste, dass sie Model gewesen war und auch, dass dein Vater euch verlassen hatte ... Aber weiter zurück gingen wir eigentlich nicht.«

»Hm, das ist vermutlich normal. Es ist nur ... Manchmal habe ich das Gefühl, als hätte Mums ganzes Leben erst begonnen, als sie mit zwanzig nach London kam. Aber seit ich in Tenby bin und Zeit mit meiner Gran verbringe, wird mir klar, dass sie auch davor schon ein ganzes Leben hatte. Gran erzählt mir jetzt Geschichten von früher, und ich frage mich, warum Mum sie nie erzählt hat.«

»Das weiß ich wirklich nicht, Nora. Hast du eine Idee?«

»Vielleicht ist etwas passiert, etwas Schlimmes. Ich finde es ziemlich unbegreiflich, dass Mum mir etwas so Wichtiges all die Jahre vorenthalten hat, aber ich kann mir einfach keinen anderen Reim darauf machen. Sie waren arm, aber sie *liebte* ihre Eltern. Sie waren Selbstversorger und sie hatte Freunde und Brüder ... Offensichtlich war sie ganz wild auf Tenby und fuhr dort jedes Jahr hin. Sie war *glücklich*! Aber wenn sie jetzt über Wales spricht, tut sie, als wäre das ein so fürchterlicher Ort, dass sie es nicht mal erträgt, daran zu denken. Oh, und hat sie dir jemals was von Llew erzählt?«

»Was für ein Llew?« Sandy hatte Mühe, mit ihrer Zunge den fremdartigen Konsonanten zu bilden.

»Genau. Ich weiß es auch nicht. Es hat sich herausgestellt, dass er ihr allerbester Freund war. Er lebte in Tenby und sie waren offenbar unzertrennlich. Warum hat sie ihn nie erwähnt?«

Sandy sah sie nachdenklich an. »Ich habe keine Ahnung, Nora. Es ist ziemlich merkwürdig. Aber weißt du, es überrascht mich nicht wirklich. Ich fand immer, dass deine Mutter tief im Innersten –«

»Unglücklich ist?«

Sandy überlegte. »Ich weiß nicht, ob man es so drastisch ausdrücken kann. Aber da ist etwas ... Sie ist warmherzig und großzügig und liebevoll. Doch manchmal kann sie ziemlich kühl, fast schroff sein. Und Männer hat sie sich immer auf eine Weise vom Leib gehalten, wie ich das noch bei keiner Frau erlebt habe. Wenn man so hübsch ist, braucht es dazu schon einiges. Dabei hatte ich nie das Gefühl, dass es was mit deinem Dad zu tun hatte – wenn es um ihn ging, war sie immer recht abgeklärt. ›Männer kommen und gehen‹, pflegte sie zu sagen. ›Er hat mir Nora gegeben. Sie ist alles, was ich brauche.‹«

»Das hat sie auch zu mir gesagt. Ich frage mich, ob es nicht was mit diesem Llew zu tun hat. Ob er ihr das Herz gebrochen hat. Aber sie waren so jung, eigentlich noch Kinder! Ich nehme an, dass damals irgendwas passiert sein muss. Aber was?«

»Hast du in letzter Zeit mal von ihr gehört?«

»Ja, letzte Woche. Es scheint ihr gut zu gehen. Ich hatte ihr mitgeteilt, wo ich derzeit bin, und überraschenderweise ist sie nicht ausgeflippt.«

Darüber war sie sehr erleichtert gewesen. Nachdem sie ihre E-Mail abgeschickt hatte, hatte sie eine Woche lang nichts von Jasmine gehört. Und Nora machte sich langsam Sorgen, ob sie nicht unabsichtlich ein irreparables Zerwürfnis ausgelöst hatte. Als die Antwort kam, hatte Nora die Mail mit Herzklopfen geöffnet. Sie war kurz, aber wohlwollend.

Meine Liebe,

es tut mir leid, dass ich eine so blöde Kuh gewesen bin und Du Dich nicht trautest, mir zu sagen, wo Du bist! Dass es so zwischen uns wird, habe ich niemals gewollt. Ich war wohl ein wenig schwierig in letzter Zeit, aber versuch Du mal, mit Arthritis und Gedächtnisschwund und Falten klarzukommen! Ha ha. Aber ich bin froh, dass Du es mir jetzt erzählt hast. Und ich bin auch froh zu hören, dass Du glücklich bist und Deinen Weg gehst und dort gute Freunde gefunden hast. Ich wollte Dich wohl in meiner Sorge um Dich wieder auf Kurs bringen, dabei war es für Dich viel wichtiger, Deine Flügel auszubreiten und etwas Neues auszuprobieren. Grüß Gran ganz lieb von mir und ja, ich werde NATÜRLICH kommen und euch besuchen, sobald ich zurück bin. Ich vermisse euch beide sehr. Ich mach's kurz. Faith hat Hausgäste und da ist immer was los. Aber ich schreibe bald ausführlicher. Tu Dir in der Zwischenzeit keinen Zwang an und erzähl mir ruhig alles und vertrau darauf, dass ich in Zukunft nicht mehr so unvernünftig sein werde. Ich FREUE mich darauf, Kaitlin und Deinen Logan kennenzulernen …

Noras Erleichterung war grenzenlos. Jeder, der behauptete, dass man ab einem gewissen Alter auf den Segen seiner Eltern verzichten könne, war nie das einzige Kind einer willensstarken Alleinerziehenden gewesen. Ein solch kraftvolles Band hielt ewig. Von Jasmine zu hören, hatte eine weitere Wolke von ihrem Himmel vertrieben. Und die Nachricht war zur rechten Zeit gekommen, damit sie ihre Reise nach London sorglos genießen konnte. Ihre Welt war wieder in Ordnung.

Im Nu war der Nachmittag vorbei. Kaitlin hatte einen detaillierten Plan all dessen aufgestellt, was sie in London tun wollte, und dieser Nachmittag war für die Erkundung von Richmond eingeplant. Um fünf Uhr war bereits der erste Punkt ihres Plans gescheitert.

»Aber was soll's.« Kaitlin gähnte, streckte ihre Arme über den Kopf, streifte dabei eine Wolke golden-purpurrotes Geißblatt und vertrieb ein paar nektarsaugende Bienen. »Es ist so schön hier. Ich werde mich einfach treiben lassen.«

Nora lachte. Kaitlin tat selten was anderes. Sie könnte Kurse geben, wie man sich am besten treiben ließ. Der Plan war völlig untypisch und viel zu optimistisch gewesen.

Die Tage vergingen wie im Flug. Und sie genossen jede Minute davon: von einem langen Spaziergang am Fluss in Richmond und Abendessen bei einem netten Mexikaner, gefolgt von Margaritas im Hof, über ein Treffen mit Stacie am folgenden Tag zum Mittagessen und einem Theaterbesuch. Dazu erledigten sie noch zwei der acht Vorhaben, die Kaitlin für den nächsten Tag geplant hatte.

Dann kam der Freitag, und Jones' Ausstellung, die am Vorabend eröffnet worden war, wurde mit hervorragenden Kritiken im *Evening Standard* ebenso wie in der *Times* gewürdigt. Sie lasen die Besprechungen beim Brunch, bevor sie in die Londoner Innenstadt aufbrachen, um sich selbst ein Urteil zu bilden.

Die Ausstellung war in den Räumen einer kleinen Galerie in Kensington untergebracht. Sie lag in einer Straße mit Kopfsteinpflaster und machte mit den Bogenfenstern von außen einen reizend altmodischen Eindruck. Doch die Innenräume waren nach hinten durch einen Erweiterungsbau vergrößert worden, und ein Umbau des Dachs sorgte zusätzlich für großzügige, luftige Weite. Die langen Wände waren weiß, die Lichtspots dezent und gedämpft.

Nora und Kaitlin tauschten angeregte Blicke. Jones war im Grunde genommen ein Fremder, aber sie waren voll stolzer Vorfreude, wie Eltern bei einer Schulaufführung.

»Sieh nur!«, flüsterte Kaitlin und zeigte auf eine gerahmte Notiz im A-4-Format. *Über den Künstler,* stand darüber.

Man sah ein Foto von Jones, darunter die Angaben: Leo Jones. Geboren 1942 in Tenby, South Wales. Begann 1964 zu malen. Zwölf Einzelausstellungen. Diverse Stipendien, Lehraufträge und Preise. Er war erfolgreich, erkannte Nora, wirklich erfolgreich.

Das Schwarz-Weiß-Foto zeigte einen gut aussehenden, hageren älteren Herrn mit weißem Haarschopf und klaren, eindringlichen Augen. Er trug einen Seemannspullover und sein Gesichtsausdruck verriet, dass das Posieren für Werbefotos nicht zu seinen Lieblingsbeschäftigungen gehörte.

»Beeindruckend«, murmelte Sandy, und Nora war sich nicht sicher, ob sich das auf sein Erscheinungsbild oder seine Referenzen bezog.

»Und das ist unser Vermieter!«, stellte Kaitlin stirnrunzelnd fest.

In der ersten Abteilung wurden Seestücke gezeigt. Aber es waren nicht irgendwelche Seestücke. Man konnte daran bereits erkennen, was im Werbetext der Ausstellung »die zutiefst persönliche, meditative Natur seiner Arbeit« genannt wurde. Fünf davon zeigten den South Beach, gemalt aus ein und demselben Blickwinkel, aber in verschiedenen Stimmungen zu verschiedenen Tageszeiten.

»Die sind so *realistisch!*«, staunte Nora. Ihrer kraftvollen Wirkung würde sich niemand entziehen können, dessen war sie sich sicher. Aber da sie die Örtlichkeit kannte, erstaunte es sie umso mehr, wie wahrhaftig er sie getroffen hatte. Allein ihr Anblick gab einem das Gefühl, dort zu sein – bei ihr war es so stark, wie sie es in den Anfangstagen gehabt hatte, wenn sie morgens vom Hotel aus an den Strand taumelte und sich erschöpft fragte, wie um Himmels willen sie hier angespült worden war. Sie erinnerte sich, dass sie auf die Wellen gestarrt und gespürt hatte, dass ihr Leben, bliebe sie nur lange genug dort stehen, wieder einen Sinn ergäbe.

Das Meer wäscht alles Übel vom Menschen ab, erinnerte sie sich.

»Warum habe ich das Gefühl, dass es da überall um Verlust geht?«, fragte sich Sandy verwundert. »Es ist doch nur das Meer!«

Kaitlin zeigte auf die Bildtitel. »*Verschollen*«, las sie. »*Du fehlst mir. Noch immer verschollen. Du fehlst mir noch immer.* Und *Vermisst.* Ha! Du hast recht mit deiner Wahrnehmung, Sandy.«

In der zweiten Abteilung sah man Porträts. Es war wie eine Zeitreise in die Vergangenheit. Von der Gestalt einer modernen Frau im Regen mit kleinem Kind über ein paar Skinheads mit Doc Martens und Zigaretten, die nach Achtzigerjahren aussahen, zu einer fülligen Matrone an der Theke eines Süßwarenladens bis zu demselben wild dreinblickenden Hummerfischer, den sie auf dem Dachboden gesehen hatten und der hier mit zorniger Miene über die Felsen sprang ... Dies waren echte Menschen, die ein echtes Leben und echte Geschichten hatten.

»Da ist Red Sam!«, sagte Nora, als hätte sie jemanden getroffen, den sie kannte.

»Die sind unglaublich«, ergänzte Sandy. »Wie schafft er es, eine ganze Geschichte einzufangen? Also, das ist wirklich ein sehr talentierter Mann, euer Jones, sehr talentiert.«

»Ich weiß«, erwiderte Kaitlin so stolz, als hätte sie selbst ihm das Malen beigebracht.

Anschließend kamen saftige walisische Landschaften und lebhafte Straßenszenen von Tenby.

»Es ist, als würde ich dir Fotos von dem Ort zeigen, an dem ich lebe!«, sagte Nora zu Sandy. »Sieh nur, das ist unser Haus!«

Und dann erreichten sie die letzte Abteilung, die den längsten Wandabschnitt einnahm. Es waren nur vier Bilder, aber diese waren riesig, filmisch, fesselnd. Jugendliche der Fünfzigerjahre, in all ihrer Unschuld und Hoffnung in leuchtende Farben gebannt. Sandy ging rasch von einem zum nächsten, bevor sie zurückkehrte und alle noch mal in Ruhe studierte. Aber Nora konnte sich vom ersten Bild nicht mehr losreißen.

Ihr blieb der Mund offen stehen und sie bekam weiche Knie. Sie starrte darauf, schaute genauer hin. Es war eins der Fotos, die ihre Großmutter besaß, überlebensgroß und in Farbe. Das Bild zeigte eine Gruppe aufgekratzter, selbstbewusster Jugendlicher, die vor einem Kamin posierten. Von Gran wusste sie, dass Chloe mit ihren Cousins und deren Freundinnen und Freunden zu ihrem allerersten Teenagerball gehen würde. Und für Nora stand fest, dass es dem Künstler nur um Chloe gegangen war. Sie war zwar weder größer noch strahlender gemalt als die anderen, aber Nora hatte das Gefühl, dass sie, würde sie nur lang genug darauf starren, endlich alles erfahren würde, was es über ihre Mutter zu wissen gab. Es war unfassbar.

Sie wollte sich Kaitlin zuwenden, aber diese war bereits zum nächsten Bild weitergegangen. Und starrte zu Noras Überraschung genauso entgeistert auf die riesige Leinwand wie sie hier. Nora betrachtete das Bild: In einem altmodischen Café im Stil der Fünfzigerjahre saßen sechs Mädchen zusammengequetscht in einer mit Kunstleder bezogenen Sitznische. Und mittendrin wieder ihre Mutter.

Mit einer Verwirrung im Blick, die der von Nora in nichts nachstand, sagte Kaitlin: »Was hat dir denn den Boden unter den Füßen weggezogen?«

Nora deutete auf die in Shorts und Bluse gekleidete Chloe, die alles andere als glücklich dreinblickte.

»Das ist meine Mutter«, sagte sie. »Und was ist mit dir?«

»Deine *Mutter*? Das ist wie in *Twilight Zone*.« Kaitlin zeigte auf eins der anderen Mädchen, eine hübsche Rothaarige mit glänzendem Pferdeschwanz in einem grau-weiß gepunkteten Hemdblusenkleid. »Das ist meine Großmutter.«

CHLOE

Mit Iestyn zusammen zu sein, war ganz anders als das Zusammensein mit Llew. Es fehlten die jahrelange Vertrautheit und Freundschaft, die gemeinsamen Scherze und Erinnerungen, die Lockerheit, weil man den anderen in- und auswendig kannte.

Aber bei Iestyn fühlte Chloe sich wie eine Dame. Und das war sie schließlich auch: eine junge Dame. Bei der ersten Einladung zum Milchshake kam sie sich schüchtern und dumm vor, redete sich aber ein, dies läge an ihrer Nervosität und der Tatsache, dass sie noch immer sauer auf Llew war. Außerdem fand sie es seltsam, an einem *ihrer* Orte mit jemand anderem zu sein.

Aber tags darauf führte er sie zum Mittagessen aus, und das konnte sie schon viel entspannter genießen. Er ging mit ihr in eins der schicken Hotels entlang The Croft, mit Blick auf Saundersfoot. Das war eine gänzlich andere Erfahrung als damals der Besuch bei Richard im Sea Breezes. Alles war so luxuriös, dass sie anfangs niemanden vom Personal anzusprechen wagte, aus Angst, einen schrecklichen Fauxpas zu begehen. Aber Iestyn trat so lässig wie ein echter Gentleman auf, dass es nicht lange dauerte, bis ihr das üppige Mahl mit Austern und Biskuit, so luftig wie eine Wolke, ganz selbstverständlich vorkam, das sie unter einem Kronleuchter so groß wie ein Kirschbaum verspeisten.

Iestyn erzählte von seiner Familie, seinem Studium, seinen ehrgeizigen Zielen, und sie hörte fasziniert zu. Zu ihrer Erleichterung nahm er ihre Kommentare und Fragen ernst. Sie führten ein richtiges Erwachsenengespräch! Und es war eine richtige *Verabredung*. Sie trug ein hübsches gelbes Kleid, das erst zwei Jahre alt war. Besonders modisch war es nicht, aber etwas Passenderes besaß sie nicht. Iestyn geizte nicht mit Komplimenten, und als sie sich in einem Spiegel sah, erkannte sie sich selbst kaum wieder. Ihr Haar war glatt und glänzend und nicht zerzaust und voller Sand wie sonst, wenn sie mit Llew zusammen war. Sie hatte glatte Pfirsichwangen anstatt rot im Gesicht zu sein von der Anstrengung und zu viel Sonne. Selbst das gelbe Kleid wirkte in seiner Schlichtheit elegant. Sie konnte es nicht leugnen, sie war schön. Und mit Iestyn hier zu sein half ihr dabei, es zu glauben. Tatsächlich schien ihr, als rückten in Iestyns Gegenwart alle ihre Träume in greifbare Nähe.

Sie erzählte ihm von ihrem kindlichen Wunsch, Tänzerin zu werden, und begleitete dies mit einem nachsichtigen Lachen, das sie, wie sie hoffte, als Frau von Welt ausweisen würde. Er sah sie wohlwollend an.

»Aber das ist doch eine Farce«, sagte er. Mit dem Begriff Farce konnte Chloe nicht viel anfangen, war aber willens, ihm zuzustimmen. »Du bist so schön und klug und reizend. Dir sollte die Welt zu Füßen liegen. Was für eine himmelschreiende Schande, all dein Talent und deinen Glanz in einem dem Verfall preisgegebenen, verschlafenen Nest verkümmern zu lassen, ohne Chancen und ohne Vision.«

Chloe öffnete den Mund, um ihm zu erklären, dass Nant-Aur bei all seinen begrenzten Möglichkeiten nicht gerade vom Verfall gezeichnet war, aber er sprach schon weiter.

»Das ist ein Thema bei uns an der Fakultät, weißt du, die Arbeiterklasse und deren vergeudetes Potenzial. Würdest du in London leben, wärst du von Tanzschulen umgeben. Wäre dein Vater ein Banker, könnte er sie bezahlen. Was unterscheidet dich und diese Banker-Tochter? Nicht das Talent. Bloß die Umstände. Das ist ungeheuerlich. Die Buddhisten sagen natürlich, Besitz sei die Quelle allen Leids. Und Kerouac, Ginsberg und wie sie alle heißen, lehnen jeden Materialismus ab. Ich bin da leider nicht so prinzipientreu, Chloe. Ich befürworte zwar ihre Ideen in der Theorie, bin aber dennoch froh, dass mein Vater mir eine gute Ausbildung finanzieren kann. Sollte ich dir in irgendeiner Weise helfen können, Chloe, musst du es mir sagen.«

Chloe war ganz schwindelig vor Entzücken. Was er allerdings genau für sie tun *könnte*, wusste sie nicht, aber es genügte ja schon, mit jemandem zu sprechen, dessen Welt nicht nur aus Bekanntem, Sicherem und Langweiligem bestand!

Iestyn zahlte, und dann standen sie Hand in Hand da und schauten aufs Meer hinaus. Der körperliche Kontakt lenkte Chloe von der Aussicht ab – der Kontakt *und* was er bedeutete. Er bedeutete, dass sie seinen Ansprüchen genügt hatte, dass er sie mochte und vielleicht wieder einmal ausführen würde. So hatte es vielleicht auch bei Alma und James, bei Evie und Sam begonnen. Sie zeigte auf die dunstverschleierten Hügel jenseits des Wassers.

»Ist das nicht zauberhaft?«, sagte sie. »Tenby ist mein Märchenreich.«

»Es ist tatsächlich hübsch. Aber warst du schon mal in London, Chloe? Das ist wirklich der Ort, an dem alles möglich ist. Du musst mal zu Besuch kommen. Meine Mutter würde sich freuen, dich kennenzulernen.«

»Das würde ich gern«, murmelte Chloe und zog den Kopf ein, weil sie spürte, dass sie rot wurde. Er drückte ihre Hand ein wenig.

»Ich würde dir ja anbieten, dich nach Hause zu begleiten«, sagte er, »aber da wir beide dasselbe Ziel haben, ist das etwas theoretisch. Ich finde es ziemlich verwirrend, mit jemandem, der so hübsch ist wie du, unter einem Dach zu wohnen – aber nicht, dass ich mich darüber beklagen würde!«

Auf ihrem Weg durch den Ort hielt er weiter ihre Hand. Chloe glaubte, jedermann müsse das leuchtende Zeichen ihrer ineinander verschlungenen Finger sehen, das sie als Paar auswies, obwohl sie sich sehr unsicher war, ob sie das tatsächlich waren und ob sie das sein wollte. Aber es wäre ihr unhöflich vorgekommen, ihm ihre Hand zu entziehen. Sie versuchte, jeden Blickkontakt mit anderen Passanten zu vermeiden, und hegte dabei die unwirkliche Hoffnung, Llew würde sie nicht so zusammen sehen. Nicht, dass sie was Schlimmes tat! Der Weg kam ihr dennoch doppelt so lang vor wie sonst.

Als sie endlich zu Hause ankamen, wartete Llew vor der Tür auf sie.

»Herrgott im Himmel, warum klopft der Junge nicht an und geht rein?«, wunderte sich Iestyn.

Aber Chloe hielt sich nicht damit auf, ihn über Llews Freiluftobsession aufzuklären, sondern löste ihre Hand und rannte auf Llew zu.

NORA

»Hätte ich sie doch nur mitgebracht«, murmelte Nora. »Warum habe ich sie nicht mitgebracht? Aber woher hätte ich das auch wissen sollen?«

Kaitlin und Sandy starrten sie an.

»Was mitgebracht?«, fragte Sandy.

»Die Fotos. Mein Gott, das ist wirklich verrückt. Das da ist *Mum*, Sandy! Dieses blonde Mädchen! Mum in ihrer Jugend. Das sind Gemälde nach den Fotos, die Gran mir geliehen hat. Mums Freund Llew hat sie gemacht, damals in den Fünfzigern. Wie ist Jones an die rangekommen? Kannte er etwa Llew?«

»*Jasmine*?«, staunte Sandy. »Ja, ich kann es sehen. Die Augen …«

»Nora«, sagte Kaitlin. »Hat deine Gran dir jemals Llews Nachnamen gesagt?«

»Ja, er hieß Jones. Llew Jones.«

»Oh mein Gott!« Kaitlin lachte und sah sie ungläubig an. »Das ist doch nicht zu fassen. Jones ist Llew! Er muss es sein! Okay, wenn es nur Jones wäre, sähe das anders aus, aber *Llew*? Und *Leo*? Beides bedeutet Löwe. Das kann doch kein Zufall sein!«

»Du hast recht«, sagte Nora matt, »ich muss ihm eine Mail schreiben. Oder Mum. Oder … Ich weiß nicht, bilde ich mit das alles etwa nur ein?«

»Kommt, wir gehen und suchen uns ein Café«, schlug Sandy vor. »Wir sollten uns hinsetzen, einen Kaffee trinken und dann wiederkommen und uns die Gemälde noch mal richtig ansehen, nachdem wir uns erholt haben.«

»Gute Idee«, meinte Nora dankbar. »Ich fass es einfach nicht. Ich brauche einen Kaffee. Nein, ich brauche Zucker!«

Wie betäubt betraten sie das Café. Nora ließ sich auf einen Stuhl fallen, während Kaitlin und Sandy sich für die Getränke anstellten. Sie brachten ihr einen großen Becher heiße Schokolade und dazu auch noch einen Brownie.

»Ich meine …«, begann Nora. »Wie kann das sein?«

»Lebt Ihre Großmutter denn noch, Kaitlin?«, erkundigte sich Sandy, die klar erkannt hatte, dass Nora noch nicht in der Lage war, sich zu äußern.

»Nein, sie ist vor drei Jahren gestorben.«

»Das tut mir leid.«

»Danke, aber sie war offen gestanden ein Miststück. Eine dieser verbitterten Frauen ... Sie glaubte, die Welt sei ihr sonst was schuldig, und ließ ihren Frust an allen aus, die in ihrer Nähe waren. Dad sagte, als er jung war, sei sie ein Albtraum gewesen. Das ist doch bestimmt auch sie auf dem Gemälde, das wir auf dem Dachboden gesehen haben, nicht wahr, Nora? *Die Katzen*, erinnerst du dich? Das rothaarige und das dunkelhaarige Mädchen am Castle Hill, nur war da ihr Gesicht hinter den Haaren verborgen.«

»Ja, du hast recht.« Der Zucker löste langsam die Blockaden in Noras Gehirn. »Das muss sie sein. Wie hieß sie denn, Kait?«

»Alma.«

»Ich wünschte, wir könnten diese Gemälde mit nach Hause nehmen und sie uns ganz in Ruhe ansehen.«

»Na ja, wenn du ein paar hunderttausend Pfund hinlegst ...«, warf Sandy ein. »Ansonsten schlage ich vor, ihr kriegt euch wieder ein und wir sehen sie uns ganz genau an, solange wir Gelegenheit dazu haben.«

»Ja, das machen wir natürlich. Aber Kait, dann hat deine Großmutter meine Mum gekannt! Und *Jones*!«

»Sieht ganz danach aus. Wie das alles zusammenpasst, weiß ich allerdings nicht. Aber vermutlich sind alle etwa im selben Alter, und Tenby ist klein. Vielleicht ist das gar nicht *so* überraschend.«

Aber Nora musste an den Tag denken, als sie gekündigt hatte. Als sie an ihrem Schreibtisch saß und Nick mit Regentropfen auf der Kleidung und erfrischt hereinkommen sah und ihr plötzlich klar wurde, dass mit ihrem Leben etwas völlig im Argen war. Und sie plötzlich solche Sehnsucht nach dem South Beach hatte, obwohl sie siebenundzwanzig Jahre nicht mehr in Tenby gewesen war. Wie dieser schimmernde Sandstreifen sie wochenlang vor ihrem geistigen Auge heimsuchte. Es war, als wäre ihr Unterbewusstsein plötzlich aufgesprungen und hätte gesagt: »Dorthin musst du gehen, um zu dir zu finden und das Geheimnis zu lüften.« Dabei hatte Nora nicht mal gewusst, dass es ein Geheimnis *gab*.

»Was ist mit deinem Großvater, Kait? Lebt der denn noch?«

»Grandpa James? Nein, der ist schon vor Gran gegangen. Ehrlich gesagt glaube ich, dass er nur auf diese Weise von ihr loskommen konnte. Er war ein gütiger Mensch, weißt du, aber sie war so mürrisch und nur am Jammern. Selbst Dad war froh, als sie starb, denn er hätte ein wenig Frieden verdient, meinte er.«

Nora konnte sich gut vorstellen, wie Greg das sagte. »Und hat sie jemals von ihrer Jugend erzählt? Ihren Freundinnen? Hat sie Chloe erwähnt?«

Kaitlin dachte angestrengt nach. »Nein. Ich weiß nur noch, dass Gran immer behauptete, sie sei die Hübscheste ihrer Clique gewesen – mit ihrer Wespentaille, wie sie zu betonen pflegte. Ich glaube, sie hat eine Pamela erwähnt und auch eine Megan, die offenbar weggeschickt wurde oder deren ganze Familie Schande über sich brachte und wegzog oder so. Ich habe da nie so richtig zugehört, weil es nur um Klatsch und Missgunst ging und um Leute, die ich gar nicht kannte.«

»Megan«, hakte Nora ein. »Das war Mums Cousine. Sie hatte einen Bruder, der hieß Richard. Grandma hat erzählt, dass Mum jeden Sommer bei ihnen wohnte.«

»Unglaublich«, warf Sandy ein. »Einfach unglaublich. Was wirst du jetzt tun, Nora? Wirst du es Jasmine berichten?«

»Ich weiß es nicht. Ich *möchte* schon. Aber nachdem sie das all die Jahre für sich behalten hat, muss es einen Grund dafür geben. Ich wünschte, sie käme früher zurück. Dann könnte ich sie von Angesicht zu Angesicht fragen.« Nora schüttelte den Kopf.

Sie blickte sich im Café um und holte tief Luft. Der Kaffeeduft, das Brummen des Verkehrs, die Schlange vor der Theke, das war alles normal. Sie befand sich in der Gegenwart, nicht irgendwo in den Fünfzigerjahren. Sie aß ihren Brownie auf und trank den letzten Schluck heiße Schokolade. »Ich bin bereit.«

Die Galeristin sah sie überrascht an, als sie zurückkamen. »Hallo«, sagte sie. »Sie wollen sich die Bilder noch mal ansehen?«

»Ja«, sagte Nora. »Es ist einfach zu viel, um beim ersten Mal alles aufzunehmen. Sie sind so wunderschön. Besonders die letzten vier.«

»Ganz außergewöhnlich, nicht wahr? Es freut mich, dass sie Ihnen gefallen.«

Und jetzt blieb Nora auch stehen, um sich die Einführung am Beginn der Ausstellung durchzulesen.

Die Fossdyke Galerie freut sich, Leo Jones' neueste und aufschlussreichste Kollektion auszustellen. Deutlicher als je zuvor zeigt sie uns seine manchmal satirischen, aber immer zutiefst emotionalen Reaktionen auf die Menschen und Orte, die ihn geprägt haben. Sein Einsatz des Lichts mit dem Ziel, das Vertraute einzigartig zu machen, wurde viel diskutiert und gefeiert. Dem Licht, immer Freund und Muse des Künstlers, kommt in diesen Gemälden eine magische, nostalgische Qualität zu. Jones' eigener Erklärung nach ist es ein Filter, der es dem Betrachter erlaubt, durch die Linsen der Jahre zu blicken, und zugleich eine Verbeugung vor seiner ersten Liebe, der Fotografie. Seine Porträts sprechen uns unmittelbar an und erzählen kompromisslos und angstfrei von der menschlichen Gebrechlichkeit. Hier sehen wir seine zutiefst persönliche Antwort auf die fortschreitenden Jahre, auf das Zeitlose und auf das, was zwangsläufigen Veränderungen unterworfen ist. Der Kritiker Walter Hughes sagte, dass Leo Jones »als Einziger unter lebenden Künstlern nicht nur Geschichten erzählt, sondern seinem Pinsel Arien entlockt. Diese Arien singen von Liebe und Verlust, vom Leben in all seiner grandiosen und enttäuschenden Pracht.« Dies ist seine bisher persönlichste Ausstellung.

Das Leben in all seiner grandiosen und enttäuschenden Pracht. Was hatte diesen sensiblen, talentierten Mann enttäuscht? Nora sah sich das Foto von Jones genau an, das markante Gesicht, die legere Kleidung, das Brennen in seinem Blick. Diese Augen waren mehr als nur die intensiven, nachdenklichen Augen eines Künstlers. Es waren Augen, die entschlossen aufs Leben blickten und sich weigerten, vor dem Geschauten zurückzuscheuen. »Er ist mutig«, flüsterte Nora vor sich hin, »und leidenschaftlich. Kunst ist eine große Liebe, aber das Leben eine noch größere. Ich wünschte, ich könnte ihn kennenlernen.«

»Die Vernissage gestern Abend ist bestimmt fantastisch gewesen«, sagte sie laut.

Die Galeristin blickte wieder auf.

»Ja, alle Beteiligten waren sehr zufrieden. Eine große Zusammenkunft mit weitreichender Wirkung. Natürlich konnte sie ihren Zauber gar nicht verfehlen bei all diesen wunderbaren Kunstwerken hier.«

»War der Künstler zugegen?«

»Ja, natürlich. Leo lebt sehr zurückgezogen, aber nicht einmal er würde seine eigene Ausstellungseröffnung versäumen.«

»Ist er denn noch in London?«

»Ein paar Tage noch, dann fliegt er nach Lissabon, um Freunde zu besuchen.«

»Oh nein ... Ich meine, ich verstehe das. Aber wenn ich die Bilder hier gemalt hätte ... Ich glaube nicht, dass ich sie einfach so zurücklassen könnte.«

»Sind Sie auch Künstlerin?«

»Ach du liebe Zeit, nein. Ich mag nur Kunst. Die hier. Danke.«

Nora schloss sich Kaitlin und Sandy an, die vor den vier letzten Gemälden standen. Sie würde Jones schreiben, nahm sie sich vor. Und falls nötig, würde sie noch mal nach London kommen, bevor er abreiste. Nach Lissabon. Sie musste ihn treffen, bevor er das Land verließ.

Dann wandte sie sich wieder den Bildern zu. Auf dem ersten war das Treffen in Tante Susans Haus zu sehen, das Porträt vor dem Ball. Chloe trug das blaue Kleid, das sie, Nora, gerade zerschnitten hatte, um daraus eine Patchworkdecke zu machen. Meine Güte, hoffentlich hatte ihre Mutter nichts dagegen! Natürlich war sie schön, aber das war für Nora nichts Neues. Interessant war jedoch, dass Chloe sich ihrer Schönheit gar nicht bewusst zu sein schien. Auf all den Fotos, die Nora von Jasmine gesehen hatte, war sie sich dessen sehr wohl bewusst gewesen. Aber das *war nicht Jasmine*, wie Nora sich plötzlich klarmachte, das war Grans kleine Chloe.

Das zweite Gemälde zeigte die Szene im Diner. Obwohl man damals in Tenby die Bezeichnung Diner gar nicht gekannt haben dürfte. Das war ein Amerikanismus, der vermutlich erst später rüberschwappte.

»Das ist *Girls Club – Vorsicht bissig!* in den Fünfzigern«, sagte Kaitlin neben ihr. »Sie sind eine eingeschworene Clique und deine Mum weiß, dass man sie nicht wirklich dabeihaben möchte, deshalb ist sie unglücklich.«

Nora nickte bedächtig. Ihre Mutter sah jünger aus als die anderen, weniger selbstsicher. Sie spielte mit dem Strohhalm ihres Milchshakes. Das Gemälde trug den Titel *Erdbeermilchshake*.

»Und sie sind wohlhabender als sie«, ergänzte Sandy. »Sieh dir den Saum ihrer Shorts an.«

Es war ein winziges Detail, aber ja, die Shorts fransten aus. Ihre Schuhe waren sorgfältig geflickt worden. Sie trug keine Armreifen oder Broschen wie die anderen Mädchen.

»Es ist schon sehr ungewöhnlich, sie so blond zu sehen«, überlegte Sandy. »Warum um alles in der Welt hat sie angefangen, ihre Haare schwarz zu färben?«

Das dritte Gemälde war fröhlich und atemberaubend. Chloe auf einem Ball. Die anderen Tänzer dienten nur als verschwommene Kulisse für diese verschmitzte tanzende Elfe mit flatterndem Pferdeschwanz und rosa Haarband in einem glänzenden bonbonrosa Kleid.

»Sie tanzt einen Jive oder Lindy Hop oder so.« Kaitlin lachte fröhlich. »Sie ist bezaubernd!«

»Und ich vermute, dass auch Jones verzaubert war«, warf Sandy ein.

»Er hat sie geliebt, nicht wahr?«, hakte Nora nach.

»Ich denke schon«, bestätigte Kaitlin.

»In all den Jahren, als Mum immer wieder zu mir sagte: ›trau der Liebe nicht‹ und ›jeder kann dich enttäuschen‹ – meinte sie damit vielleicht *Llew*? Ist *er* der Grund, warum sie mir einredete, ich solle nicht an die Liebe glauben?«

Im Rückblick an die Zeit, als Nora im gleichen Alter wie Chloe auf dem Gemälde war und so verzweifelt von der Liebe träumte, wie das in diesem Alter ganz normal war, füllten ihre Augen sich mit Tränen, weil ihre Mutter immer nur warnende Worte für sie hatte. *Auf die Liebe kann man sich nicht verlassen. Es ist sicherer, ein gutes Leben ohne sie zu führen.*

»Ich kann nur hoffen, dass er sie nicht mit meiner Großmutter betrogen hat«, sagte Kaitlin schmunzelnd, »sonst wird deine Mutter mich hassen. Ich soll ihr angeblich sehr ähnlich sehen.«

»Das tust du auch, nur dass deine Haare lockig sind.«

»Und du bist hübscher«, sagte Sandy. »Der Charakter scheint immer durch.«

»Danke, Sandy.«

Sie traten vor das vierte und letzte Gemälde. Es zeigte eine sehr junge Chloe, die in den Dünen saß, umgeben von langen Gräsern, der Wind wehte ihr die Haare ins Gesicht und überall war Sand – glitzerte auf ihrer Haut, in ihren Haaren, auf ihren Kleidern, tat jedoch ihrer Schönheit keinen Abbruch. Ihr Gesichtsausdruck entlockte Nora ein Lächeln. Denn sie lachte, wirkte aber gleichzeitig verärgert.

»Was ist das für ein Gesicht?«, wunderte sich Nora.

»Sie denkt wohl: Richte nicht dieses blöde Ding auf mich, wenn ich voller Sand bin und meine Haare ein einziges Durcheinander«, vermutete Kaitlin.

Nora und Sandy mussten lachen. »Das klingt ganz nach ihr«, stimmte Sandy ihr zu.

»Und wie heißt es?«, fragte sich Kaitlin. »Oh, seht doch!«

Nora schielte auf das Schild. *Unsere erste Begegnung*, las sie.

CHLOE

Chloe und Llew waren wieder Freunde. Er entschuldigte sich und sie entschuldigte sich, dann schlüpfte sie in ihre Shorts und los ging es. Danach war der Streit zwischen ihnen nie mehr Thema, bis auf ein einziges Mal, als sie tropfend und glitzernd aus dem Meer kamen und Llew sie fragte: »Magst du ihn, Chlo?«

Es war klar, wen er meinte. »Ja, das tue ich«, sagte sie. Llew gegenüber konnte sie nur aufrichtig sein.

»Dann ist er jetzt also dein Freund?«

»Nein, jedenfalls noch nicht. Aber ich denke, er ist ... interessiert.«

»Natürlich ist er das! Er ist ja nicht blind. Und du? Bist *du* interessiert?«

»Ich weiß nicht. Na ja, natürlich, *interessiert* bin ich. Ich bin auch nicht blind und er ist sehr weltmännisch und freundlich und interessant. Aber ich weiß nicht, ob ich bereit bin für ... Ach, ich *weiß* es einfach nicht, Llew. Es ist so verwirrend. Er steht wirklich für all das, wovon ich geträumt habe. Aber ...«

»Na, so lange es noch ein Aber gibt!« Llew grinste und nahm sie an der Hand. »Komm, ich brauche was zu essen. Nur ... tu, was du glaubst tun zu müssen, Chlo, aber frag dich jede Minute, die du mit ihm verbringst: ›Ist *er* auch gut genug für *mich*?‹«

Und das tat sie dann auch. Es war das genaue Gegenteil dessen, was sie üblicherweise dachte, wenn sie neue Leute kennenlernte. Sie stellte sich die Frage, als Iestyn sie ins Kino einlud, wo sie sich *Glut unter der Asche* ansahen; sie stellte sie sich, als er sie fragte, ob er als ihr Partner mit zum Ball gehen könne – obwohl er bereits zweiundzwanzig und kein Teenager mehr war. Er würde lügen, sagte er, nur um sie im Arm halten zu können. Sie stellte sie sich immer wieder, und die Antwort lautete jedes Mal: Ja. Ungeachtet seines unkonventionellen Erscheinungsbildes und seines Flirts mit dem Buddhismus studierte er immerhin Jura und kam aus einer sehr guten Familie. Er war rücksichtsvoll und kein Snob.

Er war das, was ihre Mam einen »anständigen jungen Mann« nennen würde.

Als Iestyn sie eines Morgens fragte, ob sie nicht Lust auf ein abendliches Picknick am North Beach hätte, sagte Chloe zu. Sie wusste, was ein Picknick im Mondlicht bedeutete. Er würde sie küssen und vielleicht fragen, ob sie fest mit ihm gehen wollte. Und auch dazu würde sie ja sagen. Dessen war sie sich fast sicher. Wenn sie mit Iestyn zusammen war, fühlte sie sich wie von einer sanften Woge getragen.

Sie kleidete sich für diesen Abend mit besonderer Sorgfalt und zog einen braun-beige karierten Faltenrock und eine rosa Bluse an. Dann bat sie Tante Susan, ihr für diesen Anlass ihre Perlenkette zu leihen, und Tante Susan kam ihrem Wunsch unverzüglich nach.

»Du bist sehr hübsch, wie immer, meine Liebe. Du triffst dich recht häufig mit Iestyn, nicht wahr?«

»Ja, das tue ich wohl. Ist es dir nicht recht, Tante Susan?«

»Nicht recht? Warum sollte es mir nicht recht sein? Er ist ein netter junger Mann aus guter Familie. Genau die Art von Junge, die du kennenlernen solltest. Ich habe mich nur gefragt ... Was ist mit Llew?«

»Was soll mit ihm sein?«

»Nun, macht es ihm nichts aus? Ihr beide wart euch doch immer so nah. Ich dachte immer – na ja, vielleicht habe ich mir das auch nur eingebildet –, dass er ein bisschen in dich verliebt ist.«

»Wir sind nur Freunde, Tante Susan. Er ist mein allerbester Freund auf der Welt, noch immer, aber wir sind nicht ... wir waren nie ...«

»Das war nur so ein Gedanke. Also dann, genieß den Abend mit Iestyn. Ich habe angeboten, das Picknick für euch beide herzurichten, aber er hat sehr höflich abgelehnt. Ich sah ihn vorhin mit einer großen Schachtel aus der Bäckerei kommen. Du wirst wohl verwöhnt werden.«

»Wie reizend«, sagte Chloe und zog ihr silbrig-helles Haar über eine Schulter, um die Perlenkette zu schließen. Sie konnte sich nichts Besseres als ein Picknick ihrer Tante vorstellen und dachte kurz wehmütig an die zahllosen Lunchpakete, die sie und Llew im Lauf der Jahre verputzt hatten. Aber Iestyn pflegte einen anderen Stil. Llew war so frei und spontan wie die Möwen, die am Hafen auf Futtersuche waren, wohingegen Iestyn eher ein glatter Windhund war. Chloe grinste, als ihr diese Analogie in den Sinn kam. Sie schüttelte ihre Haare zurück und bewunderte die Kette.

Iestyn hatte tatsächlich seinen eigenen Stil. Er hielt während des ganzen Wegs zum Strand ihre Hand, trug in der anderen einen riesigen Korb und suchte, als sie ankamen, so lange, bis er die perfekte Stelle gefunden hatte: geschützt, weicher Sand, ohne dass der Goscar Rock die *ganze* Sicht versperrte ... Wenn Chloe und Llew zum Strand gingen, warfen sie sich einfach irgendwo in den Sand.

Endlich stellte er den Korb ab und zog eine riesige karierte Picknickdecke heraus. Er breitete sie aus, wischte ein paar verirrte Sandkörner beiseite und lud Chloe ein, Platz zu nehmen. Fasziniert verfolgte sie, wie er Teller, Servietten, Limonade und eine Flasche Weißwein auspackte. Chloe hatte bisher noch nie Wein getrunken und konnte es kaum erwarten, ihn zu kosten. Es gab eine Schachtel mit appetitlichen Sandwiches und eine andere mit glasierten Punschtörtchen, die Chloe oft im Schaufenster der Bäckerei bewundert hatte, sich aber nie leisten konnte. Zu guter Letzt präsentierte Iestyn ihr eine einzelne rote Rose.

»Für dich, du schöner Schatz«, sagte er und überreichte sie ihr ernst.

»Oh Iestyn!«, hauchte sie und klang dabei, wie sie selbst feststellte, wie Scarlett O'Hara.

Je länger das Picknick dauerte, umso mehr verstärkte sich bei Chloe das Gefühl, in einem Film mitzuspielen. Nach und nach leerte sich der Strand und zwei oder drei Leute, die sie kannte, riefen ihr im Gehen ein fröhliches »Gute Nacht, Chloe« zu und bedachten das Paar mit freundlich wissenden Blicken. Und Chloe verspürte den merkwürdigen Wunsch, ihnen zuzurufen: »Nein, so ist es nicht! Es ist nicht real!« Aber sie tat es nicht, weil es albern war.

Und dann – sie hätte es auf die Minute genau benennen können – merkte sie, wie ihr langweilig wurde. Es war kurz, nachdem sie ein Gurkensandwich aufgegessen hatte und sich eins mit Hähnchen nahm.

Iestyn erzählte ihr von dem Wagen, den er zu kaufen hoffte, sobald er genügend Geld gespart hatte. Er ging dabei ziemlich ins Detail, was den Lack und die Motorkraft und weitere für Jungs interessante Dinge betraf, und plötzlich stand Llew so deutlich vor Chloes Augen, als wäre er hier und würde sich endlos über Verschlusszeiten und Linsen und Entwicklungstechniken auslassen. Gleichermaßen jungenhaft, gleichermaßen fremd für Chloe, und dennoch konnte sie Llew den ganzen Tag zuhören. Kameras waren faszinierend, weil er sie liebte. Und sie liebte ihn.

»Oh!«, sagte sie laut.

»Ja, ist das nicht aufregend? Wär ich nicht ein dufter Typ, wenn ich in meinem glänzenden MG durch den Richmond Park fahre?«, erwiderte Iestyn.

Chloe lächelte und nickte. Oh nein, was sie sollte sie jetzt tun? Iestyn blieb noch eine ganze Woche. Sie könnte ihm unmöglich aus dem Weg gehen, und ihm eine Erklärung zu geben, wäre peinlich. Wenn sie doch nur diesen Abend überstand, dann könnte sie mit Tante Susan sprechen und sie um Rat fragen, wie sie sich einem Verehrer gegenüber verhalten sollte, den sie nicht ... den sie nicht ...! Gutes Aussehen und Geld allein zählten gar nichts, so viel begriff sie plötzlich. Nicht, dass Iestyn nicht gut genug für sie gewesen wäre – er war ein gutherziger junger Mann mit gesundem Ehrgeiz. An ihm gab es nichts auszusetzen, außer dass er nicht die Person war, die für sie die Stunden so zum Leuchten brachte wie ihr struppiger, löwenhafter, reizender Llew.

Sie würde diese Verabredung hinter sich bringen und nach Hause gehen und sich dann wieder davonschleichen und zu Llew rennen und Kieselsteine an sein Fenster werfen, bis er seinen zerzausten Kopf herausstreckte, um ihm dann zu sagen ...

»Es ist schön, dich so glücklich zu sehen, Chloe.« Iestyns Stimme unterbrach ihren Gedankengang.

Chloe errötete. Es war doch sicherlich der Gipfel schlechten Benehmens, während einer Verabredung von einem anderen Mann zu träumen. Wie hatte sie sich nur in dieses Schlamassel geritten? Sie hoffte,

Iestyn würde nicht denken, von ihr an der Nase herumgeführt worden zu sein. Das hatte wahrlich nicht in ihrer Absicht gelegen. Sie hatte es einfach nicht *gewusst*.

»Chloe«, sagte Iestyn, und ihr wurde flau im Magen. Er legte seinen Finger an ihr Kinn und hob es sanft an. »Du bist so schön im Mondlicht. Du bist immer schön. Du bist ein ganz besonderes Mädchen.«

»Danke«, quiekste sie.

Er blickte sie auf *diese Weise* an und sie konnte sich nicht abwenden. *Schau doch, wie gut er aussieht*, redete sie sich in der Hoffnung ein, doch noch einen Weg zu finden, ihn nicht zu enttäuschen. Er kam immer näher an sie heran und sie wusste nicht, wie sie ihm beibringen sollte, was sich geändert hatte. Sie verstand sich selbst nicht, wie konnte sie jemanden lieben, ohne es zu bemerken – nur dass es dabei um Llew ging und er so jung und immer schon da gewesen war und ... Oh! Jetzt legten Iestyns Lippen sich auf ihre. Sie waren sanft, es war gar nicht so schlimm. Sie ertrug es ein paar Sekunden lang, entzog sich ihm dann und lächelte ihn forsch an, als wollte sie sagen: »Fein, aber lass uns doch noch ein paar Sandwiches essen.«

Doch offensichtlich war es das falsche Lächeln, denn er sagte: »Oh Chloe!« und küsste sie erneut, wobei seine Zunge ihre Lippen teilte und er sie mit seinem Arm an sich drückte. Er war ein einfühlsamer, attraktiver Mann, und der Strand lag im Mondlicht und sie konnte sich glücklich schätzen, aber das hier wollte sie nicht. Sie wollte nicht, sie wollte nicht ...

»Ich will das nicht!«, rief sie wild und laut. Entsetzt legte sie sich die Hand auf den Mund. Der arme Iestyn sah sie bestürzt an.

»Es tut mir leid«, sagte er sofort. »Verzeih mir. Ich wollte nicht ... Das geht dir zu schnell. Ich verstehe das, Chloe, ich wollte dich nicht verletzen.«

»Ach Iestyn«, sagte sie und fing dabei zu weinen an. »Es ist nicht deinetwegen. Es tut mir leid. Ich habe mit dir eine wunderschöne Woche verbracht, aber ich hätte heute Abend nicht mitkommen dürfen. Es ist nur, ich wusste es nicht. Ich hab dich *sehr* gern, aber mir ist klar geworden, dass es nicht –«

»Wann?«, fragte er kleinlaut, den Blick auf den Goscar Rock gerichtet.

»Erst heute Abend. Ich war mir nicht sicher. Ich dachte ... Du siehst so gut aus, Iestyn, und ich fühle mich *so* geschmeichelt, aber ich ... Es tut mir leid, ich weiß nicht, wie ich das tun soll.«

»Nun, vermutlich wirst du darin viel Übung bekommen. Du bist ein wunderschönes Mädchen, Chloe, ich glaube, du bist dir deiner Macht gar nicht bewusst. Ist es denn völlig hoffnungslos? Könnten deine Gefühle sich vielleicht vertiefen?«

Chloe starrte ihn an. Flehte er sie etwa an? Stimmte, was er sagte? Sie *wollte* das nicht mit vielen Männern tun. Je eher sie und Llew richtig zusammenkamen, umso besser. Ach, warum war er so jung? Das war so ärgerlich!

»Ich möchte dich nicht an der Nase herumführen, Iestyn. Und ich möchte dich auch nicht mehr sehen, nachdem unsere Gefühle so verschieden sind. Als Freund, ja, natürlich, aber ...«

»Es ist dieser Junge, nicht wahr? Dein Freund mit der Kamera. Er hatte als Erster ein Anrecht auf dich.«

»Also ich weiß nichts von einem Anrecht, aber es hat was ihm zu tun, ja. Es ist schwer zu verstehen, weil wir immer nur Freunde gewesen sind. Aber da ist etwas zwischen uns ... Und es tut mir leid, wenn ich dich deswegen verletzt habe.«

Iestyn wurde still und Chloe beobachtete ihn ängstlich. Ehrlich gegenüber Iestyn zu sein, gehörte zum Schwersten, was sie je getan hatte.

»Ist schon gut, Chloe«, sagte er schließlich. »Ich möchte dir nicht das Gefühl geben, du hättest etwas falsch gemacht. Sollen wir noch bleiben und unser Picknick beenden? Ich denke, das könnten wir zumindest noch gemeinsam genießen, dann gehen wir nach Hause und es ist nichts passiert. Was hältst du davon?«

»Ernsthaft, Iestyn? Du hasst mich nicht?«

Er zuckte zusammen. »Natürlich nicht, Dummerchen. Komm schon, probier eins dieser Törtchen.«

Da sich nun die Sachlage geklärt hatte, konnte Chloe auch den Rest des Abends genießen. Ihr war eine Last von der Seele genommen, und sie mussten sogar ein paar Mal lachen. Dann entdeckte Iestyn, dass er trotz all seiner sorgfältigen Planung den Korkenzieher vergessen hatte.

»Ich kann nicht glauben, dass er nicht da ist!«, murmelte er und wühlte im offenkundig leeren Korb. »Hältst du hier die Stellung, Chloe, während ich loslaufe und einen hole?«

»Aber das dauert doch eine Ewigkeit, bis du zu Hause und wieder zurück bist!«, sagte Chloe. »Warum lassen wir es nicht einfach? Wir könnten doch auch heimgehen und ihn in der Küche trinken«, schlug sie vor, weil ihr klar wurde, dass dies auf lange Sicht ihre einzige Chance wäre, Wein zu kosten.

Mit schief gelegtem Kopf dachte er nach. »Nein, das wäre nicht das Richtige. Küchen sind für Kakao und Tee.« Iestyn und sein Stil! »Und es liegt mir viel daran, dass du die Bewirtung bekommst, die ich dir zugedacht habe, auch wenn die Dinge zwischen uns nicht so sind, wie ich es mir erhofft hatte. Ich könnte doch rüber zu diesem Hotel laufen, wo wir neulich zu Mittag gegessen haben, und einen ausleihen. Die werden mir doch sicherlich vertrauen, dass ich ihn wieder zurückbringe. Das dauert höchstens fünf Minuten. Was sagst du dazu?«

»Na gut, wenn du meinst.«

Er zögerte. »Vielleicht sollte ich dich nicht allein lassen. Komm mit. Die Sachen können hierbleiben.«

Aber nach der vorangegangenen Peinlichkeit wollte Chloe lieber ein paar Minuten für sich haben. »Sei nicht albern! Wir sind hier in Tenby, nicht in einer Großstadt. Ich bin hier absolut sicher, Iestyn, und nach all dem Kuchen bin ich so voll, dass ich ohnehin nicht mehr über die Klippen hoch und runter laufen kann.«

»Na gut, dann bleibst du hier. Ich werde nicht lang weg sein.«

NORA

Lieber Jones,

hoffentlich treffen meine Zeilen Sie bei guter Gesundheit an. Und lassen Sie mich – noch mal – Danke sagen, dass Sie Kaitlin und mir erlauben, in Ihrem reizenden Heim zu wohnen. Ich versichere Ihnen, dass wir liebevoll damit umgehen und jede Minute wertschätzen.

Ich hoffe sehr, dass meine Zeilen Ihnen nicht ungelegen kommen, aber ich muss Ihnen einfach schreiben. Kaitlin und ich waren gestern auf Ihrer wunderbaren Ausstellung in London. Wie sehr wir Ihre Bilder bewundert haben, kann ich gar nicht ausdrücken, aber ich schreibe Ihnen nicht, um Ihnen zu sagen, wie talentiert Sie sind – ich schreibe, weil eine der Personen auf Ihren Bildern meine Mutter ist. Sie hieß damals Chloe Samuels, doch ich habe sie immer nur als Jasmine gekannt.

Ich weiß nicht, was Sie beide verbindet – ich muss leider zugeben, dass sie kaum über ihre Kindheit mit mir gesprochen hat –, aber in mir keimt langsam der Verdacht, dass Sie ein Freund von ihr sein könnten, von dem meine Großmutter mir erst kürzlich erzählte, ein Freund, den sie Llew nannte. Ich hoffe wirklich sehr, dass meine Zeilen keine unerfreulichen Erinnerungen bei Ihnen wecken, und ich möchte Sie ganz bestimmt nicht in Verlegenheit bringen. Aber schreiben musste ich. Können Sie sich vorstellen, wie ich empfunden habe, in der Fossdyke Galerie zu stehen und meine Mutter in Farbe und überlebensgroß vor mir zu sehen!?

Mum ist bis September in Italien und ich möchte ihr vorerst lieber keine Fragen dazu stellen, bis wir uns wiedersehen. Sollten Sie unterdessen Zeit finden und bereit sein, mir irgendetwas aus der damaligen Zeit über meine Mutter mitzuteilen, wäre ich Ihnen mehr als dankbar. Außerdem hatte ich einfach das Gefühl, dass ich Sie von dieser Verbindung wissen lassen sollte.

Mit ganz herzlichen Grüßen
Nora Banquist

CHLOE

Während jener paar Minuten allein am dunklen Strand wurde Chloe ganz schwindelig von all den neuen Erkenntnissen. All die Stunden, die sie damit zugebracht hatte, sich Möglichkeiten auszumalen, wie sie heiraten und dennoch in engem Kontakt mit Llew bleiben konnte ... Wie hatte sie so blind sein können?

Sie würde es ihm noch heute Abend sagen. Dabei kam ihr gar nicht in den Sinn, sich zu fragen, wie er die Neuigkeit aufnehmen würde. Er liebte sie. Das hatte er immer getan und irgendwo tief drin hatte sie sein Herz immer besser gekannt als das ihre. Sie schlang die Arme um ihre Beine und genoss erwartungsvoll diese letzte Stunde, bevor sich alles änderte.

Der Strand lag wie dunkler Satin im Mondlicht, das Meer hatte sich zurückgezogen. Hinter ihr ragten die Klippen mit den sich daran klammernden Büschen und Bäumen, ihren gewundenen Pfaden und Stufen auf, als wollten sie die Sterne berühren. Am Fuß der Klippen führte ein breiter betonierter Weg mit einem Geländer vom Hafen kommend am ganzen Strand entlang. Eine sanfte Brise strich über ihre Arme und sie erschauerte. Sie hatte Glück mit Iestyn. Was für ein netter, anständiger Mann. Nur wer über Größe verfügte, war ein guter Verlierer, wie ihre Mutter immer zu sagen pflegte.

Plötzlich umschlangen sie von hinten ein paar kräftige Arme und sie sprang auf. Sie hatte keine Schritte gehört.

»Llew?«, sagte sie, obwohl sie wusste, dass es nicht Llew war. Aber Iestyn konnte es auch nicht sein, denn er würde sie nie derart anpacken, nachdem sie ihm reinen Wein eingeschenkt hatte.

»Rat noch mal«, sagte eine tiefe Stimme an ihrem Ohr und sie spürte unangenehm heißen Atem an ihrem Hals.

»Iestyn?«, sagte sie mit kleiner, verängstigter Stimme. Vielleicht war er ja doch kein so guter Verlierer.

»Wieder falsch geraten«, sagte die Stimme, »obwohl ich wette, du wünschtest, er wäre es. Ich habe euch vorhin gesehen, wie ihr euch geküsst und geknutscht habt ... Ist mir unbegreiflich, warum er dich hier draußen ganz allein gelassen hat. Ich hätte das nicht getan. Aber du bist ganz allein, Chloe.«

»Wer bist du?«, sagte Chloe und schaffte es sogar, ein wenig Wut in ihre Stimme zu legen. »Iestyn kommt jede Minute zurück und auch Llew ist unterwegs«, fügte sie vorsichtshalber noch hinzu. Sie kämpfte gegen seine Umarmung an, mit der er ihre Arme an ihren Körper drückte. »Lass mich jetzt los, lass mich dich sehen. Das ist nicht lustig.«

»Ach komm schon, Chloe, tu doch nicht so, als gefiele es dir nicht. Du hast doch auf jedem Ball mit allen Jungs geflirtet, die dich ansahen. Und ich habe dich und diesen Jungen aus Cardiff beim Zungenkuss gesehen. Was ist gegen was Einheimisches einzuwenden, he?«

»*Ron?*«, fragte Chloe und wehrte sich noch heftiger. Das Ganze kam ihr immer unwirklicher vor.

»Siehst du, du errätst es nicht mal. Du hast offenbar irgendwann den Überblick verloren. Nun, ich mag Mädchen, die ein wenig Erfahrung mitbringen. Und solltest du deiner Cousine ähnlich sein, dann bist du ein richtiges Flittchen. Na los doch, Chloe, gib mir was von dem, was die anderen Jungs auch kriegen. Ich bin sehr gut, es wird dir gefallen.«

»Nein, das werde ich nicht!«, kreischte sie, als er ihr sein Gesicht zudrehte und sie nur wenige Zentimeter von Michael Everleys geschwungenen Filmstarlippen trennten.

»Ach Michael, du bist es!«, rief sie erleichtert aus. »Gott sei Dank, ich dachte schon, du meinst es ernst. Das ist nämlich nicht sehr lustig, weißt du.«

»Ich scherze nicht«, erwiderte Michael. Seine dunklen Augen, bei deren Anblick sämtliche Mädchen ins Schmachten gerieten, weil sie so schmelzend und so sanft waren, waren jetzt alles andere als sanft und schmelzend. Im Mondlicht glitzerten sie wie Kohle, und Chloe bekam es plötzlich mit der Angst. Aber es war alles gut, jeden Moment würde Iestyn zurück sein. Und woher sollte ihr Gefahr drohen? Es war Michael Everley! Jeder kannte ihn. Es war ein Junge aus Tenby.

Sie entzog sich ihm so weit, wie dies seine Arme zuließen, und hörte dann ein merkwürdiges, beunruhigendes Grummeln. Ein Gewitter? Aber der Himmel war ruhig und klar. Michael beugte sich über sie und drückte seine Lippen heiß und fest auf ihre, erzwang sich mit seiner Zunge Zugang in ihren Mund und grub seine Finger in ihre Arme. Sie konnte sich bereits die Reihe mit den runden blauen Flecken wie Spinnen vorstellen, die sie morgen haben würde.

Sie wimmerte vor Schmerz, aber weil sein Mund auf ihrem lag, entrang es sich ihr als ersticktes Stöhnen.

»Ja, das gefällt dir«, sagte er und sah sie, nachdem er sich von ihr gelöst hatte, mit einem Ausdruck an, den Chloe noch nie an einem Mann gesehen hatte. Er betrachtete sie wie jemand, der am Fischmarkt einen Pollack in Augenschein nimmt und sich fragt, wie er ihn zubereiten soll. Er sah sie an, als würde er sich gleich herumdrehen und mit seiner Hand über ihre Unterseite streichen.

»Nein!«, sagte Chloe, solange sie es noch konnte. »Es tut weh! Es ist schrecklich. Hör auf!«

Er grinste anzüglich. »Keine Chance«, sagte er. »Du und ich, wir haben uns das schon lange verdient. Ich weiß, du bist ein schlimmes Mädchen, aber das ist okay, weil ich genau das mag. Wie deine Cousine, sie war eine dreckige Nutte und ich habe jede Minute genossen. Aber jetzt will sie nicht mehr mit mir sprechen, sie ist hochnäsig. Wollen wir doch mal sehen, ob du nicht ein bisschen freundlicher zu Michael sein könntest, hmmm?«

Er packte sie am Bein und zog daran, bis sie mit gespreizten Beinen vor ihm saß. Dabei fiel sie fast auf den Rücken, nur sein anderer Arm hielt sie aufrecht. Sie fühlte sich gedemütigt. Noch nie zuvor war sie in einer derart unschönen Position gewesen. Aber viel schlimmer als ihre Befangenheit war ihre wachsende Angst. Er konnte doch wohl nicht das tun, wovon sie glaubte, dass er es tun würde, das war einfach nicht *möglich*. Das war alles nur ein schreckliches Missverständnis. Und es musste jetzt ein Ende haben. Mit ihrem freien rechten Arm schubste sie ihn weg, oder versuchte es wenigstens, aber er war kräftig und entschlossen und blieb standhaft. Dann grummelte es hinter ihnen erneut, nur dass das Grollen jetzt lauter war. Diesmal hörte auch Michael es. Er blickte hoch.

»Hilfe!«, schrie Chloe. »Er greift mich an. Helft mir!« Wo war Iestyn?

»Sei still«, brüllte er und schüttelte sie. »Was war das?«

Wieder grollte es, tief wie Donner, aber der Klang war härter. Chloe sah sich um, doch er packte ihr Gesicht und riss es zu sich herum. »Macht nichts«, sagte er.

»Perlen, hübsche Perlen.« Er wickelte sich Tante Susans Kette um einen Finger. »Du machst dich gern schick für die Jungs, nicht wahr, Chloe? Auch das gefällt mir. Es gibt so vieles, was mir an dir gefällt. Jetzt zeig mir den Rest.« Er begann mit einer Hand ihre Bluse aufzuknöpfen, und der heimtückische Stoff glitt ganz leicht von den Knöpfen.

Es brauchte nur eine Schlange an der Bar oder einen hilfsbereiten Kellner, der nach einem falsch abgelegten Korkenzieher suchte, und Iestyn könnte viel länger weg sein als beabsichtigt. Chloes Angst wuchs.

»Nein!«, wimmerte sie und fing an zu weinen. »Ich will das nicht. Bitte, Michael, ich will das wirklich nicht.«

Er lachte höhnisch. »Das, Schätzchen, nehme ich dir keine Sekunde lang ab!«

Ein weiteres Grollen ertönte, näher diesmal, und als sie beide sich umblickten, sahen sie einen Felsbrocken von der Größe eines Fußballs von der Klippe fallen.

»Mist!«, sagte er und starrte ungläubig darauf.

Llew!, dachte Chloe einen Moment lang verzweifelt. Er stand da oben und bewarf Michael mit Steinen, um ihn aufzuhalten. Aber das war natürlich albern. Und jetzt folgte auf den Felsbrocken ein langsames Schlittern von Erde und Büschen, die nun wirklich keiner entwurzelt haben konnte. Erstarrt in dieser entsetzlichen, unschicklichen Position verfolgten sie, wie der Erdrutsch in Fahrt kam und sich immer schneller und schneller auf den Strand zu bewegte, wo er auf den betonierten Wanderweg traf und ihn in eine Schmutzwolke hüllte. Zweige, Erde und ein paar Felsen flogen durcheinander.

Michael wandte seine Aufmerksamkeit wieder ihrer Bluse zu und zog sie von einer Schulter, sodass die Hälfte ihres Büstenhalters frei lag. »Sehr hübsch«, grinste er, »sehr züchtig. Gutes Mädchen, Chloe.«

Da begann Chloe, wie am Spieß zu brüllen. »Hilfe!«, schrie sie so laut sie konnte. »Helft mir! Helft mir!« Das schrie sie immer und immer wieder, entriss die Laute den Tiefen ihrer Lunge. Irgendwo musste doch jemand sein.

»Keiner kann dich hören, Süße«, grunzte Michael. »Keiner ist …«

Aber dann hörten sie ganz deutlich eine Stimme. »Chloe! Ich komme!«

»Scheiße«, sagte Michael. »Komm schon, Schätzchen, beeil dich.« Er zog an ihren Beinen, bis sie unter ihm lag, und drückte ihr die Hand auf den Mund. Aber die Stimme näherte sich.

»Geh runter von ihr, du Mistkerl. Ich bring dich um! Gleich, Chlo!«

Es war tatsächlich Llew. Sie wusste nicht, wo er war, denn sehen konnte sie ihn nicht, sie hoffte nur, dass er nah genug war, um sie rechtzeitig zu erreichen.

Und dann eine weitere Stimme, schwächer, Iestyn.

»Chloe! Ich komme! Aufhören! Aufhören!«

»Verdammt«, knurrte Michael. Er schaukelte zurück auf seine Fersen, um die Lage einzuschätzen.

Chloe ergriff die Chance, setzte sich auf und zupfte ihre Bluse zurecht, doch ihre Finger zitterten so sehr, dass an ein Zuknöpfen nicht zu denken war. Entlang der ganzen Felswand prasselte Erde in kleinen Schauern auf den Strand nieder. Der trockene Sommer und die tiefen Wurzeln schienen etwas gelockert zu haben. Michael ließ sie los.

Sie konnte Iestyn hoch oben über ihnen sehen, wo er zögernd am Klippenweg verharrte. Und am Fuß der Felswand kam Llew auf dem betonierten Küstenweg wie von Teufeln gejagt auf sie zu gerannt. Er schien die herabprasselnden Erdschauer gar nicht zu bemerken, düste durch sie hindurch.

Michael jagte in entgegengesetzter Richtung über den Strand davon.

»Llew!«, schrie sie und richtete sich auf. »Llew! Ich komme!« Ein neuer Erdrutsch löste sich. Sie wollte nicht lebendig begraben werden. Doch genauso wenig wollte sie hierbleiben. Sie rannte los.

Llew war fast bei ihr – alles würde gut werden. Alles andere zählte nicht. Aber dann brachte ein erneutes Aufbäumen des Abhangs eine Erdlawine in Gang, die unmittelbar zwischen ihnen abging.

Chloe zögerte, Llew nicht. Er zog den Kopf ein und stürmte durch den dunklen, harten Regen. Gleich darauf schienen seine Beine unter ihm einzuknicken und er stürzte. Zwei Felsbrocken sprangen unter unheilvollem Krachen über den Abhang, und soweit Chloe das bei all dem Durcheinander einschätzen konnte, war sie sich sicher, dass einer davon Llew traf – traf er ihn am *Kopf*? Sie rannte zu ihm.

»Llew!«, schrie sie. »O lieber Gott, lass ihn am Leben sein, lass ihn bitte leben.« Sie kniete sich neben ihn und schob die Erde beiseite. Er war unglücklich gefallen, ein Bein war verdreht, aber das bereitete ihr viel weniger Sorge als die Tatsache, dass seine Augen geschlossen waren und er sich nicht regte. Sie wandte sich um. Michael war in die Nacht verschwunden. Iestyn, der sich seinen Weg über den sich auflösenden Klippenweg bahnte, erstarrte.

»Ich rufe einen Krankenwagen«, rief er und lief zurück nach oben.

»Llew«, schluchzte Chloe, strich ihm das Haar aus dem Gesicht und schmierte dabei Erde über seine Wangen. Ansonsten traute sie sich nicht, ihn zu bewegen. Sie blickte an der Klippenwand hoch, aber diese schien sich beruhigt zu haben und sah so dauerhaft wie immer aus, einzig Iestyn war in Bewegung und erklomm die Stufen, so schnell seine Beine ihn trugen.

»Oh Llew, du darfst nicht tot sein. Ich liebe dich so sehr. Bitte sei nicht tot.«

NORA

Nora schloss die Augen und hielt ihr Gesicht in die strahlende Sonne. Sie atmete die klare, berauschende Luft ein und wusste, dass sie diesen

Weg für die kommenden Tage und vermutlich für den Rest ihres Lebens vor sich haben würde, wann immer sie die Augen schloss. Zitronengelbe Ginsterschwaden, ein steiniger Pfad, der sich unter ihren Füßen dahinschlängelte, Höhlen so verführerisch wie ein aufgeschlagenes Bett, Fischer auf den Felsen darunter. Am Himmel kreisten Vögel – Raub- und Lachmöwen, Dunkelsturmtaucher und Dohlen – und eine auf und ab hüpfende schwarze Perle im ruhigen Wasser entpuppte sich als der Kopf einer Robbe.

Perfekt. Egal, wie viel Zeit sie hier verbrachte, überlegte Nora, sie würde dies alles nie als gegeben hinnehmen. Sie hatte sich etwas gewünscht, das anders war als ihr altes Leben. Nun, das war anders.

Ein Arm schlang sich um ihre Taille und sie spürte hinter sich die beruhigende Wärme Logans. Sie lehnte sich zurück. Noch perfekter. Bis zu diesem Sommer hatte sie nicht geahnt, dass auch Perfektion Abstufungen kannte.

Er küsste ihren Nacken, leckte ihren Schweiß, bis sie sich wand.

»Logan«, stöhnte sie, drehte sich um und schlang ihre Arme um ihn, »lass das! Wir sind in der Öffentlichkeit! Ich weiß nicht, ob ich – «

»Hast dich in meiner Gegenwart wohl nicht unter Kontrolle, Frau?«, grinste er. »So gefällt es mir.«

»Bild dir ja nichts ein!«, frotzelte sie und verzog das Gesicht, bevor sie sich in einem Kuss verlor. Schließlich rissen sie sich zusammen und setzten ihren Weg fort, wobei Logan ein achtsames Auge auf mögliche Delfine und Riesenhaie hatte. Nach einer Weile tauchten sie in ein Wäldchen ein und gaben sich dem Tüpfeltanz von Sonnenlicht und Blättern hin.

»Also, Nora«, sagte Logan nach einer Weile.

Er klang wie ein Schulmeister, fand Nora. »Logan«, erwiderte sie ebenso förmlich.

Er räusperte sich. »Äh, wir haben Juli.«

»So ist es.«

»Ich genieße unsere gemeinsame Zeit sehr.«

»Ich ebenfalls, Logan, das weißt du.« Nora blieb auf dem Waldweg stehen. Ahornbäume ächzten und verneigten sich. Etwas Bedeutsames bahnte sich an. Etwas zum Feiern oder etwas zum Fürchten?

Auch Logan blieb stehen und ergriff ihre beiden Hände. »Du sollst wissen, Nora, dass ich dich liebe. Ich meine, ich liebe dich wirklich.«

Feiern! Freude prickelte in ihr wie Champagner. Er sagte das nicht zum ersten Mal. Im Bett hatten sie beide diese magischen Worte gehaucht. Aber sie waren alt genug, um zu wissen, dass diese sich nicht immer ins reale Leben übersetzen ließen. Das jedoch fühlte sich real an.

»Ich liebe dich auch«, erwiderte sie und sah ihm dabei fest in die Augen, damit er wusste, dass es nicht bloß dahingesagt war. Irgendwo zwitscherte eine Amsel.

»Aber die Sache ist die«, fuhr er fort.

Furcht. »Ach, muss es auch noch ein Aber geben?«

»Tut mir leid, *aber* ist ein schlimmes Wort. Doch ich habe über die Zukunft nachgedacht.«

Feier! »Hast du?«

»Ja. Weißt du, vermutlich hältst du mich für verrückt, wir kennen uns ja erst ein paar Wochen, ich weiß, dass wir ganz am Anfang stehen und auch, dass du im Moment bewusst nicht vorausdenkst. Deshalb würde ich uns gern diesen Wermutstropfen ersparen. Aber Brendan und Sylv kommen nächste Woche. Und danach kehre ich nach Hause zurück.«

Nächste Woche also. So bald. Tatsächlich blieben ihnen noch zehn Tage, bis Logans Kinder kamen, doch auch das war keine lange Zeit. Nora sah sich um, und da sie keinen passenden Baumstamm fand, setzte sie sich neben dem Weg ins Gras. Er kam zu ihr.

»Ja, du hast recht, es ist ein Gespräch, bei dem man sitzen sollte. Versteh mich bitte nicht falsch, Nora, ich möchte, dass du meine Kinder kennenlernst. Ich hoffe sehr, dass du Zeit mit uns verbringen wirst, wenn dir dieser Gedanke nicht unangenehm ist. Ich möchte, dass sie von dir wissen. Aber wenn sie hier sind, werde ich nicht mehr so frei sein. Und dann ...«

»Dann kehrst du nach Neuseeland zurück.«

»Genau. Das ist weit weg, Nora.«

»Könnte nicht viel weiter weg sein.«

»Nein, tatsächlich nicht.«

»Nein.«

Sie saßen Seit an Seit im Gras und starrten auf den Weg. Ein anderes Paar tauchte kreischend und lachend auf. Sie sahen Logan und Nora verwundert an und verschwanden dann zwischen den Bäumen.

»Was, wenn überhaupt, würdest du denn gerne tun?«, tastete Nora sich ängstlich vor.

»Ich würde dich gern gleich hier auf den Boden werfen und mich im Gebüsch auf dich stürzen. Ich würde dich gern kidnappen, wenn ich abreise, und dich mitnehmen. Ich würde gern eine Bank ausrauben, damit ich meine ganze Familie hierherholen könnte, ob es ihr passt oder nicht, und du müsstest nie mehr arbeiten und wir könnten den Rest unseres Lebens Wandern und Schwimmen und wilden Sex haben und Wein unter den Sternen trinken ... Aber realistisch betrachtet ...«

»Realistisch betrachtet sind deine Möglichkeiten weitaus beschränkter.«

»*Weit*aus. Realistisch ist Folgendes: Ich kehre nach Hause zurück, kümmere mich weiterhin um meine Kinder, warte, bis sie erwachsen sind. Nun, bis Sylvie erwachsen ist. Was in ... sechs Jahren der Fall sein wird, wenn man sie als erwachsen betrachtet, sobald sie auf die Uni gehen. Oder auch für immer, wenn wir am Ende eine Beziehung wie du und deine Mum haben.«

Nora verpasste ihm einen Schlag auf den Arm. »Sehr komisch.«

»Und bis dahin wirst du dich mit irgendeinem anderen Kerl eingelassen haben, der niemals gut genug für dich sein wird. Und da brauche ich jetzt eine Aussage von dir, Mamamädchen. Siehst du irgendeine Möglichkeit, die meine Chancen erhöht? Wie etwa, dass du mich besuchen kommst. Jederzeit. Aber es wäre eine verdammt ferne Fernbeziehung. Es wäre frustrierend, ermüdend, stressig, ohne jede Spontaneität, teuer –«

»Stopp!«, rief Nora und hielt sich die Ohren zu. »Ich kapier's ja.«

»Entschuldige. Ich sage das mir, nicht dir, weil ich noch immer an der verrückten Idee festhalte, dass wir es schaffen können, weißt du? Dass wir das einfach hinkriegen ... Aber wie? Und womöglich ist es nicht das, was du möchtest. Ganz im Ernst, Nora, wenn du sagst, du möchtest nur diesen Sommer, dann werde ich das verstehen.«

»Glaubst du, so sehen meine Gefühle aus? Dass es nur eine Art *Sommerliebelei* ist?«

»Nein, ich weiß, dass es das nicht ist. Aber du bist gerade in einer Übergangsphase, du versuchst herauszufinden, was du dir vom Leben erwartest. Und da möchte ich dir nicht noch zusätzliche Komplikationen bereiten. Wenn du mir sagst, dass es das Beste für dich wäre, dies – uns – hier in diesem Sommer, der so schön ist, als Teil dieses Übergangs zu sehen, dann wäre ich ... na ja, ich wäre am Boden. Natürlich. Aber ich möchte das Beste für dich.«

Nora lehnte sich an seine Schulter. »Du bist unglaublich. Und du hast recht, es ist nicht leicht, nach vorn zu blicken. Aber du bist keine Komplikation und ich möchte auch nicht, dass dieser Sommer alles ist, was wir haben, also lass uns einen Weg finden, sofern es einen gibt.«

Sie spürte den Kuss, den er auf ihr Haar drückte. »Du weißt gar nicht, wie glücklich ich bin, das zu hören. Es macht die Sache nicht einfacher, aber es bedeutet mir viel, dass du das Gleiche fühlst. Okay, wir sind jetzt seit zwei Monaten zusammen. Das ist eigentlich gar nichts. Aber ich werde dennoch ganz ehrlich aussprechen, was ich denke, denn für was anderes haben wir keine Zeit. Bitte halte mich nicht für verrückt, aber ich habe das Gefühl, die Person gefunden zu haben, mit der ich zusammen sein möchte. Etwa die nächsten fünfzig Jahre. Was meinst du, habe ich den Verstand verloren?«

Nora schüttelte den Kopf. »Ich empfinde das genauso.«

»Gott sei Dank. Wenn wir nun beide in Großbritannien leben würden, wie würde es da laufen? Wir würden wohl nicht einfach zusammenziehen, oder?«

»Natürlich nicht.«

»Weil es uns wichtig wäre, nichts zu überstürzen, richtig? Wir würden einen Schritt nach dem anderen machen und es genießen?«

»Genau. Und weil wir unserem Kopf auch Zeit geben möchten, mit unserem Herzen mitzuhalten, und wir uns vergewissern wollen, dass die Gefühle nicht nur in einer Luftblase existieren. Ich denke, das ist für mich das Wichtigste. Ich fühle mich mit dir in einer Luftblase. Ich wünsche mir nicht, dass das aufhört, aber es wird geschehen. Wenn du in diesem Land leben würdest, wäre der Sommer dennoch irgendwann vorbei und wir müssten zu unserer Arbeit und anderen Verpflichtungen zurückkehren, aber es fände eine Wandlung statt zu einer Phase.«

»Ganz genau. Und das würde ganz natürlich vonstattengehen. Aber wenn wir möchten, dass etwas geschieht, müssen wir uns auch darum *kümmern*. Das funktioniert bei mir in allen anderen Lebensbereichen auch recht gut. Aber was Beziehungen angeht ...«

»Da bringt es nichts, etwas erzwingen zu wollen. Das weiß ich. Es ist, als wollte man eine Blüte dazu bringen, sich zu öffnen.«

»Genau.«

Sie verfielen wieder in Schweigen, grübelten vor sich hin. Die Amsel nahm sie inzwischen anscheinend als zur Landschaft gehörig wahr und kam aus dem Gesträuch gehüpft, stellte sich in die Sonne und schmetterte mit geöffnetem Schnabel und vibrierender Kehle ihr Lied. Nora genoss es, in einvernehmlichem Schweigen von einem Mann festgehalten zu werden und die Schönheit auf sich wirken zu lassen. Simon hätte schon längst sein Telefon hervorgeholt. Er hätte ein Foto von dem Vogel gemacht, ihn gegoogelt, einen Tweet darüber verfasst und Nora einen ornithologischen Vortrag gehalten.

»Hey Logan«, brach Nora schließlich das Schweigen, »du hast dich so darauf gefreut, deine Kinder hier zu haben. Das solltest du dir nicht verderben lassen. Ich möchte nicht, dass du dich hin- und hergerissen fühlst. Wir werden eine Lösung finden. Es wird alles gut«, schloss sie und bediente sich dabei einer seiner Redewendungen.

»Ja, es wird alles gut. Danke, Nora.«

Sie gingen weiter, ließen den schattigen Wald hinter sich und kamen an einer einsamen Kirche vorbei. Logan, der kürzlich zum Liebhaber englischer Geschichte konvertiert war, erklärte, sie gehe zurück auf die Zeit Napoleons und sei von einer Gruppe Invasoren erbaut worden. »Sie bauten auf lokale Unterstützung, um einen Umsturz herbeizuführen, bekamen diese aber nicht.«

»So wie ich diese Gegend hier kenne, waren wahrscheinlich alle viel zu entspannt, um kämpfen zu wollen«, meinte Nora und dachte dabei an Kaitlin und Danny, Portia und Lil. Und Darren! »Die wollten vermutlich alle nur chillen und das Wetter genießen.«

Auf dem Heimweg kehrten sie zum Abendessen in einem idyllischen Pub ein, den sie auf dem Hinweg entdeckt hatten. Sie setzten sich an einen Ecktisch mit Blick in den Garten und sahen zu, wie der Rasen sich im Laufe des Abends erst grau und dann violett färbte.

Sie waren schon halb zu Hause, als Nora einfiel, einen Blick auf ihr Telefon zu werfen, was ihr in ihrem früheren Leben so nie passiert wäre. Sie kramte es aus ihrem Rucksack, für den Fall, dass sie Nachrichten von Kaitlin oder Gran bekommen hatte. Aber es gab nur einen verpassten Anruf von einer Nummer aus Tenby, die ihr unbekannt war.

Schon seltsam, einen Anruf mit unbekannter Nummer aus Tenby zu bekommen. Kait, Kaits Arbeit, Molly, Danny, Lil, Portia, Mrs Watkins und selbst den Buchladen hatte sie unter ihren Kontakten gespeichert. Vielleicht hatte sich jemand verwählt oder es war ein Verkaufsanruf.

»Sie haben eine neue Nachricht«, verkündete Mailbox-Vera. »Drücken Sie die Eins, um Ihre Nachricht abzuhören.«

Das tat Nora. »Hallo ... Nora? Miss Banquist?«, sagte eine tiefe Männerstimme, die sie nicht kannte. Es war eine raue, kultivierte Stimme, die sie auf Anhieb sympathisch fand. »Hier ist Leo Jones, das heißt Jones – Ihr Vermieter, sollte ich wohl sagen. Ich habe heute Morgen Ihre E-Mail gelesen und, nun ja, ich bin wieder in Tenby. Können wir uns vielleicht treffen? Ich möchte nicht aufdringlich sein und werde nicht viel von Ihrer Zeit in Anspruch nehmen. Und Sie brauchen sich natürlich nicht verpflichtet zu fühlen. Wie auch immer, rufen Sie mich doch bitte zurück, wenn es Ihnen passt. Meine Nummer lautet ...«

Nora drückte auf Speichern und legte auf. Jones. In Tenby. Aber *wo* in Tenby? Sie und Kait wohnten in seinem Haus! Wie schrecklich. War er endgültig zurückgekommen? Nun, er hatte jedes Recht, seine Meinung zu ändern und früher nach Hause zurückzukehren.

»Ärger?«, erkundigte sich Logan und hob seinen Blick von der dunklen Landstraße, um sie anzusehen.

»Nein, ja, ich weiß nicht. Weißt du, wer das war?«

»Die Macher von *Let's Dance*?«

»Ja, die sind ganz wild auf mich. Nein, es war Jones.«

»*Jones*? Heiliger Bimbam. Wegen deiner Mail?«

»Vermutlich ja. Er sagte, er habe sie heute Morgen gelesen und möchte mich treffen. Er ist in Tenby, Logan!«

Logan stieß einen Pfiff aus. »Warte, was sagst du? Er hat deine E-Mail also *heute Morgen* gelesen und ist sofort nach Tenby gefahren?«

Nora überprüfte, wann er angerufen hatte. 15:15 Uhr. »Kann hinkommen! Wenn er sie morgens in London gelesen hat ... ja! Dann hat er sich wohl sofort in einen Wagen gesetzt oder in einen Zug oder was auch immer.«

»Jesus! Der will dich *wirklich* sprechen!«

»Sieht ganz danach aus. Oh Logan, was meinst du, ist er für immer zurückgekommen? Glaubst du, Kait und ich müssen früher ausziehen als geplant? Er sagte zwar sechs Monate, aber er ist in den Siebzigern. Wir können doch nicht dort wohnen bleiben und einen alten Mann obdachlos machen!«

»Er wird schon zurechtkommen«, beruhigte Logan sie. »Er mag schon älter sein, aber er ist kein alter Mann. Nicht, wenn er Weltklassekunst ausstellt und Reisen nach Lissabon plant und von jetzt auf gleich quer durchs Land fährt. Er wird sein Versprechen bestimmt nicht zurücknehmen. Ich denke, es geht hier vor allem darum, dass du, wenn du ihn triffst, eine Menge Neues über deine Mutter erfahren wirst. Ich bin mir sicher, dass du bald Antwort auf deine Fragen bekommst.«

CHLOE

Die nächsten beiden Stunden verschwammen für Chloe in Dunkelheit und Verzweiflung. Iestyn kam und versuchte sie zu halten, aber sie drängte ihn weg. Nach Michael wollte sie sich von niemandem mehr anfassen lassen. Und hätte sie sich gar nicht erst auf diese alberne Verabredung mit Iestyn eingelassen, wäre sie nicht so eitel und dumm und leicht zu beeindrucken gewesen, dann würde Llew jetzt nicht hier liegen.

Die Sanitäter trafen ein. Der Krankenwagen befand sich am Hafen, sie würden Llew auf der Trage dort hinbringen, nachdem sie sich ein Bild von seinen Verletzungen gemacht hatten. Chloe dauerte das alles viel zu lang.

»Wird er wieder gesund werden?«, jammerte sie. »Wird er wieder gesund werden?«

Einer der Männer, jung, mit dunklen Haaren und groben Zügen, schlug vor, dass jemand sie nach Hause bringen sollte. Chloe schreckte zurück wie ein wildes Tier und weigerte sich entschieden. Der Sanitäter kommentierte ihre offenstehende Bluse mit Stirnrunzeln und warf einen kritischen Blick auf Iestyn.

»Halten Sie sie zurück«, befahl er knapp.

Die Ereignisse schienen sich in aufblitzenden Momentaufnahmen aneinanderzureihen. Die weinende, im Sand sitzende Chloe. Llew, der irgendwie auf eine Trage gelangte und weggebracht wurde. Chloe, die aufsprang und hinterherlief, die Sanitäter anflehte, sie mitzunehmen. Aber die Tür des Krankenwagens schlug hinter dem noch immer bewusstlosen Llew zu.

»Er ist allein!«, keuchte sie, noch immer atemlos. »Er darf beim Aufwachen nicht allein sein. Jemand muss mitfahren.«

Iestyn knöpfte Chloes Bluse zu und schaffte es irgendwie, sie ins nächstgelegene Hotel zu bringen, wo er ihr einen Brandy gab und am Kite Hill anrief. Währenddessen zitterte und weinte sie unentwegt.

Dann bekam Chloe erst wieder mit, dass Tante Susan, Onkel Heinrich und Mr Jones im Hotel erschienen. Anfangs konnte sie mit dem Fragengewitter, das auf sie niederging, nichts anfangen, aber die verächtlichen Blicke, die Mr Jones ihr zuwarf, verfehlten ihr Ziel nicht. Dennoch bestand er darauf, dass sie ihn sofort begleitete. »Wir dürfen hier keine Zeit vergeuden«, rief er, »wir müssen zu meinem Jungen!«

Gleich darauf drängten sich alle in Onkel Heinrichs blauen Ford und fuhren durch die dunkle Nacht. Die Erwachsenen murmelten was von Rookwood. Chloe wusste nicht, wer oder was Rookwood war, aber da Mr Jones bei ihnen war, fuhren sie wohl zu Llew, und wenn Tante Susan dabei war, bedeutete dies, dass sie in Sicherheit war und sich deshalb der Situation entziehen konnte: Sie schaltete völlig ab.

Als sie sich das nächste Mal wieder in ihre Umgebung einklinkte, befand sie sich mit ihrem Onkel und ihrer Tante im Wartezimmer eines Krankenhauses. Sie saßen auf rauen rotbraunen Polsterstühlen, es roch nach Desinfektionsmitteln. Das Licht war grell und brannte ihr in den Augen.

»Llew?«, fragte sie flüsternd.

»Sein Vater ist bei ihm. Die Ärzte sagen, wir müssen hier warten«, antwortete Onkel Harry.

»Wo sind wir?«

»In Cardiff, im Rookwood.«

Natürlich, das große Krankenhaus. Waren sie tatsächlich bis nach *Cardiff* gefahren? Sie hatte keine Erinnerung daran.

»Geht es Llew gut? Was sagen die Ärzte?«

Tante Susan sah sie besorgt an. »Bis jetzt haben sie noch nichts gesagt. Es ist noch zu früh. Kann ich dir was holen, Chloe? Kannst du uns erzählen, was passiert ist?«

Aber Chloe schüttelte den Kopf. Sie konnte sich nicht erinnern. Wollte sich nicht erinnern. Sie merkte, dass sie einen dicken Pullover trug. Jemand musste ihn ihr angezogen haben. Es war Onkel Harrys Pullover. Sie vergrub ihre Hände in den langen Ärmeln. Tante Susan legte einen Arm um sie und Chloe klammerte sich an sie, als wäre sie ihre Rettungsleine, die sie mit allem verband, was ihr vertraut war, der einzige Weg zurück zu einem glücklichen Ausgang.

Die Uhr an der Wand zeigte, dass eine Stunde vergangen war, dann die nächste. Endlich stand ein großer Arzt mit grauem Haarschopf, der ihn wie einen Wissenschaftler aus einem Comic aussehen ließ, vor ihnen. Er wirkte gelassen, was Chloe hoffen ließ, dass er ihnen nichts Gravierendes mitzuteilen hatte.

»Ich muss mich kurz fassen«, begann er. »Denn ich muss zurück zu Leonard, aber wie ich gehört habe, warst du, junge Dame, dabei und hast gesehen, was passiert ist?«

Tante Susan verstärkte den Druck ihres Arms. Chloe schluckte und nickte.

»Kannst du mir davon erzählen? Manchmal hilft es, zu wissen, wodurch eine Verletzung entstanden ist. Ganz eindeutig ist zum Beispiel, dass er einen heftigen Schlag bekommen hat. Hat jemand ihn geschlagen?«

Chloe schüttelte den Kopf. Sie wollte nicht darüber sprechen, aber wenn es Llew helfen würde, musste sie … »Es war ein Felsbrocken.«

»Ein Felsbrocken? Und wie das?«

»Wir glauben, dass es eine Art Erdrutsch gegeben hat«, warf Onkel Harry ein und sah dabei aus, als könnte er es selbst kaum glauben.

»Einen Erdrutsch? In *Tenby*?« Der Arzt sah Chloe an.

»Ja«, erwiderte sie. »Die Klippen … begannen zu rutschen und Llew kaum auf mich zu gerannt. Er geriet in eine Lawine. Sie bestand aus Erde und Gestrüpp, aber es waren auch ein paar Steine dabei. Er stürzte und ich sah … ich sah einen Felsbrocken, etwa so groß, von ihm abprallen. Ich dachte, er hätte ihn am Kopf getroffen.«

»Ah, ich verstehe. Nein, er traf ihn im Nacken.«

»Oh! Das ist gut! Das ist doch gut, nicht wahr«, fragte Chloe unter Tränen.

»Ja und nein. Wir glauben, dass sein Rückgrat beschädigt wurde, und Verletzungen im Nacken können den Gebrauch von Armen und

Beinen beeinträchtigen. Es ist allerdings noch zu früh, um zu sagen, welche Auswirkungen es haben wird. Morgen wissen wir mehr. Es hängt viel davon ab, ob während der nächsten Stunden wieder ein Gefühl in seine Gliedmaßen zurückkehrt.«

»Leonard kann seine Arme und Beine nicht spüren?«, rief Tante Susan entsetzt.

»Im Moment nicht. Aber er ist erst seit Kurzem wieder bei Bewusstsein und hat ein großes Trauma erlitten. Wie gesagt, es ist noch zu früh.«

»Kann ich ihn sehen?«, fragte Chloe. »Bitte! Ich bin seine beste Freundin.«

»Das kann ich jetzt leider nicht erlauben. Leonard braucht absolute Ruhe, und ich muss noch weitere Untersuchungen vornehmen. Bitte machen Sie es sich bequem, soweit das möglich ist.«

Als er ging, richtete Chloe sich auf. Die drei sahen einander an.

»Er lebt!«, sagte Onkel Harry. »Das ist das erste Wunder. Das ist ganz großartig. Wir können dankbar sein.«

»Aber was ist, wenn er nie wieder laufen kann?«, flüsterte Chloe. »Ach Onkel Harry, was ist, wenn er nun seine Beine verliert?«

»Das wird er nicht«, befand ihr Onkel voller Überzeugung. »Er ist jung und kräftig, und wir haben bereits bessere Nachrichten, als wir uns erhoffen konnten. Der Schaden wird nicht allzu groß sein.«

Chloe zog den Kopf ein. Onkel Harrys gütige blaue Augen waren im Moment zu viel für sie. Sie hatte das Gefühl, eine unverdiente Atempause bekommen zu haben. Der Arzt hatte nicht gefragt, *warum* Llew zu ihr gerannt war, ausgerechnet während eines Erdrutsches. Er war Arzt, kein Polizist: Ihn interessierten nur die Fakten, die Llews körperlichen Zustand betrafen. Aber Chloe ... Chloe kannte die ganze Geschichte. Sie wusste nur nicht, wie sie sie jemandem erzählen sollte. Wenn Llew verletzt war, oh, wenn Llew ihretwegen seine Beine verlor, nie wieder laufen oder schwimmen oder durch Tenby streifen konnte ... dann wollte sie sterben.

NORA

Es war zu spät, Jones noch an diesem Abend zurückzurufen. »Oh Gott, ich hoffe, er glaubt jetzt nicht, ich wolle ihn nicht sprechen.« Dieser Gedanke quälte sie während der ganzen Heimfahrt.

»Er wird sich denken, dass du beschäftigt bist«, beruhigte Logan sie. »Entspann dich, Liebes, du kannst ihn am Morgen anrufen.«

Sie wusste ja, dass er recht hatte, spielte aber die Nachricht während der Fahrt noch zwei Mal ab – und noch einmal, bevor sie zu Bett ging – und versuchte dabei jede Nuance seines Tonfalls zu erfassen. Dass er aufgeregt war, war nicht zu überhören. Seine Worte waren höflich und professionell, Worte eines Mannes, der es gewohnt war, mit allen möglichen Menschen Umgang zu pflegen. Sein Ton war der eines kleinen Jungen, der es nicht erwarten kann, dass endlich Weihnachten ist. Oder Sommer.

Logan blieb nicht über Nacht. Sie wollten beide zeitig aufstehen, Logan, um Molly mit den Kindern zu helfen – Andy war weg –, und Nora, um Jones anzurufen.

»Gut möglich, dass er sich morgen gar nicht mit mir treffen kann«, spekulierte Nora. »Er wird sicher eine Menge zu regeln haben, jetzt, da er zurück ist. Oh Gott, Logan, ich werde heute Nacht nicht schlafen können.«

»Du wirst ihn morgen sehen«, prophezeite Logan ihr. »Wenn dieser Mann einfach so den weiten Weg nach Tenby auf sich genommen hat, dann wird es für ihn nichts Wichtigeres geben. Beruhige dich, mein Schatz, sei einfach ganz gelassen.«

Leichter gesagt, als getan, überlegte Nora, als sie, das Nachbeben seiner Küsse noch auf ihren Lippen, die Haustür aufschloss. Und sie konnte es nicht mal Kaitlin erzählen, weil die heute bei ihren Eltern übernachtete. Typisch! Das hatte sie in letzter Zeit häufiger getan. Ein paar Mal hatte Nora sich sogar eingebildet, sie nachts weinen zu hören, doch als sie sie darauf ansprach, hatte Kaitlin es immer abgestritten. Trotzdem blieb Nora bei ihrer Überzeugung, dass sie nicht so vollständig über Milo hinweg sein konnte, wie sie es behauptete. Wenn man mit jemandem zusammengelebt hatte, waren ein paar Monate nicht viel. Und egal, wie alt man war, nichts war Tröstlicher, als bemuttert zu werden.

Gut, es war 23:15 Uhr. Eine vernünftige Zeit, um schlafen zu gehen. Sie musste wirklich versuchen, Schlaf zu finden. *Musste* es versuchen.

Der nächste Morgen war ein Tenby-Morgen, wie er vollkommener nicht hätte sein können. Blauer Himmel, wogende See, im Sonnenlicht glänzende pastellfarbene Häuser. Wie auf einer Kinderzeichnung. Nora wurde früh wach und setzte sich dann mit einer Tasse Tee auf die Fensterbank. Wann konnte sie frühestens anrufen? In seinem Alter waren viele Frühaufsteher. Aber andererseits war er Künstler ... Plötzlich sprudelte sie über vor Aufregung. Sie würde *Jones* treffen! Endlich würde sie dem Mann begegnen, der ihr den Sommer in Tenby ermöglicht hatte, der diese hinreißenden Bilder gemalt und einst *der allerbeste Freund auf der ganzen Welt* ihrer Mutter gewesen war!

Sie zwang sich, eine kleine Schale Müsli zu essen, zu duschen ... und dann, um zehn Minuten nach neun, rief sie ihn an.

Er nahm beim dritten Klingeln ab.

»Hallo, ist dort Jones? Ich meine Mr Jones? Hier ist Nora Banquist. Ich hoffe, ich rufe nicht zu früh an. Ich habe Ihre Nachricht erst gestern spät abends erhalten ...«

»Nora! Wie schön. Möchten Sie frühstücken?«

»Oh ja! Das heißt, ich habe schon gegessen, aber ich trinke gerne noch einen Kaffee mit Ihnen. Wollen Sie herkommen? Ins Haus, in Ihr Haus?«

»Nein, nein, ich möchte nicht stören. Was halten Sie von einer Einladung ins The Cabin? Dort gibt es den besten Kaffee von ganz Tenby. Und wenn Sie Appetit verspüren und ein zweites Frühstück möchten, wie ich das nur von ganzem Herzen befürworten kann, seit ich *Der Herr der Ringe* gesehen habe, gibt es dort auch großartiges Essen.«

Nora grinste. Es war, als plante man, einen alten und sehr lieben

Freund zu treffen. »Ich liebe The Cabin. Und ich würde mich auch zu einem Bagel hinreißen lassen. Wann passt es Ihnen?«

»Jetzt gleich? In zehn Minuten?«

»Hervorragend.«

Froh, bereits angezogen und abmarschbereit zu sein, brachte sie Logan mit einer Textnachricht auf den neuesten Stand, nahm ihre Tasche und rannte los. Kaitlin hatte sie nicht informiert, obwohl sie es gern getan hätte. Aber sie wollte sie nicht unnötig wegen des Hauses beunruhigen. Auch wenn sie nun, nachdem sie mit Jones gesprochen hatte, nicht mehr davon ausging, dass Grund zur Sorge bestand.

Sie stürmte in The Cabin und sah sich um. Er war unverkennbar, selbst wenn sie sein Foto in der Galerie nicht gesehen hätte. Er erhob sich, sobald er sie bemerkte. Er war sehr groß und ging nur leicht gebeugt. Seine graue Haarmähne stand nach allen Seiten ab, der Blick seiner gold-braun-grünen Augen war stechend. Er trug Jeans und ein weißes Hemd und um seinen Hals einen gestreiften Schal aus indischer Baumwolle. Er sah aus wie jemand, den sie unter allen Umständen gern kennengelernt hätte, überlegte Nora.

»Nora.« Er schritt auf sie zu und schüttelte ihr mit beiden Händen die Hand. »Wie schön, Ihnen zu begegnen, meine Liebe. Danke, dass Sie gekommen sind. Danke.«

»Nein, ich habe *Ihnen* zu danken!«, protestierte sie. »Es ist so wunderbar ... aus vielen Gründen! Es gibt so vieles, was ich Sie fragen möchte, dass ich gar nicht weiß, wo ich anfangen soll!«

»Mir geht es genauso. Wollen wir uns nicht setzen? Vielleicht bestellen wir erst mal und widmen uns dann dem gegenseitigen Kennenlernen?«

Noras Appetit war mit aller Macht zurückgekehrt. Sie bestellte Croissants und Knuspermüsli mit Joghurt und Beeren und einen Becher Kaffee. Jones bestellte das walisische Frühstück und einen Becher Paned-Cymreig-Tee. Als das erledigt war, sahen sie einander gewissermaßen verwundert an.

»Ich habe das Gefühl, Sie zu kennen«, murmelte er voller Rührung. »Sie sind ihr so ähnlich.«

Nora lachte. »Bin ich nicht. Da wäre schon mal die Statur, ich bin das Zehnfache von ihr!«

Er schüttelte den Kopf. »Ihr Scheitel und wie Ihre Haare fallen, Ihr zartes Kinn und das liebliche Lächeln. Am liebsten würde ich gleich loslegen und Ihnen tausend Fragen stellen«, sagte er, »aber das wäre sehr unhöflich. Sie zuerst.«

»Okay. Nun, als Erstes möchte ich mich bei Ihnen noch mal bedanken, dass Sie uns so großzügig das Haus überlassen haben.«

»Nora, Sie haben sich schon bedankt. Viele Male! Sie beide.«

»Ja, aber Sie verstehen das nicht. Wir haben beide so viel ... Also, wir brauchten beide wirklich etwas Glück, wissen Sie? Und das haben Sie uns verschafft. Das bedeutet uns unendlich viel. Aber jetzt sind Sie wieder da und wollen doch sicherlich wieder in Ihr Haus zurück! Wofür wir natürlich vollstes Verständnis hätten ...«

»Gott gütiger, nein, Nora! Da können Sie ganz beruhigt sein. Unsere Übereinkunft zu brechen, wäre wirklich das Letzte, was ich tue. Sie müssen bleiben, so lange wir vereinbart haben.«

»Der neunzehnte September«, erinnerte Nora ihn. Das Datum war in ihr Gedächtnis eingebrannt.

»Dann bis dahin. Ich werfe Sie nicht raus.«

»Aber ... es muss doch unbequem für Sie sein, zu Hause und doch nicht zu Hause zu sein! Wo wohnen Sie denn?«

»Über dem Three Bells gibt es ein Zimmer. Ach, nicht doch, das ist schon gut so«, ergänzte er, als er ihr bestürztes Gesicht sah. »Ich bin etwas ungewöhnlich, Nora, war es schon immer. Sie können mir glauben, ich bin das Wanderleben gewohnt. Was ich aber wirklich möchte, ist ... nun, das hier. Einfach mit Ihnen reden. Ihre Mutter ... ist sie wohlauf?«

»Es geht ihr gut, Mr Jones. Sie amüsiert sich derzeit bestens bei einer Freundin in Italien.«

»Und Ihr Vater? Ist er bei ihr?«

»Oh nein, mein Vater hat uns verlassen, als ich ein Jahr alt war. Wir haben ihn seit neununddreißig Jahren nicht mehr gesehen.«

»Was für ein Narr. Das tut mir aufrichtig leid, Nora.«

»Ach, nicht nötig. Ich habe ihn nie kennengelernt, und Mum und ich kamen gut miteinander zurecht. Sogar bestens. Und Mum ... Also ich glaube ehrlich gesagt nicht, dass sie ihn sehr vermisst hat. Ich bin mir sicher, dass sie ihn liebte, aber ich denke, dass es nicht die *wahre* Liebe war, verstehen Sie?«

»Ich verstehe.« Er nickte, seine Augen warm und wach. Er war so weit von dem tatterigen, verwirrten Ruheständler entfernt, als den ihn seine Tochter beschrieben hatte, dass Nora am liebsten laut gelacht hätte.

»Und jetzt? Ist sie wieder verheiratet?«

»Nein, es gab niemanden mehr. Immer nur ich und meine Mum.«

»Verstehe.« Dabei spiegelte sein Gesicht eine ganz außergewöhnliche Mischung aus Erleichterung, Unglauben, Schmerz und Hoffnung. Sie fragte sich, ob es richtig war, so mit einem Fremden über ihre Mutter zu sprechen, aber instinktiv vertraute sie ihm. »Und bitte«, ergänzte er mit einem breiten, freundlichen Lächeln, »nennen Sie mich nicht Mr Jones. Nennen Sie mich Leo. Oder wenn Sie möchten, können sie mich auch Llew nennen.«

CHLOE

Drei Wochen nach dem Unfall lag Chloe zusammengerollt auf dem Sofa im Wohnzimmer von Kite Hill und trug noch immer denselben Pullover von Onkel Harry. Seit nunmehr drei Wochen war es Chloe ständig kalt gewesen. Sie wollte Tenby nicht verlassen. Mr Jones untersagte es ihr, Llew im Krankenhaus zu besuchen, deshalb bestand sie darauf zu bleiben, bis sie nach Hause kamen.

»Sie steht unter Schock, die Arme«, sagten die Nachbarn. »Die waren so dick miteinander und jetzt weiß keiner, was aus dem Jungen wird. Und Mr Jones ist verrückt vor Kummer! Wie kommt er dazu, einem jungen Mädchen die Schuld zu geben, wo es doch eine Naturkatastrophe war und Leonard tollkühn wie immer? Eine Tragödie, aber niemandes Schuld. Aber Mr Jones war schon immer ein bisschen wunderlich. Und seine Frau hat ihn verlassen ...«

Aber Chloe kannte die Wahrheit. Er hatte recht, ihr die Schuld zu geben, sie war schlecht – Michael hatte es gesagt und Mr Jones sagte es auch. Sie hatte Llews Liebe nicht verdient. Sie war so eitel und verblendet gewesen, mit Iestyn auszugehen – wohl wissend, wie sehr sie Llew damit verletzte, Iestyn als die passendere Wahl anzusehen, ohne richtig wertzuschätzen, was für sie das Kostbarste auf der Welt war. Dass sie *Michael* nicht ermutigt hatte, stand für sie fest, aber sie war für ihre Oberflächlichkeit und Selbstsucht bestraft worden – und Llew gleich mit.

Es hatte Gerüchte über Michael gegeben. An jenem fürchterlichen Abend war er mit Annie Williams ausgegangen. Annie habe tagelang auf Wolke sieben geschwebt, wie ihre Mutter Tante Susan erzählte, vernebelt wegen seines hübschen Gesichts, wie alle Mädchen, aber jetzt wolle sie ihn nicht mehr sehen. Er sei, als der Abend zuneige ging, recht eindeutig geworden, wie Annie berichtete. So eindeutig, dass sie es mit der Angst bekommen hatte. Sie habe ihn weggestoßen und sei dann nach Hause gerannt, woraufhin er nachts allein The Croft entlanggewandert sei. Und dabei sei Annie doch immer so ein gutes, höfliches Mädchen gewesen. Ihre Angst musste wirklich groß gewesen sein, um so etwas zu tun. Was war da in Michael gefahren? Vielleicht war ihm zu Kopf gestiegen, dass er so gefragt und beliebt war, und er hatte darüber verlernt, ein Nein als Antwort zu akzeptieren. Tante Susan sagte nicht viel dazu.

Chloe hörte das Gespräch aus dem Nebenzimmer mit. Nun wusste sie also, was er so spät am North Beach gemacht hatte. Er war wohl wegen Annie wütend und frustriert gewesen und dann auf sie gestoßen, wie sie ganz allein dasaß ... Nachts im Dachbodenzimmer schreckte sie aus ihren Träumen in dem Moment hoch, wenn das Armpaar sie von hinten umschlang und heißer Atem über ihre Haut strich. Das alles vermischte sich mit Träumen von herabregnender Erde, die Llew, Chloe, Megan oder Iestyn begrub. Das Opfer war jede Nacht ein anderes, aber immer jemand, der Chloe am Herzen lag, und immer war es Chloes schuld. Wenigstens konnte dort oben unter dem Dach keiner ihr Schluchzen hören.

Sie kaute an ihren Fingernägeln. Heute kam Llew aus dem Krankenhaus nach Hause und sie würde ihn besuchen, egal, ob das Mr Jones passte oder nicht. Was konnte er dagegen tun? Sie für immer voneinander fernhalten? Sie *musste* ihn sehen, musste ihm versichern, dass alles gut werden würde. Und ... sie musste ihm auch noch sagen, dass sie ihn liebte. Diesen Gedanken hatte sie den ganzen Abend über im Herzen getragen, als sie mit Iestyn zusammen war, während der schrecklichen Zeit mit Michael und als sie Llew durch die Wolke herabfallender Erde auf sie zu rennen sah. Sie musste es ihn wissen lassen. Denn das wäre sicherlich etwas, woran er sich in dieser schlimmen Zeit festklammern konnte. Noch immer wusste sie nicht, zu welchem Befund der Arzt gelangt war. Vielleicht war es letztendlich doch nicht so schlimm und sie könnten schon bald wieder zur Normalität zurückkehren. Oder ...

All die Ängste, Arbeit zu finden und das Zuhause zu verlassen, dazu die Frage, ob sie weiterhin ihre Ferien in Tenby verbringen konnte – all das war so klein und bedeutungslos geworden. Erwachsenwerden war etwas *Gutes*, weil es bedeutete, dass sie richtig zusammen sein konnten. Und das wünschte sich Chloe mehr als alles andere. Aber Llew wusste nicht einmal, dass sie sich das wünschte.

Sie fuhr zusammen, als die Haustür zuschlug, in letzter Zeit war sie schreckhaft wie ein Häschen. Dann platzte Megan in ihr Zimmer. »Er ist zu Hause«, sagte sie ohne Umschweife. »Leonard ist wieder zu Hause.«

»Wie das?«, fragte sich Chloe, erhob sich und sah sich um, als rechnete sie damit, in einer Ecke Mr Jones zu sehen, der anklagend seinen Finger auf sie richtete. »Mr Jones hat deinem Dad gesagt, er werde nicht vor der Teestunde zurück sein.«

Megan zuckte die Achseln. »Das mag ja sein, aber ich habe ihn gesehen, Chloe, ich schwör's. Ein Taxi ist vor ihrem Haus vorgefahren und Mr Jones hat ihn hineingetragen. Und ich bin sofort hierhergekommen, um es dir zu sagen.«

»Vielen Dank, Megan.«

Sie flog zu den Jones. Seit dem Unfall verließ sie nun zum ersten Mal wieder ohne Begleitung das Haus. Ihr Herz schlug bis zum Hals, und das nicht nur wegen der Anstrengung. Alle Farben schienen sich verändert zu haben – waren grell und schrill – und die Geräusche lauter. Dies war eine Welt, auf die der Himmel herabfallen konnte, wo Menschen, die sie liebte, erdrückt werden konnten, wo Männer sie ansahen und ihre Absichten und Gefühle völlig falsch deuteten. Nichts war mehr sicher.

Llews Vater öffnete die Tür. Er sah mitgenommen aus. »Was willst du denn hier?«, wütete er. »Du bist nicht erwünscht. Wir sind gerade erst angekommen, ich muss mich um Leonard kümmern.«

»Bitte, Mr Jones. Es tut mir leid, wenn es der falsche Zeitpunkt ist. Aber ich habe doch gewartet und gewartet, ich muss ihn sehen, ich *muss*.«

»Es geht immer nur um dich, was? Dieser Junge hat immer an dich gedacht. Das Problem ist nur, dass du auch immer nur an dich denkst. Aber das ist vielleicht nicht das Beste für *ihn*. Hast du darüber schon mal nachgedacht? Kümmert dich das überhaupt?«

»Natürlich kümmert es mich. Es ist das Beste für ihn. Llew würde mich sehen wollen. Ich habe ihm was Wichtiges zu sagen. Und ich muss erfahren, was die Ärzte gesagt haben. Bitte, Mr Jones, Sie können das nicht immer geheim halten! Sie wissen doch, wie sehr ich ... wie wichtig mir Llew ist.«

Er sah sie angewidert an. »Lass uns in Ruhe, Mädchen. Geh nach Hause!«, sagte er und schlug ihr die Tür vor der Nase zu.

Chloe stand an der Türschwelle. Die Panik, die seit jener Nacht immer wieder über sie gekommen war, drohte sie erneut einzuhüllen. Ihr Atem veränderte sich und ihr schwindelte, gleich würde der Himmel schwarz werden … Sie konnte nicht zulassen, dass das hier geschah, sie durfte nicht hier auf der Schwelle zusammenbrechen. Ohne zu überlegen, stieß sie die Tür auf. Die Küche war leer, aber sie hörte Stimmen im Wohnzimmer. Sie trat ein.

»Was zum Teufel soll das?«, schäumte Mr Jones. »Ich hab dir gesagt, du sollst gehen! Du kannst hier nicht einfach reintanzen, als würdest du hier wohnen. Sieh zu, dass du nach Hause kommst, oder ich spreche mit deinem Onkel, dass er dich von hier fernhalten soll.«

»Bitte!«, keuchte Chloe und lehnte sich Halt suchend an die Wand. »Bitte, Llew!«

»Lass sie hierbleiben, Dad«, hörte sie Llews ruhige Stimme vom Sofa. »Es ist schon in Ordnung.«

Mr Jones warf einen gequälten Blick auf seinen Sohn. »Du willst sie also noch immer sehen, selbst jetzt noch, nach allem, was passiert ist?«

»Natürlich. Sie kann doch nichts dafür, Dad. Und wir müssen es ihr sagen. *Ich* muss es ihr sagen. Gibst du uns bitte etwas Zeit dafür?«

Mr Jones sah Llew lange an, machte seinem Abscheu Luft und verließ dann den Raum.

Chloe näherte sich auf wackeligen Beinen dem Sofa. Allein Llews Anblick half ihr, sich zu konzentrieren, als wäre ein beschädigter Kompass plötzlich wieder funktionsbereit.

»Hol dir einen Stuhl«, forderte er sie auf.

Sie setzte sich neben ihn und fragte sich, wie sie ihn jetzt anfassen sollte. Decken türmten sich auf ihm, verhüllten seine Gliedmaßen. Sie beugte sich vor, um ihm einen Kuss auf die Wange zu geben, und da war wieder der vertraute Geruch.

»Oh Llew!«, seufzte sie. »Oh Llew, endlich!« Sie fiel auf ihre Knie, der Stuhl war vergessen, und fing an zu weinen. Er regte sich nicht, um sie zu berühren, und als ihre Tränen endlich versiegten, blickte sie zu ihm auf und stellte sich die beängstigende Frage, ob er es womöglich gar nicht konnte.

»Llew geht es …?« Sie konnte doch nicht fragen: *Geht es dir gut*? Das wäre absurd. »Wie geht es dir?«, fragte sie schließlich. »Ich meine, was hat der Arzt gesagt? Wie steht es um dich?«

Unter der Decke bewegte sich etwas, und langsam streckte er eine Hand nach ihr aus, die Finger blass, als sie auftauchten. Chloe ergriff seine Hand und hielt sie fest umklammert. »Ich habe dich so sehr vermisst«, murmelte sie. »Habe mir solche Sorgen gemacht. Oh Llew, du hast ja keine Ahnung. Bitte erzähl mir alles. Ich möchte nie wieder so lange von dir getrennt sein.«

Er sah sie merkwürdig an. »Aber das werden wir sein, Chloe. Du wirst nach Hause fahren und alles ist nun anders. Warum *bist* du eigentlich noch nicht zu Hause? Du solltest inzwischen doch schon dort sein.«

»Wie kannst du das fragen? Ich bin deinetwegen geblieben. Ich habe gewartet und gewartet. Ich wollte nach Cardiff kommen und dich besuchen, aber dein Dad –«

»Er hielt es für das Beste. Der Arzt meinte, ich hätte einen schlimmen Schock erlitten und werde sehr lange brauchen, mich an alles zu gewöhnen.«

»Ich verstehe. Aber ich konnte nicht nach Hause, Llew. Und ich werde auch jetzt nicht zurückfahren. Ich werde bei Tante Susan bleiben und wir werden zusammen sein und das gemeinsam durchstehen.«

»Chloe«, sagte er sanft. »So wird es nicht sein. Die Ärzte haben gesagt …« Der Schatten, der über sein blasses, hageres Gesicht huschte, war so groß, dass es Chloe fröstelte. Er kämpfte gegen seine Tränen an. »Die Ärzte haben gesagt, dass ich nie mehr werde laufen können. So, jetzt habe ich es dir gesagt. Ich habe jetzt ein anderes Leben vor mir.«

Chloes Körper erstarrte zu purem Eis. »Llew«, flüsterte sie. »Ist das wirklich wahr? Das haben sie gesagt?«

Er nickte. »Ja, und sie sagten, dass viele behinderte Menschen ein ziemlich erfülltes und fast normales Leben führen können«, sagte er verbittert. »Aber ich wollte nie das Normale, Chloe, ich wollte das Außergewöhnliche. *Ziemlich erfüllt*. Das ist das Beste, worauf ich hoffen kann. Oh, keine Sorge, ich komme schon klar. Du kennst mich, ich komme immer klar. Aber Doktor Meredith hatte recht. Es wird wohl eine Weile dauern, bis ich mich daran gewöhnt habe.«

»Es tut mir so leid, Llew. So unendlich leid. Aber sind sie sich da auch sicher? Ich meine, auch Ärzte können sich irren. Kannst du keine zweite Meinung einholen?«

»Habe ich. Dad hat sich natürlich sofort darum gekümmert. Die lautete genauso. Erklärt wird es mit den Spinalnerven und den unterschiedlichen Verletzungen, zu denen es kommt, wenn verschiedene Rückenwirbel beschädigt sind. Bei mir gab es zwei Verletzungen: zervikal – das ist der Hals – und am unteren Rücken. Wenn sich in den ersten paar Tagen eine Art von Gefühl einstellt, ist das ein gutes Zeichen für eine Genesung. In meinen Armen hatte ich etwas Gefühl und siehst du! Schau, was ich jetzt wieder kann!« Er hob seine Hand um wenige Zentimeter und lächelte schief. »Umwerfend, nicht wahr? Aber meine Beine sind eine andere Geschichte. Ich werde im Rollstuhl sitzen, Chlo. Alles ist vorbei.«

Sie war wieder den Tränen nah, blinzelte sie aber zurück, weil das keine Hilfe für Llew wäre. »Es *kann* doch nicht alles vorbei sein. Ich weiß, dass es sich jetzt so anfühlt, aber wir lassen das nicht zu. Ich weiß nicht, wie ich das sehen würde, wenn ich betroffen wäre ...«, sie hielt inne, »aber ich weiß, dass wir das durchstehen können und du wieder glücklich sein wirst, mein Liebster.«

Sollte er ihr Kosewort bemerkt haben, das sie vorher noch nie benutzt hatte, sagte er nichts dazu. »Aber es ist nicht dir passiert, Chloe. Es ist mir passiert.«

»Ich weiß, ich wollte auch nicht –«

»Du bist aufgewühlt, das weiß ich. Danke für deine Fürsorge. Aber ich bin damit allein, Chloe, immerhin allein mit Dad.«

»Das bist du nicht, ich werde immer für dich da sein. Wir werden einen gemeinsamen Weg finden und nach und nach wird alles besser werden.«

»Chloe, hier geht es nicht um Windpocken.«

Das traf sie. »Das weiß ich! Ich bin doch nicht dumm.«

»Nein, das bist du nicht. Ich glaube nur nicht, dass du weißt ... Ich meine, ich hatte jetzt eine Woche, um mich damit auseinanderzusetzen, und dennoch –«

»Es wird länger dauern als eine Woche, natürlich wird es das. Aber ich weiß, was ich sage, Llew. Das ist mit ein Grund, weshalb ich hier bin. Ich muss dir was sagen. In jener Nacht ... der Nacht, als es passiert ist ...«

»Ja? Ist mit dir alles in Ordnung? Als ich sah ... als ich ihn auf dir sah und du schriest ... Ich konnte nichts anderes sehen, Chloe, ich konnte nichts anderes hören. Auch wenn nicht nur die Klippen, sondern der Himmel selbst herabgefallen wäre, hätte ich das nicht mitbekommen. Er hat dir nicht wehgetan, oder? Ich bin doch nicht etwa zu spät gekommen?«

»Oh Llew, es war schrecklich, einfach nur *schrecklich*. So große Angst hatte ich noch nie, und ich dachte, es sei das Ende. Dann glaubte ich, dich verloren zu haben, und das war noch schlimmer. Aber nein, er hat mir nichts getan, obwohl er es vorhatte. Du hast mich gerettet, Llew, du hast mich gerettet, und es ist alles meine Schuld, dass dir das passiert ist.«

»Es ist nicht deine Schuld. Du hast mich nicht gebeten, nach dir zu sehen. Du hast diesen Mistkerl nicht gebeten, über dich herzufallen. Ach Chloe, ich muss immer daran denken, dass ich ihn, sobald ich wieder auf den Beinen bin, richtig vermöbeln werde. Aber ich werde wohl nie mehr auf die Beine kommen. Ich werde ihn nie dafür bestrafen können, dass er versucht hat, dich zu ...«

»Und das ist auch gut so«, erwiderte Chloe, um einen lockeren Ton bemüht. »Es war niederträchtig, Llew, aber es ist nicht deine Aufgabe, ihn zu bestrafen. Du hast schon genug getan, du hast das Entscheidende getan, indem du dafür gesorgt hast, dass es gar nicht erst geschehen konnte. Ich verdanke dir alles. Danke.«

Er löste seine Hand aus ihrer und hob sie wieder, versuchte ihr Gesicht zu erreichen, aber er kam nicht ganz dran, also neigte sie ihren Kopf, damit er mit seiner Hand ihre Wange berühren konnte. »Ich bin so froh«, flüsterte er. »So froh. Ich wünsche mir nur Gutes für dich, Chloe.«

»Und ich dir. Und das werden wir haben, Llew, auf die ein oder andere Weise. Es ist vielleicht nicht das Leben, das wir uns vorgestellt haben, aber wir werden einen Weg finden, damit es gut wird.«

»Aber das ist *mein* Kampf, Chloe. Ich habe es dir doch bereits gesagt. Du bist so klug und schön ... Nur Gutes für dich. Und das mit mir, das wäre nichts Gutes. Ich möchte nicht, dass du Teil davon bist.«

Sie schnaubte. »Ich bin bereits Teil davon – und zwar für immer. Das war es, was ich dir sagen wollte. In jener Nacht, bevor ... alles passierte ...«

Sie räusperte sich. Es kam ihr vor wie ein anderes Leben, in dem nichts klar war und man alles verlieren konnte.

»Da ist mir etwas klar geworden, Llew, was ich schon lange Zeit gewusst habe, ohne zu *wissen*, dass ich es wusste, weil ... na ja, vermutlich, weil ich jung bin und manchmal auch nicht allzu klug. Ich liebe dich. Nicht nur als einen Freund, Llew. All die Träume, die ich von der Liebe und einem Heim und einem wunderbaren Ehemann hatte, das bist *du*. Ich saß da und es dämmerte mir und dann fragte ich mich, wie ich je so verwirrt hatte sein können. Es ging immer nur um dich und das wird sich nicht ändern, nicht jetzt, niemals. Ich hatte in jener Nacht vor, zu dir zu kommen und es dir zu sagen. Aber dann ... Egal, ich sage es dir *jetzt*. Ich liebe dich und ich weiß, du bist jung, aber das wirst du nicht immer sein, wie du mir immer sagst, und so werde ich auf dich warten, Llew Jones. So, jetzt weißt du das.«

Sie richtete sich auf ihren Knien auf und küsste ihn auf den Mund, sanft, aber entschlossen, und sank dann zurück, um sein Gesicht zu sehen. Tränen standen in seinen Augen und seine Haut war von zarten braunen Sommersprossen gesprenkelt. Seine Brust hob und senkte sich schnell und der Ausdruck seiner goldenen Augen spiegelte die widersprüchlichsten Gefühle. Er sagte nichts.

»Llew? Verstehst du, was ich sage?«

Er nickte.

»Dann sag doch was!«

»Oh Chloe«, begann er. »Es tut mir so leid. Es war sehr mutig von dir, mir das zu sagen, aber ... Verzeih. Ich empfinde nicht dasselbe. Ich liebe dich nicht. Nun, natürlich tue ich das, aber nicht so. Zugegeben, ich glaubte, es zu tun. Aber in diesem Alter ist das verwirrend. Wir waren immer zusammen und du bist so schön ...« Seine Augen ruhten forschend auf ihrem Gesicht, als wäre er ein Künstler, der eine Skizze anfertigt. »Aber wir sind Freunde, mehr nicht. Das ist mir klar geworden, als ich im Krankenhaus lag. Aber du wirst damit zurechtkommen, Chlo, das wirst du doch? Du wirst jemand anderen kennenlernen, warte nur ab.«

»Aber ich *will* niemand anderen! Llew! Ich habe gespürt, was zwischen uns ist. Wir bedeuten einander so viel, wie uns sonst niemand bedeutet. Wir kennen uns in- und auswendig. Wir sind so glücklich, wenn wir zusammen sind! Das geht *nicht* nur mir so!«

»Doch. Es tut mir leid.«

»Das sagst du jetzt nur wegen des Unfalls. Entweder, du bist so durcheinander, dass du gar nicht weißt, was du sagst, oder du versuchst, mich zu beschützen, weil du glaubst, ich könnte mit dir kein gutes Leben haben. Aber das werde ich, Llew. All die dummen Sachen, die mir früher was bedeutet haben, wie Tanzen und Kleider und Städte, die zählen kein bisschen mehr. Also triff du keine Entscheidungen für mich! Du weißt nicht, was mich glücklich machen wird.«

Er schloss die Augen. »Ich bin wirklich müde, Chloe, ich muss mich ausruhen. Das ist alles ein bisschen zu viel für mich, abgesehen davon, dass ich mich damit abfinden muss, nie wieder laufen zu können. Ich möchte nicht unhöflich sein, aber ich kann mich nicht auch noch damit befassen.«

Sofort bekam Chloe Schuldgefühle. Natürlich. Sie war so voller Überschwang und Hoffnungen gewesen, dass sie sich nicht überlegt hatte, ob es auch der richtige Zeitpunkt war. Bestimmt gingen ihm tausend Gedanken durch den Kopf. Kein Wunder, dass er verwirrt war. Sie war niedergeschmettert ... aber sie durfte ihn nicht weiter bedrängen. Llew hatte genug, womit er fertig werden musste.

Sie stand auf und beugte sich zu einem Kuss über ihn. Er drehte seinen Kopf so, dass sie nur seine Wange traf. »Jetzt ruhst du dich erst mal aus, Llew Jones. Ich werde dich morgen wieder besuchen. Ich werde dich auf deinem Weg begleiten. Das verspreche ich dir.« Sie zögerte und wünschte sich sehnlich, von ihm zu hören, dass er es sich anders überlegt hatte und sie sich an seiner Seite wünschte. Aber es kam nichts und so ging sie, noch immer auf wackeligen Beinen und innerlich aufgewühlt.

Mr Jones saß am Küchentisch und sie fragte sich, wie viel er wohl gehört hatte.

»Auf Wiedersehen, Mr Jones«, sagte sie. »Ich komme morgen wieder, um Llew zu besuchen.«

Aber er verfolgte nur mit verschleiertem Blick, wie sie das Haus verließ.

NORA

Nora schien es, als hätte sie sehr lange gesprochen, bevor Llew überhaupt zu Wort kam. Sie erzählte ihm von der unglücklichen Veränderung in der Beziehung zu ihrer Mutter, der rätselhaften Vision, die sie hierhergeführt, und dem Leben, das sie sich seitdem aufgebaut hatte. Sie hatte das Bedürfnis, sich ihm anzuvertrauen. Aber zugleich war da die Angst, die Enthüllungen über ihre Mutter könnten sie beide in einen Irrgarten führen.

Als sie schließlich zu Ende erzählt hatte, war Llew an der Reihe.

Er schloss für einen kurzen Moment die Augen, als würde er sich in die damalige Zeit zurückversetzen, und als er sie wieder aufschlug, lag darin so viel Zärtlichkeit, dass es Nora die Kehle abschnürte.

»Die erste Begegnung mit Ihrer Mutter«, begann er, »hatte ich 1950. Sie war zehn Jahre alt und ich war acht, eine Tatsache, die sie mir immer wieder unter die Nase rieb. Immer wieder sagte sie mir, ich sei ein Junge, ein Kind. Das war ich natürlich, nur fühlte ich mich nie wie eins. Meine Mutter verließ uns, als ich noch ganz klein war, und das war damals absolut unüblich. In unserer Stadt war ich das einzige Kind von Scheidungseltern. Bis Ihre Mutter kam, hatte ich niemand anderen. Wir waren arm, ich wurde in der Schule gehänselt und hatte keine Freunde. Aber ich hatte Dad, ich hatte Bücher und ich hatte die Fotografie, meine erste Liebe, aber nicht meine größte. Ich lag eines Tages bäuchlings mit meiner Kamera in den Dünen, als ich Schritte hörte, die sich rennend näherten. Doch bevor ich reagieren konnte, stolperte jemand über meine Knöchel und stürzte der Länge nach hin. Als ich mich umdrehte, sah ich das schönste Mädchen auf der ganzen Welt vor mir. Es setzte sich auf und sah mich wütend an, von Sand bedeckt und mit weißblonden Haaren bis hierher.« Er legte seine ausgestreckte Hand irgendwo kurz unterhalb des Herzens. »Sie hätte eine von der See ausgespuckte Meerjungfrau sein können.«

»Mum!«, hauchte Nora verwundert.

»Ihre Mutter, jawohl. Von dem Moment an waren wir Freunde. Wir hatten eine herrliche Zeit miteinander, Nora. Ich sehe, dass der Zauber von Tenby auch Sie in seinen Bann gezogen hat, aber ich wünschte, Sie hätten es damals sehen können. Es war eine freundliche Zeit, eine unschuldige Zeit.«

Er fuhr in seiner Erinnerung an die glücklichen Tage der Kindheit fort: die kleine Chloe aus Nant-Aur und Leonard Jones, der lokale Außenseiter. Nora hörte reglos zu, ihr Kaffee wurde kalt und sie trank stattdessen seine Worte. Er malte Bilder für sie, ohne einen Pinsel zu heben. Anfangs war es schwer, dieses blonde, sorglose Kind mit ihrer Mutter in Einklang zu bringen, aber während seines Erzählens erkannte Nora, dass sie gar nicht so viel anders als Jasmine war. Ihre Liebe gehörte schönen Kleidern und Büchern und dem Luxus, den sie entbehren musste. Sie träumte von London und Hollywood. Sie war warmherzig, mitfühlend, loyal und lustig. Die Wunder ihrer strahlenden Welt machte sie sich nicht nur freudig, sondern voller Begeisterung zu eigen.

Es war, als würden sich in Noras Seele zwei getrennte Schatten einander annähern, kurz davor, sich zu überlappen.

Schließlich sah er sich um, als wäre er überrascht, sich in der Gegenwart wiederzufinden. »Ich habe ein Kribbeln in den Beinen«, sagte er. »Das kommt vom langen Sitzen. Würde es Ihnen was ausmachen, mich auf einem Spaziergang zu begleiten, während ich Ihnen den Rest erzähle?«

Sie traten hinaus in den Sommermorgen und schlugen den Weg zum South Beach ein. Einem Impuls folgend, hakte Nora sich bei ihm unter, wie sie das auch bei ihrem eigenen Vater getan hätte, wenn die Dinge anders gelaufen wären.

»Natürlich war ich verliebt in sie«, gestand Jones. Llew. »Ich weiß nicht, wann es begonnen hat. Nein, das stimmt nicht. Ich weiß *genau*, wann es anfing – gleich im ersten Moment, als ich sie sah. Aber ein verliebter Achtjähriger ist nicht dasselbe wie ein junger verliebter Mann, ein reifer verliebter Mann oder ein alter verliebter Kauz ... In meinem Fall habe ich alle diese verschiedenen Formen der Liebe erfahren. Zufälligerweise ging es dabei immer um dieselbe Frau. Und das, obwohl ich sie seit sechsundfünfzig Jahren nicht mehr gesehen habe.«

»Sechsundfünfzig Jahre. Oh Llew. Aber ... Ihre Frau? Mrs Watkins Mutter? Ach Gott, ich kenne nicht mal ihren Vornamen. Warum ist Mum *weggegangen*? Hat sie Sie auch geliebt?«

»Glenda, meine Tochter heißt Glenda. Der Name ihrer Mutter war Sandra. Ich liebte meine Frau. Sie war tatsächlich das erste Mädchen, das ich je geküsst habe!« Er lächelte. »Sie war nicht aus Tenby, hatte aber Familie hier. Wir sind uns als Kinder einmal begegnet und sie hat Gefallen an mir gefunden. Viele Jahre habe ich sie nicht mehr gesehen, bis sie wieder in die Gegend kam. Wir haben uns gut verstanden. Anfangs hatte ich Bedenken zu heiraten, weil ich wusste, dass der größte Teil meines Herzens jemand anderem gehörte. Aber ich war ein guter Ehemann, sofern Treue und Freundlichkeit und finanzielle Sicherheit etwas zählen. Ich glaube jedenfalls, dass sie glücklich war. Etwas anderes hörte ich nie von ihr, und sie war keine, die mit irgendwas hinterm Berg hielt. Als sie starb, war sie erst siebenundfünfzig: Krebs. Wir hatten dreißig gemeinsame Jahre.« Weich schritten sie über den feuchten Sand und bahnten sich ihren Weg zwischen den blauen Schalen der Muscheln und den grauen und pfirsichfarbenen der Austern.

»Das tut mir leid, auch für Mrs Watkins. Es muss schwer gewesen sein für Sie beide.«

»Ja. Ich habe nicht wieder geheiratet – was nicht heißen soll, dass meine Ehe mir kein Vergnügen bereitet hätte. Aber da war immer eine Leere in meinem Herzen, die mir bewusst war, auch wenn Sandra sie nicht spürte. Ich wollte das nicht noch einmal erleben, denn nichts, egal wie gut es war, würde so sein, wie damals mit Chloe, das hatte ich gelernt.«

Nora ergriff seine Hand. »Das tut mir leid. Es bricht einem das Herz. Ich bin nicht verheiratet. Ich ... nun, es gibt da jetzt jemanden, aber das ist vermutlich zum Scheitern verurteilt. Ich weiß nicht, leicht wäre es jedenfalls nicht. Aber Mum hat auch nicht wieder geheiratet und sie war immer sehr ambivalent, wenn es um Liebe und Beziehungen ging ...«

Sie blieb abrupt stehen. Es lag auf der Hand, dass ihre Mutter von Llew schwer enttäuscht worden war. Dass sie sich nun für ihn erwärmte, war in Ordnung, denn jeder machte Fehler und es war alles lange her. Aber dennoch musste ihre Loyalität in erster Linie ihrer Mutter gelten. Plötzlich zweifelte sie dran, ob es richtig gewesen war, Kontakt zu ihm aufzunehmen. Ob ihre Mutter etwas dagegen hätte? Doch sie war so voller Ungeduld gewesen, das Geheimnis zu lüften, und so entschlossen, dieses wichtige Gespräch nicht mit Jasmine zu führen, solange sie in verschiedenen Ländern weilten. Ihr Blick richtete sich auf die rastlose blau-violette Weite des Ozeans und den Kornblumenhimmel.

Du darfst nicht auf die Liebe bauen, Nora. Jeder kann dich enttäuschen. Selbst die besten Absichten werden das Unglück nicht verhindern. Unglück. Ein starkes Wort. Was um alles in der Welt konnte den Bruch der idyllischen Freundschaft herbeigeführt haben, die Llew ihr beschrieben hatte? Nun, er war jetzt hier bei ihr. Also konnte sie auch weitermachen.

»Was ist denn passiert, Llew?«, fragte sie und sah ihm dabei in die Augen. »Was ging schief?«

CHLOE

Chloe lag die ganze Nacht wach, erschüttert von der Erkenntnis, dass die Sorge um sie selbst ebenso groß war wie die um Llew – weil er gesagt hatte, er liebte sie nicht. Niemals wäre ihr in den Sinn gekommen, er könnte nicht dasselbe empfinden wie sie. War sie so verblendet gewesen? Aber nein. Es ging um sie und Llew, das war alles: Magie. Und sie war nicht eitel, nur weil sie die Situation so einschätzte, wie sie war.

Womöglich sagte er das nur, um sie freizugeben. Aber da lag er völlig falsch. Das Leben, das sie gemeinsam hätten haben *können*, gab es nicht mehr, das sah sie ganz deutlich, mochte er denken, was er wollte. Aber *ein* gemeinsames Leben lag noch immer im Bereich des Möglichen, und das allein zählte. Natürlich musste man sich darüber Gedanken machen. Vielleicht müsste sie für den Lebensunterhalt sorgen, was sie in der Tat zu einem höchst ungewöhnlichen Paar machen würde. Aber Llew war an unkonventionelle Familienkonstellationen gewohnt, und obwohl Chloe behüteter war, könnte und würde sie sich anpassen. Mit Rat und Hilfe ihrer Mam.

Womöglich dachte er auch, dass sie es aus Barmherzigkeit tat. Ihr Vater erzählte manchmal von Männern, die in den Minen eine Verletzung davongetragen hatten. Danach, so sagte er, fühlten sie sich »weniger als Mann«. Das war ein Satz, den er immer benutzte, wenn jemand zu trinken anfing, auf seine fürsorgliche Frau losging, mürrisch und unerreichbar wurde. Und er stellte es dabei so hin, als würde auch er, wenn er in ihren Schuhen steckte, sich »weniger als Mann« fühlen. Das hatte Chloe nie verstehen können. Aber jetzt, da es um Llew und nicht um irgendeinen fernen Erwachsenen ging, konnte sie es ein wenig nachvollziehen. Sie wusste, dass Llew mit seinem Stolz und Ehrgeiz, sich ... jedenfalls weniger wie *Llew* fühlen würde. Es fiel schwer, ihn sich ohne seine Kamera vorzustellen, ohne sein sprunghaftes Umherziehen im Ort, das ihnen so viel bedeutete, sein quicklebendiges Springen von Felsen, über Klippen, in die Wellen …

Aber er musste darüber hinausblicken, *unbedingt*. Chloe kannte den Jungen – den jungen Mann –, der er unter diesen Gewohnheiten war. Sein Mut und sein Humor, sein Einfallsreichtum, seine große Weisheit, die über sein Alter hinauswies, würden ihm beistehen. Auch sein fröhliches Naturell. All diese Dinge machten Llew zu dem, was er war, ob er gehen konnte oder nicht. Aber das zu erkennen, fiel ihm gewiss nicht leicht, jedenfalls nicht sofort.

Am nächsten Morgen stand sie bei Sonnenaufgang auf und packte in der Küche etwas zu essen ein. Bestimmt hatte Mr Jones nicht an Essen gedacht, außerdem konnte er Llew ja auch noch nicht allein lassen. Sie selbst aß kein Frühstück – ihr Magen war wie zugeschnürt –, sondern schlich sich davon und lief zu Llews Haus.

Sie klopfte gar nicht an, denn sie wollte Mr Jones keine Gelegenheit geben, sie auszusperren. Sie trat ein und traf ihn im Pyjama am Küchentisch sitzend an, den Kopf in den Händen vergraben. Als sie eintrat, blickte er müde auf.

»Guten Morgen, Mr Jones«, sagte sie im sachlichem Ton ihrer Mutter, wie sie ihn nur gegenüber Ärzten und Lehrern anschlug. »Ich habe etwas zu essen für Sie und Llew mitgebracht. Möchten Sie vielleicht, dass ich Ihnen eine Tasse Tee koche, bevor ich zu ihm gehe?«

Sie wappnete sich für einen Kampf, aber er schüttelte nur den Kopf. »Geh nur. Er ist wach.«

Im Wohnzimmer war es wegen der zugezogenen Vorhänge dunkel und die Luft war abgestanden. Chloe ging davon aus, dass Llew nicht gewaschen worden war. Aber wie sollte Mr Jones das auch alles schaffen? Es gab so viele praktische Dinge, die geklärt werden mussten. Sie würde mit Tante Susan darüber reden und Chloe würde lernen, was zu tun war.

»Guten Morgen, Llew Jones«, sagte sie, zog die Vorhänge auf, küsste ihn zärtlich und gab ihm ein Butterbrötchen. »Ich kenne deinen Appetit und hab dir was zu essen mitgebracht.«

»Ich habe keinen Hunger.«

»Macht nichts, dann hebst du es dir für später auf. Aber nicht allzu lang, denn das Brötchen ist lecker und frisch. Ich habe die ganze Nacht über nachgedacht, Llew, und –«

»Könntest du bitte gehen, Chloe?«

»Aber das ist wichtig, Llew. Bist du müde? Ist es zu früh?«

Er seufzte und drehte mühsam seinen Kopf. Seine Position war noch die gleiche wie gestern, bestimmt war sie ihm unbequem. Sollte sie versuchen, ihn anders zu lagern? Aber sie wusste nicht, ob das auf eine bestimmte Art zu geschehen hatte. Wieder etwas, das sie lernen musste. »Nein, es ist nicht zu früh. Ich habe auch die ganze Nacht nachgedacht.«

»Dann erzähl mir davon«, forderte sie ihn auf und wollte sich neben ihn setzen.

»Lass das!«, blaffte er. »Mach's dir gar nicht erst bequem. Du musst gehen, Chloe, und ... ich will dich nie mehr wiedersehen. Nie mehr.«

Sie spürte, wie alles Blut in ihr versackte. »Ich weiß, Llew, du versuchst mich zu beschützen, aber du verstehst das nicht. Wirklich nicht. *Bitte* akzeptiere doch, dass ich dich liebe und bei dir sein möchte. Wenn du das willst, gehe ich jetzt, aber ich komme zurück.«

»Nein.« Seine Stimme war kräftig und barsch. »Es ist mein Ernst, ich sage das nicht deinetwegen. Dich hier zu haben, tut mir nicht gut. Es ist tatsächlich das Schlimmstmögliche für mich. Du erinnerst mich zu sehr an jene Nacht. Du erinnerst mich zu sehr an *davor*. Du warst damit verwoben, Chloe, mit allem, was ich liebte, allem, was ich verloren habe. Ich kann nicht ... Es ist mir unmöglich ... das zu tun, was ich tun muss ... nämlich mich den Tatsachen stellen, mich anpassen ... solange du hier bist. Du wärst wirklich die Allerletzte, die mir helfen kann.«

Angst durchzuckte sie. »Llew! Nein! Ich will dir nicht wehtun. Bitte sag mir, dass es sich ändern wird. Du wirst anfangen, dich daran zu gewöhnen, und dann wirst du mich auch wiedersehen können. Stimmt's?«

»Nein.« Seine Haltung bröckelte und seine Stimme wurde laut, bevor sie brach. »Dich zu sehen, ist viel zu schmerzhaft«, stöhnte er. »Verstehst du das nicht, Chloe? Du machst es *schlimmer*! Du machst alles nur *schlimmer*! Also bitte, *geh* einfach und ich wünsche viel Glück für dein Leben, aber komm nie zurück. Nie mehr!«

NORA

»Nora Banquist!«

Nora schlenderte nach Llews Geschichte benommen durch Tenby. Es war Mittagszeit, aber sie hatte keinen Hunger, konnte kaum die Geschichte ihrer Mutter verdauen. Ob Gran davon gewusst hatte? Sie *musste* es gewusst haben. Warum hatte sie es nie erwähnt?

»Nora! Auf ein Wort!« Die schrille Stimme erreichte sie wie ein Windstoß, der die Oberfläche eines Sees kräuselt. Sie richtete sich auf und sah, dass Glenda Watkins ihr den Weg versperrte.

»Oh Mrs Watkins, es tut mir leid, ich war ganz in Gedanken. Wie geht es Ihnen?«

Etwas sagte ihr, dass die Antwort darauf nicht gut ausfallen würde. Mrs Watkins bebte, das schwarze Haar, das auf dem Muttermal an ihrem Kinn spross, zitterte – ihr ganzes Gesicht war pure Entrüstung.

»Wenn Sie schon fragen: Ich bin sehr aufgebracht. Ich nehme an, Sie wissen, dass mein Vater zurück ist?«

»Ja, ich hatte gerade das Vergnügen, mit ihm zu frühstücken. Sie müssen ihn um ein Haar verpasst haben. Er ist reizend, Mrs Watkins, es ist eine Freude, ihn zu kennen.«

Mrs Watkins schnaubte. »Weich, das ist er. Frühstück, was? Ich nehme an, Sie haben versucht, ihn um den Finger zu wickeln, damit er Sie noch länger zu diesem unglaublichen Mietpreis in seinem Haus wohnen lässt! Und er willigt natürlich ein. Einem hübschen Gesicht konnte er noch nie widerstehen.«

»Ganz im Gegenteil. Ich nahm an, er würde in sein Haus zurückkehren wollen, und bot ihm an, auszuziehen. Aber das lässt er nicht zu. Ich versichere Ihnen, Mrs Watkins, Kaitlin und ich würden nicht im Traum daran denken, zu bleiben, sofern er wieder einziehen möchte.«

»Sie wissen, dass mein Vater in einem Zimmer über einem Pub wohnt? Ein Mann seines Alters, lebt, als wäre er dreiundzwanzig! Ein Mann mit einem Ruf – jedenfalls in der *Kunst*welt -, der sich benimmt wie ein junger Bohemien. Ich denke, er macht das nur, um mich zu quälen! Oh ja, ich weiß, dass ich nicht die Tochter bin, die er sich erhofft hatte, Gemeinsamkeiten hatten wir noch nie, mein Vater und ich, aber dennoch, dass er mich so peinigen muss ... Ich bin eine verheiratete Frau! Was werden die Leute denken?«

Nora hatte Mühe, ihrem Gedankengang zu folgen. »Ich verstehe nicht, was Sie meinen, Mrs Watkins. Wieso sollte es irgendwelche Auswirkungen auf Sie haben, wo Ihr Vater zu wohnen beliebt? Und nach allem, was er mir heute erzählt hat, würde ich sagen, dass er tatsächlich sehr stolz auf Sie ist. Es ist mir ernst damit, wissen Sie – wir werden ausziehen, falls er das möchte. Aber er hat sich sehr klar geäußert, dass er das nicht wünscht. Warum gehen Sie nicht zu ihm und besprechen das mit ihm?«

»Ach! Das würde ich ja, wenn ich ihn finden könnte! Aber er ist wie eine verdammte Möwe, flattert überall herum und hält sich keine Minute an einem Fleck. Die Leute werden sich doch fragen, warum er nicht bei mir wohnt, oder etwa nicht? Aber *will* er es? Nein. ›Es ist das Beste, wenn wir beide unabhängig sind, Glend‹, sagt er mir.« Die Imitation seines Akzents gelang ihr recht gut. »Als wäre mein Haushalt nicht sauber und komfortabel. Als würde ich keine Mahlzeiten auf den Tisch bringen. Als würde sich unter meinem Dach gewissermaßen ein Skandal abspielen! Das werden die Leute denken. Oh ja, er ist schon einer, mein Vater, das steht fest.«

Nora verkniff sich ein Lächeln. »Ich bin mir sicher, dass sie das nicht denken werden! Es wird ihm wohl darum gehen, Ihnen und Ihrer Familie einen Freiraum zu lassen, und er möchte vielleicht ein wenig Frieden und Ruhe zum Nachdenken.«

»Worüber muss er denn nachdenken? Was ist passiert?« Ihre Augen waren wie Gewehrmündungen auf Nora gerichtet.

»Sicherlich nichts Bestimmtes. Ich meinte das nur im Allgemeinen – nachdem er weg gewesen war ... Hören Sie, Mrs Watkins, ich muss los, aber machen Sie sich bitte keine unnötigen Sorgen. Sie werden sicherlich bald mit Ihrem Dad ins Gespräch kommen. Und wenn Sie uns mal auf eine Tasse Tee besuchen möchten, sind Sie immer eingeladen«, ergänzte sie – einem spontanen und unerklärlichen Impuls folgend, den Kaitlin ihr sicherlich nicht danken würde.

»Eine Tasse *Tee*?«, erklang das Echo der Tochter ihres Vermieters, die ihr angewidert hinterherblickte, als hätte Nora ihr vorgeschlagen, einen Joint mit ihr zu rauchen. Sie schüttelte ihren Kopf wie ein Bulle und stapfte auf der Suche nach ihrem umherziehenden Vater davon.

Auf dem Weg zu Mollys Haus lief Nora eilends unter den alten gemauerten Bögen des West Gate hindurch. Sie wollte so schnell wie möglich Logan finden und ihm alles erzählen, was sie heute erfahren hatte. Aber als sie am Pastetenladen vorbeikam, hörte sie erneut ihren Namen. Sie seufzte.

Es war Greg. Da sie Greg gern hatte, blieb sie stehen, so ungeduldig sie auch war, zu Logan zu kommen.

»Hallo Greg. Wie war dein Abend mit Kaitlin?«

»Sehr nett, danke«, sagte er mit seiner bollernden Stimme und ohne eine Miene zu verziehen, was beides über sein weiches Herz hinwegtäuschte. »Alles gut, Nor?«

»Ja bestens. Auf dem Weg zur Arbeit?«

»Aye. Es freut mich, dich zu sehen, Nor. Ich wollte sagen ... und Anna auch ... wir sind froh, dass die Kleine dich hat. Du bist ihr eine gute Freundin, Nor. Du bedeutest ihr sehr viel. Also ... danke.«

Nora zögerte. »Ja, danke!« Es sah Greg gar nicht ähnlich, ein emotionales Gespräch anzufangen. Und sein Gesicht war tatsächlich rot vor

Unbehagen deswegen. »Weißt du, Greg, Kaitlin liegt mir als Freundin genauso am Herzen. Es beruht auf Gegenseitigkeit.«

»Aye, aber bei allem, was im Moment los ist, auch mit ihrer Mutter ... Da muss so was auch mal gesagt werden.«

Ich wusste, da gibt es etwas, das sie mir verschweigt, überlegte Nora und witterte ihre Chance.

»Ah, natürlich«, sagte sie, »du meinst mit ...?«

»Aye, ihrer Mutter«, wiederholte er frustriert.

Nora wusste sehr wohl Privatsphäre zu respektieren, aber seit sie Kaitlin kannte, hatte sie einiges von ihr gelernt.

»Und wie ist es so?«, erkundigte sie sich mitfühlend.

»Oh, wie es eben so ist, weißt du. Wie es so ist. Als der Krebs im letzten Jahr wegging, waren wir alle so glücklich. Aber zu erfahren, dass er wieder zurückgekehrt ist ... Nun, Anna ist stark, aber ...« Er schüttelte den Kopf. »Es ist für uns alle schwer. Die Ärzte sagen, die Chancen stehen gut, dass sie ihn auch dieses Mal besiegen wird, und Anna meint, ich müsse stark bleiben. Aber manchmal, wenn ich zum Beispiel Karotten hacke, frage ich mich plötzlich: Und wenn nun aber doch nicht?«

Nora stieß einen leisen Seufzer aus. Anna war *krank*. Natürlich. Deshalb hatte es nie mit einem Kennenlernen geklappt. Deshalb verschob Kaitlin ständig Verabredungen zum Abendessen oder zum Kaffee.

»Es tut mir so leid, Greg«, sagte sie und legte ihm die Hand auf den kräftigen Arm. »Wirklich leid. Bitte richte Anna ganz liebe Grüße von mir aus, auch wenn sie mich noch nicht kennt. Und sollte es irgendwas geben, was ich für einen von euch tun kann ... Ich meine das ernst.«

»Danke dir, meine Liebe. Sehr freundlich. So, jetzt muss ich aber los. Behalt das Mädchen bitte für mich im Auge.«

»Das werde ich«, versprach sie. »Du weißt nicht zufällig, wo sie jetzt ist?«

»Wieder zu Hause, hat sie wohl gesagt. Sie arbeitet erst heute Abend, so viel weiß ich.«

»Alles klar. Eine gute Schicht, Greg.«

»Tschüss, meine Liebe.«

Planänderung. Nora schrieb Logan, als sie an einer der raren Stellen mit Handy-Empfang stand. Wenn sie bliebe, müsste sie sich einen anderen Anbieter suchen, überlegte sie völlig aus dem Zusammenhang gegriffen.

Dann klappte sie ihr Telefon zu und machte sich auf den Weg nach Hause, um nach ihrer immer fröhlichen, immer in sich ruhenden Mitbewohnerin zu sehen. Die ihr nun eine Menge zu erklären hatte.

CHLOE

Ich will dich nie mehr wiedersehen. Nie mehr ... Du machst alles nur schlimmer ... Komm nicht zurück. Llews Worte hatten sie jahrzehntelang verfolgt, sie immer wieder eingeholt.

Natürlich hatte sie nicht so leicht aufgegeben, überlegte Jasmine, als sie einen kleinen Rest Weißwein in ihrem Glas kreisen ließ. Über den Hügeln der Toskana ging die Sonne unter. Die Felder waren ein Patchwork in Orange und Lavendel, gedämpft und weich wie Rauch. Welch prächtiges Fleckchen Erde. Auf der Liste ihrer liebsten Landschaften der ganzen Welt stand Italien gleich an zweiter Stelle. Und ihre hier mit Shoppen, Essen, Weintrinken, Dinieren, Reden und Lachen verbrachten Monate hätten wirklich nicht schöner sein können, außerdem hatte sie alle Sehenswürdigkeiten aufgesucht, die sie sich nur wünschen konnte. Und Faith war eine angenehme Gesellschaft. Hätte sie selbst das Drehbuch für diese Tage und Wochen geschrieben, hätte dieses nicht besser zu ihr passen können. Aber natürlich hatte sie auch hier nicht den Frieden gefunden, den sie suchte.

Allem Anschein nach war Nora wieder glücklich. Das zu wissen, linderte den Schmerz in ihrem Herzen. Aber Jasmine wurde von Gedanken an die Vergangenheit heimgesucht, und dies nicht erst, seit Nora ihr mitteilte, dass sie in Tenby war – was allerdings eine Entwicklung war, die in ihrem Drehbuch nicht vorgekommen wäre! Aber eine Überraschung war es eigentlich nicht. Nora war schließlich die Tochter ihrer

Mutter. Warum sollte also nicht auch sie der unerbittlichen Anziehungskraft dieses hübschen Ortes am Meer erliegen?

Auch sie wäre gern dort. Natürlich wollte sie mit Nora zusammen sein – sie hatte sie sich schon viel zu lang vom Leib gehalten – und wollte auch diesen Ort gern wiedersehen. Den sie früher einmal so geliebt hatte.

Dass sie Llew und Tenby auf einen Schlag verlor, dazu das Trauma des tätlichen Angriffs von Michael ... Erst jetzt, an ihrem Zufluchtsort in Italien, begann sie sich langsam darüber klar zu werden, was genau das mit ihr gemacht hatte. Sie war immer der Meinung gewesen, diese Geschichte habe in London ihr Ende gefunden, in jenen verrückten Jahren, in denen sie vor allem davongelaufen war. Nach jener Dekade heftiger Trauer, die sie mit Partys und Glamour und langen Nächten zu verdrängen versuchte, hatte sie einen Neuanfang gewagt und Frieden gefunden. Dann hatte sie Nora bekommen, und Glück und Liebe hielten wieder Einzug in ihr Leben. Dabei hatte sie jedoch den langen Atem der Trauer unterschätzt, die sie in all den Jahren nie losgelassen hatte. Und dann kam eine Zeit, da kulminierten Schmerz und Verlust so sehr, dass das Unvermeidliche, an das sie sich gewöhnt hatte, ins Unerträgliche umschlug. Und damit ging eine Persönlichkeitsveränderung einher, von offenherzig, spontan und liebevoll in kühl, spröde und verbittert – dabei stand sie immer unter Hochspannung, kurz davor durchzubrennen. Die Prägung, die sie erfuhr, indem sie sich von den Menschen und den Orten, die sie liebte, fernhielt, hatte sich zu einer Identität verfestigt. Weltgewandt anstatt Mädchen vom Land. Unabhängig anstatt unzertrennlich. Jasmine anstatt Chloe.

Was sie Nora erklärt hatte, stimmte: Sie hielt nichts von zwanghafter Beschäftigung mit der Vergangenheit. Sie war immer davon ausgegangen, es ginge ihr gut, solange sie in Bewegung blieb. Und sie hatte Blossoms Worte, die diese ihr im Sommer '54 mit auf den Weg gegeben hatte, nie vergessen. »Bereue nie etwas, Chloe, mach einfach immer weiter.« Und das Leben hatte ihr viele Gelegenheiten geboten, genau das zu tun: Karriere als Model, alleinerziehende Mutter, Berufslaufbahn aufbauen … Überleben. Nora bestmöglich zu erziehen, stetig bemüht, sie vor Schmerz zu beschützen, wie das jede Mutter tun würde.

Blossom. Sie fragte sich, was wohl aus dieser lebenssprühenden, wunderbaren Frau geworden war, die auf ihr junges Ich einen so nachhaltigen Eindruck gemacht hatte. Jetzt im Rückblick, älter und weltgewandter, erkannte sie auch, dass Llew recht gehabt hatte – wie immer. Blossom *war* ein rastloser Geist gewesen und hätte niemals lange in einer so kleinen Stadt verweilt. Und Jasmine war ihr sehr ähnlich geworden, wie sie sich überrascht klarmachte. Anmutig und dunkelhaarig mit ihrem Blumennamen. Sie hatte Brücken hinter sich abgebrochen, auf großem Fuß gelebt und war immer in Bewegung, drängte immer voran.

Im Ruhestand war es dann schon schwerer, immer weiterzumachen. Aber in Bewegung blieb sie – ob Ägypten, Marokko, Thailand, Antigua, sie hatte alles gesehen. Doch nun, da Nora bei Mam in Wales war, und sie hier bei Faith in Italien, hatte sie verstanden, dass es nicht ihre wahre Leidenschaft war, die Welt kennenzulernen – so grandios das auch war. Reisen hielt sie auf Trab, aber nichts, keine Landschaft, keine Sprache, kein Lebensstil auf Erden vermochte jenen ersten Blick auf die See von Tenby, das Blau zwischen den Hügeln zu trüben und das Gefühl zu verwischen, das sie beim Aussteigen aus einem keuchenden Bus mit einem alten Koffer in der Hand erfüllt hatte.

Jasmine atmete schwer und verzweifelt. Oh Gott. Alles, was sie so lange Zeit in Schach zu halten versucht hatte, brach nun über sie herein. Einen kurzen Moment lang sah sie es vor sich, als wäre sie dort! Llews gelbbraune Augen, lebhaft und neugierig, und sein vor Spannung abstehendes Haar; Tante Susans feminine Figur in aufeinander abgestimmten Kostümen und Hüten; das bröckelnde Gemäuer mit seinen Bögen und Scharten und der lange, makellose Streifen des South Beach, funkelnd wie Champagner unter einem wolkenlosen Himmel.

Für einen Moment war der Schmerz in ihrem Herzen so stechend, so körperlich, dass sie glaubte, gleich hier in Italien, auf der Terrasse mit einem halb leeren Glas Trebbiano in der Hand zu sterben. Ein Herzanfall. Das wäre ein ziemliches Schlamassel für Faith. Und für sie, Jasmine, gäbe es kein Wiedersehen mit Mutter und Tochter und keine Gelegenheit mehr, alles zu erklären.

Sobald sie an Faith, Nora, Gwennan und all das dachte, wofür es sich lohnte, weiterzuleben, da klärte sich die Vergangenheit – und der Schmerz. Also doch kein Herzanfall. Nur ganz gewöhnliches, altmodisches Herzeleid der Art, wie sie es Nora immer hatte ersparen wollen und wovor sie ihr ganzes Leben lang davongelaufen war.

Iestyn kehrte nach London zurück und versprach zu schreiben. Sie konnte ihm beim Abschied nicht in die Augen schauen und es kam auch nie ein Brief von ihm.

In der ersten Woche hielt sie sich von Llew fern, aber sie schrieb ihm Briefe. In der zweiten Woche ging sie jeden Tag bei ihm vorbei, »nur für den Fall, dass er seine Meinung geändert hat«, wie sie ihrem Onkel und ihrer Tante erklärte, die sich daraufhin nur ansahen. Er änderte sie nicht.

Dann sollte Chloes Arbeit beginnen. Ihre Eltern kamen nach Tenby, um mit ihr zu reden.

»Ich möchte dich nicht drängen, nachdem du einen so fürchterlichen Schock erlitten hast, Kindchen. Wenn ich der Ansicht wäre, dass es für dich besser wäre, hätte ich kein Problem damit, Mr Adams abzusagen. Aber du kannst nicht für immer in Tenby bleiben, jedenfalls nicht so. Llew will dich nicht sehen, Kindchen. Ich hoffe, dass er irgendwann zur Vernunft kommt, der arme Kerl. Aber es könnte Wochen, wenn nicht Monate dauern, mein liebes Mädchen. Du hilfst ihm nicht, indem du dein Leben ruinierst. Der Job dauert nur ein paar Wochen, und sollte Llew nach dir verlangen, bist du nicht weit weg. Ich denke wirklich, dass es dir guttun wird, *cariad* – es hilft dir zurück in die Normalität.«

Normalität. Chloe glaubte nicht daran, dass sie die je wiedererlangen würde, aber sie erkannte den Sinn im Vorschlag ihrer Mutter. Und mit Schuldgefühlen gestand sie sich ein, dass er einen gewissen Reiz hatte. Tenby, ihr gelobtes Land, empfand sie inzwischen als bedrückend. Ohne Llew war es all seines Zaubers beraubt. Sie wünschte sich tatsächlich, in einem Laden zu stehen und mit Fremden zu sprechen, die Llew nicht kannten und nicht wussten, dass Chloe Samuels jeden Sommer nach Tenby fuhr und dass sie jetzt drei Kilo weniger wog als noch vor zwei Wochen. Sie wollte über Knöpfe und Handschuhe und die verschiedenen Längen von Schnürsenkeln sprechen.

Also schrieb sie Llew einen weiteren Brief, in dem sie ihre Entscheidung erklärte und ihm mitteilte, dass sie, Arbeit hin oder her, sofort bei ihm wäre, wenn er sie sehen wollte. Und sie, egal wie viel Zeit inzwischen verging, immer sofort zu ihm käme, wenn er nach ihr verlangte. Doch das tat er nie.

Dennoch kehrte sie zurück, als ihr Job zu Ende war. Sie wohnte bei Tante Susan, ging jeden Tag bei Llew vorbei, doch nur um von Mr Jones den Zutritt verwehrt zu bekommen. Sein Hass auf sie schien sich gelegt zu haben, er folgte einfach nur der Bitte seines Sohnes. Und schien darüber keinesfalls erfreut zu sein.

Niemand wusste, wie es Llew ging. Mr Jones blieb für sich, verließ das Haus ganz früh, um das Lebensnotwendige zu besorgen, wobei er nur knapp grüßte. Onkel Harry und Tante Susan schauten regelmäßig vorbei, schafften es jedoch nur ein einziges Mal, eingelassen zu werden. Sie boten jede ihnen nur mögliche Hilfe an, die Mr Jones jedoch ausschlug, weil sie, wie er meinte, gut zurechtkämen. Auf Llews Verfassung ging er nicht ein.

Bei Adams bot sich die Gelegenheit einer Vollzeitstelle. Als Chloe der Job angeboten wurde, fuhr sie wieder nach Hause, jedoch nicht ohne zuvor ihr Versprechen Llew gegenüber per Brief und durch den erschöpften Boten Mr Jones erneuert zu haben, dass sie jederzeit kommen würde, sobald er bereit sei, sie zu sehen. Sie begann ihr neues Leben als Verkäuferin in Carmarthen und hoffte jeden Tag verzweifelt, von Llew zu hören.

Dann kam Richards Rauswurf aus dem Sea Breezes. Veruntreuung. Wie sich herausstellte, hatte er mehrere Tausend Pfund gestohlen – im Lauf der Jahre ein wenig hier, ein wenig da, genug für einen handfesten Skandal. Und die Stadt wandte sich gegen die Schultzes. Richards Schande führte zu allen möglichen Misstrauensbekundungen – und erneuter Spekulation über Megans rätselhaften Sommer in Frankreich, aus dem sie so verändert und gedrückter Stimmung zurückkam. Gerüchte, sie habe dort ein Baby bekommen, machten die Runde, denn schließlich sei sie schon immer ein leichtes Mädchen gewesen.

Diese Gerüchte hatten einen wahren Kern. Megan hatte ein Baby bekommen. Aber ein leichtes Mädchen war sie nicht, das war immer nur Prahlerei gewesen. Michael Everley hatte sie natürlich vergewaltigt. Erst Jahre später, als Megan eines Tages Chloe in London aufsuchte und sie sich den Luxus leisteten, einen Tee im Ritz zu trinken, konnten sie darüber sprechen. Chloes Kummer brach erneut auf, als sie erfuhr, dass ihre Cousine das Gleiche durchgemacht hatte wie sie, nur schlimmer. Viel schlimmer.

Die bösen Zungen von Tenby gaben sich aber nicht damit zufrieden, Megan mit Richard über einen Kamm zu scheren, sondern gruben noch viel tiefer und schürten neuen Tratsch. Dass Susan sich nach dem Verlust ihres Ehemanns mit unanständiger Eile wiederverheiratet habe. Noch dazu mit einem *Deutschen*! Und das unmittelbar nach dem Krieg! An den sie die ganze Stadt dadurch auf unliebsame Weise wieder erinnert hatte. Schrecklich. Unverzeihlich. Und da könne dieser Heinrich sich Harry nennen so viel er wollte, er blieb dennoch Heinrich der Barbar, und sie alle wussten es.

Die Schultzes zogen nach London. Das Leben sei dort einfacher, wie Tante Susan ihnen erklärte, als sie nach Nant-Aur kam, um sich zu verabschieden. Und es sei ein Neuanfang, denn dort wisse keiner, was Richard getan hatte, oder sähe Megan zweifelnd an. Das besiegelte das Schicksal von Chloes Liebesbeziehung zu Tenby. Indem die Stadt sich derart gegen ihre Tante und ihren Onkel stellte, zeigte sie ihre Schattenseite, und Chloe wandte sich angewidert ab.

Weder Nant-Aur noch Carmarthen waren weit genug von diesem Ort des Übels entfernt. Als eine glamourös herausgeputzte Frau mit kastanienbraunem Haar und einem dunkelgrünen Trenchcoat 1959 in den Laden kam und Chloe erzählte, sie sei eine Modelagentin, traute Chloe ihren Ohren nicht. Sie hatte sich damit abgefunden, dass der Rest ihres Lebens sich zwischen der täglichen Busfahrt von zu Hause zur Arbeit und abends wieder zurück abspielen würde. Die Frau schlug Chloe vor, nach London zu kommen und Probeaufnahmen zu machen. Die Unkosten würde selbstverständlich sie übernehmen.

Adele Brenneman wurde Jasmines erste Agentin. Adele bot ihr einen neuen Beruf, einen neuen Lebensstil und einen neuen Wohnort. Es war auch Adeles Idee gewesen, dass sie sich die Haare färbte.

»Es gibt so viele Mädchen, die im Moment mit dem Straßenkind-Look spielen«, meinte sie nach Chloes erstem Fotoshooting, »und sie sind alle blond, in sämtlichen Schattierungen. Ich halte dich für hübscher als sie alle, aber das ist nur meine Meinung. Du brauchst etwas, um hervorstechen, um dich von den anderen abzuheben. Ich weiß nicht, ob du …«

»Was?«

»Nein, vergiss es. Hm.« Adele hielt den Kopf schief und ging Chloes Kontaktabzüge durch. »Die sind sehr gut. Du bist vor der Kamera ein Naturtalent. Du wirst es nicht glauben, wie viele Mädchen es gibt, die Models sein wollen, aber sofort erstarren, sobald ein Fotoapparat auftaucht. Du hast das schon mal gemacht oder?«

Chloe dachte an all die Jahre, in denen sie für Llew posiert oder besser gesagt herumgealbert hatte, damit er sie in einem Schnappschuss festhalten konnte. Dabei war sie jedes Mal sauer geworden, doch nur so lange, bis sie auf dem entwickelten Film sah, dass gerade dieser ungewöhnliche Blickwinkel oder dieses unpassende Outfit auf überraschende Weise ins Auge sprang und tatsächlich für ein besseres Foto sorgte als die gezierten Posen, die sie bevorzugt hätte. »Nein«, sagte sie, »nichts dergleichen.«

»Nun, du würdest wohl nicht …? Nein.«

»Nun sagen Sie schon«, forderte Chloe sie auf.

»In Betracht ziehen können, dein Haar zu färben?«, vollendete Adele ihre Frage in einem Atemzug, als würde sie Nacktfotos vorschlagen. »Schwarz.«

»Ja«, sagte Chloe sofort. Sie sah es auf Anhieb vor sich. Schwarz war sperrig, Schwarz war London. Schwarze Haare gehörten nicht zu dem Mädchen, das von einem verhassten Jungen sexuell belästigt und von dem Jungen, den sie liebte, weggeschickt worden war. Weißblond war die Farbe des Sands, der Brandung im Sonnenlicht, von Mondlicht und Unschuld. Schwarz war die Farbe der Buße, der dunklen Nacht der Seele und des Winters mit seiner krassen Schönheit und dem Versprechen auf Wiederkehr.

Adele war verblüfft. »Du liebe Zeit! Wenn du immer so gefügig bist, werden alle gern mit dir arbeiten! Bei deinem guten Aussehen, deiner Lockerheit vor der Kamera und mit deiner Bereitwilligkeit, Vorschläge anzunehmen, würde ich sagen, dass eine sehr lange Karriere vor dir liegt, wenn du das möchtest.«

Und Chloe wollte es. Welche Alternativen gab es für sie? Zurück nach Carmarthen, um für den Rest ihres Lebens im Laden zu arbeiten? So sehr sie auch ihre Eltern und selbst ihre Brüder vermisste, es war, wie Tante Susan gesagt hatte, leichter hier. Egal, wie weh es tat, London schien entschlossen, den Einsatz zu erhöhen und ihr eine Erfahrung nach der anderen entgegenzuschleudern, bis ihr der Kopf schwirrte und sie kaum noch wusste, wo, geschweige denn, wer sie war.

Als Megan sie schließlich aufsuchte, fand Chloe es verwirrend, nach so vielen Jahren ihr Gesicht zu sehen und ihre Geschichte zu erfahren. Megan hatte ihren Eltern erzählt, dass es eine Vergewaltigung war, sie aber zugleich angefleht, keine Schritte zu unternehmen. Der Gedanke, alle könnten erfahren, was ihr passiert war, war ihr unerträglich, sie wollte nur vergessen. Und da die Zeit damals eine andere war, gab es keine Garantie dafür, dass Megan mit Mitleid rechnen konnte oder man ihr Glauben schenken würde. Sie ließ das Baby bei Charlottes Cousine in Frankreich zurück und hoffte, damit die ganze Erfahrung hinter sich zu lassen. Aber immer wieder wurde sie daran erinnert: bei jedem Teenagerball, jedem Jahrestag, an dem er ihr Nein nicht akzeptieren wollte, immer wenn der Tag der Geburt des Babys sich jährte.

Chloe und Megan blieben danach noch einige Zeit in Kontakt, trafen sich zweimal im Jahr. Aber die lang ersehnte Freundschaft war von Schmerz gefärbt, an den keine mehr rühren wollte. Sie drifteten wieder auseinander.

Irgendwann im Lauf der Jahre verblasste der Teil der Geschichte, der von Michaels Übergriff auf Chloe handelte. Die Zeit verging und Chloe stellte fest, dass sie nie jemandem davon erzählt hatte, allerdings wäre es ihr jetzt zu abrupt und seltsam vorgekommen, plötzlich damit herauszurücken. »Nun rate mal, was mir passiert ist?«

Aber jetzt war Jasmine bereit dazu, es jemandem zu erzählen. Ihrer Tochter. Sie hatte Nora im Lauf der Jahre so viel Unsinn über Liebe und Verrat und Enttäuschung und die in Wales vorherrschende Niedertracht eingetrichtert, dass sie glaubte, ihr eine Erklärung schuldig zu sein. Sie wollte alles wieder ins rechte Lot bringen. Vor allem jetzt, da Nora einen Mann kennengelernt hatte. Sie wollte nicht, dass ihre verdrehten Überzeugungen in Nora weiterlebten und ihr schadeten. Es war höchste Zeit, es endlich ans Tageslicht zu bringen.

Nora war immer so gewesen wie sie – nach außen hin gefestigt. Aber als diese Fassade zum ersten Mal bröckelte, hatte Jasmine sich abgewandt. Was war sie nur für eine Mutter? Sie hatte sich immer für eine gute Mutter gehalten – eine *großartige* Mutter. Keiner war perfekt, aber auf die letzten achtzehn Monate war sie wirklich nicht stolz.

Natürlich war es auch eine Frage des Timings. Als sich nämlich bei Nora die ersten Probleme abzeichneten, hatte Jasmine gerade herausgefunden, dass Llew seine Beine doch wieder bewegen konnte. Dennoch hatte er keinen Kontakt zu ihr aufgenommen. Jenen ganz gewöhnlichen Abend, an dem sie allein in ihrem Cottage in Petersham bei einem Glas Merlot saß und sich irgendeinen Thriller im Fernsehen ansah, würde sie niemals vergessen. Ihre Gedanken waren wieder zu Llew abgeschweift, wie das oft geschah, und ehe sie wusste, was sie tat, fuhr sie ihr iPad hoch und tippte *Leonard Jones, Tenby* in die Suchmaschine. Und fand heraus, dass er berühmt war. Dass er ein Künstler war. Dass er geheiratet hatte. Oh, und dass er *laufen* konnte.

Er konnte laufen! Es gab ein Foto von ihm, auf dem er auf der Bühne der Kunstschule von London stand und einen Preis in die Kamera hielt. Um sicherzugehen, bestellte sie eine seiner Mal-DVDs von seiner Website – und als sie sich diese anschaute, sah sie ihn auf den Klippen von Pembrokeshire entlangwandern. Natürlich freute sie sich für ihn. Aber es war dennoch der letzte, bittere Epilog zu ihrer Geschichte gewesen. Ihr ganzes Leben lang hatte sie sich die Schuld daran gegeben, dass er nicht laufen konnte – um jetzt mit dreiundsiebzig Jahren zu erfahren, dass er es doch konnte. Offenbar hasste er sie noch immer, denn sonst hätte er ihr doch wohl wenigstens diese eine Nachricht zukommen lassen, die sie von der Last der Schuld befreit hätte. In jener Nacht hatte sie in ihre Sofakissen geheult. Und stand kurz davor, Nora alles zu erzählen, um sich am Ende dann doch dafür zu entscheiden, es für sich zu behalten. Die DVD warf sie in den Müll.

Sie liebte Nora, liebte sie über alles. Es war einfach so kompliziert geworden, ihr nah zu sein. Immer kamen ihr die eigenen Geheimnisse, die eigene Reue in die Quere. Als Nora ihr erzählte, sie sei in therapeutischer Behandlung, verlasse Simon und höre mit der Arbeit auf, war Jasmine verzweifelt ... Ihr liebes Mädchen zerbrach. Sie lebte in Angst, ebenfalls zu zerbrechen.

Und diese Angst hatte immer in ihr geschwelt, ob während ihrer Tage als Glamourgirl, in ihrer Hippiephase, während der von ihrer Karriere bestimmten Achtzigerjahre. Jasmine war für alle immer eine kraftvolle, ernst zu nehmende Person gewesen. Nur Jasmine selbst wusste, dass sie innerlich Chloe war, die es verwirrt und verängstigt mit sich geschehen ließ, dass Michael Everley ihr die Beine auseinanderdrückte und ihr Zoten ins Ohr flüsterte, die verwirrt und verängstigt neben Llew hockte und sich fragte, ob er leben oder sterben würde, verwirrt und verängstigt war, als er ihr befahl, ihn für immer in Ruhe zu lassen. Dieses Gefühl war immer da gewesen, ob sie bei Adams Handschuhe als Geschenk verpackte oder im glitzernden London der Sechzigerjahre die

Nacht zum Tag machte. Und auch als Steve sie verließ, obwohl sie ihn nur ein klein wenig geliebt hatte. *Und* es hatte sie auch beherrscht, als sie ihre neugeborene Tochter in den Armen hielt und die Liebe sie wie eine Flutwelle erfasste, sodass sie sich schwor, alles in ihrer Macht Stehende zu tun, damit Nora ein glückliches und sicheres und schmerzfreies Leben hatte …

»Und der Rest ist Geschichte, wie man so schön sagt«, murmelte sie, leerte ihr Glas und überlegte, ob sie noch eins wollte. Sie wollte nicht. Sie wollte ihre Tochter sehen. Und verdammt, sie wollte endlich auch diese Stadt wiedersehen, die Stadt, die ihr Herz erobert und dann gebrochen hatte.

»Führst du Selbstgespräche?«, erkundigte sich Faith, die sich im Dämmerlicht zu ihr gesellt hatte.

»Traurigerweise ja. Hab mich in Erinnerungen verloren. Typisch alte Frau eben.«

»Dich kann man kaum als alt bezeichnen, meine Liebe«, widersprach Faith. Das versicherten sie sich ständig gegenseitig, Jasmine und Faith und ihre Altersgenossen, um einander und sich selbst zu beruhigen. Sie sahen tatsächlich noch ganz passabel aus, überlegte Jasmine, und würden sicherlich auch im fortgeschrittenen Alter nicht wie eine alte Decke zusammenschrumpeln. Aber dennoch.

»Nun, ein bisschen alt schon«, erwiderte sie und lächelte ihre Freundin an. »Und das ist gar nichts Schlechtes. Besser als die Alternative! Aber du hast recht, wir haben noch eine Menge Zeit vor uns und ich sitze hier und frage mich, was um Himmels willen ich damit anstellen soll. Wäre es sehr schlimm für dich, meine liebe Faith, wenn ich eher als geplant zurückfahren würde? Ich muss unbedingt Nora sehen.«

»Natürlich nicht! Ich sagte ja, komm so lange du möchtest, und nicht, bis ich entscheide, dich ziehen zu lassen. Wann willst du aufbrechen? Ich bringe dich natürlich zum Flughafen.«

»Danke, Faith. Morgen?«

NORA

Logan war mit Andys Wagen nach Heathrow unterwegs, um Brendan und Sylvie abzuholen, und Nora verbrachte den Tag mit Gwennan, wobei, angespannt wie sie war, ihre Hilfe beim Backen der Welsh Cakes viel geringer ausfiel als geplant. Gwennan warf ihrer Enkelin immer wieder mitfühlende Blicke zu und verfuhr damit genauso großzügig wie mit Rosinen und Zucker für den Teig. Sie backte nach dem Gedächtnis – und mit der Erfahrung vieler Jahre. Nora griff immer wieder nach einem Teelöffel, um Teig zu kosten, dann nach dem nächsten für eine weitere Kostprobe, bis sie in der Besteckschublade ein leeres Löffelfach vor sich hatte.

»Wegen der Löffel mach dir mal keine Gedanken, Kindchen, aber uns wird der Teig ausgehen«, lautete Gwennans Kommentar mit Blick auf ihre riesige Schüssel der cremigen, von Rosinen durchsetzten Mischung. Für einen Waliser ergab es keinen Sinn, nur ein paar Welsh Cakes zu backen, am besten stellte man gleich genug her, um ein ganzes Dorf zu füttern.

»Du hast recht«, sagte Nora, schloss die Schublade und starrte aus dem Fenster.

»Du bist in Gedanken bei Logan, das sehe ich. Oder vielleicht auch bei Kaitlin. Im Schrank ist Zitronen-Shortbread, wenn das hilft, Kindchen.«

»Danke, Gran.« Nora öffnete den Schrank. Wie gut, jemanden zu haben, der begriff, dass Backwaren wirklich halfen oder wenigstens jedes Problem linderten. »Ich habe den ganzen Tag überlegt: ›Jetzt hat er die halbe Strecke hinter sich‹, ›Jetzt ist er fast da‹, ›Jetzt wartet er in der Ankunftshalle‹. Die ist riesig! Er hat sie so sehr vermisst. Und Kaitlin! Wenn ich überlege, was sie mit ihrer Mutter durchmacht: einfach nur schrecklich. Und ich begreife noch *immer* nicht, warum sie es mir nicht erzählt hat.«

Nachdem Greg die Sache mit Annas Krankheit herausgerutscht war, hatte Kaitlin Nora alles erzählt. Wie Anna vor zwei Jahren den Kampf gegen den Brustkrebs gewonnen hatte und in diesem Jahr feststellen musste, dass er zurückgekommen war. Das war der Grund dafür, weshalb Kaitlin näher zu ihren Eltern ziehen wollte, was wiederum zum Bruch ihrer Beziehung zu Milo beigetragen hatte. Er hatte sie bereits einmal durch ihr Tal der Tränen und der Sorge begleitet und war nicht erpicht darauf, das noch einmal durchzustehen.

»Ich kann es ihm wohl nicht zum Vorwurf machen«, hatte Kaitlin geseufzt. »Manche Leute können mit derartigen Tiefschlägen nicht gut umgehen. Aber ich brauche jemanden, der für mich da ist, egal was passiert – und ich habe mir das ja beileibe nicht ausgesucht.«

»Aber warum hast du das ausgelassen, als du von ihm erzähltest?«, wunderte sich Nora. »Warum hast du mir das die ganze Zeit verschwiegen?«

Kaitlin zuckte bedrückt die Achseln. »Ich weiß nicht. Dich kennenzulernen war so wunderbar, so aufregend. Vermutlich wollte ich einfach, dass ein Teil meines Lebens frei war von dem allen, ein Teil, wo ich wieder die positive, fröhliche Kait sein und so tun konnte, als sei es gar nicht real. Ich möchte nicht, dass es real ist.«

Nora drückte ihr die Hand. »Dadurch muss sich nichts ändern, Kait. Wir können trotzdem Spaß haben. Wir können uns trotzdem Gedanken über *meine* Mutter machen. Aber wenn du reden möchtest, bin ich für dich da.«

»Eine schlimme Sache«, meinte Gran. »Die arme Kaitlin. So viel Traurigkeit und Mühsal in der Welt. Aber auch so viele Wunder. Das Leben ist nichts für Zartbesaitete, Kindchen.«

»Da sagst du was! Ich freue mich so für Logan, dass er seine Kinder sehen kann. Und natürlich auch darauf, sie kennenzulernen. Aber …«

»Aber du weißt nicht, wie das jetzt für euch beide wird.«

»Genau. Und ihre Ankunft markiert den Anfang vom Ende. Drei Wochen noch, bis er weggeht. Ich weiß nicht, was dann geschieht.«

»Wenn du ihn wirklich liebst«, sagte Gwennan ein wenig zögerlich, »warum ziehst dann nicht dorthin, Kindchen? Das passiert heute doch ständig.«

»Ich weiß. Es ist ja nicht so, dass es mich nicht reizen würde. Aber ich habe mich nie am anderen Ende der Welt leben sehen. Und kenne ich ihn denn schon lang genug, dass es gerechtfertigt wäre, hier meine Zelte abzubrechen und alle, die mir lieb und teuer sind, zurückzulassen, um ihm nach Neuseeland zu folgen? Aber es ist noch viel mehr ... Ich habe doch gerade erst angefangen, mich wohl in meiner Haut zu fühlen. Ich habe begonnen, ernsthaft darüber nachzudenken, mich in Tenby niederzulassen, sofern ich Arbeit finde. Und das fühlt sich richtig gut an. Wohingegen dort drüben ...«

»Nun, dann solltest du vielleicht erst mal dort Urlaub machen, Kindchen, dann siehst du schon, ob du dort glücklich sein kannst.«

»Ja. Das werde ich versuchen, das ist auf jeden Fall der erste Schritt. Dann kann er hierher zurückkommen, wenn er möchte ... Und wenn wir dann wirklich noch dasselbe füreinander empfinden, *dann* können wir Entscheidungen treffen. Aber was ist, wenn die Kinder mich nicht mögen? Oder ich *sie* nicht mag? Wenn es für ihn einfach zu kompliziert ist und alles ein vorzeitiges Ende findet?«

Gwennan ließ ihren Holzlöffel fallen und schloss Nora in eine mehlige Umarmung. »Wenn es geschehen soll, geschieht es, *cariad*, du wirst schon sehen. Und natürlich werden sie dich mögen. Wirst du sie heute Abend kennenlernen?«

»Morgen. Wir dachten, nach dem langen Flug und nachdem sie ihren Dad zwei Monate nicht gesehen haben, könnte es vielleicht nicht ihr größter Wunsch sein, als Erstes seine neue Freundin zu treffen.«

»Sehr vernünftig«, stimmte Gran ihr zu. »Es spricht für ihn, dass er an ihre Bedürfnisse denkt, und auch für dich, Nora. Ihr macht das beide sehr richtig. Du musst nur Vertrauen haben. Es wird alles gut ausgehen, du wirst schon sehen.«

»Aber für Mum und Llew ist es nicht gut ausgegangen.« Sie hatte Gwennan von Llews Rückkehr nach Tenby erzählt und auch, was er über seine Jugend mit Chloe berichtet hatte. Gwennan hatte mit Tränen in den Augen zugehört.

»Es war ein schrecklicher Unfall, jetzt fällt es mir wieder ein. Nun, nicht, dass ich das *vergessen* hätte, natürlich nicht, aber ich hatte Kinder genug, um mir Sorgen zu machen. Dann zogen Susan und ihre Familie weg und unsere Verbindung nach Tenby brach ab. Es war, als hätte es diese Sommer nie gegeben! Trotzdem habe ich immer mal wieder an diesen armen Jungen gedacht. Ich habe auch Chloe gefragt, ob sie von ihm gehört hat, aber sie sagte Nein und das fühlte sich nie richtig an. Ein, zwei Mal habe ich sogar überlegt, selbst nach Tenby zu fahren und ihn zu besuchen, um ihm zu sagen, dass Chloe ihn braucht, aber weißt du, warum ich es nicht tat? Ich wusste nicht wirklich, wie weit die Dinge zwischen ihnen gediehen waren, ob sie ihn liebte oder nicht. Ich wusste, wie gutmütig und loyal sie war, und war in Sorge, sie könnte alle ihre Chancen in den Wind schlagen, nur um für ihn da zu sein. Es gefiel mir nicht, dass sie weggegangen war, aber ein solches Leben hätte ich mir für sie auch nicht gewünscht, angebunden und am Hungertuch nagend ... Ich wusste nicht, was das Beste wäre, brachte sie aber auch nicht dazu, mit mir darüber zu reden, also tat ich gar nichts.«

Nora verließ Nant-Aur in nachdenklicher Stimmung. Llews Enthüllungen hatten nur noch mehr Fragen aufgeworfen. Ja, er hatte ihre Mutter weggeschickt und erklärt, sie niemals wiedersehen zu wollen. Ihre Mutter dürfte von seinem Unfall und der sicherlich als grausam empfundenen Zurückweisung traumatisiert gewesen sein. Aber irgendwann im Laufe der Jahre musste ihr doch klar geworden sein, dass er diese Dinge in der Hitze des Augenblicks gesagt hatte. Hatte sie denn nie versucht, wieder mit ihm in Kontakt zu treten? Was auch immer daran richtig oder falsch gewesen sein mochte, Nora hatte das Gefühl, ihre Mutter mehr denn je zu lieben. Würde Nora in Kaitlins Schuhen stecken und sich damit konfrontiert sehen, ihre Mutter zu verlieren, bevor sie bereit dazu war – aber konnte man jemals bereit dazu sein? –, könnte sie das nicht ertragen.

Sie stieg aus dem Wagen und holte eine große Tupperdose mit Welsh Cakes aus dem Kofferraum. Sie klemmte sie sich unter den Arm, schlug den Kofferraum zu und schloss die Garage ab.

Auf ihrer Türschwelle saßen Logan und ein junges Mädchen mit wilder schwarzer Lockenmähne. »Oh, hallo!«, begrüßte Nora die beiden. »Ich hatte nicht damit gerechnet, euch vor morgen zu sehen.«

»Überraschung!«, sagte Logan und wirkte dabei ein wenig verunsichert. Er sprang auf und gab Nora einen Kuss, woraufhin ihr gleich leicht ums Herz wurde. Alles war normal zwischen ihnen! »Ich hoffe, es ist okay, dass wir hier sind, aber Sylvie war ganz versessen darauf, dich kennenzulernen. Sie wollte nicht warten! Außerdem ist es schon so spät, dass wir nicht bleiben werden, aber ganz rasch, Nora: Das ist Sylvie, meine Tochter, mein Augenstern, mein Herzchen, die Frucht meiner Lenden ...«

»Igitt, Dad, sag nicht Lenden! Hi Nora, es ist so schön, dich kennenzulernen. Oh Mann, du bist wirklich hübsch. Dad hat es mir schon gesagt, aber bei Männern weiß man ja nie, oder? Was ist das? Das riecht gut ...«

Sylvie war groß für ihr Alter und hinter ihren großen, runden Brillengläsern ebenfalls sehr hübsch. Fotos hatte Nora bereits von ihr gesehen, aber so war sie noch viel reizender. Ihre Mutter Naomi war eine Maori, und Sylvie hatte die blauen Augen ihres Vaters und die dunkle Haut ihrer Mutter, weich wie ein Pfirsich. Ihre tollen Haare fielen ihr auf die Schultern und standen so weit ab wie sie lang waren. Ihr ausdrucksvoller Mund lächelte und sie trug einen kurzen Rock und T-Shirt und Kniestrümpfe, von denen der eine straff hochgezogen war, der andere an ihrem Knöchel hing. Nora ging davon aus, dass dieses Arrangement nicht zufällig war.

»Meine Güte, siehst du toll aus.« Das platzte Nora einfach so heraus. Sie hatte keine Ahnung, ob man Mädchen an der Schwelle zum Teenageralter so begrüßte, aber Nora war überrumpelt worden. »Entschuldige, ich meine: Hallo Sylvie, ich finde es auch schön, dich kennenzulernen! Danke, dass du gekommen bist.«

»Dad hat gesagt, du hast deine Oma besucht und die ist dreiundneunzig. Das ist cool. Oh, jetzt sieht er mich so an ... Wir müssen wohl gehen. Er hat gemeint, wir können nur herkommen, wenn ich verspreche, es schnell zu machen, weil du womöglich müde bist. Aber ich hoffe, ich sehe dich morgen?«

»Nun seid nicht albern! Ihr könnt doch beide auf eine heiße Schokolade und frischgebackene Welsh Cakes reinkommen! Was meinst du, Logan? Geht das?«

Er grinste. »Bist du dir sicher? Wir wollten dich nicht überfallen, wir wollten einfach nur Hallo sagen.«

»*Du* wolltest einfach nur Hallo sagen«, korrigierte Sylvie ihn. »Ich wollte richtig Zeit mit Nora verbringen. Na los, Dad. Was sind Welsh Cakes?«

Nora öffnete den Deckel, um Sylvie schnuppern zu lassen. Sie verdrehte die Augen und gab vor, in Ohnmacht zu fallen, klammerte sich Halt suchend an den Arm ihres Vaters. »Omeingott, das riecht ja köstlich! Hast du die gebacken, Nora?«

»Ich würde gern ja sagen, aber leider war ich heute keine allzu große Hilfe. Gran hat sie gemacht. Es ist ein altes Familienrezept.«

»Cool. Lasst uns doch reingehen!«

Kaitlin war arbeiten, im Haus war es still. Nora schaltete die Lampen an, goss Milch in einen Topf und deckte Teller und Becher auf. Sylvie wanderte mit großen Augen durch Flur und Küche. »Das ist ja Wahnsinn! Dad hat mir von deinem Vermieter und deinem Haus und deiner Mitbewohnerin erzählt.«

»Ich hoffe er hat dich nicht völlig gelangweilt, Sylvie.« Nora warf Logan einen beredten Blick zu. Was war aus ihrem Plan geworden, die Kids langsam an die Idee zu gewöhnen, dass sie zusammen waren?

»Nein, ich habe gefragt. Nachdem ich rausgefunden hatte, dass er eine Freundin hat, wollte ich auch alles wissen. Ach und denk bloß nicht, Brendan möchte dich nicht kennenlernen. Das will er bestimmt, aber er schläft jetzt. Du weißt ja, wie Jungs sind, oder, Nora? Immer schlafen sie. Die sind so langweilig. Aber er kommt mit der ganzen Situation wirklich gut zurecht. Darf ich mal dein Klo benutzen?«

»Ah, das ist gut. Das mit Brendan meine ich. Und ja, die Treppe hoch, zweite Tür rechts.«

Als Sylvie polternd nach oben verschwunden war, nutzte Logan die kurze Pause für einen intensiven Kuss, aber diesmal wollte Nora mehr als seine Küsse: nämlich Antworten. »*Wieso?*«, fragte sie. »Wie ist es dazu gekommen?«

»Es hätte gar nicht besser laufen können«, wisperte er. »Ich brauchte gar nichts zu sagen. Ich hab das Gefühl, manche Frauen sind beängstigend medial veranlagt, und sie mit ihren gerade mal zwölf Jahren gehört dazu. Während der Fahrt mustert sich mich einfach und sagt dann: ›Bist du verliebt, Dad?‹ Was hat sie gesehen? Ich habe keine Ahnung. Aber ich ergriff die Gelegenheit beim Schopf und sagte ja, und darauf folgten dann in einer Minute tausend Fragen. Schließlich gelang es mir, die beiden zu fragen, wie sie das fanden. Sylvie war hin und weg und Brendan klopfte mir vom Rücksitz auf die Schulter und erklärte mir sehr männlich, dass er sich für mich freue. Ich meinte dann, wir könnten Zeit miteinander verbringen, aber ich hätte Verständnis dafür, wenn sie sich dabei unwohl fühlten, dann würden wir uns etwas anderes einfallen lassen.«

»Und was haben sie geantwortet?«

»Nun, was Sylvie dachte, siehst du ja. Sie ist unglaublich offen, das haut mich um. Und Brendan erklärte mir sehr ernst, dass wir natürlich Zeit miteinander verbringen müssen, weil es uncool von mir wäre, meine Freundin zu vernachlässigen. Im Ernst, ich bekomme Beziehungstipps von meinem Teenagersohn! Ich weiß nicht, was ich davon halten soll.«

CHLOE

Jasmine landete zur Mittagszeit in Heathrow und steuerte sofort die Autovermietungen an. Seit Italien glaubte sie, sich ein bisschen besser zu kennen. Und ihr war klar, dass sie, würde sie erst mal nach Hause fahren und duschen und sich eine Nacht ausschlafen, würde sie auch nur einen Moment zögern, überhaupt nicht fahren würde.

Bist du feige, Chloe Samuels?

Das stand für sie außer Frage. Und obwohl sie ziemlich viel darum gegeben hätte, jetzt einfach nur eine Tasse Earl Grey zu trinken, nahm sie sich einen Wagen und fuhr los.

Die ersten vier Stunden konnte sie sich vormachen, dass sie einfach eine Reise unternahm. Die M4 war eine lange, gerade Autobahn, unpersönlich und ohne besondere Merkmale. Erst als sie die Severn Bridge erreichte und eine Handvoll Münzen in den Kasten warf, wurden langsam Angst oder Aufregung oder eine Mischung aus beidem bemerkbar. Wales! Wann war sie zum letzten Mal in ihrer Heimat gewesen? Vor Jahren, zur Hochzeit irgendeiner Großnichte. Als sie nach Pont Abraham kam, drehte es ihr fast den Magen um. Nun befand sie sich schon so weit im Westen, dass es keine Autobahn mehr gab – und es lagen noch einige Kilometer vor ihr.

Hinter Carmarthen flippte sie völlig aus: all die vertrauten Namen, wie Orte aus einem Traum. Als sie sich der Abzweigung nach Nant-Aur näherte, drosselte sie automatisch das Tempo, was der ungeduldige Fahrer hinter ihr mit lautem Hupen bestrafte.

»Scher dich zum Teufel!«, murmelte sie mit Blick auf das Straßenschild. Die Versuchung war groß, hier abzufahren. Sie hatte Sehnsucht nach ihrer Mutter. Aber sie musste weiter nach Tenby, solange ihr Entschluss noch stand. Ihre Angst galt nicht dem Wiedersehen mit Mam. Das war nie der Fall gewesen. Plötzlich war ihr schwindelig und sie wusste, dass dies nichts mit der Müdigkeit oder der langen Reise zu tun hatte. Um sich zu fangen, fuhr sie in eine Haltebucht, ihr Nacken war steif vom stundenlangen entschlossenen Geradeaus-Blicken.

Surr. Surr. Sie hörte den Verkehr und spürte ihn, wenn der Fahrtwind eines vorbeirauschenden Autos oder eines Lastwagens an ihrem Wagen zog und zerrte. Reisegeräusche – sie könnte überall sein. Aber sie war es nicht. Sie war fast zu Hause. Sie kurbelte das Fenster herunter und konnte durch die Abgase hindurch die Frische des Abendhimmels und der Felder, einen Hauch von Dung riechen. Sie richtete ihren Blick hinauf in den blauen Himmel mit seinen Wolkentupfen und erinnerte sich dabei an ein Kleid, das sie einmal bei einem Fotoshooting mit Jean Shrimpton getragen hatte ... Zwei große Vögel kreisten über dem Wagen. Bussarde? Früher hatte sie so etwas beim ersten Blick erkannt. Sie blinzelte, und als sie die Vögel im richtigen Winkel sah, fielen ihr die gegabelten Schwänze auf. Rotmilane. Sie hatte gehört, dass diese, nachdem sie jahrelang vom Aussterben bedroht waren, wieder angesiedelt worden waren und sich gut vermehrten. Darüber hatte sie sich gefreut, war aber nie zurückgekommen, um sich selbst davon zu überzeugen. Jetzt waren sie hier, um sie zu begrüßen.

Willkommen in der Heimat, Chloe Samuels.

Was hatte sie sich nur all die Jahre gedacht, in denen sie den Kontakt zu ihrer Mutter hauptsächlich telefonisch aufrechterhalten hatte, von ein paar Besuchen im Jahr abgesehen? Ihr wurde übel vor Schuldgefühlen und Bedauern. Ihre Mutter war alt. Sie fand es schlimm, sie so selten zu sehen, und es würde eine Zeit kommen, da bliebe ihr nicht mal mehr eine Wahl! Man könnte meinen, sie hätte ihre Lektion gelernt, als vor sieben Jahren ihr Vater starb. Damals kehrte sie nach Hause zurück und blieb zwei Monate bei ihrer Mam. Auch Nora hatte sie besucht. Jasmine hatte ihn überdeutlich vor Augen: wie er Tag für Tag in aller Herrgottsfrühe losradelte, um entlang der Eisenbahnstrecke bei Llandeilo, Llandovery, Carmarthen zu arbeiten; wie er ihr ein Puppenhaus aus Orangenkisten baute, weil sie Megan um ihr im Laden gekauftes Puppenhaus beneidete; ihr über den Kopf strich, wenn er sie beim Erbsenpuhlen am Küchentisch antraf oder spät abends beim Putzen ihrer Schuhe.

Jasmine fing zu schluchzen an. Es war unerträglich. Sie hatte ihn so geliebt und so viel Zeit vergeudet, weil sie sich dem, was mit Llew passiert war, nie gestellt hatte. Das hatte alles vergiftet, und sie hatte es zugelassen. Und nun musste sie jede Minute auskosten, die ihr noch mit ihrer Mutter blieb. Aber zuerst *musste* sie Nora sehen.

Weiter. Sie warf den Motor an und fädelte sich vorsichtig ein. Jetzt war sie auf der Hut, wollte heil ankommen. Bei Kilgetty hielt sie Ausschau nach dem Buschland, wo früher immer die Fahrenden gelebt hatten ... Es war immer noch da! Aber keine Fahrenden mehr, nur ein paar grasende Pferde, wie ein Widerhall alter Zeiten ...

Als sie die Kurve nahm, die den ersten Blick aufs Meer erlaubte, den Blick, dem als Kind ihre ganze Sehnsucht galt, wäre sie fast von der Straße abgekommen. Es war so lebendig und von einem so tiefen Blau, dass es beinahe streitlustig wirkte. »Siehst du«, schien es zu sagen, »ich bin noch immer da. Was wirst du jetzt machen?«

Mit Herzklopfen brachte sie den Wagen wieder in die Spur. »Konzentrier dich«, murmelte sie und bremste vor der Kurve ab, die sie nach Tenby brachte. Es wäre keinem geholfen, wenn sie nicht lebendig dort ankäme. Oh Gott, es sah noch immer genauso aus. Na ja, vielleicht nicht *ganz*, aber doch so sehr, dass sie glaubte, entlang der A48 eine Zeitreise unternommen zu haben. Die Eisenbahnbrücke. Die sich den Hügel hinaufwindende Straße. Die Stadtmauern und bröckelnden Bögen.

»Tante Susan?«, wisperte sie und blickte nach rechts in der Erwartung, dort eine äußerst modische Frau im figurbetonten Kostüm mit dazu passendem Hut neben der Straße auf sie warten zu sehen. Doch da war nur eine kreischende Meute von vier dürren und drei dicken Mädchen, die zu einem Junggesellinnenabschied gehörten, wie ihre Schleier und Schilder und die mit Kondomen behangenen Schärpen verrieten. Susan war seit vierzehn Jahren tot.

Jasmine hatte von einer Tankstelle aus angerufen, um ein Bed & Breakfast zu buchen. Ihre Wahl war auf etwas Abgeschiedenes und Anonymes gefallen und nicht auf eines der üblichen Hotels am Meer. Dennoch war ihr der Straßenname altvertraut. Sie konnte es sehen und riechen, bevor sie überhaupt dort war. Und da war der kleine Parkplatz, wie ihre neue Wirtin es beschrieben hatte, und dort bog sie ein und hielt an.

Sie blieb noch ein wenig sitzen. Auf dem Gehweg davor war sie abertausendmal entlanggelaufen. Sie holte ihr Telefon heraus, um Nora vorzuwarnen, dass ihre reiselustige Mutter keine zehn Minuten von ihr entfernt war. Kein Signal. Als sie das letzte Mal in Tenby war, hatte es noch keine Mobiltelefone gegeben, also wusste sie nicht, ob das hier der Normalfall war oder sie einfach nur Pech hatte. Nun konnte sie nicht länger Zeit schinden.

Nachdem sie in das B&B eingecheckt hatte, trat Jasmine hinaus in den warmen Nachmittag. Es war zu surreal, auf den Spuren der zahllosen Sommertage zu wandeln, die sie hier mit Llew verbracht hatte. Sie wäre wahrscheinlich zum Hafen gegangen, um ihn dort zu treffen, tat es aber nicht. Sie wollte ihre Tochter finden. *Ihre Tochter!* Sie selbst war achtzehn gewesen, als sie das letzte Mal durch diese Straßen gegangen war.

Sie beschloss, Noras Straße von der Hafenseite her hochzulaufen, weil sie den anderen Weg, mit Blick auf den North Beach, scheute. Würde es ihr jemals wieder möglich sein, diesen Weg zu gehen, ohne dabei jene Nacht vor sich zu haben – Llew, der angerannt kam, die herabstürzenden Felsbrocken und das Ende ihres bisherigen Lebens? Sie bewegte sich in der Menge der schlendernden Familien und aufgeregten Kinder, die mit Plastikspaten fuchtelten.

Bei Nora angekommen, klingelte sie. Keine Reaktion. Sie hob den bronzenen Türklopfer – eine schelmische Meerjungfrau – und machte damit drei entschlossene Schläge. Stille. An den Fenstern zeigte sich kein Leben, und als sie den Briefkastenschlitz anhob, drang kein Geräusch nach außen. Sie drehte sich um und blickte aufs Meer. Von hier konnte sie Castle Hill sehen. Es war ganz einfach, sich vorzustellen, wie Llew durch den Bogengang von Castle Beach rannte. *Chlo! Oh, da bist du ja, komm mit!* Sie konnte seine Stimme im Wind hören.

Mit einem Seufzer kehrte sie zur Türe zurück, als könnte diese ihr etwas von Noras Leben erzählen.

»Wollen Sie zu diesen Mädchen?«, verlangte eine Stimme zu erfahren. Jasmine bekam sofort unerklärliche Schuldgefühle. Dieser Akzent, dieser *Ton* erinnerte sie an ihre Kindheit.

Du hältst dich wohl für was Besonderes, Chloe Samuels.
Diese Megan ist eine kleine Schlampe.
Heiratet einen Deutschen! Wie kann sie nur?

Jasmine wandte sich um und machte sich bewusst, dass sie inzwischen fünfundsiebzig war. Vor ihr stand eine Frau um die fünfzig mit Damenbart und braunen Haaren, die alles andere als modisch geschnitten waren. Sie war stämmig und misstrauisch, trug einen Anorak von zweifelhaftem Blau, feste Schuhe und eine schwarze Polyesterhose. Zwischen dieser Frau und Jasmine lagen Welten.

»Hallo, ich bin Noras Mutter. Kennen Sie sie?«, fragte sie.

»Ach! Die Mutter sind Sie? Sieh mal einer an. Wohl zurück aus Italien? Ich nehme an, sie weiß gar nicht, dass Sie kommen? Was führt Sie denn hierher?«

Jasmine hatte beinahe vergessen, auf welche atemberaubende Weise manche Leute zudringlich wurden. Aber sie war nicht mehr die kleine Chloe Samuels. »Nun, das geht wohl nur mich etwas an«, erwiderte sie. »Aber Sie wissen nicht zufällig, wo meine Tochter ist?«

»Also!« Die Frau holte geräuschvoll Luft und stieß diese schnaubend wieder aus. »Ich hab Besseres zu tun, als diese zwei im Auge zu behalten. Wahrscheinlich ist sie mit dieser flatterhaften Rothaarigen unterwegs oder mit diesem Kiwi-Kerl von ihr. Wird wohl ein Steuerflüchtling sein, ich kenne diese Typen aus Übersee. Oder sie ist mit meinem Vater losgezogen. Offenbar zieht er es vor, seine Zeit mit Fremden anstatt mit seiner eigenen Tochter zu verbringen! Wenn Sie ihn treffen, sagen Sie ihm einen schönen Gruß von mir! Sofern er sich noch daran erinnern kann, wer ich bin. Bei den Alten weiß man ja nie, woran man ist, zumal wenn bei ihnen die Schrauben derart locker sind wie bei meinem Vater.«

Für Jasmine ergab das alles wenig Sinn, aber sie wollte sich nicht streiten. Sie kannte diesen Typ Frau.

»Ich werde sie suchen gehen, danke für Ihre Hilfe«, sagte sie und eilte davon. Sie fragte sich, wann Nora sich mit einem senilen alten Mann angefreundet hatte – vielleicht jemand, den Kaitlin kannte.

Sie wanderte durch den Ort und dabei fielen ihr die Restaurants und Geschäfte ins Auge, die es zu ihrer Zeit nicht gegeben hatte. Natürlich nicht. Ihre Zeit war lang vorbei. Aber die Straße The Paragon mit ihrem schwarzen Gitterzaun gab es noch immer. Dieser Name hatte ihr immer ein Lächeln entlockt. Auch die Esplanade sah mit den pastellfarbenen Häusern und den Palmen davor unverändert aus. Und auch der South Beach war derselbe, ein langer Streifen mit silberblondem Sand und dahinter das Meer. Herabschießende Möwen mit Flügeln wie Schwerter.

Sie blieb stehen, um Luft zu holen, suchte Halt am Geländer. Sie wusste nicht, ob sie es wirklich schaffen würde, dort runterzugehen. Das war mehr als alles andere *ihr* Platz, Treffpunkt für Wiedervereinigungen, Picknicks, lange Gespräche unter sengender Sonne, abkühlendes Eintauchen im Meer und so viel *Lachen*. Mit Sicherheit hatte sie seitdem nie mehr so gelacht.

Sie kehrte in den Ort zurück. Dem South Beach war sie noch nicht gewachsen.

NORA

Nora lief die Warren Street entlang und suchte nach Münzen in den Rissen des Gehwegs. Seit Llew ihr davon erzählt hatte, hielt auch sie ständig Ausschau danach. Noch hatte sie keine gefunden, aber der Gedanke, unter ihren Füßen könnte sich verlorenes Kleingeld – ein verborgener Schatz – befinden, war so zwingend, so zu Tenby passend, dass sie voller Hoffnung war.

Abgesehen von der Geldsuche war sie ausnahmsweise einmal völlig ziellos. Heute hatte sie keine Kurse. Gran bekam Besuch von Freundinnen zum monatlichen Teekränzchen, um Neuigkeiten auszutauschen. Kaitlin war arbeiten. Und Logan war mit Brendan und Sylvie segeln.

Sie hatten sie eingeladen, mitzukommen, aber die Kinder waren erst wenige Tage hier und sie fand, dass sie etwas Zeit mit ihrem Vater allein verbringen sollten. Nein zu sagen, war schwer, weil sie bereits Gefallen daran gefunden hatte, mit allen dreien zusammen zu sein. Dennoch wollte sie den Familienverband respektieren und nicht »überall mitmischen«, wie Brendan sagen würde. Sie würden sich morgen wiedersehen.

Sie hätte sich keine Sorgen machen müssen, dass die Ankunft der Kinder das Ende des Sommeridylls bedeutete; tatsächlich war es sogar eher ein Vorgeschmack darauf, wie das Leben aussähe, wenn sie und Logan richtig zusammen wären. Nora hatte sich bisher noch nie als Teil einer Familie gefühlt – das Zweiergespann von ihr und Jasmine war etwas Besonderes, aber nicht damit zu vergleichen. Die intensiven Gespräche und leidenschaftlichen Nächte, die Logan und Nora genossen hatten, waren von Baden am Strand und Besuchen in Naturschutzgebieten zu viert und Grillabenden mit Molly und Andy und ihren Kindern abgelöst worden. Anstatt Candlelight-Dinner in teuren Restaurants gab es jetzt Besuche in der Eisdiele oder Pommes, die man sich an der Mauer des Hafens in den Mund stopfte, aber Nora entdeckte, dass ihr das eine genauso gut gefiel wie das andere. Wer hätte das gedacht?

Logan fühlte sie sich so nah wie zuvor – zwar weniger oft nackt, aber genauso eng – und jetzt kamen noch Sylvie und Brendan dazu. Sylvie war unkonventionell, eigensinnig und spleenig. Rosa oder Make-up oder Mainstreammusik konnte sie nicht ausstehen. Sie liebte Indiebands und *Doctor Who* und Graffitikunst. Sie nahm kein Blatt vor den Mund und das war für gewöhnlich urkomisch, gelegentlich auch eine Katastrophe. Brendan war still und überlegt. Er war ein Theoretiker und hatte etwas von einem Musterschüler, Gespräche mit ihm waren für gewöhnlich ernsthaft und regten zum Nachdenken an. Mit Sylvie konnte Nora flapsig sein, mit Brendan ernst. Sie konnte sie selbst sein – dieses neue, entspannte Selbst –, und das mit beiden. Sie fragte sich, was sie wohl von der alten Nora gedacht hätten, die an ihrem Smartphone hing, mit den Anforderungen jonglierte, die der Job an sie stellte, keine Zeit hatte zu essen, zu lesen und das Leben zu genießen.

War Logan entspannt, so war sein Nachwuchs lässig. Sie hießen Nora mit Begeisterung willkommen, und wenn sie nicht von sich aus dafür sorgte, dass die drei Raum für sich allein hatten, wäre ihnen das vermutlich gar nicht in den Sinn gekommen. Nun würde sie drei Menschen vermissen, wenn sie nach Neuseeland zurückflogen.

Ein deprimierender Gedanke. Sie legte schnell den Schalter um.

An diesem Morgen hatte sie endlich Anna kennengelernt. Diese hatte einen guten Tag und war vor Kaitlins Schicht auf einen Kaffee vorbeigekommen. Anna war eine schöne Frau, gertenschlank und mit lockigen Haaren wie Kaitlin, allerdings goldblond, und dunklen Augen. Aber sie war blass und gelegentlich ein wenig unsicher auf den Beinen, Nora konnte ihr die Anstrengung der letzten paar Monate ansehen. Im Moment bekam sie Bestrahlungen, und offenbar meinten die Ärzte, sie habe allen Grund, wieder auf eine volle Genesung zu hoffen. Dennoch war Nora zutiefst bestürzt, nicht zuletzt, weil Kait so gut zu ihr gewesen war und Greg ebenso. Sie konnte nur hoffen, dass Annas Chancen auf Genesung wirklich so gut standen, in diesem Punkt vertraute sie Kaitlin nicht, die gern alles herunterspielte. Wenn sie doch nur ein Zeichen bekäme ...

Und da war es – es glitzerte silbern in der Fuge zwischen zwei Gehwegplatten: eine schimmernde, glänzende Fünfzig-Pence-Münze! »Oh!« entfuhr es ihr. Die Straße war leer. Gut. Sie kniete nieder und griff mit zwei Fingern in den Spalt, bekam die Münze aber nicht ganz zu fassen. Durch ihr Herumfummeln schob sie sie nur noch tiefer zwischen das Unkraut, das in der Ritze wuchs. »Mist«, murmelte sie. Hätte sie wenigstens ein Lineal, aber so etwas trug sie normalerweise nicht mit sich herum.

Es sind doch nur fünfzig Pence, argumentierte ein Teil ihres Gehirns. *Es ist ein Glücksbringer*, entgegnete der andere Teil. *Ich muss die Münze für Anna kriegen*. Nora kramte in ihrer Tasche und angelte ihre Pinzette heraus. Die führte sie vorsichtig in den Spalt ein, achtete darauf, dass sie die Münze fest umfing – jetzt bloß nicht fallen lassen. Sie war so vertieft, dass sie ihre Umgebung nicht mehr wahrnahm, bis aus dem Nichts eine Stimme zu ihr vordrang.

»Nora, Liebling? Ist alles in Ordnung mit dir? Was machst du da?«

Nora hob erstaunt den Kopf. Hörte sie etwa Stimmen? Das klang wie ihre …

»*Mum!* Oh mein Gott! Mum! Du bist es wirklich! Was machst *du* denn hier?« Sie sprang auf und warf sich der Frau an den Hals, die sie ihr ganzes Leben lang geliebt hatte. Dann trat sie einen Schritt zurück und betrachtete sie ungläubig. Da stand sie. Klein, unerschütterlich, so chic, wie man nur sein konnte, in schwarzer Hose mit weiten Beinen und einem schwarzen ärmellosen Shirt. Nicht in Italien, sondern *hier*! Direkt vor Nora, und sie wirkte … nervös. Hoffnungsvoll.

Sie lachten und fielen sich noch mal in die Arme. Nora presste die Augen zusammen und hatte dabei nur einen Gedanken: *Danke*. Es gab eine Zeit, da hatte sie sich jedes Mal gefreut, wenn sie ihre Mutter sah. Eine Weile war das anders gewesen. Aber jetzt hatte das Pendel wieder in die andere Richtung ausgeschlagen, und genau in diesem Moment gab es niemand auf der ganzen Erde, den sie lieber sehen wollte.

Sie hielten sich fest und tanzten im Kreis herum, lachten und weinten. »Wieso bist du hier?«, fragte Nora noch mal. »Geht es dir gut?« Ein Gedanke traf sie wie ein Stromschlag. Wenn ihre Mutter nun krank wäre? War das der Grund ihrer vorzeitigen Rückkehr? Annas Zustand hatte sie tief erschüttert. Sie hielt ihre Mutter fest und musterte sie. Sie sah anders aus, aber gut. Zum ersten Mal in Noras Leben trug Jasmine ihre Haare kurz. Sie waren zu einem akkuraten Bob geschnitten, der bis knapp unterhalb der Kinnlinie reichte. Sie ließ auch die Farbe herauswachsen, sodass die obersten sieben Zentimeter silbergrau waren. Bei jedem anderen hätte das den Eindruck erweckt, als habe da jemand den Kampf gegen das Altern aufgegeben. An Jasmine sah es wie ein Modestatement aus. Sie war sehr gebräunt.

»Ja, ja, absolut gut«, versicherte Jasmine ihr. »Ich wollte dich einfach sehen, *unbedingt*. Ich bin viel zu lang weg gewesen. Es tut mir leid, dass ich in letzter Zeit so mies war, aber das ist jetzt alles vorbei. Wie geht es *dir* denn? Warum hattest du dich hingekniet? Dir ist doch nicht etwa übel?«

»Nein, mir geht's gut, ich habe nur gerade versucht, eine Münze aus dem Spalt zu angeln.«

Jasmine sah sie verdutzt an. »Das hast du getan? Ich habe das als Kind auch gemacht.«

»Ich weiß«, sagte Nora, aber dann fiel ihr ein, dass ihre Mutter noch nichts von Llew wusste. »Ich meine, das kann ich mir gut vorstellen. Da drinnen sind fünfzig Pence und die brauche ich für Anna als Glücksbringer.«

»Wer ist Anna?«

»Kaitlins Mama. Sie hat Krebs. Siehst du, ich habe meine Pinzette schon herausgeholt -«

»Nein, nein, damit kriegst du sie nicht. Man braucht dafür nur ganz kleine Hände. Hilf mir auf den Boden!«

Mühsam ging Jasmine auf die Knie, wobei Nora mitfühlend seufzte und dann auf die Münze zeigte. Zwei Männer kamen vorbei und blickten sie schräg an, sagten aber nichts.

»Ich sehe sie! Moment ...« Jasmine zog drei riesige, mit Halbedelsteinen besetzte Ringe ab und gab sie Nora. Dann griff sie mit geübter Hand in den schmalen Schlitz und zog triumphierend die Silbermünze heraus. »Voilà!«

»Du bist ein Crack, Mum. Komm, lass dir beim Aufstehen helfen.«

Sie zog ihre Mutter wieder auf die Beine. »Du siehst wunderbar aus«, sagte sie sanft. Damit bezog sie sich nicht allein auf das gute Aussehen – das war nicht anders zu erwarten –, sondern darauf, dass sie der Jasmine viel ähnlicher sah, die Nora vermisst hatte: für einen Spaß zu haben und nicht immer in Abwehrhaltung. Die blauen Augen waren klar und ihre Mundwinkel waren nicht ablehnend verzogen.

Sie gab Jasmine ihre Ringe zurück und steckte sich die Münze in ihre Tasche. »Das wird Kait gefallen. Du bist genau im richtigen Moment aufgetaucht!«

»Es ist nett von dir, das zu sagen, aber ich fürchte, ich komme achtzehn Monate zu spät. Ich wollte für dich da sein, als es dir schlechtging,

Nora, und ich konnte es nicht, aber ich würde es dir gern erklären, wenn du damit einverstanden bist.«

»Komm mit ins Haus, dann reden wir über alles. Ach und Mum? Willkommen in der Heimat.«

CHLOE UND NORA

Heimat. Jasmines Gefühlslage, in der sie sich an der Seite ihrer Tochter durch Tenby bewegte, ließ sich am ehesten mit Verwunderung beschreiben. Nora sah so gut aus. Sie trug die Haare ein wenig länger und der Wind wehte sie in alle Richtungen. Es stand ihr gut, nicht mehr ganz so perfekt, weniger formell auszusehen. Dank langer Spaziergänge war ihre Haut goldbraun, sie strahlte Zufriedenheit aus und war nicht mehr so angespannt und ängstlich. Sie schritt schwungvoll aus, als würde sie hinter jeder Ecke irgendwas Erfreuliches erwarten. Wie etwa eine lange verloren geglaubte Mutter, die plötzlich aus dem Nichts vor ihr auftauchte. Und da Nora sich sichtlich freute, Jasmine zu sehen – trotz allem –, war es die ganze Sache wert: die lange Reise, die Konfrontation mit ihren Ängsten, das Hinknien auf dem Gehweg.

Jasmine versuchte, die Umgebung auszublenden. Sie wollte sich nicht von alten Erinnerungen überwältigen lassen, bevor sie Nora eine schlüssige Erklärung geliefert hatte. Stattdessen sah sie ihre Tochter an. Als diese klein war, war Jasmine ihr Anker gewesen. Nun brauchte sie Nora, um beruhigt zu sein.

Noras Haus war erlesen ausgestattet und atmete eine Atmosphäre von Leichtigkeit und Komfort. »Es ist wunderschön«, sagte sie, während Nora den Wasserkessel füllte. »Hast du denn inzwischen herausgefunden, warum die Miete so günstig ist?«

Nora stellte den Kessel auf den Herd und sah sie an. »Ja, das habe ich in der Tat. Aber wir müssen uns hinsetzen, Mum. Ich glaube, das meiste dessen, was ich dir dazu erzählen kann, überlappt sich mit allem anderen.«

Jasmine fragte sich, was Nora wohl, seitdem sie hier war, über die lange zurückliegenden Sommer in Erfahrung gebracht haben könnte. Was mochte ihre eigene Mutter ihr erzählt haben?

»Bist du hungrig?«, fragte Nora. »Müde? Möchtest du dich ausruhen, bevor wir uns unterhalten?«

»Ich bin erschöpft, aber ich möchte erst mit dir reden. Das ist längst überfällig und es tut *so* gut, dich zu sehen. Aber für einen Earl Grey würde ich jetzt alles tun, sofern du einen hast.«

»Ich lebe mit einer Feinschmeckerin zusammen, Mum. Wir haben alles. Ganz ehrlich, sag, was du möchtest, und die Chancen, dass wir es hier haben, stehen gut.«

»Nun, Earl Grey, wie gesagt, und ... ein bisschen Hunger habe ich. Was Herzhaftes? Leichtes?

»Hausgemachte Makrelenpastete auf Sauerteigbrot? Oh, keine Sorge, nicht von mir hausgemacht. Und dazu ein Drei-Bohnen-Salat?«

»Ausgezeichnet.«

»Und ein paar von Grans Welsh Cakes?«

»Du liebe Güte. Ja.« Die Vorstellung, dass das Leben hier in seinen üblichen Bahnen verlief, ihre Mutter noch immer Welsh Cakes backte, Tee noch immer fürs Wohlbefinden aufgegossen wurde, die Gezeiten kamen und gingen und die Menschen sich in Tenby verliebten ... Sie war überwältigend. Jahrzehntelang hatte sie sich dem allen verschlossen. Jetzt war sie bereit, sich diesen alten Annehmlichkeiten wieder zu öffnen. Sie erinnerte sich daran, wie sie als Kind schwimmen gelernt hatte, gelernt hatte, dem substanzlosen, sich in ständiger Bewegung befindlichem Wasser zu vertrauen. Das jetzt fühlte sich ähnlich an.

Oben im luxuriösen, weitläufigen Wohnzimmer trat Nora aus Gewohnheit ans Fenster. Jasmine zögerte.

»Was ist los, Mum?« Nora warf einen Blick über ihre Schulter.

»Nichts. Hättest du was dagegen, wenn wir uns hier hinsetzen? Ich ... Das Sofa sieht sehr bequem aus und ich bin nach der Fahrt ein wenig groggy.« Sie musste dem Fenster fernbleiben. Diesen Blick auf den Castle Hill, den Pfad zu den Felsen, auf denen Red Sam immer saß, konnte sie nicht ertragen.

Los, komm, Chlo! Heute werde ich ihn vor die Linse kriegen, ich spür's!

Sie blinzelte gegen die Tränen an.

Nora stellte das Tablett auf den Kaffeetisch und nahm ihre Mutter dann noch mal in den Arm. Sie konnte sich nur ansatzweise vorstellen, was es ihr abverlangt hatte, hierherzukommen, nach so langer Zeit. Sie spürte, wie ihre kleine Gestalt ein wenig bebte, hielt ihre Hand und sah sie zärtlich an.

»Mach dir bitte keine Sorgen, Mum. Ich weiß bereits ein bisschen was von dem, was du mir erzählen willst. Sicherlich gibt es noch mehr, aber ich kann dir versichern, dass es gar nicht so schlimm ist, wie du meinst. Jeder liebt dich, alle vermissen dich. Ich möchte alles hören, was du mir erzählen möchtest, aber das ist alles nicht wichtig. Wichtig ist nur, dass du wieder hier bist.«

Jasmine schrumpelte zusammen wie ein kleines Blatt und sank auf das Sofa. Nora schenkte zwei Tassen Tee ein und setzte sich mit übereinandergeschlagenen Beinen neben ihre Mutter. »Wer fängt an?«

»Ich werde anfangen«, erklärte Jasmine entschlossen. »Ich saß da in Italien und habe dich vermisst. Habe Mam vermisst. Ich habe sogar Tenby vermisst, nachdem du mir schriebst, dass du dort bist. Und gestern hielt ich es dann nicht mehr aus, und heute Morgen bin ich zurückgeflogen ...«

»*Heute Morgen*? Du kommst doch jetzt nicht direkt vom Flughafen?«

Jasmine nickte und brachte damit ihren eleganten Bob zum Schwingen.

Nora musste an Llew denken, der sich wie ihre Mutter einfach in ein Flugzeug oder einen Zug setzte und von jetzt auf gleich nach Tenby düste – was für ein Paar!

»Dann wundert es mich nicht, dass du müde bist! Ich bin jedenfalls froh, dass du hier bist. Erzähl weiter.«

In dem Moment fiel Jasmines Blick auf den Kaminsims. »Ist das mein altes Stundenglas? Das du aus dem Cottage mitgenommen hast?«

Nora folgte ihrem Blick. »Oh! Ja. Ich hab dieses Ding immer gemocht. Fast hätte ich es in meiner Wohnung gelassen, habe es dann aber doch in letzter Minute eingepackt.«

»Als ich Nant-Aur verließ, um nach London zu gehen, habe ich es auch in letzter Minute mitgenommen. Es erinnerte mich an Mam.«

Nora lächelte. »Und mich erinnerte es an dich.«

Jasmine nickte. »Natürlich weiß ich, wofür es steht, der Sand für die verrinnende Zeit und die Sterblichkeit, und dass man es umdrehen kann für einen Neuanfang und all das, aber weißt du, was es für mich immer bedeutet hat?«

»Was?«

»Das Band zwischen einer Mutter und einer Tochter. Ich hatte immer das Gefühl, die eine Kugel steht für Mam, die andere für mich. Und wir sind durch das schmale, aber wesentliche Glied dazwischen verbunden. Und der Sand steht für die Liebe oder Lebenskraft, der sich von ihr zu mir ergießt, aber dreht man es um, ergießt er sich von mir zu ihr – denn als ich dich bekam, ist mir klar geworden, dass eine Tochter einer Mutter genauso Kraft gibt wie umgekehrt.«

»Das ist schön, Mum. Genauso ist es.«

»In diesem Sinne ...«, begann Jasmine und sah Nora an, »möchte ich mich entschuldigen, und zwar richtig, dass ich in den letzten paar Jahren so eine Hexe gewesen bin. Du warst immer so gefasst und alles war in Ordnung, und genau das habe ich mir für dich gewünscht – jedenfalls dachte ich das. Vermutlich habe ich insgeheim schon lange gewusst, dass du nicht glücklich warst, nicht richtig, aber du sagtest immer, du seist es, und genau das wollte ich auch hören. Doch das Leben besteht nicht nur aus Arbeit und finanzieller Sicherheit und Alltagsroutine. Wenn jemand das weiß, dann ich. Aber die Liebe ... ich meine die, die dein Leben zum Leuchten bringt ... nun, die kann gefährlich sein, und wenn ich eins nicht wollte, dann, dass man dir wehtut. Aber ich habe dich ganz fürchterlich im Stich gelassen.«

»Das hast du nicht, Mum, mach dir darüber bitte keine Gedanken. Als ich das im letzten Jahr alles durchgestanden habe, hatte ich Angst.

Nichts fühlte sich mehr an, wie es war, wie ich dachte, dass es sein sollte. Ich dachte, meine Welt bricht zusammen. Und ich hatte recht, das tat sie, sie brach tatsächlich über mir ein. Aber das war gut, weil es bedeutete, dass ich eine neue und bessere aufbauen konnte. Es ist alles gut, ich habe es gut überstanden.«

»Das sehe ich. Mehr als gut, du siehst ganz bezaubernd aus, mein Schatz, so glücklich und schön … und genau das hast du verdient. Du verdienst es *wirklich*. Du sollst einfach wissen, dass ich vor deiner Courage den Hut ziehe. All die Angst, all die Verwirrung – aber du hast ihr ins Gesicht gesehen, mit Jennifer gesprochen und sie durchgestanden. Es tut mir leid, dass ich dich dabei nicht begleitet habe. Entschuldige, dass ich mich abgewandt habe. Aber ich konnte mit deiner Angst nicht umgehen, weil ich mich meiner nie gestellt habe.«

Nora nickte und saß ganz still. So hatte sie es noch gar nicht betrachtet. Als sich für sie alles auflöste, war ihr nie der Gedanke gekommen, dass sie mit ihrem Handeln eine Wahl traf. Nach Courage hatte es sich mit Sicherheit nicht angefühlt – sie wollte einfach nur, dass diese Gefühle verschwanden, die sie verrückt machten. Schon lange hatte sie ihre Mutter nicht mehr so aufrichtig und ernst erlebt. Und sie konnte auch den Schmerz sehen, der ihren zarten Körper fast sichtbar wie eine Aura umgab. Wie hatte sie ihn bisher übersehen können? Vermutlich weil Jasmine ihn in ihrem Innersten eingeschlossen hatte. Ihre arme Mutter.

Ganz still lauschte sie, als Jasmine ihr von einem Zerwürfnis in der Familie erzählte, das zu heilen begann, als die zehnjährige Chloe Samuels zu ihrem ersten Sommerurlaub nach Tenby reiste. Sie erfuhr jetzt, wie Chloe, die noch nicht am Teenager-Sommerball teilnehmen durfte, in die Dünen gerannt war, um dort – ganz wörtlich – über den Jungen zu stolpern, der zu ihrem besten Freund auf der ganzen Welt wurde.

»Ich habe dir nie von Llew erzählt«, sagte Jasmine leise.

Nora veränderte ihre Sitzposition. Sie wollte ihre Mutter nicht unterbrechen, aber auch nicht zuhören, als hätte sie nie von Llew gehört. Sie wollte keine Vertraulichkeiten unter falschen Voraussetzungen erfahren.

»Gran erwähnte, dass du einen Freund namens Llew hattest«, sagte sie. »Und, nun ja, du wirst es nicht glauben, aber ... dieser Jones, mein Vermieter ... *ist* dieser Llew. Das weiß ich aber erst seit letzter Woche.«

Nora beobachtete, wie ihre Mutter diese bemerkenswerte Tatsache aufnahm. Sie wurde ein wenig blass. »Aber er ist nicht hier, oder?«, fragte sie schließlich. »Das ist sein Haus. Du sagtest, er sei fortgegangen.«

Nora schluckte. »Er war auch fort. Aber jetzt ist er zurück, Mum. Sobald er erfuhr, dass ich deine Tochter bin, kam er eilends zurück. Keine Sorge, er ist nicht *hier*! Er wohnt in der Stadt. Ich bin ihm begegnet, Mum, er ist reizend. Aber ... er hat dir wehgetan. Und das tut mir sehr leid.«

»Er mir wehgetan? Oh ja, vermutlich hat er das. Aber ich war mir nicht sicher, ob er es so gesehen hat. Ich habe nämlich *ihm* wehgetan, weißt du? Aber macht es ihm nichts aus, dass du hier bist, jetzt, wo er weiß, wer du bist?«

»Natürlich nicht!«

»Nein. Llew war nie kleinlich. Aber *mich* wird er mit Sicherheit nicht sehen wollen, Nora.«

»Also da bist du im Irrtum, Mum, er will dich sehen. Er will dich unbedingt sehen. Ständig fragt er mich, wann du zurückkommst. Es liegt auf der Hand, dass er ... Nun, ich will nicht vorgreifen. Willst du vielleicht erst mit deiner Geschichte fortfahren, Mum? Ich fand nur, du solltest wissen, dass ich ... ihn kenne. Ein bisschen.«

»Ich fasse es nicht«, flüsterte Jasmine. »Dass du ausgerechnet in *seinem Haus* landen musst! Ist er mit Kaitlin verwandt? Ist das auf diese Weise zustande gekommen?«

»Nein. Kaitlin ist eine ganze andere Jones. Es ist wirklich ein Zufall.« Am besten ließ sie im Moment noch unerwähnt, dass Kaitlin Almas Enkelin war, überlegte Nora. Das könnte das Gespräch gänzlich entgleisen lassen.

Jasmine holte tief Luft und nahm einen kräftigenden Bissen Pastete auf Brot. »Das schmeckt ja umwerfend! Kaitlin ist eine großartige Köchin.«

»Ja, das ist sie. Ich werde nicht zulassen, dass sie heiratet und wegzieht. Ich würde verhungern.«

Jasmine schlang ihren letzten Bissen hinunter und legte ihre Hände wie ein kleines Mädchen um die Porzellantasse. »Mam sagte immer, beim richtigen Zeitpunkt habe Gott seine Hände im Spiel. Offenbar war es vorherbestimmt, dass das alles jetzt ans Licht kommt. Also lass mich erzählen ...«

Nora hörte ihre Mutter die gleichen Geschichten erzählen wie Llew: von der Jagd auf Münzen und langen Tagen an den Stränden, Exkursionen durch die Stadt mit Llew auf der Suche nach dem perfekten Fotomotiv, von Tanzen und heißer Malzmilch, dem ständigen Versuch, mit ihrer launischen Cousine und deren stutenbissigen Freundinnen mitzuhalten. Sie musste lachen, als sie von Iestyn erfuhr, dem Schwarm ihrer Mutter in ganz jungen Jahren, und den Peinlichkeiten, in die sie dadurch geriet.

Jasmine erzählte Nora in aller Ausführlichkeit von jenen letzten Sommern und grub dabei Erinnerungen aus, die sie lange Zeit ignoriert hatte. Sie erzählte ihr vom Windpockensommer, in dem Llew erst ihr Fels, dann sie der seine war. Dann kam sie auf die Zeit zu sprechen, als sie und Llew an der Schwelle zwischen Freundschaft und etwas mehr als dieser standen. Und während Jasmine ihre Geschichte erzählte, erkannte sie, wie die einzelnen Fäden sich miteinander verwoben. Das ganze Timing: wie die Windpocken den gewohnten Fluss der Kindheitsaktivitäten unterbrachen und sie zwangen, Llew in einem neuen Licht zu sehen. Dazu ihr Vater, der sie beiseite nahm und mit ihr über ihre Zukunft sprach. Das sich neigende Stundenglas, kurz davor, auf den Kopf gestellt zu werden und eine neue Phase einzuleiten, bevor sie bereit dazu war.

»Geliebt habe ich ihn schon immer, schon vor diesem letzten Sommer«, sagte sie. »Jedes Mal, wenn ich an die Zukunft zu denken versuchte, war Llew bereits da. So sehr ich mir auch einzureden versuchte, ich sollte irgendeinen weltmännischen Jungen aus der Stadt heiraten, der mir das Leben ermöglichen würde, das ich mir immer gewünscht hatte – immer kam Llew mir in die Quere. Er war mein Seelenverwandter, Nora. In gewisser Weise haben wir uns gefunden, als wir noch zu jung waren. Wir verfügten nicht über die nötige Erfahrung, um das, was wir hatten, als das zu erkennen, was es war. *Beinahe* hätte ich es herausgefunden, als Iestyn zurück an den Kite Hill kam. Er war in Amerika gewesen, lebte in London. Er erfüllte alle meine Mädchenträume. Anfangs war ich geblendet. Und fühlte mich bestätigt, weil er mich endlich als die schöne, verführerische Frau sah, die ich immer hatte sein wollen.«

Das konnte Nora verstehen. Doch sie fand es erstaunlich, dass es eine Zeit gegeben hatte, in der ihre Mutter sich nicht schön gefunden hatte, sich ihrer eigenen Macht nicht bewusst gewesen war. Dass Chloe wie alle anderen auch durch die Zweifel und Peinlichkeiten der Pubertät gegangen war. Für Nora hatte es immer so ausgesehen, als wäre Jasmine einfach im Alter von zwanzig Jahren voll entwickelt als prachtvolle Erscheinung in die Welt getaumelt. Eine Ikone weiblicher Anmut, der Nora nie würde gerecht werden können. Aber so war es ganz und gar nicht.

Von Iestyn hatte Llew ihr nichts erzählt, nur dass er, als der schreckliche Unfall passierte, auf dem Weg zu Chloe war. Jetzt erfuhr Nora von der Verabredung, die Chloe die Augen geöffnet hatte. Ihre Augen brannten. Es war so grausam, was Chloe und Llew widerfahren war. Und sie war sich nicht sicher, ob Gott auch bei diesem Timing seine Hand im Spiel gehabt hatte, mochte Gran denken, was sie wollte. Ein grausames Schicksal hatte dem Paar die Zukunft geraubt. Sie drückte einen Kuss auf die weiche Wange ihrer Mutter. »Es tut mir so leid«, flüsterte sie. Kein Wunder, dass Jasmine vor der Liebe davongelaufen war und Nora von ihrem zerstörerischen Pfad abgelenkt und sich von dem Ort ferngehalten hatte, der mit so vielen Erinnerungen verbunden war.

Doch wieder stand Angst in Jasmines Augen. Sie wischte Noras Tränen ab und schwieg. Das Schweigen wog schwer, bis sie endlich sagte: »Da ist noch etwas.«

Und dann erzählte Jasmine ihr mit leiser Stimme und gesenktem Blick von Michael Everley. Von all den Dingen, die er gesagt, und den Dingen, die er gemacht, und dem Schrecklichen, das er versucht hatte, ihr anzutun, aber nicht zu Ende bringen konnte, wegen Llew und des Erdrutsches.

Nora saß steif da, hatte Herzklopfen und sah dem, was als Nächstes kam, dem Schrecklichen, das ihre Mutter hatte durchmachen müssen, voller Hass und Furcht entgegen. Und als sie erfuhr, dass es letztendlich doch nicht zum Äußersten gekommen war, stieß sie einen Seufzer der Erleichterung aus. Timing war *doch* etwas Göttliches.

Nervös begann Jasmine die Fransen eines Kissens zu flechten. »Das habe ich noch nie jemandem erzählt«, sagte sie. »Damals drehte sich alles nur um den Unfall und die Frage, wie es zu Llews Verletzungen gekommen war und was sie nach sich zogen, sodass der Rest einfach unter den Tisch fiel. Er wurde verletzt, weil er mich rettete, Nora, und das Schlimmste daran ist ... dass ein Teil von mir immer froh war, dass er genau zur rechten Zeit aufgetaucht ist, dass ich erleichtert war, dass Michael nicht dazu kam ... mir das anzutun, was er Megan angetan hat. Ja, sie hat er vergewaltigt«, bestätigte sie, als Nora die Luft anhielt. »In jenem Sommer, als sie nach Frankreich ging, brachte sie ein Kind zur Welt. Danach war sie die längste Zeit zerbrochen und wir sprachen erst Jahre später darüber. Aber der Punkt ist, ich war froh, dass es nicht passiert ist.«

»*Natürlich* warst du das, Mum! *Ich bin* froh, dass es nicht passiert ist!«

»Aber welchen Preis hat Llew dafür bezahlen müssen!«

»Aber das hast du doch nicht gewollt, Mum, du hast das doch nicht herbeigeführt.«

»Er hat mich gesucht. Ich wäre doch gar nicht dort gewesen, wenn ich mir nicht von Iestyn hätte den Kopf verdrehen lassen. Llew wäre nicht dort gewesen, wenn er mich nicht gesucht hätte. Hätte ich doch nur schon einen Tag eher Klarheit über meine Gefühle bekommen.

Selbst drei Stunden eher hätten gereicht. Wäre ich nicht mit ihm zu diesem Picknick gegangen ...«

»Mum ... Ich verstehe das, aber gehst du da nicht unglaublich hart mit dir ins Gericht? Du wurdest immerhin fast *vergewaltigt*.« Nora schauderte. Es war schlimm, dieses Wort in einem Atemzug mit ihrer Mutter zu nennen. Wäre bei jedem schlimm gewesen. »Aber du hast nie darüber gesprochen. Es ging einfach verloren bei all dem, was Llew widerfuhr. Du hast in einer Nacht zwei gewaltige Traumen erlitten. Das muss dich doch zerrüttet haben! Es war eine beschissene Situation. Die schlimmste. Aber überleg doch mal, wenn Llew nicht vorbeigekommen wäre und dich gerettet hätte, dann wäre er zwar in Sicherheit gewesen, aber du nicht. Überleg mal, was das mit dir gemacht hätte. Und das hätte Llew bestimmt *niemals* für dich gewollt.«

Jasmine lächelte und drückte Nora die Hand. »Wann ist mein kleines Mädchen so weise geworden? Du hast natürlich recht, er hätte es nicht gewollt. Aber keiner hat je erfahren, warum Llew in jener Nacht mit einem Affenzahn durch Erde und Steine gerannt ist, und keiner hat jemals die schrecklichen Dinge erfahren, die Michael zu mir gesagt hat. *War* es mein Fehler? Habe ich was getan, das ihn auf den Gedanken brachte, ich würde wollen ...?«

»Ach Mum. *Mum!*« Nora rutschte zu ihr und legte ihre Arme um ihre Mutter. »*Nichts* daran war dein Fehler! Es war einfach eine ganz entsetzliche Nacht. Eine ganze Reihe schrecklicher Ereignisse, die niemand hätte vorhersehen können.« Verwundert schüttelte sie den Kopf.

Trau der Liebe nicht, Nora, jeder kann dich enttäuschen. Jetzt verstand Nora es. In all den Jahren hatte Jasmine damit nie Noras Vater gemeint. Und auch nicht Llew. Sie gab sich noch immer die Schuld: Sie hatte von sich gesprochen.

Die Tränen liefen, als Jasmine sich in Noras Armen entspannte. Oh, wie gut es tat, sich an der Schulter eines geliebten Menschen auszuweinen. Nora liebte sie noch immer, obwohl sie alles wusste. Die Erleichterung war grenzenlos.

»Lebt Megan denn noch?«, erkundigte Nora sich, nachdem Jasmine sich beruhigt hatte.

Jasmine schüttelte den Kopf. »Susan und Heinrich leben auch nicht mehr. Sie sind alle tot, bis auf Richard vielleicht. Zuletzt hörte ich, dass er noch immer irgendwo in Shropshire lebt. Ich wünschte, du hättest Susan kennengelernt, Nora. Und sie hätte sich bestimmt gefreut, dir zu begegnen. Sie stand mir sehr nah. Diese arme Familie. Sie mussten mit so vielen Schwierigkeiten kämpfen.«

»Was wurde aus Megans Baby? Die arme Megan.«

»Ja, die arme Megan.« Jasmine erzählte Nora, wie Megan sie später ausfindig gemacht hatte. »Offensichtlich erwies die Familie in Frankreich sich als Gottesgeschenk. Sie ermöglichten es ihr nicht nur, das Kind zur Welt zu bringen, sondern adoptierten es dann auch. Und Megan fuhr nach Hause in dem Glauben, einfach alles auf der anderen Seite des Ärmelkanals zurücklassen zu können. Aber natürlich war es nicht leicht für sie.«

»Natürlich nicht. Hatte sie am Ende doch noch ein glückliches Leben?«

»Ich denke schon. Sie heiratete und bekam zwei Kinder. Eröffnete ihren eigenen Frisiersalon. In den Siebzigerjahren schrieb sie mir, ihr Sohn in Frankreich habe sie ausfindig gemacht. Er hieß Auguste. Megan ließ mir die Post über Mam zukommen. Sie schickte mir seine Adresse, für den Fall, dass ich Kontakt zu ihm aufnehmen wollte.«

»Und, hast du?«

»Niemals. Aber den Brief habe ich behalten.«

»Dann könnten wir also …«

»Ja, wir könnten … Egal.« Jasmine riss sich aus ihren Gedanken. »Jetzt weißt du also, warum ich eine solche Mutter war, Nora. Das Exil ist schmerzhaft und ich habe das wohl kompensiert, wie Jennifer es vielleicht bezeichnen würde. Ich wollte dir eine starke, unabhängige Mutter sein. Wollte dir zeigen, dass es möglich war, ein gutes Leben, ein wunderbares Leben ohne romantische Liebe, ohne Wurzeln, ohne *Schuld* zu führen. Womöglich habe ich dir damit keinen Gefallen getan.«

»Oh Mum.« Nora lächelte. »Ich bin dir *dankbar*, dass du mir vorgelebt hast, eine starke Frau zu sein. Ich bin froh, dass ich mich nie in einer halbherzigen Beziehung eingerichtet habe – jedenfalls nicht auf Dauer. Hätte ich das getan, wäre ich jetzt nicht frei, um mit Logan zusammen zu sein. Und du warst mir immer Vorbild, so viel steht fest. Aber es muss für dich …«

Jasmine nickte. »Ich bin *erschöpft*. Und dann entdeckte ich, dass Llew doch wieder laufen konnte … Das dürfte das Fass zum Überlaufen gebracht haben, fürchte ich. All die Jahre trug ich diese Schuld mit mir herum, aber er ließ es mich nicht mal wissen. Als mir klar wurde, dass er mich offenbar noch immer so sehr hasst, war's dann wohl um mich geschehen. Deshalb konnte ich dir auch nicht helfen, als es dir so schlecht ging. Da hatte ich es gerade erst herausgefunden. Verdammtes Internet!«

»Mum, er hasst dich nicht, das kann ich dir versichern. Ganz im Gegenteil.«

»Aber warum hat er dann nie …?«

»Das weiß ich nicht. Das musst du ihn selbst fragen. Ihr beiden müsst reden und alles klären.«

»Ich denke nicht, dass ich das kann, Nora. Wie soll ich ihm nach all den Jahren wieder gegenübertreten?«

Nora warf ihr den Blick zu, mit dem Kaitlin sie in ihrer ersten Zeit in Tenby so oft bedacht hatte. »Weil es mit der Vermeidungsstrategie bisher so gut funktioniert hat?«, sagte sie. »Also Mum, wieso solltest du das *nicht* können? Jetzt bist du schon so weit gekommen.«

»Ja, aber um mit *dir* wieder ins Reine zu kommen! Und mit Mam. Ich wusste doch nicht, dass Llew hier sein würde, oder?«

»Aber er ist hier und dafür muss es einen Grund geben. Du musst fröhlich weitermachen. Und das kannst du nicht, wenn du dich der gigantischen Tatsache verweigerst, dass ihr beide, du und Llew, wieder in Tenby seid.«

»Ich weiß. Du hast recht. Aber zuerst muss ich Mam sehen. Mein Gott, Nora, es ist Monate her. Und sie ist dreiundneunzig. Was habe ich mir nur dabei gedacht? Sie wird nicht ewig bei uns sein. Bevor ich irgendwas anderes tue, muss ich sie sehen.«

»Also gut, in dem Punkt stimme ich dir zu. Aber dann kommst du hierher zurück, sprichst mit Llew, lernst Kaitlin und Logan kennen und das Leben geht weiter, okay? Kein Davonlaufen mehr.«

Jasmine nickte und wischte sich mit dem Handrücken übers Gesicht. »Kein Weglaufen mehr«, willigte sie ein. Allerdings konnte sie sich nicht vorstellen, wie sie ein Wiedersehen mit Llew meistern sollte. Aber als Erstes würde sie nach Hause fahren und Mam würde ihr helfen. Wenn das nicht zum Lachen war! Da war sie fünfundsiebzig Jahre alt und wünschte sich nichts mehr, als ihre Mutter zu sehen.

NORA

Am nächsten Tag stand Logan vor der Tür und flehte Nora regelrecht an, doch für ein paar Tage mit ihm und den Kindern nach London zu fahren. Sie waren offenbar ganz heiß darauf, die Stadt kennenzulernen, und hatten sich in den Kopf gesetzt, dass Nora mitkommen und sie herumführen sollte.

»Ich weiß, was du sagen willst«, fügte er hinzu, »aber sie wollen *unbedingt*, dass du mitkommst. Ich schwöre es.«

»Ja, warum nicht?«, erwiderte Nora und schmolz dahin, als sie die Freude auf seinem Gesicht sah. »Mum ist heute Morgen nach Nant-Aur gefahren. Es ist sicherlich gut für sie, wenn sie ein paar Tage allein mit Gran hat.«

Logan fiel das Kinn herunter. »Wer ist jetzt wo?«

Nora lachte. »Ich werde es dir unterwegs erklären.«

Also fuhren sie. Die Zeit in London verging wie im Flug. Sylvie fiel bei Madame Tussauds, dem Tower of London und Camden Market von einem Ah und Oh ins nächste ... Brendan hingegen wirkte regelrecht fassungslos, wenn sie in Bussen dahinratterten oder die U-Bahn zur

South Bank nahmen und dann am Fluss rauskamen oder mit dem London Eye fuhren.

»Er sieht aus, als wäre er verliebt!«, flüsterte Logan Nora zu, während Brendan mit einer Kellnerin im Tate Modern Café plauderte. »Nicht in das Mädchen, in die Stadt!« Es waren fröhliche Tage, wenn auch mit einem Wermutstropfen, weil Logan schon bald abreisen würde.

Am Freitagmorgen rief Nora ihre Mutter an, um ihr zu sagen, dass sie auf dem Heimweg waren. Logan war verschwunden, um Sylvie beim Packen ihrer Tasche zu helfen, die jetzt dank der Beute vom Camden Market auf die doppelte Größe angeschwollen war. Nora lehnte mit Brendan am Auto, der noch immer wie unter Hypnose stand. Während sie warteten, erhielt sie eine E-Mail.

Eine Nachricht von Lou aus der Personalvermittlung, die Nora kontaktiert hatte, nachdem sie die Universität verlassen hatte. Jetzt kam ihr das wie ein anderes Leben vor. Als sie den Namen der Firma las, glaubte sie erst, man habe sich geirrt und mit ihr die falsche Person erwischt. Sie ging die Mail durch und traute ihren Augen nicht. Lou hatte eine freie Stelle für sie, die, wie sie meinte, genau passend für Nora sei. Und zudem auf Dauer.

> Ich habe erklärt, dass Sie im Moment nicht zur Verfügung stehen, aber man wollte dennoch Ihre Unterlagen sehen. Sie waren beeindruckt und der Ansicht, dass Sie die Richtige für diesen Job sind. Sehen Sie eine Möglichkeit, nächste Woche zu einem Vorstellungsgespräch zu kommen? Bei gegenseitigem Einvernehmen wären sie gern bereit, auf Sie zu warten, bis Sie anfangen möchten. Ende September, wenn Sie wollen, dann haben Sie Zeit für den Umzug und können alles regeln.

»Oh Gott«, sagte Nora.

Sie öffnete den Anhang mit der Stellenausschreibung. Sehr gutes Gehalt, allem Anschein nach ein interessantes Unternehmen, eine Eventfirma. Passend zu ihren Fähigkeiten. Sie scrollte sich durch die

Arbeitsplatzbeschreibung: Organisation von Events, Zusammenarbeit mit unterschiedlichsten Firmen, Budgetverwaltung, Leitung des Verwaltungsteams, Klientenbetreuung ...

Ihr verschwamm alles vor den Augen und sie schaltete ihr Telefon aus. Gemessen an ihren früheren Kriterien war es ein Traumjob. Eine beeindruckende Stelle, die ihren Fähigkeiten bestens entsprach, gute Zusatzleistungen, besser könnte es nicht passen. Warum aber fühlte sie sich ... gehetzt?

»Was ist los?«, wollte Logan wissen. »Alles klar, Schatz?«

»Alles bestens! Was ist mit Sylvie? Oh, wir sind ja vollständig. Großartig, dann mal los.«

Verwirrt stieg sie ins Auto und schlug sich dabei den Kopf an. Logan warf ihr einen fragenden Blick zu. Jetzt endlich verstand Nora, warum Kaitlin ihr nicht von Annas Krebserkrankung erzählt hatte. Auch sie wollte dieses Jobangebot lieber für sich behalten, damit kein Schatten auf die Zeit fiel, die ihnen noch blieb. Sie wollte dem Ende noch keine Realität geben.

An jenem Abend versuchte Nora, während sie sich fürs Dinner zurechtmachte, ihre Tränen zurückzuhalten. Sie durfte nicht weinen, wenn sie ihr sorgfältig aufgetragenes Augen-Make-up nicht ruinieren wollte. Mist. Schon weinte sie.

Um ihre Rückkehr aus London zu feiern, trafen sich alle zu einem gemeinsamen Abendessen: Logan, Nora, Sylvie und Brendan. Molly, Andy, Angie und Carter. Und Kaitlin und Llew. Ihre Mutter war in der Nähe und das Leben könnte nicht besser sein. Nora wünschte sich, dass es immer so bliebe, aber an Veränderungen führte kein Weg vorbei.

»Oh Gott«, brummelte Nora vor sich hin und wischte sich mit dem Handrücken vorsichtig die Tränen unter ihren Augen ab. »Reiß dich zusammen.« Sie schnitt eine Grimasse vor dem Spiegel – schon komisch, der Unterschied zwischen »sorgfältig verwischt« und »von Tränen verschmiert«.

Natürlich sollte das Dinner am South Beach stattfinden, mit Cocktails für die Erwachsenen und einem Blick auf den achatgrünen Ozean für alle. Nora trug ein neues Kleid, das Lilian für sie entworfen hatte – in zartem Türkis, das bei gewisser Beleuchtung ans Meer erinnerte, mit Tulpenrock, U-Ausschnitt und einem tiefen V-Ausschnitt im Rücken. Sexy, aber nicht so sexy, dass man es nicht vor den Kindern des Liebsten tragen konnte. *Liebster*. Was für ein Wort.

Sie zögerte noch, denn das bedeutete, einen weiteren Abend abstreichen, einen weiteren Tag zu Ende zu bringen.

»Bist du fertig, Nora?«, rief Kaitlin von unten herauf. »Wir müssen los!«

CHLOE

Nach drei Tagen bei ihrer Mutter in Nant-Aur fühlte Jasmine sich wieder wie Chloe. Es war eine bittersüße, emotionale Zeit gewesen. Das Gesicht, das Gwennan machte, als sie die Tür öffnete und ihre Tochter sah, würde Jasmine ihr ganzes Leben lang nicht mehr vergessen. Weinend waren sie einander in die Arme gefallen und rührten sich achtundvierzig Stunden nicht aus dem Haus, während sie redeten und redeten und nur innehielten, um zu essen und zu schlafen und zahllose Kannen Tee zu kochen.

An diesem Morgen hatten sie einen Spaziergang hinauf auf den Hügel und durch den Wald gemacht. Die alten Wege waren unverändert, die Gerüche und Geräusche die der Kindheit. Gwennan und Jasmine jedoch – oder Chloe, die sie für ihre Mutter immer gewesen war und immer bleiben würde – hatten sich verändert. Der sanfte Anstieg war eine Herausforderung für Jasmine mit ihren steifen Beinen und dem schmerzenden Rücken. Und doch war sie noch schnell im Vergleich zu Gwennan, die nur mit Willenskraft und dann im Schneckentempo vorwärts kroch. Jasmine musste sich eingestehen, dass ihre Mutter sehr alt war. Es war nicht mehr damit getan, sie alle paar Monate zu besuchen und ansonsten mit ihr zu telefonieren. Das mochte für andere

Mütter und Töchter in Ordnung sein, aber für sie galten andere Gesetze, genauso wie für sie und Nora. In dieser Familie stand man sich nah. Diese Familie war etwas Besonderes. Sie würde nach Hause zurückkehren, beschloss sie, als sie das wilde Geißblatt am Waldrand roch.

Nach ihrem Ausflug in die Natur legten sie sich beide auf die Sofas im Wohnzimmer und schliefen. Als sie wach wurden, sah Gwennan sie eindringlich an. »Du musst jetzt los und mit Llew reden, Kindchen«, sagte sie. »Ich werde kommen und dich und Nora in ein, zwei Tagen besuchen. Aber du darfst das Gespräch mit ihm nicht länger hinauszögern. Das ist nicht gut für dich.«

Nach der Tochter jetzt also auch noch ihre Mutter! Jasmine hatte Angst. Sie wäre ganz glücklich gewesen, für immer hier bei Mam in Nant-Aur zu bleiben, aber sie kannte den Blick ihrer Mutter. Und den Ton ihrer Stimme. Den Ton, den sie gegenüber Ärzten und Lehrern anschlug.

Auf halbem Weg zurück nach Tenby fiel ihr die Textnachricht ein, die sie vorhin von Nora bekommen hatte. Sie würde heute Abend mit Logan und ihren Freunden ausgehen. Und mit Llew. Jasmine hielt am Straßenrand an und überlegte, nach Nant-Aur zurückzufahren und Tenby auf den nächsten Tag zu verschieben. Aber sie wusste genau, was Gwennan dazu sagen würde. Also fuhr sie weiter und checkte wieder im selben Bed & Breakfast ein. Nora wollte, dass sie bei ihr im Haus wohnte, aber sie wollte wenigstens die Illusion aufrechterhalten, die Kontrolle zu haben. Dann brach sie auf und blieb an derselben Stelle stehen, an der sie auch vor ein paar Tagen haltgemacht hatte, um auf den South Beach zu blicken.

Es war ein prächtiger Abend. Urlauber schlenderten in beiden Richtungen am Strand entlang. Möwen auf Eiscremepatrouille zogen ihre Kreise. Die Sonne spritzte goldene Bahnen aufs Wasser und Gischt säumte das Ufer wie ein durchsichtiger Brautschleier. Sie lief weiter bis zum Weg, der hinunter zum Strand führte. Es war nicht schwer, sich wieder wie fünfzehn zu fühlen. Und an den South Beach zu gehen, um Llew zu treffen.

»Oh Gott!«, entfuhr es ihr und sie blieb stehen und klammerte sich an das Metallgeländer. Wollte sie das wirklich tun? Einfach auftauchen? Ihn zum ersten Mal nach fast sechzig Jahren in Augenschein zu nehmen, und das vor einem ganzen Raum voll fremder Menschen? Aber Nora wäre dort. Womöglich war es gar nicht so schlimm. Wenn es ihnen gelänge, zivilisiert miteinander umzugehen und das Eis zu brechen, und sie somit wüsste, dass es keinen Grund mehr gab, Tenby weiterhin zu meiden ... Das wäre fantastisch. Nachdem sie jetzt schon so weit gekommen war, konnte sie nicht einfach wieder gehen. Was sollte sie sonst auch tun? Den Abend mit Lesen zubringen? Einem Spaziergang durch die Stadt? Nein. Sie stand unter Adrenalin. Es gab keine Alternative, sie musste jetzt da durch.

Sie folgte weiter dem Weg nach unten. Am Strand stand ein großes Gebäude aus Holz und Glas, genau dort, wo früher das alte Fountains Café gestanden hatte. Dass man ausgerechnet diese Stelle ausgewählt hatte ... Nun, es war fraglos ein sehr guter Ort. Vor diesem Panorama würde jede Mahlzeit noch mal so gut schmecken. Für sie allerdings war es seltsam zu sehen, dass ein Ort, den sie vor langer Zeit so gut gekannt hatte, nun in neuem Gewand erstrahlte. Ein Plankenweg führte über den Sand darauf zu und sie sah, dass die Dünen dort, wo sich vor sechzig Jahren nur ein paar Grashalme wiegten, inzwischen von grünem Buschwerk bestanden waren.

»Denk nicht immer an die Vergangenheit«, sagte sie sich resolut. »Na los, geh hin und triff sie alle und geh dann zu Bett. Du wirst danach deinen Schlaf brauchen. Auch ein Koma wäre nicht schlecht.«

Sie brauchte einen Moment, um herauszufinden, welche der Glasfacetten dieses neuen Restaurants die Tür war. Während sie noch suchte, kam ein Mann herausgeschossen und starrte verzweifelt auf ein Mobiltelefon. Ihr Herz machte einen Satz, denn er sah so sehr nach Llew aus. Sie konnte ihren Blick nicht abwenden, die Illusion, ihn wieder zu erblicken, war einfach zu verlockend. Sein weißer Haarschopf stand nach allen Seiten ab, wie früher auch Llews Haare. Er hatte den gleichen schreitenden Gang und strahlte Selbstsicherheit aus, war extravagant, wie ihr plötzlich einfiel, obwohl dieses Wort auf ihren schmuddeligen Freund von damals nicht zugetroffen hätte.

»Eric? Eric, kannst du mich hören?«, sagte er mit lauter Stimme, die Jasmine erstarren ließ. Es war Llews Stimme. Verdammt, es *war* Llew, natürlich!

»Llew?«, sagte sie, aber es kam kein Ton heraus.

»Eric, bleib dran, die Verbindung ist hier verdammt schlecht. Hör zu, ich bin hier bei einem ganz besonderen Dinner, und wenn wir jetzt unterbrochen werden, muss das bis Morgen warten«, sagte Llew und blickte mürrisch. »Was? Was? Eric?« Dann gab er auf, klappte das Telefon zu und schob es in seine Hosentasche. »Blöde Dinger«, sagte er und machte kehrt, um hineinzugehen.

»Llew«, sagte sie noch mal, und dann lauter: »Llew Jones!«

Er erstarrte. Drehte sich um. Sah sie. Und seine Augen, diese vertrauten gold-grün-orangefarbenen Löwenaugen wurden groß.

»Chloe?«, sagte er ungläubig. »Bist du wirklich hier, Chloe?«

Sie hielt sich am Geländer fest. »Ja.«

»Aber du bist doch in Italien. Ich werde langsam senil. Oh, Glenda hat doch recht und ich verliere langsam den Verstand, oder?«

»Nein. Ich bin es, Llew. Ich bin hier.«

»Chloe? Oh lieber Gott, wie schön, dich zu sehen. Chloe, ich habe nie, ich meine, ich habe immer …«

»Ich liebe dich, Llew.«

Er lachte, taumelte ein wenig, sah sie an, als könnte sie sich jede Minute in Luft auflösen.

»Ich liebe dich auch. Na, wir sind schon immer ohne Umschweife auf den Punkt gekommen, nicht wahr? Kein Smalltalk oder Höflichkeiten, selbst wenn ich dich ein Jahr lang nicht gesehen hatte.«

»Oder mehr als fünfzig.«

»Oder mehr als fünfzig«, stimmte er ihr zu. »Du liebe Zeit, Chlo, wie viel vergeudete Zeit. Es tut mir so leid. Es tut mir so unendlich leid.«

Sie verfolgte, wie sich auf seinem Gesicht das Erstaunen in Erschrecken wandelte, als sie zu weinen anfing. »Mir tut es auch leid, Llew«, schluchzte sie. »Es tut mir so, so leid und ich liebe dich soo sehr.«

»Komm her, Mädchen, du verrückte Frau. Dir braucht nichts leidzutun. Du hast nichts falsch gemacht. Aber *ich*! Ich war ein Narr! Jetzt komm schon her.« Mit seinen großen Schritten war er sofort bei ihr und schloss sie in seine Arme, um sie festzuhalten, während sie sich die Seele aus dem Leib weinte, weil die Sehnsucht von Jahrzehnten wie eine Woge über sie hereinbrach.

Schließlich ließen sie einander los. Llew sah sie verwundert an und zog den Umriss ihres Gesichts mit seinen Fingern nach. »Du bist schön, Chlo«, sagte er schlicht und glücklich. »Obwohl du, wie ich höre, jetzt Jasmine heißt. Soll ich dich so nennen?«

»Nein.« Sie schüttelte den Kopf und ihr schwarz-weißes Haar schwang mit. »Ich bin Chloe, noch immer Chloe.«

Llew zog sie wieder an sich. »*Duw*, da bin ich aber froh.«

NORA

»Wo ist Llew?«, wunderte sich Kaitlin und drückte einen Limettenschnitz in ihre Margarita. »Ist alles gut mit ihm? Soll ich ihm noch ein Bier bestellen?«

»Er sagte, er käme gleich wieder«, überlegte Nora. »Soll ich mal nach ihm sehen?«

»Oh mein Gott!«, rief Sylvie. »Seht nur! Er knutscht!«

»Was? Sei nicht albern, Sylvie«, ermahnte Logan sie.

»Daaaad, auch alte Menschen haben sexuelle Gefühle, weißt du?«, tadelte sie ihn.

»Oh Gott, sag nicht sexuell. Du bist zwölf. Warte, bis du neunzehn bist.«

»Was meinst du damit, dass Llew knutscht?«, hakte Nora erschrocken nach. Und wurde sich dabei bewusst, dass sie tief drinnen insgeheim den Wunsch gehegt hatte, er und ihre Mutter würden doch noch zusammenkommen. Zwar verspätet, das schon, aber sie könnten doch noch immer glücklich sein ... Sie stand auf und trat an Sylvies Ende des Tischs.

Es stimmte. Llew umschlang eine kleine Frau in einem eleganten roten Sommerkleid, deren Gesicht unter seinen leidenschaftlichen Küssen nicht zu erkennen war. Moment mal. Klein. Elegant. Das konnte nur eine Person sein.

Gebannt überlegte Nora, dass sie sich eigentlich abwenden sollte. Man beobachtete nun mal kein sich der Leidenschaft hingebendes Paar. Aber es schien sie nicht zu kümmern, dass sie das bei hellem Tageslicht und umgeben von Kindern taten. *Das* war auf jeden Fall einmal ein erster Kuss, der lange auf sich hatte warten lassen.

»Nun«, erklärte sie schließlich, »sie werden reinkommen, wenn sie fertig sind. Wir sollten noch Platz für meine Mutter machen.«

»Deine *Mutter*?«, staunte Kaitlin. »Oh Nora, wie wunderbar! Aber du solltest sie fragen, ob sie Llew dazu bringen könnte, uns für immer in seinem Haus wohnen zu lassen ...«

CHLOE

Jasmine erwachte aus einem Traum von Wales, so lebendig und schön, dass sie einen Moment lang dachte, sie sei zu Hause und ihre Mutter werde gleich kommen und ihr mit einem Lächeln sagen, dass es Zeit sei, aufzustehen und zur Schule zu gehen. Dann spürte sie das Sonnenlicht auf ihrem Gesicht und hörte, wie ein einzelner Schrei die morgendliche Stille zerriss, voller Sehnsucht, voller *hiraeth*. Eine Möwe. Tenby! Sie war in Tenby! Die vertrauten Schmetterlinge im Bauch, der Anfang von etwas Wunderbarem ... Sie setzte sich auf – und schlug sich den Kopf an. Und hielt dann die Luft an. Sie befand sich nicht irgendwo in den Fünfzigerjahren des letzten Jahrhunderts und das war auch kein Sommerurlaub. Es war sechzig Jahre später und sie hatte die Nacht mit Llew verbracht!

Und dort lag er und schlief tief und fest neben ihr, hing halb über die Bettkante. Es war eins dieser anderthalbfachen Singlebetten. Sie lag gegen die Wand gedrückt und Llew klammerte sich in einem merkwürdigen Winkel wie ein aufgespießtes Insekt ans Bett. Wie er es geschafft hatte, in der Nacht nicht rauszufallen, würde sie wohl nie erfahren. Lächelnd biss sie sich auf die Lippe.

Duw, was für ein Benehmen, Chloe Samuels!, flüsterte ein mehrstimmiger Chor in ihrem Kopf.

»Ich weiß!«, flüsterte sie zurück. »Einfach fantastisch!«

Was würde deine Mutter sagen, wenn sie dich sähe?

»Ich denke, sie würde sagen, es war höchste Zeit.«

Sie kuschelte sich vorsichtig wieder in ihre Ecke, um Llew nicht zu wecken – und auch weil ihre Knochen nicht mehr wie früher waren und die Nacht in einem zu kleinen Bett ihnen nicht gutgetan hatte. Mit weit geöffneten Augen schaute sie ins Leere. Es war wie der erste Ferienmorgen in ihrer Kindheit – sie war wach und sprudelte über vor Aufregung, hatte aber Angst, Megan zu wecken. Sie kicherte in sich hinein. Es war dem so ähnlich … und doch wieder nicht.

Gestern Abend nach dem Essen hatte Nora ihr angeboten, sie zurück in ihr B&B zu begleiten, aber Llew bestand darauf, das zu übernehmen.

»Ich kann doch allein gehen!«, hatte Jasmine protestiert. »Ich kenne schließlich den Weg.«

»Es sind jetzt andere Zeiten«, meinte Llew. »Du kannst nicht einfach so im Dunkeln herumwandern, wie wir das früher taten. Ich begleite dich.«

Und so hatte er ihre Hand genommen, den anderen eine gute Nacht gewünscht und war mit ihr in der Nacht verschwunden, ganz der Inbegriff eines respektablen älteren Herrn, der ritterlich seine Freundin sicher vor ihre Tür brachte …

»Blödsinn«, sagte er, als sie außer Sichtweite waren. »Du kommst mit zu mir, Chloe Samuels. Ich habe lang genug gewartet und ganz ehrlich, wir werden nicht jünger.«

»Aber Llew! Das B&B! Die werden sich Sorgen machen!«

»Dann ruf an.« Er küsste sie wieder und dabei spielten seine Finger an ihrem Nacken und Jasmine wurde weich.

»Ja«, murmelte sie träumerisch. »Ich werde dort anrufen.«

Aber natürlich hatte sie kein Signal und musste vom Pub aus anrufen. Sehr zu ihrer Verlegenheit befand sich das Festnetztelefon hinter dem Tresen. Die letzten noch verbliebenen Trinker hatten voller Interesse gelauscht, als sie dem B&B erklärte, sie werde die Nacht bei ihrer Tochter verbringen. Als sie auflegte, grinsten sie. Llew beobachtete sie amüsiert.

»Bei deiner Tochter? Ich fass es nicht, dass dir das in unserem Alter noch peinlich ist.«

»Was sollte ich denn sonst sagen? Ich übernachte üblicherweise nicht bei jemandem, mit dem ich gerade mein erstes Date hatte, Llew Jones!«

»Erstes Date!« Er lachte. »Ja, das ist es wohl. Nun komm schon, Frau. Natürlich würde ich dich lieber in mein wunderschönes Haus führen und dich mit meinem Reichtum und Geschmack beeindrucken. Aber da dort deine Tochter wohnt, wird es eben ein Zimmer über einem Pub.«

Und jetzt waren sie hier und wurden zum ersten Mal zusammen wach. Das Springrollo vor dem Fenster reichte nicht aus, um das Morgenlicht draußen zu halten. Sie sah sich um. Eine Garderobenstange in der Ecke mit ein paar Hemden, Hosen und Jacketts. Eine Tür, die in ein winziges Badezimmer führte. Ein Stuhl. Das war es. Wie nett von ihm, hier zu wohnen, damit Nora und Kaitlin für den Rest ihres Traumsommers in seinem wunderschönen Haus bleiben konnten. An den Balken hingen Spinnweben, auf dem Boden lag ein verblichener Läufer. Aufgeregt wackelte sie mit ihren Zehen. Sie war in Tenby! Sie war mit Llew im Bett! Sie legte ihr Gesicht an seine Brust und atmete ihn ein.

Er schlug ein Auge auf und starrte sie an. Verzog das Gesicht zu einem breiten Grinsen. Versuchte, näher an sie heranzurücken, merkte dann aber, dass sein Rücken den Dienst verweigerte. Nach einigem Stöhnen und unter Lachen kamen sie wieder zusammen und seine langen Beine wickelten sich fest um sie, seine Lippen küssten ihren Nacken.

»Höchste Zeit, Chloe Samuels«, sagte er. »Höchste Zeit.«

Sie verließen das Zimmer über dem Pub nicht vor Mittag.

»Und dabei warst du ein Junge, der keine fünf Minuten in geschlossenen Räumen sein konnte, wenn die Sonne schien«, zog sie ihn auf, strich mit ihren Fingern über seine Brust, spielte mit seinen grauen Haaren. Als sie Llew zuletzt gesehen hatte, war von Brusthaaren noch nichts zu sehen gewesen!

»Nun, wie du siehst«, erklärte er und strich ihr dabei die Haare aus dem Gesicht und küsste sie immer wieder, »bin ich kein Junge mehr und habe inzwischen einige Dinge entdeckt, die sogar noch besser sind als Schwimmen und Milchshakes.«

»Nein! Tatsächlich? Und was wäre das? Erzähl es mir. *Zeig* es mir.«

»*Duw*, du bist mir ja eine ganz Verschlagene, Chloe Samuels. Aber ich zeig es dir ...«

Als sie schließlich unten im Pub auftauchten, Chloe wieder in ihrem roten Kleid vom Vortag, blickten Dave, der Besitzer, und Mary, die Putzfrau, die gerade den Kühlschrank auffüllten, auf und schickten ihnen bewundernde Pfiffe hinterher.

»Gut gemacht, Leonard Jones!«, lobte Dave. »War aber auch höchste Zeit, wenn ich das so sagen darf!«

Zum Frühstücken gingen sie ins The Cabin. Die einzige Körperpflege, die sie sich hatte angedeihen lassen, waren ein Spritzer Wasser ins Gesicht und das Glätten ihrer zerzausten Haare mit Llews Kamm. Feuchtigkeitscreme, Make-up, frische Kleidung – alles gefangen im B&B. Aber das konnte warten! Das war das Schöne mit Llew, sie musste ihm nie was vorspielen.

»Wir sind jetzt alt!«, murmelte sie Händchen haltend über den Tisch.

»Fühlst du dich alt? Ich fühle mich nicht alt. Abgesehen von meiner blöden Hüfte.«

»Nein, aber ich habe gerade überlegt, dass ich ungeschminkt bin und du mich so siehst, wie ich bin. Und mich immer so gesehen hast. Aber jetzt ist das nicht mehr alles Pfirsichhaut und Jugend und -«

»Stimmt, du bist ja tatsächlich zwei Jahre älter als ich«, sinnierte er. »Also ich weiß nicht, Chlo, das hat dann schon was von Omasex, oder? Autsch!«

Er lachte schelmisch, als sie ihm einen Klaps auf den Arm gab.

»Immer kamst du mir damit, dass ich jünger war«, fuhr er fort und hielt um der eigenen Sicherheit wegen ihre Hände fest. »*Was weißt du denn schon, Llew Jones*«, äffte er sie nach. »*Du bist doch nur ein Junge!*«

»Das wirst du mir wohl immer vorhalten, was? Anscheinend bist du immer noch ziemlich unreif!« Sie grinste und küsste ihn. »Aber ich glaube, ich kann es jetzt mit einem Lustknaben ganz gut aushalten. Wenn es dir nichts ausmacht, mit einer älteren Frau zusammen zu sein!«

»Du bist noch immer genau so schön wie eh und je, Chloe. Wir haben keine Zeit mehr, schamhaft oder verlegen zu sein. Ja, wir sind ein bisschen runzlig. Ja, der Sex ist ein wenig anders, als er vor fünfzig Jahren gewesen wäre. Ja, wir sind direkt vom Teenageralter in das Stadium gesprungen, wo wir alle halbe Stunde wegen irgendeines Leidens oder Schmerzes zusammenzucken und stöhnen. Kümmert dich das? Mich nicht. Wir sind zusammen, und das allein zählt. Lass uns keine Zeit mehr damit vergeuden, sondern jede Minute, die wir miteinander haben, und jeden Zentimeter unserer Körper genießen und feiern. Denn Lust können sie uns noch immer geben, auch wenn's hier und dort ein bisschen knackt.«

»Du hattest schon immer einen klaren Kopf, Llew Jones. Und auch immer eine Sichtweise, die sich von der anderer unterschied. Eine bessere.«

»Bis auf einmal.« Sein Gesicht wurde ernst. »Nach dem Unfall.«

»Ach Llew. Das war doch nur natürlich. Was du durchgemacht hast!

Was die Ärzte sagten! Wenn ich nur daran denke, wie verängstigt du gewesen sein musst.«

»Ich weiß. Aber sieh doch, was passiert ist. Wir haben einander verloren! Es tut mir leid, Chloe. Ich habe dich weggestoßen. Ich ... ich konnte mir einfach nicht vorstellen, dass es besser werden könnte. Ich wollte nicht, dass du in dieser Situation an mich gebunden bist – um deinet- und um meinetwillen. Ich wollte nicht, dass die Frau, die ich liebte, zur Pflegerin wurde und mich derart geschwächt sah. Wie hätten wir unsere Liebe am Leben halten können, wenn alles – körperlich, emotional, praktisch – ein mühsamer Kampf gewesen wäre? Man hat mir im Krankenhaus einiges erklärt und demzufolge wäre für den Rest meines Lebens nichts, aber auch gar nichts unkompliziert gewesen. Ob Stuhlkontrolle, Chloe, Druckgeschwüre, regelmäßige Umbettung meiner Beine, damit sich das Weichteilgewebe nicht verkürzt ... All das bestimmte mein Leben während meiner Genesungsphase, und auch das meines Vaters. Ich wollte nicht, dass es auch deines bestimmte. Weißt du, es ist komisch, aber ich habe diese Entscheidung in all den Jahren ohne dich wirklich bereut. Doch nachdem ich dich jetzt endlich wiederhabe, stelle ich fest, dass ich froh bin, uns das erspart zu haben. Jetzt sind wir alt genug und können unsere gemeinsame Zeit genießen. Wir hatten unsere Leben. Wir können sie nun zusammenbringen.«

Jasmine trocknete sich die Augen. »Aber verdammt noch mal, Llew, ich wünschte dennoch, wir hätte keine fünfundfünfzig Jahre vergeudet! Oh ja, ich werde jetzt das Beste aus jedem Moment mit dir herausholen, dessen kannst du dir sicher sein, aber es wäre auch jede Sekunde Mühe wert gewesen, mit dir zusammen zu sein. Das wäre es, da kannst du mich nicht vom Gegenteil überzeugen.«

»Dann will ich das auch gar nicht versuchen, *cariad*.«

»Was ist denn nun passiert, Llew? Als ich dich das letzte Mal sah, stand völlig außer Frage, dass du jemals wieder würdest laufen können! Das sagten die Ärzte, und alle schienen sich sicher zu sein, *du* warst dir sicher! Dann fand ich dich im Internet – es ist noch gar nicht so lang her! – und ich ließ mir eine deiner DVDs kommen. Und da wandertest du auf den Klippen umher!«

»Welche DVD? Doch nicht die über das Malen von Vögeln?«

»Nein, die mit den Seestücken.«

»Oh gut. Die mit den Vögeln war Mist.«

»Die Qualität der Merchandisingprodukte deines künstlerischen Imperiums interessiert mich nicht! Erzähl mir die wichtigen Dinge! Wie lange hat es gedauert, bis du wieder laufen konntest?«

»Zwei Jahre lang hatte ich überhaupt kein Gefühl in den Beinen. Dann dauerte es noch ein weiteres Jahr, bis ich mit einem Stock herumhumpeln konnte. Und vielleicht noch weitere zwei Jahre, bis ich sie wieder voll und ganz einsetzen konnte.«

Jasmines Augen füllten sich wieder mit Tränen. In all den dazwischenliegenden Jahren hatte sie vielleicht zehn Mal geweint, und jetzt alle fünf Minuten! »Oh Llew! Ich meine, es ist natürlich immerhin besser als ein ganzes Leben, aber du hast diese Zeit verloren und es ist alles meine Schuld.«

»Ich bin entsetzt, Chloe! Das hast du doch hoffentlich nicht ernsthaft geglaubt? Inwiefern sollte es deine Schuld sein?«

»Natürlich habe ich das so gesehen. Hätte ich nicht meine Verabredung mit Iestyn gehabt, hättest du mich doch gar nicht gesucht. Wäre Michael nicht über mich hergefallen, hättest du mich nicht retten müssen, du hättest dich nicht in solche Gefahr gebracht. Oh Llew, *warum* hast du nie Kontakt zu mir aufgenommen? Ich habe dir in diesem ersten Jahr immer wieder geschrieben. Und dachte, du würdest mir niemals verzeihen, was dir passiert ist!«

Llew runzelte die Stirn und hielt ihre Hände weiterhin fest umklammert. »Diese Nacht, *cariad*, war für dich genauso schlimm wie für mich. Deine Schreie ... In all den Jahren hat mir diese Erinnerung mehr Schmerz verursacht als mein ganzer Unfall. Aber sagtest du gerade, *Michael* habe dich angegriffen? Doch nicht etwa Michael *Everley*?«

»Aber ja doch, Llew, wer dachtest du denn?«

»Ich dachte, es war Iestyn.«

Natürlich. Eine dunkle Nacht, ein romantischer Ort für eine Verabredung ... Sie war an der Stelle gewesen, wo Llew sie vermutet hatte, machte Jasmine sich klar, nur nicht mit dem Mann, den er bei ihr erwartete. Rasch klärte sie ihn darüber auf, was passiert war.

»Gütiger Gott.« Llew war erschüttert. »Dieser verdammte Michael hat jahrelang in Tenby gelebt! Wenn ich gewusst hätte, dass er es war, hätte ich ihn umgebracht. Und das meine ich ernst. Jahrzehntelang habe ich Iestyn gehasst. Dabei war er ja tatsächlich fast ein Held.«

»Er war gut zu mir«, stimmte Jasmine ihm zu. »Weißt du denn, was auch Michael geworden ist, Llew? Er ist doch nicht etwa noch immer hier?«

»Der ist schon lange tot«, erwiderte Llew mit gewisser Genugtuung. »Ein heftiger Herzanfall, soweit ich gehört habe. Aber da war er schon lange weg von Tenby. Bevor er ging, war er richtig fett geworden.« Er überlegte. »Weißt du, ich glaube mich zu erinnern, dass es da Gerede über ihn und eins der Mädchen aus dem Ort gab. Irgendwas Widerwärtiges.«

»Annie Williams? Megan?«

Entsetzen breitete sich auf seinem Gesicht aus. »Du meinst ...?«

Jasmine nickte und erzählte ihm von Megan.

»Also dass er ein derartig widerlicher Mistkerl war! Ich hatte keine Ahnung. Und, mein Liebling, was war mit dir? Du sagtest, er habe nicht ... dass ich rechtzeitig gekommen sei. Stimmt das? Oder hast du das nur gesagt, weil du mich nicht noch mehr bekümmern wolltest?«

»Es stimmt. Du hast mich gerettet, Llew, und dafür bin ich dir für immer dankbar. Mir tut nur leid, dass du einen so hohen Preis dafür zahlen musstest.«

»Ich hätte es um jeden Preis getan, das weißt du.« Er streichelte ihr Gesicht. »Der Gedanke, dass er versucht hat, dir was anzutun, der war mir unerträglich. Und, Chlo: Es tut mir leid. Du hast alles drangesetzt, um für mich da zu sein. Aber ich war nicht da für dich. Bestimmt hättest du mich damals dringend gebraucht.«

»Das habe ich. Aber was geschehen ist, ist geschehen. Denk nicht mehr daran«, sagte sie weich. »Wir müssen die Vergangenheit ruhen lassen und in die Zukunft schauen.«

»Du hast recht. Und du musst dasselbe tun, was meinen Unfall angeht. Weißt du, indirekt war er ein unglaubliches Geschenk für mich! Okay, im ersten Jahr war es die Hölle, aber dann, als mein Vater es nicht mehr aushielt, dass ich nur vor mich hin brütete, kaufte er mir Farben und eine Staffelei, und das half! Ich malte den Blick aus meinem Fenster, malte die Blumen, die er ins Haus brachte, malte *ihn* ... Und dabei erkannte ich, dass es nicht die Fotografie an sich war, die diesen Zauber auf mich ausübte, sondern das Einfangen von Leben, von der Welt, von *Menschen*. Jetzt hatte ich eine neue Möglichkeit, das zu tun. Ich grub alle meine Fotos aus. Die von dir sortierte ich aus – sie konnte ich nicht ansehen –, aber es blieben immer noch genug übrig, um nach ihrer Vorlage zu malen. Red Sam und Mrs Isaacs und Megan und die Mädchen ...«

Er lächelte. »Dann brachte Dad mich zu Leuten, die bereit waren, mir Modell zu sitzen. Mein Drang zu malen überwand meine Befangenheit. Als ich wieder hinaus in die Welt kam, hob sich meine Stimmung, ich hatte wieder einen klaren Kopf. Erinnerst du dich an die Geschichte, die Blossom dir von Cyd Charisse erzählte? Dass sie nur Tanzstunden nahm, um nach ihrer Polioerkrankung wieder Kraft aufzubauen? Genau so war es. Das Leben schob mich in eine neue Richtung, die ich nie entdeckt hätte, wenn es mir möglich gewesen wäre, mit meiner Fotografie weiterzumachen. Eines Tages spürte ich ein Kribbeln in meinen Beinen, und dann schossen die Schmerzen ein. In meinem ganzen Leben war ich nie so glücklich gewesen, Schmerz zu spüren, weil ich sofort wusste, was das bedeutete. Später fand ich heraus, dass mein Körper während der zwei Jahre, in denen ich versuchte, damit klarzukommen, dauerhaft gelähmt zu sein, seine eigenen Ideen verfolgt hatte. Die Nerven begannen sich zu regenerieren.«

»Ein Wunder, Llew! Ein schlafendes Wunder, wie bei Pflanzen, die in der Erde überwintern. Ohne ein Anzeichen auf Veränderung, aber wenn dann der richtige Zeitpunkt da ist ...«

»Genau. Ein schlafendes Wunder. Mit zweiundzwanzig war ich wieder völlig geheilt. Und es gab keinen Tag, an dem ich nicht an dich gedacht habe. In meinem Hinterkopf hatte ich tatsächlich immer die Vorstellung, dass ich, sollte ich jemals wieder laufen können, doch noch mit dir zusammen sein könnte. Und ich nahm mir vor, dich dann, aber nur dann aufzusuchen. Das war mein stärkster Ansporn. Aber als es dann so weit war, zögerte ich. Kennst du das Sprichwort: ›Wer zögert, hat schon verloren.‹? Es gibt kein Wahrhaftigeres. Ich begann zu überlegen, ob du mir jemals verzeihen könntest, wie ich dich damals behandelt habe, und dass ich mich so lange nicht gemeldet habe. Ich war sogar kurz davor, nach Nant-Aur zu fahren und deine Mutter um deine Adresse zu bitten, aber dann traf ich eines Tages Evie in der Stadt. Sie hatte von Megan gehört, dass du in London lebst und als Model arbeitest und mit einem Filmproduzenten zusammen bist. Das war alles, wovon du als Mädchen immer geträumt hattest, Chlo. Und obwohl ich wieder laufen konnte, hatte ich eine Menge Zeit verloren, ich hatte *nichts* zu bieten.« Er blickte sie bedauernd an.

»Ich überlegte hin und her. Aufgehört an dich zu denken habe ich nie. Aber ich hatte Angst, du würdest zurückkommen, wenn ich dir schreibe, weil du es mir ja versprochen hattest und immer ein Mädchen warst, das seine Versprechen hielt. Und damit würdest du all deinen Träumen den Rücken kehren. Und ehrlich gesagt hatte ich gleichermaßen Angst, du würdest dich *nicht* für mich entscheiden. Und ich glaube nicht, dass ich das ertragen hätte. Angst und Unschlüssigkeit sind genauso lähmend wie eine Rückgratverletzung, Chloe. Tatsächlich habe ich mir immer wieder vorgenommen, dich zu kontaktieren. Doch ich tat es weder am nächsten, noch am übernächsten Tag … Und dann waren weitere fünf Jahre ins Land gegangen. Ich lebte inzwischen in London, arbeitete bei einer Bank und versuchte, finanziell auf die Beine zu kommen. Eines Tages ging ich zur Rezeptionistin, um mir einen Tacker auszuleihen, und sie hatte auf ihrem Schreibtisch eine Ausgabe der *Vogue* liegen. Und da sah ich dich, ganzseitig und in Farbe, Werbung für ein Diamantenarmband machen. Die Haare schwarz wie die Nacht, aber dennoch unmissverständlich du. Oh Chlo! Du sahst umwerfend aus. Das machte mir auf eine Weise klar, wie Hörensagen das niemals kann, dass du es geschafft hattest und einer anderen Welt angehörtest. Du warst einfach nicht mehr meine Chloe. Jetzt weiß ich, dass das nicht stimmte, aber damals hat es sich so angefühlt. Ich wünschte, ich hätte die Nerven behalten, Chlo. Wünschte, ich hätte dich damals aufgesucht.«

»Ach, mein Liebster. Ich bin froh, dass du mich damals *nicht* aufgesucht hast. Stell dir vor, ein knappes Jahr, bevor ich Steve kennenlernte! Und wäre ich Steve nicht begegnet, hätte ich Nora nicht bekommen.«

Er lächelte. »Dann war es also gut, dass ich den Schwanz eingezogen habe?«

»*Sehr* gut. Und was hast du dann gemacht, du Feigling?«

»Dieses Foto von dir war der Auslöser, abzuhauen und zurück nach Tenby zu gehen, zurück zur Malerei, um es noch mal zu versuchen. Nur dass ich diesmal Geld auf der Bank hatte. Ich hatte etwas zu bieten ... jemandem. Und dann ... dann traf ich Sandra wieder. Sandra Sharples, du erinnerst dich vermutlich nicht, dass ich sie dir gegenüber mal erwähnt habe.«

Chloe lächelte. »Sandra Sharples aus Llandeilo oder Llandovery. Hübsches Mädchen. Dein erster Kuss. Ich erinnere mich, Llew Jones.«

»Ja. Hübsch war sie noch immer und wir verstanden uns gut. Und ich war *einsam*. Oh, sie war nicht du, Chloe, aber wir passten ganz gut zusammen und wir bedeuteten uns recht viel.«

»Ich bin froh, dass du jemanden hattest, froh, dass du eine Familie hattest. Ich hatte Steve, na ja, kurz jedenfalls. Er war auch nicht du, aber er brachte mich zum Lachen und schenkte mir Nora.«

»Nora ist eine ganz besondere Frau. Ich finde es schön, dass ich sie kennengelernt habe. Also, Chlo, was Glenda betrifft ...«

Chloe grinste. »Wir sind uns bereits begegnet.«

»Ja, gut. Glenda macht oft nicht sofort den besten Eindruck, das weiß ich. Sie ist nicht ... das heißt, Sandra fand, dass sie nicht ... gerade hübsch war. Aussehen und Kleider und all das war Sandra sehr wichtig, und sie bedrängte Glenda ständig, anmutiger, femininer zu sein. Das war eine Sache, deretwegen wir oft Streit hatten. Ich fand Glenda auf ihre Art reizend. Nun, sie war mein kleines Mädchen! Aber ich denke, sie ist recht verbittert darüber geworden, nicht die Tochter zu sein, die ihre Mutter sich gewünscht hatte. Auf andere Weise ist sie ihr sehr ähnlich: vernünftig, praktisch. Ich treibe sie in den Wahnsinn mit meinen ... Marotten, wie sie das nennt. Sie wird mich übrigens dafür hassen, dass ich dir das erzähle. Aber du solltest einfach wissen ... dass sie es nicht immer leicht hatte. Sie rechnet damit, dass die Menschen das Schlimmste in ihr sehen. Aber sie hat ein gutes Herz und ich liebe sie und –«

»Llew, *cariad*, ich werde sie lieben, und wenn es vier Jahre dauert, bis sie ein nettes Wort zu mir sagt. Wenn jemand weiß, dass der Anschein nicht alles ist, dann ich.«

»Ich weiß. Ich wollte nur um ein wenig Verständnis für sie werben.« Er schüttelte den Kopf. »All die Jahre ... haben wir nicht eine Menge Zeit vergeudet?«

»Viel zu viel.« Chloe blickte aus dem Fenster auf die belebte Straße und beugte sich dann über den Tisch, um ihre Hände auf sein Gesicht zu legen. »Lass uns mit dem allen abschließen und nach vorn blicken. Lass uns endlich richtig glücklich sein.«

NORA

Nora saß auf ihrem gewohnten Fensterplatz, blickte hinaus auf den Hafen und lauschte dem in London klingelnden Telefon. Sie war ein wenig nervös – war es wirklich das Richtige? Es war ein so gewaltiger Teil ihres alten Lebens ...

Sie hatte die Stellenbeschreibung ausgedruckt, die Lou ihr geschickt hatte, jetzt lag sie ausgebreitet vor ihr auf dem Tisch. Der Sommer ging zu Ende, Logan brach auf, das Gehalt war hoch. Und sie war vierzig ...

Wäre ein guter Job nicht der vernünftige nächste Schritt? Es klingelte fünf, sechs Mal.

Sie hatte weder mit Logan noch mit ihrer Mutter darüber gesprochen. Ihre Mutter war so glücklich, dass Nora sie einfach eine Weile in Ruhe lassen wollte. Und wenn sie sich mit Logan unterhielt, fühlte es sich an, als würden sie sich um einen Bluterguss herumtasten, und da konnte sie unmöglich etwas ansprechen, das in die Zeit nach seiner Abreise fiel.

Neun, zehn Klingeltöne. Nora sah die emsige Stadt, das geschäftige Leben in London vor sich ... Dann nahm jemand ab.

»Nora? Entschuldigen Sie, dass ich Sie habe warten lassen, aber da war jemand an der Tür. Wie geht es Ihnen?«

»Hi Jennifer, mir geht es wirklich gut, danke, und Ihnen?«

»Sehr gut. Danke der Nachfrage.«

»Es tut gut, wieder mit Ihnen zu sprechen.« Das traf wirklich zu, wie Nora erleichtert feststellte.

»Ganz meinerseits! Ich habe mich schon gefragt, wie Sie wohl zurechtkommen. Nun, Sie wissen ja, wie es funktioniert: Wir haben fünfzig Minuten, Nora, wie kann ich Ihnen helfen?«

Nora lachte. »Ich brauche einen Resonanzboden. Meine Zeit in Tenby ist fast zu Ende und sie war ... unglaublich. In so vielerlei Hinsicht, wie ich mir das nie hatte vorstellen können. Aber jetzt muss ich einige Entscheidungen treffen und drehe mich dabei im Kreis ...«

»Ah, die ewige Waschmaschine im Kopf, die dauerhaft im Schleudergang festhängt. Fangen Sie doch mit etwas an, was Ihnen richtig erscheint, dann sehen wir, was wir tun können.«

Also lieferte Nora Jennifer eine Zusammenfassung ihres Sommers in Tenby von Anfang bis Ende.

»Ich könnte weggehen«, schloss sie. »Ich könnte nach Neuseeland gehen und mit Logan zusammen sein. Aber dann verlöre ich alles, was ich in diesem Jahr gewonnen habe. Ich habe wunderbare Freunde hier. Mum wird sich hier niederlassen. Gran wohnt in der Nähe und sie ist sehr alt – es ist nicht der richtige Zeitpunkt, um am anderen Ende der

Welt zu sein. Aber ... er ist der Mann, den ich liebe! Sollte ich ihm nicht bereitwillig folgen? Es ist ja nicht so, dass ich hier eine Karriere aufgeben müsste. Ich habe im Moment keine Arbeit und noch keine neue Unterkunft und spüre eigentlich keinen substanziellen Grund, hierzubleiben ... Was mich zu meiner nächsten Frage führt. Ich habe ein Jobangebot bekommen und muss die Agentur noch heute anrufen und ihr meine Entscheidung mitteilen ...«

Dann erzählte sie Jennifer von dieser Stelle und achtete dabei sehr darauf, sich auf die Zusatzleistungen und positiven Seiten und all die Gründe zu konzentrieren, weshalb es eine gute Idee war. Und dann berichtete sie ihr noch von dem Anruf, den sie erst heute Morgen von ihrem Makler in Kingston erhalten hatte. Offenbar hatten ihre Mieter sich erkundigt, ob sie das Mietverhältnis um weitere sechs Monate, lieber jedoch um ein Jahr verlängern könnten.

»Ich *könnte* also noch ein wenig länger hierbleiben«, überlegte Nora sehnsüchtig, »aber damit schinde ich nur Zeit, nicht wahr? Ich kann nicht ewig meine Wohnung vermieten und auf der Stelle treten. *Oder?*« Dann listete sie weiter die Vor- und Nachteile verschiedener Vorgehensweisen auf, die sie während der vergangenen paar Nächte wachgehalten hatten. »Ich mache mich selbst verrückt«, schloss sie.

Es folgte eine Pause. Nora wusste, dass Jennifer darauf wartete, ob sie noch mehr zu sagen hatte. Aber sie atmete tief durch und wartete ihrerseits.

»Also, ich höre da ein paar widersprüchliche Dinge heraus, Nora. Doch erst möchte ich Ihnen eine Frage stellen. Eigentlich zwei Fragen. Als sie von dem Job erfuhren, wie fühlten Sie sich da? Klischeefrage, ich weiß.«

Nora grinste. »Wie ich mich fühlte? Hm, schlecht. Mein erster Gedanke war: *Oh nein*. Wie ein Kind in der Pause, das die Unterrichtsglocke hört. *Mathe!*«

»Das ist ein guter Vergleich! Und wie war das, als Sie hörten, dass die Mieter in Ihrer Wohnung bleiben wollen? Wie haben Sie sich da gefühlt?«

Nora erinnerte sich, während des Gesprächs mit Sarah sich mit unter das Ohr geklemmtem Telefon ein Glas Erdnussbutter aus dem Schrank geholt zu haben. »Glücklich!«, sagte sie auf Anhieb. »Sogar fröhlich. Als bekäme ich eine Gnadenfrist und müsste nicht tun, was ich eigentlich nicht tun möchte ... *Oh!*«

»Sehen Sie, manchmal kann das eine nützliche Frage sein, nicht wahr?« Nora konnte Jennifer lächeln hören.

»Okay, das ist die Bestätigung. Wissen Sie, ich bin während des ganzen Sommers davon ausgegangen, dass ich wieder zu dieser Art von Arbeit zurückkehre. Ich dachte, ich würde mit neuer Kraft zurückkehren und dankbar sein für die schöne Zeit, die ich hatte, um dann wieder mit dem richtigen Leben weiterzumachen ...«

»Was ist dieser Sommer denn für Sie gewesen Nora – ein Boxenstopp, eine Gelegenheit zum Auftanken?«

»Nein«, erklärte Nora entschieden. »Das dachte ich, als ich herkam. Aber jetzt ... Ich hätte gern, dass es mehr ist als das.«

»Und was?«

»Eine ... Basis.«

»Eine Basis, okay. Erzählen Sie mir mehr.«

»Also ich denke, das, was ich hier gefunden habe, ist mehr als nur eine Atempause. Es ist eine völlig neue Daseinsform. Es ist der Anfang von ... von einem Leben. Einem *beseelten* Leben, glaube ich. O ja, ich weiß, da gehört mehr dazu. In diesem Sommer ging es nur um persönliche Beziehungen: meine Mutter und Kaitlin, Molly und Gran. Und Logan natürlich ... Ich brauche einen Job.«

»Das sagen Sie immer wieder. Und natürlich ist eine stabile finanzielle Situation wichtig. Aber, Nora, bei Ihnen höre ich heraus, dass gewisse Dinge mehr Wert als andere zu haben scheinen, obwohl es offenbar nicht die Dinge sind, die für Sie persönlich wichtig sind. Ich höre heraus, dass Sie Ihr eigenes Urteil außer Kraft setzen, wie Sie das auch anfangs bei unseren ersten Sitzungen getan haben.«

Nora sagte einen Moment lang nichts. Es stimmte, sie wollte nicht zurück. Sie hatte sich daran gewöhnt, bei ihren Wanderungen das

Tosen der graugrünen See neben sich zu haben. »Ich habe einfach das Gefühl, als bräuchte ich noch mehr Zeit«, flüsterte sie.

»Das macht absolut Sinn. Ich denke, dass Sie womöglich völlig unterschätzen, wie viel Sie bereits erreicht haben, Nora. Zuletzt habe ich Sie vor sechs Monaten gesehen, und da wurden Sie noch von schlimmer Angst geplagt. Um die Beziehung zu Ihrer Mutter war es schlecht bestellt, Sie fühlten sich isoliert und ohne Halt in Ihrer Welt. Jetzt haben Sie einen Ort und Menschen gefunden, die Sie lieben, Sie sind entspannt und zuversichtlich und lernen eine Menge darüber, was Ihnen guttut und was nicht. Sie haben herausgefunden, dass Sie sich als nächstem Bereich der Arbeit widmen möchten – und dafür brauchen Sie Zeit. Sie haben das starke Gefühl, mehr Zeit zu benötigen. Können Sie sich diese Zeit geben?«

Nora lächelte. Ein vom Bauch ausgehendes Prickeln stieg durch ihre Brust in ihr Gesicht auf. Alles sprudelte. Ein neuer Beruf. Allerdings war da noch immer diese lästige Stimme in ihrem Kopf, die ihr einreden wollte, es sei zu spät, sich einen neuen Beruf zu suchen. Aber dieselbe Stimme hatte ihr früher einmal auch gesagt, es sei zu spät, die Liebe zu finden. »Kann das wirklich so einfach sein?«, staunte sie.

»Ich denke, Sie kennen die Antwort darauf, Nora.«

Sie nickte. *Es kann so einfach sein, wie du es zulässt*, wurde ihr plötzlich klar. Die Menschen waren höchst erfinderisch darin, sich auf tausend Wegen das Leben zu erschweren, aber damit war nicht gesagt, dass das auch gut war. Sie ging zum Kaminsims, auf dem das alte Stundenglas ihrer Mutter stand. Sie drehte es um, und wieder fing der Sand zu rinnen an. Eine neue Phase konnte beginnen. Hatte bereits begonnen.

»Danke, Jennifer, jetzt sehe ich alles viel klarer!«

»Das freut mich, Nora. Wenn Sie wieder das Bedürfnis haben, zu reden, melden Sie sich bitte. Und viel Glück!«

CHLOE

»Wann genau hast du denn angefangen, mich zu malen?«, wollte Jasmine wissen, rückte ihre Sonnenbrille zurecht und ging die Broschüre zu Llews Ausstellung durch. Kaitlin hatte sie ihr gestern Abend gegeben. Es war eine erstaunliche Erfahrung, in die Augen des jungen Mädchens zu blicken, das sie selbst einmal gewesen war.

»Hmm?« Llew griff nach der Thermoskanne mit Kaffee, die sie mit zum Strand genommen hatten. Sie saßen nebeneinander am South Beach, wie sie das früher so viele Male getan hatten, nur dass sie diesmal von Glenda ausgeliehene Klappstühle dabeihatten. Sich erst unter Ächzen und mit knackenden Gelenken auf den Boden zu setzen und dann auch wieder aufzustehen, war eine Mühe, auf die sie gut und gern verzichten konnten.

»Du sagtest doch, es sei dir nicht möglich gewesen, dir meine Fotos anzusehen, als du mit dem Malen anfingst. Aber irgendwann hast du es ja dann doch getan.«

»Ach, das war nach Sandras Tod, als ich keine Schuldgefühle mehr haben musste, an dich zu denken. Der Schmerz war verblasst, geblieben war bittersüße Traurigkeit. Ich holte die Fotos hervor und malte und malte. Ich wusste, dass es meine besten Arbeiten waren, aber ausstellen konnte ich sie nicht. Dazu waren sie zu kostbar und intim. Auf komische Weise war ich dabei so glücklich, wie nie mehr seit damals – die vielen allein mit dir verbrachten Stunden! Nicht mit dir als realer Person, aber so nah dran wie möglich.«

»Mein Gott, Llew, ich hatte ja keine Ahnung. Ich bin immer davon ausgegangen, dir sei jeder Gedanke an mich unerträglich.«

»Wohl kaum. Und ich habe übrigens auch versucht, dich online ausfindig zu machen, aber natürlich bezogen sich die einzigen Erwähnungen von Chloe Samuels auf das Model der Sechzigerjahre. Ich konnte ja nicht wissen, dass du inzwischen Jasmine Banquist warst. Jedenfalls fehlte es mir Anfang dieses Jahres an Inspiration, und so fing ich an, dich noch mal zu malen. Ich bereitete mich darauf vor, sesshaft zu werden und ein Einsiedlerdasein zu führen – was bei mir durchaus regelmäßig vorkam, wie du weißt –, doch da traf mich der Gedanke wie ein Blitz, dass ich als Künstler wohl schon sehr tief gesunken sein musste, wenn ich ein Bild anfing, das ich bereits gemalt hatte. Und da erfasste mich große Ungeduld. Ich dachte mir: Warum male ich sie *noch* einmal? Ich sollte sie lieber ausfindig machen! Ich bin dreiundsiebzig. Worauf warte ich noch?«

»Du verrückter Kerl, du fantastischer Narr«, sagte Chloe und nahm seine Hand. »Bist du nie darauf gekommen, einfach zu meiner Mutter zu fahren und dich nach mir zu erkundigen?«

»Doch, natürlich, aber ich wusste ja gar nicht, ob sie noch lebt. Und selbst wenn, würde sie sehr alt sein. Ich wollte sie nicht beunruhigen. Wusste auch nicht, wie viel du ihr erzählt hattest. Ich hatte nicht das Gefühl, dort einfach auftauchen zu können: ›Hallo, ich bin jemand aus der Vergangenheit Ihrer Tochter. Ich habe ihr womöglich das Herz gebrochen und ihr auch gesagt, dass ich sie niemals wiedersehen möchte, aber nach fünfzig Jahren habe ich mir das anders überlegt, können Sie mir also bitte ihre Nummer geben?‹ Ich wollte nicht, dass sie einen Herzanfall bekommt oder so was.«

»Das weiß ich zu schätzen.«

»Dann fiel mir ein, dass Eric, mein Agent, mir vor etwa sechs Monaten geschrieben hatte, er wolle eine Retrospektive machen. Damals hatte ich das entschieden abgelehnt – ich muss in der Stimmung sein für so einen Rummel, und diese Stimmung will sich in letzter Zeit immer weniger oft einstellen. Ich kann ein wenig exzentrisch sein.«

»Was du nicht sagst.«

»Also rief ich ihn an und erklärte ihm, dass es da noch all die bisher nie ausgestellten Arbeiten gebe und ich willens sei, diese in einer Ausstellung zu zeigen, aber nur, wenn er mir maximale Publicity garantieren könne. Er sprang darauf an! Meinte, er werde es bei der Galerie versuchen, die sich für die Retrospektive angeboten hatte, und sich melden, wenn er mehr wüsste. Zwei Stunden später klingelte das Telefon, alles sei in trockenen Tüchern, aber ich müsse sofort nach London kommen, weil die Galerie gerade jetzt im Sommer ein freies Zeitfenster habe und meine Bilder sehen wolle. Also ließ ich alles liegen und stehen und fuhr los. Einfach so.«

»Warum maximale Publicity? Ich dachte, du warst in einer Einsiedlerphase?«

»Ja, aber ich hatte mir in den Kopf gesetzt, dass du die Bilder sehen und dich dann bei mir melden würdest. Davon war ich überzeugt! Ich konnte nicht mehr länger einfach so herumsitzen und hoffen, also blieb ich bis zur Vernissage in London, bediente sämtliche Kanäle, gab ein paar Interviews und Vorführungen, sah zu, dass ich beschäftigt war. Deshalb habe ich auch das Haus so billig vermietet, deshalb musste auch Glenda die Stellung halten ... Dann wurde die Ausstellung eröffnet und ich bekam Noras E-Mail, in der sie mir schrieb, sie sei deine Tochter. Du hast die Gemälde nicht gesehen, aber sie.«

Jasmine schüttelte verwundert den Kopf.

»Und ich habe das alles verpasst, weil ich in Italien war! Da siehst du, was man versäumt, wenn man davonläuft. Ich hatte von all dem keinen blassen Schimmer, bis ich hier auftauchte und Nora dabei ertappte, wie sie in den Ritzen des Pflasters nach Münzen Ausschau hielt, weil *du* ihr erzählt hattest, wir hätten das früher so gemacht!«

Llew lächelte, hob sein Gesicht der Sonne entgegen und schloss die Augen. »Ich wusste, du würdest mich finden.«

NORA

Es war ein Herbsttag, wie er schöner nicht hätte sein können. Rote Blätter trudelten durch einen funkelnden Morgen, als Nora nach Nant-Aur fuhr, um ihre Großmutter abzuholen. Die dunklen Umrisse von Pferden bewegten sich durch blasslila Dunst, der über den Talsenken lag. Das Sonnenlicht tanzte in duftigen Schleiern, die sich hin und wieder teilten, um zuzulassen, dass ein scharfer Glanzstrahl durch die Bäume fiel.

Gwennan wartete schon hinter der Eingangstür wie auf ein Taxi und hatte ihre kleine Reisetasche bereits fertig gepackt. Ohne sich auch nur mit einer Kleinigkeit wie einem Welsh Cake aufzuhalten, fuhren sie zurück nach Tenby, wo sie vor zehn Uhr am Haus ankamen. Gwennan würde diese Nacht in Noras Zimmer verbringen und Nora würde bei Logan schlafen. Er und die Kinder hatten ihre Flüge verschoben, um noch zur Hochzeit hier sein zu können. *Morgen reisen sie ab*, dachte Nora resigniert, riss sich aber zusammen. Darum ging es heute nicht. Und ihr Abschied wäre nicht für immer.

Sie machten sich in Noras Zimmer fertig. Kaitlin kam gelegentlich herein, um sich eine Strumpfhose oder Haarklammern oder ein Armband auszuleihen.

»Du und Mrs Watkins, ihr werdet Schwestern«, gluckste sie bei einer solchen Gelegenheit. »Wer hätte das gedacht?«

»Immerhin«, ergänzte sie bei der nächsten, »hat sie sich, seit Llew sie über alles aufgeklärt hat, von ihrer besten Seite gezeigt. Und was die Hochzeitsvorbereitungen angeht, hat sie sich da nicht selbst übertroffen?«

Zwischen diesen Unterbrechungen erzählte Nora ihrer Großmutter von ihren neuesten Plänen. Sie hatte die Wohnung in Kingston noch mal für weitere zwölf Monate vermietet. Nicht, dass sie damit rechnete, jemals wieder dorthin zurückzukehren, aber um den Verkauf in Angriff zu nehmen, fehlte ihr im Moment einfach die Energie. Wie zuvor würden die Einkünfte aus der Wohnung für ihre Miete reichen, allerdings nicht die von Llews Haus, denn es war wirklich höchste Zeit, dass er dort wieder selbst wohnte, sondern die einer neuen Wohnung einen knappen Kilometer entfernt, die sie sich ebenfalls wieder mit Kaitlin teilen würde.

Llew und Jasmine waren köstlich in ihrer Bestürzung, dass den Mädchen nun keine riesigen Zimmer mehr zur Verfügung standen, in denen sie sich nach Herzenslust ausbreiten konnten, und auf edles Dekor und Seeblick verzichten mussten. Nora und Kaitlin lachten sie aus. In zehn Minuten wären sie am Meer. Und sie freuten sich auf ihr gemütliches Reihenhaus. Dort hätten sie sogar einen kleinen Garten, doch da keine von beiden Ahnung hatte, wie man so etwas pflegte, würde Gran ihnen mit Rat und Tat beiseitestehen. Schließlich würden sie in der denkbar hübschesten Stadt leben, umgeben von schier endloser wunderschöner Landschaft und Küste.

»Es ist gar nicht so heruntergekommen!«, erklärte Kaitlin ihnen. »Wir werden nicht sehr leiden müssen.«

»Außerdem«, ergänzte Nora, »ist mein Stiefvater Künstler. Wir haben Luxuskunst zur Hand.«

»Und was tut sich mit der Arbeit, Kindchen?«, erkundigte sich Gwennan, während sie ihren Kampf mit dem sternförmigen Diamantenanhänger aufgab, den sie sich um den Hals hängen wollte. Ergeben hielt sie Nora die Kette hin.

»Ich habe mich bei zwei Zeitarbeitsfirmen angemeldet. Auf etwas Langfristiges möchte ich mich nicht einlassen. So kann ich in Ruhe darüber nachdenken, was ich wirklich tun möchte«, berichtete Nora, während sie die Halskette befestigte und ihre Großmutter ansah. »Das passt zu deiner Bluse, Gran. Du gefällst mir.« Gwennan trug Lavendelblau, was die Farbe ihrer Augen betonte und sehr frisch und hübsch zu ihren langen weißen Haaren aussah, die sie zu einem lockeren Chignon aufgesteckt hatte.

»Ich muss doch gut aussehen, Kindchen. Es kommt schließlich nicht jeden Tag vor, dass die eigene Tochter heiratet, nicht wahr? Und ich kann nicht leugnen, dass ich dieses Mal glücklicher dabei bin. Nichts gegen deinen Vater, Steve war ein netter Kerl, aber Llew ist der Richtige. Das siehst du doch auch so, Nora?«

»Hundertprozentig. Bist du fertig, Gran?«

»Ich denke ja, *cariad*. *Duw*, du siehst aber hübsch aus. Das ist das reizendste Brautjungfernkleid, das ich je gesehen habe. Aber deine Mutter hatte schon immer einen ganz fabelhaften Geschmack.«

»Ja, den hat sie. Komm, wir sehen mal nach, ob Kaitlin fertig ist. Oh, und ich darf das Geschenk nicht vergessen!« Sie griff nach dem weichen Paket, geschmückt mit einer champagnerfarbenen Schleife: die Decke, die sie in Mollys Kurs hergestellt und auf den letzten Drücker fertigbekommen hatte. Zusammengenähte Flicken aus Vergangenheit und Gegenwart: himmelblau, pfirsichfarben, grün und gelb – sanfte, hübsche Tenby-Farben.

»Ich bin sehr stolz auf dich, Nora, das muss einmal gesagt werden. Weißt du, vor ein paar Monaten, da tat ich mir selbst sehr leid – was nicht oft geschieht –, und ich sprach ein Gebet. Ein recht forderndes Gebet. Ich war so einsam und so traurig, weil ich dich und deine Mutter nie zu Gesicht bekam.«

»Oh Gran, das tut mir so leid.«

»Sei still, Kindchen, und hör zu. Also betete ich und sagte Gott, er solle mir euch beide wieder zurückbringen, und dass es eine Möglichkeit geben müsse, die Dinge wieder besser zu machen, als sie waren. Und nicht lange danach kommst du nach Tenby. Und einige Monate später kommt deine Mutter zurück und heiratet dann auch noch Llew. Ich habe mich in letzter Zeit oft an diese Nacht zurückerinnert. Gottes Wege sind rätselhaft, nicht wahr?«

»Das kann man wohl sagen«, erwiderte Nora und erinnerte sich so lebhaft, als wäre es gestern gewesen, an den Tag im Büro, als sie vom South Beach träumte und wusste, dass sie einen Tapetenwechsel, eine Luftveränderung brauchte. »Wann war denn diese Nacht, Gran, weißt du das noch? Wann hast du dein Gebet gesprochen?«

»Ich weiß es. Es war vor Weihnachten. Ich weiß, dass ich aus dem Fenster auf den Frost schaute, der auf den mondlichtbeschienenen Feldern lag. Ich weiß noch, dass ich mir sagte, eine Macht, die selbst im Winter, selbst in unseren härtesten Zeiten so viel Schönheit erschaffen kann, kann sicherlich auch etwas in Bewegung setzen, um meine zwei Mädchen nach Hause zu holen. Und das hat sie getan.«

Vor Weihnachten. Genau dann, als Nora den Strand sah. Als sie wie im Traum den Flur zu Olivias Büro entlangging und kündigte.

Jasmine heiratete in einem austernfarbenen Kleid mit einem leicht schwingenden, wadenlangen Rock und einem einfachen Oberteil mit einem Hauch von Spitze. Es erinnerte ein wenig an ein Ginger-Rogers-

Kleid, nur schlichter, ohne Federn und Rüschen. Nora trug ein bezauberndes Schlauchkleid aus pfirsichfarbenem Chiffon mit einem langen einseitigen Beinschlitz, Kaitlin ein halterloses Satinkleid mit einem weiten Rock, der mehrere Zentimeter über dem Knie endete. Glenda machte sich in ihrem Haus fertig, aber Jasmine hatte ihr bei der Wahl eines hübschen rosafarbenen Kostüms geholfen. Sie war die Trauzeugin ihres Vaters.

Mit einem Lächeln steckte Jasmine sich vor dem Flurspiegel eine kleine weiße Rose in ihr silbernes Haar, passend zu der sinnlichen weißen Lilie, die Nora trug, und dem weißen Schleierkraut, das sich durch Kaitlins üppige Lockenpracht wand. Sie hatte sich einen noch kürzeren, noch spitzeren Bob schneiden lassen, sodass ihre gefärbten Haare diesen nun wie eine zentimeterbreite schwarze Paspel rahmten. Ihre großen blauen Augen strahlten und sie fand, dass sie insgesamt verdammt gut aussah. Schon komisch, dass sie sich in ihren Teenagerjahren ständig gefragt hatte, ob sie hübsch war oder nicht, dann in ihren Zwanzigern in Sorge war, was geschehen würde, wenn sie nicht mehr hübsch war ... und sich jetzt, in ihren Siebzigern, wirklich rundum hübsch fühlte. Ein Klopfen an der Tür kündigte Logan an, der sie zur Kirche fahren würde. Als er Nora sah, sprach sein Gesicht Bände.

»Herrgott, Frau, kann deine Mutter dich nicht in der nächsten Stunde entbehren?«, flüsterte er ihr ins Haar.

»Ich glaube nicht«, flüsterte Nora zurück, »aber du weißt hoffentlich, dass es Glück bringt, nach der Zeremonie die Trauzeugin zu küssen?«

Ihr Blick fiel auf ihre Mutter, die vor Liebe strahlte, einer Liebe, die nie erloschen war, obwohl sie sie aufgegeben hatte. Dann sah sie Logan an und wunderte sich, wie sie sich jemals hatte einreden können, in ihrem Leben sei es zu spät für die Liebe, und dass sie sich nicht hatte vorstellen können, wie sie aussehen, wie sie sich anfühlen mochte. Als wäre es etwas ganz Kompliziertes, obwohl es in Wirklichkeit doch so einfach war. Liebe war einfach Liebe. In jedem Alter.

»Bevor wir gehen«, sagte Logan, »gibt es da noch eine Tradition, an die wir uns halten müssen. Ich habe strikte Anweisungen vom Bräutigam bekommen.« Er zückte sein Telefon. »Bitte ins Wohnzimmer, Ladys.«

»Du meinst, ich soll noch mal die Treppen hochsteigen?«, sträubte sich Gwennan.

»Ich fürchte ja, meine Liebe. Vor dem Kaminsims, sagte Llew. Ich kann doch einen Mann an seinem Hochzeitstag nicht enttäuschen.«

»Aber ja doch«, rief Jasmine, klatschte in die Hände und ging voran. »Er hat absolut recht!«

Also schoss Logan die ersten Fotos des Tages. Braut, Trauzeugin, Brautjungfer und Brautmutter, sie alle scharten sich vor dem Kamin, strahlend und mit Blumen geschmückt, bevor es hinaus in die kleine Stadt am Meer ging.

EPILOG

Gwennan verließ die Hochzeitsfeier eine Stunde vor Mitternacht. *Eine gute Zeit um aufzubrechen, für jemanden meines Alters*, überlegte sie. Nora, Gott segne sie, begleitete sie im Taxi zu Llews reizendem Haus und brachte sie in ihrem eigenen Zimmer zu Bett. Nachdem sie ihr dann sogar noch eine Tasse heiße Schokolade hingestellt hatte, die sie vor dem Schlafengehen trinken sollte, und Anstalten machte, sie noch länger zu umsorgen, schickte Gwennan sie zurück zur Party. Und Nora ging zurück zu Logan und seinen Kindern, zurück zu ihrer Mutter und Llew, zurück zu Kaitlin und ihren anderen Freunden. Ein gutes Leben hatte sie hier. Und sie war auch eine gute Enkelin, die beste. Nur schade, dass Logan auf der anderen Seite der Erde lebte.

Es hatte ihr ein Lächeln entlockt, als Brendan – ein reizender Junge – in der Mitte des Abends gegenüber von seinem Vater und Nora Platz nahm. Er hatte ein halbes Glas Champagner getrunken und fühlte sich wagemutig.

»Dad«, hatte er ganz ernsthaft gefragt. »Können wir reden? Ich habe in den letzten Wochen einen großen Entschluss gefasst und hätte gern deinen Segen dazu.«

Guter Junge, hatte Gwennan gedacht. *Manchmal muss man um das bitten, was man sich wünscht.*

Logan war sehr nervös gewesen und hatte sie in dem Moment an Dafydd erinnert. Wenn Kinder erwachsen wurden, brachte das die Väter immer in Verlegenheit, weitaus mehr als die Mütter. Brendan hatte dann erklärt, dass er im nächsten Jahr, wenn er sich an der Universität einschreiben konnte, gerne zum Studium nach London ginge. Das kam ihm alles schwallartig über die Lippen, aber dann sah er Logan ängstlich an. Glaubte er tatsächlich, dass sein Vater etwas dagegen haben könnte? Der Blick, den Logan und Nora daraufhin ausgetauscht hatten, war unbezahlbar.

Gwennan trank den letzten Schluck ihrer heißen Schokolade und streckte die Hand nach der Nachttischlampe aus, zögerte dann aber. Sie schlug die Decke zurück und ging durch Noras hübsches Zimmer. Es war ein großer Tag gewesen. Endlich hatte sie erlebt, wie ihre Tochter noch mal heiratete. Sie kehrte nach Hause zurück, und auch Nora blieb, und Gwennan war die glücklichste Frau der Welt.

Sie zog die Vorhänge zurück. Dieser Blick war so ganz anders als der, den sie von ihrem Zuhause kannte. Statt der Felder wogten die Wellen vor dem Hafen im Mondlicht. Statt ganzer Galaxien, die über den Himmel verstreut waren, sah sie nur ein paar Sterne, dafür viele Lichter am Hafen. Draußen auf dem Meer konnte sie schwach den Umriss eines großen Schiffes erkennen. Am Morgen würde über dem Ozean die Sonne aufgehen. Chloe wäre endlich wieder an ihrem Platz, so wie sie an ihrem.

Mit Mühe beugte sie die Knie, doch auf halben Weg zum Fußboden fiel ihr was Besseres ein und sie zog einen Stuhl ans Fenster. Sie faltete die Hände und richtete ihren Blick auf den tintenschwarzen Horizont, die bewegte See.

»Lieber Gott«, begann sie. »Entschuldige, dass ich mich nicht hinknie, aber ich bin immerhin dreiundneunzig, also wirst du das sicher verstehen. Zuallererst möchte ich dir noch mal dafür danken, dass du mir meine Mädchen zurückgebracht hast. Ich danke dir für diesen wunderbaren Tag, Herr, und alle seine Segnungen. Ich weiß, dass ich nach diesem Wunder nie mehr um etwas bitten sollte. Aber diese Bitte stelle ich schließlich nicht meinetwegen, und vielleicht erfüllst du ja gern Gebete und gibst den Menschen. Die Wege, derer du dich dabei bedienst, sind so unerwartet und erfindungsreich, dass ich glaube, dass es dir gefällt. Diese Bitte betrifft Nora. Bitte, lieber Gott, gönne ihr ein glückliches Ende mit Logan. Lass Logan bitte mit seiner reizenden Familie hier ansässig werden, damit wir alle zusammen sein können. Nachdem es dir gelungen ist, mir Chloe und Nora zu bringen, weiß ich, dass du auch das bewirken kannst, und so sage ich ohne weitere Umstände Amen, lieber Gott.«

Sie stellte den Stuhl ordentlich zurück und zog nach einem letzten Blick hinaus aufs Meer den Vorhang zu und legte sich zurück ins Bett. Lächelnd schloss sie die Augen im Gefühl, ihr Anliegen sehr deutlich vorgebracht zu haben.

Danksagungen

Recherche und Schreiben von *The Hourglass* haben viel Spaß gemacht. Wie immer danke ich all den reizenden Menschen, die mich bei der Arbeit und im Leben unterstützt haben. Ein ganz besonderer Dank geht diesmal an:

Mum für ihre hinreißenden, nostalgischen, atmosphärischen Erzählungen der Sommer in Tenby, die den Samen für dieses Buch gelegt haben. Dad für seine Rolle als Recherche-Assistent! Und für Ideen zu Dafs Hintergrundgeschichte und seine Arbeitsbedingungen. Und beiden zusammen für viele zauberhafte Ausflüge nach Tenby. Und wie immer für ihre unerschütterliche Liebe und Unterstützung und ihre Begeisterung für meine Schriftstellerei.

Julia Joshua für ihre Anregungen zu Box Brownie und Windpocken, und Margaret Jones für die praktische Recherche in den Bereichen Zubereitung – und Verzehr! – von Welsh Cakes.

Auch den Traumteams von Quercus und Furniss Lawton schulde ich wie immer großen Dank. Ich weiß, dass ich mich wirklich glücklich schätzen kann, so fantastische Agenten und Verlagsmitarbeiter zu haben, und würde ich jeden namentlich aufführen, dessen Hilfe und/ oder Talent unverzichtbar für mich und meine Bücher waren, müsste ich am Ende eure Mitarbeiterlisten übernehmen! Besonderen Dank aber natürlich an Kathryn Taussig und Eugenie Furniss, ohne die meine Bücher nicht das wären, was sie sind, und mein Schriftstellerleben nicht halb so fantastisch, wie es ist.

Großer Dank auch an meine Erstleser – unentbehrlich wie immer mit ihren Kommentaren, ihrer Ermutigung und ihrem Verständnis für das zarte Stadium des ersten Entwurfs: Jane Rees, Ellen Pruyne, Stephanie Basford-Morris.

Der ganzen Belegschaft des Atlantic Hotel in Tenby für den warmherzigen Empfang, die wunderbare Gastfreundschaft und dafür, dass sie mir ein sehr geschätztes zweites Zuhause bereitet hat!

Rosie Jones und Angela Jones für Hilfe und Rat hinsichtlich der Rückgratverletzung.

Jules Rees für die tänzerische Fitness, die Körper und Seele einigermaßen im Einklang gehalten hat.

Jacks Lyndon verdanke ich wunderbare Anleitungen für Teezubereitung und Patchwork (obwohl ich offenbar mehr Zeit damit verbracht habe, mir die Patchwork-Terminologie zu notieren, als tatsächlich am Objekt zu arbeiten!).

Bruce Newman von Brains dafür, dass er mir erlaubt hat, den Namen des South Beach Bar Grill im Buch zu erwähnen.

Walisische Begriffe im Text

Cariad – Schatz, Liebling

Duw – Oh Gott

Hiraeth – starkes Heimweh, Sehnsucht

Mae'n ddrwg gen i – Entschuldigung, es tut mir leid

Twp – dumm

Nant-Aur – goldener Fluss

Rezept

Hier ein Rezept für Welsh Cakes, genau wie Nora sie mit ihrer Großmutter in *The Hourglass* zubereitet ... nur dass es das Rezept meiner Oma ist!
Lieben Gruß, Tracy x

GRANS WELSH CAKES

Menge: genug, um ein kleines Dorf satt zu machen

Zutaten

2 Pfund Mehl
4 EL Backpulver
450 g Butter oder Margarine (oder halb und halb: je mehr Butter, desto besser das Aroma)
450 g Zucker
220 g Rosinen
2 kleine Teelöffel Salz
4 große oder 6 kleine Eier

Zubereitung

1. Mehl mit Backpulver, Margarine oder Butter und Salz mischen. Mit den Fingerspitzen durchkneten, bis die Mischung an feine Brotkrumen erinnert. (Grans Tipp: Seien Sie nicht zögerlich! Gehen Sie richtig ran!)
2. Zucker und Rosinen hinzufügen und gut einarbeiten.
3. Eier leicht verquirlen und in eine Kuhle in der Mitte der Mischung geben. Ebenfalls gut einarbeiten.
4. Heizen Sie eine gusseiserne Pfanne etwa eine Viertelstunde lang vor, bis sie heiß ist, dann auf eine niedrige Stufe schalten. Die

Welsh Cakes werden in einer heißen Pfanne bei niedriger Hitze gebraten.

5. Grans Tipp: Die Pfanne muss die richtige Temperatur haben, damit die Welsh Cakes gleichmäßig garen und nicht zu trocken werden. Versuchen Sie es erst mal mit einem oder zweien, wenn diese zu rasch braun oder nicht gar werden, passen Sie die Temperatur entsprechend an.
6. Verteilen Sie Mehl auf der Arbeitsfläche. Rollen Sie den Teig auf die Dicke von etwa einem halben Zentimeter aus.
7. Grans Tipp: Gehen Sie sparsam mit dem Mehl auf der Arbeitsfläche und dem Nudelholz um, damit die Mischung nicht zu trocken wird.
8. Verwenden Sie eine Ausstechform von etwa sechs Zentimetern Durchmesser und stechen Sie den Teig aus. Die Reste können Sie später nochmals ausrollen und erneut ausstechen.
9. Langsam in der Pfanne herausbraten, häufig wenden. Achten Sie darauf, dass die Welsh Cakes nicht zu braun, aber dennoch durch sind. Grans Tipp: Es bietet sich an, sie in Gesellschaft zuzubereiten, sodass einer ausrollt und aussticht und der andere sich um die Pfanne kümmert. Auf diese Weise lässt es sich auch nett plaudern.

Essen und genießen Sie!